Justin Steinfeld
Ein Mann liest Zeitung

Roman

Herausgegeben
und mit einem Nachwort
von Wilfried Weinke

Schöffling & Co.

Ungekürzte, überarbeitete Neuausgabe
Die Erstausgabe erschien posthum 1984
im Neuen Malik Verlag, Kiel.

Ein Glossar mit Anmerkungen des Herausgebers
befindet sich am Ende des Bandes.

Erste Auflage 2020
© Schöffling & Co. Verlagsbuchhandlung GmbH,
Frankfurt am Main 2020
Alle Rechte vorbehalten
Satz: Fotosatz Amann, Memmingen
Druck & Bindung: Pustet, Regensburg
ISBN 978-3-89561-068-4

www.schoeffling.de

Ein Mann liest Zeitung

I.

Es ist eine Schande.« Gewiss keine arge Schande, sondern nur eine unwesentlich kleine und noch dazu die ganz persönliche eines durchaus gleichgültigen Mannes. Hätte Leonhard Glanz jemals über der Zeiten große Schande nachgedacht, in der er seines Lebens Mannesjahre verbrachte, diese Jahrzehnte nach dem mörderischen Ersten Weltkrieg, so hätte er gewusst, dass eben dieses Wort Schande ein Superlativ im Geschehen der Welt ist. Da aber Leonhard Glanz gerade jetzt zu eben diesem Denken kommen sollte, so ist es unsere Aufgabe, ihm auf den krummen und ganz systemlosen Wegen zu folgen, die ihn dahin kommen lassen. Nehmen wir diese Begleitung auf verknäuelten Wegen als eine Pflicht auf uns, so enthebt uns das der anderen, peinlichen Pflicht, selbst über die infame Schande unserer Tage nachzudenken, die so penetrant zum Himmel stinkt, dass in ihrer Pestatmosphäre längst die mühselig aufgezogene, allgemeine, menschliche Kultur verdorben ist, gleich für Blütenkeimlingen unter schmierigem, giftigen Mehltau. Denn bedächten wir einmal des Tages, des eben gleichen Tages Schande – da ist keine Ausnahme, keine, – so müssten wir weinen ob dieses niederträchtigen Elends. Und weinten wir, so müssten wir erblinden, denn der Tränen wäre kein Ende.

Aber die Welt ist schön in der Pracht ihre Farben, der Unendlichfältigkeit ihrer Gestalten. Strahlende Welt, wohlgeschaffene, formvollendete Welt. Dass wir dich sehen. Dass wir dich schauen. Wir haben ja keine Lust, uns blind zu weinen. Wer tut uns das? Hinweg mit ihm. Nieder mit ihm. Schlagt ihn, schlagt, schlagt ihn tot. Aber gerade das hatten wir in dem mörderischen Weltkrieg getan. Zehn Millionen Menschen hatten wir ja totgeschlagen. Es müssen die Falschen gewesen sein. Denn sahen wir danach die Welt in ihrer Pracht und ihrer Schönheit? Nichts sahen wir in des Alltags Grau und das Wochenende der genau bemessenen Freizeit ist nur ein Abziehbild. Wir hatten die Falschen erschlagen. Und nun stecken wir in der Zeiten Schande. Bis an den Hals. Tiefer. Bis an die Nase. Tiefer. Bis über die Augen.

»Es ist eine Schande«, sagte der gleichgültige Mann Leonhard Glanz halblaut vor sich hin. Und er meinte damit den niemanden interessierenden Umstand, dass er sich schon am frühen Morgen in ein Kaffeehaus begab, um dort so oder so seine Zeit zu vertun. Allerdings, dieser sein früher Morgen war schon vorgerückter Vormittag. Leonhard Glanz war ein Spätaufsteher. Nicht von jeher und aus Gewohnheit. Nein, früher war er sogar immer sehr zeitig aufgestanden. Vielleicht werden wir von diesem Früher noch etwas erfahren, wo Leonhard Glanz noch seinem Beruf nachging, der zwar nichts mit Berufung zu tun hatte, aber eine lebhafte Beschäftigung war. Beschäftigung, Geschäft, Geschäft, Geschäftigkeit, Heftigkeit, Heft, Haft, Haft, Haft.

Die Spirale, in der sich da eben das Denken des Leonhard Glanz bewegte, löste eine frostige Ängstlichkeit in ihm aus. Er sah scheu zur Seite, vergewisserte sich aber sogleich, dass die ankriechende Angst ganz grundlos sei. Denn hier war die warme Sicherheit, die Geborgenheit in einem nicht eleganten, aber anheimelnden Kaffeehaus. Und ein kleiner, rundlicher, steifbeiniger Wirt zog ein begrüßendes, breites Schmunzeln auf, das ihm leichter fiel als eine Verbeugung und das den Gästen das Gefühl familiärer Zugehörigkeit gab. Kein Lächeln, das wie Sonnenschein über eine Wasserbahn zieht, nein, ein rechtes, breites Schmunzeln, das zerläuft, wie ein Fettauge auf dünner heißer Suppenbrühe.

Leonhard Glanz setzte sich in die Ecke eines mit der Zeit höchst nachgiebig gewordenen Plüschsofas. Man meint zu sitzen, aber nein, noch nicht. Jetzt erst. Ein klein wenig zu tief hinter dem Marmortisch. Leonhard Glanz fühlt sich wieder gerechtfertigt, vor sich selbst und vor der Welt. Er ist ein Mann moralischer Grundsätze. Freilich bedurfte es nur des rundlichen Wirtes schmalzgebackenen Schmunzelns, um das säuerliche Bedenken zu beheben. Und so, im Vollgefühl seiner persönlichen Lebensrechte, bestellt sich Leonhard Glanz beim Kellner einen Braunen, mit Schlagobers, dazu frische, blonde Semmeln und Zeitung. Natürlich Zeitung. Der Mensch lebt nicht vom Brot allein. Man muss etwas auch für das Geistige tun, obwohl es Leonhard Glanz nicht zu sehr auf das Geistige ankommt, aber man muss doch wissen, was in der Welt eigentlich gespielt wird. Also Zeitung.

Für das Morgenfrühstück ist es wohl schon reichlich spät. Die Stadt hat schon um Stunden früher mit ihrer Arbeit begonnen. Freilich, Leonhard Glanz hat jahrzehntelang um diese Tageszeit auch schon ein tüchtiges Teil Betätigung hinter sich gehabt. Tätigkeit könnte man allenfalls noch sagen, wenn auch ihr Tür selbst es Arbeit nannte. Es war aber keine Arbeit und es wird sich ergeben, dass Leonhard Glanz überhaupt keine Arbeit verstand, aber auch ganz und gar keine.

So braucht also dieser späte Frühstücksgast vor sich selbst in dieser Beziehung keine moralischen Bedenken zu haben. Der Wirt? Wir entsinnen uns des leckeren Schmunzelns. Der Kellner? Ha, der Kellner. Leonhard Glanz hatte gelernt, dass ein Kellner für den Gast kein gleichberechtigtes Wesen sein könne. Ein Kellner, was ist schon ein Kellner. Bitte sehr. Bitte gleich. Einen weißen Kaffee, braunen Kaffee, schwarzen ohne. Frische Brötchen. Mit Butter. Bitte sehr. Ohne Butter. Wie Sie wünschen. Bitte nur Platz zu nehmen. Das Messer ist stumpf. Hier ein besseres Messer. Ein besserer Esser. Sofort. Sogleich. Ein Glas Wasser. Im Augenblick. Mit einer Fliege darin. Ganz ohne? Bitte sehr, ganz wie der Herr befehlen. Ein Zöllner. Ein Kölner. Ein Kellner. Lächerlich. Ein Kellner ist für Leonhard Glanz kein Wesen. Natürlich nur in seiner Eigenschaft als Kellner. Sonst? Ich bitte Sie. Im Zeitalter des Humanismus. (Oder wie nennt man es doch? Humanismus? Natürlich Humanismus. Humanismus ist ein gutes Wort.) Allerdings hat Leonhard Glanz vor gewissen Kellnern in sehr teuren Restaurationen immer eine gewisse Angst gehabt. Sie waren so vornehm, diese Kellner. Man weiß auf einmal gar nicht mehr, wie man eigentlich Messer und Gabel anfassen soll. Was? Frischen Spargel soll man mit der Hand …? Was Sie nicht sagen.

»Ober, wo bleibt denn mein Kaffee?«

Ist schon da. Bitte sehr. Der Kaffee rechts, die Brötchen links. Die Butter in der Mitte. Die Zeitung. Ist schon da, die Zeitung. Die Morgenzeitung von gestern Abend. Das Mittagsblatt von heute früh. Die Zeitung von morgen. Wie der Herr befehlen.

Bitte sehr.

Wieviel ist eigentlich die Uhr? Wie bitte? Das will ich gar nicht wissen. Wozu brauche ich das zu wissen? Für mich ist es früh am Morgen. Sieben Uhr, acht Uhr. Neun, zehn, elf. Wo ist der Unterschied. Der Tag ist noch lang genug. Der Tag wird sogar noch viel zu lang werden. Für einen, der mit der Arbeit fertig ist, wenn er aufgestanden und sich angekleidet hat. Leonhard Glanz hat nichts zu tun.

Elf Uhr vormittags und nichts zu tun? Elf Uhr vormittags? Herr Glanz, rufen Sie doch bitte mal die Bank an, es fehlen noch zweitausend Mark für die Wechsel, die wir heute einzulösen haben. Herr Glanz, wollen wir die Offerte von Liverpool nun acceptieren? Wir müssen bis zwölf Uhr gedrahtet haben. Herr Glanz, draußen ist der Vertreter von der oldenburgischen Jute-Sack-Fabrik. Herr Glanz hin, Herr Glanz her. Die Bank, die Post, die Expedition. Melden Sie mal dringendes Gespräch mit Oldörp in Lübeck an, ich muss den alten Oldörp sprechen. Fragen Sie mal bei der Paketfahrt an, ob die »Washington« noch für hundert tons Raum hat. Wo ist eigentlich mein Tintenstift? Mein Tintenstift, Tintenstift?

Elf Uhr vormittags. Und Leonhard Glanz sitzt beim Morgenkaffee. Und es ist ganz egal. Es ist sogar schon Viertel nach.

Ganz egal.

Warum? Ach so, Sie meinen wieso? Leonhard Glanz hat doch gar kein Geschäft mehr. Leonhard Glanz hat doch gar keine Beschäftigung mehr. Hat keine Tätigkeit und nichts zu tun. Leonhard Glanz hat überhaupt nichts mehr. Nicht einmal Geld.

Keine Angst. Das Frühstück wird er bezahlen. So viel hat er noch. Für zwei Wochen. Sagen wir mal, für drei Wochen. Wenn keine Mädchen dazwischenkommen, für vier Wochen. Was kosten hier wohl die Mädchen? Sagen wir, fünf Wochen im Höchstfall. Aber ist das Geld? Und dann, nach fünf Wochen und einem Tag? Leonhard Glanz hat nichts mehr. Garnichts. Leonhard Glanz ist ein Emigrant.

Vielleicht, vielleicht wird Leonhard Glanz, der Emigrant, zum ersten Mal in seinem Leben einen Beruf haben. Vielleicht. Wenn es auch vorläufig noch nicht danach aussieht. Kaffeehaussitzen und sonst alles egal Finden ist gewiss kein Beruf. Das wird einen Kampf geben. Da werden die Dinge aufeinander schmettern. Da werden die Trompeten blasen. Da werden sich die Riesen und Drachen in Harnisch werfen, auf in das Giftgas. Mit flatternden Fahnen und einstweilen noch haltender Bügelfalte. C-Dur und fortissimo. Leonhard Glanz hatte einmal eine Freundin, die spielte Klavier. Allegro moderato und so. Sie war blond und die Musik von Mendelssohn. Keine Ahnung hatte sie, was das für eine Rassenschande war. Mendelssohn und dann Leonhard Glanz. Als er sie zuletzt traf, zufällig auf der Straße, kam sie ihm mit hochgerecktem rechten Arm entgegen. Es war peinlich. Nicht zu sehr, weil Leonhard Glanz den »deutschen Gruß« der alten Römer ja nicht erwidern konnte, sondern weil sie – es war im heißen Sommer – eine farbige Seidenbluse trug und unter der Achsel war die Bluse feucht und die Farbe hässlich ausgeschwitzt. »Guten Tag«, sagte Leonhard Glanz, da fiel ihr erst das Rassenschänderische ihres Betragens ein. Der Arm fiel herunter, das eben noch lachende Gesicht zerfiel zu Angst. Sie blickte sich scheu um und ging schnurstracks in das nächste Haus. Es war der Laden der Beerdigungs-Gesellschaft St. Anschar. Pompöse Särge mit Beschlägen aus unechtem Silber standen in der Auslage. Es war das richtige Ende einer Liebschaft mit unechten Silberbeschlägen.

Aber nun endlich die Zeitung. Was liest ein Mann wie Leonhard Glanz zuerst in der Zeitung? Hinten, bei den Annoncen der Stellenmarkt. Allerdings wusste Leonhard Glanz aus nun bereits achttägiger Emigrantenerfahrung, dass ihn dieser Teil der Zeitung eigentlich am allerwenigsten anging. Er machte sich noch nicht strafbar, indem er die Rubrik der »offenen Stellen« las – die Überschrift schien ihm einen übelriechenden, medizinischen Beigeschmack zu haben. Hautkrankheit oder so –, aber er würde sich strafbar machen, wenn er sich um einen freien Arbeitsplatz bewarb. Emigranten dürfen keinen Arbeitsposten annehmen. Zwar gilt im Lande die Bibel. Sie findet mancherlei Auslegung. Je nachdem, ob das Kreuz dominierte, an dem einmal einer gestorben war, der gekommen war, um die Bibel zu erfüllen, oder der Kelch, in dem sein Blut aufgefangen worden war, oder gar die Doppeltafel, – Römisch I bis III und Römisch IV bis X – des Dekalogs jenes Volkes, das angab, besonderer Hüter der Bibel zu sein, dem Leonhard Glanz angehörte, das in dem Lande, aus dem er geflüchtet war, verrecken sollte und deswegen war Leonhard Glanz ja jetzt hier. Vertrieben aus dem Lande, aus der Stadt, aus dem Geschäft, das er doch vom Vater geerbt hatte. Was hat das eigentlich mit der Bibel zu tun? Achso. Ja.

Steht da nicht in der Bibel, dass der Mensch im Schweiß seines Angesichts sein tägliches Brot erwerben soll? Sechs Tage lang. Und nur am siebenten Tag soll er ruhen. Gilt das, oder gilt das nicht? Das gilt. Nur eben für Emigranten gilt es nicht. Gewiss, natürlich. Aber was wollen Sie denn? Hab ich was gesagt? Na, also. Die Bibel ist die Bibel. Und sie gilt auch auch für Emigranten. Darf ein Emigrant etwa morden? Darf er stehlen? Darf er lügen? Darf er falsch Zeugnis sprechen? Darf er begehren seines Nächsten Gut? Er darf es nicht. Die Bibel ist die Bibel.

Herr Glanz, Sie sind doch ein moralischer Mensch. Also was wollen Sie denn? Was haben Sie da auf einmal für merkwürdige Gedanken im Unterbewusstsein? Oder ist das schon gar kein Unterbewusstsein mehr? Das ist schon ein Zwischenbewusstsein. So rebellisches Zeug haben Sie doch früher nicht gedacht. Wie? Wenn man sich an zehn Fingern nachrechnen kann, an welchem Tage man seine Miete nicht wird bezahlen können, kein Frühstück, kein Mittagbrot, kein Abendessen. Was hat das mit der Bibel zu tun? Ich sage Ihnen, die Bibel ist die Bibel. Und was da steht, das steht. Nur der eine Satz da, von der Arbeit, der gilt nicht für Sie, Herr Glanz. Da ist eben eine Ausnahme. Weil Sie ein Emigrant sind, Herr Glanz. Bitte sehr. Tun Sie, was Sie wollen. Gehen Sie spazieren oder sitzen Sie im Kaffeehaus. Lassen Sie sich von der Sonne bescheinen oder werden Sie vom Regen nass. Werden Sie braun im Sommer, brechen Sie ein Bein beim Wintersport. Lesen Sie Bücher oder Zeitungen, spielen Sie Schach oder Billard oder Bridge, füttern Sie die Vögel im Park oder bohren Sie mit den Fingern in der Nase. Alles können Sie tun oder lassen. Nur das bisschen Arbeiten, Herr Glanz, nein, das dürfen Sie nicht.

Die Bibel, die Bibel, die Bibel. Von Emigranten steht nichts in der Bibel. Von der Wirtschaftskrise wird wohl eher etwas drin stehen. Aber von Emigranten? Ich weiß nicht. Übrigens da gibt es einen gelehrten Wunderrabbiner. Ich glaube in Munkacz oder so. Er trägt seidenen Kaftan und einen breiten Hut mit Pelzverbrämung. Vielleicht ist der, den ich meine, auch schon tot. Das macht nichts. Dann hat er sicher einen Sohn oder einen Schwiegersohn, der sein Geschäft geerbt hat. Wie? Geschäft mögen Sie nicht? Sie stoßen sich an dem Wort? Also sagen wir: einbringlichen Beruf. Der also den einbringlichen Beruf nebst der Würde und natürlich auch die Allwissenheit geerbt hat. Also den fragen Sie mal. Und der weise Wunderrabbi wird Ihnen bestimmt sagen und zeigen, was und wo es in der Bibel steht, dass die Emigranten nicht arbeiten dürfen. Nebst dem, was Ben Akiba dazu kommentiert hat und Meir ben Asarjo und der große Rambam. Denn der Wunderrabbi steht auf dem Boden der jeweils gegebenen Tatsachen. Jawohl, werter Herr Emigrant. Tatsache.

Mit dem großen Rabbi Löw, dessen Denkmal der Emigrant am neuen Rathaus gesehen hat, mit dem hat so ein Wunderrabbiner nichts zu tun. Komisch das Denkmal, wenn man in dieser Zeit aus Deutschland kommt. Der große jüdische Rabbiner mit langem Bart als Wahrzeichen vor dem Rathaus einer europäischen Hauptstadt. Wer war das noch? Der Mann, der den Golem besessen hat. Richtig, Paul Wegener hat das mal im Film gemacht. Einen künstlichen Menschen als Hausdiener. Eine billige Arbeitskraft, aber wahrscheinlich war der Anschaffungspreis sehr hoch. Sowas amortisiert sich nie. Die ganze Geschichte soll übrigens gar nicht wahr sein. Die Reste des Golems sollten im Dachspeicher der uralten Synagoge, der Altneuschul, aufbewahrt sein. Aber Egon Erwin Kisch soll da hineingestiegen sein, obwohl die jüdische Gemeinde es verboten hatte, und soll festgestellt haben, dass da nur Dreck und Staub war und gar kein Golem. Komisch, dieser Kisch und überhaupt. Ob der große Rabbi Löw wirklich vom Geheimnis um tot und lebendig wusste? Ob er eine Menschenform aus Lehm richtig lebendig machen konnte? Wahrscheinlich Blödsinn. Schade, dass es damals kein Patentamt gab. Dann wäre doch etwas darüber erhalten. Immerhin dieser Rabbi Löw, mit und ohne legendärem Geheimnis, hat einen irrsinnigen Kaiser in Bezirke des Menschlichen zu lenken gewusst. Das war schon was. Vielleicht war dieser wahnsinnige Kaiser sein Golem. Aber mit dem Wunderrabbi von Munkacz oder so, der eine direkte Telefonleitung zum lieben Gott hat und mit I-H-M jederzeit sprechen kann, über die wortwörtliche Lehre, damit kein Buchstabe um seinen Sinn komme und wenn auch der Geist darüber vom Satan geholt werde, mit diesem Wunderrabbi im seidenen Kaftan und dem gesunden Appetit und dem hohen Ansehen bei den Reichen der Gemeinde und im unnahbaren Respekt bei den Schnorrern, hat das nichts zu tun. Was heißt hier Rabbi Löw? Herr Glanz, Sie sind ein Emigrant. Und ein Emigrant ist ein Schnorrer. Sie sind noch keiner? Nun, Sie werden schon sehen.

O nein. Leonhard Glanz ist fest entschlossen, kein Schnorrer zu werden. Er nicht. Rasiert er sich nicht jeden Morgen und hat einen sauberen Kragen um, und eine Bügelfalte in der Hose – er legt sie jeden Abend zwischen Bettlaken und Matratze, das ist so gut wie bügeln – freilich, es kann einer glatt rasiert und alle Tage rasiert und doch ein Schnorrer sein, und es kann einer in ausgefranzten Hosen laufen und ohne Schlips und doch ein König sein. Einer, der Königreiche zu verschenken hat. Leonhard Glanz will kein Schnorrer sein. Ein König auch nicht. Dazu fehlt es ihm an Fantasie. Er will einfach arbeiten.

Ach so. Der Wunderrabbi von Munkacz oder so, der genau aus der Bibel nachweisen kann, warum ein Emigrant nach Gottes wohlweislichem und gerechtem Ratschluss nicht arbeiten darf. Sowas muss einem passieren.

Leonhard Glanz hat früher für die Leute die nicht arbeiten, nicht viel übrig gehabt. Was heißt keine Arbeit? Was heißt keine Stellung? Ein Mensch, der arbeiten will, findet immer etwas zu tun. Ein Mensch, der was kann, findet immer einen Posten. Sehen Sie mich an. In zehn Jahren habe ich noch keinen Tag gefaulenzt. Unberufen. Dreimal unter den Tisch geklopft. Aber Holz muss es sein. Dieses ist kein Holz. Dieses ist kein Schreibtisch im Kontor, mitten in der Kaufmanncity. Dieses ist ein etwas wackliger Marmortisch in einem Kaffeehaus. Immer wird man aus seinen Gedanken gerissen. In eine Wirklichkeit, die ja im Augenblick nicht gerade rauh ist, aber ein wenig dreckig, speckig und glänzend, wie eine abgetragene Hose.

Arbeiten verboten. Trotzdem. Die Rubrik der offenen Stellen kann man durchsehen. Das ist ja noch nicht verboten. Vielleicht findet sich die Möglichkeit irgendwo durch das Gitter des Gesetzes hindurchzuschlüpfen. Die einen, diesseits des Gitters, dürfen arbeiten, die anderen, jenseits des Gitters, dürfen nicht. Das ist wie im zoologischen Garten. Welches sind nun eigentlich die Bestien hinter dem Gitter und welches sind die Betrachter davor? Was denkt sich wohl so ein Löwe, wenn er die Menschen hinter dem Gitter sieht? Oder ein Elefant? Oder die Riesenschlange, die grässlich gebläht ein Kaninchen verdaut, wenn sie die an den dicken Glasscheiben zu weißlichen Flecken plattgedrückten Nasen sieht?

Wo ist diesseits und wo ist jenseits? Wer der Jäger ist und wer der Gejagte, das ist raus. Wer der Gefangene ist und wer der Gefangenenwärter, das ist auch heraus. Wer aber hat die Freiheit? Der da eingeschlossen ist, oder der da aufpassen muss, dass der Gefangene nicht ausbreche? Wer kommt nicht los von dem rasselnden Schlüsselbund? Affenkäfig am Sonntagnachmittag, mit tausend grinsenden Menschen davor. Worüber grinsen die eigentlich? Ist es das, was den Menschen menschlich macht, dass er lachen kann, dass er lächeln kann. Das kann kein Tier. Auch der menschenähnlichste Affe nicht mit dem Greisengesicht. Aber grinsen? Hamlet hat geirrt: »Dass einer lächeln kann und immer lächeln und doch ein Schurke sein.« Jener Claudius hat gegrinst. Lächeln tun die Beseligten.

Das Gitter. Das Gitter. Das Gitter. Wer ist davor und wer ist dahinter? Was hat der Wolf getan, dass man ihn fing? Mit Schlauheit, mit raffinierter Schlauheit, machten sie aus seiner Freiheit zu fressen nach seines Hungers Drang, eine heimtückische Falle. »Das ist der Wolf, der das Rotkäppchen gefressen hat und die Großmutter.« Immer hin und her. Hin und her. Am Gitter entlang. Hin und her. Und an der Wand, mit den Vorderpfoten ein karges Stück hinauf. Hin und her. Die Wand hüben, die Wand drüben sind abgewetzt, da, wo die Vorderpfoten über sie hinaus zu greifen so zwecklos bemüht sind. Hin und her. Und es ist garnicht wahr, dass er das Rotkäppchen gefressen hat und die Großmutter schon garnicht. Hin und her. Um Schauobjekt zu sein, zu einem bösen Märchen mit verlogener Moral, muss er hin und her. Manchmal bleibt ein Hund vor des Gitters anderer Seite mit stehen. Der gehört zu dem Menschen, der eben auch da steht. »Da ist der Wolf, der …« Der Hund aber kläfft. Kläfft sich heiser und geifert vor Wut. Er hasst den Wolf mit fantastischem Hass. Weil er selbst einmal ein Wolf gewesen. Wie lange ist das her? Hunderttausend Jahre oder so, als der Hund sich dem Menschen als Sklave ergab. Sich ihm verkaufte, für eine Handvoll abgenagter Knochen. Aber er weiß, dass er ein Sklavenvieh ist, ein Hund. Wie spricht der Hund? Wau, wau, für ein Stück Zucker. Gibt Pfötchen und macht hübsch, um einem Peitschenhieb. Du treue, poetische Hundeseele, um einen Teller Hundereis. Der da aber, hinter dem Gitter, der wilde Wolf, der kapituliert nicht. Wie weit, du poetische Hundeseele, reicht deine Welt? So weit, wie die Hundeleine oder der Pfiff des Herrn dich laufen lässt. Und keinen Schritt weiter. So wahr dein Herr die Macht hat, die Kraft und die Herrlichkeit, mit Zuckerbrot und Peitsche. Wau, wau und Heil. Der da aber, hinter dem Gitter, der da in seinem Kerker, der ist frei. Hin und her. Hin und her und träumt von der Steppe endloser Weite, von des Waldes dunkler Wärme, vom Strom, der aus Fernen kommt und in Fernen geht und der felsenhart ist, wenn der Frost klirrt und die Welt in ihrer Weiße noch weiter als sonst. Darum, weil er der Freie ist, muss der Sklave ihn hassen. Und muss ihn geifernd verbellen und verkläffen, dass die Steuermarke an seinem Halsband bebt. Du Hundeköter mit dem Maulkorb als deiner Zivilisation höchste Errungenschaft. Du Hund, du Hund, du Hund. Du und du und du. So ein Wolf im Käfig, der kann einmal ausbrechen. Und kann er es nicht, er bleibt, wer er ist. Aber ihr Hunde, ihr brecht nicht aus. Ihr kommt von der Leine nicht los, vom Maulkorb nicht und der Hundehütte. Und bewahrt dem Herrn das Haus und den Hof, mit Hab und Gut und Kisten und Kasten und das gekachelte Klosett. Für die Abfallknochen von seinem Tisch.

Leonhard Glanz. So wie du denkst, wirst du nicht durch das Gitter brechen. Mit einem Dreh nicht. Du wirst schon merken.

Ein Konzipient wird gesucht. Angebote mit Referenzen und Studiumerfolg sind da zu senden … Was ein Konzipient ist, weißt du nicht genau. Bei dir zu Hause nannte man das irgendwie anders. Studiumerfolg? Universitäten hast du nicht besucht. Aber die Hochschule des Lebens, meinst du. Erlebt hast du vielleicht so mancherlei. Aber ob du etwas gelernt hast? »Herr Ober«, diesmal in der Eigenschaft als Mensch, nicht als Kellner, »was ist hierzulande eigentlich ein Konzipient?« Ach so. Danke. – Kommt ja garnicht in Frage.

Junger Mann aus der Eisenbranche. Wie lange ist man heutzutage »Junger Mann«? Auf Grund der verbesserten sanitären Umstände bleiben die Menschen ja länger jung. Und dann der Sport. Leonhard Glanz hatte einmal ein Reitpferd für die Woche und eine Segelyacht für den Sonntag. Was hat er nun? Jedenfalls noch alle Haare auf dem Kopf. Und noch ein jugendliches Aussehen und Gehabe. Beinahe fünfzig? Wer sähe ihm das an? Junger Mann? Wenn weiter nichts ist. Freilich, er selbst hätte einen

»jungen Mann« dieses Alters nicht mehr eingestellt. Schließlich hatte er ja ein Geschäft und keine Versorgungsanstalt. Aber Eisenbranche?

Exakter Rechner für Fakturierung wird gesucht. Ob er ein exakter Rechner ist? Das kann er wohl sagen. Hat er nicht immer sogar etwas mehr können, als exakt rechnen? Eine Ware kaufen mit 47 shilling und 6 pence und sie verkaufen mit 52 shilling und 3 pence, das wären genau zehn Prozent Nutzen. Aber die Börse muss man riechen können. Richtig einsteigen und richtig wieder aussteigen. Darauf kommt es an. Dafür hat Leonhard Glanz das Gefühl in den Fingerspitzen gehabt. Das ist mehr als exakt rechnen. Aber Fakturen ausschreiben? So viel brutto und so viel Tara, so viel Fracht und so viel Assekuranz, plus zwei Prozent Zinsen über Bankdiskont für das Dreimonatsaccept. Nein, das hat er nie gemacht. Dafür hat man doch seine Leute. Mit solchem Krimskrams hat er sich nie abgegeben. Exakter Rechner für Fakturierung? Ist ja Mumpitz.

Heizungstechniker für Transmissionsberechnungen. Was es nicht alles gibt. Heizer, so hatte Leonhard Glanz geglaubt, sind große, starke Männer, die mit mächtigen Schaufeln auf Schiffen und in Fabriken vor den Kesselfeuern stehen und Kohlen aufschmeißen. Mit nichts an, als einer alten Leinenhose und ein paar Holzpantoffeln. Von Öl und Kohlenstaub sind sie zumeist so verschmiert, dass man garnicht unterscheiden kann, ob so ein Heizer ein Weißer sei oder ein Neger. Ist ja auch ganz egal, in diesem Fall. Der Heizraum einer Eisenhütte ist ja schließlich kein amerikanischer Pokerklub. Im Roten Meer soll es so heiß an Kesselfeuern der Dampfer sein, dass manchmal ein Heizer irrsinnig wird. Der rennt mitten im Dienst von der Arbeit fort, die Treppen hinauf an Deck und über Bord. Und weg. Scheußlich. Das ist doch kein Beruf. Was heißt da mit Transmissionsberechnung?

Speditionsbeamter gesucht, beider Landessprachen mächtig. Adressenschreiber. Hausmeister. Elektro-Installateur. Eingeführter Reisender für Herrenmoden. Herrenmoden. In der Eile und dem Halsüberkopf, mit denen man losfahren musste, sind nicht einmal die Krawatten mitgekommen. Eine aus grüner Seide und eine aus blauem Foulard mit gelblichen Punkten. Das ist alles. Heute hat Leonhard Glanz die grüne an. Bei einem braunen Anzug. Welche Zusammenstellung, wo doch draußen Regenwetter ist. Einzig eine bordeauxfarbene Krawatte hätte ihm heute gepasst, zu dieser Stimmung. Er hatte daheim eine sehr schöne bordeauxfarbene Krawatte. Wer weiß, wer die jetzt trägt, verknautscht, versaut. Irgendso ein Sturmtruppführer, wenn er in Zivil ist. Die Kerle haben ja alles geklaut. Beschlagnahmt, nennen sie das.

Ein Bäckergeselle wird gesucht. Brotbacken und so. Abends Teig kneten. Schmierig bis an die Ellenbogen. Aus sowas wird Brot. Morgens um drei aufstehen und backen. Welche Hitze. Ein Bäcker ist doch kein Heizer, zu einer Zeit, drei Stunden nach Mitternacht. Da kann man schlafen gehn. Noch in die Bar? Ne, Herr. Der Abend hat mich schon Geld genug gekostet. Ich lege überhaupt keinen Wert mehr auf Nutten. Wissen Sie, ich will demnächst heiraten. Ein Bäckergeselle? Kannst du balancieren, lieber Freund? Ein Brett auf dem Kopf. So groß. Und darauf große Kuchen und kleine Kuchen. Schaumgebackenes und Gugelhupf. Und damit durch die Straßen. Auf dem Fahrweg natürlich. Mittendrin, wo alles treibt und rattert und wackelt. Nur das Brett auf dem Kopf mit den Kuchen. Das ruht in sicherer Schwebe. Können Sie das? Herr, garnichts können Sie. Meine Kipferln, die ich gebacken habe, als Sie noch schliefen, als müsste das so sein, die können Sie essen. Immerzu, solange es Ihnen schmeckt. Herr, ich sage Ihnen, ich weiß manchmal nicht, wo ich das Geld hernehme für sechs von den Semmeln, von denen ich tausend gebacken habe. Haben Sie eine Ahnung. Nicht einmal balancieren können Sie.

Noch ein Reisender wird gesucht, für Toilettenartikel. Wird gesucht. Ein Reisender ging verloren. Hautcrème bei Tage und Hautcrème bei Nacht. Zahnpasta auf wissenschaftlicher Basis. Puder in siebenundachtzig Farben. Lippenstifte, echte, aus Maulbeerbaumläusen. Rasieressig, ha. Haarwasser und Lockennadeln. Kennen Sie den Witz von den Lockennadeln? Es war

einmal ein Mädchen, das trug extralange Strümpfe. So lang…
ach so, kennen Sie schon. Vielleicht wäre ich doch ein guter Reisender für Toilettenartikel. Nagellack, Nagelbronze à la Josephine Baker. Seife.

Haben Sie eine Ahnung, was Seife sei? Sie ziehen Lavendelseife vor. Na ja. Exterikultur. Warum auch nicht. Es war einmal eine Arbeiterin in der Seifenfabrik. Sie war im achten Monat oder so. Und da ging sie unsicher. Diese Leute sind ja auch so unvernünftig. Anstatt rechtzeitig mit der Arbeit auszusetzen. Und da fiel sie in einen der riesigen Seifenkessel. In die siedende Seifenmasse. Als man sie herausholte… als man sie herausholte… als man… es war nicht viel mehr als ein Skelett. Die glühende Seifenmasse, die frisst, mit Haut und Haar. Vielleicht, wer weiß, ist Ihre Lavendelseife von da. Aber ein Reisender in Toilettenartikel hat es auch nicht leicht. Haben Sie mal Lavendelseife zu verkaufen. Auf einmal will kein Mensch mehr Lavendelseife. Juchten ist in der Mode. Nagelfeile und Nagelschere. Leonhard Glanz, deine Nägel könnten auch einmal wieder in Ordnung gebracht werden. Das kann man doch selbst machen. Du nicht? Zu dir ist früher immer die Maniceuse gekommen. Deine Briefe haben »deine« Stenotypistinnen geschrieben. Deine Schulden hat »dein« Buchhalter ausjongliert. Deine Waren hat »dein« Expedient verladen. Du hast einen Korrespondenten für Englisch gehabt, einen für Französisch und einen für Spanisch. »Dein« Prokurist hat alle unangenehmen Besuche für dich empfangen, der Lehrling hat die Muster eingepackt und die Briefmarken aufgeklebt, die Telefonistin hat die Verbindungen für dich hergestellt. Was hast du eigentlich selbst getan? Praktisch? Was kannst du eigentlich? Nicht einmal dir die Nägel schneiden. Einmal wirft dich das Leben aus der Bahn und nun sitzt du da und es zeigt sich, dass du nichts anzufangen weißt und mit dir nichts anzufangen ist. Vom Durchführen und Beenden gar keine Rede. Nun sitzt du da, nimmst das Leben übel, als ob es dir nun so etwas besonders Schlimmes angetan hätte. Was hat es dir denn getan?

Aus der Bahn dich geworfen. Aus deinem eigenen »Geschäft«

dich hinausgeschmissen, dich ausgeplündert, deinen Besitz verschoben und gestohlen, dich eingesperrt, wie einen Verbrecher – na, na, ich gebe zu, das ist arg – dich infam maltraitiert und dich ziemlich nackt und bloß in die Fremde gejagt. Wer hat das getan? Die Nazis? Ja, wer hätte das gedacht. Du nicht, Leonhard Glanz, du nicht.

Lasst die Nazis nur kommen, hast du gesagt. Das sagt man so. Aber du hast es auch gedacht. Lasst sie nur kommen. Die kochen auch nur mit Wasser. Und dann haben sie mit Blut gekocht.

Ist alles nur halb so wild, hast du gedacht. Damals, als man den Hindenburg zum ersten Mal wählte, haben auch viele geschrien. Und was war geworden? Den Eid auf die Verfassung hat er geleistet und hat ihn sogar einigermaßen gehalten. Verfassungsbruch mit den Notverordnungen? Erstens war das ganz legal. Laut Artikel so und so der Verfassung hat man eben die Verfassung außer Kraft gesetzt. Auf Urlaub geschickt, ganz legal. Und zweitens hat das Brüning getan. Was sollte Brüning denn schließlich machen? Wenn eines Sonntagabends einfach die Darmstädter Bank pleite war. Eigentlich war also der Bankdirektor Jakob Goldschmidt an allem schuld. Komisch. Komisch. Brüning hat ja auch emigrieren müssen. Er soll in Amerika sein und Fäden ziehen für spätere Zeiten, sagen sie. Aber der Jakob Goldschmidt soll noch bei den Nazis sein. Bis auf Weiteres. Nur seine Villa im Grunewald haben sie ihm weggenommen. Aber sonst? Komisch. Hätte der Jakob Goldschmidt nicht den Größenwahn gehabt, sich für ein Finanzgenie zu halten, wäre die Darmstädter damals nicht verkracht. Wäre die Darmstädter nicht verkracht, hätte Brüning nicht mit dem Artikel so und so zu reagieren brauchen. Hätte der Papen keinen preußischen Staatsstreich machen können. Hätte der Schleicher nicht sozialen General gespielt und wäre nie Hitler gekommen. Alles mit dem Artikel so und so. Alles wegen dem Jakob Goldschmidt. Komisch. Komisch.

Aber was sollte man denn machen? Irgendetwas musste doch kommen? Etwa der Bolschewismus? Ich bitte Sie. Ich bin immer ein sozialer Mensch gewesen. Ich habe immer für die Armen etwas übrig gehabt. Ein Herz und auch ein Portemonnaie. Herz ist billig. Schön. Aber man muss es haben. Portemonnaie ist nicht billig. Ich habe jedem gegeben. Dem Blinden auf der Straße seinen Groschen und dem Schnorrer, der ins Büro kam, seine Mark. Tante Frieda jeden Monat fünfzig Mark. Und die vielen Vereine. Und jeden dritten Tag die Loge. Und was da sonst alles war. Jüdisches Begräbniswesen? Bitte sehr. Katholische Waisenfürsorge? Bitte sehr. Rotes Kreuz? Bitte sehr. Vaterländischer Frauenverein? Bitte sehr. Frontkämpferbund? Bitte sehr, ich bin ja auch damals dabei gewesen. Jawohl. Von fünfzehn bis achtzehn. In Flandern und in Wolhynien. Bitte sehr. Es hat mich gefreut, Herr Kamerad. Stahlhelm? Hm, ja. Aber selbstverständlich. Bitte sehr. Ich bin immer ein sozialer Mensch gewesen.

I. A. H. Was ist das schon wieder? Internationale Arbeiter Hilfe? Es muss doch alles seine Grenzen haben. Ich bitte Sie, jeder Etat ist einmal erschöpft. Ich kann mich wirklich nicht noch höher engagieren. Tut mir leid. Aber damit sie nicht umsonst gekommen sind. Hier haben Sie fünfzig Pfennig. Aber tragen Sie mich nicht in die Liste ein. Schreiben Sie: N. N. oder so. Bitte sehr.

Den Nazis? Bitte schön, konnte man das wissen? Die kamen doch »getarnt.« Und wusste man es, ich bitte Sie. Konnte man denn ahnen? Ich war immer ein demokratischer Mensch. Ich war schon 1918 Mitglied der Deutsch-Demokratischen Partei gewesen. Damals, als wir aus dem Felde kamen, waren wir alle drin. Die ganze Börse. Ich war immer Demokrat. Und Demokrat sein heißt gerecht sein. Nach links und also auch nach rechts. Entweder oder. Und schließlich war ich Geschäftsmann. Und ein tüchtiger Geschäftsmann muss auch Rückassekuranz abschließen. Für alle Fälle. Das ist sogar Pflicht eines verantwortungsbewussten Kaufmanns. Da kann man doch nicht sagen, dass ich die Nazis unterstützt hätte. Ich habe da einfach so eine Versicherungsprämie bezahlt. Wer konnte denn wissen, dass die Kerle die Prämie nehmen und nachher keine Versicherung anerkennen? Auf solche Schweinerei konnte man doch nicht gefasst sein. Ich nicht. Ich war immer für Anstand und für Demokratie. Nach links, schön, aber auch nach rechts.

Nicht etwas reichlich mehr nach rechts? Ich bitte Sie, was soll man machen? Ich bin kein Bolschewist. Meinen Sie, dass einem die Nazis einen Moment sympathisch waren? Niemals. Aber man dachte, schön, sollen sie ran kommen. In drei Monaten zeigt sich, dass sie auch nichts ändern können. Dann ist der Rummel aus. Schutz des Privateigentums hatten sie doch gesagt. Konnte ich wissen, dass sie mir alles wegnehmen würden? Schlimmer hätten es die Bolschewisten ja auch nicht treiben können. Juda – verrecke! Na, wer hat das ernst genommen. Wird alles nicht so heiß gegessen, wie es gekocht wird. So haben wir alle gedacht. Kann man einfach die Juden in Deutschland aus dem Wirtschaftsprozess ausschalten? Das kann man nicht, haben wir alle gedacht. Wie konnte man denn ahnen? Brechung der Zinsknechtschaft. Sehen Sie, das hat einem doch eingeleuchtet. Die Banken waren flüssig. Bares Geld war genug da. Aber brauchte man mal etwas für ein paar Tage, musste man Gott weiß was an Zinsen zahlen. Die Banken machten doch mit einem, was sie wollten. Schön, habe ich mir gesagt, lass sie auf der Straße rufen: Juda verrecke! Ich hör garnicht hin, wenn wir einen normalen Bankdiskont kriegen, der nicht nur auf dem Papier steht. Lauter Lüge. Banditen, sage ich Ihnen. Gangster. Notorische Verbrecher. Und die Welt schaut zu.

Da hatte ich einen Prokuristen. Heckerle heißt er. Der ist schon ewig bei unserer Firma. Als er fünfundzwanzig Jahre da war, bekam er eine wunderbare, goldene Uhr und die Prokura. Damals lebte mein Vater noch. Heckerle war ein tüchtiger, und ich sage Ihnen, ein anständiger Mensch. Sonst hätte doch mein seliger Vater ihm niemals Prokura erteilt. Und was ist er jetzt? Der größte Lump von der Welt.

Dass ich jetzt hier sitze, ohne einen roten Groschen, dass ich hier nach der Zeitung Stellung suche, wo ich doch genau weiß, dass es gar keinen Sinn hat, aber man muss doch wie, man kann ja nie wissen. Dass ich hier im Kaffeehaus herumsitze, anstatt etwas Vernünftiges zu tun. Draußen regnet es. Soll ich etwas spazieren gehen? Irgendwo muss der Mensch doch sein. Sehen Sie, alles das verdanke ich dem Heckerle. Ich selbst habe mit ihm eigentlich nie so recht freundschaftlich gestanden. Aber mein seliger Vater hat auf ihn geschworen. Wissen Sie, der Mann trug einen Schnurrbart und ich habe Männer mit Schnurrbart nie recht leiden können. Vor dem Krieg trug er einen langen Schnurrbart, mit hochgebogenen Spitzen. Ich erinnere mich noch ganz genau. Das war damals so eine Mode. Wegen des Kaisers. Unter dem hätte übrigens sowas nie passieren können. Der Mann hat auch seine Fehler gehabt. Gewiss. Man hat das damals nicht so gesehen. Aber solche Zustände wie jetzt? Ausgeschlossen. Bei der Freundschaft mit Ballin. Jedesmal, wenn der Kaiser zum Rennen nach Hamburg kam, hat er bei Ballin gefrühstückt. Der Kaiser saß da, so mir nichts-dir nichts, auf der Fensterbank und Ballin stand vor ihm und der Kaiser lachte, dass er sich die Schenkel klopfte. Unten standen die Menschen und sagten: Jetzt erzählt er ihm von dem großartigen Aufschwung der Hapag und der Kaiser freut sich. Und sie riefen: Hurrah! In Wirklichkeit hatte er ihm den neuesten jüdischen Witz erzählt. Ich weiß das genau. Von meinem seligen Vater, der hat doch den Ballin persönlich gekannt.

Was wollte ich doch sagen? Ja, der Heckerle. Nach dem Krieg ging er eine Zeitlang mit kurzem englischen Schnurrbart. Und dann ließ er ihn wieder lang wachsen. Kann sein, wegen Hindenburg, was weiß ich. Dabei war Heckerle nie politisch. Außer damals, zu Anfang der Inflationszeit. Weil doch damals jedesmal die Mark runter ging, wenn Clémenceau oder Poincaré am Sonntag eine Rede bei einer Denkmalsenthüllung und so gehalten haben. Jedesmal, wenn Clémenceau am Sonntag drohte, dass man Deutschland doch noch zerschmettern würde, war am Montag von der Mark ein Stück weg. Und Heckerle konnte ausrechnen, dass man die Devisen, die man bei der Reichsbank auf drei Monate Termin gekauft hatte, beinahe geschenkt bekam. Dabei war der Mann im Grunde patriotisch. Aber Stinnes war ja auch patriotisch und hat doch Millionen an der Marktpleite verdient. Aber wie gesagt, Heckerle war unpolitisch, ganz und gar. Manchmal habe ich mit ihm über dies und das politisch zu reden versucht. Wir saßen uns doch am Schreibtisch gegenüber. Jahre lang. Da redet man doch mal. Aber wie gesagt, es interessierte ihn nicht. »Was kann man damit anfangen«, sagte er, »wenn wir hundert tons Mixed-Mais gehandelt haben, dann weiß ich, was wir verdient haben. Aber Kommunisten und Nationalsozialisten und so ... Meschugge.« Jawohl. Meschugge, sagte der Mann, obwohl er ein Arier ist, ein hundertprozentiger. Aber ich sage Ihnen, wenn die Juden so wären, wie die drüben sagen, dass sie sind, dann ist dieser Mann ein Jude. Einer? Zehn. »Heckerle«, sage ich, »die Dinge in der Sowjet-Union sollten doch zu denken geben.« »Sowjet-Union«, sagt er »existiert für mich garnicht. Man kann ja mit den Leuten gar nicht handeln. Die Industrie macht ja Geschäfte mit ihnen, und es heißt, sie sollen da tadellos abwickeln. Sogar ihre Wechsel lösen sie prompt ein. Na ja. Das ist ja kein Kunststück, wenn man im Inneren Millionen einfach verhungern lässt. Aber können Sie mit den Leuten eine Tonne Mais handeln, oder Gerste? Und was waren das früher für Geschäfte.«

Sehen Sie, so war dieser Mann. Er stammte aus ganz kleinen Verhältnissen. Die Eltern hatten eine kleine Wäscherei, ich glaube die Mutter hat selbst gewaschen. Als Heckerle als Lehrling zu uns kam, konnte er noch nicht einmal mit Messer und Gabel umgehen. Mein seliger Vater hat mir das erzählt. Und dann hat er es bis zum Prokuristen gebracht. Als mein Vater starb, meinte Heckerle, ich würde ihn zum Mitinhaber machen. Er hat mir nie ein Wort davon gesagt, so hinten herum hat man mir das zugetragen. Mit dem Expedienten hat er darüber geredet und mit dem Buchhalter. Aber vor mir kroch er. Genau wie er vor meinem Vater gekrochen hatte. Jawohl, Herr Glanz. Gewiss, Herr Glanz. Und jedesmal, wenn man aus dem Kontor ging, lief der Mann mit bis zum Ausgang und machte einem die Tür auf. Vielleicht hätte ich ihn wirklich damals zum Mitinhaber gemacht, wenn er einmal mit mir vernünftig darüber gesprochen hätte. Aber der Mann war doch ein Kriecher und unsere Firma eine erste Aufgabe an der Börse. Wissen Sie, da haben wir den alten Sloman an der Börse, von der Sloman Reederei. Der Mann hatte sich geweigert, im Rathaus zum offiziellen Kaiser-Diner zu erscheinen, weil man ihm gesagt hatte, er solle weiße Glacéhandschuhe anziehen. Der alte Sloman meinte, Handschuhe trüge er nur im Winter und auf der Straße, und wenn der Kaiser ihn nicht ohne Handschuhe begrüßen wolle, dann solle er es bleiben lassen. So waren diese Hamburger Kaufleute. Und dann dieser Heckerle.

Und heute ist er alleiniger Inhaber der Firma Glanz & Co, Kommandit Gesellschaft. Wie das? Über die Banken? Sie meinen, so wie in Amerika, wo man die Banken gegen einen Unternehmer loslassen kann, dass sie einem neue Kredite verweigern und die alten kündigen und mit allen möglichen Quertreibereien das Leben unmöglich machen, bis man kapituliert. Nein, dazu war der Heckerle gar nicht gescheit genug. Und schließlich auch nicht groß genug. Sowas können doch nur die ganz Großen machen.

Viel einfacher. Ich sage Ihnen, viel einfacher. Der Mann war doch immer feige, aber 1933, gleich als die Nazis kamen, auf einmal warf er sich in die Brust. Wie ein Puter. Kam mit »Heil Hitler« ins Privatkontor. Ich bitte Sie, in meiner Firma. Und eines Tages kam er in einem braunen Hemd. In Breeches, und mit hohen Lederstiefeln. Ich bitte Sie, wie ein Trapper, in ein Hamburger Kaufmannskontor. Dass der Mann sich garnicht schämte. Über dreißig Jahre hatte man den Mann zur Bügelfalte erzogen und zum selbstgebundenen Schlips. Und nun stieg er herum, wie ein schlecht angezogener Unteroffizier. »Heckerle« sage ich, »Sie sind doch immer ein unpolitischer Mensch gewesen. Was machen Sie da für Mumpitz.« Da hätten Sie den Mann sehen sollen. Er lief ganz rot an an, ich dachte, es wäre ihm was, und wollte aufspringen und ihm den Rücken klopfen. »Herr Glanz«, brüllte er, »Sie scheinen nicht zu wissen in welcher Zeit wir leben. In einer Zeit des Aufbruchs, Herr, in einer Zeit des Umbruchs. Wenn ich will, dann drücke ich hier auf den Knopf« – er zeigte auf das Haustelefon –, »und ich lasse Sie abführen.« »Ach so«, sagte ich nur, »na, da gehe ich einstweilen ins Musterzimmer, bis Sie sich beruhigt haben.«

Von dem Zwischenfall wurde nicht mehr geredet, aber nach ein paar Tagen kam er an. »Herr Glanz, wie die Dinge liegen, ist es wohl besser, ich gehe jetzt mittags zur Börse. Wir müssen dort doch durch einen Arier vertreten sein.« Ich gab ihm keine Antwort und er ging einfach zur Börse.

Was soll ich Ihnen mit allen Einzelheiten erzählen? Wir hatten in Hamburg unsere Geschäfte immer als Gentlemen gemacht. Was man so fair nennt. Auch im Kriege. Auch in der Inflationszeit, wo alle möglichen Elemente sich ins Geschäft drängten. Aber Leute wie Michael in Berlin und Bosel in Wien, das war in Hamburg nicht möglich. Nicht mal Stinnes. Als der in Hamburg eine Filiale machte, Schiffe fahren ließ und in den Trade ging, na, wie lange hat es gedauert? Die Hamburger sagten, man müsse seriös sein. Aber sie meinten, man müsse Gentleman sein. Auf einmal hat das alles aufgehört. Ich spreche garnicht von dem Antisemitismus. Das ist ein Sonderkapitel. Das ist ein Kapitel von feiger Niedertracht und von Viecherei. Ich spreche hier jetzt nur vom Geschäft. Stellen Sie sich so einen Mann vor in SA-Uniform. Der ganze Kerl stinkt nach Schweiß und Leder. Mief, nannten wir das im Krieg. Aber damals waren wir eben Soldaten. Und sowas knallt nun mit den Hacken, anstatt ja zu sagen, und alles das. Wissen Sie, ich hatte auf einmal das Gefühl, der Heckerle denkt mit dem Hintern und redet mit den Hacken. Hat das was mit Gentleman zu tun? Und sowas macht jetzt in Hamburg Geschäfte. Das hätte der alte Schiffsreeder Krogmann erleben müssen, der in Winter und Sommer immer nur mit Cylinderhut zur Börse ging, dass sein Sohn in Wildwest-Uniform in Hamburg Bürgermeister spielt und zur Börse geht. Wenn ein Postdirektor in Wittstock an der Dosse oder ein Oberlehrer in Pforzheim auf einmal anfängt, Indianer zu spielen. Schön. Was geht es mich an. Aber ein Hamburger Kaufmann. Ich bitte Sie.

Also was soll ich Ihnen sagen. Eines schönen Tages, morgens um sechs Uhr, werde ich verhaftet. Von ein paar Lausejungs, die wie Krämerkommis aussahen. Und in vernünftigen Zeiten auch nichts anderes gewesen wären. Aber jetzt spielten sie Gestapo und der eine lief immer hinter dem anderen her und nannte ihn Chef. Der Chef stellte alle möglichen Fragen an mich und jedesmal, wenn ich etwas antworten wollte, brüllte er: »Schnauze.« Das war ein erstes Verhör. In meinem Leben hatte ich nichts mit der Polizei zu tun gehabt, und ich dachte mir, was kann das schon sein? Was können die wollen? Bei mir gibt es nichts zu verschweigen. Nichts gegen das Gesetz. Schließlich leben wir ja in einem Rechtsstaat. Im Ausland sollen so Ansichten verbreitet sein, dass in Deutschland unter Hitler kein Recht mehr bestehe. Na, also Übergriffe können mal vorgekommen sein. In der ersten Zeit. Aber die Regierung hat ja selbst gesagt, dass das Greuelnachrichten wären.

Sie machten bei mir Haussuchung. Kehrten das Unterste zuoberst. Drehten die Teppiche um. Dann kamen sie über meine Bibliothek.

Ich bin ein Kaufmann. Ich habe im Leben nie viel Zeit zum Lesen gehabt. Aber schließlich muss ein gebildeter Mensch ein paar ordentliche Bücher im Hause haben. Man braucht sie ja nicht alle gleich zu lesen, ich bitte Sie, wer liest heutzutage noch Goethe und Schiller und Shakespeare, aber haben muss man sie doch. Als die Kommis von der Gestapo zu Heinrich Heine kamen, riss der »Chef« die Bücher heraus und warf sie auf den Fußboden. Dabei war es eine ganz alte Ausgabe aus dem Jahr 1850 oder so, von Hoffmann & Campe. Ich hatte sie von meinem seligen Vater geerbt. »Das Schwein«, sagte der andere und stieß mit dem Fuß nach einem der Bücher, das auf der Erde lag. Denken Sie, mit dem Fuß nach einem Buch.

Ein paar Bücher von Heinrich Mann warfen sie dazu und *Im Westen nichts Neues* von Remarque und *Petroleum* von Upton Sinclair. Dann drei broschierte Bände *Schwejk* und zwei oder drei Romane von Traven. »Ein Marxistenschwein sind Sie also auch«, schrie der Chef und der Andere grinste. Schließlich sammelte sich ein ganzer Haufen Bücher auf der Erde und die beiden traten ungeniert darauf herum. Schließlich riefen sie einen SA-Mann herein, der vor der Tür gestanden hatte, er solle die Bücher runter schaffen, ins Auto. Der SA-Mann knallte mit den Hacken und grinste und sagte zu mir: »Das wird ja wieder ein lustiges Feuerchen geben.« »Und die Schreibmaschine holst du gleich hinterher«, rief der Chef im nach. Meine Reiseschreibmaschine stand offen auf meinem Schreibtisch. »Was wollen Sie mit meiner Schreibmaschine?«, fragte ich den »Chef.« »Schnauze«, brüllte der wieder, »damit hast du Schwein doch deine konspirativen Briefe geschrieben.« Nie in meinem Leben habe ich politische Briefe geschrieben und konspirative schon garnicht. Bei der ganzen Haussuchung war nichts und garnichts gefunden worden. Der »Chef« wollte einfach meine Schreibmaschine klauen. Vielleicht wollte er sie verkaufen, vielleicht gefiel sie ihm und er wollte sie für sich. Damals kamen mir zum ersten Mal Bedenken über das neue deutsche Recht. Ich dachte, ob an den »Greuelmärchen« nicht doch was Wahres dran sein sollte.

Unterwegs im Auto, durch wohlbekannte Straßen, dachte ich, was kann dir im Auto, mitten in der Stadt passieren? Und sagte zu dem »Chef«: »Das scheint mir eine Verhaftung zu sein. Darf ich fragen warum?« »Das weißt du Schwein besser als wir«, sagte der. Ich sah den Anderen an. Der sagte garnichts. Spuckte nur aus, mir direkt auf den Stiefel. So kam ich in das Hamburger »Stadthaus«, einem früheren Verwaltungsgebäude am Ende des Neuen Wall, Hamburgs vornehmster Geschäftsstraße. Jetzt ist das Haus Gestapo Zentrale. Und im Keller Folterkammer. Bitte sehr, Sie mögen es glauben oder nicht. Hier sind Folterkammern.

Genug und gut. Es lag eine Anzeige gegen mich vor, wegen Devisenschiebungen. Ich solle ein Teil meines Vermögens in fremden Valuten im Ausland angelegt haben. Unsere Firma hat große Geschäfte mit dem Ausland gemacht. Seit über fünfzig Jahren. Seit sie existiert. Natürlich hat es da Devisenüberweisungen hin und her gegeben. Das ist ja selbstverständlich. Aber nie habe ich einen Pfennig privaten Vermögens im Ausland angelegt. Mein Vater hatte immer gesagt: »Ein anständiger Hamburger Kaufmann tut das nicht.« Und so ist es verblieben. Leider, möchte ich heute sagen, denn hätte ich es anders gehalten, brauchte ich jetzt nicht im letzten Hemd hier zu sitzen. Im Übrigen hätte ich das ja ohne unseren Buchhalter und ohne Heckerle garnicht machen können. Ehrlich gesagt, ich hätte garnicht gewusst, wie man das praktisch anfängt. Ich habe mich doch um die Technik der Details niemals gekümmert. Als mein Prozess schließlich zur Verhandlung kam, nach vierzehn Monaten Untersuchungshaft, und was für Untersuchungshaft, hat unser Buchhalter als Zeuge auch so ausgesagt. Das hat ihn dann seine Stellung gekostet und der Mann ist verheiratet und hat zwei Kinder. Und ich habe ihn eigentlich nie besonders behandelt. Für Buchhaltungssachen habe ich mich nie interessiert. Heckerle war nicht zum Prozess als Zeuge erschienen. Warum nicht? Er war gar nicht geladen worden, obwohl mein Anwalt das beantragt hatte. Warum nicht? Weil doch die Anzeige gegen mich von ihm gemacht worden war. Jawohl, von Heckerle. Der seit über dreißig Jahren bei der Firma war. Der alles, was er war, durch die Firma geworden war. Der langjährige Prokurist und Freund der Familie. Mein Gott, ja. Zu großen Gesellschaften hatte mein seliger Vater ihn nicht geladen. Schließlich war er ja nur Prokurist und stand mit dem Fischbesteck auf Kriegsfuß. Aber drei, vier Mal jedes Jahr an Sonntagen, hat er an unserem Tisch gesessen. Und über alles hat man mit ihm gesprochen. Über die intimsten Dinge. Ich weiß noch, das ist jetzt dreißig Jahre her, ich stand damals vor der Matura. Das sagte mir mein Vater: »Komm mal heute Abend ins Büro, Heckerle möchte dich sprechen.«

Was hatte Heckerle für einen Auftrag? Er setzte sich mit mir auf das Ledersofa im Privatkontor und sagte, ein junger Mann wie ich, und unmittelbar vor dem Examen. Da müsse man freien Kopf haben und so. Ruhiges Blut und so. Na, und dann gingen wir nachher zusammen in ein Bordell. Und Heckerle suchte ein Mädchen für mich aus und schickte mich mit ihr »nach oben«. Es war ein sehr vornehmes Bordell, eine große Majestät von Dänemark soll da gestorben sein. Das war meine erste private

Beziehung mit Heckerle. So standen wir mit dem Mann. Und der ging hin und zeigte mich bei der Staatsanwaltschaft wegen Devisenschiebung an, wo er wusste, dass kein Wort davon wahr sei.

Als ich endlich freigesprochen war und aus dem Gefängnis kam, erwartete mich am Tor der alte Anwalt unserer Firma, der mich auch verteidigt hatte. Wir stiegen in sein Auto. Als wir um die erste Straßenecke herum waren, klopfte er mir auf die Schulter. »Großartig«, sagte er. »Na, immerhin, nach vierzehn Monaten«, sagte ich. »Das meine ich nicht«, sagte er, »nur, dass wir hier heil um die Ecke gekommen sind. Es kommt nämlich oft vor, dass freigesprochene, von der Staatsanwaltschaft entlassene Leute hier von der Gestapo in Schutzhaft genommen werden und im K. Z. landen. Offen gestanden, ich hatte ein bisschen Angst.« »Na, und was nun?«, fragte ich. »Jetzt fahren wir zu mir nach Hause und frühstücken«, sagte er und zwinkerte mir dabei zu. »Aha«, dachte ich, »der Chauffeur. Auch schon spitzelverdächtigt.« Ich merkte, ich hatte in den vierzehn Monaten da drinnen doch etwas gelernt.

Wir fuhren über die Lombardsbrücke. Rechts die Wasser der Binnenalster und die Türme von Hamburg und die ganze City rundum. Und links die Außenalster, ganz weit und voll Sonne, Segelboote und Kastanienbäume und die Eichen vom Harvestehuder Weg. Zehntausendmal in meinem Leben bin ich wohl über die Lombardsbrücke gegangen oder gefahren. Und jedesmal, jedesmal habe ich einen Blick nach links und einem Blick nach rechts getan, über die Alster und über die Stadt. Jedesmal war ich dann ganz stolz und gerührt zugleich. Das ist so ein Gefühl, so ungefähr muss den Dichtern zu Mut sein. Wenn ich ein Dichter wäre, ich möchte Gedichte von der Alster machen. Wissen Sie, was die Alster ist? Ein sehr breiter Fluss, der mitten durch Hamburg geht, wie ein See? Das kann schon sein. Die Alster, das ist etwas Schönes, was sich nicht so sagen lässt. Das ist etwas Frohes mit tausend kleinen, fröhlichen Booten. Das ist ein Frieden, mitten im Lärm und Getriebe. Das ist ein frischer Wind am Morgen und eine selige Müdigkeit am Abend. Weiße, kleine Dampfer. Und Hängeweiden und Segelboote und Schwäne und ein Kanu, in dem man in der Sommernacht schlafen kann, wenn man zu faul ist, nach Hause zu paddeln, und morgens heraus aus dem Boot, ins Alsterwasser, ausgeschwommen und einen Kornschnaps hinterher am Uhlenhorster Fährhaus. Meinen Sie, das sei die Alster? Das ist doch alles nur ein Teil. Das ist doch nur Äußeres. Ich bin ja kein Dichter und ich glaube an nichts. Sonst möchte ich sagen, die Alster, das ist das Auge Gottes. Die Alster, das ist doch zu Hause. Das ist doch Heimat. Immer gewesen und ewig seiend.

Und nun will ich Ihnen mal was sagen. Dahier, ein etwas staubiges Kaffeehaus. Und ich eine überflüssige Vergessenheit. Und keine Heimat. Und eine Fremde, nasskalt wie das Wetter. Und wenn Sie mir nun sagen: hier ist der Zaubermantel aus Tausendundeiner Nacht. Steig auf und im Augenblick sind wir in Hamburg, an der Alster. Ich täte es nicht. Und wenn Sie mir sagten: Hier ist eine Tarnkappe dazu. Kein Mensch kann dich sehen und nichts könnte geschehen. Ich täte es nicht. Und täte es nicht, um alles Geld in der Welt noch dazu.

Die Alster? Die Heimat? Das ist doch das Gute. Aber da sind doch die Menschen. Da geht doch so viel um und ist das Böse. All die Gemeinheit, die Niederträchtigkeit, die Erbärmlichkeit, die Feigheit, der Verrat. Das verlegene Grinsen und nicht wissen, ob man grüßen soll. Das schnell in das nächste Haus laufen, in das nächste Schaufenster schauen. Loch in die Luft starren, mit rot angelaufenem Gesicht. Eine Dame in der Trambahn: Schaffner, der Kerl, der da neben mir sitzt, ist ja ein Judenlümmel, der kann doch draußen am Perron stehen. Sagen Sie ihm das bitte! – Da drüben, in dem kleinen Ecklokal, wo die Sonne auf die Fensterscheiben prallt, dass die blauen Alsterwellen darin spiegeln, da habe ich tausendmal nach der Börse gefrühstückt. Herr Glanz, geben Sie heute La Plata-Mais? Herr Glanz, nehmen Sie heute Donau-Gerste? Herr Glanz, was halten Sie von den Ernteaussichten in Canada? Herr Glanz, hier dürfen Sie nicht hinein. Hunden und Juden ist der Eintritt verboten. Schmeißt sie raus, die Judensau. Sowas sitzt hier in unserem

Staatstheater! Ein besoffener SA-Mann torkelt dich an: »Herr, Sie wollen einen deutschen SA-Mann anrühren? Sie dreckiger Jude? Schnauze! Sonst lass ich Sie abführen.«

Nein. Keinen Zaubermantel. Da ist keine Heimat. Da ist keine Alster. Da ist kein Traum. Und keine Sehnsucht. Das Auge Gottes ward blind.

Übrigens auch mein alter Anwalt trug da ein Nazi-Partei-abzeichen mit Hakenkreuz im linken Rockaufschlag. Ich musste immerfort hinsehen. Nachher, bei ihm zu Hause, sagte er: »Na ja. Wenn ich das nicht hätte, wären Sie doch nicht hier. Entweder hätte ich Sie garnicht verteidigen können, oder es hätte gar keinen Sinn gehabt. Fünf Jahre Zuchthaus hätten Sie gekriegt, Glanz, wie garnichts.«

»Wo ich aber doch völlig unschuldig bin?«

»Und wenn Heckerle geschworen hätte?«

»Aber das wäre doch ein blöder Meineid gewesen. Jeder Bücherrevisor würde das doch nachgewiesen haben.«

»Ein arischer Eid, Glanz, ist niemals ein Meineid. Verstehen Sie doch, Mann.«

»Ich werde Herrn Heckerle sofort entlassen. Und wenn mich das jährlich ein Vermögen kostet.«

»Garnichts werden Sie. Sitzen Sie gut, Glanz? Ich meine, garnichts können Sie. Am wenigsten Heckerle entlassen. Der Mann ist doch – passen Sie gut auf, Glanz – der Mann ist doch Inhaber Ihrer Firma. Alleiniger Inhaber sogar. Dazu war doch alles inszeniert worden. Sie haben damit garnichts mehr zu tun. Die Firma ist ein national wichtiger Betrieb. Sie waren im Gefängnis. Und Heckerle wollte sich doch nicht zumuten lassen, einen »Zuchthäusler« und Juden dazu etwa zum Sozius zu haben. Na und das hat dann auch die Handelskammer eingesehen und ein entsprechendes Gutachten gegeben. Ja, Glanz, das tat die gleiche Handelskammer, in der ihr Vater jahrelang im Vorstand gesessen ist. Na, und dann kleine Eintragung im Handelsregister: Leonhard Glanz ist als Kommanditist ausgeschieden. Die Firma wird mit Aktiven und Passiven von Ernst Heckerle übernommen. So, Glanz. Jetzt wissen Sie Bescheid. Jetzt ist der Zahn gezogen. Wissen Sie, Glanz, ich werde in diesem Jahre siebzig Jahre alt, aber ich sage Ihnen, niemals in meinem Leben habe ich mich so geschämt, wie ich mich jetzt schäme vor Ihnen. Ja. Na, und nun wollen wir doch 'nen Happen frühstücken

Wie? Haben Sie was gesagt? Glanz, Sie werden mir doch jetzt nicht schlapp machen. Im U. G. haben Sie sich ordentlich gehalten. Ich weiß doch, was da vor sich geht, aber Sie haben sich gut gehalten. Das ist in unseren Kreisen eine Seltenheit. Na, nun machen Sie keine Geschichten. Wissen Sie, die Kommunisten? Alle Achtung. Wie die sich halten. Allen Respekt. Das muss man sagen. Eisern. Eisern. Aber die Leute aus unseren Kreisen? Kein Protokoll, das die nicht unterschrieben. Sie haben sich da tadellos gehalten, Glanz. Das muss man sagen. Na, und nun wollen Sie hier schlapp machen? Kommen Sie. Schiet is Dreck sin Broder. Gießen Sie einen Cognac drauf.

Wissen Sie, Glanz, wenn hier einer flennen wollte, dann müsste ich es sein. Wie stehe ich hier vor Ihnen? Ich stehe doch auf der Seite, die sich schämen müsste. Was kann Ihnen passieren? Sie werden für ein paar Wochen in ein Sanatorium gehen oder so. Na, und später wird man sehen. Besser ein paar Jahre ein bisschen das Leben genießen, als im Zuchthaus verbringen. Wer kann Ihnen was, Glanz? Sie stehen sauber da. Vor der Welt. Aber das wäre scheißegal. Glanz. Aber auch vor sich selbst. Das ist doch die Hauptsache. Mein ich. Aber der innere Schweinehund, Glanz, wer den nicht überwinden kann, der ist schlimm dran.

Na, nun kommen Sie mit nach nebenan. Sehen Sie, da hat man uns nen netten Frühstückstisch gedeckt. Kommen Sie. So. Nun erst mal nen Cognac. Und dann so'n schönes Stück geräucherten Aal. Lange nicht gehabt? Wie? Na, sehen Sie. Sie erlauben schon, dass ich Ihnen auflege. Es hätte ja auch unsere alte Marie servieren können, Sie kennen sie doch, Glanz, von früher her. So'n bisschen dick, mit roten Backen. Na ja. Was soll ich Ihnen vorflunkern. Also sie hat mir gesagt, ich könne nicht von ihr verlangen, dass sie einem Juden serviert, der noch dazu und so ... Na, was soll ich machen? Nicht einmal rausschmeißen kann ich sie, zeigt sie mich an, bin ich der reingefallene.

Ne, ne. Nun meinen Sie, sie müssen mich beruhigen? Ne, ne. Ich sage Ihnen ja, wenn einer von uns zweien zu flennen hätte, dann müsste ich es sein. Nehmen Sie Pumpernickel, Glanz, frischen westfälischen Pumpernickel. Nur Butter kann ich Ihnen nicht anbieten. Butter ist in dieser Woche mal wieder knapp. Und hier, Kotelett, Glanz, kaltes Kotelett mit Kartoffelsalat. Hat Ihr Vater schon immer gern gegessen. Was ich sagen wollte … Wie? … Meine Frau? Es geht ihr gut. Danke. Sie lässt sich entschuldigen. Ja. Eigentlich sollte ich sagen, sie hätte rüber müssen, nach Rotherbaum, zur Schwägerin, die krank sei. Aber die Schwägerin ist garnicht krank. Und meine Frau ist auch nicht drüben in Rotherbaum. Ich werde Ihnen doch nichts vorflunkern. Glanz. Nicht wahr? Sie ist einfach weggegangen, was weiß ich. Sie meinte, sie sei das der Rücksicht auf die Schwester schuldig. Die Schwester ist doch mit einem Blunck verheiratet. Und der Blunck ist doch ein Vetter von dem Staatsrat Blunck, der jetzt, ich glaube, in der Reichskulturkammer sitzt und der oberste von den Dichtern ist. Hat sich in der Dichterakademie glatt auf den Stuhl von Thomas Mann gesetzt. Na, ich habe ihn noch gekannt, den Hans Friedrich Blunck, als er noch beim sozialdemokratischen Senat der Stadt Hamburg schnorren gegangen ist. Damals habe ich ihm gesagt: Hans Friedrich, den Sozikurs mache ich nicht mit. Da hat er gelächelt, so ein bisschen von oben herab. Na, und jetzt? Der kann's. Der ist in allen Sätteln gerecht. Der ist mit allen Hunden gehetzt. Der ist mit allen Wassern gewaschen. Und da stehe ich nun dazwischen. Mit Ihnen kann ich ja reden, Glanz. Aber sonst? Mit meiner eigenen Frau kann ich doch nicht mehr reden. Das ist doch alles, ich weiß nicht wie. Dazu bin ich siebzig alt geworden. Und muss das Dings da tragen. Und der innere Schweinehund, Glanz. Um den komm ich nicht rum. Mit siebzig ist man kein Draufgänger mehr, Glanz. Sie? Sie sagen: Mi könt ji all mal Götz von Berlichingen. Aber ich. Ich muss da mitmachen, wo es mich angekotzt, bis da hinauf. Kommen Sie, Glanz, noch nen Cognac. Ich muss den schlechten Geschmack runterspülen.«

In seine Wohnung ist der vielleicht gar nicht so gleichgültige

Mann Leonhard Glanz nicht mehr gegangen. Dort war, trotz des Protests des Anwaltes vor Monaten schon alles beschlagnahmt worden. Es stellte sich heraus zu Unrecht, aber da war schon alles fort. Alles ausgeplündert, was einem Plünderkommando brauchbar erschienen war. Was übrig blieb, ging in einen größeren Koffer.

Vielleicht wäre dieser Mann nun in ein Sanatorium gegangen. »Weißer Hirsch« bei Dresden, oder so. Der Anwalt hatte gesagt, dass Glanz eine auskömmliche Rente aus seiner alten Firma würde beziehen können. Er hatte Heckerle einfach gesagt, dass er mehr wüsste, als dem neuen Chef aus Schiebung angenehm sei. Da hatte der sofort ein Angebot gemacht. Leonhard Glanz wäre lieber in ein belgisches Bad gegangen, raus aus dem Lande. Aber er hatte keinen Pass. Der war von den Plünderern mit beschlagnahmt worden. Würde auch wohl keinen neuen Pass bekommen. Hatte auch einen Widerwillen dagegen, mit irgendwelchen Amtspersonen in Berührung zu kommen. Und endlich, hätte er einen Pass bekommen, so hätte es Wochen gedauert, bis er eine Bewilligung erhalten hätte, das notwendigste Geld mitzunehmen. Das schien unmöglich. Und gerade das »Unmögliche« sollte geschehen. Bei Gott – fragen Sie den Rebbe von Muncacz – und bei den Nazis ist nichts unmöglich.

Ein Zwischenfall bewahrte den Mann Leonhard Glanz davor, in einem Meer von Gleichgültigkeit für uns unterzugehen oder für sich selbst in solchen Zustand zu verfallen. Der Zwischenfall ereignete sich in einem Park, in dem Leonhard Glanz schon ein dutzendmal um eine Rasenfläche herumgelaufen war. Ein noch dazu einsamer Park. Auf einmal kam Heckerle des Wegs. Warum von mehr als einer Million Einwohner gerade Heckerle vorbeikam, als Leonhard Glanz, zum ersten Mal in seinem Leben, da allerdings ausgiebig, in diesem Park spazieren ging, bleibt ungeklärt. Zufall oder Fügung. Je nachdem, woran einer glaubt. Gewiss, Heckerle wohnte in dieser Gegend. Die Adresse kannte Glanz. Er hatte also so hingehen oder vor dem Hause sich postieren können. Aber dass Heckerle durch den Park gehen würde, war keineswegs sicher, kaum wahrscheinlich. Er hätte viel eher zur Hauptstraße durchgehen können, zur Haltestelle der elektrischen Bahn. Oder zum Standplatz der Taxis, an der Ecke vor dem Park. Arrivierte Nazis fahren ja gern Auto.

Heckerle kam also des Wegs in einer neuen SA-Kluft. Mit silbernem Firlefanz auf dem Hemdkragen. Der Mann hatte sich also schon eine höhere Charge kaufen können. Als er auf einmal vor Glanz stand, schien er keineswegs überrascht zu sein. Wie sollten denn auch zwei Männer, die viele Jahre lang in dieser Stadt das Leben gemeinsam verbracht hatten, an gleicher Strippe ziehend, wie sollten sie sonderlich überrascht sein, wenn sie einmal einander begegneten. Heckerle war sich im ersten Augenblick der Infamie der letzten Monate gar nicht bewusst. Wann denkt denn schon ein Schurke daran, dass er ein Schurke sei. Er blieb einfach stehen und sagte: »Guten Tag, Herr Glanz«, und lächelte. Wahrhaftig lächelte, gerade wie in alter Zeit, wo er, der Prokurist, immer ergeben zu lächeln bemüht war, wenn er den Chef traf.

Hatte Leonhard Glanz irgendetwas geplant? Es ist kaum anzunehmen. Nun war Leonhard Glanz auch keineswegs ein gewiegter Kriminalist und nicht einmal ein Mann, der sich irgendwie auf Psychologisches verstand. Allein, als er dieses faulen Lächelns ansichtig wurde, wusste er, dass er gleichsam Oberwasser hätte.

Der Hass. Der Hass. Der Hass. Welch eine Unsumme von Hass hatte sich doch in Leonhard Glanz angesammelt. Anfangs war es nur Zorn und Wut gewesen. Aber seit er bei einem Verhör von einem Lümmel in Hemdenuniform, der höchstens achtzehn Jahre alt war, zum ersten Mal geohrfeigt worden war, fing der Hass an, sich in ihm zu entwickeln. Er hatte das vorher garnicht gekannt, wie das ist, wenn man hasst. Zu Hause, seine Mutter, seine gute Mutter, hatte ihn zur Liebe erzogen. Man muss die Menschen lieben und wohltätig sein. Hass? Das ist doch etwas Zerstörerisches. Auf einmal war der Hass da. Nicht Zorn und Wut oben auf der Haut. Hass, ganz tief innen. Vielleicht wäre dieser Hass nicht gekommen, hätte Leonhard Glanz nachgegeben. Jawohl. Devisen verschoben. Ja, ein paar hundert

Pfund in London. Und ein paar tausend Dollar in New York. Und in der Schweiz? Auch ein paar tausend Francs. Sehen Sie, auf einmal erinnern Sie sich. Warum nicht gleich so. Dann hätten Sie sich und uns allen das sparen können. Aber da kam der Hass. Wer hätte gedacht, dass der Hass ein Baustein sein könne, zur Wahrheit.

Diese ganze Hochspannung an aufgespeichertem Hass schlug auf den braunhemdigen Heckerle nieder als ein atmosphärischer Niederschlag. Der Betroffene spürte es zunächst garnicht. Aber kam es jetzt zum Kampf, so musst er von Anfang an der Unterlegene sein. Der Blitzschlag des Hasses musste ihn zerschmettern.

Heckerles Lächeln zog sich in die Länge. Da aber Glanz seinen Gruß nicht erwidert hatte und überhaupt nichts sagte, meinte er: »Na, Glanz, wie kommen Sie denn daher?«

Achtung. Die Frage kann hingeworfene Phrase sein. Weil dem Frager nichts Besseres einfällt. Aber es kann auch der Beginn der Überlegung darin sein. Ein paar Gedanken weiter, dann verschiebt sich die ungleiche Kräfteverteilung des Augenblicks. Dann stünde Uniform gegen Hass. Die Sportlichkeit des Kampfes würde es erhöhen, der Ausgang wäre ungewiss.

In dem Augenblick aber kommt es zur Entladung, mit einer Million Volt. Wie der Kerl da steht. Mit dem schmierigen Lächeln. In einem Roman habe ich mal was von schmierigem Lächeln gelesen. So also ist das. Dieser schleichende Schurke in brauner Uniform. Nagelneu und stinkt doch nach Mief. Kaserne. Kaserne. Der Maurerpolier als Unteroffizier. Ich werd euch in'n Arsch treten, dass die Scheiße zum Maul rausfliegt. Jud Glanz, kleiner Dollarschieber. Mit der Sarah nach New York ausrücken? Und der da, ein Prokurist einer ehrenwerten Kaufmannsfirma? Der Schleimscheißer da, von einem Unteroffizier?

»Wie stehen Sie überhaupt da, wenn Sie mit mir reden?«, herrscht ihn Glanz an. »Wollen Sie nicht gefälligst gerade Haltung annehmen, Sie? Reißen Sie gefälligst ihre Knochen zusammen. So. Hände an die Hosennaht. Finger lang. Noch länger die Finger. Kopf gerade. Linkes Ohr tiefer.«

Gelernt ist gelernt, von Anno Krieg her. Heckerle steht da, der verdonnerte Rekrut, ein Fleischkloß, zur Masse in strammer Haltung erstarrt. Das Hirn sitzt vor dem Bauch im Koppelschloss von dem er weiß, dass es nicht blankgeputzt sei.

Aber das sieht der Leutnant, Hauptmann, Oberst, General Leonhard Glanz garnicht. Er sieht überhaupt nichts. Er ist Hass und Rache und Rache und Hass. Und da hebt er die rechte Hand und schlägt sie dem Rekruten, trotz silberner Litzen und Firlefanz, mitten ins Gesicht. Und noch einmal und noch einmal. Du Schuft, du Schuft, du Schuft.

Dann macht er kehrt. Geht ohne sonderliche Eile bis zum Parkausgang, besteigt ein Taxi: »Hauptbahnhof.«

Der Andere war reglos stehen geblieben. Dann merkte er, wie ihm das Blut aus der Nase auf das neue, braune Hemd tropfte und da erst kam er zur Besinnung.

Das war an einem Nachmittag um vier Uhr gewesen. Um halb fünf ging ein Schnellzug nach Berlin, wusste Glanz. Den würde er gerade erreichen. Einen Handkoffer mit seinen Siebensachen, Siebensachen, es waren wirklich nicht viel mehr als sieben Sachen, hatte er in der Gepäckaufbewahrung stehen. Er hatte während der letzten Nächte in kleinen Hotels logiert, jede Nacht in einem anderen und den Koffer tagsüber in die Gepäckaufbewahrung gegeben. Ein glücklicher Umstand. Denn jetzt musste er weg. Schleunigst. In Hamburg würde er spätestens abends verhaftet sein. K. Z. Und da würden sie ihn kaputt machen. Eigentlich – ein Zeuge war nicht dabei gewesen. Und der Schuft da müsste sich hüten, den feigen Sachverhalt zu erzählen. Aber das hatte der ja garnicht nötig. Ein feister SA-Funktionär gegen ein jüdisches Freiwild.

Feist, wieso feist? Wie weich das Gesicht gewesen war. Glanz hatte das Gefühl gehabt, er schlüge in lauwarmen Brei. Hängebacken. Quabbeliges Fleisch. Wenn man sich nur die Hände waschen könnte. Mit dem Quabbelgefühl in der Hand kann man doch nicht bis Berlin fahren. Vielleicht im Zuge. Scheußlich das Gefühl. Wie feuchtwarme Kinderwindeln. Es riecht sogar so. Hauptbahnhof.

Am anderen Morgen kaufte sich Glanz in Berlin einen billigen Touristenanzug. Das erste Mal im Leben einen Anzug von der Stange. Und einen Rucksack. Die ganzen Siebensachen hinein in den Rucksack. Und nur weg von Berlin. Vielleicht suchte man ihn hier schon. Vielleicht war sein Signaloment schon durchgegeben. Schlesischer Bahnhof. Nur raus aus Berlin.

In der Untersuchungshaft hatte ihm mal einer erzählt, im Riesengebirge über den Kamm zu kommen, das sei kein Kunststück. Trotz Gendarmerie und SA-Kontrolle. Er habe das x-mal gemacht, ehe er geschnappt worden sei. Mit Papieren und so. Vielleicht war der Mann ein Spitzel gewesen. Aber man musste mal sehen. Mehr als schießen können sie nicht. Die Chance war im Krieg alle Tage gewesen. Geht es schief, na da hat man eben Pech gehabt. Aber warum sollte man für die eigene Freiheit, für Leib und Leben nicht riskieren, was man für Kaiser und Reich – wo sind sie jetzt – tausendmal riskiert hatte.

So war Leonhard Glanz über den Kamm gekommen. Im Touristenanzug und mit Rucksack. Mit sieben Sachen, aber ohne Pass und also ohne Namen. Wenn man ihm nicht glaubte, dass er Leonhard Glanz sei, aus Hamburg? Wozu braucht man überhaupt einen Namen, wenn man nur noch ein Garnichts ist? Ein Mensch, was ist schon ein Mensch, wenn er nichts hat? Eine Sache, die hat doch immer noch irgendeinen Wert. Aber ein Mensch in solcher Lage? Achtung, der ist nicht nur kein Wert, der kann sehr rasch ein Unwert sein. Schlimmer. Ein unnützer Esser. Ein Fresser. Ein Niemand. Herr Niemand aus Nirgendwo. Ein Niemand aus Nirgendwo und ohne was, das ist ein Emigrant. So ist das Leben: Station Kaffeehaus.

Wie bitte? Ob ich die Zeitung ...? Ich habe sie ja noch garnicht gelesen. Nur erst hinten in den Annoncen geblättert. Das Eigentliche soll ja erst kommen. Früher, ja früher habe ich die Zeitung in fünf Minuten gelesen. So mehr die Überschriften. Dann wusste man Bescheid. Das heißt, man meinte, Bescheid zu wissen. Leider hat sich ja herausgestellt, dass ich nicht im

Bilde gewesen war. Heckerle, der war im Bilde gewesen? Es ist eine große Zeit für Lumpen.

Hauptblatt. Erste Seite. Wahrscheinlich Spanien. Natürlich, Spanien. Wer hat sich früher um Spanien gekümmert? Und jetzt alle Tage. Die spanische Regierung in Valencia beabsichtigt dem Völkerbund bei der kommenden Ratstagung ein Weißbuch über die italienischen Eingriffe ... Dem Völkerbund. Wenn in Deutschland einer sagt: Völkerbund, dann grinsen die Leute. Na, lassen Sie mal, das hat mit den Nazis nichts zu tun. Das war schon lange so.

Da war ich früher jahrelang Mitglied des Vereins der Getreidehändler der Hamburger Börse. Das war doch was. Ich meine, der Verein. Wenn der was erklärt hatte, da musste man sich doch danach richten. Sonst wäre man doch einfach von der Börse ausgeschlossen worden. Ein Spruch des Hamburger Getreidevereins, der galt in London so gut wie in Chicago oder Buenos Aires. Aber ich bitte Sie, der Völkerbund.

Vielleicht verstehe ich nichts davon. Ich verstehe aber doch etwas davon. Ich habe immer gesagt, dass mit der hohen Politik, das ist garnicht wahr. Das ist alles genau so, wie es sich der kleine Moritz vorstellt. Aber vielleicht verstehe ich nichts davon. Gut. Reden wir von etwas, wovon ich was verstehe.

Als ich hier ankam, sagte man mir, ich müsse auf alle Fälle zuerst zum Hilfskomitee gehen. Wieso, bin ich ein Schnorrer? Ich bin nicht. Bitte sehr, ich weiß nicht, was ich im Augenblick bin. Früher habe ich mal gemeint, ich sei wer. Irrtum. Man sitzt auf einem Stuhl. Und auf einmal ziehen sie einem den Stuhl unterm Hintern weg. Was ist man dann? Guten Tag. Da bin ich. Peter Schlemihl. Der Mann ohne Schatten. Leonhard Glanz, der Mann ohne Pass. Niemand, der Mann ohne Namen. Der Mann ohne Pass, der nichts besitzt als nur einen Hass. Und was für einen Hass. O nein, den habe ich nicht abreagiert, als ich den braunhemdigen Lumpen in die Fresse schlug. Im Gegenteil, ich bin ein Kreuzworträtsel. Von oben nach unten. Von links nach rechts. Ein Kreuzworträtsel ohne Lösung. Nur ich selbst weiß, was rauskommt. Sie müssen es mir glauben, dann ist es gut.

Dann bin ich was, zum Mindesten ein Polizeiakt. Glauben Sie es mir nicht, dann bin ich nur ein Purzelbaum, allenfalls eine Nummer, die man in ein Gefängnis steckt.

So ging ich also zum Hilfskomitee. Es sind schon viele Leute da. Immer sind da schon viele Leute und warten. Alle haben sie ihre ganz persönlichen Sorgen, alle meinen sie, was das Schicksal ihnen getan habe, das sei schon ein besonderer Gipfel. Aber alle wollen sie im Grunde dasselbe. So fängt es also mit langem Warten an. Warten? Warten haben ja die meisten von uns gelernt. Herr Glanz nehmen Sie bitte Platz, Herr Direktor wird in wenigen Augenblicken zu Ihrer Verfügung sein. Herr, was heißt in wenigen Augenblicken? Ich hatte elf Uhr mit Ihrem Direktor ausgemacht. Und meine Uhr ist jetzt genau elf. Keine Zeit, keine Zeit, keine Zeit. Ein bisschen flott, der Hochbahnzug fährt schon gerade ein. Wenn wir den versäumen, verlieren wir zwei und eine halbe Minute. Such die Zeit, die du verloren. Du wirst sie nicht wieder finden. Aber vielleicht findest du ganz etwas anderes. Ein Blümlein, wie Goethe. Oder ein Gravitationsgesetz, wie Newton. Vielleicht findest du nur einen alten Nagel, um dich daran aufzuhängen. Vielleicht auch findest du eine Weltanschauung. Gotama Buddha fand die Erlösung. Den großen Verzicht. Das weise Lächeln für Sein und Nichtsein, für Haben und Nichthaben. Für ein Kind, das geboren wird, und für einen Greis, der zum Sterben sich anschickt. Vielleicht hat der Buddha recht. Was wissen wir.

Vor Jahren lernte ich mal auf einem Kostümfest ein Mädchen kennen. Das war eine brennende Leidenschaft von zwei Stunden. In Chicago ist der Weizen um volle 25 cents gefallen. Bitte. Bitte sehr. Meinetwegen um einen ganzen Dollar. Was geht das mich an. Alle Weizenmärkte der Welt gebe ich um eine Strähne blonden Haares. Allen Mais von Rio de la Plata um einen seidenen Frauenstrumpf. Seide, Seide, weiche Seide. Und jetzt hört der Strumpf auf. Himmel und Erde. Ich glaube in all den Jahren habe ich nur diese beiden Stunden gelebt.

Aber das Mädchen war klug. Das Mädchen führte mich zum Vater. Der war ein Gelehrter und krank an einer schweren Läh-

mung. Er saß im Rollstuhl und studierte Buddhismus. Man
sagte, er sei Buddhist geworden. Er erzählte mir, wie ein König
Chulalongkorn von Siam ihn besucht habe. Der hatte ihn gefragt: Doktor, glauben Sie, dass Europa bald für den Buddhismus reif werden kann? Nein, hatte er geantwortet, vorläufig
nicht, frühestens vielleicht in fünfhundert Jahren. Wie in fünfhundert Jahren schon? Dann ist Europa ja nicht verloren.

Wer kann sich da auskennen. Der König Chulalongkorn ist
tot. Seinen Nachfolger hat das siamesische Volk mit Revolution
davongejagt. Das heißt, er lief beim ersten Flintenschuss. Weil
das Volk nicht mehr glauben wollte, dass man mit endlosem
Verzicht und restlosem Entsagen schon auf Erden zur Seligkeit
des Erlöstseins gelangen könne. Nun ist der König von Siam,
aus lauter Gold und Perlen und Edelsteinen und so viel Weisheit, dass ihm diese Märchenschätze garnicht daran gehindert
hatten, ein Entsagender im Geiste zu sein, nun also ist er ein
Emigrant ohne Namen und spielt Roulette in Monte Carlo.

Wir gewöhnlichen Emigranten müssen zunächst einmal warten. Wie gesagt, wir haben es zumeist gelernt. In der Zelle, wissen Sie. In der Zelle. Fünf Schritte lang. Drei Schritte breit.
126 Fliesen bilden den Fußboden. Das erste Mal hat man vielleicht eine Fliese zu wenig gezählt, das andere Mal eine Fliese zu
viel. Aber schließlich stellt man die endgültige Zahl fest. Oben
angefangen oder unten. Genau gezählt. Das eiserne Bett hängt
am Mauerhaken, hochgeklappt an der Wand. Sieben Gitterstäbe
hat das Fenster und man darf nicht hinausschauen. Nur die
Sonne kann hineinschauen, weil keine Verfügung der Gestapo,
eines Gefängnisdirektors oder eines Staatsanwalts es ihr verbieten kann. Um sieben Uhr ist die Sonne bei der vierten Fliesen-
reihe, um 8:00 Uhr bei der fünften, um 9:00 Uhr … das heißt,
dann ist es Mai. Im Juni ist es anders. Und im Dezember erst,
noch ganz anders. Da lässt sich gemächlich warten.

Da hatten sie einen politischen Gefangenen. Von dem wollten
sie alles mögliche wissen. Er sollte seine Freunde nennen und
verraten. Sie haben ihm alles mögliche versprochen, wenn er
zum Verräter würde. Und haben ihm schrecklich zugesetzt,

weil er sich weigerte. Ich sollte etwas gestehen, was ich nicht getan hatte. Dergleichen von einem Menschen verlangen, das ist schon eine schurkische Gemeinheit. Aber jemanden zwingen, mit Foltern des Leibes und der Seele, seine Freunde und Gefährten zu verraten, das ist Verworfenheit. Verworfen. Weggeworfen. Ausgeworfen. Auswurf. Ausgespucktes. Ausgekotztes. Das stinkt. Das einem immer wieder übel wird. Der Kranke schämt sich seines Auswurfs. Der Besoffene noch flüchtet auf den Abort, wenn er kotzen muss. Die aber sind stolz auf ihre Ausgekotztheit. Die Treue ist das Mark der Ehre. Heil Heckerle. Große Worte, schöne Worte, heilige Worte machen sie zu Scheißhausparolen. Bitte sehr. Sie stoßen sich an dem peinlichen Wort? Aber es ist doch so. Es ist doch so. Man muss doch mal sagen dürfen, was ist. Ich bin ja kein Diplomat. Ich darf einen Lumpen einen Lumpen nennen. Ich darf zur Scheiße ehrlich Scheiße sagen. Früher war ich auch so etepetete. Aber ich habe was gelernt da drüben, in den Kerkern von Blut und Scheiße.

Speiübel kann einem werden. Ging es nicht um den Etat, ich möchte mir einen Cognac bestellen. Einerlei. Ober, einen kleinen einfachen Cognac bitte. Ich habe einen so schlechten Geschmack im Mund. Als ob ich faules Fleisch gegessen hätte. Stinkendes Fleisch. Es sind schon Maden drin. Weiße, glibbrige Maden. Wurmgetiere. Wenn man es durchschneidet, leben beide Hälften weiter. Aus Schleim und Eiter und schillernder Geronnenheit. Bitte sehr. So rufen Sie doch eine Desinfektionsanstalt an, statt dass Sie wegsehen und sich ein parfümiertes Taschentuch unter die Nase halten. Sie haben genug gelesen über die Greuel der Konzentrationsläger. Über die Gestapo-Folterkammern. Sie wissen das alles schon. Gut. Gut. Ich werde Ihnen nichts erzählen, was Sie schon wissen. Ich habe nur versucht, Ihnen das einmal anders zu erzählen. Sie hatten genug von der naturalistischen Darstellung. Vielleicht bin ich ein Symboliker. Aber gleich im Anfang wird Ihnen übel. Das sind doch nur Worte. Worte und Gedanken. Das muss man doch erst erlebt haben. Ha, ha, ha. Da ist ja auch schon der Cognac.

Als die Folterknechte der Nazis aus dem politischen Gefangenen nichts herausbringen konnten, kamen sie auf eine Satansidee. Sie sperrten den Mann drei Wochen lang in eine Dunkelzelle ein. Drei Wochen lang in die Nacht. Sie dachten, da würde er entweder wahnsinnig werden oder kapitulieren und alles sagen, was sie wissen wollten. Drei Wochen lang Nacht und nur Nacht. Die Augen gewöhnen sich daran? Das ist ja das Schreckliche, dass die Augen die Finsternis zum düsteren Nebel machen. Wo die Kerkermauern zu zerfließenden Fernen werden, die Liegepritsche zu einem kauernden Ungetüm. Die Türrahmen zu Gespenstern. Drei Wochen in feuchtkalter Nacht. Da lernt sich warten. Da lernt sich die ausgesponnene Langeweile tragen. Unser Mann hatte gar keine Langeweile. Er schaffte sich Arbeit. Am Türgeräusch, wenn der Kerkerknecht ihm Brot und Wasser hineinschob, wusste er den Ablauf der Tage. Wusste er genau das Datum des Kalenders. Wichtig war das für unseren Mann im Nachtgemäuer. Denn er errechnete sich: Heute ist ein Lenin-Gedenktag. Oder heute ist ein Marx-Gedenktag. Oder heute ist ein Goethe-Gedenktag. Oder heute ist ein Feiertag der Sowjet-Union. Und da meinte unser Mann, bis zum Abend müsste er sich selbst eine Feierrede zu diesem Gedenktag halten, dass die feuchten Mauersteine hören würden. Heißt es nicht wo, dass wenn die Menschen schweigen, die Steine reden würden? Und wenn die Menschen taub sind, können nicht dann die Steine hören? So präparierte unser Mann sich den ganzen Tag auf eine Feierrede. Dann probte er sie und sie schien ihm nicht gut genug. Und er formte sie um, ließ Stellen weg und tat andere hinzu. Und am Abend des Tages in der Nacht hielt er den Steinen eine Rede, von Rosa Luxemburgs Leben und Sterben, von Friedrich Hölderlins Freiheitstraum, von Frankreichs großer Revolution und den Sansculottes, die die Heere der Reaktion aus dem Frankreich der ersten Tricolore hinausgeschlagen hatten. So stand unser Mann in Kerkernacht als ein großes Leuchten und die Steine lauschten und wurden hunderttausend horchende Kameraden und er nannte sie: Genossen.

Wie hatte der alte Anwalt in Hamburg gesagt, dass diese Leute seien? Eisern. So sind sie und noch viel mehr. Eisern gepanzert und drinnen mit brennender Seele. Und ich bin nur ein Stein. Aber die Steine müssen reden und so rede ich davon.

Der Mann hieß Willi Bredel. Sie sagten mir, er sei ein Schriftsteller und ein Kommunist. Ich dachte mir: groß ist der und breit. Und sie sagten mir, er sei nicht breit und sogar klein. Einerlei. Einerlei. Er ist doch groß und stark. Und er kann es leuchten machen in der Nacht.

Dergleichen Warten haben wir gelernt. Mehr oder weniger. Aber immerhin. Warten kann eine Leere sein, aber es kann auch eine Lehre sein. Je nachdem. Dem einen wird die Zeit ermordet, dem anderen wird sie nur gestohlen, der dritte aber lernt sie zu gestalten. Auf den dritten kommt es an.

Wie lange habe ich beim Hilfskomitee warten müssen? Nur ein paar Stunden. Ein paar lehrreiche Stunden. Ein paar geradezu notwendige Stunden. Einführung in die Kunst, Emigrant zu sein.

Sie sind neu hier? Von wo kommen Sie? Sind Sie politisch? Hier steht es nicht gut, viel Unterstützung wird man Ihnen nicht zahlen. Es ist einfach kein Geld da. Leben können Sie nicht davon. Wie, Sie wollen keine Unterstützung? Wozu sind Sie denn hier? Ach so. Keine Papiere. Aha. Also waren Sie doch politisch. Mit mir können Sie ruhig reden.

Nansen-Pass? Nein, den werden Sie nicht kriegen. Der war für die zaristischen Russen, die damals vor der russischen Revolution davongelaufen sind. Damals hat man doch gemeint, wie lange kann das dauern in Russland? Kommunismus und Sozialismus. Wie lange kann das dauern? Drei Monate. Sechs Monate. Man muss mit den Flüchtlingen doch anständig sein. Das sind doch die Leute von Gestern und so werden es die Leute von Morgen sein. Und da hat man ihnen gegeben. Auch Nansen-Pässe. Aber Sie, Sie kommen doch von der anderen Seite der Barrikaden.

Wieso kommt Leonhard Glanz von der Barrikaden anderer Seite? Hat er damals nicht auch genau so gedacht und geredet?

Hat er für die Kommunisten jemals Sympathie gehabt? Interesse, ja, in letzter Zeit. Weil man einfach musste. Weder war die Sowjet-Union zusammengebrochen, noch waren ihre Bürger samt und sonders verhungert. Obwohl in den Zeitungen doch Millionen immerzu verhungert waren. Aber dass er auf jener Seite gestanden hätte – nein, niemals. Und jetzt auf einmal scheint es ihm, dass er doch da steht, auf der »anderen Seite der Barrikaden«. Das hat er selbst bis zur Stunde nicht gewusst. Wie ist der dahin gekommen?

Also keinen Nansen-Pass. Da müsste aber doch irgendeine Regelung sein? Nein? Keine Regelung? Heute so und morgen so? Entscheidung nach jeweiligem Ermessen. Kein Gesetz? Kein Recht? Ja, wie ist unsere Stellung hierzulande?

Stellung? Fragen Sie mal einen Fußball, was für eine Stellung er einnimmt. Die Emigranten, die sind etwa der Fußball der politischen Parteien. Die einen schreien: Im Namen der Nation muss man die Emigranten rausschmeißen. Das fliegt der Ball. Die anderen schreien: Im Namen der Menschlichkeit muss man sie dalassen. Da fliegt der Ball wieder zurück. Manchmal haben die Parteien und ihre Zeitungen auch Sorgen, dann kümmert sich kein Mensch um die Emigranten. Sobald sie aber nichts zu tun haben, geht der Sport wieder los.

Da werde ich mich an den Hochkommissar beim Völkerbund wenden. An wen? Ja, wie kommen Sie denn darauf? Sie haben mal in der Zeitung gelesen, dass es den gibt? Ich kann Ihnen verraten, das ist sogar schon der zweite. Der erste war ein Amerikaner. Der ging wieder nach Hause, weil er nach zwei Jahren aufopferungsvoller Tätigkeit nichts erreicht hatte. Aufopferungsvoll, sagte ich. Aber genau weiß ich nicht, wie viele Emigranten aufgeopfert wurden. Jetzt ist da ein Engländer. Der bleibt, weil er auch nichts erreicht hat. Der ist doch nicht für die Emigranten da. Der macht Reisen und studiert die wirtschaftliche Lage in der Welt in Bezug auf die Einwanderungsmöglichkeiten in den einzelnen Ländern. Nein. Dem Mann geht's gut. Der hat doch mit uns Emigranten nichts zu tun. Der hat ein Jahresgehalt, davon könnten wir allesamt leben, wie wir hier sind. Ne, der ist für Sie nicht zu sprechen. Irgendeine Regelung? Aber der Mann ist doch beim Völkerbund. Vielleicht hat er sogar mal was zur internationalen Regelung vorgeschlagen. Ich habe mal sowas gehört. Aber da hat erst der eine nicht gewollt und dann der andere nicht. Wie groß ist die Welt und wieviel Emigranten gibt es, alles in allem? Das ist doch prozentmäßig gar nicht auszudrücken. Null, komma, nix. Aber über das Nullkommanix kann sich der Völkerbund nicht einigen. Warum nicht? Das ist doch das Normale. Der Völkerbund beschließt doch immer einmütig, dass nichts beschlossen werde. Vielleicht wird es jetzt aber besser. Ägypten ist ja in den Völkerbund eingetreten. Wenn aber der deutsche Gesandte in Caracas erklären sollte, er würde eine internationale Rechtsbestimmung für Emigranten als einen unfreundlichen Akt ansehen, dann kann man wieder nichts machen. Dann ist dafür keine Einstimmigkeit im Völkerbund zu erzielen. Denn Venezuela verhandelt vielleicht gerade wegen eines Clearing-Abkommens mit der deutschen Reichsbank, oder irgendwer verhandelt wegen eines Handelsvertrages. Und man kann doch nicht wegen der nullkommanix Emigranten den Handelsvertrag in Frage stellen. Man kann auch nicht den Parteien ihren netten Fußball wegnehmen. Womit sollten sie sonst Wettspiele austragen? Wer ist denn schuld, wenn die Preise runtergehen? Die Emigranten. Sitzen hier rum und verbrauchen nichts. Wer ist denn schuld, wenn die Preise raufgehen? Die Emigranten. Sitzen hier rum und fressen uns das Brot vor dem Munde weg. Wer ist schuld, dass die Aufrüstung ein Vermögen kostet? Die Emigranten, die uns mit dem Dritten Reich verhetzen. Wer ist schuld, dass wir nicht genügend gerüstet sind? Die Emigranten, diese Pazifisten. Wer ist schuld, dass die heurige Badesaison miserabel war? Dass es zu viel geregnet hat? Dass kein ordentlicher Winter war? Die Emigranten, nix als die Emigranten.

Die Emigranten – einer – haben einen Pelz gestohlen. Der Dieb – einer für alle – gab an, er sei am Verhungern gewesen. Und da habe er gestohlen. Am Verhungern? Warum denn? Weil er nicht arbeiten darf? Faule Ausrede. Deshalb stiehlt man doch

nicht! Die Emigranten sind einfach ein asoziales Element. Taktlose Leute sind das. Da hat sich einer im Plenarsaal des Völkerbundes in Genf erschossen. Wie peinlich. Wenn der Mann
nichts zu essen hatte, hätte er es doch sagen müssen. Es hätte
ihm dann auch keiner was gegeben. Aber man erschießt sich
doch nicht vor den Leuten. Erschießt sich in Monte Carlo einer
im Spielsaal? Er geht in den Park. Aber vor dem Völkerbund?
Vor dem gleichen Völkerbund, dem der Nazivertreter aus
Danzig die Zunge ausgestreckt hatte. Würdelos. Taktlos sind
diese Emigranten. Nullkommanix und so viel Spektakel. Warum nur des tausendjährigen Dritten Reiches Propagandaminister solchen Zorn auf dieses Nullkommanix hat? Warum er
nur so hysterisch wird, wenn er von ihnen spricht? Haben sie
ihm etwa doch auf den Fuß getreten? Das wäre nicht höflich,
wo er so schon des Teufels Pferdehuf führt.

Nein. Wenn das Dritte Reich einen unfreundlichen Akt darin
sehen würde, dann kann man für die Emigranten nichts tun.
Menschlichkeit ist schön. Und jeder darf nach seines Herzens
Wunsch so viel Menschlichkeit betätigen, wie er meint, mit der
rückständigen Steuerrechnung vereinbaren zu können. Aber
dem Staat darf er nichts kosten. Der Staat kann sich dergleichen
Luxus nicht erlauben. Der Staat ist der Staat und kein humanitärer Verein. Die Nation. Über allem die Nation. Achtung.
Fahne. Hut ab.

Und nun will die spanische Regierung dem Völkerbund ein
Weißbuch überreichen. Der Völkerbund, la Société des Nations,
the League of Nations. Mit so viel Fahnen auf dem Dach, wie
Nationen im Palast sitzen. Kein Mensch hat so viel Hüte, wie er
da abnehmen müsste. Obwohl es vielleicht die wichtigste Qua-
lität des Kopfes ist, dass man damit grüßen kann. Vorbeigehen
in gerader Haltung, mit Anlegen der rechten Hand an die Kopfbedeckung. Fragen Sie mal zum Beispiel einen von der Hitler-
Jugend. Das ist wichtiger als die ganze Universität. Was hilft
einem der Pythagoras, wenn man nicht ordentlich grüßen kann.
Aber mit tadellosem Gruß, ruckzuck, dass die Hacken knallen,
da ist schon mancher Sturmtruppführer geworden. Und vom

Sturmtruppführer bis zum Direktor eines mittleren Provinztheaters ist's nicht weit.

Dem Völkerbund das spanische Weißbuch über die italienische Intervention. Wenn nun aber Mussolini sagte, dass er es als einen unfreundlichen Akt ansehen würde, wenn der erlauchte Völkerbund davon Kenntnis nehmen würde. Denn alles was da drin steht ist – ungesehen – erlogen. Und Mussolini fühlt sich verantwortlich, dass der Völkerbund nicht durch verlogene Lektüre um seine hohe Moral gebracht werde.

Dann wird der sehr ehrenwerte Völkerbund den Spaniern nahelegen, ihm das Weißbuch nicht offiziell zu überreichen. Wenn die Spanier es nun aber einmal mitgebracht haben, werden sie jedem Delegierten ein Exemplar privat überreichen. Und am nächsten Tag werden es alle privat gelesen haben und offiziell wissen sie von garnichts. Und das ist dann hohe Politik.

Der kleine Moritz sagt: Wenn mein Vater meiner Mutter erzählt, wenn ich dabei bin, dass der Storch nächstens Tante Frieda ein Kind bringen würde, dann wissen sie, dass ich weiß, dass das mit dem Storch nicht stimmt. Sie wissen sogar, dass ich weiß, dass sie das wissen. Etwas kompliziert, wie? Ja, dergleichen mutet man dem kleinen Moritz zu. – Und genau so stellt sich der kleine Moritz die hohe Politik vor.

Der kleine Moritz kennt sich da aus. Aber wenn heute jemand aus Deutschland kommt, der hat ja gar keine Ahnung. Er braucht garnicht aus einem besonderen Gefängnis oder Zuchthaus oder Konzentrationslager zu kommen. Sondern eben einfach als ein normaler Bürger aus dem Dritten Reich. Den Kopf so eingerichtet, dass die Nase mit den Knöpfen des Waffenrocks und der Kokarde der Militärmütze eine gerade Linie bildet. Und nun liest er auf einmal die Zeitung. Der fällt ja die Treppen nur so hinauf und herunter.

Was ist denn bloß in Spanien los?, denkt der Mann, den die »Kraft durch Freude«-Organisation auf das Ausland losgelassen, damit er dort Propaganda für des Dritten Reiches Herrlichkeit mache und der stattdessen verbotene Zeitungen liest. Da haben sie uns gesagt, in Spanien hätten die Roten Revolution machen wollen. Was die Roten so Revolution nennen. Rauben, Morden, Plündern, Kinder aufspießen und Frauen vergewaltigen. Und alles kurz und klein schlagen, die Kirchen und die Häuser und den Reichstag von Madrid haben sie auch angezündet, und wenn sie es nicht getan haben, dann haben sie es jedenfalls gewollt, wenn nicht im letzten Augenblick der tapfere General Franco das alte, nationale Banner ergriffen hätte, um Ruhe und Ordnung wieder herzustellen. Und das wäre alles längst wieder in Ordnung, wenn nicht die Moskowiter den Roten in Spanien zu Hilfe gekommen wären

Das ist doch ganz klar. Das ist doch ganz einfach. Und nun, was da hier so in den Zeitungen steht. Da kennt sich doch kein Mensch aus. Englische und französische Schiffe. Na ja, Frankreich liegt ja da hinten und England sitzt in Gibraltar. Aber italienische Divisionen vor Madrid und deutsche Flieger im Baskenland. Da hat man ja keine Ahnung. Was ist denn nun eigentlich los? Nein. Am letzten Kameradschaftsabend bei »Kraft durch Freude« haben sie mir gesagt: Mensch, wenn du auf Reisen gehst, kiek dir gut um. Aber glaub nur, was du siehst. Was in den Zeitungen steht, ist alles Schwindel. Das brauchst du garnicht erst zu lesen. – Hätt ich mich nur daran gehalten.

Da fällt mir auf einmal was ein. Da wohnt bei uns in der Straße so ein kleiner Schneider. Er hat mir den Anzug gemacht, den ich anhab. Echt englischer Stoff, hat er mir gesagt. Kein Faden Ersatzgarn drin. Den kann ich bei Regenwetter ruhig tragen. Was? Wie? Nein, hier hört ja keiner zu, hier können Sie ruhig sprechen.

Da komme ich also zur Anprobe und da kommt der Mann, hat den Anzug überm Arm und ist ganz grau im Gesicht. »Na Meister«, sage ich, »was ist dann passiert?« Na, was soll ich Ihnen sagen, der Mann hatte einen Sohn beim Militär. Eines Tages kriegt er nen Bescheid, der Sohn sei zu besonderer Übung im Manövergelände und wenn er ihm zu schreiben hat, soll ers da und dahin schicken. Na und was soll ich Ihnen nun sagen. Der Mann hat nun den Bescheid gekriegt, dass sein Sohn bei einer Manöverübung verunglückt sei. »Auf dem Felde der Ehre …«

Ich denke, was soll ich dem Mann sagen, in seinem Schmerz. Aber irgendwas muss man doch sagen. Ich sage also was, von der neuen Ehre des Vaterlandes. Deutschland geachtet und gefürchtet und so. Auf einmal haut der Mann mit der Hand auf'n Tisch. »Deutschland, Deutschland über alles«, schreit er, »aber was hat das mit Spanien zu tun? Was haben wir in Spanien verloren, dass ich meinen einzigen Jungen dafür geben muss?«

»Nun beruhigen Sie sich nur, Meister«, sage ich, »um Gottes willen, nicht so laut. Wenn sie einer hörte.«

»Mir können se hören. Mir kann jeder hören. Ich sag es sie ins Gesicht. Meinetwegen den Dokter und den Hermann und Adolf auch. Mir kann keener. Ich bin alter Kämpfer mit Parteibuch vom 26. Deutschland, in Ordnung Herr. Wenn uns einer an den Wagen fährt, bis zum letzten Hauch von Ross und Mann. Aber Spanien, was geht uns Spanien an? Und General Franco und überhaupt Mussolini? Det steht nicht ins Programm. Det nicht. Det stimmt nicht. Denn wenn es stimmte, dann können se uns das ja ruhig sagen. Und nich sone Geheimtuerei. Alle Tage der Krach wegen die katholischen Klöster und Unzucht am Altar und verderbte Priester. Mit einmal. Und dass unsre Jungs in Spanien fechten und fallen müssen, da, davon kein Wort? Ja, wofür denn? Wofür hab ich denn nu meinen Jung gegeben, wenn es noch nicht mal einer wissen darf?«

Ich dachte, der Kummer hat den Mann ganz verwirrt gemacht. Ist ja auch keine Kleinigkeit. Und nun liest man das auf einmal hier alles in den Zeitungen. Was ist dann bloß los? Rebellion? Das ist keine Rebellion. Bürgerkrieg? Das ist kein Bürgerkrieg. Das ist ein richtiger Krieg. Italienische Divisionen, deutsche Soldaten, marokkanische Neger, spanische Reaktionäre, die diesen oder jenen König wieder einsetzen möchten, kämpfen gegen das spanische Volk. Richtiger Krieg.

Aber da sind die internationalen Brigaden, auf der Seite des spanischen Volks. Das sollen die Moskowiter sein? Das sind ja Kämpfer aus aller Welt, aus allen Erdteilen. Da sind ja auch Deutsche und Italiener. Und nun stehen sich an den Fronten vielleicht an beiden Seiten Deutsche und Italiener gegenüber?

Was ist dann das für ein Krieg? Warum steht denn das nicht im *Völkischen Beobachter*, den wir zu Hause alle Tage lesen?

Was ist das für ein Krieg? Wer gegen wen? Wo laufen denn die Fronten? Mitten durch die Nationen? Man muss sich das doch genauer ansehen.

Da sind die Negersoldaten des Generals Franco. Die Mohren. Die Mauren. In der Schule haben wir mal gelernt, dass früher die Mauren in Spanien waren. Das spanische Volk und die spanischen Ritter haben sie hinausgejagt, nach Afrika, wo sie hingehören. Da war ein Held, hieß der Cid, ein großer Held, haben wir gelernt. Und nun holt der General Franco die Mauren wieder zurück, damit diese Mohren das Land erobern und unterwerfen sollen? Wie ist denn das? Da stimmt doch was nicht? Aber was stimmt da nicht?

Frankreich ist eine vernegerte Nation. Na ja, das ist so. Auf allen unseren Parteiversammlungen wurde das immer gesagt, Das ist eine hundertprozentige Wahrheit, wurde gesagt. Im Buch *Mein Kampf* steht es doch auch, Und wenn der Führer das geschrieben hat, dann ist es so. Und es ist eine Schande und eine Schmach. Schwarze Schmach. Französische Negersoldaten am Rhein. Französische Negersoldaten an der Ruhr, an der Saar. Schwere Schmach. Vierzehn Jahre der Schmach. Vierzehn Jahre. Und dann hat der Führer das Land wieder frei gemacht.

Aber warum kämpfen und fallen jetzt deutsche Männer Schulter an Schulter mit den Mohren des General Franco? Da stimmt doch etwas nicht? Aber was stimmt da nicht?

Wahrscheinlich weiß der Führer davon garnichts. Bestimmt weiß er nichts davon. Dass würde er doch nicht dulden. Darum darf nichts davon bei uns in der Zeitung stehen. Sie verheimlichen es dem Führer. Aber ich werde da Ordnung machen. Ich werde ins Parteibüro gehen, wenn ich erst wieder zu Hause bin. Ich werde einen Brief an den Führer schreiben. Jawohl, ich habe meine SA-Uniform immer in Ehren getragen. Ich bin auch ein alter Kämpfer.

Die Juden und die Neger. Das eine wie das andere verdirbt

die arische Rasse. Die Neger und die Juden. Wozu haben wir den Kampf gegen den Juden geführt? Hatte ich da nicht manchen guten Bekannten, wo ich mir sagte, der ist anständig wie nur einer. Aber es kommt doch nicht darauf an, dass ein Jude einmal ein anständiger Mensch ist. Der Jude ist eben der Feind. Der Jude ist der Teufel. Keine Gemeinschaft mit Juden und Negern. Reine Rasse, reines Blut. Blut und Boden. Heil.

Und nun sollen in Spanien die Neger die Retter der Nation sein? Germanische Blondlinge kämpfen Seite an Seite mit krollhaarigen Negern? Vierzehn Jahre schwarze Schmach? Und auf einmal sollen Negersoldaten so malerisch sein? Da stimmt doch etwas nicht. Und ich sehe doch ganz genau, was da nicht stimmt. Der Führer muss davon erfahren. Der Führer muss da Ordnung machen. Ich werde ihm einen Brief schreiben.

Schreibe deinen Brief an den Führer, wenn du wieder daheim sein wirst, alter Kämpfer. Es war einmal ein seltsamer Mensch und erhabener Dichter, Friedrich Hölderlin, der schrieb auf kleine Zettelchen Briefe an den lieben Gott und warf sie zum Fenster hinaus. Es bleibe dahingestellt, ob diese Briefe angekommen sind. Aber dein Brief, alter Kämpfer, wird nicht beim Adressaten ankommen, nur du hast eine Chance, dabei im Konzentrationslager zu landen. Aber bei jener Art des Mutes, die eine so hervorragende Eigenschaft der landläufigen Nazis ist, wirst du den Brief ja garnicht erst schreiben. Weil du ja auch ganz genau weißt, dass der Führer ganz genau informiert ist, über das, was in Spanien getrieben wird. Und was hülfe das deinem Schneider, der dir aus seinem letzten englischen Stoff einen Anzug gemacht hat? Sein ganzes Leben lang hat der als braver Schneider Röcke zugeschnitten und genäht, Hosen gebügelt, Flicken kunstvoll eingesetzt. Und selbst nie einen ordentlichen Anzug getragen, weil es nicht reichte, von vorne nicht und von hinten nicht. Und jeder übrige Groschen sollte für den Jungen sein, dass der eine ordentliche Erziehung hätte und eine gute Schulung und einmal etwas werden sollte. Hoch hinaus sollte es mit dem Jungen. Und nun liegt er, ein zerschmetterter Ikarus, irgendwo in baskischer Erde von Irun. Die vornehmen Badegäste von Biarritz haben damals mit Feldstechern zugesehen, wie er mit brennendem Flugzeug abstürzte. Deine Sorgen und Nöte. Deine Entbehrungen und Hoffnungen. All die tausend kleinsten Freuden, die du dir dein Menschenleben durch versagtest, dass ein Tag war wie der andere, ein leeres Stroh. Du kleiner Mann mit dem großen Bügeleisen. Mit dem heißen Bügeleisen in der kleinen Werkstube, dass du immer hast hüsteln müssen. Und dann kamen deine Feiertage, wo du Fähnchen geschwenkt hast und Fackel getragen und Heil gerufen, mit dünner, etwas lädierter Stimme, und hast dich als große Sache gefühlt, weil auf einmal die Juden da waren, auf die du heruntersehen konntest. Und nun liegt dein Leben und dein Hoffen, dein Königreich liegt da, ein namenloses Grab zwischen namenlosen Gräbern von Irun. Und deine Frau, du kleiner Mann, mit dem großen Bügeleisen? Die immer so grau aussah, wie ihre Kleider waren und auch so fadenscheinig? Oh, die ist jetzt eine Heldenmutter. Heldenmutter inkognito. Und wenn es niemand sieht – sie ist ja viel allein –, dann darf sie sich die Augen ausweinen bei Tag. Und ihre Muttertränen fallen auf dich nieder, in der Nacht. Glühende Tropfen, die durch die Haut brennen und tief hinein, bis in das Herz. So ruf doch Heil. So trag doch deine Fackel.

Warum denn das? Für wen denn? Für was denn? Kleiner Mann mit dem großen Bügeleisen, wie soll man dir das sagen? Alter Kämpfer von der »Kraft durch Freude«, wie soll man dir das sagen? Ein Glück, dass ihr nur Gespinste seid, der Fantasie des Mannes Leonhard Glanz, der mit der ersten Seite der Zeitung nicht zurechtkommen kann, obwohl er schon anfängt, sich in der Zeit auszukennen. Aber er weiß das auch nicht. Und obwohl er nun schon tagelang mancherlei Zeitungen gelesen hat, kennt er sich da nicht aus. Denn in den Zeitungen steht es nicht drin.

Da ist der General Franco. Gott des Krieges? Der hat damals einen Militärputsch machen wollen. Höchstens dreimal vierundzwanzig Stunden meinte er zu brauchen, um Spanien um zweihundert Jahre zurückschieben zu können. Was will er denn? Er will die Stiergefechte in Spanien verewigen. Das spanische Volk meint, man könne zu seiner Bildung und Erheiterung auch etwas anderes tun. Zum Beispiel Bücher lesen. Oder wenn es eine Schau sein sollte, könnte man in gutes Theater gehen. Aber General Franco meint, Kraft durch Freude in spanisch-nationalem Sinne, das ist: Stiergefecht. Er meint, Kultur ist Stiergefecht. Und darum schießt er die Theater von Madrid zusammen und die Bibliotheken, legt er die heilige Geistigkeit von Guernica mit Bomben in Trümmer. Mehr weiß der General Franco nicht. Aber schließlich führt man keinen Krieg, nur weil der eine unter Kultur Stiergefecht versteht und der andere Bücher. Der General Franco ist kein Gott des Krieges. Er trägt nur gerne Orden. Viereckige, runde und zackige, einerlei, wenn sie nur blitzen und blank sind. Es gibt mehr solcher Kriegsgötzen, die sich mit Silberblech und Goldblech behängen, mit Schnüren und Firlefanz. Die Urindianer von Amerika hatten in dieser Sitte viel mehr Geschmack entwickelt, wenn sie sich Kronen aus bunten Federn aufsetzten. Aber nicht jeder kann es bis zum Indianerhäuptling bringen. Winnetou bleibt eine unerfüllte arische Sehnsucht und wenn man auch alle Klassiker verbrennen würde und nur Karl May übrig ließe.

Da ist der Mann Juan March. Der macht sich garnichts aus Orden. Der weiß überhaupt nicht, woraus er sich etwas macht. Dem geht es um die 650 Millionen Dollar, die er in das Franco-Unternehmen hineingesteckt hat, gewiss nicht aus Liebe zu irgendwem und zu irgendwas. Aber der Ursache des Krieges sind wir hier doch schon greifbar näher. Man merkt schon wie und was. 650 Millionen Dollar sind eine Menge Geld, auch dann, wenn man es zum Teil von den werten Kollegen der spanischen Hautefinance bekommen, zum anderen Teil aus dem spanischen Tabakmonopol herausgeplündert hat.

Auf in den Kampf, Torero. Jedesmal, wenn du dir ein Päckchen schwarzer Cigaretten gekauft hast, um besser husten und zielsicher spucken zu können, hast du eine Steuer in Juans Marchs Kriegskasse gezahlt. Vielleicht ist die Fliegerbombe, die dein eigenes Kind erschlagen hat, auch mit deinem eigenen Geld bezahlt. Und du weißt es nicht einmal. Caballeros, es lebe das Tabakmonopol!

Leonhard Glanz, pass auf. Alter, ehrlicher Hamburger Getreidehändler. Prima Börsenaufgabe. Sichere Kontraktsunterschrift. Pass auf.

Dein Kollege Juan March hat vor einem Menschenalter noch mit Zwiebeln gehandelt. Ob's nun canadischer Weizen ist oder spanische Zwiebel, das wäre am Ende einerlei. Nur hat er nicht, wie du, sich in wohlformulierten Kontrakten bewegt, er hatte seine Zwiebeln gleich vor sich auf der Karre und verkaufte sie stückweise oder in Bündeln, je nachdem.

Wir haben nichts gegen Zwiebeln. Zwar sagen die echtbürtigen Nazis, Zwiebel sei der Juden Speise. Was aber nur innerhalb der Grenzen des Deutschen Reiches recht ist, solange es nützt, etwa als Ersatz für einen Punkt des sozialistischen Programms, den man für die Dauer des Dritten Reiches schuldig zu bleiben fest entschlossen ist. Sonst: Nichts gegen Zwiebeln. Das Geld, das sich Juan March damit als Anfangskapital verdient hat, riecht nicht nach Juden.

Juan March wurde aber jetzt nicht etwa Zwiebelhändler en gros. Nein, hier trennen sich seine Wege von denen etwa des Kaufmanns Leonhard Glanz. Juan March zog dem Leben bürgerlicher Ordnung ein Leben indianischer Beweglichkeit vor. Er wurde Tabakimporteur. Allerdings einer, der bei seinen Tabakimporten niemals den Steuerbehörden ihre Taxen bezahlte. Er importierte längs den Küsten des Mittelmeers. Zumeist bei der Nacht und an einsamen Stellen. Ein brillantes Schmugglergeschäft. Den späteren, großen amerikanischen Alkoholschmugglern aus der Trockenperiode mindestens ebenbürtig, umso mehr, als das Unternehmen von etwas anarchischem Kleinimport von Fall zu Fall, zum Großimport, zur Versorgung ganzer Märkte überging. Dazu war sogar ein allgemeiner Mittelmeer-Zollfrieden abgeschlossen worden. Die bösen Feinde, die Zöllner, wurden versöhnt, sie partizipierten sogar an dem Geschäft. Juan March studierte damals eifrig die Geschichte der Petroleumkönige, Eisen- und Stahlkönige und anderer Könige, mit dem Vorsatz, auch einer zu werden. Ob in der Türkei oder in Ägypten, in Spanien, Marokko oder gar in Marseille, das war noch nicht heraus. Gute Freunde hatte er dort schon überall.

Auf einmal kam der Weltkrieg. Im Krieg an sich dürfte der Tabakkonsum wesentlich steigen. Soldaten können nicht immer nur Schlachten schlagen und in der Freizeit rauchen sie, so spekulierte Juan March ganz richtig, aber sein gut aufgezogenes Geschäft geriet doch heillos durcheinander. Beamte wechselten. Wie mit den neuen zu reden sei, war unklar. Juan March lag verkehrt. Er lag überhaupt verkehrt. Im Krieg soll man doch mit Waffen handeln. Also umstellen. Das aber gelang nicht. Überall, wo man in den Waffenhandel sich hätte einschalten können, saß schon einer, nämlich Mister Zaharoff.

Juan March war ernstlich böse, nämlich auf sich selbst. Da hatte er einen Bekannten, der wegen geplatzter Wechsel und entsprechender Zusammenhänge nach Mexico gegangen war. Der hatte drüben einen Export von Musca angefangen. Musca hat nichts mit dem Gewürz zu tun, das Muskat heißt, im Gegenteil, es ist eine scheußliche stinkende Sache. Musca ist die mexikanische Sumpffliege, die in ungeheuren Mengen gefangen wird. Haben Sie schon einmal eine Fliege zu fangen versucht? S – t, mit der Hand an der Wand entlang, oder an der Fensterscheibe. Weg ist sie, Sie haben sie nicht gekriegt. Es war einmal ein General, der hielt sich einen Laubfrosch. Der Laubfrosch fraß lebendige Fliegen, und zur Beschaffung dieses Laubfroschfutters hatte die Division einen Mann ständig kommandiert, der nichts zu tun hatte, als Fliegen zu fangen. In Mexico ist das anders. Es ist egal, wie man da die Fliegen fängt und zu Millionen nach Gewicht in Kisten verpackt, als Fischfutter oder zu chemischen Zwecken. Ist ja egal. Eines Tages schrieb der geplatzte Wechselmann aus Mexico, es sei Blödsinn in dieser Zeit mit Musca zu handeln, wo in Mexico jeden Tag Revolution ausbrechen könne. Man müsse mit Gewehren und Maximkanonen handeln. War das nicht ein Wink vom Himmel gewesen? Und nicht befolgt. Sonst wäre Juan March jetzt in Trade. Anstatt daneben zu sitzen.

Aber schließlich und Gott sei Dank, wird Krieg ja nicht nur mit Waffen und Munition geführt. Da haben die Deutschen einen sehr gescheiten Mann aus der Elektrizitätsbranche. Er soll auch sonst was verstehen. Rathenau heißt er. Der soll den Krieg der allgemeinen Wirtschaft organisiert haben. Rohstofforganisation. Diese Deutschen. Wenn sie nur organisieren können. Der Ballin soll übrigens geflucht haben, dass man ihn nicht rechtzeitig informiert hatte, dass und wann man Krieg machen würde. Er hätte sonst mit seiner Flotte Deutschland so voll Getreide geworfen, dass eine Brotsorge nie hätte kommen können.

Haben die Deutschen Brotsorgen? Aufpassen, Juan March. Da gibt es was, um einzuhaken. Aber der Haken lässt sich nicht einschlagen, keine ordentliche Verbindung möglich, zu den Mittelmächten. Und die Alliierten haben selbst alles. Soll Juan March die großartige Chance versäumen? Lebt in einem neutralen Land und kann am Kriege nicht verdienen? Ist er ein Trottel? Ein Greenhorn? Ein Caballero sin caballo. So einen Krieger erlebt man doch nur einmal im Leben (Höchstens zweimal, oder… abwarten, Sie werden schon sehen). Sitzt Juan March völlig daneben, rauft sich die Locken, die ohnehin nicht mehr fest sitzen. Der Kummer lässt sie ihm ausgehen.

Juan March liefert Schweine an die französische Heeresverwaltung. Das ist nicht viel, aber ein Anfang. Auf einmal sind deutsche Kriegsschiffe in spanischen Häfen. U-Boote. Etwas klein. Aber da muss Juan March eben kleine Geschäfte machen. Stolz weht die Flagge schwarz, weiß, rot. Allons enfants de la patrie. Britannia, rule the waves.

Der Gott des Krieges lächelt dem wackeren Juan March zu. Der König und die Granden sind für die Mittelmächte. Die Finanz ist für die Alliierten. Spanien bleibt neutral. Juan March schwimmt dazwischen. Juan March geht in die Politik. Juan March liefert dem Geheimdienst der Deutschen geheime Nachrichten. Juan March liefert den geheimen Dienst der Alliierten geheime Nachrichten. Juan March hört etwas vom deutschen Gesandten und verkauft es dem englischen Generalkonsul. Er hört etwas vom französischen Botschafter und verkauft es dem österreichischen Attaché. Juan March spricht viele Sprachen und handelt mit vielen Waren, Juan March steigt sachte in die Börse ein und kauft unter der Hand ein paar Majoritäten auf. Ein paar Banken, ein paar Industriewerke, ein paar Reedereien. Land? Nein. Land kauft er nicht auf. Mit den Granden will er nicht konkurrieren. Im Gegenteil. Er will in die Hofsonne. Orden? Was soll Juan March mit Orden? Den wohlriechenden Zwiebelorden? Den treugeschmuggelten Tabakorden? Den wohlgemästeten Schweineorden? Den patriotischen Geheimdienstorden? Was soll ein Kaufmann mit Bändchen und Blech? Der Krieg steht faul. Er frisst zu viel Menschen. Das kann nicht ewig weiter gehen. Faul. Der Krieg neigt sich seinem Ende zu. Juan March muss sich nach einem soliden Geschäft umsehen und nach einem seriösen Partner, der die richtigen Verbindungen hat. Noch einmal will man nicht halb daneben sitzen und zusehen, wie dieser Basil Zaharoff die Sahne abschöpft, von einem Meer von Blut.

Wer ist der beste Geschäftsmann von ganz Castilien? Nach Juan March, natürlich. Denn dass er das Fixeste ist, das weiß er sowieso. Sie sagen, der beste Geschäftsmann sei der König. Sie sagen auch, dass er der beste Tennisspieler, Reiter, Fechter sei. Das ist das Vorrecht aller Majestäten. Das war Wilhelm, der von Gottes Gnaden auch. Was habe ich Ihnen gesagt? Faul, der Krieg. Wilhelm ist nicht mehr der beste Mann im Staate. Er ist nur noch der beste Holzhauer von Doorn. Majestäten an sich sind schlecht im Kurs. Aber dieser Alfons ist ein guter Geschäftsmann.

Politisch hat sich die Majestät von Spanien schiefgelegt. Der Rifkrieg, mit den schneidigen Reiterattacken. Das hat er noch von Wilhelm von Doorn her. Nichts gelernt. Dieser Alfons XIII. hat sich verdammt unpopulär gemacht. Das eben ist nun Juan Marchs Chance. Der hat die Popularität. Viel Geld, viel Geld, viel Geld und alle halten ihn für einen netten Kerl. Warum auch nicht? Mit der frühen Glatze und der Brille sieht der aus wie ein Professor im Film. Ein Haifisch, der wie ein Professor aussieht.

Seine Majestät brauchen Geld. Ha, ha, ha. Das ist alles? Der beste Geschäftsmann von Castilien und León. Und er braucht Geld. Ein König von Spanien aus dem Hause Habsburg und braucht Geld. Von einem Zwiebelhändler, der oft genug zum Mittagessen sich eine Knoblauchzwiebel vom eigenen Wagenstück stibitzt hat. Majestät, es ist mir eine Ehre. Wieviel befehlen Majestät, dass ich mit meinen bescheidenen Kräften zu dero erlauchter Verfügung stelle? Majestät sind sehr gnädig. Sehr gütig, Majestät. Juan March, wie stehst du da, vor deinem König. Als du anfingst, mit Zwiebeln, hast du geglaubt, der König geht mit Purpurmantel und Hermelin zu Bett. Und die Krone stellt er auf das Nachtschränkchen.

Und jetzt bist du wirklicher, geheimer Hofbankier. Und teilst mit der Majestät von Spanien einen hübschen Geschäftsertrag, nämlich den des spanischen Tabakmonopols. Vom Tabakschmuggel bis zum Tabakmonopol. Ein ganz hübscher Weg schon über die Krone. Eines Tages dankt der König ab und geht nach Monte Carlo, Roulette spielen, und nun ist Juan March alleiniger Besitzer des Tabakmonopols. Und nun sieht man wieder, warum der Krieg in Spanien kam, wie er kam. Dass die spanische Republik dich nicht zum Teufel jagte, Juan March, dich und die anderen deinesgleichen, das war ihr großer Fehler. Dass sie Leute wie dich geduldet hat und erlaubt hat, dass die Juan Marchs politische Parteien finanzierten »zur Verteidigung des Besitzes« nebst »spanischer Phalanx«, das war ihr unverzeihlicher Fehler. Dass der radikale Mann des Volkes Alejandro Lerroux so einen Menschenfresser für ganz in Ordnung hielt, das war sein volksverräterischer Irrtum. José Maía Gil-Robles und Juan March, hinab in die Zwiebeln, woher ihr kamt. Da es nicht geschah, gab es Krieg.

Zwar hatte ein erstes spanisches Parlament so viel Ehrgefühl – wieviel hatte der Sitz gekostet –, einen Abgeordneten Juan March nicht in seinen Reihen haben zu wollen. Zwar gab es einen Korruptionsskandal, Untersuchungsgefängnis und Prozess, aber das war schon ein frischfröhliches Gefängnis. Die Gefängniszelle als Zentralbüro der faschistischen Partei. Die

Gefängniszelle als Chefredaktion von so und so viel politischen Zeitungen, die Gefängniszelle, in der das Kabinett des Ministeriums Lerroux ernannt wird, die Gefängniszelle von der aus ein höchster Gerichtshof von fünfzehn Ehrenmännern zur Garantie der Konstitution dirigiert wird – der Gefangene, der die Regierung kontrolliert, die ihn eingesperrt hat –, und schließlich die Luxus-Limousine vor dem Gefängnis und der sehr ehrenwerte Don Juan steigt ein, unter Assistenz von drei Posten und dem Zellenwächter, der mit Tränen in den Augen von seinem spendabelsten Gast Abschied nimmt und die Wagentür schließt – kleine Reisezuschlagskarte hat zwanzigtausend Dollar gekostet –, ab nach Paris.

So sieht der Glatzkopf mit der Brille aus, der Typ des braven Filmprofessors. So sehen die feinen Herren aus, deren Besitz der General Franco verteidigt, und er ist wenigstens einer, der sich den Besitz selbst zusammengeräubert hat. Wie aber erst die anderen Hidalgos, die Herren vom Adel und Großgrundbesitz, von denen eine Hundertschaft mehr Land besitzt als Millionen Bauern. Die patriotischen Patrioten, die damals von Biarritz aus zugeschaut haben, als der deutsche Kampfflieger vor Irun in einer Säule von Rauch und Feuer niederschmetterte und des kleinen Schneiderleins, mit dem großen Bügeleisen, Lebenshoffnung begrub.

Was hatte der deutsche Flieger an der baskischen Front in Spanien verloren? Warum musste er das Kapitel des Juan March verteidigen und die riesigen Güter des stolzen Hidalgos? Weil die Marxisten und Moskowiter immer von der Internationale sprachen, hatte doch der Führer Deutschlands nationale Revolution gemacht. Deutschland den Deutschen. Juden raus. Marxistische Internationalisten raus. Raus mit dem jüdischen Gott, raus mit der verjudeten Bibel, raus mit dem Franken Karl, dem Sachsenschlächter, es lebe Widukind, deutscher Boden, deutsche Art, deutsche Frauen, deutsche Treue. Wer liegt denn da im Bett, bei einer deutschen Frau? Ein jüdischer Teufel. Ein Rassenschänder. Ich habe es durch die Wand gehört. Ich habe es durch das Schlüsselloch gesehen. Ich habe es mit Schweinerüssel erschnüffelt, als Verteidiger der deutschen Ehre. Und wenn ich es zehnmal nicht gesehen, nicht gehört, nicht erschnüffelt hätte, den Eid möchte ich sehen, den ein deutscher Mann im Thing nicht schwören würde, wider Juda, den rassistischen Verderber.

Aber was haben die blonden und blauäugigen Deutschen aller Schattierungen nun wirklich in Spanien zu tun? Alles mal herhören. Streng vertraulich. Wer das Maul nicht halten kann, wer vaterländische Geheimnisse ausplaudert, wird auf der Flucht erschossen, noch ehe er ans Fliehen auch nur denken kann.

Natürlich weiß der Führer. Der, in seiner alles bedenkenden Weisheit, hat es sogar angeordnet. Der Führer in seiner Allwissenheit, treusorgend der deutschen Nation Belange besinnend, bei Tag und bei Nacht, der klug vorausschauende Führer denkt an die spanischen Erze, an die Quecksilbergruben, an Kupfer und Zinn und alles das, so wie die deutsche Industrie es ihm eingab. Heil!

Der Führer in allerhöchster Klugheit besinnt und bedenkt nicht nur die wirtschaftlichen Möglichkeiten und Erfordernisse, sondern auch die militärisch-politischen. Und da er den Frieden will, was er ja selbst immer sagt – ich glaube, was ich sage, du sagst, was du glaubst, er sie es glaubt nicht, was er sie es sagt, wir glauben, was wir nicht sagen, ihr sagt, was ihr nicht glaubt, sie glauben nicht, was sie nicht sagen –, der Führer also, der den Frieden liebt und die Pazifisten nur wegen ihres fremdwörtlichen Namens hasst – Doitscher schbräche Doitsch –, muss mit allen Kräften den Krieg vorbereiten, um den Frieden verteidigen zu können. Etwa gegen die Franzosen, von denen in der Nationalbibel *Mein Kampf* der drittreichigen Deutschen nachgewiesen ist, dass sie die gefährlichsten Friedensfeinde sind. Und nun denkt der Führer so: Ein faschistischer Spanier würde im Fall eines Krieges, in dem das Frankreich der Volksfront stehen würde, zunächst schon etliche französische Divisionen an den Pyrenäen festhalten. Ein faschistisches Spanien, verstärkt durch deutsche Militärstationen, Flugzeug- und Marinebasen, könnte Frankreich von seinen afrikanischen

Kolonien und damit von einem wichtigen Soldatenreservoir abriegeln. Der Führer muss alles edel und klug bedenken, nach seinen Intuitionen, wie ein deutscher Generalstabs sie ihm eingibt. Heil!

Der Kaffeehausemigrant bei seinem Zeitunglesen meint wunders was für Erleuchtungen und Erkenntnisse ihm da werden. Er ahnt ja garnicht, dass alles das platteste Binsenweisheiten sind, die jedermann kennt, und dass es ein unausgesprochenes Übereinkommen zwischen den Politikern, Diplomaten, Staatsmännern der Welt ist, darüber nicht zu reden. Hier sind wir bei den Dingen, von deren Ablauf das Leben, das Leben, das ganze einmalige Leben von vierhundert Millionen Europäern abhängen kann (abhängen wird), samt dem Leben von etlichen weiteren hunderten von Millionen nicht europäischer Menschen, die damit hineinschliddern (erfinden Sie nun endlich mal ein neues Wort für diese infernalische Dummheit) werden. Und nun meint dieser Weltfremdling, man müsse da etwas tun. Zum Beispiel einen Brief an den Völkerbund schreiben. Als ob es für den nicht sehr viel wichtigere Dinge gäbe. Etwa den Schutz patagonischer Minderheiten auf Island.

Schließlich wäre daran zu erinnern, dass Führer auf Italienisch »Duce« heißt. Dass da irgendwo in Rom jemand davon träumt, ein British Empire zerschlagen zu können, um ein neues Imperium Romanum an seine Stelle zu setzen, und dass diesem Traum zuliebe zehntausende italienischer Soldaten, die – zur Ehre der italienischen Nation sei es gesagt – zu den schlechtesten Berufssoldaten der Welt gehören, gegen die unabhängige Freiheit des spanischen Volkes kämpfen und zu tausenden fallen müssen. Da ist Guadalajara. Singt Guadalajara. Da haben die spanischen Sansculottes von 1937 eine italienische Interventionsarmee zusammengeschlagen, so wie die französischen Sansculottes eine Interventionsarmee europäischer Reaktion zusammengeschlagen hatten. Die ruhmreiche italienische Armee, die kurz vorher mit allen Waffen moderner Industrie gegen die barbarischen Abessinier mit Flitzbogen und Pfeilen glorreich gesiegt hatten. Und der Krieg in Spanien wäre nicht – mit und ohne Drittes Reich und seinen Führer –, wenn nicht vorher der italienische Eroberungskrieg in Äthiopien gewesen wäre. Und der italienische Eroberungskrieg in Äthiopien wäre nicht gewesen, wenn nicht vorher im arabischen Hedschas-Yemen-Krieg der italienische Yemen-König aus dem Lande jener Asra, welche sterben, wenn sie lieben, gegen den englischen Ibn-Saud von Hedschas verloren hätte. Und so weiter, und so weiter. So wie rückwärts so auch vorwärts.

Was für den Kaffeehausemigranten auch wieder eine nagelneue Erkenntnis ist anstatt einer Allerweltsweisheit. Er hatte bisher immer nur gelesen, der Duce, in seiner großen Kulturbeflissenheit, habe den Krieg gegen Abessinien nur geführt, weil Italien erstens von Abessinien bedroht werde und weil – das ist die Hauptsache – dem schändlichen Sklavenhandel in diesem Negerkaiserreich ein Ende gemacht werden musste.

In der Tat gab es in Abessinien einen blühenden Sklavenhandel. Das »schwarze Elfenbein«-Export-Geschäft hat so seine Traditionen. Äthiopien war ein Hauptlieferant für den Sklavenmarkt von Mekka, der immer noch der bedeutendste Sklavenmarkt der Welt ist. Freilich hätten die Äthiopier das Sklavenexportgeschäft nach Arabien gar nicht betreiben können, wenn es nicht mit Duldung der italienischen Behörden über das italienische Eritrea oder Somalia gegangen wäre. Denn irgendwie musste ja die schwarze Elfenbeinware an das Rote Meer kommen, von dessen Küste die Äthiopier längst abgeschnitten waren.

Es ist jetzt über hundert Jahre her, dass der britische Admiral Wilberforce im Londoner Parlament ein Gesetz einbrachte, das den Sklavenhandel in allen britischen Ländern verbot. Das Denkmal dieses Sklavenbefreiers steht in Hull. (Viele sehen es und wissen nicht, dass da etwas ist, was sie anginge.) Die Verhandlungen mit den am internationalen Sklavenhandel beteiligten Kolonialstaaten haben sich dann durch etliche Jahrzehnte hingezogen. Bis die Unterschriften gegeben wurden, die den Sklavenhandel allgemein untersagten. Seitdem berichten alle Oberlehrer in den Schulen, dass Sklaverei und Sklavenhandel eine böse Sache des grauen Altertums gewesen wäre und heutzutage gäbe es das nicht mehr.

Man soll den Oberlehrern nicht bösen Willen vorwerfen. Allein, was weiß ein Oberlehrer? Weiß er, dass es heute, sagen wir mal anno 1937, noch fünf Millionen Sklaven auf der Welt gibt? Richtige, schwarze Elfenbeinsklaven, die Eigentum ihres Besitzers sind, genau wie ein Auto oder ein Regenschirm? Damit hier nicht etwa Begriffe verwechselt werden. Effektive Sklaven. Ware, die ihren genauen Preis hat. Mit Sklavenbörse, wo die Preise notiert werden. Mit Angebot und Nachfrage. Mit Hausse und Baisse. Ohne dass man gehört hatte, dass Mussolini da etwas zu ändern das dringende Bedürfnis hatte. Nun wollen wir den Oberlehrern einmal etwas erzählen.

Die Rhapsodie von 1937 in Schwarz und Weiß

I.

Ladies und Gentlemen!
Hier ist Cook.
Thomas Cook and Sons.
Der größte Cook unterm Himmelszelt.
Der Cook der Cooks der ganzen Welt.
Ein Jedermann, der Geld hat
Bei Cook die ganze Welt hat
Und jederzeit sein Zelt hat.
Wir zeigen Ihnen die Oberwelt, Unterwelt, die ganze Welt, die Halbwelt.
Cook and Sons, der Welt größtes Reisebüro.
Macht Weekend-Ausflug nach Arabien.
Das echte Arabien. Wo die waschechten Araber sind.
Ladies and Gentlemen!
Hier hat der Hedschas gegen den Yemen gekriegt.
Hier hat ein Khalif seinen Bruder besiegt.
Potz Bomben und Granaten!

Hier sehen Sie im Wüstensand
Noch allerhand
Toter Soldaten.
Und wär der Soldat nicht so mausetot
Dann hätte die ganze Waffenindustrie
Und die schöne Gift- und Gas-Chemie
Ja nich ihr täglich Brot.
Dann wäre die gute Zeit zu Ende,
Dann gäbe es keine Dividende,
Dann gäbs keine hohen Preise,
Und mit Cook and Sons keine Reise.

Ladies and Gentlemen: Sie sehen hier das große
arabische Tor.

> Dahinter stellt sich gleich Mekka vor.
> Mekka ist die heilige Stadt
> Wo Mohammed sanft geschlafen hat
> Auf einem schwarzen Marmelstein
> Und die große Moschee rahmt den
> Stein jetzt ein
> Und Allah ist groß und Mohammed
> sein Prophet
> Und jeder ders glaubt mal nach Mekka
> geht.

Ladies und Gentlemen: Sehen Sie die große Moschee
sich an,

> Und die Gasse-Suk el Abid – gleich
> nebenan.
> Da ist der Markt, da ist der Bazar,
> Da kauft man alles und kauft in bar.

»Rosenöl aus Schiras.« »Rote Henna.« »Sandelholz aus
Heiderabad.« »Oliven aus Trapezunt.« »Datteln«!
»Datteln! Die braunen Töchter der Wüste.« »Echte
Haare vom Barte des Propheten.« »Feigen aus

Smyrna.« »Teppiche aus Samarkand.« »Afghanische
Teppiche.« »Hallo, Sir. Eine Perlenkette für Ihre Lady.
Echte arabische Perlen. Nix Japanperlen. Echte Perlen
aus Gablonz.«
Ladies und Gentlemen von Cook and Sons:
Wir zeigen Ihnen jetzt eine Attraktion.
Eine echte, rechte Sklavenauktion.
Hier stellt sich Ihnen der Dallal vor:
Das ist der Sklavenauktionator.
Der Dallal: »Ihr Gläubigen von Mekka, ihr braunen
und schwarzen guten Söhne der heiligen Stadt, ihr
Nachbarn Gottes, und auch ihr, weiße Christenhunde,
never mind, wenn ihr Geld habt. Der Dallal ist da.
Der Dallal hat frische Ware mitgebracht. Gute Ware,
ganz neue Ware. Frische Transporte. Schwarze Ware.
Starke Ware. Männer vom Kongo. Frauen aus Liberia.
Restbestände aus Äthiopien, wo Mussolini Khan jetzt
alle Sklaven selbst gebraucht. Und darum werden die
Preise für Sklaven in Mekka bald steigen. Heute letzte,
billige Auktion. Großer Ausverkauf, mit Genehmigung
des obersten Kadi der Wahhabiten und des erhabenen
Khalifen Abd al-Aziz ibn Saud höchstselbst.

Hier ist aus dem belgischen Kongo ein Neger.
Ein starker Kerl, ein kräftiger Träger.
Sehen Sie sich nur die Muskeln an,
Und das Maul voller Zähne hat der Mann.
Trägt Koffer und Kasten
Und jegliche Lasten.
Zum ersten. Zum zweiten. Und niemand mehr?
An den großen Scheich. Zu Allahs Ehr.

Da wäre ein kräftiges Zulumädchen.
Mit Brüsten wie Türmen und prallen Wädchen.
Zum Fegen, zum Scheuern, zum Kochen,
zum Waschen,

und auch sonst zum Vernaschen.
Zum Ersten, zum Zweiten, und niemand mehr?
An den löblichen Bey. Zu Allahs Ehr.

Hier die prächtigen Sudanmänner.
Etwas für Kenner.
Starke Ware, beste Ware.
Garantie für dreißig Jahre.
Alter Khan, für dein Haremsleben
Möchte das 'nen Eunuchen geben.
Alle Wetter. Alle Wetter!
Und dann wird er immer fetter.
Zum ersten, zum zweiten. Und niemand mehr?
An den edlen Khan. Zu Allahs Ehr.

Somalis. Die geb ich paarweis weg.
Eignen sich zu jedem Zweck.
Das ist dauerbare – das ist beste Ware.
Lässt sich treiben, lässt sich jagen,
Täglich zwanzig Stunden plagen.
Kann bei jedem Wetter laufen.
Lässt sich übers Meer verkaufen.
Nimmt den schwersten Kaffeesack,
Und den größten Baumwollpack
Und schmeißt den ganzen Welterttrag
Ins Feuer und ins Meer.
Zu unserer Wirtschaft und Allahs Ehr.

Zum Ersten, zum Zweiten und niemand mehr? –
Schwarze Mädchen – Schwarze Kerle – jeder eine
schwarze Perle! Zum ersten, zum zweiten und keiner
mehr?« »Räucherkraut.« »Gebetteppiche aus
Taschkent.« »Feigen. Feigen …«

Ladies und Gentleman von Cook and Sons: Ehe wir
Mekka verlassen, werfen wir noch einen Blick in das

Heiligtum der Heiligtümer. Mohammeds große
Moschee, wo die Kaaba ist und der erste Koran.

Und wo die Hunde bellen
Und Horden verlotterter Menschen umkläffen.
Verkommener Menschen.
Verdorrt, erblindet, vergrindet.
Mit hungerkralligen Händen
Und wankenden Beinen.
Menschen, die nicht schwarz sind
Und nicht weiß sind,
Die aschfahl sind, wie ihre Kleiderlumpen.

»Wir sind die freien Leute,
Die freiesten Leute der Welt.
Wir haben nicht Gut und nicht Beute.
Wir haben kein Geld und kein Zelt.
Wir sind das ganze Leben lang
Um Fußtrittlohn und Prügeldank
Sklaven gewesen!

Jetzt sind wir freie Leute
Und nur des Hungers Beute.
Sie haben den Leib uns zu Schaden geplagt.
Sie haben die Seele uns ausgejagt.
Sie haben uns die Knochen zerknackt,
Ganz ausgepresst und abgewrackt,
Ausgewalzt und ausgelaugt,
Bis so ein Sklave zu nichts mehr taugt.

Und dann – und dann – haben sie uns die
Freiheit geschenkt.
Jetzt sind wir nur ein letzter Dreck.
Jetzt schmeißt man uns als Abfall weg.
Müssen wir betteln,
Greise und Vetteln.

In der großen Moschee mit der Hundemeute
Das ist die Moral hier, der großen Leute.

Das nennen sie: Den Sklaven die Freiheit schenken. –
Ladies and Gentlemen von Cook and Sons! Kommen
Sie. Das Dinner wartet auf Sie.

II.

»Aber da muss man doch etwas tun!« Muss man? Was wollen
Sie tun? »Man müsste da doch einen Verein gründen...«
Richtig. Man müsste einen Verein gründen. Etwa: Liga für
Sklavenrechte. Einen besonderen Verein gegen Sklaverei.
Ober, bitte einen Verein gegen Sklaverei. Ist schon da. London
S. W. 1. Vauxhall Bridge Road. Mit President und Vicepresi-
dent. Mit Vorsitzendem und Vizevorsitzendem. Mit Schrift-
führer und Vizeschriftführer. Mit Kassierer und Vizekassierer.
Mit Parlamentssekretär, Ehrensekretär und Hilfssekretär. Mit
Beisitzer, Vizebeisitzer und Syndicus. Und ein Mitglied ist
auch da.
Das Mitglied bezahlt den Beitrag. Dafür kauft der Verein
Briefbogen und Briefumschläge.
Darauf schreibt man Protestnoten und die schickt man an
den Völkerbund, an die Kolonialmächte, an die Regierungen
der Negerstaaten. Und dann? Dann kommen Antwortnoten.
Und dann...?

Papier, Papier, Papier, Papier
Verschreiben wir, verschicken wir.
Und was kommt zurück?
Zu unserm Glück:
Papier, Papier, Papier, Papier
Erhalten wir, behalten wir.
Für jeden Ausgang ein Brief retour
Und alles geht wie an der Schnur,

Und wo ein Vorgang gewesen
Ist schwarz auf weiß zu lesen, wie jene Sache gewesen.

Und da schreibt ein sehr ehrenwerter Lord,
Und ein Lord ist ein Lord und sein Wort ist sein Wort,
Und er schreibt von der Krise die hier ist und dort.
Und die Krise kommt von der Wirtschaft her,
Und die Misswirtschaft kommt von der Krise her,
Und die Armut kommt von der Povertät,
Und das Rad bleibt stehn, wenn es nicht mehr geht,
Und nur darum, weil der Mensch nicht frei
Gibt es leider immer noch Sklaverei.
Und mancher Sklave ist mit dabei
Der nicht einmal weiß, dass er Sklave sei,
Ob er schwarz ist, ob er weiß ist, ist am Ende einerlei.
Hallo! Hallo! Hier Goldminen von Kimberley. (Kimberley.
Cecil Rhodes. Jameson Überfall. Kaiser-Telegramm.
Buren-Krieg. Konzentrationslager Transvaal. Rule Britannia
zu Wasser und zu Lande.) Hallo! Hallo! Befehl der General-
direktion der Minengesellschaft, London: Ein Teil der
Minen ist stillzulegen. Goldschürfung und Produktion ist
um 50 Prozent einzuschränken.

Denn es gibt zu viel Gold auf der Welt,
Zu viel Gold und zu wenig Geld.
In Kimberley gräbt man Gold aus der Erde,
Damit es in Paris, in London, New York wieder eingegraben
werde.
Und die Keller sind von dem Gold ganz voll,
Und man weiß nicht, was mit mehr Gold man soll.

Aber Gold ist doch Gold und Gold ist doch Gold.
Scheinbar, alles scheinbar,
Mit Praxis unvereinbar.
Denn der Goldstandard ist eine Konstruktion
Und die Konstruktion ist nur eine Fiktion,

Und die Fiktion führt zur Devalvation,
Und die Devalvation ist nicht Inflation
Sondern Gegenteil von der Deflation,
Wegen Produktion und Überproduktion
Und Expansion und Investitution,
Und die Goldblockländer sind nur eine Station,
Und schwankende Währung macht Progression.
Haben Sie das verstanden?
                    Nein!
Ja, dann müssen eben die Goldminen stillgelegt werden.
Und das Rad bleibt stehen, wenn es nicht mehr geht,
Und die Armut kommt von der Povertät,
Und ein Prolet ist ein Prolet,
Und mancher Prolet ist mit dabei
Der nicht weiß, dass er Proletarier sei.
Ob er schwarz ist, ob er weiß ist, ist am Ende einerlei.
Und es fahren die Männer von den Kimberley-Minen
Zum letzten Mal auf den rostigen Schienen,
Denn es gibt zu viel Gold auf der Welt
Und für sie keinen Lohn und kein Geld,
Und weil die Goldproduktion so groß
Sind sie arbeitslos. Sind sie arbeitslos!

Das statistische Amt der Süd-Afrika-Dominions hat schon im
Dezember 1934 darauf aufmerksam gemacht, dass infolge Still-
legen eines Teils der Goldminen über 60 Prozent der weißen
Arbeiterbevölkerung proletarisiert ist.

Warum gehen die arbeitslosen Minenmänner nicht auf die
Farmen? Das geht nicht. Wegen der Tradition. In Südafrika ist
Tradition, dass die Feldarbeit von Schwarzen gemacht wird.

Das ist nun so in Südafrika,
Für die Feldarbeit ist der Nigger da,
Der weiße Mann, der auf Abstand hält,
Der hat keine Arbeit und hat kein Geld,
Und des weißen Mannes Würde ist groß

Darum ist er und bleibt er jetzt arbeitslos.
Und für das Primat der weißen Rasse
Da rutscht er jetzt ab, in die Elendsklasse.
Weißer Mann, der nicht mehr zu fressen hat,
Was hast du jetzt von dem Primat?
Der Anzug verlumpt und der Hunger ist groß
Und arbeitslos ist arbeitslos.
Sie mögen rasseforschen, was sie wollen,
Das ist für uns am Ende einerlei,
Wir haben nichts zu zinsen und zu zollen,
Wir sind schon lange nicht mehr mit dabei.
Es mag die Sonne brennend uns bescheinen,
Der Regen feucht auf uns herunter weinen,
Vom Arbeitslohn und Brot und allem Geld
Da sind wir frei – und alles fällt, wie's fällt.

Ob Konjunktur, ob Krise grade dran ist
Verweht für uns, wie Zeitung vor dem Wind.
Man weiß schon längst nicht mehr, wozu man Mann ist
Und nur die Frau kriegt jedes Jahr ein Kind.
Es mag der Index rauf gehen oder runter,
Das macht den Kohl nicht fett, das Hirn nicht munter,
Und uns nicht frei vom Irrsinn dieser Welt,
Bis auf den Tag – wo alles fällt, wie's fällt.

Hallo! Hallo! Vornehme Society in London. S. W. Was sagst du denn dazu?

Sollte man nicht einfach die Arbeitslöhne auf der ganzen Welt erhöhen? Dann wäre ja Bedarf für die Goldproduktion da. Und für die übrige sogenannte Überproduktion, die also in Wirklichkeit, siehst du wohl, gar keine ist, und alles käme in Ordnung.

Mein Herr, sind Sie denn wahnsinnig geworden? Wir besitzen 41 Theorien und 796 Abhandlungen über das Gold und seine Bestimmung als Wertmesser aller Waren. Aber so etwas hat uns noch kein Fachmann ernsthaft vorgeschlagen.

Ja, was wollen Sie denn tun?
Wir schicken jetzt erst mal Einladungen weg,
Auf elfenbeinfarbenem Blütenpapier.
An die Herren Minister,
An die Herren Gesandten und Konsuln.
An die Herren Zeitungsverleger und Redakteure.
An die Herren von der großen Finanz,
An die Herren von der großen Industrie,
An die Herren, die Bridge und Tennis spielen
Und sonst garnichts zu tun haben,
Und an alle ihre Damen.
Und dann gibt es ein Bankett
Mit schwarzem Fracke und weißen Westen,
Mit schwarzem Porter und weißem Sekt,
Mit schwarzem Caviar und weißem Geflügelreis,
Und mit schwarzen Kellnern in weißen Leinenanzügen.
Und zweihundert Autos kommen vorgefahren
Zu den zwölf Gängen mit feierlichen Reden:
Ladies und Gentlemen, gestatten Sie, dass ich mein Glas
erhebe
Zum Gedächtnis des großen, britischen Admirals
Wilberforce, der schon 1834
Eine Bill eingebracht
Zur Abschaffung der Sklaverei in allen britischen Ländern
Und in der übrigen Welt.

Und gestatten Sie, dass ich mein Glas erhebe
Zum Gedächtnis der Tory-Minister Pitt und Fox,
Die diese Bill zum Gesetz gemacht.
Und gestatten Sie, dass ich mein Glas erhebe
Für alle Regierungen der ehrenwerten, Kolonialwirtschaft
betreibenden Nationen,
Die sich dem britischen Vorbild angeschlossen.
– Es gibt fünf Millionen Sklaven auf der Welt! –
Zwar lässt es sich nicht leugnen
Dass trotz der Gesetze

Und der internationalen Übereinkommen,
Und der ehrenwerten Unterschriften unter den Verträgen
Und trotz der Oberlehrer, die doch unterrichten
Dass es keine Sklaverei mehr gäbe.
Dass von der Theorie bis zur Praxis,
Von den Gesetzen zur Ausführung,
Von der Moral zur Ökonomie,
Dass gleichsam von der Synthese zur Analyse,
Vom Willen zur Tat,
Und darum bitte ich Sie, Ladies und Gentlemen
Mit mir Ihr Glas zu erheben ...
Und das tun sie denn auch,
Und wünschen einander gute Verdauung,
Und reden noch lange
Von Admiral Wilberforce und Pitt und Fox,
Und von Gentlemen-Agreements zur Abschaffung der
Sklaverei,
Und rauchen schwarze Brasilzigarren
Und blütenweiße Cigaretten.

Alles wegen der fünf Millionen Sklaven auf der Welt.

III.

Ja, was dann
Lieber Mann
Fängst du an,
Wenn du eines Tages ganz ohne Geld bist
Und dabei doch immerhin auf der Welt bist,
Denn das kann
Lieber Mann
Dann und wann
Lieber Mann,
Wie du mir
So ich dir

Jedem mal geschehn,
Und alsdann
Armer Mann
Musst du pumpen gehen.

Ob du siegst, lieber Mann,
Und was kriegst, lieber Mann,
Oder fliegst, lieber Mann,
Kommt drauf an.

Ach könnten Sie, alter Freund, mir vielleicht bis
morgen zehn Kronen borgen?
Ja lieber Freund, wie sehn Sie aus – mit ausgefransten
Hosen,
Der Hut zerbeult, das Hemd ganz kraus – mit
ausgefransten Hosen,
Die Schuhe schief und unrasiert – mit ausgefransten
Hosen,
Da kommen Sie ganz ungeniert – mit ausgefransten
Hosen.
Ja, glauben Sie, dass ich mein Geld auf der Straße
finde.
Haben Sie 'ne Idee, wie ich rackernd mich schinde?
Es tut mir leid, tut mir wirklich leid.
Und ich habe sowieso keine Zeit.

Ob du siegst, lieber Mann,
Und was kriegst, lieber Mann,
Oder fliegst, lieber Mann,
Kommt drauf an.

Könnten Sie, lieber Direktor, sagen wir mal auf
Drei-Monat-Accept mir hunderttausend Kronen
creditieren?
Ja lieber Freund, Sie müssen bedenken – immerhin Ihr
Auto hat 8 Cylinder,

Ich will sie ganz gewiss nicht kränken – immerhin Ihr
Auto hat 8 Cylinder,
Aber die Krise, die Krise, die Krise, die Krise – immer-
hin Ihr Auto hat 8 Cylinder,
Und wie geht's Ihrer Frau, Madeleine Louise? –
Auto ... 8 Cylinder ...

Und was hätten Sie sonst für Unterlagen?
Und ich müsste doch erst meinen Sozius fragen.
Und würden Sie sich vielleicht bequemen
Zunächst mal fünfzigtausend zu nehmen?

Ob du siegst, lieber Mann,
Und was kriegst, lieber Mann,
Oder fliegst, lieber Mann,
Kommt drauf an.

Namens der Regierung des freien Staates Liberia, den
ich vor dem löblichen Völkerbund zu vertreten die
Ehre habe, stelle ich den Antrag, der löbliche Völkerbund möge umgehend eine internationale Völkerbundanleihe auflegen, in Höhe von 50 Millionen Gold-
dollars, langfristig, zwecks der im Interessen der
Weltwirtschaft unumgänglich nötigen Sanierung der in
vorübergehende Stagnation befindlichen Finanzlage
des freien Staates Liberia und seiner Regierung, die ich
zu vertreten die Ehre habe.
Versehrtes Mitglied im Völkerbund – scheußlich, der
Kerl ist ein Neger,
Wir hoffen, ihr Budget ist sonst gesund – scheußlich
der Kerl ist ein Neger,
Denn es wird unsren Banken eine Ehre sein –
tadellosen Frack trägt der Herr Neger,
Und es friert der Kredit auch am Äquator ein –
beinahe ein Gentlemanneger.

Ordnungshalber brauchen wir ein Exposé,
Für die Parlamente und für unser Renommé.
Und das Exposé prüft eine Kommission,
Und die Anleihe kriegen Sie vorher schon.

Ja, du siegst, schwarzer Mann,
Und du kriegst, schwarzer Mann,
Und du fliegst, schwarzer Mann
Heim, per Aeroplan.

Und das Exposé? Ach, das Exposé!
Haben Sie das Exposé gesehen?
Sahn Sie etwas in der Zeitung stehn?
Haben Sie das Exposé gelesen?
Ist das Exposé denn ein Exposé gewesen?

Was ist denn überhaupt ein Exposé?
Das wissen Sie nicht? Das kennen Sie nicht? Ja, dann
will ich Ihnen das einmal vorlesen.
Das ganze Exposé?
Ja, das heißt, nur was zwischen den Zeilen steht.
Liberia, das ist der Freiheitsstaat.
Freiheit, die ich meine.
Was das wohl zu bedeuten hat?
Liberia, du feine.
1822.-
Das Datum ist richtig,
Doch nicht so wichtig.
In Afrika inauguriert,
Von den großen Mächten garantiert.
Für die Heimatlosen, die Emigranten,
Die Unterdrückten, die Weggerannten
Der schwarzen Rasse,
Der schwarzen Klasse,
Überflüssig, abgebaut,
Schwarze Haut, weiße Haut.

Alles egal. – Alles egal.
Und es gab schon anno dazumal:
Zu viel schwarze Hausknechte in Virginia.
Zu viel schwarze Stiefelputze in Canada.
Zu viel schwarze Sackträger in Argentinien,
Zu viel schwarze Kahnschlepper am Mississippi,
Zu viel schwarze Ackerknechte in Texas und Ohio,
Zu viel schwarze Viehtreiber in Mexico,
Zu viel schwarze Kerle am Rio Grande,
Zu viel, zu viel, zu viel, zu viel.

Und man hat doch en passant, schon so viele tot-
geschlagen,
Und sie leben, ohne uns, ihre Herrschaft, erst zu
fragen.
Und sie wollen unterdessen
alle fressen, alle fressen,
Und sie stören nach dem Dinner die Verdauungsruh.
Wie kommt der Pakt dazu?
Und auf einmal der Quatsch von der Humanität,
Und die Dichter haben das alles verdreht.
Kennen Sie bitte
Onkel Toms Hütte?

Ab nach Liberia, Nigger und verdrecke.
Amerika erwache – Nigger verrecke.

Und so wurde Liberia gegründet, als ein freier Staat
für die überschüssigen Sklaven, als der Sklavenmarkt
gerade sehr flau lag und in Mekka lauter Minus,
Minus, notiert wurde.
Und die heimkehrten in das Heilige Land,
In das Land ihrer Verheißung,
Von allen vier Enden der Erde,
Dahin, wo ihre Väter einst gewohnt
Und die Väter ihrer Väter,

In das freie Land Liberia,
Wo Palmöl und Kautschuk fließt,
Und nicht einmal ein britischer Hochkommissar war,
Da brachten sie etwas mit.
Da brachten sie die Errungenschaften der westlichen
Zivilisation mit.
Nämlich: Das System!
Was für ein System?

Die Sache ist an dem:
Da gibt es ein System,
Das ist viel hundert Jahre alt
Und erbt sich fort als Sachverhalt.
Das muss man doch verstehn,
Denn das System ist ein System wie kein System
so schön.
Hokus pokus, eins, zwei, drei.
Gestern Sklave, heute frei.
Und sie haben zugesehen
Wie die Gentlemen
Weißen Gentlemen,
Ihre Rolle drehn.
Nervus rerum aller Welt
Donnerwetter, ist das Geld.
Geld ist Gut und Gut ist Zahl,
Donnerwetter, Kapital.
Und mit Geld, da kann man kaufen,
dieses kaufen, jenes kaufen,
Jagen, hetzen und ersaufen,
Und es geht ums Geld, ums Geld,
Um Kultur der neuen Welt.

Die Sache ist an dem:
Da gibt es ein System,
Das ist im weißen Land schon alt
Und wird jetzt schwarzer Sachverhalt.

Das muss man doch verstehn,
Denn das System ist ein System, wie kein System
so schön.

Und Monrovia ist die Hauptstadt von Liberia.
Und Kaurimuscheln sind das erste Geld von
Monrovia.
Kaurimuschel. Kaurimuscheln. Wie geben Sie
Kaurimuscheln?
Den Theresienthaler für 1003.
Lose oder an Schnüren?
1003 lose. 1010 an Schnüren.
Ich biete 1000. – 1003. – Ich biete 1002 – 1004 – 1003 –
1005
Ich nehme. – – – Ich gebe. – – –. 1005 – 1006 – 1007.

Kaurimuscheln sind jetzt Geld,
Nervus rerum schwarzer Welt.
Und für Geld da kauft man Land
Samt dem Vieh und allerhand,
Wer das Land hat, hat im Kauf
Gleich die Menschen mit darauf,
Und so hört die Freiheit auf.
Geld wird Macht und Macht wird Geld,
Und das nennt man Wirtschaftswelt.

Die Sache ist an dem:
Sie haben ein System
Vom Kapital, das neues heckt
Und wer keins hat verdreckt, verreckt,
Sie lernten es verstehn,
Denn das System ist ein System wie kein System so
schön.

Und die schwarzen Gentlemen mit weißem System
Wohnen nicht länger in Hütten von Lehm,

Sondern in soliden Kästen,
Nebst schwarzem Gehrock und weißen Westen,
Und die einstens geprügelte Minderwertrasse
Bildet schon längst die regierende Klasse,
Und halten schon längst im Zeitenwandel
– Na, wo denn? – beim alten, soliden Sklavenhandel.
Die schwarze herrschende Klasse verkauft ihre
eigenen, schwarzen beherrschten Brüder.

Steht das im Exposé?
Aber nein. Das Exposé
Ist so rein und weiß, wie Schnee.
Das liest man mit Verweilen
Zwischen den Zeilen.

Schlagt die Trommeln, schlagt hinein,
Schönes, schwarzes Elfenbein.

Kennen Sie den right honourable
Charles Dunbar Burgess King, Exzellenz?
Mr. King ist kein King,
Er heißt nur so.
Und er tut nur so.
Mr. King ist Präsident von Liberia
Und Liberia hat einen kleinen Export,
Und Liberia hat einen dreimal so großen Import.
Und darum hat Liberia eine passive Handelsbilanz,
Und davon entstehen die Staatsschulden.
Aber davon kann keine Regierung leben,
Und die Differenz muss ausgeglichen werden.
Schlagt die Trommeln, schlagt hinein,
Schönes, schwarzes Elfenbein

Die feste Notierung für Sklaven aus Liberia ist 9 Pfundsterling,
Gold, pro Stück. Bei Lieferung kompletter Schiffsladungen
von mindestens 1000 Sklaven wird noch eine Prämie von einem

Pfund pro Kopf bezahlt. – Mr. King liefert niemals weniger als
1000 Köpfe auf einmal.

Wissen Sie, wer Mr. Jallah ist? Das können Sie nicht wissen.
Mr. Jallah ist ein kleiner, schwarzer Bürgermeister in einem
Negerdorf von Liberia.

Und da kommt ein Bote zu Pferde
Und reicht mit stolzer Gebärde
Mr. Jallah einen Brief, mit Siegel schwer,
Und der Brief kommt direkt vom Präsidenten her.
»Befehl seiner Exzellenz, des Präsidenten
Charles Dunbar Burgess King:
Es sind bereit zu halten und an meine Kommissare
zu übergeben: So viel Arbeitsmänner, wie dort auf-
getrieben werden können, mindestens aber 250 Stück.
Die Nichtbefolgung dieses Befehls wird bestraft.«

Der Bürgermeister, der kleine Mann,
Der denkt, ich denke garnicht dran.
Arbeitsmänner? Gemeine Lügen!
Hier wird man keine Sklaven kriegen.
Und da kommt noch ein Bote zu Pferde
Und recht mit stolzer Gebärde
Von Mr. King, der kühn sich nennt
Des Freiheitslandes Präsident

Ein Telegramm: Wenn angeforderte Arbeitsmänner, mindestens
250 nicht bis heute Abend sieben Uhr bereit stehen, werde ich
Dorf und Nachbarschaft niederbrennen lassen.-

Der Bürgermeister, der kleine Mann
Der denkt, was fange ich jetzt an?
Bis heute Abend 7 Uhr.
Und es wird Mittag.
Und es wird Nachmittag.
3 Uhr, 4 Uhr, 5 Uhr, 6 Uhr …

Zehn kleine Negerlein – die sich des Lebens freun,
Der eine wird jetzt Arbeitsmann – da sind es nur noch
neun.
Neun kleine Negerlein – die haben noch gelacht,
Der eine wird jetzt Arbeitsmann – da sind es nur noch
acht.
Acht kleine Negerlein – die haben ihr Sach' betrieben,
Der eine wird jetzt Arbeitsmann – da sind es nur noch
sieben.
Sieben kleine Negerlein – Ganz ohne Geld und
Schecks,
Der eine wird jetzt Arbeitsmann – da sind es nur
noch sechs.
Sechs kleine Negerlein – ohne Schuh und ohne
Strümpf,
Der eine wird jetzt Arbeitsmann – da sind es nur
noch fünf.
Fünf kleine Negerlein – und Mr. Kings Kurier,
Der eine wird jetzt Arbeitsmann – das sind es nur
noch vier.
Vier kleine Negerlein – Liberia so frei.
Der eine wird jetzt Arbeitsmann – da sind es nur noch
drei.
Drei kleine Negerlein – und so ein Menschenhai,
Der eine wird jetzt Arbeitsmann – da sind es nur noch
zwei.
Zwei kleine Negerlein – zehn Pfund bringt jeder ein,
Der eine wird jetzt Arbeitsmann – und einer steht
allein.
Ein kleines Negerlein – das meint, es träumt im Schlaf.
Der letzte wird auch Arbeitsmann. – Ein Sklav!
Ein Sklav! Ein Sklav!

Fünf Minuten vor sieben ...
Beinahe hätten Mr. King's, des ehrenwerten Präsidenten von
Liberia, diensthabende Soldaten ein friedliches Dorf im eigenen

Lande anzünden, in Schutt und Asche legen und alle Männer
fortführen müssen.

Aber Mr. King hat auch so seine 250 Köpfe bekommen. Die
bringen 2500 Goldpfund ein. – Der kleine Bürgermeister muss
für seine Säumigkeit im Dienst bezahlen:

Für Bereitstellung des Überfall-/Brandkommandos ... 40 Pfund
für eigentlich verwirkte Gefängnisstrafe .... 100 Pfund
für einen Depeschenboten zu Pferde .... 72 Pfund 10/6 d
für das Gericht in Monrovia,
damit es nicht erst zusammentritt .... 110 Pfund
zusammen 322 Pfund, 10 shilling und 6 pence
zu zahlen an Mr. Yancy.
Mr. Yancy ist der Vizepräsident von Liberia.
Und weil der kleine Bürgermeister gar kein Geld hat, muss er
noch drei Dutzend Sklaven liefern. An Mr. Yancy, den ehrenwerten Vizepräsidenten,

Schwarze Männer, ein langer Zug.
Man treibt sie durchs Land,
Und man hetzt sie bis zum Meer,
Und man jagt sie auf ein Schiff,
Und man sagt ihnen:
Bis zum nächsten Hafen,
Nur ein paar Stunden,
Da gibt es Arbeit und hohen Lohn,
Und dann fahrt ihr bald wieder heim.
Und es währt einen langen Tag,
Und Meer und Himmel und Himmel und Meer,
Und es währt zwei Tage,
Und es währt drei Tage, viele Tage,
Und immer Himmel und Meer. Weites Meer.

Captain, wohin fahren wir?
Nach dem französischen Kongo.
Davon hat man uns nichts gesagt!

Aber es ist meine Order.
Kennen Sie die Stadt Libreville?
Sie hat doch einen schönen französischen Namen,
Die freie Stadt.
Da wird ein Teil der schwarzen Männer ausgeladen.
Sie bekommen: Ein Kontobuch.
Das fängt mit Schulden an.
Für Kleidung, die sie nie gewollt,
Für Handwerkszeug, mit dem sie für andere schuften
müssen.
Das Schuldenkonto wird immer größer,
Die Sklavenkette wird immer stärker,
Und niemals, niemals, niemals
Sehen Sie die Heimat wieder.

Die Anderen: Captain, wohin fahren wir?
Nach den portugiesischen Kolonien.
Davon hat man uns nichts gesagt.
Aber es ist meine Order.
Kennen Sie die Insel San Tomé und Príncipe?
Schöne portugiesische Inseln,
Wo das Fieber herrscht und der Teufel.
Da wird ein anderer Teil der Schwarzen ausgeladen.
Bekommt sein Kontobuch
Und kann nie mehr nach Hause.

Kennen Sie Mr. Gabriel Johnson?
Das ist ein schwarzer, ehrenwerter Gentleman.
Konsul von Liberia auf Fernando Po,
spanische Station.
Der zählt die abgelieferten Männer persönlich nach.
Stück für Stück, Kopf um Kopf.
Und erst dann dürfen die Kerls Soldaten werden,
Für General Franco und Juan March.

Steht das in dem Exposé?
Das Exposé? Das Exposé! Was wollen sie vom Exposé?
Das ist rein und weiß, wie Schnee.
Das liegt ja doch beim Völkerbund,
Und beim Völkerbund treffen Sie Mr. Sottile.
Den kennen Sie wieder nicht?
Das ist auch ein schwarzer, ehrenwerter Gentleman,
Delegierter von Liberia, beim Völkerbund.
Er hat blanke, weiße Visitenkarten,
Mit dem Wappen von Liberia
Und dem schönen Wahlspruch rundum:
»Die Abschaffung der Sklaverei und die Liebe zur
Freiheit haben uns hierher gebracht.«

Davon nahm der Völkerbund Kenntnis und so bekam
Liberia eine Völkerbundanleihe. Mr. King brauchte
nicht in Konkurs zu gehen. Nur ab und zu macht er
einen kleinen Ausgleich. Unter der Hand. Mit den von
ihm geliebten Landeskindern.
Denn:
Die Sache ist an dem,
Sie haben ein System.
Das ist schon ein System. Bitte sehr. Kein Wort weiter.
Was wollten Sie sagen? Ich frage, was Sie sagen wollten.
Ich meine, was Sie da eben dachten. Ihre Gedanken sind
Ihre private Angelegenheit? Nichts ist private Angele-
genheit. Das Denken schon garnicht. Das werden wir
Ihnen schon beibringen. Sie Denker, Sie.

Ich schließe die Versammlung. Die Rhapsodie ist aus.
   Die Wahrheit? Das ist doch alles zusammengedichtet. Wie?
   Schlechte Verse? Aber die reine Wahrheit. Schweigen Sie. Die
Versammlung ist geschlossen, die Rhapsodie ist aus. Beschwe-
ren Sie sich beim (seligen) Völkerbund.

✳

Gut, gut. Es hat auch das so sein Gutes. Der Mann Leonhard Glanz, vom Hundertsten ins Tausendste kommend, geriete in äußerste Peripherie, wo es sich doch hier um ihn dreht und er kein alter Kaiser ist, dass er am marmelsteinernen Tische sitzen dürfte, mit nichts beschäftigt, als sich den Bart wachsen zu lassen, durch die Tafel hindurch. Sondern er sich mit der Zeitung herumschlagen muss, in der von allem dem ja garnichts steht. Und niemals davon etwas darin gestanden hat. Hier nicht und dort nicht und überhaupt in keiner ehrenwerten Zeitung der Welt. Ich bitte Sie, Sklavenhandel und so. Ist das ein Thema für die Zeitung? Ist das ein moralischer Stoff? Informiert man so seine Leser, die ihre Ruhe haben wollen? Bitte sehr, ich kann auch solche Reime machen:

Hallo, hier ist Afrika.
Donnerwetter, Afrika
Algier, Tunis und Marokko,
Samum, Monsun und Schirokko.
Tsetsefliegen und Bananen,
Zulus, Panther und Lianen,
Niger, Berber, Karawanen,
Palmen, Löwen, Zebra, Gnu,
Suaheli, Kautschuk, Kru,
Kaffee, Schlangen und Vanille, Hottentotten, Pumas, Kongo,
Kesselpauken und Fanfaren, Bambus, Palmenöl und Malongo.
Bantus, Kiliman und Dscharo, Tschadsee, Massais, Beduinen,
Gorillas und Nilpferd und Nilpferdpeitschen.
Kimberley- und Rhodes-Minen.
Kamerun und Kordofan,
Emin Pascha und Sudan,
Stanley, Wissmann, Livingstone

und so weiter. Sehen Sie. Das sind 28 Zeitungsartikel über ihre vertrackte Negerfrage. Oder ein Hörspiel für Radio, nachmittags von vierzehn Uhr, bis vierzehn Uhr fünfundzwanzig. Überhaupt steht alles, was Sie über diese Dinge zu wissen brauchen, doch in der Zeitung. Jawohl, man muss es nur zu finden wissen. Weiter hinten, noch weiter. Halt. Na also: Bar- und Tanzparkett Imperial. In diesem Monat allnächtlich die vier Johnsons. Die mondänste Neger-Jazz-Band. Und Fatme, die rassige, arabische Bauchtänzerin. Bauchtänzerin ist gut. Diese Fatme. Nein, bitte sehr, ich bin Kavalier. Ich habe nichts gesagt. Ich sagte nur: Diese Fatme. Sehen Sie, da haben sie alles, was ein zivilisierter Mitteleuropäer von diesen Dingen zu wissen braucht. Darüber hinaus hatte sich auch Leonhard Glanz nicht den Kopf darüber zerbrochen. Und jetzt auf einmal kommt er da nicht mehr zurecht, wegen des Weißbuchs, das eine spanische Regierung einem löblichen Völkerbund zu überreichen sich anschickt.

Was kann denn nun in diesem Weißbuch stehen, dass Mussolini seine Veröffentlichung als einen unfreundlichen Akt ansehen würde? Dass Italien auf Seiten des Rebellengenerals Franco regelrecht Krieg führt gegen die legitime spanische Regierung? Das weiß doch die ganze Welt. Das weiß sogar das arme Schneidermeisterlein in Berlin. Das braucht doch nicht noch schriftlich bewiesen zu werden. Was änderte sich mit solchem Weißbuch von dieser Zeiten Spott und Schande, in dieser Welt des Als-Ob. Die Italiener schießen auf die Spanier, den Briten an der Nase vorbei, und die Briten tun, als ob sie es garnicht merkten. Deutsche Flugzeuge segeln nächtlich über Frankreich nach Spanien und die Franzosen tun, als ob sie es garnicht wüssten. Regierungschefs erklären, dass sie ein Regime von Rebellen weder als Regierung, noch als kriegführende Macht anerkennen können und tun am nächsten Tage so, als ob sie das nicht gesagt hätten. Seeräuber des Jahres 1937 verseuchen die Meere mit Treibminen, nennen solches Banditentum eine Blockade, und die gescheitesten Seerechtskenner der Schifffahrt treibenden großen Nationen tun so, als ob das rechtens sei und nicht Piraterie. Infam käufliche Landsknechte der Luft (Luftknechte?) werfen Brisanzbomben auf Frauen und Kinder und die Kulturwelt tut, als ob nicht festzustellen sei, wer diese schurkische Mordbrennerei angestellt hat. Wer da lügt, dem glaubt man, als ob er die Wahrheit spräche. Wer die Wahrheit spricht, den sperrt man ein, als ob er ein brutaler Verbrecher sei. Schtaatsmänner schmettern faustdicke Verlogenheiten in die Welt und die Pressekommentatoren tun, als ob sie diskutierten. Kriegsverbrecher läuten Friedensglocken und Kirchenfürsten tun, als ob es aus ihren Domen tönte. Mit dem Als-Ob voltigiert eine um alles wissende Menschheit über die breitesten Abgründe, aus denen die Hölle zum Himmel stinkt. Alles das an einem einzigen Tage und im Bereich der hohen Politik, sodass sogar eine ganz simple, opportunistische Zeitung für den Familiengebrauch dabei das große Kotzen bekommt und ihren Hauptartikel, vorne, auf der ersten Seite mit dicker Schlagzeile überschreibt: »Die Groteske von Bilbao«, als ob das ungeheuerliche Frevelspiel wirklich eine Groteske sei und seine Tragödie erst später einsetzen sollte.

Wölfe hängen sich lose Schafsfelle über und die arbeitsamen Pferde, wohl wissend, dass es schlecht verkleidete Raubtiere sind, warten ruhig ab, dass sie ihnen an die Gurgel springen? Anstatt mit kräftigem Huftritt sie zu empfangen? Nein, aber: Hier ist eben der große Karneval des Als-Ob.

Raubmörder gehen im Frack auf Gesellschaft und die Damen und Herren reichen ihnen die Hände, weil der Frack verpflichtet. Frack ist mehr als Mörderhände. Obwohl sie wissen, dass es auf die Brieftaschen abgesehen ist. Die Fracks machen einander Verbeugungen. Ganz als ob …

Ein Massenmörder von Weltrekord lässt sich gerne mit Kindern fotografieren. Das ist nicht denkbar? Richtig. Denkbar ist es nicht. Nur die Wirklichkeit bringt das fertig. Die Kinder machen ein ängstlich verschüchtertes Gesicht, während sie ihm Blumen überreichen. Sie wittern die Blutatmosphäre. Er aber, der Massenmörder, grinst. Was mag in solchem Augenblick in ihm vorgehen? Es geht vor, dass er denkt: Hoffentlich ist der Grinser gut auf die Platte gekommen, wegen der Popularität.

Herostrat zündete den Artemis-Tempel zu Ephesus an. Dieser abscheuliche Massenmörder da eben aber hieß Haarmann. Er ward verurteilt und gerichtet. Die Namen sollten der Vergessenheit angehören, aber leider erhalten sie sich.

Also geben Sie schon ihr Weißbuch her, oder geben Sie es nicht her. Überreichen Sie es dem Völkerbund, offiziell, oder präsentieren Sie es den Mitgliedern privat. Was darin steht, wissen wir so schon und wir werden tun, als ob wir es nicht gelesen hätten. Letzter, endgültiger Kompromissvorschlag.

Ich glaube an die Macht der Lüge. Kommt einer und will mir durchaus die Wahrheit sagen, schmeiß ich ihn hinaus. Einer, der durchaus etwas will, ist ein Fanatiker. Fanatiker sind sowieso polizeiverdächtig.

Wieso verdächtig? Das habe ich doch gleich gesagt. Er hatte immer schon so einen komischen Blick. Unsere Waschfrau hat das auch gesagt, dass Leute mit so komischem Blick zu allem fähig sind. Auf einen Diebstahl wirds dem auch nicht ankommen. Wo heutzutage so viele silberne Löffel gestohlen werden. Wer weiß, womit der isst. Der Hungerleider. Und wer stiehlt, der raubt. Bis zum Mord ist es nicht mehr weit. Am besten, man hängt ihn gleich. Wo er vielleicht noch dazu ein Jud ist. Aufhängen. Aufhängen! An den höchsten Galgen.

Das Volkswohl fordert es. Das Volkswohl, vertreten durch die öffentliche Meinung. Die öffentlich Meinung, aufgehetzt durch eine Pressekampagne. Die Pressekampagne, inauguriert als Ablenkungsmanöver, zwecks Wiederherstellung der durch die Börse tangierten Ruhe und Ordnung.

Einerlei. Der Mörder muss gehängt werden. So ein Lump. Hat silberne Löffel gestohlen. So ein Kerl mit komischem Blick. Denken Sie nur. Ein Fanatiker sag ich Ihnen. Hat partout die Wahrheit sagen wollen.

Zum Beispiel wird da in dem spanischen Weißbuch stehen: Ein Befehl des italienischen Divisionsgenerals Mancini, (wirklich dieser Leute-in-den-Tod-Schicker heißt Mancini, wie jene Maria, die eines gewaltsamen Kardinals schöne Tochter war – ihr Bild hängt in irgendeiner internationalen Galerie, vielleicht sogar im Kaiser-Friederich-Museum in Berlin, wenn es nicht zu Devisenzwecken ins Ausland verkauft wurde –, und wie jene schöne Zigarre, die durch Thomas Manns Buch vom Zauberberg duftet) gegengezeichnet von dem italienischen Generalstabschef Ferraris, datiert »Arco, 16. März 1937« als in Spanien, indem es heißt:

1) Es sind offenbare Fälle von Selbstverstümmelung festgestellt worden.

2) Es ist festgestellt worden, dass Soldaten Verbände getragen haben, obwohl sie in Wirklichkeit garnicht verwundet waren.

3) Es ist festgestellt worden, dass wirklich Verletzte von Leuten begleitet werden, die dazu keineswegs beauftragt waren und selbständig solche Gelegenheiten ausnutzten, um sich aus der Feuerlinie zu entfernen.

Weiter wird da stehen, dass der General zur Abstellung solcher Missstände höchst drakonische Maßnahmen anordnet, zum Beispiel: sofortiges Erschießen im Fall der Selbstverstümmelung. Der General wird nicht unterlassen zu bemerken, dass die »gerechte Strafe« des Erschießens an Selbstverstümmlern bereits in fünf Fällen vollzogen worden sei.

Womit, wenn man die wichtigtuerischen Randbemerkungen weglässt, bewiesen wäre, dass die italienischen »Freiwilligen« auf der Seite des spanischen, ordentragenden Generals Franco gar keine Freiwilligen sind, sondern für Interessen, die nicht die ihren sind, in den Krieg kommandierte, arme Soldaten, die einen Finger oder mehr drangeben, um nur dem Gemetzel zu entgehen, der Chance, als Kämpfer gegen Recht und Freiheit totgeschossen zu werden. Dass aber, wie in der großen Zeit, der Hauptfeind einmal wieder hinten steht, mit »gerechter Strafe« des Erschießens für alle, die ihr Leben lieben, und nicht wissen, wofür sie es wagen sollten.

Aber das kennen wir doch längst. Es braucht kein Buch in Weiß zu kommen, um uns so bekannte Dinge zu erzählen. Auch dass die neuen Römer keine Kriegshelden sind, erfährt die Welt nicht zum ersten Mal. Und das, was sie nun eigentlich sympathisch macht, das eben will Mussolini, der Duce, nicht, dass im Wege über das Weißbuch sich etwa in Italien selber etwas darüber herumspräche. Denn daheim wird so getan als ob, ... als ob zum Beispiel immerfort gesiegt würde.

Und das Nichtinterventionskomitee des Völkerbundes tut so, als ob ein mit dem Todesstrafenkommando hinter sich an die Front geschleifter Söldner als Landsknecht des internationalen Faschismus, gleich sei einem Vorkämpfer der für Spaniens Freiheit kämpfenden, internationalen Brigade.

Leonhard Glanz, verknautschter Mann, dessen Gedanken jetzt anfangen, gleich noch unbeholfenen Schmetterlingen aus den Puppen auszuschlüpfen, fällt dir bei diesen Betrachtungen eines zeitverschwendenden Zeitungslesers gar nichts ein, was dich angehen könnte? Nichts, als nur zu moralischer Entrüstung antreibendes Erstaunen? Und wenn du nun gar im Zorn mit der Hand auf den Tisch schlagen wirst, dass die drei Gläser mit dem schon lauwarm gewordenen Wasser, die ein vorsorglicher Piccolo dir hinstellte, auf den Nickelteller überpantschen, was dann? Was ist geholfen, geändert, wenn der in Ewigkeiten gerichtete, Hilfe heischende Blick an der nächsten Wand lange hängen bleiben wird? Was ist, um deinen schönen, großen Hass? Gar nicht zu gebrauchen? Nichts noch fällt dir ein? Du hier oben. Ohne Arbeit und Beschäftigung. Und da unten alle Mann an der Front für die Freiheit. Na? Fällt dir garnichts ein? Nein. Noch nicht. Nichts, was uns veranlassen könnte, die Harfe zu schlagen und die Zimbeln oder etwas ortsangepasster, Beifall zu trampeln. Nichts fällt dir ein, was uns veranlassen könnte, dieses Buch jetzt und hier in die nächste Ecke zu hauen und zu sagen: Gut und sehr gut. Und der Rest interessierte weder Schreiber noch Leser. – Vorläufig tust auch du nur so, als ob mit dir etwas Ordentliches los wäre, vorläufig bist auch du nur ein Als-Ob-Mann. Wie sollte es anders sein in dieser Zivilisation des Als-Ob, in der du keine Ausnahme bist, sondern ein Durchschnittstyp. Ein wenig mehr erscheinen, als man ist? Bitte. Warum nicht. Vielleicht wirst du morgen sein, was du heute zu sein vorgibst. Der eine möchte gerne Box-Weltmeister im Schwergewicht sein. Oder Napoleon. Oder Diktator des

Weltmarktpreises für Zahnstocher in Zellophanpackung. Oder lieber Gott. Die Ideale sind unterschiedlich. Aber diese Existenz im Als-Ob, das ist schlimm. Das ist böse. Das ist Barbarei. Das treibt nicht welchen Zielen zu, das stösst hinab. In die falsche Genügsamkeit, in die Lebensverlogenheit. Talmi als Wertmesser alles Menschlichen. Der Mensch, nicht mehr im Dasein vom Schicksal geformt, getrieben, gehämmert, gehärtet, gefeilt und als Präzisionsarbeit vollendet. Der Typ, fix und fertig gestanzt, als ob das ein Mensch sei.

Wie viele Bücher, Leonhard Glanz, hast du gelesen? Wirklich gelesen, nicht auf Eisenbahnfahrten mit ihnen die Zeit totgeschlagen. Was stand denn eigentlich in den Büchern? Richtig, richtig. Wozu braucht ein gestanzter Mensch überhaupt Bücher zu lesen? Er liest auf sechs Zeilen, was ein Anderer über das Buch in die Zeitung schreibt, dann weiß er genügend Bescheid, um mitzureden. Hauptsache, dass man über ein Buch reden kann, als ob man es gelesen hätte.

Da geht ein Fotograf hin und macht von einem Haufen Schotter aus der Froschperspektive eine Aufnahme, dass das fertige Foto mit Licht und Schlagschatten nachher wie eine Kreuzung des Popokatépetl mit einem Schachbrett aussieht. Und nun steht ihr vor diesem Stückchen stibitzter Natur auf Bromsilberpapier, du, und der Fotograf, und das ganze gestanzte Publikum und staunt den gelungenen Trick an, als ob da ein Kunstwerk sei. Und der kleine Techniker von einem Fotografen hält sich für einen Rembrandt, obgleich er noch nicht einmal eine Ahnung hat, was Lovis Corinth eigentlich ist. Ist, lieber Freund. Nicht wer das war. Darüber hast du ja gelesen. Was das ist!

Wohin gehen Sie heute Abend? Ins Konzert? Was ist denn da heute? Beethovens Siebente? Ach so, Beethoven. Ich gehe immer zu Furtwängler. Furtwängler ist, was früher Nikisch war und bei Nikisch war schon meine selige Mutter abonniert. Wieso müssen Sie aber ausgerechnet heute ins Konzert gehen? Wissen Sie, ich habe einen so wunderbaren Grammophonapparat zu Hause. Mit elektrischem Antrieb. Da hab ich eine Gian-

nini-Platte. Ich sage Ihnen, genau als ob die Giannini im Nebenzimmer steht und singt. Wie die Schumann-Heink, als ich noch
jung war. Wollen Sie nicht? Radio haben Sie selbst alle Tage?
Was Sie für ein komischer Mensch sind.

Als ob. Als ob. Als ob. Als ob das noch Menschen seien. Als
ob das noch Persönlichkeiten wären. Als ob sie noch eine Seele
hätten. Als ob sie noch vom Geist getragen würden. Als ob sie
noch sich des Verstandes bedienten. Als ob sie noch für oder
wider Gott kämpften, ihn anbeteten oder ihn herunterholten
vom Piedestal, um selbst eine bessere Welt schaffen zu helfen.
Als ob sie noch weinen könnten um alle die Sachen, die schmäh-
lich vertan sind. Als ob sie noch jubilieren könnten, ob einer
Rose, die aufgeblüht ist, oder einer Fabrikbelegschaft, die nach
sechs Wochen schweren Streiks sich eine Lohnerhöhung erkämpfte. (Ich bitte Sie, das mit der Rose war so hübsch und nun
kommen Sie gleich wieder mit so sozialistischen Bemerkun-
gen.) Als ob, als ob, als ob.

Serienware. Gestanztes Blech. Rasierklingen vom laufenden
Band. Gepresste Knöpfe aus Bakelit. Messingschrauben, Groß
für Groß. Genormte Schränke, die Wäsche links, die Kleider
rechts. Anzüge von der Stange mit auswattierten Schultern,
sieben komma fünf Zentimeter, Pariser Mode, alles schottisch,
der Popo wird in diesem Jahre vorne getragen. Achtung: Auf
die Kalorien kommt es an. Achtung: Auf die Vitamine kommt
es an. Die Volksschule, die Mittelschule, die Hochschule, je
nach Portemonnaie. Liefern den Jahrgang fix und fertig. Das
brauchen Sie nicht zu wissen, das wird im Examen nicht gefragt.
Dass da auch nicht. Aber dieses, das kommt bestimmt dran. Fix
und fertig, der genormte Mensch. A, Klassiker und fremde
Sprachen. B, Rechnen und Radiobasteln. C, Kunst und Fuß-
ballregeln.

Ich bin der Mensch des Als-Ob. Ich habe keine Weltanschauung. Ich tue auch nicht, als hätte ich eine, und hoffe auch nicht,
dass sie mir schon nachwachsen wird. Ich habe die Spielregeln,
als ob ich eine Weltanschauung hätte. Ich bin ein nationaler
Guatemalteke. Guatemala, erwache! Madagaskar, erwache!

Andorra, erwache! Bravo, die Nationalhymne. Warum nehmen Sie den Hut nicht ab? Sie wussten das nicht? Sie kennen die Nationalhymne von Honduras nicht?

Die geistigen Dinge, mein Herr, warum so kompliziert, die geistigen Dinge sind die Theorie des Lebens. Theorie muss auch sein. Ich habe da was, als ob es eine Theorie sei.

Aber die Praxis. Auf die Praxis kommt es an. Wir wollen nicht als etwas erscheinen, wir wollen etwas sein. Nicht mehr erscheinen als wir sind, sondern genau sein, als ob wir etwas wären.

Das ist doch ganz einfach. Mit den geistigen Dingen fängt es an und mit den Dingen des täglichen Gebrauchs hört es auf. Alles als ob. Alles prima. Alles schick.

Taxi auf Stromlinie, als ob es ein eigener Wagen sei. So fahren wir durch die Welt. Als ob sie uns gehörte.

Ich bin von Kopf bis Fuß auf Als-Ob eingestellt. Ich trage meinen Papierkragen, als ob er Leinen sei. Mein Filzhut ist aus gebackenen Wollresten. Meine Crêpe de Chine-Krawatte aus Kunstseideersatz. Die lila Streifen in meinem Hemd sind hinaufgedruckt. Und so weiter, bis zu den Gummihacken unter dem Einheitsschuh. Meine Frau hat Pleureusen aus Baumwollfäden auf dem Hut und eine lederne Handtasche aus Pappmaché. Sie trägt einen Elfenbeinschmuck aus weißlackiertem Laubsägeholz, einen Schildpatt-Kamm aus Galalith und klebt die ausgerutschten Maschen im baumwollenen Florstrumpf. Unser Mahagoni-Schlafzimmer auf Abzahlung ist aus Tannenholz mit Weichsel furniert. Unsere Baccarat-Obstschale aus nachgeschliffenem Pressglas und der Kaffee, den wir trinken, ist zwar braun, aber von gebranntem Korn, außer wenn wir Besuch haben. Kinder? Nein. Wir sind doch keine Proleten. Wissen Sie, ich hätte schon gerne gewollt. Aber meine Frau wollte lieber einen Eisschrank. Vielleicht nächstes Jahr.

Das ist die gerade Linie des Als-Ob: Von der Margarine auf dem Brot, als ob es Butter sei – während doch ein Bürgermeister einer großen amerikanischen Stadt einen Erlass herausgeben musste, damit nicht mehr so viel Milch in den Fluss gegossen werde, dass die Fische sterben, wobei vom Sterben der Säuglinge und Kinder infolge Unterernährung nicht die Rede war – bis zu dem spanischen Weißbuch, das auf allen Seiten die Tragödie des schändlich verratenen, zerschlagenen, in Fetzen gerissenen Völkerrechts feststellt, und von dem der Völkerbund offiziell Kenntnis zu nehmen nicht für opportun hält. Das ist eine gerade Linie, und die führt weiter und weiter, bis …

Auf dieser geraden Linie muss die Politik sein, wie sie ist, – kleiner Moritz, – und die erste Seite des Hauptblatts aller opportunistischen Zeitungen der Welt muss ausschauen, wie sie ausschaut. Als ob sie die Wahrheit sagte. Die Wahrheit, von der man hier ein Wort fortlässt und da eines hinzugibt und keiner kann sagen, ob eine neunzig-, achtzig-, siebenzig-, sechzig-, einundfünfzig-, neunundvierzig-prozentige Wahrheit nicht immer noch die Wahrheit des Als-Ob sei.

Da haben wir ja noch den Leitartikel. Erste Spalte links, an den übrigen Wahrheiten entlang und da steht gerade:

»Was man heut zu Tage Politique nennet, ist mehrenteils so verkehrt, daß man es mit Recht Filoutique nennen könte. Denn stehlen und betrügen, wenn man nicht, oder doch schwerlich kann ertappet werden, wird zum Unterschiede des groben und öffentlichen Diebstahls, eine Scharfsinnigkeit und Klugheit genennet, und man nennet wohl gar die, so darin sich auszeichnen, galants Maitres. Wenn man solcher Leute ihre politische Finessen und Staats-Intriguen unparteiisch examiniret: so wird man befinden, daß sie dadurch ihrem Nächsten mehr schaden, als die öffentliche Filous. Denn oft werden redliche Leute, durch falsche Complimente und Conteflationes, wodurch man bey jedem Wort, wider das Gewissen, unverantwortlich lüget, um Ehr und Gut gebracht, und ein solcher Betrüger lachet in sein Fäustchen, daß er andere so bey der Nase herum führen, seinen Nutzen und Vorteil von ihnen ziehen und selbige dafür mit leeren Hoffnungen abspeisen kan. Mit einem Wort, oder kurz zu sagen, die verkehrte Politique … bestehet meistenteils in Wind, leeren Worten und listigen Vorstellungen, dergestalt, daß sie den Betrug in den Armen, und die Falschheit auf dem Rücken trägt.«

Dieser Leitartikel stammt freilich nicht von einem berufenen Leitartikel-Redakteur dieser Zeit, sondern er stammt von dem deutsch-römischen Kaiser Heinrich VI., ward im Jahre 1195 verfasst, ward im Jahr 1751 in einem Band »Staats-Gespräche« zu Erfurt abgedruckt und erhellt daraus welch einen barbarischen, unermesslichen Rückschritt diese Welt gegen das Jahr 1751, in dem derartiges noch abgedruckt und gar gegen das Jahr 1195 getan, in dem das gesagt und aufgeschrieben werden konnte. Von einem Kaiser, wohlverstanden, der immerhin damals die pyramidale Spitze der herrschenden Klasse von Europa und angrenzende Bezirke war.

Und nun liest so ein Leonhard Glanz die »Complimente und Conteflationes«, wodurch »bei jedem Wort wider das Gewissen unverantwortlich gelogen« wird, als ob zwei mal zwei tatsächlich fünf sei. Als ob Banditen aufgehört hätten Banditen zu sein, nur weil sie Macht ihres Banditentums imstande sind, fünfzig oder hundert Millionen Menschen auf einmal in die Fresse zu schlagen. Als ob die wider jedes Kriegsrecht – das ist auch so ein Wort, Kriegsrecht – in Guernica von blutsäuferischen, tobsüchtig gewordenen Berufsmördern erschossenen, zerschmetterten, zerfetzten Kinder und Frauen dadurch wieder zum Leben erweckt würden, dass die feigsten Schurken der registrierten Kriegsgeschichte nachher behaupten, dass sie es nicht gewesen seien. Und alle opportunistischen Leitartikler ihnen die Hehler machen.

Hatte sich der Mann Leonhard Glanz nicht schon beizeiten daran gewöhnt, an nichts zu glauben? Zuerst hatte er den sogenannten Glauben seiner Väter abgelegt, als es nicht in der Mode war, orthodoxer Jude zu sein. Er wurde ein liberaler Jude, der mit Behagen frische Schinkensemmeln aß, wenn ihm der Appetit darauf stand, und der nun noch einmal im Jahre in den Tempel ging, am Versöhnungstag, mit Gehrock und Cylinderhut. Dann legte er gewisse moralische Vorurteile ab und etliche sogenannte Sittlichkeitsbegriffe auf sexuellem Gebiet, weil er sich ja schließlich nicht von jedem bettseligen Kleinmädchen sagen lassen konnte, dass er Hemmungen habe. Und damit waren die Möglichkeiten seines Glaubens und seiner Revolutionen gegen den Glauben erschöpft. Er glaubte nur noch daran, dass ein anständiger Kaufmann seinen Verpflichtungen nachzukommen habe, was sich dann in der Praxis als l'art pour l'art erwiesen hatte, und ferner an den Leitartikel des Tages, jeweils für vierundzwanzig Stunden. Erst in der Zeit von Deutschlands nationaler Erhebung hatte er auch den Glauben an die Heiligkeit des Leitartikels aufgegeben und – zu seiner Ehre – ihn in der Zeit seiner nun rund achttägigen Emigration auch nicht wieder zurückgewonnen. Er hielt sich an die Nachrichten. Denn Nachrichten sind Nachrichten, dachte dieser, von technischen Dingen des Zeitungswesens so garnichts verstehende Durchschnittsmensch.

Hier ein Wörtchen weg. Dort eines hinzu. Hier eine Zeile fett gedruckt. Dort ein Telegramm mit kleinster Schrift, petit, compress. Neunzig-, achtzig-, fünfundsiebzig-, fünfzig-, dreiunddreißig ein drittel-, zwanzig-, zehn- und nullprozentige Wahrheit. Keine Ahnung hat dieser glaubenslose Durchschnittsmann, dass gerade darin des tüchtigen Redakteurs Tüchtigkeit besteht, dass er, je nach dem ihm wohlbekannten Geschmack der Leser und des Verlegers, aus einem schmetternden Bombenwurf einen Furz machen kann oder einen Donnerschlag. Halten zu Gnaden. So gläubig ist dieser Durchschnittsmann. Denn Leonhard Glanz meint natürlich, dass eine Zeitung, wenn er sie definieren sollte, als ein literarisches Werk anzusprechen sei. Unter Ausschluss der Inserate. Aber sonst: Ein Werk. Dass er für seinen Zeitungsgroschen erwirbt. Ohne zu bedenken, dass er da manchmal ein Paket Papier erhält, das blank und weiß für einen Groschen nicht zu kaufen wäre. Und den ganzen Inhalt bekommt er gratis dazu. Die Nachrichten, den Leitartikel, das Neueste aus aller Welt, die lokalen Informationen, das Kreuzworträtsel, die Schachecke, die Witze samt Illustrationen, den Handelsteil, die Börsennachrichten, samt Anweisung, wie man in kurzer Zeit Millionär wird, Verkehrsnachrichten, Unterhaltungsteil und Gedichte mit Reimen am Ende, wissen Sie schon, dass der Skarabäus sechs Beine hat und nach dem Liebesakt vom Weibchen getötet wird? Der Anzeigenteil, die Toten der Woche und des Tages. Was heute vor hundert Jahren war. Wohin gehen wir am Sonntag? Sportbeilage. Annoncen. Annoncen. Annoncen. Theaterkritik und neueste Nachrichten, wer von den Filmstars mit wem schläft, die Mode zu ebener Erde, zu Wasser und in der Luft, Rezept, den bescheidenen Hummersalat für vierundzwanzig Personen anzurichten, fortschrittliche Gesinnung unter dem Strich, reaktionäre Gesinnung über dem Strich. Werter Abonnent, was Sie da von der zweierlei Gesinnung festzustellen belieben, entspricht nicht den Tatsachen. Unser Organ ist von jeher bemüht gewesen, überhaupt keine Gesinnung zu haben, wobei wir es auch in Zukunft hochachtungsvoll belassen wollen. Wer bezahlt das alles? Wenn du, normaler Zeitungsleser, doch knapp das Papier bezahlst. Die Setzer, die Drucker, das Blei, die Schwärze, die brandteuren Telegramme und Telefonate, die Expedition, die Administration, den Redaktionsstab, die Verlagsdirektion, die doch gut leben will, und die Mitarbeiter, die man nicht glatt verhungern lassen darf, weil man nicht nur von ehrgeizigen Oberlehrern und Großindustriellen Gratisbeiträge bringen kann. Wer bezahlt das alles? Die Annoncen, meinst du, die Annoncen. Im Vertrauen gesagt, die reichen zumeist auch nicht. Und darum sitzt der eigentliche Chefredakteur einer großen Zeitung im Vorsitz einer großen politischen Partei, oder in der Direktion einer Monstrefabrik, oder in einem Börsenratsgremium, oder in allen dreien zusammen und das nennt man in Frankreich »publicité« und dort weiß jeder, dass es so ist. Und anderweitig hat es keinen Namen und wird mit freundlichem Lächeln oder mit dem ganzen juristischen Apparat abgeleugnet, womit erwiesen ist – was? Dass Frankreich immer noch das demokratisch fortgeschrittenste, geistig freieste Land ist. Hommage à Voltaire.

Die Zeitung des Als-Ob, die Presse des Als-Ob, die Träger

jener öffentlichen Meinung, die ein großes Als-Ob ist. Garnichts anderes sein will.

Leonhard Glanz glast in die Zeitung. Die Zeit zerrinnt und
manchmal schaut ihn der Kellner in weißlich-schmutziger Lei-
nenjacke an, manchmal der Ober im Frack und schwarzer Krawatte. Wie weit mag die Uhr vorgerückt sein? Vielleicht ist Mittagszeit. Vielleicht sollte man etwas essen. Leonhard Glanz hat
keinen Hunger. Obwohl er nicht eben reichlich gefrühstückt
hatte. Und das ist schon geraume Weile her. Keine Bewegung
freilich, aber der Schreibtischmann war immer an bewegungs-
lose Geschäftigkeit gewöhnt. Sein Magen war in Ordnung. War
es jedenfalls immer gewesen. Und doch widerstrebte ihm der
Gedanke an das Essen. Sollte er in eines der zahlreichen Auto-
matenrestaurants gehen und ein Paprikagulasch essen, mit
Knödel? Oder ein ungarisches Gulasch mit Kartoffeln? Wie
ihm das widerstand. Oder sollte man dahier einmal besser speisen? Etwas Leckeres? Brathuhn mit Pommes frites? Wie satt er
war. Woher denn nur? Oder Kalbszunge in Madeira? Ange-
gessen bis dahinauf. Angefressen an dicker Pampe. Gelbes
Erbsenpüree mit Zwiebel und Kochwürsten. Große Graupen
mit Pflaumen. Gefüllte Milz mit Petersilienkartoffeln. Fetter
Schweinemagen mit Mehlknödel. Ölig schimmernde Blutwurst
mit Sauerkraut. Kuttelflecksuppe mit eingebrocktem Brot.
Speckknödel mit süßlich dampfendem Kastanienpüree. Kalbs-
haxe mit großen Bohnen, mit sauren Linsen, mit Grünkohl und
Bratkartoffeln, Hammelfleisch mit gelbem Fett und weißem
Kohl. Roter Kohl mit Apfel und Rosinen gedünstet. Und
schwarzes Bier, gezuckert und darüber geschwemmt. Bläulich-
grün schillerndes, weißliches Fleisch, das ist Walfischkarbo-
nade. Mit Kornschnaps. Bis da hinauf. Abgrundtief. Pampe.

Der Bauch ist eines. Und das Hirn ist ein anderes. Hatte nicht
Leonhard Glanz bisher immer geglaubt, auf den Bauch käme es
an? Nur auf einem gesunden Bauch kann ein gesunder Kopf
sitzen. Irgendwie so hat es einmal ein großer Dichter gesagt.
Aber die Regel lässt Ausnahmen zu. Leonhard Glanz hatte stets
Wert darauf gelegt, kein Prinzipienreiter zu sein. Das bewährte

sich nun an diesem Normalmenschen, den die Zeitläufe in den leeren Raum geschleudert hatten, dem er nun, aus dem eingeborenen Bestreben aller Natur, keinen leeren Raum dulden zu wollen, eine Füllung zu geben bemüht war. Dabei entstand Unordnung und Wirrnis. Unteres musste nach oben gelangen, es musste ein wenig drüber und drunter gehen. Ein heute kärglich Gespeister saß da, magenvoll, stopfte sich mit Zeitungslektüre an, die in seinem Hirn aufquoll, teils zu riesigen Seifenblasen, die im buntesten Schillern zersprangen, nichts hinterlassend, als ein graues Gerinnsel fader Erinnerung, teils auch zu neuen, leeren Räumen, die nach Füllung verlangten, gleich leeren Gasometern, leeren Wassertürmen, leeren Getreidesilos. Umbau oder Neugeburt? Die Zeichen waren ernst, wenn sie auch nach außen sich nur in der unscheinbaren Bewegung äußerten, dass ein ganz normal Zeitung lesender Mann, ohne sonderliche Hast oder Weile ein Zeitungsblatt umschlug und auf der anderen Seite weiter las.

Der Gesandte der USA in Berlin, so liest er, hat wegen des zum Tode verurteilten Helmut Hirsch interveniert, nachdem sich herausgestellt hat, dass dieser junge Mensch tatsächlich Amerikaner sei und die USA auch seine Staatsbürgerschaft anerkannt haben.

Helmut Hirsch, so erinnert sich das blasentreibende Hirn des magenschweren Mannes Leonhard Glanz, war doch dieser junge Fanatiker, der den deutschen Führer hatte ermorden wollen. Er erinnerte sich sehr wohl. Um diesen Verbrecher, der mit zwei Höllenmaschinen nach Deutschland angereist gekommen war, um so, mir nichts – dir nichts, Hitler zu ermorden, um diesen Verbrecher hatte es drüben noch ein großes Spektakel gegeben. Sonderbar, es widerstrebte Leonhard Glanz diesen Mann einen Verbrecher zu nennen, obwohl es drüben keine Zeitung gegeben hatte, keinen Mann auf der Straße, der das nicht sagte. Dass ein amerikanischer Diplomat interveniert, das bestätigt Leonhard Glanz in seinem Gefühl. Helmut Hirsch hatte den Führer ermorden wollen. Also war er nach deutschem Recht, dass kein Gesetz braucht, zum Tode verurteilt worden. Aber hatte er denn morden wollen? Ja. Dazu hatte er doch zwei Höllenmaschinen mitgebracht. Aber hatte er sie denn mitgebracht? Ja. Sie sind sichergestellt worden. Sichergestellt von wem? Von der Gestapo. Ach so.

Da war schon mal einer zum Tode verurteilt und hingerichtet worden, der damals an jenem ominösen 9. Februar mit nichts bewaffnet, als einem gefälschten Mitgliedheft der Kommunistischen Partei und einer Schachtel Zündhölzer, das Berliner Reichstagsgebäude in Brand gesteckt hatte. Hölle und Teufel, brüllten die Nazis und handelten so. Hölle und Teufel machte die Deutsche Volkspartei mit und die deutschen Stahlhelmpatterjohten. Obwohl ihnen schon anfing vor der eigenen Courage, die ihr persönliches Ende wurde, bange zu sein. Und die anderen? Saßen da, die Hosen nicht nur mit Angst erfüllt, und versuchten noch lauter zu brüllen als die Ersten, wobei nur ein klägliches Meckern hervorkam. So spielten sie zum letzten Mal Als-Ob. Wer war das noch? Das war die Deutsche Demokratische Partei, werter Herr Leonhard Glanz. Aber ja. Zu ihrer Entlastung sei es gesagt, auch der allzeit so feste Turm des katholischen Zentrums und die reichsgebannerte, sozialdemokratische Partei, die keinen Strick ungedreht ließe, an dem man sie hätte aufhängen können und auch gehenkt hat und alles, was da zwischen diesen Partiewaren-Parteien herum firlefanzte. Erinnern wir uns nur, ohne Groll im Herzen. Weil wir doch ganz etwas anderes zu tun haben. Merkst du was, Leonhard Glanz? Geht dir noch kein Lichtlein auf im Dämmerhirn, da doch die ganze Pampe dir in den Magen gerutscht ist? Oder muss auch das erst hinaus? Eine Zeitung ist doch kein römisches Vomitorium. Oder doch?

Damals hatte kein fremder Diplomat interveniert, obwohl dergleichen damals vielleicht noch irgendeinen Effekt gehabt hätte. Aber damals … Man muss es der Umwelt schon konzedieren. Damals war sie noch so guten Glaubens, als ob sie guten Glaubens gewesen wäre.

Jetzt aber interveniert ein Diplomat. Im Namen der Vereinigten Staaten von Amerika. Das ist etwas. Der Mann mit dem weitdenkenden, politischen Verstand, der erste Napoleon von Frankreich hatte das schon klar erkannt. George Washington war der Mann seiner Sehnsucht. Bis 1917 hatte sich das allerdings noch nicht bis nach Deutschland herumgesprochen und 1937 brauchte man im Deutschland des Dritten Reiches überhaupt nichts von dem zu wissen, was jenseits der Grenzen liegt. Außer was man fressen oder mit Krieg überziehen möchte. Und da interveniert also ein Mann im Namen der USA. Ein immerhin größerer Mann.

*

Da ist ein kleiner kleinerer Mann. Ein einfacher Schlächtermeister in Magdeburg. Nicht eigentlich klein von Statur, sondern eher etwas über Mittelgröße, wohlproportioniert, mit Ansatz zu quellendem Bauch, was ihn gedrungener erscheinen lässt, als er wirklich ist. Ein wohl gemästeter Mann aus gutem Fleisch und wenig Fett. Ein ausgewachsener Beefsteak- und Roastbeeffresser. Dreimal des Tages, zumeist Gebratenes, aber nicht ganz durchgebratenes Fleisch. Das Rote muss noch zu sehen sein und rötlich muss es noch herunter träufeln.

Dieser einfache Schlächtermeister liest in der Zeitung von dem intervenierenden Schritt des amerikanischen Diplomaten, während dabei Zorn und Gram in sein Herz einziehen. Und dieser Mann, der nie gewusst hat, wozu ein Diplomat in der Lage ist, begehrt auf.

Hermann Hutt, der Schlächtermeister, sitzt in dem ledernen Klubsessel, dem einzigen modernen Möbelstück in seine Wohnstube mit den verstaubten, einstmals grünlichen Plüschmöbeln. Ganze Stunden des Tages verbringt er in dem Sessel. Eigentlich sitzt er immer da, wenn er nicht am Schlachthof ist, und schaut ab und zu durch die runde Scheibe in der Tür in den Laden, wo der Gehilfe den Kundendienst versieht und der Lehrling. In den Laden geht Hermann Hutt nicht gern. Die Kunden schauen ihn immer so sonderbar an.

Das Geschäft ging nie sonderlich gut. Und die anderen Verdienste waren oft so gering, dass man sie als nennenswerte Einnahme nicht rechnen konnte. Jetzt, im neuen Deutschland, hatte sich das Geschäft ja etwas gehoben, der Sturmbannführer hatte etliche Anweisungen gegeben, bei Hutt zu kaufen. (Schließlich war er doch ein alter Kämpfer.) Aber so sehr hatte sich das Geschäft wieder nicht gehoben. Wenn Hermann Hutt sich den bequemen Ledersessel hat kaufen können, wenn er jetzt, statt der bröckeligen Zigarren aus Pfälzer Tabak, Hamburger Brasilzigarren rauchen konnte, so verdankte er es anderen Einnahmen. Die waren unter dem neuerwachten, deutschen Geist beträchtlich, das musste man schon sagen. (Zumeist betrugen sie mehr, als die Verdienste aus der Schlächterei.)

Draußen im Hof bellt der Hund. Gewiss wird der Lehrling draußen sein, der kann den Hund nicht in Ruhe lassen. Was hat er auf dem Hof zu tun? Und warum lässt er den Hund nicht in Ruhe? Der Lehrling ist überhaupt nicht gut zu dem Hund. Das darf man nicht dulden. Hermann Hutt ist seit vielen Jahren Mitglied des Tierschutzvereins. Er kann keinem Tier was zu Leide tun. Es gibt Menschen, die schlagen Fliegen so mit der Klatsche tot. Gewiss, Fliegen sind ein unangenehmes Geschmeiß. Im Sommer schwirren und wimmeln sie um jedes Stück Fleisch im Laden. Man muss Gazeüberzüge um das Fleisch tun. Aber Fliegen wollen ja auch leben.

Da ist nicht weiter verwunderlich, dass ein Schlächtermeister Mitglied des Tierschutzvereins ist. Das kann ursächliche Zusammenhänge haben. Gerade weil er von Berufes wegen Tiere töten muss. Wer weiß denn, wie er zu dem Beruf gekommen? Hat er sich ihn ausgesucht? Keineswegs. Sein Vater war schon Schlächtermeister gewesen. In eben diesem Laden. Sogar die grüne Plüschgarnitur stammte noch von Hermanns Eltern her. Er wurde Schlächter, so wie er eines Tages die Wohnungseinrichtung auch erbte. Und so, wie er auch den anderen Beruf mit den Nebenverdiensten mit übernahm. Als Gehilfe war er ja etliche Male mit gewesen, obwohl früher (und auch unter dem Kaiser) nicht viel Gelegenheit war.

Indessen kommt man doch nicht umhin, zu denken, dass dieses Mitglied des Tierschutzvereins, schon unzählige Tiere getötet hatte. Geschlachtet, ausgeweidet, zerlegt, mit bluttriefenden Händen und Armen bis zu den Ellenbogen hinauf. Und mochte keine Motte zerklatschen. Trennte er vorsorglich das berufliche von dem privaten Leben, dass er, wenn er Hände und Arme mit Schmierseife gewaschen, mit der Bürste geschrubbt hatte, den Schlächterkittel weggehängt und das dunkelblaue, zweireihige Jackett angezogen hatte, er ein anderer Mann war, mit Sehnsüchten und Gefühlen? Oder war er einfach, als ein anderer Mensch, ein Mann der Sachlichkeit? Mitglied des Tierschutzvereins, eben gerade, weil er Schlächter war. Einer fetten Kuh die Maske aufsetzen, mit einem einzigen treffsicheren Schlag den Bolzen ins Gehirn treiben, dass sie bewusstlos zur Seite umsackt, eigentlich schon aus dem Leben herausgenommen, und die in die Luft tretende Beine machen nur noch Reflexbewegungen, sodass der wirkliche Akt des Schlachtens sozusagen schon am Fleisch geschieht, an einer Sache die kein Wesen mehr ist, alles das ist eine korrekte, berufsmäßige Angelegenheit. Aber einen Schmetterling fangen und ihm die Flügel ausreißen, das ist Tierquälerei. Was sein muss, muss sein. Und was nicht sein soll, soll auch nicht sein. Die Innung der Schlächtermeister legt größten Wert darauf, dass mit den modernsten Werkzeugen und auf humane Art geschlachtet wird.

Human? Humanität? Humanismus? Geht das nicht die Menschen an? Wieso? Was? Hier wird auf humane Weise geschlachtet. Wieso den Menschen? Was wollen Sie damit sagen? Die Leute, die den Schlächtermeister Hutt immer so komisch ansehen. Die Pg-Kundschaft, die früher garnicht gekommen war. Und sie kam jetzt nur auf Befehl, besonders die Frauen. Nur ein paar Kerle kamen und klopften dem Meister auf die Schulter. Kerle waren das, die als brutale Schläger bekannt waren. Hermann Hutt wollte mit ihnen nichts zu tun haben. Immer seltener kam er in den Laden, er wollte sich von diesen Kerlen, mit dem breiten, vorgeschobenen Unterkinn nicht auf die Schulter klopfen lassen. Von denen nicht. Aber manchmal fragten sie nach ihm. Dann musste der Geselle ihn aus der Stube herausholen. Manchmal sagte der Geselle auch »Hutt ist verreist«. Er sagte nicht: der Meister, oder Herr Hutt. Dann grinsten die mit dem vorgeschobenen Kinn, mit den Schädeln, die unten breiter waren als oben, so wie Schweinsköpfe. Manchmal johlten sie dann auch und riefen »bravo« und »wacker, wacker!« und »Heil Hitler!«

An diesem ganz gewöhnlichen Tag, an dem die Stunden in die Zeit träufelten, für einen, der in seiner Stube sitzt, inmitten all der altgewohnten Dinge, von denen fast nie etwas fortkam, denn außer dem neuen Klubsessel wurde nur der alte Schreibtisch benutzt, um die Rechnungen für faule Kunden auszuschreiben und um die Bücher für die Steuerbehörden zu führen – das war übrigens so ein Sonderkapitel mit der Steuer. Die Geschäftsbücher waren tadellos in Ordnung. Sauber geschrieben mit einer Schrift, die beim einfachen Hinsehen gar nicht wie die eines Schlächtermeisters aussah. Eines solchen noch dazu. Sondern viel eher wie die Schrift eines Mädchens aus einer oberen Schulklasse. Noch dazu war alles mit violetter Tinte gerschrieben, er fand das so hübsch. Mit der geschäftlichen Buchführung hatte Hutt auch niemals Anstände gehabt. Aber eines Tages war da einer von der Steuer gekommen und hatte gefragt, mit halblauter Stimme, ob er, Hutt, nicht noch andere, wesentliche Einnahmen hätte, die zu versteuern seien. Da war Hutt einfach aufgestanden. War ganz ohne Eile aus der Stube, durch den Laden auf die Straße gegangen und als er nach zwei Stunden, die er in einer Konditorei verbracht hatte, wieder nach Hause kam, da war der Beamte natürlich fort. Und er kam auch nie wieder – an diesem gewöhnlichen Tage also (wo der eine, der Zeit hat, hier, der andere, der Zeit hat, dort, etwa auf dem ausgesessenen Leder eines Kaffeehauses, mit Weile seine Zeitung liest) sinnt Hermann Hutt über die Intervention des amerikanischen Gesandten in Sachen des zum Tode verurteilten Juden Helmut Hirsch nach, dessen Prozess er genau verfolgt hatte und der nun auf einmal ein amerikanischer Staatsbürger sein sollte.

Welch eine Komplikation. Sonst, war einmal ein Todesurteil gefällt, war die Sache klar. Früher, in der lauwarmen Weimarer

Republik freilich ging es in zehn Fällen neunmal auf Begnadigung aus. Aber das Dritte Reich, das musste man sagen, hatte manchmal den süßen, benebelnden Duft eines Schlachthofes in vollem Betrieb. Etwas für Männer mit Nerven. Und Nerven hatte Hermann Hutt. Man kann sehr wohl mit violetter Tinte schreiben und doch Nerven haben. Man kann eine große Leidenschaft für Orchideen in Meissener Porzellanvasen zur Schau tragen und doch Nerven haben. Man kann frühmorgens durch ein Schlachthaus schreiten, mittags in einer Kirche sich trauen lassen und abends der Braut ein Smaragdkollier um die enthüllten Reize mohnreifer Weiblichkeit winden, wenn man Nerven hat. Und auch Hermann Hutt hatte Nerven. Und darum soll ein Urteil ein Urteil sein. Und kein Hasardspiel mit fauler Begnadigung.

Hitler war nicht für Begnadigung. Mochte er von allen usurpierten Rechten Gebrauch machen, von diesem nicht. Höchstens Frauenmörder hatte er begnadigt. Aber Hutt konnte das verstehen. Hermann Hutt hatte einen tiefen Hass gegen die Frauen.

Das war nicht immer so gewesen. Als er ein junger Bursche war, fest und stämmig, da hatte er mit heißer Sehnsucht zu manchen Mädchen hingeschaut. Wenn er am Sonntagnachmittag hinausging, irgendwo hin in ein Tanzlokal in der Vorstadt. Da saßen die Burschen zu zweien, zu dreien an den hölzernen, gescheuerten Tischen, tranken (ihre »Kugel hell«) Bier aus bauchigen Gläsern, waren lustig, erzählten Witze, frotzelten die Mädchen, tanzten, dass die weißen Stehumlegekragen alle Form verloren. Und er, Hermann Hutt, saß an einem Tisch allein, er hatte keine Freunde und so war es auch nicht lustig. Dann tanzte er zweimal, dreimal mit einem Mädel, das ihm gefiel. Lud es zu einem Glas Bier oder zu einer Portion Eis an seinen Tisch. Manch Mädchen hat da gesessen, eine Viertelstunde lang oder so, dann kam gewöhnlich ein anderes Mädel hinzu, sagte, sie müsse mit ihrer Freundin ein paar Worte sprechen. Dann tuschelten die zwei miteinander und das Mädel an seinem Tisch sah ihn auf einmal an, so. So, wie jetzt die Kunden oftmals im Laden. Stand dann auf, unter irgendeinem Vorwand und kam nicht wieder.

Da war eine gewesen, mit so rotem Haar und mit braunen, großen Augen. Und mit ganz feiner Haut, wie es in Büchern geschrieben ist, wie Milch und Blut, aber auch wie Pfirsich. Und mit ganz schmalen Fesseln. Einen Gang hatte die. Als ob sie schreitet, hatte der junge Hermann Hutt gedacht. So ist das, wenn die Dichter schreiben, dass ein Mädchen schreitet.

Zwei-, dreimal hatte er sie am Sonntag getroffen und dann auch einmal in der Woche, in der Stadt. Da waren sie in ein Kino gegangen. Neben ihr sitzen, in der Theaterdunkelheit hatte er gedacht, das sei viel schöner als Tanzen und hatte den Arm ein wenig mehr zu ihr hinüber getan und sie hatte das wohl erlaubt. Das ist wie Seligkeit, hatte er gedacht. Auch ein Dichterwort, er war so poetisch in jenen Tagen. Das war an einem Mittwochabend gewesen und auf Sonntagnachmittag waren sie wieder verabredet. Lange Tage und endlose Stunden, bis zum Sonntag, die Tage und die Nächte. Und alles das. Eine ganz gewöhnliche Geschichte? Eine Allerweltsliebesgeschichte. Und vielleicht auch das, dass sie am Sonntag nicht kam. Nicht an diesem Sonntag und nicht am nächsten und nie wieder. War sie krank geworden, war sie gestorben? Nichts von alle dem. Hermann Hutt wusste, warum sie nicht gekommen war. Nach der ersten Viertelstunde vergeblichen Wartens wusste er, dass sie nie mehr kommen würde, und es war Torheit, wenn er stundenlang wartete, an allen Sonntagen. Immer an dem gleichen Tisch. Bier und scharfes Kirschwasser, dass die Kehle brannte und das Feuer nicht löschen konnte und spät in der Nacht torkelte er nach Hause.

Der Fluch war über ihm. Der Fluch. Darum hatte er keinen Freund und brütete allein an Wirtshaustischen. Darum liefen ihm die Mädeln davon. Darum hatte die ihn aufsitzen lassen. Die mit dem roten Haar. Mit den braunen Augen. Mit den Pfirsichwangen. Mit dem schreitenden Gang. Weg. Nie wieder. Ihn verworfen. Erst einen Fetzen herausgerissen aus dem Herzen und dann verworfen. Wegen des Fluchs.

War er denn kein richtiger Mensch? Schrie er denn nicht in

Nächten in sich hinein, wenn er das Bild der Roten leibhaftig vor sich sah und mit heißen Händen in schwarze Leere griff? Tat es ihm denn nicht weh, dass es schon eins ihm war um Leben und Sterben? Ein Mensch, zur Liebe geboren, dass die Leidenschaft so in ihm toste? Dass er das Elend ersäufen musste, in Schnaps und Schnaps. Der Suff in ihm. Und der Fluch über ihm. Und war doch ein Mensch, war doch ein Mensch. Und war er auch tausendmal der Sohn des Henkers.

Und da ging Hermann Hutt, der Sohn des Henkers und selbst des Henkers Knecht, bestimmt, eines Tages das Henkeramt zu übernehmen, verworfen von den Menschen und verraten von der Liebe, ging hin und beschloss, ein Unmensch zu werden.

Ging zu den Dirnen, denn eines Menschen Blut war in ihm. Die fragten nicht, ob er eines ehrbaren Kaufmanns Sohn sei, oder eines Richters, oder eines Revierwachtmeisters. Die nahmen sein Geld, das war ihnen gut. Er trieb sich durch die Bordelle, betrank sich und spuckte mitten in den Bordellsalon. Ließ sich von jüngeren Huren die Geschichten ihres Lebens erzählen. Immer die gleiche Geschichte, vom Elend zu Hause und nichts mehr zu fressen und kaum noch etwas anzuziehen. Das war dahinter, das nackte Elend und garnicht das splitterfasernackte Laster. Das wurde von den besseren Herren in die Bordelle getragen.

Darum zog Hermann Hutt bald die älteren Huren vor, die schon alles gelernt hatten, und trieb mit ihnen Schweinereien und schlug die Liebe in sich tot und das Menschentum, und das rothaarige Mädchen mit all der Poesie war nur noch eine Panoptikumsfigur.

Darum sitzt er allein in seinem Zimmer, in das er keine Frau hat führen können, keine wollte des Henkers Weib sein. Das ist vielleicht auch gut so, dass der Fluch in diesem Stamm sein Ende habe. Und der Hass gegen die Frauen, die ihn verworfen hatten, war in ihn eingezogen und die Verachtung eines Geschlechts, das er nur in letzter Erbärmlichkeit kennen gelernt hatte. Er konnte mit der Welt nicht fertig werden, weil er ohne

Mitleid war. Das war seine große Schuld, mochte sonst die Schuld an der Welt liegen. Ohne Mitleid mit sich und ohne Mitleid mit den anderen.

Der Sohn des Henkers, der selbst jetzt Henker war. Aber Henker, das war ein falsches Wort für diese Sache. In Deutschland schlug der Scharfrichter den Leuten die Köpfe ab.

(In der alten, freien und Hansestadt Hamburg hatte man gleich nach der französischen Revolution die Guillotine eingeführt. Das war lange Jahre das einzige gewesen, was von den Errungenschaften der französischen Revolution in Hamburg brauchbar erschien. Aber es war eine Voreiligkeit dieser seit je republikanischen Hanseaten. Das Dritte Reich hatte mit diesem welschen Tand aufgeräumt und auch in Hamburg wird jetzt vom Scharfrichter höchst persönlich wieder mit dem Beil geköpft.)

Ein Hieb mit dem Beil und ab ist der Kopf. Das muss gelernt sein. Die Hauptsache ist, gerade halten, das Beil. Ganz senkrecht im Anhieb. Den Rest macht das Beil von selber. Denn es ist sehr groß und sehr schwer, da es, um sein Gewicht zu erhöhen, innen mit Quecksilber gefüllt ist. Und es ist sehr scharf und ohne Scharte.

Starke Nerven braucht das. Falsch zu sagen, dass man den Mann nicht ansehen soll, dem man gleich den Kopf abschlagen wird. Man soll ihm ruhig ins Gesicht sehen. Das stärkt die Nerven. Lieber Freund, mich geht die Geschichte im Grunde gar nichts an. Ich bin hier nur der vollstreckende Arm der Gerechtigkeit. Dein letzter, guter Freund, denn mir kannst du vertrauen, ich werde dich korrekt und human hinrichten. Wie ich es von meinem Vater gelernt.

(Natürlich, das braucht Nerven. Aber die hat Hermann Hutt, Schlächtermeister und Scharfrichter aus Magdeburg.) Der schwarze Frack, die weiße Piquéweste mit der goldenen Uhrkette, der glatt gebügelte Cylinderhut, die blanken Schuhe mit Lackkappen und das Beil, hoch über den Kopf erhoben, einen Nerv das Ganze.

Früher, diese seltenen Hinrichtungen. Ohne inneren Gehalt.

Ganz ohne Ekstase. Diese erbärmlichen Delinquenten, die anfingen zu schreien und zu toben, wenn sie des Schafotts ansichtig wurden. Die man hinaufschleppen musste, ein Bündel Angst, dass sie grünlich waren im Gesicht und so grässlich rochen vom Angstschweiß und weil sie die Hosen voll hatten. Jetzt aber ist das anders. Die Politischen. Solche Kerle. Was haben die in den Augen, wenn sie einen ansehen, dass man einfach nicht mehr da ist. Weggelöscht. Da ging einmal einer zum Richtblock. An ihm vorbei und sah ihn an. So. Dass er den gebügelten Cylinderhut vom Kopf zog, dass er dachte: Einer, der das so geht und gleich wird man ihm den Kopf abschlagen, der ist doch eine Majestät. Sowas zu denken. Es war wohl auch nur Erinnerung an alte Zeit, als er es noch mit der Poesie hatte. Ganz hinten, über allem die Rothaarige, schreitet heran. Da braucht es Nerven. Das war ein Hieb. Mitten durch die Welt. Die Rothaarige liegt mit unter dem Beil. Völlig zerspalten. (Und das Blut ist ein dicker Strom, in glitzerndem Nebel.)

(Dass es gerade in Hamburg war. Hermann Hutts Rache an der Guillotine, die ihn jahrelang geprellt hatte.) Einmal vier Männer. Hintereinander weg. Und er hatte nicht mit der Wimper gezuckt. Vier Kerle, die standen. Bis die Köpfe fielen. Köpfe rollen, sagen sie immer alle. Das ist nicht so. Sie fallen in einen Korb. Man muss nicht auf die Köpfe sehen. Man muss auf den Rumpf sehen, wie das Blut hervorschießt, so viel, so rot, so wild. Viere, hintereinander weg. Damals habe ich das Dritte Reich aus der Taufe gehoben, denkt Hermann Hutt. Er denkt das nur. Einmal hatte er es dem Sturmbannführer gesagt. Aber der hatte ihn stehen lassen, ohne ein Wort zu antworten.

Was weiß so ein Sturmbannführer? Was wissen überhaupt die Leute. Das lebt so dahin, paart sich mit Lust und mit dem Weib irgendeiner Wahl und setzt Kinder in die Welt. Was wissen die, wie einem zu Mut ist, der ein Mann wie alle, doch nie ein Weib besessen. Dem der Trieb zur Liebe zum Hass zergoren war. Was wissen davon die Leute. Was wissen sie von einem, dem die Nöte des Leibes sich nicht von der Seele trennen wollten. Einer, der anfing, Knaben anzusehen und junge Männer, so wie er Mädchen angesehen hatte, und alles lief ihm gleichermaßen davon. Alles floh den Mann von Block und Beil. Warum ihn, warum nicht die Staatsanwälte, die dergleichen fordern, warum nicht die Richter, die solche Urteile aussprechen und dann einen Ohnmachtsanfall bekommen, wenn sie bei der Vollstreckung dabei sein müssen. Was wissen sie denn davon, dass er, Hermann Hutt, der das Staatsbeil führte, gerade dann und nur dann sich Mann fühlte, wenn er tötete. Der schwarz ausgeschlagene Schafott, das war sein Brautgemach, der Richtblock war sein Brautbett und das riesige Beil in Gemeinschaft mit dem, dem der Kopf abgeschlagen wurde, das war in grässlicher Unentwirrbarkeit, die Braut. So nah verwandt, Lieben und Töten. Leben schaffen und Leben vernichten, so nah verwandt. Hatten das die Menschen aus Hermann Hutt gemacht, war dann nicht auch die Natur mit dabei? Die Hochzeitsstunde auf dem Zuchthaushof. Angetreten zum Karreé. Achtung, präsentiert das Gewehr. Die Bretter des Schafotts ragen schräg und unendlich hoch ins Firmament, der Himmel sackt hinter Mauern ab. Zwei Satansknechte werfen die Braut nieder. Es schwankt, das ist ihr das Schaukelbrett. Zwei dicke Hände mit Ringen darauf, umklammern den Stiel der Reichsaxt. Heben sie hoch empor, welch ein Schwung. Alles ist rot, dunkel und doch rot, und der blanke Stahl blitzt für einer Sekunde Bruchteil wie ein blühender Stern, ein Meteor, und fährt so nieder. Alle Kraft, alle Macht der Welt ist in diesem schmetternden Schlag. Und da schießt das Blut hervor, Blut, der Urquell, und der Mann mit dem Beil weiß nicht mehr, von wo das Blut strömt, von jenem dort oder aus seinem eigenen Leibe. Der in diesem Augenblick schrecklichste aller Menschen ist bleich geworden.

Darum geht es. Was wissen die davon. Die bezahlen es mit Geld. Und das Geld, das muss er haben. Das ist ein Geld wie keines. Davon geht kein Pfennig ab. Keine Steuern und kein Groschen für Winterhilfe und für all die blechernen Tellersammlungen, die das soziale, klingende Gewissen des Dritten Reiches sind. Oder sollte er eines Tages einer alten Frau am Tisch der Wohlfahrt sagen »Mütterchen, für die warme Wassersuppe, die du da isst, habe ich einem Mann den Kopf abgehauen. Vielleicht war es dein Sohn oder dein Gatte oder dein Bruder, dass du vor der Zeit ein altes Weib darob geworden bist. Und guten Appetit auch, für die Suppe.«

Nein, ganz und gar musste er das Geld haben. Der Klubsessel einmalig. Und gelegentlich die Brasilzigarren. Aber das Geld, das Geld floss jetzt reichlich. Die deutsche Reichsaxt hat zu tun. »Köpfe werden rollen«, hatte Hitler gesagt. Und am Tage darauf war Hermann Hutt in die Nazi-Partei eingetreten. Er war bis dahin nur Mitglied des Tierschutzvereins gewesen. Er war nicht für Vereinsmeierei. Er wollte es nicht darauf ankommen lassen, ob man ihn aufnahm oder abwies. Aber damals war er in die Partei eingetreten. »Köpfe werden rollen.« Nicht rollen. Sie fallen. Aber das war ein Programm (für Hermann Hutt, Schlächtermeister und Scharfrichter). Mochten sie alle sagen, Hitler habe kein Programm, oder er habe es nicht gehalten. Was ging ihn das an. (Nichts von Politik.) Das Programm, das man ihm in Aussicht gestellt, das hatte man gehalten. Das Geld muss sich häufen. Muss zu einer Menge werden. Gerade darum, weil er nicht Weib hat und nicht Kind. Eines Tages wird man sagen: »Scharfrichter Hutt, Sie haben dem Staat lange genug treu gedient. Andere wollen auch mal ran.« Dann wird er sein Geld nehmen und fort fahren. Nach Monte Carlo wird er fahren. In das Spielcasino wird er gehen. Und mit einem König von Spanien und einem König von Siam wird er am Roulette-Tisch sitzen. Vielleicht werden noch andere Könige da sein. Und er wird sagen: »Majestät, sie waren einmal König. Ihre Krone, wo ist sie jetzt? Ich aber habe höchst königliche Menschen und auch andere, die aber zählen nicht, eigenhändig enthauptet. Und da setze ich jetzt so einen Kopf auf Rouge. Und Sie, Sire, setzen Sie auf Noir?«

»Wissen Sie, wessen Kopf ich da eben auf den Tisch getan habe? Das ist Etkar Andrés Kopf. Ich habe den Mann gesehen, Sire. Das eine Mal nur, als er das Schafott bestieg. Ich weiß nichts von dem Mann. Sie sagen, er habe dafür gesorgt, dass die proletarischen Arbeiter der Welt einander mit geballter Faust grüßen. Sie sagen, er sei der beste Freund der deutschen Arbeiter gewesen. Er war selbst ein Arbeiter, sagen sie. Sie sagen auch, wegen dieses Mannes hätten manche Könige oder sonstwie Mächtige der Erde nicht ruhig schlafen können.«

»Ihre Ehre ist nicht meine Ehre und meine Ehre ist nicht Ihre Ehre. Denn uns trennt die tiefe Kluft der Weltanschauungen. – Sollten Sie trotzdem das Unmögliche hier möglich machen und mich zum Richtblock bringen, so bin ich bereit, diesen schweren Gang zu gehen, denn als Kämpfer habe ich gelebt und als Kämpfer werde ich sterben.«

Wer sprach da? Wer, dass wir nicht schlafen können?

Nun, sie können wieder ruhig schlafen. Ich habe ihm den Kopf abgeschlagen. Das war der großartigste Tag meines Lebens. (Man sagt, es seien mehr Tränen um ihn geweint worden, als um alle Könige der Welt zusammen.) Als er vor mir stand, sah er mich an und lächelte. Er war der einzige Mensch, der mir je zugelächelt hat. »Rotfront, Genosse«, sagte er zu mir, dem Beilrichter des Dritten Reiches. Da konnte ich nicht anders. Ich sagte »Rotfront, André«, aber ich sah schon nichts mehr, der Rausch war schon um mich und ich hob das Beil. – Später ging ich durch die Stadt. Wo Zettel geklebt waren, mit der Mitteilung von des Mannes Hinrichtung. Menschen standen davor und lasen das. Und dann gingen sie fort und sprachen kein Wort. Ich aber, Sire, ich habe das Haupt abgeschlagen. Und es ist Etkar Andrés Haupt, das ich auf Rouge setze. Wagen Sie es, Majestät, und setzen Sie Noir.«

Nein und nein. Den Mann muss er haben. Den Mann und das Geld. Wie kommt ein hergelaufener, amerikanischer Gesandter dazu, sich da hineinmischen zu wollen? (Was geht das diesen Amerikaner denn an?) Wir brauchen hier überhaupt keine Ausländer (keine Engländer und keine Franzosen und keine Amerikaner.) Deutschland für die Deutschen. Das ist eine rein deutsche Angelegenheit. Da hat sich niemand hineinzumischen.

Das Geld muss er haben. Und den Mann. Der gehört ihm doch schon. Der war schuldig gesprochen und zum Tode verurteilt. Nur der Führer hat das Recht, hier hineinzureden. Den wird er nicht begnadigen, den nicht. Der steht schon unter dem Beil. Jawohl. Hat nicht Hermann Hutt schon Nachrichten erhalten, sich für diese Hinrichtung bereit zu halten? Jede Stunde hätte das Telegramm kommen können, das ihn berief. Hermann Hutt ballte die Hand, öffnete und schloss sie wieder. Er fühlte die warme Ebenheit des eichenen Beilgriffs in der inneren Fläche der Hand. Die Ringe würde er abstreifen und in die Westentasche stecken, um fester das Holz umklammert zu halten. Aber erst im letzten Augenblick. Ringe gehörten zur Festlichkeit der Stunde. (Der Mann steht schon unter dem Beil. Und da kommt irgendein Ausländer und pfuscht da hinein?

Den Mann und das Geld. Das Geld und den Mann. Hier geht es um Deutschlands Ehre. Hermann Hutt hat sich um Politik nicht gekümmert, das ist wahr. Als er Pg. geworden, hatte er eigentlich nichts getan als Beiträge bezahlt. Zu Anderem wollte man ihn auch wohl garnicht haben. Nicht einmal zum Gasexerzieren. Aber einerlei. Er war Pg. Und seine Pflicht hatte er getan. Wie keiner im ganzen Reich. Gewiss, es geht ihm hier ebenso sehr um seine eigene Sache, wie um die Sache der Nation. Der Mann steht unter dem Beil und das Geld ist schon gerechnet. (Politik hin und Politik her.) Die Partei hatte die Pflicht, ihm zu seiner Sache zu helfen. Er wird zum Sturmbannführer gehen. Man muss die SA auf die Straße holen. Man muss eine Demonstration machen. Deutschland für die Deutschen. Gibt es da nicht einen amerikanischen Konsul in der Stadt? Man muss vor das Konsulat ziehen. Die SA, das Horst-Wessel-Lied. Und dann die Scheiben einwerfen.

(Das ist man dem Führer schuldig. Der Führer sollte doch ermordet werden. Die Bomben sind sichergestellt. Der Führer muss wissen, dass die Nation hinter ihm steht.)

So geht er zum Sturmbannführer. Dem leuchtet die Sache ein. Aber er hält sich nicht für zuständig. Das müsse der Gauführer entscheiden. Der Gauführer? Dann hörte die Demonstration doch auf, eine spontane Äußerung des Volkes zu sein. Darum ginge es doch. Gewiss. Gewiss. Aber spontane Geschehnisse sind nur wirkungsvoll, wenn sie richtig vorbereitet und organisiert sind. Ohne den Gauführer geht das nicht.

Nein. Zum Gauführer wird Hermann Hutt nicht gehen. Aus diesen und jenen Gründen nicht. Damit ginge auch viel zu viel Zeit verloren. Wer weiß, was die Diplomaten inzwischen in Berlin treiben. Haben die Diplomaten nicht immer verdorben, was das Schwert erkämpfte?

Dann wird Hermann Hutt nach Berlin fahren. (Den Mann muss er haben und das Geld.) Er wird zu diesem amerikanischen Gesandten sagen: Herr, lassen Sie gefälligst Ihre dreckigen Hände aus dem Spiel. Hier stehe ich. Ein deutscher Mann. Und ich sage Ihnen, kümmern Sie sich gefälligst um Ihre eigenen Angelegenheiten und nicht um unsere. – Vielleicht ist der Gesandte ein Jude. Die Amerikaner sollen ja alle Juden sein. (So wie dieser Bürgermeister von New York, der Saujud.)

»Mann, sind Sie blödsinnig geworden?«, haut der Sturmbannführer mit der Hand auf den Tisch. »Das ist doch wohl nicht Ihr Ernst. Na, ja. Im Grunde haben sie ja recht. Aber wir wollen doch von den Amerikanern eine Anleihe haben. Wissen Sie das nicht? (Der Jakob Goldschmidt, diese gottverdammte Judensau, soll die Verhandlungen führen, weil Schacht überall abgeblitzt ist. So ist das.) Hier heißt es: Maul halten und parieren. Verstanden? Und nun gehen Sie gefälligst ganz ruhig wieder nach Hause.«

Hermann Hutt geht wieder nach Hause. Aber nicht ruhig. Er hat schrecklichen Hunger. Wie immer, wenn er aufgeregt ist. Er isst Schweinskotelett mit grünen Bohnen. Das ist ihm nicht genug. Er lässt sich ein Beefsteak braten. Das isst er, ohne etwas dazu, nur mit sehr viel Senf. Er kann nicht begreifen, dass er wehrlos sein soll. Ein deutscher Mann gegen einen Amerikaner.

Dieser Helmut Hirsch soll erst 21 Jahre alt sein, sagen sie. Beinahe noch ein Junge. Das ist eine besondere Art. Hermann Hutt hat da die Vision, dass ihr Blut heller sei, als bei den älteren, völlig Erwachsenen. Als Fachmann würde er das bestätigen und er ist doch wahrscheinlich der Fachmann mit der größten Erfahrung auf der Welt. (Außer vielleicht in China, wo sie mit dem Schwert enthaupten. Gleich, wo sie einen erwischen. Manchmal mitten auf der Straße. Das ist nicht gut. Das ist gemeines Handwerk. Das ist keine Feier. Kein Rausch und keine Hochzeit.)

Und da will ihn dieser Fremde, dieser jüdische Indianer, um sein Fest bringen? Aber der Führer wird solche Eingriffe nicht dulden. Er aber, Hermann Hutt, kann garnichts machen, als nur in dem Sessel sitzen und in sich hinein giften. Ihm ist zu Mute wie einem, der langsam am Rost gebraten wird.

»Draußen ist die Frau vom Standartenführer Künneke und will ein halbes Kilo Fett haben«, kommt der Geselle in die Stube.

»Na, was geht das mich an?«

»Sie hatte nach der Fettkarte aber nur noch ein Viertel Kilo zu kriegen.«

»Wenn es aber die Frau Künneke ist?«

»Das habe ich auch gedacht. Aber es kann durchaus sein, dass das eine Falle ist. Und dann kommt eine Anzeige. Was weiß man denn heutzutage?«

Ja, was weiß man heutzutage? Da hängt die Existenz vielleicht davon ab, ob man einer Frau Standartenführerin ein Viertel Kilo Fett gibt, oder nicht. Und wenn man es ihr nicht gibt und beruft sich auf das allgemeine Wohl, dann beschwert sie sich vielleicht bei ihrem Mann und später bekommt man irgendeinen Stunk. Solche Sachen auch noch.

(»Ja, was stehen Sie denn da, sagen Sie doch lieber, was man machen soll«, herrscht er den Gesellen an. Aber der weiß doch nicht. Darum fragte er gerade.)

»Geben Sie es ihr. Geben Sie es ihr nicht. Machen Sie, was Sie wollen.«

»Aber auf Ihre Verantwortung.«

Natürlich auf seine Verantwortung. Alle haben es auf ihn abgesehen. (Da liegt auch noch die blödsinnige Zeitung, mit der das ganze Elend anfing. Die Menschen trampeln auf ihm herum. Und er trampelt auf der Zeitung herum.) Das ist ja nicht zum Aushalten. Am liebsten möchte er weinen. Draußen geht gerade die Frau Künneke aus dem Laden. Sie bedankt sich beim Gesellen und gibt ihm sogar die Hand. Vielleicht wird doch noch alles gut. Der Führer wird diesem Amerikaner sagen, er solle sich zum Teufel scheren. Und Hermann Hutt erhält sein Recht. Den Mann unterm Beil für das Herz und das Geld für den Hass und die Rache.

Wirklich, das ist auch des Führers Ansicht, dass sich dieser Amerikaner zum Teufel scheren möge. Erstens, dieser Mann hat die Hand gegen ihn, den Führer erheben wollen. Zweitens, dieser Mann ist ein Judenlümmel und kein Amerikaner. Ebenso wenig, wie ein Jude Deutscher sein kann, kann er Amerikaner oder sonstwas sein, sondern nur ein Jude. Wenn das die Welt noch nicht begriffen hat, so ist es höchste Zeit, dass dieselbe es begreifen zu lernen alsbald in den Stand gesetzt werde. Drittens kann eine derartige provokatorische Einmischung weder in das deutsche Recht, das hier gesprochen hat, noch in die deutsche Souveränität, die innerhalb der Reichsgrenzen von jedermann, sei er wer er sei oder auch nicht sei, zu respektieren, geduldet werden ...

So ist des Führers Meinung. Der sich der Ministerpräsident und General Göring vollinhaltlich anschließt. Der General begreift überhaupt nicht, warum man um ein solches Arschloch so viel Worte macht.

Der Minister und Doktor Goebbels kann nicht umhin, auf die öffentliche Meinung des Auslandes hinzuweisen. Der deutschen Presse hat er in dieser Sache weise Zurückhaltung auferlegt. Im Ausland hat sich einmal wieder die Ansicht gebildet: »Sie werden es nicht wagen.« Worauf man nur mit einem Lacher erwidern kann. Das ist schon oft die Meinung des Auslandes gewesen. Dann haben sie es gewagt. Und nichts ist geschehen. (Wer wagt, gewinnt zwar nicht immer, denn was ist mit so einem jüdischen Kopp denn schon zu gewinnen. Aber zu verlieren ist schließlich auch nichts.)

Nur der Reichsbankpräsident und Finanzchef Dr. Hjalmar Schacht hat Bedenken. Eine amerikanische Anleihe bekäme man im Augenblick so und so nicht. Nicht, weil Wallstreet nicht wolle, sondern weil sie im Augenblick garnicht könne. (Aber man habe drüben die öffentliche Meinung mit der Sache des Kardinals und mit dem La Guardia genugsam belastet.) Die heute abgelehnte Anleihe kann aber zu einer zugesagten von morgen werden.

(Wenn die Sache in Spanien jetzt richtig klappt, brauchen wir die Amerikaner überhaupt nicht mehr. Dann kriegen wir genug Erz, Eisen, Kupfer und alles, was wir wollen. Ist die Meinung des Generals. Werden wir bekommen?, bedenkt der Finanzmann. Hat nicht die London-City in Rio Tinto und anderweitig die Hand drin? Und kann sich die Hand von London-City nicht eines Tages da stärker erweisen, als die Abmachung mit der Deutschen Metall Aktiengesellschaft? Und wenn Herr von Schröder und Schröder-London die Sache dann nicht biegen können?)

So wird die Sache doch wohl zu kompliziert. Wegen eines Judenlümmels (der den Führer ermorden wollte) wird ja nicht die (ganze) internationale haute-finance (und Industrie) mobilgemacht. So bläst man keine Luftballons auf. Der Fall steht nicht weiter zur Erörterung. Der Amerikaner bekommt eine höfliche, eine sehr höfliche, aber bestimmte Ablehnung. Und fertig.

Der Schlächtermeister und Scharfrichter Hermann Hutt wird seinen Mann bekommen. Er hat es garnicht nötig, sich so aufzuregen, dass er so viel essen und Natron nehmen muss. Dass er nachts nicht schlafen kann und lotterig angezogen, mit offenem Kragen und ohne Schlips, mit Paletot und ohne Hut, durch die Straßen strolcht, durch Bordelle tost, dort baumwollene Handlungsgehilfen frei hält, damit sie seinem heiseren Grölen als Gesang applaudieren, und in spätester Nachtstunde vor einem Zeitungsgebäude herumlungert, um das erste Exemplar zu erstehen und nachzusehen, ob da etwas zum Fall Helmut Hirsch steht. Um Häuserblocks kreist er, so, wie seine Gedanken lustmörderisch kreisen. Könnte er sie aussprechen, welche grässliche Qual täte sich auf. Gespenstischer noch, als seine aschfahle, verlotterte Erscheinung, aus der ein aufgedunsenes Gesicht manchmal grinst und manchmal schamlos weint. Da steht er, im

Schein der Laterne, an den eisernen Pfahl gelehnt, mit flatterndem Blick und fiebernden Händen die nassen, nach Petroleum riechenden Zeitungsseiten durchsuchend (eine Parodie des heiligen Sebastian). Und auch das ist, auch so ist ein Mensch, wenn die Schändlichkeit der Welt ihn dazu macht. Und nun kommt da ein humpelnder Verlumpter und bettelt ihn an. Dabei ballt er die Hand zur eisernen Faust und schlägt sie dem Bettler mitten ins Gesicht. Der fällt um und bleibt liegen. Hermann Hutts Gespenst aber trollt sich stolpernd nach Hause. Denn wieder stand nichts in der Zeitung.

Den Mann und das Geld, das Geld und den Mann, das Geld den Mann, den Mann, den Mann, das Geld.

Mal kriechen die Stunden, mal stolpern sie, mal sind sie weg (hast du nicht gesehen). Eines Nachts kommt Hutt nach Hause, Hass im Hirn und mörderische Vorstellungen und Dunst vom Alkoholfusel. Eine Salamiwurst nimmt er aus dem Laden mit. Schneidet mit dem Taschenmesser grobe Klötze ab und schlingt die schmatzend herunter. Dabei fängt er an, sich im Wohnzimmer auszukleiden. Erst das Jackett und dann die Weste, die mitten im Zimmer auf dem Boden liegen bleiben. Dann den einen Stiefel, den hält er in der Hand und weiß nicht, was er will. Soll er den Stiefel in die Lampe schmeißen? Da fällt sein Blick auf einen Fleck auf dem Schreibtisch. Ein viereckiger Fleck. Ein geschlossenes Telegramm. Er kann es nicht aufmachen, der Stiefel ist dazwischen. Verdammter Stiefel. Jetzt reißt er's auf. Das Telegramm. Das Telegramm. Er fängt an zu tanzen, rund um den Ledersessel. Mit einem gestiefelten Fuß und einem in der wollenen Socke mit einem Loch an der Hacke. Morgen früh muss er fahren. Nein, es ist ja schon morgen. Heute früh muss er reisen. Und am nächsten früh um sechs Uhr wird Helmut Hirschs Hinrichtung sein. Ein Bär tanzt um den Sessel, immer ein harter und ein dumpfer Tritt. Ein Bär, mit einem Beil in den Tatzen. Er hat seinen Mann und er kriegt sein Geld. Und der Tanzbär frisst das letzte, große Stück Salamiwurst auch noch auf

*

Den einfachen, durchschnittlichen Mann Leonhard Glanz ging freilich das Schicksal des einundzwanzigjährigen, zum Tode verurteilten Mannes auch an. Es ging ihn an, oder eigentlich kroch es ihn an. Er hatte in diesen Tagen mit diesen und jenen darüber gesprochen. Mit Leuten, die auch Emigranten waren. Er kannte sie von früher her nicht und sie nicht ihn. Seltsam, dass man einander gefunden hatte. Da war einer und der andere, der ihm erzählte, dass er jetzt hier mit Papierwaren und Bleistiften zu handeln versuchte, oder mit Krawatten. Ja, was soll man machen. Was man von Emigrantenkomitee bekommt, das reicht so eben für die Miete. Dann sei da der Pastor von den amerikanischen Quäkern, von dem man gelegentlich etwas bekommen könne. Aber das sei unregelmäßig und die Anderen kämen einem oft zuvor, die es früher wüssten, und man ginge leer aus. Da sei auch das Bankhaus Taschermak, zu dem man gehen könne, da bekäme jeder einen einmaligen Betrag. Aber nur einmal. Sie führen genau Liste. Und der Krawattenverkauf ist schlecht. Vom Büro zu Büro. Die Chefs lassen sich meist nicht sprechen und mit den Angestellten lohnt es sich nicht. Die Börse muss erst wieder besser werden. Was sind das für Leute, solche Emigranten. Jeder betont, dass es ihm früher besser gegangen sei. Sehr viel besser. Der Fall Helmut Hirsch? Ach so. Der. Ja. Warum war der so dumm? Das mit den Höllenmaschinen? Nein, das glaube ich nicht. Aber warum war der so dumm und ist freiwillig nach Deutschland gegangen?

Nein. Zu dieser Art von Emigranten fühlte sich Leonhard Glanz nicht hingezogen. Im Gegenteil. Gewiss, früher mögen sie anders gewesen sein. Wer weiß denn, wie rasch man abrutscht.

Dann sind da andere Emigranten. Zu denen hat Leonhard Glanz keine rechten Beziehungen. Sie sind so einsilbig. Von ihren wirtschaftlichen Bedingungen reden sie nicht. Obwohl man es ihnen ansieht, dass es ihnen hart ergeht. Wovon reden sie? Sie lassen ihn, Leonhard Glanz, erzählen. Seiner üblen und existenzvernichtenden Geschichte messen sie keine besondere Bedeutung bei, bringen nur ein karges Bedauern auf, tun es mit einem Witz ab. Humor in Ehren, aber für diese Art von Witz bringt Leonhard Glanz kein rechtes Verständnis auf. Manchmal stellen sie Fragen an ihn, auf die er garnicht zu antworten weiß. Wie die Stimmung der Werftarbeiter in Hamburg sei, da er doch aus Hamburg komme. Ja, da weiß er nichts. Er erzählt lieber von den neuesten Erpressungen an Juden, das aber wollen sie nicht wissen. Sie meinen, darauf allein käme es nicht an. Aber das Hemd ist einem doch näher als die Hose. Eben darum, meinen sie. Und was die Arbeiter gesagt hätten, dass die Vertrauensrat-Wahlen einfach suspendiert worden sein? Wieso? Sind sie das? Leonhard Glanz weiß garnicht, wie das mit den Vertrauensräten überhaupt ist.

Helmut Hirsch? Ja. Den werden sie drüben wohl hinrichten. Glauben Sie, wo man doch international ... Ja, ich glaube trotzdem. Kannten Sie diesen Helmut Hirsch, er soll doch zuletzt hier gewesen sein? Nein – Wissen Sie da sonst etwas Näheres? Nein, garnichts.

Leonhard Glanz glaubt nicht, dass dieser Mann garnichts Näheres wisse. Gestern Abend hat er gehört, wie dieser Mann sich mit jemandem am Nebentisch unterhielt, und da schien er über alles sehr informiert zu sein, nach den wenigen Worten zu schließen, die Leonhard Glanz aufschnappen konnte. Und so ist er nicht gewillt, sich so abspeisen zu lassen.

»Sagen Sie, werter Herr, warum sind Sie so misstrauisch zu mir?«

»Ich kenne sie ja garnicht.«

»Aber ich habe Ihnen ja erzählt, wer ich bin.«

»Haben Sie? Na, dann habe ich es wieder vergessen. Man muss nicht alles wissen. Sehen Sie, ich sehe ihnen an der Nasenspitze an, dass Sie ein anständiger Mensch sind. Aber ich kann mich auch irren. Nicht wahr? Vielleicht sind Sie auch ganz etwas anderes. Vielleicht sind Sie ein Gestapo-Spitzel.«

Jetzt ist Leonhard Glanz hart daran, die Fassung zu verlieren: »Aber ich bitte Sie, mein Herr.«

»Ich sage ja nicht, dass Sie das sind. Ich sage nur vielleicht. Vielleicht auch nicht, na, dann umso besser. Und dann nehmen

Sie es als praktischen Anschauungsunterricht, wie Sie selbst in Zukunft sich zu hüten haben.«

»Solche Methoden sollten die anwenden? Sich in das Vertrauen eines Menschen schleichen und dann von der Gestapo sein.«

»Mann, sind Sie aber naiv. Die legen ihnen sogar ein hundertprozentig deutschblütiges, blondes Mädchen ins Bett und fragen 'nen Dreck nach der Rassenschande, wenn sie eine Spitzelprämie damit verdienen können. Kopfgeld, mein Herr. Kopfgeld. Die alten florentinischen Bravos waren Waisenknaben dagegen.«

»Und Helmut Hirsch?«

»Ja, da müssen Sie mal bei der schwarzen Front anfragen.«

»Schwarze Front? Das waren doch die Leute, die so 1932 bei uns oben Bomben geworfen haben.«

»Eben die. Aber damals waren es noch nationale Bomben, ganz patriotische Bomben. Ja, sehen Sie, da ändert sich manchmal Manches, bei Leuten, die mit der Politik Karussell fahren. Fragen Sie nur bei der schwarzen Front an, vielleicht haben sie Glück und treffen Herrn Otto Strasser höchst persönlich.«

»Aber ich bitte Sie. Das ist doch nicht möglich. Helmut Hirsch ist doch Jude. Und Otto Strasser.«

»Ich sagte Ihnen doch, dass manche Karussell fahren.«

Wie ist so etwas möglich? Hatte nicht Leonhard Glanz die Brüder Strasser, Gregor und Otto, an der Spitze von Demonstrationszügen das »Juda verrecke«, durch die Straßen von Berlin schreien hören? Gregor Strasser ist tot. Vom Toten soll man nichts Schlechtes reden. Aber Otto Strasser und der junge, jüdische Idealist Helmut Hirsch? Leonhard Glanz meint, die Welt nicht mehr zu verstehen. Immer, wenn er ein wenig zu Verstand kommt, glaubt er, er verstünde die Welt nicht mehr.

Ist das alles gemein, niederträchtig, infam, böse, teuflisch, verhext und satanisch, verlogen und frech, aufgeplustert und innen verlumpt, blechern heroisiert und im Grunde erbärmlich. Weil ein Gewissenloser sich in der Rolle des Hirten gefällt, muss ein Lamm sterben.

Leonhard Glanz sieht wieder über das Zeitungsblatt hinweg in die weite Ewigkeit. Wie traurig ist das alles. Wie traurig ist das alles. Wie hundeelend traurig. Das Große und das Kleine. Dieser Fall Helmut Hirsch. Wie erbärmlich traurig.

Ein trauriger Mann in mäßigem Milieu blickt in die Ewigkeit und möchte seufzen nach seinem Gott. Aber er starrt nur in die Leere und kein Seufzer ringt sich los. Denn in diesem Augenblick wird der traurige Mann sich dessen bewusst, dass er an Gott nicht mehr glaubt. Das ist ihm auf einmal ganz klar. Und es ist gar keine erschütternde Erkenntnis. Es ist ganz einfach. Fragte ihn jetzt jemand: Glauben Sie an Gott? Er würde antworten: Nein. Ich glaube nicht an Gott. So wie einer sagt: Ich habe Hutnummer 58.

*

Von der Ewigkeit in die Endlichkeit rasch zurückgekehrt, flüchten die Augen durch die Zeitungsspalten. »Lansbury bei Hitler.« Lansbury ist doch der Führer der britischen Labour-Party. Hier steht der ehemalige Führer und er ist siebzig Jahre alt. Leonhard Glanz erinnert sich seiner Jugend. Damals gab es in Deutschland einen Führer der Sozialdemokratischen Partei, der hieß August Bebel. Er war zugleich Abgeordneter von Hamburg – im Deutschen Reichstag – und darum erinnert sich Leonhard Glanz. Denn in jener Zeit, am Ende des neunzehnten Jahrhunderts, galt es für höhere Schüler nicht für angemessen, zu wissen, dass es so etwas wie Sozialdemokratie in Deutschland gäbe. Der Kaiser hatte gesagt, die Sozialdemokraten seien »vaterlandslose Gesellen« und er »werde sie zerschmettern.« (Später, in den ersten Novembertagen 1918, als ihn seine Generäle im Stich ließen, sagte er: Ich werde mir mit der Sozialdemokratie ein neues Reich gründen.) August Bebel hatte jedenfalls einmal gesagt, nur wusste Leonhard Glanz nicht mehr, bei welcher Gelegenheit, aber das war ja nicht entscheidend: »Wir gehen nicht zu Hofe.«

Inzwischen sind ja mancherlei Sozialdemokraten zu Hofe

gegangen und der alte Bebel, wie sie ihn nannten, lebt schon lange nicht mehr. So viel Gestriges hängt dem Leben an, von dem man kaum glauben sollte, dass man es selbst erlebte, und man ist doch ein Mensch, noch in den sogenannten besten Jahren. Wenn Bebel heute lebte … Aber es ist müßig, dergleichen zu denken, denn jener August Bebel wäre ja heute wohl kein Sozialdemokrat. Er wäre wahrscheinlich Kommunist. Denkt der einfältige Mann Leonhard Glanz.

Zu Hofe gehen wir nicht. Der alte Lansbury aber geht zu Hitler. Zum Kanzler des Dritten Reiches, das seine Parteigenossen umbringt, in Kerker und Konzentrationslager wirft, sie foltert, mit Terror verfolgt. Endlose Listen ermordeter und zu Grunde gerichteter Sozialdemokraten liegen vor und Lansbury geht zu Hitler.

Daily Herald, die englische Zeitung der Labour Party glaubt, dem Manne Leonhard Glanz hierzu eine Erklärung schuldig zu sein und diese Erklärung steht da abgedruckt:

»Wir können die Welt nicht nach unseren Wünschen zimmern. Faschistische Diktaturen sind Tatsachen, die vorhanden sind. Wenn man nicht alle Hoffnung auf Frieden und Zusammenarbeit aufgeben und den Krieg für unvermeidbar halten will, dann müssen Verhandlungen und Beziehungen mit Diktaturen als unvermeidbar acceptiert werden.«

Während die Flugzeuge des Dritten Reiches – hörst du, *Daily Herald* – Bomben werfen, auf Frauen und Kinder. In Spanien, meint der *Daily Herald*.

Als Herr von Ribbentrop, Fachmann für deutschen Schaumwein und zur Zeit Gesandter des Dritten Reiches, bei der Regierung seiner britischen Majestät, den Passus im *Daily Herald* las, hat er sich halb krank gelacht, erzählt man.

Leonhard Glanz aber meint einmal wieder, er verstünde die Welt nicht mehr, wie jedesmal, wenn er hinter die Geheimnisse kommt, die keine sind.

*

Der traurige Mann Leonhard Glanz in mäßigem Milieu schweift weiter durch die Zeitungsspalten. Er sucht und weiß nicht was. Denn er sucht, was ihn die Traurigkeit – es ist ihm eine große Traurigkeit – überwinden ließe und findet es nicht.

Telegramm aus Buenos Aires. Das ist ihm ein Begriff: Buenos Aires. Das ist Gerste, Weizen, Leinsaat und Mais. Mais. La Plata Mais. Gesunde, trockene Durchschnittsqualität der diesjährigen Ernte. Leichter Käfer- und Madenstich darf nicht präjudizieren. Buenos Aires ist ein freundnachbarlicher Begriff für einen, der aus dem Hamburger Trade kommt. Buenos Aires, das liegt gleich nebenan. Nur eben über das Wasser. Das liegt viel näher als etwa Breslau. Von Hamburg nach Breslau? In Berlin umsteigen. Da hinten wo. Aber Buenos Aires? Da geht man in Hamburg, St. Pauli Landungsbrücke an Bord. Und drüben steigt man wieder aus und da ist auch schon die Calle de Correos. Und man spricht Spanisch. Was besser und verständlicher ist, als etwa Schlesisch. An Sächsisch gar nicht zu denken. Oder gar Württembergisch. Der junge Schiller – das zu denken – sprach Würschtelbergerisch.

Aber Buenos Aires, was ist da also aus Buenos Aires? »Zum Tode des Blockleiters der NSDAP Josef Riedle wird mitgeteilt: Riedle war mit einer Geldsammlung beauftragt, die offiziell für die deutsche Winterhilfe, in Wirklichkeit jedoch für die nationalsozialistische Propaganda in Argentinien bestimmt war. Eine Gruppe nationalsozialistischer Deutscher Arbeiter – (in Buenos Aires, bitte, der Hauptstadt Argentiniens) – hatte sich mit Riedle verabredet, der ihnen über die Verwendung der von ihm einkassierten Beträge Rechenschaft geben sollte. Dabei kam es zu einer erregten Auseinandersetzung, in deren Verlauf Riedle einen Revolver zog. Die anderen versuchten ihm die Waffe zu entreißen, die dabei losging und Riedle in den Unterleib traf.«

So, trauriger Mann in mäßigem Milieu. Nun weißt du, was eine ganz gewöhnliche Zeitung an einem ganz gewöhnlichen Tage dir aus Buenos Aires zu berichten hat. Die Pest ist ausgebrochen? Wer wird denn so übertreiben. Etwas Terror. Etwas Schwindel. Etwas Korruption. Geklautes oder verschobenes

Geld? Die Ehre, Herr Pg. Die nationale Ehre des Deutschtums im Ausland, meine Herren Pgs. Noch nicht begriffen? Bin ich hier Blockleiter oder nicht? Wie? Schnauze, oder ich hau dem Kerl in die Fresse, verflucht und zugenäht. Was – Rebellion? Peng! Geht ein Revolver los. Wer hat da geschossen? Einerlei. Der Tote ist jedenfalls ein Held! Das wird das Propagandaministerium schon frisieren. Wäre ja gelacht. Jeder arische Deutsche im Ausland ist ein Held, wenn er erst tot ist. Verstanden!

Leonhard Glanz meint, dass das doch die Pest sei.

*

O Röslein rot ... Hier müsste eigentlich ein lyrisches Gedicht sein. Von der Not und der Treue. Und der Trauer der Menschheit. Aber wie fände unser einfacher, durchschnittlicher, wenn auch gewiss nicht amusische Mann zu einem Gedicht? Er reagiert sehr viel einfacher auf alle die arge Pein. Er schlägt mit der flachen Hand auf den Tisch. Nicht eben heftig, da er ja ein Mensch von Disziplin ist, der weiß, wie er sich in einem zuvorkommenden Kaffeehaus zu benehmen hat, aber doch so, dass er mit dieser Handgreiflichkeiten seine eigene, etwas durcheinandergeratene Persönlichkeit wieder zurechtgerückt zu haben vermeint. Wieder schaut er ein wenig vor sich hin, durch die Luft, aber jetzt nicht in die unsichtbare Endlosigkeit, sondern mit Bewusstheit bis zur nächsten Wand, an der er eine radierte Landschaft hängen sieht, vielleicht ist es auch nur ein Druck, nach einer Radierung. Jedenfalls in einem Barock-Rahmen. Die Wand entlangstreifend findet er noch mehr solcher Bilder, immer in barock geschweiften Rahmen, wie überhaupt die Wand mit mancherlei bronziertem Stuck, barocker Formen, beklebt ist. Leonhard Glanz stellt mit gewisser Genugtuung fest, dass das Barock sei, ohne sich des Gegensatzes dieser Imitation zu den kantigen Stühlen, den seelenlos kalten Marmortischen bewusst zu werden und zu den schmalen Sofas an der Wand, bei denen man sich wundern muss, dass sie so aus aller Form gegangen, wo sie doch nie eine richtige Form gehabt hatten und auf deren einem er nun nicht allzu bequem, aber doch hinlänglich behaglich, die Zeit versaß, die schon nach Stunden zählen mochte. Er erteilte sich insgeheim für sein Wissen um das Barock eine gute Zensur. Bedenkt, dass er in dieser Stadt der Gegensätze, in der so viel Altes mit so vielem Neuen übergangslos aufeinanderprallt, mancherlei Kirchen, Palais, bürgerliche Häuser, Giebel, Tore, Fenster und Gitterwerk des Barock gesehen, und er empfindet das als etwas Sanftes, Weiches, Beruhigendes. Im Gegensatz zu der starren Kantigkeit der nordischen Ziegelbauten, aus gebrannten Klinkersteinen, die des Feuers Spur an und in sich haben. War er nicht einmal stolz gewesen, als die riesigen Klinkerklötze entstanden, die Blocks mit fünfhundert oder tausend Kontoren. Größe und Würde der Kaufmannschaft. Der freien Kaufmannschaft. Und man fühlt sich als einen Teil, einen kleinen Teil und man war stolz in aller Bescheidenheit. Und auf einmal war das alles nicht mehr wahr? Kein Teil des großen Ganzen, sondern ein Artfremder und ein Dreck. Da war auch keine Freiheit der Kaufmannschaft, sondern eine Knechtseligkeit, angetreten in Viererreihen und Abteilung marsch, mit dem linken Bein zuerst. Keine Würde, wenn das herauskroch, vor belitzten Hemdenträgern mit Blechbehang. Die sie verachtet hatten und die sie unverändert, tiefinnerst verachteten und krochen doch und scharwenzelten und lachten über zotige, schlotige, kotige, knotige Kasernenwitze arrivierter Rohlinge. Keine Größe, gar keine, denn Arschkriecher müssen sich klein und schmal machen. Der Kasernenmief war in die stolzen Kontorhäuser eingezogen, ein unsichtbarer Stacheldraht war da um jegliches, rundum. Wie fern schon, nach so wenig Tagen, und kein Gefühl des Heimwehs. Gar keines.

Entronnen. Zerronnen. Ausgeronnen. Geronnen. Gerinnen. Rinnen. Rinnstein.

Gossenstein. Gossenspüle. Spüllicht. Hinab, in die Kloake.

Nein. So nicht. So doch nicht. Nein, nein und nein. Er war doch einmal und es war kein Märchen gewesen. Wer weiß, was noch einmal wieder werden kann. Wo man dabei sein möchte. Wo man dabei sein müsste. Wofür man eigentlich etwas tun sollte und wenn man auch nur ein einfacher, höchst durchschnittlicher irgendwie ist. Aber wie das? Man müsste mit einem dieser einsilbigen Leute davon reden, an die nicht heranzukommen ist. Die würden einem vielleicht sagen können. Bestimmt sogar. Aber man kann ja nicht an sie herankommen. Oder doch? Aber wie?

Einerlei. Es kann ja nicht alles auf einmal sein. Rom ist auch nicht an einem Tag erbaut worden. Rom. Wieso Rom? Rom ist auch keine gute Vokabel mehr. Man ist doch ein Kulturmensch. Man weiß doch, was Rom bedeutet. Kolosseum, Forum Romanum und Trajanssäule. Michelangelo und die Sixtina, zu der die Madonna übrigens in Dresden ist, ich hab sie gesehen, im Saal A, und Augustus, Horaz und Rienzi von Richard Wagner, es fängt mit 'ner Trompete an. Ja, alles das ist Rom. Das weiß man doch. Aber wie gesagt, es ist mir keine sympathische Vokabel.

Bleiben wir beim Barock. Es ist ja auch nicht heimatlich. Die ganze Stadt ist mir nicht heimatlich. Das kann sie ja nicht sein und wird es nie werden. Da ist die Sprache, nun, die könnte man erlernen, obwohl es sehr schwer sein soll. Aber das ist es nicht. Es ist wohl wegen des Barock. Man war an strenge Exactheit gewöhnt. Und da ist dieser weiche Schwung. Man möchte sagen, es sei nett. Manchmal ist es das ja. Manchmal hat es seine Großartigkeit bei aller Beschwingtheit. Besonders in den Kirchen. Ich gehe gern in Kirchen. Ich sehe so gerne das Licht, das durch bunte Scheiben fällt. Und alles andere. Die Bilder sind zu nett. Bei uns sind die Bilder in den Kirchen so hart. So finster. Die Heiligen sind so böse. Oder sie werden gerade so furchtbar umgebracht. Mit schrecklich rotem Blut. Die Barockheiligen sind viel netter. Sie sind auch viel heiterer. Ich habe da so ein Bild gesehen, auf dem ein Heiliger einen Teufel mit einem Spieß totsticht. Aber es scheint, er tut nur so. Er macht das freundlich. Das kann dem Teufel gar nicht weh tun.

Aber umbringen ist doch eigentlich umbringen. Wie hat sich so ein Maler das gedacht? Stimmt das nun oder stimmt das nicht? Wie ist das also mit dem Barock? Man meint immer, man verstünde etwas, aber im Grunde versteht man garnichts.

Ist das nun des einfältigen Mannes, Leonhard Glanz, ganze Dichtung? Es fällt ihm nichts Besseres ein. Er hat nur versucht, den beiden Zeitungsseiten davonzulaufen, die eine so bitterböse und traurige Angelegenheit sind, obwohl die Redaktion, wie jede Redaktion einer freundlichen, opportunistischen Zeitung für den Familiengebrauch, sicherlich bestrebt war, das alles so zu bringen, als ob es in Wirklichkeit gar nicht so ernsthaft sei.

Und da wäre denn auch das lyrische Gedicht, denn wozu läse unser Mann die Zeitung, wenn sich nicht einmal ein lyrisches Gedicht darin fände. Es findet sich aber und darin – in dem Gedicht – fragt ein Dichter, warum denn der Himmel so blau sei, so blau und die weiten Wiesen so grün, wenn doch sein – des Dichters – Herz so traurig wäre und die Kühe weiden am Abend. Nun, das ist so, weil dieses Gedicht den zweiten Preis der opportunistischen Zeitung für den Familiengebrauch erhalten hat, nach dem Preisausschreiben für die besten Gedichte des Tages oder war es des Jahres oder des Jahrhunderts. Den zweiten Preis also, nämlich ein Buch, in Halbleder gebunden, mit Inhalt. Während doch der Dichter mit dem ersten Preis gerechnet hatte, erstens wegen der Ehre und zweitens wegen des nickelplattierten Reisenecessaires mit imitiert krokodilledernem Koffer.

Wobei es dem mäßigen Mann im mäßigen Milieu gelungen ist, zu einer weiteren Zeitungsseite vorzudringen, wo es nicht mehr so weltumspannend kannibalisch zugeht. Das lyrische Gedicht hat schon dazu geholfen, dass unser Mann von der Bitternis seines Herzens ein wenig ablegte, zu Gunsten einer milden Traurigkeit, wie sie die Kühe empfinden, die am Abend weiden.

*

Die Zeitung aber, auf ihrer nächsten Seite, rutscht ab ins Wesenlose. Sie hat genug von der großen Barbarei der Politik und des legalen Umbringens auf kurzer oder langer Welle. Sie begibt sich in geruhigtere Gebiete. Mit über und unter dem Strich.

Über dem Strich ist von Dingen zu lesen, die noch irgendeine wirkliche oder ihnen künstlich aufgepfropfte Aktualität
haben. Und da sie Zusammenhänge mit den lebendigen Geschehnissen der Umwelt und aller Verbindungen haben, da sie
Beziehungen haben – gute oder schlechte Beziehungen, darauf
kommt es an, und eine Zeitung mit guten, das heißt sowohl
einflussreichen, als auch schließlich und hauptsächlich geld-
potenten Beziehungen wird immer eine gerngelesene Zeitung
sein, eben eine opportunistische Zeitung für den Familiengebrauch – da müssen Sie auf diese Beziehungen Rücksicht
nehmen. Das heißt, über dem Strich hat die Zeitung die in-
famste aller Tendenzen, nämlich vorgeblich gar keine. Immer
da, wo Geschriebenes angeblich keine Tendenz hat, da ist es
vom Teufel diktiert. Da steckt etwas dahinter, dass dir nicht
wohl will. Allemal ist da ein Betrug dahinter, auf den du hin-
einfallen sollst. Und du fällst darauf hinein, denn davon leben
nebenbei die Zeitungen. Davon werden die Reichen reich und
reicher, die Mächtigen immer mächtiger und die Anderen, die
Millionenmassen, die nicht zählen, bleiben so, wie sie sind.
Über dem Strich hat die Zeitung kein Gesicht, außer dem einer
Schaufensterpuppe. Die ganze Blödheit des jeweilig mondä-
nen Typs glotzt dich an. Das Sinnen der Über-dem-Strich-
Redakteure ist darauf gerichtet, keine Gesinnung zu haben.
Das ist einfacher, als es aussieht. Ein politischer Redakteur
zum Beispiel braucht nur den Anweisungen zu folgen, die er
von ganz Oben erhält. Aus den italienischen Regierungs-
anweisungen für die italienische Presse:
16. Januar 1937. Keine Nachrichten über die Bombardements
bewohnter Städte durch die Nationalen in Spanien geben und
besonders dementierten, dass es deutsche oder italienische Flieger waren.
20. Februar 1937. Keine Notiz über den Zwischenfall, der heute
Morgen vor dem Kriegsgericht in Rom durch einen Milizsolda-
ten verursacht wurde, der sich vor dem Gericht zu verantworten hatte. Gegen die Tschechoslowakei ist ein heftiger Kampf
zu beginnen und fortzuführen. – Vollkommenes Stillschweigen

ist über die Termine von Freiwilligentransporten nach Spanien zu bewahren.

5. März 1937. Die Angaben der französischen Presse über den Metallbestand der Banca d'Italia nicht wiedergeben. Alle Nachrichten über Verwundetentransporte aus Spanien, die auf einem unserer Lazarettschiffe in Japan gelandet sind, unterdrücken. – Eine Zeitlang die Nachrichten darüber aussetzen, dass Kinder vom Hause weglaufen, um den Duce zu sehen.

18. April 1937. Keine Artikel mehr über das Familienleben des Prinzen vom Piemont veröffentlichen. – Über die Polemik zwischen dem Vatikan und Deutschland hinweggleiten und neutral bleiben. Auf jeden Fall eher für Deutschland Partei ergreifen, aber niemals Nachrichten übernehmen über und Unsittlichkeitsprozesse gegen Priester, von denen die deutsche Presse voll ist.

10. Mai 1937. Jeden bedauerlichen Zwischenfall bei der englischen Krönung groß aufmachen. Die Londoner politischen Unterhaltungen bagatellisieren.

So leben wir alle Tage. Nicht nur in Italien. So bequem wird uns die Gesinnung serviert. Friss Vogel, oder stirb auf den Liparischen Inseln.

Unter dem Strich, da lässt man Künstlerisches los, auf Kultur bezügliches und sogenanntes Unterhaltendes. Da darf etwas wie Gesinnung sein, sogar Tendenz, wenn sie deutlich spürbar, aber harmlos ist. Wer beschäftigt sich schon mit Kultur und schöngeistigen Dingen? Das lesen doch nur die Leute, die keine Beziehungen sind. Höchstens sind sie Abonnenten und sie haben das Als-Ob so gern.

Über dem Strich, unter dem Strich. Möchten Sie unter solchen Umständen Redakteur einer Tageszeitung werden? Das hieße: Auf den Strich gehen. Am Ende ist das ein Geschäft, wie alle anderen auch. Jedes sachverständige Mädchen wird Ihnen das bestätigen.

Kaum ist man der Barbarei des Schädeleinschlagens auf Zeitungspapier entronnen, da findet sich – kaum dem Blutvergießen und der Vorbereitung zur nächsten, allgemeinen Bartholo-

mäusnacht entronnen – auf der neuen Seite über dem Strich –
riecht es nicht noch nach Pulver und nach Kasernenmief – also
da muss man schon sagen, mein Herr, wie lange gebrauchen Sie
denn zu dem bisschen Umstellung, ist der Krieg etwa Ihr Krieg,
ist der Kopf, der da eingeschlagen oder abgehauen wird, etwa
Ihr Kopf, ist unter den Ehrenworten, die da gegeben werden, zu
dem Zweck, sie zu brechen, wenn man nichts Handgreiflicheres
zum Zerbrechen, Zerschlagen, Zerstören, Zerbomben und Granaten hat, etwa Ihr Ehrenwort, von dem Sie, altehrwürdiger
Gesell, Verwandter der Neanderthaler, Theresienthaler, Fried-
richsthaler (das »h« kann man auch weglassen, aber hier musste
es aus Gründen der Zeitbestimmung bleiben stahn, stehn, sten),
glauben, dass es eines sei, ist das Ihr Ehrenwort, sind die Pakte,
die mit so viel Kritzeleien darauf ja nur noch einen minimalen
Papierwert haben, etwa Ihre Pakte? Sie kaufen sich doch Ihr
Papier im Laden, fix und fertig auf Rollen gedreht und per-
foriert. Warum also wird Ihnen die Umstellung schwer? Weil
Sie neuerdings – Verantwortungsgefühl zu haben glauben? Da
muss ich schon sagen, mein Herr, das ist eine große Überheblichkeit. Das ist Anmaßung. Eine Anmaßung, mein Herr, und
keine vom Schneider, für die Normalfigur, sondern Ihre ganz
persönliche Anmaßung. Was denken Sie denn? Was fällt Ihnen
ein? Gehen Sie zum Schneider und werden Sie eine Normalfigur.

Man findet also unter der Rubrik »Vom Tage« – auch so eine
Bezeichnung aus der Zeit münzgeprägter Neanderthaler – etwa
einen wohlformulierten Aufsatz: »Farbenhören« und symbolische Bühnenbildgestaltung. – Jawohl. Abteilung über dem
Strich, oder den Dummen gibt's der Herr im Schlafe.

Der durchschnittliche Mann Leonhard Glanz, mit der Zeitung zusammen sitzend, um sich mit ihr auseinanderzusetzen,
denkt: Den Aufsatz kann ich überschlagen. – Er denkt: Farben
sehen, Töne hören. Nein. Ich bin kein Typ dieses zwanzigsten
Jahrhunderts, dass ich da mitreden könnte. Farben hören? Wie
hören Sie eigentlich Rembrandt? Ich höre ihn, wie eine große
Pauke. Aber ich bitte Sie, mein Herr, wie kann man Rem-

brandt auf Pauke hören? Großes Orchester, mein Herr, großes Orchester.

Filmdrehbuch, Aufnahme 289. Eintritt der junge Rembrandt. Er trägt Wams und Pluderhosen à la Rembrandt und einen schwarzen, breiten Rembrandthut mit wallender Feder. In der Hand hält er eine große Flasche mit Fusel. Er geht auf die beiden diskutierenden Imaginären zu und schlägt beide mit der Fuselflasche tot. Dann trinkt er die Flasche leer.

Aufnahme 290. Auf einmal ist es der alte Rembrandt, mit dem verwitterten Gesicht, um den Kopf hat er eine weiße Binde. (Anmerkung für den Regisseur: siehe London, National Gallery.) Er geht langsam, rückwärts aus dem Raum.

Aufnahme 291. Großaufnahme. Rembrandts Kopf. Immer größer werdend. Ganz groß. Man sieht nur noch die weiße Binde um die Stirn. Immer größer werdend ist die Binde schließlich ein Zeitungsblatt, daraufhin in Fettdruck »Vom Tage.« Noch fetter gedruckt – die sieben fetten Kühe – »Farbenhören« und symbolische ...

Die beiden diskutierenden Imaginären, unverändert am Leben, reden ruhig weiter.

Pauke hin, großes Orchester her. Ich weiß garnicht, was die Leute mit dem Rembrandt eigentlich haben. Na ja, die Nachtwache. Kolossal sage ich Ihnen. Wie konnte er da bloß oben ankommen? Wahrscheinlich hat er eine Trittleiter gehabt.

Aufnahme 292. Rembrandt wankt herein, als König Lear verkleidet. Auf den Armen trägt er die tote Saskia als Cordelia vor sich her: »Heult! Heult! Heult! ... !«

Die beiden diskutierenden Imaginären reden ruhig weiter. Da habe ich einmal eine Anekdote von Lovis Corinth gehört. Ich habe ihn noch gesehen, Lovis Corinth, als er noch lebte. Damals in Berlin, im Romanischen Café. Mit Slevogt zusammen. Denken Sie, Corinth und Slevogt an einem Tisch. Zeiten waren das, das waren Zeiten.

Als Lovis Corinth ahnte, dass es aufs Sterben ging, sagte er eines Tages, er müsse nach Holland fahren, nach Amsterdam. Er müsse in das Rijksmuseum. Er müsse das Bild »Die Judenbraut« von Rembrandt noch einmal sehen. Und wenn das Bild so sei, wie er es in der Erinnerung habe, dann freilich wäre alles, was er, Lovis Corinth, jemals gemalt habe, wäre große Scheiße.

Er war der große Maler und Rotweintrinker Lovis Corinth, der das sagte, und dann fuhr er nach Amsterdam und auf dieser Reise starb er.

Diese Anekdote, die gar keine ist, sondern das große Drama eines großen Künstlers, soll man zweimal lesen, oder dreimal, bis man sie verstanden hat.

… Und auf dieser Reise starb er.

Wenn alle Künstler wenigstens diese Geschichte verstanden hätten, würde es keine schlechten Bilder mehr geben und keine schlechten Gedichte, keine schlechten Kompositionen. Und kein Gelahrter, Gelehrter, Gelerter käme je wieder auch nur auf den Gedanken, einen Aufsatz über dem Strich zu schreiben, in dem er erzählt, C-Dur sei weiß, G-Dur gelb, D-Dur rötlich gelb, A-Dur gelblichrot, E-Dur rot und so weiter, was Leonhard Glanz, obwohl er den Aufsatz garnicht liest, sondern nur darüber hinweg gleitet, doch noch mitbekommen hat.

C-Dur und -Moll, d, e, f, g, a, h. Leonhard Glanz hatte eine Schwester. Die spielte Klavier, damals zu Hause. Wie lange ist das schon her. Später – Abstand, mein Lieber, Abstand – hatte er eine Freundin, die auch Klavier spielte, ein Luder – hatte er sich ihrer nicht heute schon irgendwie erinnert? – ein Betthase, ein Bettschweinchen, honi soit, qui mal y pense, und dann auf einmal ein deutsches Mädchen, mit dem unnahbaren Arischgesicht und dem gehobenen, rechten Arm, im Winkel von 45 Grad und der Unappetitlichkeit der verschwitzten Achsel, während doch, Leonhard Glanz kann nicht umhin, daran zu denken, mancher Winkel von 45 Grad oder mehr, sehr appetitlich gewesen war – also Abstand halten, großen Abstand. Er hatte eine Schwester, die spielte Klavier und das ist sehr lange her. Wollte oder wollte sie nicht damals Klavierlehrerin werden? Das war so die Zeit, wo junge, bürgerliche Mädchen nicht mehr nur in mütterlicher Schulung nur das Hauswesen zu versehen erlernten, um dann auf einen Mann zu warten, der sie aus den betreuenden elterlichen Händen in die versorgenden Hände des Ehegatten übernahm. Junge, bürgerliche Mädchen fingen an, einen Beruf zu ergreifen, und man hielt das für modern, anstatt offen zu sagen, dass die kleinen Verhältnisse des herunter kommenden Bürgertums das einfach notwendig machten. Eine Sache des Verdienens war das zumeist, und gar nicht der Berufung. Allein verlogen, wie jenes Als-Ob Bürgertum war, in seinem Abrutschen in proletarische Lebensumstände, mussten diese Berufe noch eine besondere Note haben, möglichst eine künstlerische. Man bastelte Spankörbchen und malte ein paar traurige Bauernrosen darauf, man verschmierte brauchbare leinene oder baumwollene Stoffe zu einer öden Farbkleckserei und nannte das Batik, zwecks Bucheinbänden oder Tischdecken. Man machte Charakterpuppen, die nur den Mangel an Charakter der Herstellerin nachwiesen. Läppereien aus Kattun und Seidenresten nannte man Kunstgewerbe und alles, was nicht gekonnt war, musste als Folklore etwas vortäuschen. Namen sehr vollbärtiger Professoren mussten herhalten, um all dem unbrauchbaren Plunder einen akademischen Namen zu geben, hinter dem die beginnende Brotlosigkeit eines Bürgertums, das sich noch für ein besseres hielt und seine Töchter in die »Höhere Töchterschule« schickte, Verstecken spielte. Während die Töchter eines einfacheren Bürgertums anfingen, Stenographie und Schreibmaschine zu erlernen, Buchhaltung und Korrespondenz, – »In Beantwortung Ihres werten Gestrigen gestatten wir uns, Ihnen mit gleicher Post bemusterte Anstellung, Ihrem werten Wunsche entsprechend, zu machen«… um in einen zwölfstündigen Arbeitstag mit zwei Stunden Mittagspause allmonatlich ein Taschengeld zu verdienen.

»Fräulein, Sie sind heute schon wieder erst fünf Minuten nach drei Uhr im Büro gewesen, wo Ihre Tischzeit von eins bis drei ist.«

»Aber ich bin doch erst zwanzig Minuten nach eins fortgegangen, weil ich den Brief für New York erst zu Ende schreiben musste.«

»So viel Interesse für die Firma werden Sie wohl noch aufbringen. Es handelt sich nicht darum, wann Sie weggehen, sondern darum, dass Sie präzise wiederkommen. Bitte, wollen Sie das für die Zukunft vormerken.«

Für ein Taschengeld, wenn man keine sonderlichen Bedürfnisse hat.

Schon drei Tage lang geht Fräulein Thalheimer, der Einfachheit halber im Büro »Tal« gerufen, mit der Absicht um, zum Chef in das Privatkontor hineinzugehen und um eine Gehaltszulage zu bitten. Ein dutzendmal war sie innerhalb dieser sechsunddreißig Bürostunden schon bis vor das Zimmer gekommen, bis hart an die Tür. Zweimal hatte sie schon die Hand auf die Klinke der Tür gelegt und war immer wieder umgekehrt, an ihren Platz auf einen hohen, lederüberzogenen, viereckigen Kontorbock, an einem schrägen Schreibpult, an die Schreibmaschine, die sie jede Stunde wieder in die Pultmitte rücken musste, weil sie beim Tippen ganz allmählich herunterrutschte – bei Durchsicht unserer Bücher finden wir Ihr wertes Konto noch mit dem Betrage von … – und hatte ihre ängstliche Befangenheit in die Maschinentasten gehämmert – und bitten um freundliche Rimesse bis zum Ultimo dieses Monats.

Jetzt endlich drückte sie den Türgriff herunter und nun gab es wohl kein Zurück mehr. Drinnen saß der Chef hinter dem großen Schreibtisch, sehr fern eine Weite von Briefkörben und Aktendeckeln war da, das Tischtelefon und die Klingelknöpfe, mit denen das Personal hineingerufen wurde.

»Was wollen Sie, Tal?« Er lehnte sich in seinen amerikanischen Drehsessel zurück.

Die Tal schluckte an ihrem Herzklopfen und zögerte dann hinaus »Ich möchte um eine Gehaltszulage bitten«, und zeichne hochachtungsvoll und ergebenst, führte sie in Gedanken den Satz zu Ende.

»Haben Sie nicht erst kürzlich Zulage bekommen?«, fragte der Chef, eigentlich sehr höflich.

»Zuletzt vor einem Jahr.«

»Na, sehen Sie. Wieviel verdienen Sie denn jetzt?« Er setzt

sich einen goldenen Zwicker auf, der an einer breiten, schwarzen Schnur war.

»Fünfzig Mark monatlich, bitte.«

»Na, sehen Sie, da verdienen Sie ja eine ganze Menge, sechshundert im Jahr. Nicht wahr, Fräulein Thalheimer. Sie wohnen doch bei Ihren Eltern, nicht wahr? Na also, Ihr Vater ist doch ein wohlsituierter Mann, eine gut gehende Klempnerei, wie, Mechaniker-Werkstatt, na sehen Sie, da müssen Sie doch glänzend auskommen können. Wie hatten Sie sich das denn gedacht?«

Die Tal hatte gedacht auf monatlich fünfundsiebzig Mark zu kommen, sie hatte sich schon einen genauen Verwendungsplan gemacht, nun hatte sie doch »danke sehr« gesagt, als der Chef ihr schließlich siebzig Mark zubilligte.

Nun, siebzig Mark im Monat, das war schon etwas, da muss eine Kunstgewerblerin schon eine Menge Indianer aus gefärbtem Palmstroh zusammenwickeln und im weitesten Bekanntenkreis verkaufen, um siebzig Mark im Monat zu verdienen. Und achtundfünfzig und eine Drittel Klavierstunde muss eine Klavierlehrerin geben, für eine Mark und zwanzig Pfennig die Stunde, wenn sie so viele Schüler und Schülerinnen hat. Das hat sie aber nicht, denn so weit reicht doch der Bekanntenkreis wieder nicht.

Leonhard Glanz' Schwester sollte natürlich nicht Klavierlehrerin werden. Die Tochter des Inhabers der Firma Glanz & Co. K. G. konnte doch nicht herumlaufen und Stunden geben. Der Fensterputzer ist da. Der Fußbodenbohnerer ist da. Die Weißnäherin ist da. Der Elektriker ist da. Die Klavierlehrerin ist da. Also ich bitte Sie.

»In heutiger Zeit«, meinte Vater Glanz, »muss jeder Mensch sich selbst ernähren können.« Können. Er braucht es nicht zu tun, wenn man zum Beispiel zu dem Hause Glanz, Getreide und Futtermittel en gros, gehört. Das Können wird auch nicht unter Beweis gestellt, aber es lässt sich gut an, wenn man in dieser Zeit sozialer Ideen sagen kann: Meine Tochter? Die braucht überhaupt nicht zu heiraten. Die kann sich selbst ernähren.

C-Dur und g-Moll, a, h, c. Da war etwas los gewesen in jenen schönen alten Tagen, zu Hause. Die gute Stube, die schon lange Blauer Salon hieß, wurde eines Tages zum Musiksalon umgewandelt. Der große, eichene Tisch, an dem man sich immer wo die Knie stieß, wie immer wenn man sich daran setzte, kam hinaus, mitsamt den großen Methörnern und zinnernen Bechern und Pokalen, die darauf standen, und ein blanker, schwarzer Flügel kam an seine Stelle, nebst einem Notenständer aus blankem Messing, obwohl die Noten auf allen Stühlen oftmals offen herumlagen, vielfach auch auf dem Teppich.

Irmas Musikstunden hatten eine neue Note in das Glanz'sche Kaufmannsmilieu gebracht. Der neue Geist kehrte ein, mit Begriffen wie Mozart, Beethoven, Händel, Bach, Brahms, Bruckner, alles etwas durcheinander, Liszt, Chopin, Richard Wagner. Da tat sich was, mit Richard Wagner. Vater Glanz musste umlernen. Er hatte bis dahin Meyerbeer für das größte Musikgenie aller Zeiten gehalten. Einzugsmarsch aus dem *Propheten* und Ballett aus *Robert dem Teufel*. Und der Fackeltanz, den ziehen sie sogar in Berlin bei Hofe auf allen Prinzenhochzeiten spielten.

Irma ging in alle Wagneropern. Fünfmal in einer Saison in den Tristan. Vater Glanz erlaubte das nicht. Theater schien ihm immer noch kein ganz vollgültiger Aufenthalt. Alle vierzehn Tage im Abonnement. Aber doch nicht alle Tage. »Das dulde ich nicht, dafür gebe ich kein Geld her.« Aber Irma ging doch, für fünfundsiebzig Pfennig auf die Stehgalerie, zusammen mit romantischen Handlungsgehilfen und musizierenden Volksschullehrern. Oben, auf der Galerie saßen sie auf der Treppe zum Garderobenaufbewahrungsraum. Mit dem Rücken zur Bühne und der Partitur oder dem Klavierauszug auf dem Schoß. Sie hatten die Wagnermusik mit Löffeln gegessen. Sie kannten jedes Motiv bei Namen. Sie ließen die großartige Sinnlichkeit der Wagnermusik als erhabene Schauer über sich ergehen und beckmesserten schrecklich um jeden sechzehntel Takt.

Walhallmotiv. Wotanmotiv. Siegmundmotiv. Schwertmotiv. Sieglindemotiv. Walkürenmotiv. Einmaliges Wolfsmotiv. Liebesmotiv. Sehnsuchtsmotiv. Rheinmotiv. Lindwurmmotiv. Die ganzen Meistersinger auswendig und zählten trotzdem dem Kapellmeister jeden Pausentakt nach.

Irma hatte sich mit einem blonden Turnlehrer angefreundet. Der war in der Wandervogelbewegung. Zum geistigen Inhalt war ihm da aber nichts geworden. Man zog durch die Felder, durch die Auen. Der blonde Turnlehrer voran mit der Laute und man sang: Tandaradei. Kam man an einen Teich oder Fluss, so badete man, splitternackt, als Zeichen der Freiheit und des neuen Menschen und hielt alle anderen für vertrottelte Philister, die sich im Einverständnis mit den Polizeivorschriften einer Badehose bedienten. Außerdem war man gegen den Kaiser, für ein größeres Deutschland und für ein deutsches Wesen, an dem die Welt genesen solle, für Goethe und gegen Voltaire. Man hatte ein großes Herz für alle Menschen, die Brüder werden sollen. Mit Beethovens Neunter. Man wollte allen armen Menschen helfen und hatte keine Ahnung vom Sozialismus. Man wollte die Weltbeglückung mit Nacktkultur und Wagnermusik.

Am 21. Juni feierten sie Sonnenwende. Zündeten in der Nacht am Waldrand Feuer an, um darüber weg zu springen. Irma sang: »O ihr, der Eide ewige Hüter«, was garnicht dahin gehörte, was aber ihr und dem Turnlehrer so gut gefiel, und dann kam die Gendarmerie und sie wurden wegen groben Unfugs mit dem Johannisfeuer aufgeschrieben.

Auf diese Weise erfuhr Vater Glanz davon, machte großes Spektakel, drohte beiden Kindern mit Enterbung, Leonhard gleich mit, obwohl dieser wenig Ahnung von der Wagnermusik und gar keine Wandervogelfreiheit hatte. Den Flügel würde er, Vater Glanz, hinausschmeißen und die Polizeistrafe wegen des groben Unfugs Irma von der Mitgift abziehen. Womit die angedrohte Enterbung auf ein vernünftiges Maß reduziert war.

Immerhin hatten alle diese Dinge eine Reihe von Begriffen über Geographie und Ökonomie hinaus in das Glanz'sche Haus gebracht. Es wurde über Musik, Literatur, Malerei gesprochen. Irma brachte zwar nicht den blonden Turnlehrer, aber doch Leute ins Haus, die der alte Glanz närrische Menschen nannte, sich dennoch wohlwollend mit ihnen unterhielt. Es gab Teeabende, an denen über französischen Impressionismus, Renoir und Liebermann gesprochen wurde, wobei Liebermann schlecht wegkam, sodass der alte Glanz sich protestierend einmischte, denn er hatte Liebermann einmal bei sehr »anständigen Leuten«, nämlich bei Hamburger Kaufleuten in der Villenkolonie Blankenese, kennen gelernt. Irma hatte sich Wedekinds *Erdgeist* und *Die Büchse der Pandora* ausgeborgt und brachte es ohne Weiteres fertig, Wedekind und Wandervogel auf einen gemeinsamen Nenner zu bringen, während der alte Glanz, als er zufällig in den Büchern blätterte, loskollerte, solche Schweinereien dulde er in seinem Hause nicht. Über allem aber dominierte die Musiziererei und der Wagnerrummel.

Aus dieser Zeit stammten Leonhard Glanz' kulturelle Grundbegriffe. Später war nicht mehr viel hinzugekommen. Zwei Dutzend Vokabeln etwa besaß er da.

Irma heiratete eines Tages aus Protest gegen die väterliche Großkaufmanns-Überheblichkeit einen Warenhausbesitzer in der Provinz. Sie wurde die erste Dame in einer ostpreußischen Mittelstadt. Das heißt in weitem, in unermesslich weitem Abstand nach der »Herrschaft«, einer Frau von Pritzewitz oder Zitzewitz oder so, die von ihrem Gemahl, einem preußischen Großgrundbesitzer, Junker mit ungeheuer viel Ahr und Halm, getrennt lebte. Sie soll früher, als sie noch auf dem Gut lebte, tolle Sachen mit einem Hilfslehrer der junkerlichen Kinder getrieben haben, der Scheidungsprozess wurde auf einen Wink von »Oben« abgebrochen, als ein junger Hengst und eine Stute eine Rolle zu spielen begannen, die für die Gnädige nebst Hilfslehrer mit Zuchthaus hätte ausgehen müssen. Seitdem ging die »Herrschaft« einander in Paris, Montreux, London, Meran aus dem Weg, näher als bis Berlin kamen sie nicht an das Stammgut heran und also war Irma, Frau des größten Steuerzahlers der Stadt, die erste Dame. Der alte Glanz sprach für den Rest seines Lebens von ihr allerdings nur noch als von »meiner Tochter, die Krämersgattin«. Von seinem Schwiegersohn redete er überhaupt nie, der Mann hatte doch einen Kramladen und war imstande, zwei Meter Band selbst abzumessen und einzupacken.

Irma empfing die Honoratioren der Stadt in ihrem Hause. Sie fand diese Leute schrecklich, worüber sollte man nur mit ihnen reden. Aber das musste gemacht werden, wegen der Kundschaft. Außerdem hatte sie im Winter ständig Gäste, die ihr mehr zusagten, sie hatte sich mit dem »Konzert- und Theaterverein« der Stadt in Verbindung gesetzt und alle prominenten Künstler, die im Winter auf Gastspiel oder Konzert kamen, wohnten bei ihr. Tauber und Hubermann, Julia Culp und Artur Schnabel. Marcell Salzer, Sven Scholander, Lula Mysz-Gmeiner, Paul Wegener und Albert Bassermann. Die Direktion des Konzert- und Theatervereins und der Magistrat der Stadt sprachen ihr den Dank der kunstliebenden Bevölkerung aus. Sie verband mit dieser Gastlichkeit nichts als den Ehrgeiz, so etwas wie einen künstlerischen Salon zu haben. (Ringelnatz war damals noch nicht entdeckt, und sein Wort »Hummel, Hummel – Kunst!«, das nur echte Hamburger verstehen können, war noch nicht geprägt.) Das Ganze war eine rein snobistische Angelegenheit, bei der nicht einmal von den dürftigen Wandervogelidealen etwas übrig geblieben war. Dagegen machte Irma viel in Wohltätigkeit. Sie saß am Vorstandstisch des Humanitären Frauenvereins und ähnlicher Vereine, bescherte arme Leute zu Weihnachten, schickte die Kinder unbemittelter Eltern in Ferienheime und dergleichen mehr, was allgemein bei den Honoratioren anerkannt wurde, und es war dennoch Irmas stiller Kummer, dass man sie nicht in den »Königin Louise Bund« aufnahm, obwohl alle Damen der Stadt, die Mitglieder dieses nationalen Frauenvereins waren, in ihrem Salon verkehrten, ihren Likören und Zuckerbäckereien, die sie aus Wien und Budapest kommen ließ, oftmals so reichlich zusprachen, dass man meinen musste, sie hätten gerade einen Festtag hinter sich.

Irmas Mann, der »Krämer«, machte in dem Salon seiner Frau schlechte Figur, er hielt sich mehr an die Männer, mit denen er in seinem Arbeitszimmer, eingewachsen in riesige Ledersessel, schwere Weine zu trinken pflegte und denen er die neuesten unanständigen Witze erzählte, die er von Berlin mitbrachte und die umso mehr Anklang fanden, je platter und schweinischer sie waren. Man hielt ihn für einen netten Kerl, an dem nur schade war, dass er trotz seiner guten Weine doch ein Jud war und nicht Mitglied des »Stahlhelm« werden konnte. Mehrere Male im Jahr fuhr er nach Berlin, zum Einkauf. Er war eine bekannte und beliebte Figur auf und rundum des Hausvogteiplatzes. Geschätzt von den Konfektionären und auch von den Mannequins, von denen er manchmal zwei oder drei zur gleichen Zeit aushielt, wobei sich einmal auch eine langwierige ärztliche Behandlung ergab. Seine Frau wusste übrigens ganz genau von alledem, aber sie sprach niemals mit ihm darüber, da sie fest entschlossen war, sich bei Gelegenheit zu revanchieren. Allerdings hatte sich die Gelegenheit wohl nicht geboten, denn sonst hätte man es in der Stadt sicherlich gewusst und zum ausgiebigen Gesprächsthema gemacht. Nur wenn sie alljährlich zum Wintersport in die Schweiz fuhr, hatte sie da was und zwar, so munkelte man, mit niemand Geringerem als mit allerhöchst Wilhelm Kronprinz. Woran aber wohl nichts wahr gewesen ist, außer dem Umstand, dass Wilhelm Kronprinz eine gewisse Vorliebe für schöne und elegante jüdische Frauen hatte. So sehr schön war sie aber nun wieder nicht. Dieses Gerede hätte fast dazu geführt, dass man sie doch noch in den »Königin Louisen Bund« aufgenommen hätte.

Die Königin Louise in einem weißen Kleid geht eine Freitreppe herunter. Der lange weiße Schal um ihren Hals flattert malerisch und wohlgeschwungen im Winde. Die Königin Louise mit Kron und Schweif, mein Sohn, das ist ein Nebelstreif.

Leonhard Glanz hatte in jener Zeit seiner Schwester einen Besuch abgestattet. Später nie wieder. Mittags bei Tisch war von einem Diener in Kniehosen und mit weißen Handschuhen serviert worden. Er fand das lächerlich und störend. Das Essen schmeckte ihm nicht. Immer so das Gefühl, dass er das Besteck falsch handhabe. Was war denn nur aus dieser Irma geworden? Er versuchte sie anzusehen, aber wenn sich ihr Blicke begegneten, schämten sie sich und sahen aneinander vorbei. Ein Gesicht? Dein Gesicht? Mein Gesicht? Kein Gesicht. Schließlich fragte er sie, ob sie noch Klavier spiele. Sie sah ihn vollkommen hilflos an und sagte leise: nein.

Der Schwager schnitzelte an seinem Geflügelknochen herum, kam damit nicht zurecht und warf das Ganze von seinem Teller auf die große silberne Platte auf dem Speisetisch zurück. Der Diener, so tuend, als ob er das nicht gesehen habe, schenkte dem dicklichen Herrn Rotwein ins Glas. Leonhard Glanz wusste auf einmal nicht mehr, was er noch sagen oder fragen könne. Das Mahl ging wortlos zu Ende. Dann zelebrierte der Diener Zigarren. Irma nahm eine Zigarette. Jedesmal, wenn der Diener einem der drei Feuer reichte, hörte man ein halblautes: Danke. Sonst wurde nichts mehr gesprochen.

Leonhard Glanz hatte wenigstens noch seine zwei Dutzend Vokabeln aus der Zeit, als die Kultur über sie gekommen war. Irma hatte einen älteren Diener, von dem man nicht wusste, ob er nicht taub und stumm sei, und der keinen Blick hatte, obwohl er sehen konnte. Das war nun alles, was bei dem Getue und dem großen Anlauf herausgekommen war.

Alberichmotiv. Hagenmotiv. Schwartinenweis, die a-ha-abgeschiedene Vielfraßweis, der Ochs-, der Frösch-, der Ro-o-hoo-osenton. Beethovens Fünfte. Das Schicksal pocht an die Tür. Ta – ram – ta -ta-a-a-a-aa. Die Auffassung ist veraltet. Moderne Dirigenten geben das wieder Ta – ram – ta – ta-a.

Für das Getue hatte Leonhard Glanz damals gewiss nicht viel übrig gehabt. Aber es dünkt ihn besser, als das, was da jetzt war. Ein Leichenschauhaus, erster Klasse. Die Toten werden gefüttert. Aber diese Toten sollten auch noch wieder lebendig werden. Wartet nur.

Als Josephine Baker in der Mode war, das ist schon eine geraume Zeit später, eine große Zeit des Krieges und eine nullengeschwollene Zeit der Inflation lag dazwischen, ohne dass sich in diesem erstklassigen Haus der ostpreußischen Provinzstadt äußerlich etwas geändert hätte, nur verbrauchte Irma jetzt mehr Puder und Schminke – für wen? – und ihr Mann hielt sich immer nur ein Verhältnis zur Zeit in Berlin, als also Josephine Baker modern war, lackierte sich Irma die Fingernägel goldfarben und ließ ihr Haar blauschwarz färben. So mausetot war sie.

Ein Hamburger Geschäftsfreund, der sie im Winter so in der Schweiz gesehen, hatte es damals Leonhard Glanz berichtet. Als er merkte, dass der Bruder das mit gleichgültigem Humor zur Kenntnis nahm, fügte er mit wasserkantiger Derbheit hinzu: »Nun fehlt nur noch, dass sie sich eine Pfauenfeder in den Hintern steckt und damit wackelt.« Aber Geduld. Auch diese Toten werden erwachen. Wenn erst das Gewissen der deutschen Nation schläft. Nacht muss es sein, in Deutschland, damit seine Toten aufwachen.

In den ersten Februartagen des Jahres 1933 legte der »Krämer« es Irma nahe, bei ihren täglichen Einkäufen in der Stadt nicht die große Limousine zu benutzen, überhaupt nicht mit dem Auto herum zu fahren. Irma meinte, dass sie mit Politik nichts zu tun habe. Außerdem brauche sie den Wagen, wegen des Konzert- und Theatervereins. Und wenn die Dinge so wären, so wolle sie einmal mit seiner Ehrwürden von St. Michael reden, denn nach dieser verrückten Wahl würde es im Reichstag auf die Katholiken ankommen und seine Ehrwürden brauche nur ein Machtwort zu reden.

Seine Ehrwürden war aber nicht bereit, ein Machtwort zu reden. Seine Ehrwürden war überhaupt, anders als sonst, auf einmal sehr unweltlich, ganz den geistigen Dingen zugewandt. Er sprach sogar vom Beten. Es kam auch nicht auf die katholische Zentrums-Partei im Reichstag an, nachdem das Reichstagsgebäude abgebrannt worden war. Sonderbar war schon, dass die Honoratiorendamen vom Konzert- und Theaterverein allesamt nicht zu Hause waren, wenn Irma vorfuhr. Nach ein paar Tagen erhielt sie nur einen Brief, dass das alte Programm in der vorgesehenen Form nicht durchgeführt werden würde und dass der neue Vorstand – wieso neuer Vorstand, hatte nicht Irma Jahre lang zum Vorstand gehört? – alles regeln werde.

In Irmas Dämmerdumpfheit fuhren Erkenntnisblitze. »Wenn der Mob die Straße reagiert und das Gesindel sich ihm unterwirft, so verstehe ich nur nicht, warum sie einem das nicht ehrlich sagen. Stattdessen verleugnen sie sich in ihren eigenen Wohnungen und schreiben Briefe, die nach Feigheit stinken. Ich fahre morgen nach Montreux.«

Arme Irma. Es ist nichts mit dem Davonlaufen. Die Anderen stinkender Feigheit bezichtigen können und selbst in die Sonne von Montreux flüchten, das geht nicht. Das Schicksal erklärte durch den »Krämer«, dass im Augenblick eine Reise nach Montreux nicht angängig sei. Erstens könne er so rasch die dafür nötigen Devisen nicht bekommen und zweitens sei die gesamte Situation so, dass er seine persönliche Lage zur Zeit nicht übersehen könne. Die Tragweite dieser Erklärung hatte Irma sofort begriffen. Die alten Qualitäten vom Herkunftsstall meldeten sich wieder. Wohlanständigkeit und Disziplin, wenngleich sich das im ersten Augenblick nicht eben unmissverständlich zeigte. Im Gegenteil, die innere Disziplin meldete sich als äußere Disziplinlosigkeit. Irma verließ das Zimmer, ohne ein weiteres Wort zu sprechen, und schlug die Tür hinter sich zu. Nicht sehr laut, aber doch so heftig, dass der auch längst verstorbene Diener durch diesen plötzlichen Paukenschlag geweckt wurde und sein eigenes Schicksal dahin bedachte, dass diese etwas vorlaut zugeschlagene Tür erstes Kennzeichen dafür sei, dass seine, des Dieners sichere Stellung in diesem Hause gar nicht mehr so sicher sei.

Der »Krämer« selbst war der am wenigsten Weitdenkende. Er sagte nur »Auch gut« zu der zugeschlagenen Tür hin und dachte an seine »anderen Sorgen«, die er hatte.

Irma hingegen griff den Ereignissen wenigstens zeitlich weit vor. Sie ging in ihr Zimmer, legte sich auf das Eisbärenfell, das einen breiten Diwan zierte, und sagte das eine Wort »Pleite.« Dann fing sie an, in einem englischen Roman zu lesen.

Am 30. April brach der zur Eiterbeule aufgegiftete Wanzenstich am deutschen Volkskörper auf, der Antisemitismus, als Belustigung breiter Massen. Schlagartig zeigte das erwachte Dritte Reich seine Kraft. Immer hundert gegen einen, welch ein Heldentum. An jenem Sonnabend veranstaltet der Mann im ganzen Reich Boykott gegen alle jüdischen Geschäfte. Die Inszenierung des frischfröhlichen Spiels war den örtlichen Behörden überlassen. Die Dreckfantasie feierte Orgien. Ein Polizeiknüppel mit Tressen am Stiel hatte allen jüdischen Geschäften anbefohlen, ein schwarzes Schild mit gelbem Fleck in die Auslage zu tun. Ein anderer Polizeiknüppel mit goldenen Knöpfen am Stiel übertrug der SA das Amt, alle jüdischen Geschäfte als solche zu kennzeichnen. Wie Säue im Kot, so wälzte sich die ebenso vaterländische wie revolutionäre Elite-Truppe im Geiste ihres Heros Horst Wessel, der in seinem Privatberuf jenes Lexicon beherrscht hatte, dass jetzt hier Anwendung fand. Herr Julius Streicher – der neue Siegfried: unten eine dampfende Reithose, an der ein Knopf offensteht, in der Mitte der Balmung in der Gestalt einer Reitpeitsche ohne Pferd, oben eine polierte Kokosnuss –, der Stürmer und Streicher mag sich schämen, an jenem 30. April hat ihn jeder SA-Pimpf, jedes zopfzüchtende Hitlermädel an pornographischer Gestaltungskraft und an Latrinengemeinheit weit übertroffen.

Der gleiche Polizeichef, der noch vor wenigen Wochen an Irmas Tafel sich bis zum Natron durchgefressen hatte, stellte vor jeden jüdischen Laden seiner Stadt einen SA-Posten, vor das große Warenhaus gleich ein ganzes Dutzend und jedem, der Anstalt machte, hineinzugehen, wurde vernehmlich erklärt, dass hier ein jüdisches Geschäft sei, in dem nur Volksverräter kauften. Der »Krämer« brachte immerhin die Courage auf, nach dem Führer der Truppe vor seinem Hause zu fragen. Es stellte sich ein käsiger Lausejunge von etwa 17 Jahren als »alter Kämpfer« vor. Der »Krämer« sagte ihm, dass er ehrenamtlich englischer Konsul sei, dass vielleicht Leute zu ihm, als zum englischen Konsul kämen, vielleicht sogar Engländer, dass hier internationale Unannehmlichkeiten entstehen könnten, wenn man die Posten nicht zurückziehe. Der »alte Kämpfer« erklärte sehr laut: »Ganz England kann mich im Arsch lecken«, ging dann aber doch zum nächsten Telefonautomaten, in dem er eine gute Viertelstunde verblieb, dann gab er rotangelaufenen Gesichts seiner Truppe den Befehl zu unauffälligem Rückzug.

Dennoch wagte sich kein Käufer in das Warenhaus. Mittags gegen zwölf Uhr war noch nicht ein Kunde da gewesen. Die alte Direktrice fing vor Wut an zu weinen, weil sie sonst immer am Sonnabend »Extra Prämien« verdiente, mit dem Verkauf unmodern gewordener Ladenhüter. Auf einmal kam ein Mann herein. In blauem Arbeitshemd, ohne Kragen. Etwas abgerissen, aber bemüht, Dekorum zu wahren. Er kaufte gleich am ersten Stand eine billige Rasierklinge. Man solle sie ihm aber als großes Paket einpacken. Ein paar alte Zeitungen dazu oder sonst was. Ganz egal, nur ein größeres Paket solle es sein. Und er ließe den Chef bestens grüßen. Der Chef war hinzugekommen und wollte gerne wissen, warum die Rasierklinge so umfangreich hätte verpackt werden müssen.

»Ich gehe nämlich in alle jüdischen Geschäfte. In jedem kaufe ich was. Ich bin ja man ein Arbeitsloser und mit den Klamotten ist es knapp. Ich kann ja immer nur so 'n billigen Kram kaufen. Aber das ist ja egal. Im Papiergeschäft bei Levy habe ich einen Bleistift gekauft. In der Wäschehandlung von Rosenbaum einen Kragenknopf. Vom Schlächter Mandel habe ich ein Paar Frankfurter, echt koscher. Hier in der Rolle sind ein paar Teppichnägel von Möbelhaus Körner. Und hier in dem Schuhkarton sind nur ein paar Schuhbänder von Frank und Fränkel. Das kann man ja alles mal gut gebrauchen. Die sollen das sehn, die Affen da draußen. Mit mir können Sie so'n Kram nicht machen, mit mir nicht. Ich bin ja man ein einfachen Arbeiter und ohne Arbeit noch dazu. Mir hat im Leben nie einer geholfen, kein Christ und kein Jud auch nicht. Ist auch nicht nötig. ›Uns von dem Übel zu erlösen, können wir nur selber tun!‹ Kennen Sie das? Ne? Schade. Die Internationale. Man kann es auch singen. Schade, dass Sie das nich kennen, vielleicht lernen Sie es noch mal. Na denn, guten Morgen auch.«

Ein sonderbarer Mensch. Wenn einer hinginge und ihn anzeige. Der Mann war ja ein Bolschewik. Merkwürdig. Bolschewiken hat sich der Krämer immer anders gedacht. Wie denn? Wahrscheinlich mehr wie Räuber. Er wusste selbst nicht. Wer sollte ihn denn anzeigen? Er, der Krämer? Sonderbar. Er doch am allerwenigsten. Der Mann hatte ja für ihn Partei ergriffen. Sehr offen sogar. Demonstrativ. An diesem Tage, wo der Irrsinn in Schwaden über Deutschland lag, ging dieser Mann von einem Juden zum anderen, um sich demonstrativ für sie zu bekennen. Warum tat er das? Er hatte es doch gar nicht nötig. Sonderbar. Dieser fremde Mann ohne Namen, den er heute zum ersten und vielleicht einzigen Male gesehen, dieser arme Teufel von einem Arbeitslosen stand ihm auf einmal sehr viel näher als all die feinen Herren, die sich in seinen Klubsesseln gewälzt, die seinen Mouton Rothschild ausgesoffen hatten und ihn jetzt verleugneten. Lauter Judasse. Und dieser Wildfremde, der erste, der heute einzige freundliche Mensch. Und dann ein Bolschewik. Wahrscheinlich ein Kommunist. Sonderbar.

Das ging ihm so sehr im Kopf herum, dass er mit seinem Schwager Leonhard Glanz darüber sprach, als er ihn ein paar Wochen später in Hamburg besuchte. Warum? Nach jenem 30. April des fanatischen Irrsinns ging sein Warenhaus schlecht. Das Tollhaustreiben, der Antisemitismus, von einem, der in den Rundfunksender so hinein schrie, dass ihm der Speichel dabei von den Mundwinkeln herunterrann, – den Assistenten der Sendestation wurde physisch übel dabei – zur spontanen Bewegung der kochenden Volksseele hinaufgepöbelt, hatte sich als Tollwut wieder gelegt, blieb aber als zähe, mählich anwachsende Aktion der Sturheit. Eines Tages war er schon nach Berlin gefahren, nicht zum Einkauf, das eilte garnicht, nur um mit den Herren rund um den Hausvogteiplatz mal zu reden, was sie dachten und wie lange der Zustand noch dauern würde, da hatte er auf einem der Seen bei Berlin einen Dampfer fahren sehen. Der trug vom Bug bis zum Heck eine riesige Leinwand als Plakat, mit der Aufschrift »Wer beim Juden kauft, verreckt.«

Nicht in der ostpreußischen Wildnis, sondern in der Reichshauptstadt, wo täglich doch ein paar tausend Fremde hinkommen. Allerhand. Er sah es nicht so optimistisch, wie die Herren von der Konfektion redeten, ob man nicht am besten den ganzen Kram liquidierte, das ganze Warenhaus verkaufte und mit dem Geld woanders etwas anfing? Wo denn? In Palästina? Den

Zionismus hatte er immer für einen Quatsch gehalten. Aber was hatte er denn nicht für Quatsch gehalten? Die Nazibewegung auch, ganz besonders sogar. Warum sollte man nicht in Tel Aviv ein Warenhaus aufmachen? Oder einen großen Eisladen mit Filialen, das soll drüben ein gutes Geschäft sein.

Wenn man nur nicht so viel Geld dabei verlieren würde. Wer heute als Jude in Deutschland sein Geschäft verkauft, was kriegt der schon? Bestimmt nicht, was es wert ist. Und bei dem Transfer verliert man mindestens noch mal zehn oder gar zwanzig Prozent. Das halbe Vermögen kann da ja draufgehen. Und vielleicht, wenn man es durchhält, hat man das alles gar nicht nötig. Die Herren rund um den Hausvogteiplatz meinen, in spätestens sechs Monaten sei der ganze Nazispuk vorbei. Aus und vorbei, von der Wirtschaft her. Schacht habe das durchblicken lassen.

Über alles das wollte er mit seinem Schwager einmal sprechen. Schließlich betraf es ja auch Irma. Genau wie ihn. Aber mit ihr konnte man über nichts mehr reden. Also war es sozusagen Pflicht, mit Leonhard Glanz sich zu besprechen. Wenngleich das nicht der letzte Grund war, was den Krämer nach Hamburg fahren ließ. Eigentlich fuhr er, weil er ein paar tausend Mark bares Geld brauchte. Nicht viel. Fünf- oder zehntausend. Er saß fest. Das Geschäft kostete alle Tage Geld, so schlecht ging es. Bei unveränderten Spesen. Er hätte ja eines von seinen Häusern verkaufen können, hatte er doch alle möglichen Eckhäuser gekauft, damit sich nicht eine Konkurrenz da aufmache, damals als es hieß, Karstadt wolle bauen oder Woolworth.

Na, Woolworth, die Amerikaner, werden jetzt nicht mehr kommen. Die werden die Nase voll haben. An ihren Berliner und Hamburger Geschäften steht dran, dass sie hier nur mit deutschem Kapital arbeiten und nur deutsche Fabrikate verkauften. Wer kann bei der modernen Buchführung noch was beweisen, wenn sie von einem tüchtigen Frisör gemacht wird. Und Karstadt ist längst pleite. Der größenwahnsinnige Kommerzienrat und Karstadtdirektor Schöndorff aus der Familie der Eisenbahnwaggonfabrikanten, der so geizig ist, dass er seine eigenen Nägel aufkauft, hat den Konzern kaputt gebaut. Ideen hat der Mann gehabt, Ideen. In einen Vorort von zwanzigtausend Menschen baut er ein Warenhaus für zweihunderttausend und sagte, die fehlenden Leute werden sich schon um ein Warenhaus herum ansiedeln. Als ob ein Warenhaus eine Kirche im Mittelalter sei. Aber eben das glaubte dieser Marodeur wirklich. Das Warenhaus war seine Religion und er selbst der Papst. Pleite, Herr Kommerzienrat, pleite. Wie ich Ihnen das vorhergesagt habe, als Sie noch an Ihrem Ungetüm von Schreibtisch in der Villa an der Alster saßen. Damals haben Sie gegrinst und gemeint, es interessiere Sie gar nicht, wenn Ihre Aktionäre Geld verlören. Pleite, und Sie können sich nicht einmal darauf hinausreden, dass die Nazis daran schuld gewesen.

Die Nazis. Das Ende der Warenhäuser hatten sie auf ihr Programm geschrieben. Damit köderten sie die kleinen Pinscher, die noch ihre kleinen Winkelgeschäfte betreiben. Haben ja gar keine Existenzberechtigung mehr in heutiger Zeit, all diese kleinen Butiken. Die arbeiten doch viel zu teuer. Ist doch klar, wer große Quanten einkauft, kann den Fabrikanten doch die Preise diktieren. Ist es nicht etwa den Fabrikarbeitern auch lieber, sie haben dauernd Beschäftigung, wenn auch bei kleinem Lohn, als sie haben hohe Löhne und wissen nicht, ob sie nächste Woche vielleicht arbeitslos sind? Na, also. Und wenn man preiswert einkaufen kann, dann kann man auch billig verkaufen. Das ist doch das ganze Kunststück.

Ende der Warenhäuser. So ein Humbug. Was wollen die Nazis denn? Den Juden die Warenhäuser wegnehmen und ihre eigenen Leute reinsetzen. Das ist alles, was sie wollen. Und sonst wird sich nichts ändern. Man hätte sich längst taufen lassen sollen. Aber jetzt war es zu spät. Hätte man Kinder gehabt, so hätte man es wohl rechtzeitig getan. Aber Irma wollte ja keine Kinder.

Ob Irma eine Ahnung hatte, weshalb er nach Hamburg fuhr? Sie hatte ihn mit keiner Silbe gefragt, also wusste sie wohl. Immer wenn sie nach einer Sache gar nicht fragte, dachte sie ihr Teil.

Natürlich hat Leonhard Glanz dem Schwager die zehntausend Mark gegeben. Der »Krämer« bot ihm Wechsel an, aber was sollten die Wechsel. Leonhard Glanz war überzeugt, dass sie in drei Monaten doch nicht eingelöst werden würden.

Die zehntausend Mark waren weg. Und später noch etliches mehr. Da ging allerhand über Bord. Die Diener in Eskarpins und weißen Handschuhen. Die Autos und die Villa. Die diversen Straßenecken gingen für ein Ei und Butterbrot in Auktionen weg. Dann kamen schon bitterere Eingriffe. Irmas Perlenkette wurde unter der Hand verkauft und die große Brillantagraffe. Dann nahm sich der »Krämer« einen arischen Sozius. Und der boxte ihn denn auch eines Tages aus seinem eigenen Geschäft heraus. Ein Heckerle, ein Heckerle. Ein ganz ostpreußisches Heckerle. Ein ganz hamburgisches Heckerle. Wieviel Heckerles mag es wohl geben im Dritten Reich? Man hat das statistisch noch nicht erfasst. Aber ich wette, es gibt einen Heckerle mehr, als es Juden gibt, die man enteignen, betrügen, begaunern, um die Ecke bringen kann.

Traurige Korrespondenz, die Leonhard Glanz da mit Ostpreußen führte. Der Schwager hatte mit den kärglichen Resten seines Geldes in Königsberg ein Versandgeschäft mit Ratenzahlungen angefangen. Das ließ sich ganz gut an. Aufträge wurden durch Provinzreisende eingebracht. Lauter Pg's und alte Kämpfer. Die ihre vollen Provisionen sich sofort ausbezahlen ließen. Von der Kundschaft kam eine erste, manchmal noch eine zweite Ratenzahlung. Dann die Erklärung, man habe nichts gewusst, dass man es mit einer jüdischen Firma zu tun habe und niemand könne von einem arischen Mann verlangen, dass er monatelang einem Juden Raten zahlen müsse. Nach einigen Monaten liefen da hundert Prozesse, von denen er neunundneunzig verlor, da die Gerichte sich der neuen Moral anschlossen, dass man einem deutschen Edeling dergleichen wirklich nicht zumuten könne. Auf diese so treue, biedere, deutsche Weise – »sing ich die eitel Bro-hot u-und Wasserweis« – verlor der »Krämer« sein letztes Geld. Das war eine Korrespondenz.

Arme Irma. Ob sie jetzt doch vielleicht Klavierstunden gibt? Damit sie satt zu essen habe und der Krämer, der keine zwei

Meter Band mehr hat, um sie selbst der Kundschaft abzuschneiden und keinen Ladentisch, um dahinter zu stehen.

Seit er verhaftet wurde, hat Leonhard Glanz nichts mehr von ihnen gehört. Was mag aus ihnen geworden sein? »Sie haben gehabt weder Glück noch Stern …« Das stammte auch aus jener Zeit der Musiziererei und der deutschen Kultur.

Können Sie Töne sehen? Do, Re, Mi, Fa, Sol … Wie sehen Sie das? Rot, orange, gelb, grün, blau … O armseliger Seher, o dürftige Hörer … La, Si, Do … Ich sehe da mehr. Hab ich dann nicht allerhand gesehen? Herr obergescheiter Zeitungsschreiber! Wie dünkt Sie mein Gehör und mein Gesicht? Ganz unwissenschaftlich? Sowas gibt es. Aber man spricht nicht davon, in einer Sonntag-Vormittag-Frühstücks-Zeitung. Über dem Strich. Herr Zeitungsschreiber, was wissen Sie denn davon. Ich hatte eine Schwester, die spielte Klavier. Und dann lag sie auf dem Diwan, polierte sich goldene Fingernägel und tanzte einen Negertanz, sehr mondän, mit einer wackelnden Pfauenfeder im Popo. Und jetzt scheuert sie vielleicht Treppen. Und isst trockenes Brot. Hoffentlich, weiser Herr Zeitungsschreiber, hat sie alle Tage wenigstens trockenes Brot. Mit zehn Prozent Maismehlbeimischung als des glorreichen Dritten Reiches im vierten seiner tatatausend Jahre wunderbarer Errungenschaft. Da wandelt einer wie im Traum daher. Sagt er. Wunderbar. Wunderbar. Und das ganze Volk isst das Brot mit Maismehl verkleistert und mit Kartoffelmehl. Damit er wandeln kann, mit traumwandlerischer Sicherheit daher. Wer weiß das alles so genau? Ich sage Ihnen, weiser Herr Zeitungsschreiber, wenn meine Schwester nicht inzwischen verhungert ist, die kann jetzt Töne sehen. Farben, von denen Ihre Wissenschaft gar keine Ahnung hat.

Er müsste einmal nach Königsberg schreiben. An die alte Adresse. Vielleicht kommt das an. Man muss doch wissen, was los ist. Aber besser ist, nicht schreiben. Nutzen kann es ihnen nicht. Schaden? Wer weiß, was die Nazis seiner Schwester antun, wenn sie um die Zusammengehörigkeit wissen. Nein. Nicht schreiben.

»Herr Glanz, wollen Sie bitte die Post unterschreiben?« Da liegt eine ganze Mappe voll. Briefe und Briefe und Postkarten. Manches liest er garnicht erst durch. Er kann sich auf seine Leute verlassen. Die machen es schon richtig. Heute nimmt das schon wieder kein Ende.

Wie sehen Sie Dur und wie sehen Sie Moll und wie sehen Sie eigentlich allegro moderato?

Ich habe jetzt keine Post mehr zu unterschreiben. Wenn ich heute einen Brief schreiben sollte, und wenn mein Leben davon abhinge, ich wüsste nicht an wen. Irgendwo hin müsste man doch gehören. Ich gehöre nirgends hin. Und niemand gehört zu mir. Das kann doch garnicht sein. Wie ist denn das möglich? Was war ich denn, dass ich jetzt so bin? Ein Geldschrank war ich, mit etwas darin und jetzt bin ich ein leerer Geldschrank, von unmoderner Konstruktion? Tauglich nur noch zum Verschrotten. Presto – ma non troppo. Wie sehen Sie das? Etwas dunkel? Mein Herr, vielleicht sind Sie farbenblind.

Aber das Leben muss ja weiter gehen. Muss es das? Na kann ja auch einmal stille stehn. Hier sitzt einer, unangelehnt an nichts, als an die Plüschlehne eines Kaffeehaussofas und sonst an nichts auf der ganzen Welt und sein Leben steht still. Auf einmal. Ohne vorherige Anzeichen. Eben ticktackte es noch, immer fünfmal in jeder Sekunde. Und nun steht es still. Mitten drin. Die Taschenuhr steht still. Es war vergessen worden, sie aufzuziehen. Steht still. Manchmal bleibt ein Zug stehen. Mitten auf der Strecke. Die Lokomotive faucht Dampf, aber sie steht still. Manchmal steht ein großer Dampfer still. Mitten auf dem Meer. Und wenn die Wogen hochgehen, so schlägt es ihn dann hin und her. Er rollt, sagen die Seeleute und die Passagiere wissen nicht, was los ist, und werden seekrank. Schwedenplatte und Backhühnchen, Bouillonsuppe und Wiener Schnitzel, Graupensuppe und gefüllte Kalbsbrust, je nach der Klasse bis zur Haferschleimsuppe und Hackbraten im Zwischendeck, alles geht wieder über Bord und die Haifische im Kielwasser finden es zum Kotzen. Manchmal steht eine Fabrik still und dreitausend Arbeiter nebst Frauen und Kinder darben. Manchmal steht die Sonne still und die Reisernte von Hoang-ho verdirbt und eine Million chinesischer Menschen verhungern. Zehnmalhunderttausend. So viel, wie diese ganze Stadt Einwohner hat. Können Sie sich diese Stadt ohne Einwohner denken? Viele Häuser, ganze Straßen in den neuen Stadtvierteln werden tot sein, zehntausend Autokadaver werden verfallen, rostige Straßenbahnwagen stehen im Gewirr der niedergesunkenen Leitungsdrähte, kein Klingelzeichen weckt sie auf, nie werden sie durch die Kurven kreischen, Steinbruch um Steinbruch mit blinden und zerbrochenen Scheiben, dürftiges Gras drängt sich durch die Ritzen des Mosaikpflasters der Gehsteige und stirbt gleich wieder ab im kalkigen Staub. Aus den vielen Stätten kleinster und größter Fressereien kommt kein Ruch mehr von paprizierten Bettelsuppen, noch von feinest gedünstetem Weinkraut. Steinerne Halden, steinerne Schluchten, steinerne Kessel, steinerne Keller, steinerne Blöcke, steinerne Täler, steinerne Triften, steinerne Gräber, steinerne Grüfte, steinerne Klüfte. Steinerne Bäume und steinernes Laub, steinernes Wehen und steinerner Staub. Steinernes Elend und steinerne Pracht. Steinerne Sonne und steinerne Nacht. Steinern erfrieren und steinern erwärmen. Steinernes Schlafen und kein Erbarmen. Steinernes Brot und steinerne Not. Steinernes Sterben und steinerner Tod.

Nur ein paar Barockportale, ein paar Barockpalais, eine wunderbare Loggia, etliche traumverlorene Höfe und Kirchen, einige formvollendete Fenstergitter, einige lächelnde Brunnen einige und noch einige und alle reden miteinander von ihren Unsterblichkeiten.

Nur der staubgeborene Bettelmann Haschale geht mit zerbrochener Brille dazwischen herum und weiß heute so wenig wie ehedem, ob er selbst am Leben sei oder nicht. Und im Winkel eines ehemaligen Kaffeehauses sitzen im Staub zerpulverter Tapeten, in zugiger Leere des fensterlosen Raums ein paar Schachspieler und erörtern den 45. Zug Flohrs in der zwölften Runde des Rigaer Schachturniers, e 5 – e 6, wo er den Springer hätte ziehen müssen, welcher Fehler ihn um die Gewinnchance brachte. Und sonst ist keine Menschenseele mehr in der ganzen Stadt.

Wo wären die Menschen alle hin? Verhungert, weil die Sonne stillstand und die Reisernte verdorrte. Aber nein. Das war doch nur in China, wo die Leichen den Gelben Fluss hinunter trieben. Sonderbar. Mit dicken, aufgequollenen Bäuchen, obwohl sie gerade an der Leere der Bäuche gestorben waren, ehe man sie in den Gelben Fluss warf. Der spülte sie alle ins Meer. Junge Männer und alte Frauen und die vielen Kinder. Die Haifische fanden auch den Fraß reichlich zähe. Aber die Menge macht es. Immer mehr Haifische fanden sich ein und wurden doch mit all dem Menschenfraß nicht fertig. Etliche Chinesenleichen schwemmte das Meer bis nach Australien und einige sogar bis nach San Francisco. Denn das Meer ist eine große internationale Verkehrsstraße. (Sagt man.) Und der tote Chinese, ein scheußlich riechender Kadaver, wird vom Meer sanft auf den weißen Strand von Kalifornien gelegt, wo gleich hinter den Dünen schon Obstgärten sind, mit so viel Orangen und Ananas, Äpfeln und Pfirsichen, dass man sie garnicht alle essen, auch nicht in Blechdosen konserviert verschicken kann, weil es sonst nicht mehr lohnte. Und so wirft man so viel davon ins Meer, dass auch noch zu den toten Chinesen etliche Früchte treiben. Über das Meer, die große Straße des Verkehrs. Zu spät. Zu spät. Denn er hat sterben müssen um ein paar Hände voll Reis, die die Sonne ihm verbrannte, als sie stille stand in Hoang-Ho.

Die Engländer, die Amerikaner und die Japaner fanden das sehr traurig mit den vielen verhungerten Chinesen. Sogar peinlich.

Aber ein weißer Kardinal, in einer großen, schönen und ach so musikalischen Stadt – nur du allein – wusste Rat. Er predigte von seiner Kanzel herunter, dass all die vielen Menschen in der Sowjet-Union verhungert seien. Dass man für ihre Seelenheil beten solle und eine Groschensammlung veranstalten müsse, damit das Unheil, dass die bösen Bolschewiken angerichtet, nicht noch schlimmer werde. So war für die Engländer, die Amerikaner und die Japaner die Moral der Welt wieder zurechtgerückt.

So ist es, wenn die Sonne stehen bleibt, wenn die Uhr stehen bleibt, wenn der Raum stehen bleibt, wenn die Zeit stehen bleibt.

Nur die Zeitung, die bleibt nicht stehen. Die muss alles verzeichnen. Und sie hat auch dieses verzeichnet. Verzeichnet! So, wie es ein frommer und in Dingen der Staatsraison sehr weißer Kardinal ausgelegt. Und gleich fährt die Zeitung fort: der Lokalreporter berichtet über die Eröffnung der Zuckerbäckerausstellung. Was die Zuckerbäcker aus Zucker, Marzipan und Mandeln alles herstellen. Würstchen und gebratene Tauben und Gänsekeulen. Dann aber auch Soldaten, kämpfende Boxer und Maschinengewehre. Leonhard Glanz', des einfachen Mannes, Gehirn versucht, sich das vorzustellen. Wie sinnig, ein Maschinengewehr aus Marzipan. Vielleicht, wenn man damit jemanden ein Loch in den Bauch schießt, kommt Himbeerlimonade heraus. Oder man flitzt einem mit dem reizenden Maschinengewehrchen die Schädeldecke weg und lauter zuckergebackene Mandeln kommen heraus. Reizender Zuckerbäcker. Dann gibt es weiter: ein abessinisches Brustschild – heißt es der Schild oder das Schild? Leonhard Glanz meint: der Schild, aber der Zeitungsreporter muss es besser wissen, wozu wird er denn gedruckt mit 50 Heller für die Zeile Honorar – das abessinische Brustschild ist aus Schokolade. Dafür haben die Italiener ein Volk in Afrika mit Krieg überfallen. Dafür sind die jungen Menschen Abessiniens und Italiens im Wüstensand verreckt. Im Feuerregen. Im Granatengewittern. Dafür weinen sich im schönen Italien unter dem ewig blauen Himmel und unter der strahlenden Sonnenblume Abessiniens tausend und abertausend Mütter die Augen aus, damit ein Konditorgehilfe ein abessinisches Brustschild aus Schokolade machen kann. Wie herzig. So ein Schild müssen Sie haben, werter Zeitungsleser. Zum Andenken. Sonst vergessen Sie den italo-abessinischen Krieg samt allem, was er im Gefolge hat.

Ob man wohl mit dem Marzipanmaschinengewehr so ein

Schokoladebrustschild kaputt schießen kann? Das wäre ein sinniges Spiel für die kleinen Kinder in Addis Abeba.

Aus Addis Abeba liegt da ein kleiner Bericht vor. Von Schokolade und Zuckerbäckerei steht nichts darin. Eigentlich gehört der Bericht in eben die Zeitung, die Leonhard Glanz unermüdlich studiert. Er steht aber nicht darin, obwohl er von einem Engländer stammt und es immer noch leichter ist, in Zentraleuropa die Wahrheit in einer Zeitung mitzuteilen, wenn ein Engländer sie sagt, als wenn sie etwa ein gewöhnlicher Mitteleuropäer berichtete. Da nun dieser Bericht einmal da ist und keine Zeitung ihn abgedruckt hat, keine, so soll er hier jetzt stehen. Sein Verfasser ist Mister Steer. Und der macht die ganze Konditorreportage kaputt. George L. Steer teilt mit:

»Gehe durch Addis Abeba und merke wohl, was du siehst. Hier war einmal das Haus des Roten Kreuzes, hier der Markt, hier die Apotheke, hier waren die Weinhändler, hier die syrischen Pelzhändler, hier die Fremdenhotels. Alles niedergebrochen und verbrannt. Und die Menschen? Unter den blauen Eukalypten, die sich bescheiden von Gebirge zu Gebirge siedeln, wurden sie getötet, erschossen, sind in die Berge geflüchtet. Einer und alle hassen sie die Invasion der »Franken.« Tausende sind tot. Ihre Familien zerstört.

Als ich zum ersten Mal in Addis Abeba war, da war es eine friedliche Stadt. Eine Menge Bittsteller saßen vor dem großen Palast und warteten auf den Kaiser, der dort Gericht halten sollte. Auf dem Markt war schwärmender Betrieb und die Armenier klopften auf scharlachrotes Leder, im Schatten der Kathedrale von St. Georg. Die Straßen waren voll von schwatzenden Menschen. Darüber der Dunst afrikanische Wärme, ein Meer von Blau über den grauen Häusern, über den Grasnarben, die Erdfarbe angenommen hatten. Träger eilten vorbei mit Fleischmulden auf den Köpfen. Die jungen Äthiopier nahmen grüßend die Kopfbedeckung ab, wenn ich vorbeiging. Jedermann war freundlich, die Stadt sauber und glücklich. Eine gesunde Bevölkerung, denn es war Raum zur Ausbreitung nach allen Seiten. Abessinien war noch frei.

Und nun denke, wenn du kannst, was über die Stadt kam, seit die Kriegstrommel unter die rot-gelb-grüne Seidenfahne rief. Denke an die Züge der Tausende, wie ich sie auf den langen Straßen nach dem Morden sah. Grauhaarige Häuptlinge mit langen Flinten auf dem Rücken, die Flintenträger in Fünfergruppen auf dem Wege nach Dessie, die bepackten Maultiere, die Frauen mit Töpfen und Pfannen, die mitsamt den Kindern in den Bergen verloren gingen. Denke an die unwirtlichen Gebirge, die stacheligen Kakteenwälder, die nackten Felsenkeller. Denke an Fliegerbomben und Yperit! An die Rauchwolken von Kanonen und Maschinengewehren. Denke an die Vernichtung der Rote Kreuz-Stationen. Denke an die Revolutionen, bezahlt mit dem Gelde der Zivilisatoren, um Abessinier gegen Abessinier zu hetzen! Dörfer in Flammen, Schmeißfliegen, die fett werden von Menschenleichen. Zersprengte, erschlagene Karawanen. Denke an die Tausenden, die auf Rückzug und Flucht getötet wurden. Denke an alles das, wenn du kannst, im Namen der Zivilisation!

Zivilisation! Da finde ich unter meinen Papieren die Erklärung von Graf Ciano an den Völkerbund von Juni 1936. Jener berühmten Genfer Woche, als die Italiener den äthiopischen Kaiser auspfiffen, als ein heimatloser Journalist sich erschoss und der Pg. Greiser die Zunge aussteckte. Graf Ciano war Schrittmacher: Er versprach, dass Abessinien nach den humansten Prinzipien regiert werden solle – ganz wie ein Völkerbund-Mandat. Addis Abeba hat die humanen Prinzipien inzwischen erlebt und ihre Bekrönung im letzten Monat. Davon will ich sprechen. Von dem, was ich mit eigenen Augen gesehen. Der Gesandte von Frankreich war mein Zeuge.

Marschall Graziani, der so viele Menschen in Tripolis hinrichten ließ, der im Mai 1936 seine Eingeborenen-Soldateska ganz Harrar massakrieren ließ, verteilte Bonbons (!) unter die übrig gebliebenen Bewohner. Irgendwer warf eine Handgranate. Die Umstände sind bekannt. Graziani kam mit dem Leben davon. Die Italiener schreiten sofort gegen die Menge der Abessinier ein. Mit Maschinengewehren. Erstes Resultat: Dreihundert

Tote. Graziani wird in das Hospital überführt. Inzwischen toben die leichten, schnellfahrenden Tanks durch die Straßen. Am Nachmittag werden große Mengen Munition von den Schwarzhemden verteilt und nun beginnt das grauenhafteste Massaker, dass die Welt seit Smyrna erlebt hat. Jeder Abessinier, der zu erjagen ist, wird getötet. Alle meine jungen Bekannten sind darunter: Nicht einer überlebt! Tot, weil sie französisch sprechen konnten. Oder weil sie europäische Kleidung trugen, ihr Land liebten und Bildung und Kultur verbreiten wollten. Aber die Italiener wollen das Alleinrecht auf die Verbreitung von Zivilisation haben.

Die Schwarzhemden jagen mit Flammenwerfern durch die Stadt. Von der amerikanischen Legation am Südende, bis zur französischen Legation am anderen Ende. Es ist bekannt, sage ich, dass zwischen Mann und Frau kein Unterschied gemacht wurde! Der französische Gesandte, der kein Freund Äthiopiens ist, hat dem Quai d'Orsay genauen Bericht erstattet, mit Zahlenangaben. In diesem Bericht steht, dass 6000 getötet wurden, mit Flammenwerfern, Granaten, Maschinengewehren, Flinten und den so romantischen faschistischen Dolchen. Jeder Schwarzhemdenmann trägt solchen romantischen Dolch. Bis in die späte Nacht hinein währte die mörderische Schlächterei, beim Licht der brennenden Hütten der Eingeborenen.

Der Krieg im Norden war entsetzlich genug gewesen. Ich habe den Schrecken von Gorahai mit erlebt. Aber Addis Abeba, das ist beispiellos. Die neue Zivilisation manifestiert sich als Großschlächterei mit Menschenfleisch. Billig, ganz billig. Denke daran, wenn du kannst.«

Leonhard Glanz hält diesen Bericht für ein Dokument der Zeit. An seinen Tisch hatte sich jemand gesetzt gehabt. Einer von diesen einsilbigen Menschen, die immer den Anderen reden lassen und von denen man annimmt, dass sie viel mehr wissen als sie sagen, besonders von den Dingen, über die man etwas hören möchte. Leonhard Glanz gibt das Manuskript diesem Herrn Jemand zurück. »Man müsste das in der Zeitung abdrucken lassen.«

»In welcher?!

»Zum Beispiel in dieser da.« Leonhard Glanz wies auf das vor ihm liegende Blatt, das zu studieren er innig bemüht war.

»Da habe ich es versucht. Die Redaktion hat abgelehnt.«

»Warum?«

Der Jemand zuckt mit den Achseln. Leonhard Glanz war die Bedeutung dieses Achselzuckens nicht ganz klar. Warum spricht dieser jemand es denn nicht aus? Er weiß es doch. Dennoch meinte Leonhard Glanz so tun zu sollen, als habe er verstanden.

»Ach so«, sagt er, »aber warum bringen Sie es nicht zu einer anderen Zeitung?«

»Es gibt keine, wo ich nicht versucht hätte. Aber keine bringt es.«

»Aber die kommunistischen Zeitungen? Sicher gibt es hier doch auch eine kommunistische Zeitung oder Zeitschrift.«

»Es gibt sogar mehrere.«

»Die würden es doch bestimmt bringen.« Merkwürdig. Leonhard Glanz hatte noch nie in seinem Leben eine kommunistische Zeitung gelesen, Zeitschriften ja. Eigentlich kommunistisch waren die ja nicht. Sie kamen einem nur irgendwie so und bedeutungsvoll vor. Es kribbelte einem dabei. Sodawasser für das Gehirn, so kribbelte es den Verstand. Wieso nahm er jetzt Stellung für die kommunistische Presse?

Der Jemand sah ihn an. Dann fragte er »Hätten Sie da eine Verbindung?«

»Ich? Wieso ich?« Das kam schnell als Antwort. »Ich dachte doch, Sie hätten …«

»Ja. Das ist es eben. Sie denken in solchen Fällen immer, die anderen sollten und müssten. Sie haben mir da eben einen an sich guten Rat gegeben. Ich dachte, dass da vielleicht mehr sei, als ein guter Rat. Manchmal ist ein guter Rat ja wertvoll. Kann sogar sehr wertvoll sein. Aber meistens sind Ratschläge doch sehr billig. Sehr preiswert. Ich meinte, Sie hätten mir da einen guten Rat erteilt. Aber nun scheint mir, es war doch nur ein billiger.«

Leonhard Glanz schien es, als finge er an, da etwas zu verstehen. »Ach so«, meinte er wieder und grübelte, warum der Jemand den englischen Bericht nicht einfach einer kommunistischen Zeitung brachte. Der Jemand schien die Ursache des Grübelns zu erraten.

»Na, lassen Sie man«, meinte er, »die kommunistischen Zeitungen, die brauchen das ja garnicht. Die haben das alles ja schon längst gebracht. Meinen Sie, in der Redaktion da«, er zeigte auf die opportunistische Zeitung für den Familiengebrauch, »hätte man das alles nicht auch schon längst gewusst? Aber was dann. Sehen Sie. Die Wahrheit wissen, das ist eines. Und die Wahrheit sagen, das ist ein anderes. Aber die Wahrheit schweigen. Sehen Sie, darauf kommt es an, heutzutage. Dann sind da die Lügner. Die kleinen Lügner. Na, das hat nicht viel Zweck. Aber die großen Lügner. Denen wird geglaubt. Da habe ich von einem ganz großen Lügner gehört. Der hat mir immer gesagt, damit eine Lüge sicheren Glauben finde, muss sie so unverschämt sein, dass kein Mensch denkt, es könne einer wagen, so zu lügen. Dieses eine Mal hat der ganz große Lügner die Wahrheit gesagt. Sie, mein Herr, Sie sind kein Lügner. Kein kleiner Lügner – Ihre privaten Sachen gehen mich ja nichts an. Und ein großer Lügner schon garnicht. Ich würde sonst mit Ihnen nicht hier am Tisch sitzen. Nicht wegen der Moral. Sie verstehen. Die Moral, nicht wahr, die Moral. Hat sich was mit der Moral. Die Moralgeschichte der Menschheit ist doch im Grunde die Geschichte ihrer Unmoral. Ich stelle das nur fest. Im Übrigen ist es mir ganz gleichgültig. Die Lügner also. Da wissen wir, woran wir sind. Da liegt die Sache ja klar. Das sind unsere offenen Feinde. All unseren Hass diesem gottverdammten Lügenpack. Jawohl. Ich sehe, das ist Ihnen auch schon klar. Es ist eine Zeit des Hassens. Das wird eine Zeit des Hassens. Die Liebe kommt auch mal wieder. Alles hat seine Zeit. Das hat schon so ein Bibelkönig gesagt. Ein toller Kerl von einem König übrigens. Ein Autokrat. Ein Tyrann. Aber ein gescheiter. Er kannte das Maß der Dinge. Auf einen Kulturkampf ließ er es nicht ankommen. Er identifizierte einfach die Tyrannei mit dem

Priestertum und machte sich selbst zum Prediger und Psalmisten. Hofdichter hatte er ja genug.

Sehen Sie mal da draußen den Schmetterling. Bei dem kalten Wetter. Der hat sich einfach nach dem Kalenderdatum gerichtet. An dem Irrtum wird er nun zu Grunde gehen. Das ist manchmal so. Aber darauf kommt es nicht an. Nicht auf die, die meinen, weil Frühling im Kalender steht, müsse es so sein. Es kommt darauf an, dass es eben doch Frühling wird und Sommer. Darauf. Nur darauf. Das können die Lügner nicht hindern.

Auch nicht die, die die Wahrheit schweigen. Sind das nicht – jawohl, das sind vielleicht die allergrößten Lügner. Denn sie tragen den Zweifel in die Wahrheit. Dass wir uns richtig verstehen, mein Herr. Denn das ist wichtig. Ich meine nicht die Leute, die die Wahrheit verschweigen. Das kann jeder Zeitungsredakteur. Das ist ein erbärmliches Handwerk. Ich meine die Leute, die, anstatt die Wahrheit zu sagen, meinen, man könne die Wahrheit auch schweigen.

Schweigen kann manchmal eine sehr beredte Sprache sein. Manchmal. Man kann sich aus dieser Erkenntnis auch eine Ausrede machen. Das ist dann eine sehr faule Herausrede. Die Angst vor der Konsequenz, oder das Stehenbleiben auf halbem Gedankenweg.

Das geht nicht. Beim Teufel, das geht nicht. Wir haben nicht das Recht, unsere eigenen Gedanken in Schutzhaft zu nehmen. Wollen wir zu den Konzentrationslagern in aller Welt für Menschen, auch noch Konzentrationslager für den Geist anlegen? Dürfen wir unseren Verstand auf die Inseln schicken?

Da haben Sie den Fall der Brüder Rosselli: Zwei italienische Emigranten, die in Frankreich ermordet wurden. Von wem? Von italienischen Faschisten. Steht darüber nichts in Ihrer Zeitung? Nein? Ja, sehen Sie, die Brüder Rosselli wurden nämlich aus dem gleichen Grunde erschlagen, aus dem Ihre Zeitung das schamhaft nicht bringt. Weil sie die Wahrheit über Italiens Rolle im Kriege des Franco-Faschismus gegen das spanische Volk gesagt haben. Weil sie diese Wahrheit nicht verschweigen und auch nicht schweigen wollten. Sondern weil sie als antifaschistische Kämpfer die Wahrheit sagten. Solche Mordhandlungen sind nicht nur kriminelle Angelegenheiten, sie sind Verletzungen fremder Staatshoheiten, weil sie auf Regierungsdirektiven zurückgehen, wenn wir uns in dem Jargon der Staatsmänner ausdrücken wollen. Es sind Verletzungen der Prinzipien des Völkerrechts. Und darum, eben darum, schweigt Ihre Zeitung da, diese Wahrheit. Wir aber, wir können uns das nicht leisten. Wir müssen die Wahrheit sagen. Auch wenn das gefährlich ist. Gerade dann.

Es gibt Augenblicke, in denen es darauf ankommt. Der berühmte Augenblick, wo der Affe ins Wasser springt. Ich habe schon manchen mit großartigem Anlauf aufs Sprungbrett kommen sehen. Und am Ende des wippenden Sprungbretts, am äußersten Ende, da bleibt er stehen. Angewurzelt mit den Zehen. Und kommt und kommt nicht los. Vielleicht springt er doch noch. Dann wollen wir ihm die Inkonsequenz zwischen dem heroischen Anlauf und dem bescheidenen Absprung verzeihen. Hauptsache, dass er schwimmen kann. Aber wenn er umkehrt, mit schlappen Beinen den Weg vom Sprungbrett zurück geht, welch ein kläglich Geschlagener.

Das sind die, die ins Kloster gehen. Ich meine nicht die, die von Kindheit an dafür bestimmt wurden. Übrigens eine Ungeheuerlichkeit. Aber lassen wir das. Ich meine die, die nach vertaner Zeit meinen, die Eitelkeit der Eitelkeiten dieser Welt zu erkennen. Eitelkeit der Eitelkeiten predigte jener weise Bibelkönig, als er ein Weißhaariger geworden. Aber meinen Sie, dass er mit Purpurmantel und Krone zu Bett ging, obwohl er doch so ausgesehen haben mochte, als ob er das täte? Nein. Er ging mit den jungen und schönen Töchtern des Landes zu Bett, weil ihn fror. Das ist auch ein ›Ins-Kloster-Gehen‹. Mit umgekehrten Vorzeichen, wie das Modewort lautet. Lachen Sie nicht, mein Herr, lachen Sie nicht. Es ist todernst. Wir sind bei der Hauptsache.

Wir haben alle mal daran gedacht, in ein Kloster zu gehen. Goethes Prometheus sagt, er wolle das nicht, wenn auch nicht »alle Blütenträume reiften.« Also hat er es doch ernstlich bedacht gehabt. Ich habe auch einmal dergleichen wollen. Nach China hinüber, dachte ich. Lao-Tse und das *Tao Te-King*. Weg von allem. Aber was ist in China? Da marschiert eine Rote Armee. Marschiert. Marschiert. Marschiert. Alle Soldaten des Tschiang Kai Schek mit all seinen japanischen Instrukteuren und den Waffen und dem Geld der ganzen Welt können den Marsch nicht aufhalten. Vielleicht sind es die Fahnen von 1789, die in China wehen. Oder die von 1917. Oder beides. Ich hatte an chinesisches Porzellan gedacht, wo der Ahn den Brei ansetzt, den der Enkel aus der Truhe holt, um Schalen und Tassen daraus zu formen. Und nun marschiert da die Rote Armee Chinas. Was meinen Sie, was ich getan habe? Umgekehrt und vom Sprungbrett wieder runter? Nein. Ich bin gesprungen. Aber in anderer Richtung.

Was ist dabei herausgekommen, werden Sie denken. Nun sitzt du hier als Emigrant und hältst Kaffeehausgespräche. Vielleicht werde ich noch lange so sitzen. Vielleicht noch fünf oder zehn Jahre. Vielleicht noch fünf oder zehn Wochen. Wer weiß das? Aber keine hundert Jahre mehr. Wir haben uns das Prophezeien abgewöhnt, aber das sage ich Ihnen, hundert Jahre sitzen wir hier nicht mehr. Hier nicht. Und anderen Ortes auch nicht.

Ich könnte Sie fragen, was gedenken Sie zu tun, damit Sie und ich hier nicht ewig so sitzen bleiben. Denn es muss etwas getan werden. Sonst säßen wir ja wirklich in hundert oder in tausend Jahren noch hier. Und Sie könnten mir statt einer Antwort etwas vom Wetter erzählen oder von Ihrer Gesundheit. Darum frage ich Sie auch nicht. Aber ich sagte Ihnen ja schon, weglaufen hat keinen Sinn. Wohin denn wollten Sie weglaufen? In ein chinesisches Kloster und Tao Te-King studieren. Aber da marschiert ja die Rote Armee. Da marschieren aber auch die Japaner.

Sie wissen doch, die Äthiopier haben die Italiener so heftig bedroht, dass sie nicht mehr in Ruhe in Rom Kaffee trinken konnten oder in Mailand in die Scala gehen. Überall waren sie von den Äthiopiern bedroht. Dass sie schließlich Krieg führen mussten. Ebenso geht es den armen Japanern in China.

Da gibt es einen Vertrag. Zwischen England, Amerika, Frankreich und Japan. Unter Diplomaten heißt er: Der Vertrag der Vier Mächte. In diesem Vertrag garantieren sich diese vier Mächte gegenseitig die Unverletzbarkeit ihrer Inselbesitze im Pazifik. Diesem Vertrag von Washington ist ein zweiter Vertrag eingegliedert. Der heißt unter Diplomaten der Neun-Mächte-Pakt. Das sind die vier und noch Belgien, Italien, Holland und Portugal. Macht acht. Die neunte Macht ist China. Der Neun-Mächte-Pakt garantiert die territoriale Unverletzbarkeit von China. So ist das. Das ist kein Witz. Das ist ein Vertrag und ein Pakt, die beide in Kraft sind.«

Der Einsilbige hatte da eine ganze Menge geredet. Jetzt machte er eine Pause. Leonhard Glanz meinte, nun auch etwas sagen zu müssen. Merkwürdig, was diese Menschen so alles wissen. Wollte der Jemand ihm vielleicht mit seinem Vielwissen imponieren? Wahrscheinlich wollte er das.

»Und wie ist das mit der Mandschurei?«, fragte er.

»Wieso Mandschurei?«

»Na, wenn der Pakt so ist, wie Sie eben sagen, dann hätten die Japaner den Chinesen doch nicht einfach die Mandschurei wegnehmen können.«

»Aber Mandschukou gehört doch garnicht zu China, haben doch die japanischen Staatsmänner erklärt. Und da haben die anderen Vertragspartner das doch glauben müssen. Denn hätten sie es nicht geglaubt, so wäre das doch eine unfreundliche Handlung gewesen. Die Engländer hatten doch sogar einen fix und fertigen Mandschukouprinzen auf ihren Golfplätzen zu einem so perfekten Gentleman erzogen, dass er glatt Kaiser von Mandschukou werden konnte. Die Japaner? Die schützen doch nur das Kaiserreich Mandschukou, dass die bösen Chinesen ihm nichts tun.«

»Aber das ist ja ein großer Schwindel!« Leonhard Glanz ereiferte sich.

»Wer wird denn gleich so übertreiben. Das ist nur die große Lüge, mein Herr, die große Lüge, die dabei herauskommt, wenn man die Wahrheit schweigt. Sehen Sie. Sie haben vielleicht gedacht, China und Mandschukou und Tschiang Kai Schek und die Japaner und die Kapitulation von Shanghai, das alles geht Sie garnichts an. Denn Sie wollen ja nicht in ein Taoisten-Kloster gehen. Aber nun merken Sie wohl, es geht Sie doch an. Denn auch die Wahrheit ist ein unteilbares Ganzes. Und wenn man die Wahrheit in dieser einen Sache schweigt, dann muss man sie in hundert anderen Sachen verleumden. Das ist, wie wenn Sie einen Stein werfen, mitten in einen ruhigen See. Da gibt es einen Plumpser und der zieht Kreise. Immer größere und gewiss auch immer schwächere. Aber die Kreise dehnen sich über den ganzen See. Und irgendwo am Rand des Sees treibt eine winzige Alge und die verliert dabei ihr Gleichgewicht und ersäuft. Vielleicht, mein Herr, sind Sie gerade diese winzige Alge, dann verlieren Sie Ihr Gleichgewicht und ersaufen. Aber wozu haben Sie denn Ihren Verstand? Entschuldigen Sie schon, wenn ich die Wahrheit sage, anstatt sie zu schweigen. Na, so müssen Sie schon Ihren Verstand gebrauchen, damit Sie nicht wie eine Alge umkippen und ersaufen. Ja. Das ist eigentlich alles, was ich Ihnen sagen wollte. Vielleicht habe ich das alles sehr ungeschickt gesagt. Ein guter Schriftsteller zum Beispiel fängt mit einer ausführlichen Landschaftsschilderung an. Ein guter Sprechsteller sollte das auch tun. Aber ich bin keines von beiden. Ich bin nur ein Störenfried. Ich habe Ihnen den Frieden des behaglichen Zeitunglesens gestört. Sie werden das überwinden.«

Ein sonderbarer Mensch. Stand auf und ging weg. »Grüß Gott«, rief ihm Leonhard Glanz nach. Es fiel ihm im Augenblick nichts anderes ein. Da drehte sich der jemand noch einmal um, lächelte freundlich, wie man garnicht hätte meinen sollen, dass er lächeln kann, und sagte: »Sobald ich ihn treffe.«

Leonhard Glanz starrte erst ihm nach, dann zum Fenster hinaus. Über die Straße sah man die gegenüberliegenden Fenster eines Bürohauses. Und darüber hinweg ein Stück grauen Himmels. Und in diesem grauen Himmel den verlorenen Schmetterling. Noch einen. Und noch einen. Fünf Schmetterlinge. Mit großem, dröhnendem Lärm zogen sie dahin, einer voran und die anderen zu einem V ausgerichtet, hinterher. Es waren auch keine Schmetterlinge, sondern Doppeldecker. Wahrscheinlich Bombenflugzeuge, die von einem kleinen Übungsflug zurückkamen. Tempo. Tempo. Richtung Flugplatz. Es geht auf Mittag. Während der Mittagszeit werden keine Bomben abgeworfen. Zwei Stunden lang bleibt der Krieg geschlossen. Schmetterlinge oder Bombenflugzeuge. Leonhard Glanz versuchte wieder, Anschluss an seine Zeitung zu bekommen. Schmetterzeuge. Bomberlinge. Für eines Zuckerbäckers Fantasie ist es wohl einerlei.

»… eine komplette Filmapparatur aus Schokolade …«

Warum ist sie »komplett«? Was ist »plette« bei fünfzig Heller Honorar für die Zeile von durchschnittlich dreizehn Silben … Ich plette, du plettest, es komplettet … und weiter »in der ergreifenden Frömmigkeit eines Primitiven des XII. Jahrhunderts die drei Kreuze am Kalvarienberg und der Leichnam Jesu Christi …« Bitte sehr. Die Zeitung kann nichts dazu. Sie berichtet nur. Warum soll dem Zuckerbäcker nicht recht sein, was für Peter Paul Rubens recht war. Nur, was meint der kunstsinnige Zeitungreporter mit den Primitiven des XII. Jahrhunderts? Wir wollen doch nicht hoffen, dass er sich da am Ende um fünfzig Jahre geirrt hat, und es wäre die Art eines Primitiven um 1050. Weshalb aber wird die Primitivität so weit zurück verlegt? Wir möchten nicht untersuchen müssen. Ein Zuckerbäckergehirn von 1937 und das eines Heiligenmalers von 1100. Wenn da der Rekord der Primitivität festzustellen wäre, ob ihn nicht am Ende der Weltschwergewichtsboxmeister von 1937 halten würde, oder die Schönheitskönigin von Emilienbad an der Stripka, oder ein General, der mit Stolz darauf hinweisen kann, dass er von seiner Taufe an niemals mehr ein gedrucktes Buch zu Gesicht bekommen hätte, mit Ausnahme natürlich des Exerzierreglements und des Lehrbuches für Ballistik.

… Der Leichnam Jesu Christi aus Marzipan, die Wundmale aus Zuckerguss in ebenso lichtechten, wie für die Verdauung unschädlichen Farben und die Dornenkrone aus Schokolade … Bubi, ich habe dir nicht erlaubt gehabt, ein ganzes Bein auf einmal abzubrechen und aufzuessen. Wenn du nachher Leibschmerzen bekommst, wirst du Rizinusöl nehmen müssen …

Ein Mann der Schmerzen und umgeben mit Qual. – Haben Sie einmal von Johann Sebastian Bach gehört und der Matthäus-Passion? Ein Mann der Schmerzen und umgeben mit Qual. Ich habe da eine schreckliche Vision. Ich sehe den gewaltigen Organisten, wie er auf der großen Schnitger-Orgel der Jacobikirche in Hamburg, auf der er mit inniger Liebe und gewaltiger Leidenschaft gespielt, die größte Zinnpfeife herausreißt – wie gesagt nur eine Vision, denn sie ist ja garnicht mehr da, die Zinnpfeife, man hat sie anno Krieg schon sehr fachmännisch und zu Munitionszwecken herausgeschraubt, – und mit dieser mächtigen Waffe den primitiven Zuckerbäcker erschlägt.

Der General-Feldmarschall, der seit seiner Kadettenzeit kein Buch mehr gelesen. Aber er bekam die Gewehrpatronen, in denen die großen Pfeifenrohre aus Johann Sebastian Bachs Hamburger Orgel mit drin waren. Der Soldat besiegte den Kantor. Die ganze Schnitger-Orgel wurde darüber sterbenskrank. Es war nicht nur, dass der Satanas der Kriegsbarbarei ihr die brausenden Stimmen hinwegamputiert hatte, es hatte auch in jenen Jahren der großen Zeit an Kohlen gefehlt, um die Kirche zu heizen. Da zog in den feuchtkalten hamburgischen Wintern die klamme Nässe in Meister Schnitgers Orgelwerk ein. Der Schwamm setzte sich in das hölzerne Rahmenwerk und der Schimmel schlich sich in die Ventile und die Elfenbeintasten überzogen sich mit klebrigem Nebel. Ein Schrillen kam in den Orgelsang, ein Kreischen, Quietschen und Knarren. Was fraß der Krieg nicht alles (warum sollte er nicht ein einzigartiges Meisterwerk der großen Musik fressen. Deutsche Kanonen zerschlugen die unwiederbringlichen, herrlichen Scheiben der Kathedrale von Reims und britische Blockade ruinierte die Schnitger-Orgel von St. Jacobi zu Hamburg), denn im Krieg erweist sich der Mensch in seiner ganzen Größe.

Als der Krieg zu Ende ging, war die herrliche Orgel zwar noch nicht ganz umgebracht, aber sterbenskrank. Und als man allmählich zur Besinnung kam, hörten und sahen die »Kirchenältesten«, was man da angerichtet. Die Kirchenältesten von St. Jacobi waren weise Männer, denn sonst wären sie ja nicht die

Kirchenältesten, die zu bestimmen haben. Weil doch nicht die nach Jahren ältesten Männer der Gemeinde das Gremium der Kirchenältesten bilden, sondern die Reichsten der Gemeinde und also die Weisesten. (Jeder auf Sporteln zu Gottes höherem Ruhm demütig herabsehende Hauptpastor in schwarzem Talar und weißer, steifleinener Halskrause wird das bestätigen.)

Die Kirchenältesten beschlossen also, Nässe, Kälte, Feuchtigkeit und Schwamm auf einmal zu vertreiben. Mit Feuer. (Nicht mit Schwert.) Und als die ersten englischen Kohlen wieder kamen, ward in der Jacobikirche eingeheizt – eingeballert, nannten es die ehrwürdigen Kirchenältesten, – dass es zuging, zuerst wie in einem Dampfbad und dann wie in einem Backofen. Und in der Tat, Feuchtigkeit und Kälte verzogen sich aus Meister Schnitgers Orgelwerk. In Nebeln und Schwaden stieg es auf und bald ward alles so knochentrocken, dass das Balkenwerk sich nur so bog und rissig wurde, dass die Schläuche platzten und die Bälge, die Tasten splitterten und das Musikinstrument, zum Lobpreisen imaginäre Höhen, des Teufels Nudelkasten wurde.

Der Blindtätigkeit der Kirchenältesten stellte sich der Mann Hans Henny Jahnn gegenüber. Hans Henny Jahnn, Dichter und schöpferischer Sprachgestalter, der Geschichte hat und sie zu deuten weiß, stammt aus einem nordischen Geschlecht von Orgelbauern und ist selbst ein berufener Orgelbaumeister. Es ist gut, dass die Frage, ob er als Orgelkünstler oder als Dichter bedeutsamer sei, nicht gestellt wird, denn sie könnte nicht beantwortet werden. Auf beiden Gebieten ist er eine ungewöhnliche Erscheinung und auf manchen anderen Gebieten mehr, etwa auf dem der Chemie. Er ist der geniale Mensch. Und auch die Frage bleibt offen, wie viele, wirklich geniale Menschen Europa heute aufzuweisen hat. Die Frage ist heute unbeantwortbar, denn die Genies stehen in dieser Zeit blühender Mediokrität am allerwenigsten vorn. Sie stehen, soweit die blubesoffene Mediokrität sie am Leben gelassen hat, völlig abseits.

Den Dichter Hans Henny Jahnn nannten die zur kritischen Darstellung und Beurteilung Berufenen, mit denen das deutsche Geistesleben geschlagen war (heute nicht mehr ist, weil es jetzt kein deutsches Geistesleben gibt) eine problematische Erscheinung. Welch eine Torheit. Wo doch seine geistige Leistung gerade darin besteht, dass er den Menschen entproblematisiert. Er zeigt den Menschen auf, wie er ist. Lesen Sie einmal Hans Henny Jahnns Drama *Pastor Ephraim Magnus*. Das hat einmal den deutschen Kleistpreis bekommen, als ein solcher Preis noch eine Würde war. Keine Bühne hat es jemals aufgeführt. Darum lesen Sie einmal dieses Drama. Ich sage nicht, dass Sie dann dieses Buch von des Irrfahrers Leonhard Glanz Erkenntnislektüre nicht mehr zu Ende zu lesen brauchen. Denn Jahnns Drama ist das Werk eines Individualisten und dieser Bericht dahier ist eines Kollektivisten Schreibe. Aber lesen Sie den *Pastor Ephraim Magnus*. Ihr Buchhändler dürfte Ihnen sagen, dass er das Buch nicht vorrätig habe und nicht wüsste, ob er es besorgen kann, weil die Nazis es jedenfalls verbrannt haben. Dann machen Sie Ihrem Buchhändler einen Krach. Als guter Bücherkunde, der Sie, werter Kulturmensch, doch sind, können Sie ihm ja einen Krach schlagen. Er solle das Buch beschaffen, sagen Sie ihm (Sie müssen es gelesen haben). Er wird Sie, wenn er überhaupt eine Ahnung von den Büchern hat, die er führt oder nicht führt, vor Jahnns Drama warnen. Er wird Ihnen sagen, dass Sie drei Nächte lang nicht werden schlafen können, wenn Sie es gelesen. Dass Sie drei Tage lang mit aller Welt böse sein werden – welch ein Glück, für die Welt oder für Sie, je nachdem. Und mit sich selbst werden Sie auch böse sein. Welch ein Glück für Sie selbst. Sagen Sie Ihrem Buchhändler, alles das wollten Sie gerade. Sie geben das Jahr hindurch Geld genug dafür aus, um sich Gemütsbewegungen besonderer Art zu beschaffen. Hier werden sie relativ sehr billig bedient. Hier wohnen Sie einer Vivisektion bei, am Menschen. Jawohl. Und wenn sie nachher näher zusehn, sind Sie es selbst gewesen, den man da seziert hat. (Und nun sehen Sie die letzten Triebkräfte ihre Individualität, auf die Sie so stolz waren und die Sie für so verehrungswürdig hielten, erbarmungslos bloßgelegt.)

Da ist ein Drama von der *Krönung Richards III*. Richtig, ja.

Shakespeare hat auch ein Drama jenes blutigen Richard geschrieben. Aber es ist eben ein Unterschied, ob man das ein paar hundert Jahre früher oder später schreibt. Shakespeare hätte es, denke ich mir, um 1930 herum, wo dieses neue Drama entstand, auch anders geschrieben. Da haben Sie alles, was Sie gebrauchen, wenn Sie sich in dieser Zeit nicht mehr wundern wollen. Denn Sie wundern sich doch zum Beispiel über das, was in Konzentrationslagern, Folterkellern, Kerkern und ähnlichen modernen Erziehungsanstalten geschieht. Sie wissen zwar, dass das alles gewisslich nur Greuelmeldungen sind. Dennoch wundern Sie sich. Lesen Sie also Jahnns Richard-Drama. Dann werden Sie sich nicht mehr wundern. Dann werden Sie wissen, warum das alles geschieht, wie es geschieht und warum der Mensch unter allen Biestern das verstunkenste und niederträchtigste ist. (Hier finden Sie »Blubo«. Die Eingeweide des Bauches und der Erde.)

Da ist Hans Henny Jahnns *Medea*. Die zur kritischen Darstellung und Beurteilung Berufenen, mit denen das deutsche Geistesleben geschlagen war, haben mehr an Tintenwerten nach der Uraufführung dieses Dramas in Berlin verschrieben, als der Autor, den das Staatstheater erbärmlich bemogelte, an Tantièmen erhalten hat. Bei der Erstaufführung in Hamburg, – des Dichters Heimatstadt – gab es sogar beinahe einen Theaterskandal. Weil in dem ersten Akt des Dramas ein Erzähler eine großartige Schilderung gibt, von einem Hengst, und einer Stute, die in großartig wilder Leidenschaft aufeinanderprallen. Der Bericht, an einer Stelle, wo man gewohnt ist, in klassischen Dramen eine Kriegsepisode deklamiert zu bekommen, in der wackere Helden sich gegenseitig totschlagen, ging der hamburgischen offiziellen Sittlichkeit zu weit. Bedenken Sie, es saßen doch unverheiratete Töchter ehrenwerter Kaufleute im Parkett. Etliche prima Börsenaufgaben verließen mit halblautem Protest ihre Plätze.

Meine Damen, hören Sie mal her. Jahnns *Medea* ist ein Drama, das Sie anginge. Der ungalante Autor stellt hier die Behauptung unter Beweis, dass eines Mannes Leben etwa zwei

Frauenleben umschließt. Wie das? Einfach zeitlich. Wenn die Jungfrau, die der Jüngling liebte, Weib und Mutter geworden, schon im Leben verblüht, behäbig in die Breite geht, »dass das Fleisch schwabbt«, wenn sie ihre wichtigste Aufgabe als Liebende und des Lebensgebärerin erfüllt hat, dann steht der Mann in seines Lebens Zenith, auch als Liebender noch ein Beglückender und Zeugender. Jason überlebt Medeen um ein ganzes Leben und macht sie in seinem Glanz zur freudlosen Witwe. Meine Damen, diskutieren Sie nicht mit jenem Hans Henny Jahnn, der Ihnen dialektisch überlegen ist. Sie können ihn nicht widerlegen, solange die ganze körperliche Vitalität Triebkraft Ihres Daseins ist. Erzählen Sie nicht von mancher Frauen zweiter Jugend. Es gibt (hier in dieser Stadt des sprechenden Barock ein paar) Kastanienbäume, die manchmal in warmen Herbst, ein zweites Mal blühen. Blühen, mit zarten, weißen Kerzen. Das ist schon ein Wunder. Doch kein allzu schönes. Eher sind wir traurig um diese Blüten, die niemals zu Früchten mehr werden. Nein, meine Damen. Disputieren Sie nicht mit dem in solchen Dingen rechthaberischen Dichter. Sie können ihn nur bestätigen, indem Sie mit der Kraft des Geistes seine These widerlegten. Das aber ist ja gerade, was er will. Die Frau emporreißen über die Atmosphäre, nicht nur der Küche und Kinderstube, sondern auch des Weibchenseins. Nur ist er kein Ästhet. Nein. Dieser Breitstämmige mit flachsigem Haar und wulstigen Lippen ist kein Ästhet. Ein Wollüstling des Lebens ist er.

Ein Besessener ist er. Wir haben uns hier mit dem Dichter beschäftigen müssen, weil wir es mit dem Orgelbauer zu tun haben. Orgeln baut er, vielleicht, weil seine Väter das auch getan haben. Vielleicht, weil er kein Baumeister werden konnte, wie er gerne gewollt hat. Dome bauen, in mächtigen Gewölben – romanisch, nicht in gotischen Bögen –, aber bis in den Himmel hinein. Etwas noch drüber weg, denn der Himmel, der stupid leer ist, muss ausgefüllt werden. Also muss er Orgeln bauen, die im Tonwerk solche Dome errichten. Orgelton ist ein Gewölbeton. Die ganze gotische Kirchenbauerei beruht auf einen Stilbruch. Das, so nebenbei, ergibt sich aus dem Fall Hans Henny

Jahnn, dem genialen Menschen, mit dem die deutsche Nation nichts anzufangen wusste (und weiß, außer, ihn außer Landes zu treiben.)

Dieser Besessene, der oftmals nicht satt zu essen hatte, denn Orgelton und Dramenwort nährt heutzutage nicht seinen Mann, liebte es, behaglich zu schmausen, wenn es ging. Fetten, schweren Hamburger Aal in vielfältig gestalteter Suppe mit Klößen darin und buntem Backobst und Rosinen. Dazu einen Burgunderwein oder einen Grog von Arrak, der wasserhell aussieht und den Dilettanten im Schmausen umwirft.

(Dieser Besessene tanzte auf den Festen der Künstlerschaft in einem kanariengelben Gewand, mit halbgeschlossenen, zwinkernden Augen und beseligt-beseligender Hingabe.)

Was soll man machen. Ein besessener Mensch. Er passt in keinen Rahmen, wenn man ein Bild von ihm machen will. Er glaubt nicht an Gott, aber an den Teufel.

»Wenn einmal der Faschismus über Deutschland kommt, dann wird der Teufel los sein. Der leibhaftige Teufel, in seiner barbarischen Gestalt. Unvorstellbar niedrig, gemein und brutal. Das Mittelalter in seiner blutvergorensten Zeit wird übertrumpft werden. Politischer Mord und Folterkammer, multipliziert mit Soldatenstiefeln mal sturer, deutscher Organisation. Das wird der deutsche Faschismus. Barbarei in Ungarn, in Italien? Ein Idyll dagegen. Können Sie sich das vorstellen? Sie können es nicht. Aber Sie werden es erleben.«

So unterhielt Hans Henny Jahnn eine muntere Silvestergesellschaft, als es erster Januar, vier Uhr morgens, des eben angefangenen Jahres 1932 geworden war. Eigentlich kein Thema für eine Silvester- und Neujahrsfeier? Vielleicht das einzig mögliche Thema. Übrigens, die Gesellschaft unterhielt sich prachtvoll dabei. Es war so angenehm gruselig und niemand glaubte dem Besessenen auch nur ein Wort.

Da war einmal ein internationaler Theaterkongress in Hamburg. Die Theatergrößen aus aller Welt nahmen teil. Abends gab es Senatsempfänge, Festivitäten, Abfütterungen und Theater-Galavorstellungen. Tagsüber gab es große und kleine Sitzungen, wo es arbeitsam zuging. Man nahm Referate über die wichtigsten Fragen des modernen Theaters entgegen und debattierte darüber. Zum Beispiel war Leopold Jessner, der berühmte Regisseur, der Ansicht, dass man bei Shakespeare-Aufführungen die allfälligen Schlachten nicht realistisch auf der Bühne darstellen solle, sondern sie etwa durch einen rot angestrahlten Hintergrund ersetzen könne – rot beleuchtet man Liebesszenen, Mord und Krieg – mit Paukenrasseln und knatternden Schlägen. Während die Herren vom Pariser Théâtre français die Ansicht vertraten, derartiges müsse mit stürmenden und fliehenden Statisten auf der Bühne vor sich gehen, mit klirrenden Schwertern, rasselnden Panzern und pappenen Schildern. Acht Tage lang hatte sich der Welttheater-Kongress über so erschütternde Fragen ereifert.

Unter diesen Umständen war der wichtigste Mann des Kongresses der Dolmetscher Assad. Dieser Assad war ein junger Türke, ein Sprachtalent von großartiger Vielseitigkeit. Er sprach mit gleicher Geläufigkeit Deutsch, Französisch, Spanisch, Englisch, Griechisch, Rumänisch und natürlich Türkisch, außerdem Arabisch, Hebräisch und Lateinisch, was hier weniger gebraucht wurde. Drei solcher Assads und die ganze biblische Sprachverwirrung von Babel hätte nicht zustande kommen können. Der Turm wäre bis in den leeren Himmel gebaut worden und alle späteren Religionskriege, bis zu dem, der jetzt im Herzen Europas von Taschenspielern von Gewalt und Reich angezettelt wird, hätten unter ganz anderen Parolen stattfinden müssen.

Assad war eigentlich Buchhändler, oder jedenfalls hatte er ein Buchladen in einem Kellerraum einer hamburgischen Seitengasse, direkt neben dem feudalen Hotel Atlantic, der Absteige für die Passagiere erster Klasse der großen Schifffahrtlinien. In dem Atlantic-Hotel befand sich auch das Restaurant Pfordte, dass sich Generationen hindurch des Rufes des besten europäischen Restaurants erfreut hatte. Damals war es in einem bescheidenen Bürgerhaus der Innenstadt, wo man auserwählt und gut aß. Seit Pfordte in das Atlantic übersiedelt war, speiste man dort, sehr elegant und sehr teuer. Womit das Restaurant seinen Ruf verlor, denn in anderen Metropolen gibt es Luxus-Speisestätten, wo man ebenso teuer und noch teurer speisen kann.

Was Assad angeht, so hatte er nie beim alten oder beim neuen Pfordte gegessen oder gar gespeist. Es ist anzunehmen, dass er sich an etlichen Tagen jeder Woche überhaupt nicht satt aß. Sein Buchladen brachte ihm garnichts ein, obwohl dort immer Leute zu finden waren. Die saßen dort auf alten Kisten oder auf Haufen angesammelten Zeitungspapieres und studierten die Neueingänge, die sie käuflich nicht erwerben konnten. Bei aller Vorsicht nahmen die Bücher dabei ein Aussehen an, dass sie als neue Exemplare nicht mehr hätten verkauft werden können, wenn sich ein unerwarteter Käufer eingestellt hätte, und dem Verlag konnte man sie auch nicht remittieren. So erwarb Assad selbst diese Bücher und richtete damit noch eine Leihbibliothek ein, die sich regen Zuspruchs erfreute, ohne dass es gewiss ist, dass einer der Abonnenten die Leihgebühren jemals bezahlt hätte. Sein Leben und den Betrieb der Bücherei hielt Assads eifriges Stundengeben in allen Sprachen aufrecht.

Unmittelbar vor Assads Kellerladen befand sich ein Autostand. Zumeist war Assad hier zu finden, im Kreis etlicher Chauffeure, mit denen er in politische Debatten verwickelt war. Die Chauffeure erhielten gratis Unterricht, in mancherlei Disziplinen des Marxismus und des Leninismus. Der Bücherkeller blieb so lange dem Schutz der Anwesenden empfohlen, die ja doch dort trieben, was sie wollten, und den eigentlichen Besitzer höchstens als ein störendes Moment ansahen. War Assad für ein paar Stunden fort, so übernahmen die Chauffeure abwechselnd die Ladenbeaufsichtigung. Hinter dem eigentlichen Bücherladen war noch ein abgetrennter Verschlag mit einem Tisch, etlichen Stühlen und einem Diwanrest. Dieser Raum diente dem Assad abwechselnd zum Wohnen oder als Unterrichtsraum, zumeist aber hielt dort das »Kollektiv Hamburger Schauspieler« seine Proben ab. Eine Truppe junger Schauspieler, die in Hamburg revolutionäres Theater spielte. Das einzige revolutionäre Theater, das je in Deutschland und wahrscheinlich in

Europa – außerhalb der Sowjet-Union – und vielleicht sogar in der Welt, je gespielt hat. Es wäre keine Sache für den Berliner Kurfürstendamm gewesen – lieber Piscator, seien Sie nicht böse, aber man muss das einmal feststellen – und für den Hamburger Jungfernstieg war es auch nicht, obwohl alles einmal hinging, was überall dabei gewesen sein muss – und so nahm die große Journaille nichts anderes als ablehnende Notiz davon. Was den Zustrom der Massen nicht hinderte. Die Geschichte des Kollektivs Hamburger Schauspieler müsste noch einmal geschrieben werden. Mit seinen Hoffnungen und Erfüllungen. Mit seinen Mühseligkeiten, seinen Ereignissen und Erreichnissen. Mit seinen in harter Arbeit durchwachten Nächten und seinen tosenden Sonntagvormittagen, wo von Schnürboden und Kulissenwinkel bis zur höchsten Stehgalerie alles eins wurde. Mit seinem revolutionären Elan und seinem Untergang im Nazimief. Vielleicht wird diese Geschichte noch einmal geschrieben werden, mit ihren Freuden und Schmerzen, vielleicht auch nicht. Aber sei dem, wie es sei. Ich grüße euch, alte Freunde, treue Kameraden und nimmermüde Mitarbeiter, wo immer ihr sein mögt und unter welchen Umständen, ich grüße euch alle, die ihr dem Geist des »Kollektivs Hamburger Schauspieler« die Treue bewahrt habt. Ich grüße euch aus ganzem Herzen, mit ganzer Seele und mit ganzem Gemüte.

Der unentwegte Dolmetscher Assad in seinem zerknitterten Anzug auf dem Podium neben dem Rednerpult des Internationalen Theater-Kongresses, warf ab und zu einen halbtraurigen, halb verschmitzten Blick in eine gewisse Bankreihe des Auditoriums, wo drei Gesellen saßen, die er kannte. Der Blick sagte etwa: Ich muss ja hier den Schwafel mit anhören und repetieren, aber ihr, wozu habt ihr das nötig?

Die Meinungen über die Kongress-Aufgaben waren geteilt. Die drei Gesellen, um am falschen Ende anzufangen, meinten, es hieße hier sich mit den lebendigen Aufgaben des Theaters in jener Zeit zu beschäftigen. Eine Ansicht, die zum Beispiel vom Gremium Hamburger Theaterdirektoren, die sich als Gastgeber des Kongresses fühlten, nicht geteilt wurde, sie meinten, es käme darauf an, dass ein schöner Ablauf der Festivitäten zu Ehren der Tagung gewährleistet sei. (Insbesondere, dass man rechtzeitig zu den Empfängen und Festschmausen eines hohen Senats in Hamburger Rathaus zur Stelle sei.) Der damalige Direktor des Hamburger Thalia Theaters, der aus dieser Bühne mit sauberer Tradition eine Schmiere gemacht hatte –, er hieß Röbbeling und bekam später mit dem Wiener Burgtheater das Gleiche fertig – machte nicht mit, weil das Operntheater in einer prachtstrotzenden *Aida*-Aufführung den siegreichen Radamès mit einem Vierergespann echter, lebendiger Zebras auf die Bühne fahren ließ – der Tierpark Hagenbeck hatte sich dieses Verdienst um die Musik erworben –, ein Effekt, dem Röbbeling nichts gleichwertiges gegenüberstellen konnte (denn seine Möwen auf dem Wolfgangsee im *Weißen Rössl* waren nur gefärbte Tauben und mit den einzigen dressierten Zebras der Welt nicht zu vergleichen.) Julius Bab, dem Dichter, lag hingegen nicht einzig daran, seinen gepflegten Vollbart und eine lange, goldene Kette um den sich rundenden Leib zur Schau zu tragen, sondern auch daran, festzustellen, dass in der Organisation »Deutsche Volksbühne« keine Spur eines revolutionären Elans oder auch nur geistiger Zielstrebigkeit mehr vorhanden war, sondern dass man dort immerzu *Die versunkene Glocke* spielte, mal als Tragödie, mal als Lustspiel, mal als Posse, zumeist als Operette. Während es Tristan Bernard gelang, nachzuweisen, dass sein gepflegter Vollbart viel schöner und würdiger sei als der des Babs im Barte und dass seine Theaterstücke die parisrischsten der Welt seien. (Es war schon ein stolzer Kongress, der da im großen Versammlungssaal der Hamburgern »Kunsthalle« tagte. Das Rauchen war im Plenarsaal verboten, denn über ihm sind die Ausstellungsräume der Hamburger Kunstgalerie. Deren Leiter der großartige deutsche Museumsdirektor Alfred Lichtwark lange gewesen war, dem die Herrschaften von Alster und Elbe zu danken haben, dass sie eine große Anzahl schönster französischer und deutscher Impressionisten besaßen, neben vielerlei sonstigem Guten und Besten. Allerdings hatte Lichtwark gar kein Verständnis für lebensecht gemalte

Schaftstiefel, die geradezu nach Leder und Stiefelwichse riechen, nein, davon verstand er garnichts und darum musste ein großer Teil der von ihm mühsam gesammelten Bilder in den Keller wandern oder in die »Schreckenskammern«. Welch ein Glück hatte dieser Lichtwark, dass er tot ist. Denn lebte er, so säße er doch im Konzentrationslager als Vergeuder deutschen Volksvermögens und sein Manet, Renoir, Cézanne, van Gogh, Liebermann, Corinth und wie sie alle heißen, alle schon tot? Schade, schade. Man hätte sie kastrieren sollen, diese erbkranken Nachfahren des verjudeten Rembrandt.

Die Grenzen heben sich auf. Die Kunst ist ein unteilbares Ganzes. Wir können hier nicht vom Internationalen Theaterkongress reden, ohne uns in Parenthese mit der Malerei zu beschäftigen, wenn auch nur aus scheinbar auffälligen und äußerlichen Gründen. Wobei es uns garnicht um Theater und Kongress geht, sondern um den Orgelbaumeister Hans Henny Jahnn, den wir bald wieder antreffen werden, aber eigentlich geht es auch nicht um ihn, sondern um den Kaffeehausgast Leonhard Glanz, den wir ganz in seiner Sofaecke vergessen hatten, wo ihm ein als Piccolo weißlackierter junger Mann, mit sprossigen Pickeln im Gesicht, den so und so vielten Satz frischen Wassers auf vernickeltem, bereits messinggelblich schimmerndem Tablett, neben seine Zeitung stellt.

Wasser im Glas. Glaser im Was. Maser im Gas. Im Spaß. Im Fass. In Essig und Öl. Mit Sardinen. Auf Knäckebröd. Sehr knusperig. Und aus Roggenmehl und Roggenmuhme. Mit Mohnkränzen im Haar. Querfeldein und über die Heide. Rot ist die Heide. Rot ist Denheide. Denheide war ein Arbeitervorort von Hamburg und rot. Wie ist es jetzt? Lass man, lass man. Es sind nicht die Maler, die farbenblind sind. Und ein farbenblinder Greco und ein farbenblinder Grünewald sind wohl immer noch, immer noch … Und dann zu denken an den gemalten Reiterlackstiefel samt Reitpeitsche und eine pomadisierte Schmachtlocke mitten im Gesicht.

Die Kunst also hebt die Grenzen auf. Sie hält sich nicht an irdische Gesetze. Ihre Gesetze sind anderer Art. Da war also dieser internationale Theaterkongress, mit seinem täglich wechselnden Vorsitzenden. Jeder Prominente kam mal dran. Eines Tages präsidierte der Senator Kirch vom Elbestrand.

Das ist der gleiche Kirch, den später die Nazis niederträchtig behandelt und eingekerkert haben. Er stammte von den Sozialdemokraten her, das war der Grund. Wenn die Nazis ihm einen Prozess als »Marxistenschwein« machten, so war das Humbug. Ob er je ein Marxist gewesen, entzieht sich jeglicher Beurteilung, als Senator war er keiner. (Dieser etwas mäßige Senator hatte der Direktion des »Schiller-Theater« in Krisenzeiten mit städtischen Krediten geholfen und der Direktor, ein ziemlich schmieriger Komödiant, hatte der Frau Senator gelegentlich einen Blumenstrauß oder eine beachtliche Bonbonniere geschenkt, woraus die Nazis einen Riesen-Korruptionsskandal machten, denn niemals hat etwa Frau Emmy Sonnemann-Goering von einem Theaterdirektor eine Bonbonniere geschenkt bekommen, noch etwa gar ein betresster Nazifunktionär ein Auto, eine Villa oder nur ein paar wertvolle Gemälde aus Staatsgalerien. Nein, solche Korruption gab es nur in den Jahren der roten Schmach.)

Der Kleinbürger Kirch präsidierte also damals eines Nachmittags dem Internationalen Theater-Kongress, als man zu dem Thema Stellung nahm, ob auch die Nachtwächter am Theater künstlerisches Personal seien und ob man sie nicht mit Funzellaterne stilecht bekleiden solle. Und da der präsidierende Senator dabei nicht einschlafen wollte, zündete er sich, mit dem Rauchverbot des Hauses nicht vertraut, eine Zigarre an. Es war eine sehr bedeutsame, nicht übersehbare Brasil-Zigarre. Tief schwarz, wie die Schenkelbeine einer Negerin, an denen die Tabakblätter vielleicht einmal gerollt worden waren, wenn es eine Importzigarre war und keine deutsche Fabrikware.

Womit der Senator die sich über alles hinwegsetzende Freiheit der Kunst rettettete – ich höre Albert Bassermann jubilieren –, denn in diesem Hause war das »Rauchen verboten«. Die Herren am Vorstandstisch, das gesamte Auditorium, starrten gebannt auf des Senators glimmende Zigarre und der verantwortliche Feuerwehrmann ganz hinten an der Tür trat taktlos von einem Bein auf das andere. Vielleicht, wäre Bernard Shaw da gewesen, er hätte die Formulierung gefunden, aber er war nicht da, er schrieb gerade an einem Aufruf für den Sozialismus, der zugleich das Ende des Sozialismus bedeuten würde. Und so fand sich niemand, der den Mut aufgebracht hätte, einem leibhaftigen Senator zu sagen, dass hier Rauchen eigentlich verboten sei. Denn kann ein Senator etwas Verbotenes tun? Er kann nicht.

Krachend sank das Gefüge der gesetzlich vorgeschriebenen Ordnung in sich zusammen. »Rauchen verboten« und es wurde geraucht. Feuer unter der Bildergalerie. Brand im Opernhaus. *Brand* von Ibsen. Brand und Brandy. Whisky und Soda. Das durch-brochene Gesetz. Freiheit. Drei Pfeile und Revolution. Der Senator raucht. Gegen streikende Arbeiter kann man Infanterie aufmarschieren lassen, Pionierkommandos mit Tränengas, Gummiknüppel mit daran hängenden Polizisten, Flitzer und Tanks. Aber gegen einen Senator?

Der Dolmetscher Assad warf einen zwinkernden Blick in die Bankreihe des Plenums, wo die drei Gesellen saßen. Daraufhin zündete sich der Geselle Hans Henny Jahnn eine Havanna-Zigarre an. Der zweite Geselle, der Romancier und Dramatiker Heinz Liepmann, desgleichen eine Camel-Zigarette, die ein Seemann zollfrei für ihn eingeschmuggelt hatte, und der dritte Gesell, der Publizist und Theater-Kritiker Justin Steinfeld, der sich in dieser Sache aus Anstandsgründen nicht verschweigen kann, höchst umständlich eine qualmende, grässlich stinkende Pfeife. Es kam der Feuerwehrmann und verwies auf das eherne Gesetz » … verboten«, die drei Gesellen verwiesen den Feuerwehrmann auf den rauchenden Präsidenten. Der ganze Saal sah auf die Gruppe. Die Diskussion über den Theaternachtwächter oder die Dramaturgie des Souffleurkastens versank in wattige Uninteressiertheit und nur der Senator merkte nichts.

Mit dieser nachmittägigen Episode bereiteten sich arge Kümmernisse des Kongresses für den nächsten Tag vor.

An diesem nächsten Tag diskutierte man über die Unveränderlichkeit des Bühnenrequisits im Wandel der Zeiten. Firmin Gémier, der damalige Nestor der französischen Schauspielerschaft – natürlich Nestor, er war doch Klassizist, er konnte Tonleitern sprechen, vorwärts und rückwärts, – wies mit Stolz darauf hin, dass er seit fünfundzwanzig Jahren in Tristan Bernards *Poile de carotte* einen älteren Bauern, immer mit dem gleichen, ausgefransten Strohhut, gespielt habe. Der Strohhut zeigte sich den internationalen Theatergrößen, die ihm begeistert applaudierten. Daraufhin verneigte sich der Strohhut. »Siehst du den Hut dort auf der Stange?« Er segelt falsch, er muss hinein. Er wird am Vorgebirg zerschellen. Und frei erklär ich alle meine Knechte.

In diesem Augenblick wurde ein Blockzettel, etwa zehn Zentimeter lang und fünf Zentimeter hoch, mit perforiertem Rand, (während die Sonne durch das blank geputzte Glasdach schien und die Weiden an den Alsterkanälen ihre grünen Zweige in das plätschernde Wasser hängen ließen, aus dem ein schwarz und weiß, freundlich gefleckter Drahthaarterrier seinen hündischen Durst stillte) von einem Platzanweiser auf das Podium hinaufgereicht. Assad, der Dolmetscher, nahm ihn entgegen, las ihn, grinste und überreichte ihn dem Vorsitzenden der Vorsitzenden, dem Intendanten Sachse der Hamburger Staatsoper, der als schwarzgelockter Hamlet seinen Melancholien nachhing. Und nun geschah es.

Der Blockzettel, zehn zu fünf Zentimeter, enthielt die Bitte, der Internationale Theater-Kongress möge – angesichts der Tatsache, dass die Weltpresse ihm assistierte – endlich von der Beweihräucherung von vermottetem Kulissenplunder zu aktuellen Fragen des Theaters in dieser Zeit übergehen. Folgten die Unterschriften der drei Gesellen.

Der Obervorsitzende Sachse wurde unter seiner Hamletweiße noch blasser, erhob sich und verlas den Zettel mit der Erklärung, dass er den Inhalt absolut nicht verstünde. Das war glaubhaft. Obwohl er also den Inhalt keineswegs verstünde, betrachtete er ihn doch als ein Misstrauensvotum gegen den Kongress, insbesondere gegen die Leitung, deren Vorsitzender er sei – richtig spekuliert –, und darum lege er mit sofortiger Wirkung den Vorsitz nieder.

Womit der Kongress erklärt hatte, dass er über verstaubte Kulissengespräche hinaus nichts zu bieten habe, also seinen Bankrott erklärte, so stellte einer der drei Gesellen fest.

Nun folgten zehn Minuten Krach. Sämtliche Kongressabgeordneten und das gesprenkelte Publikum auf den Tribünen tobte gegen die drei Gesellen, man lärmte, scharrte, schrie und pfiff und tat alles das, was wohlerzogene Leute immer tun, wenn sie glauben in der Mehrheit zu sein. Sie waren aber in der Minderheit, wie sich allerdings erst ein paar Jahre später herausstellte. (Schließlich erkämpfte Firmin Gémier sich das Wort. Er apostrophierte die drei Gesellen als »jeunes hommes«, die sicher das Beste wollten, aber die ernsten Läufe der Zeit nicht genügend respektierten und schließlich habe auch er, trotz des munteren Dolmetschers Assad wortwörtlicher Übersetzung die Meinung des Zettelchens nicht verstanden.)

Der drei Gesellen einer erklärte, dass die Welt in einer furchtbaren Unordnung sei, was man gemeinhin mit dem Wort »Krise« bagatellisiere, aber angesichts dieser Krise habe das Theater als lebendiges Instrument im Kampf des Geistes gegen den Ungeist Aufgaben, die anderer Art seien, als die löbliche Diskussion darüber, ob man Ritterrüstungen besser aus Blech oder Pappe anfertige.

Firmin Gémier meinte, er höre immer die Krise und die Krise und er wisse wiederum garnicht, was die Krise eigentlich sei und wie das zum Theater käme.

Der drei Gesellen einer meinte, wenn die Herrschaften das nicht wüssten, so möchten sie einmal vor das Haus, auf die Straße sehen. Das sei nämlich gerade eine Demonstration etlicher zehntausend Arbeitsloser im Vorbeimarsch. Vielleicht, wenn man sich das gründlich anschaue, würde auch in Intendanten- und Oberregisseurköpfen dämmern, was Krise bedeute.

Hamlet-Sachs meinte, die Krise sei zeitlich, aber die Kunst sei ewiglich. Und wenn die ganze Wirtschaft mit und ohne Politik zu Grunde gehe, dann würde er noch im grünen Wagen, wie einst im Mai, von Ort zu Ort fahren und Theater spielen.

Der blasse Intendant mit den schwarzen Locken hat inzwischen seinen Posten längst verloren. Die braunen Vollstrecker der Krise haben ihn zum Musentempel hinausgeschmissen. Er hat nicht einmal einen grünen Wagen, um damit von Ort zu Ort zu fahren. Seine Kapellmeister, seine Regisseure – einer davon hieß Gründgens, trug ein Monokel und damals noch linkeste linke Gesinnung zur Schau –, seine Sänger und Sängerinnen, kurz alles, was damals vor ihm katzbuckelte, so tief, samt den Herren der Journaille, alle kennen heute den Juden Leopold Sachse gar nicht mehr und müssen schnell in die nächste Schaufensterauslage schauen, wenn sie ihn treffen oder in einen Laden laufen, um ihn nicht grüßen zu müssen. Alles das Gleiche. Überall die gleiche Hundsföttischkeit, überall die gleiche seelische Verlumptheit. (Ob das nun des mittelmäßigen Mannes Leonhard Glanz ehemalige kleine Liebschaft ist, oder eines allmächtigen Theaterdirektors Primadonna. Aber die Frage bleibt offen, ob jener damals so ahnungslose Intendant aus den Erfahrungen etwas gelernt hat. Oder ob er nur als ein in der persönlichen Eitelkeit Gekränkter leise weinend abseits steht oder sonstwo Regie macht.)

So ließ also damals Hans Henny Jahnn mit noch zwei Gesellen einen internationalen Theater-Kongress zerplatzen, dass nichts übrig blieb als ein Kompromiss, zwecks Abhaltung der noch im Programm vorgesehenen Großfressereien. Wenn aber Jahnn und die Gesellen meinten, der Vorgang würde ein geistiges Echo auslösen, so waren sie im Irrtum. Die Huren von der Presse versicherten zwar, ein jeglicher unter vier Augen, dass endlich ein erlösendes Wort gesprochen worden sei. Dann aber folgten sie den Richtlinien einer eilig abgehaltenen Pressekonferenz und berichteten einmütig, dass ein paar Gesellen, die gewiss nicht rein zufällig auf einer linken Bank im Saal gesessen hätten, versucht hätten, den harmonischen Schlaf eines internationalen Kongresses im Sinne friedlicher Völkerverständigung zu stören, was ihnen aber nicht gelungen sei. Ei, ei.

Nein, es war nicht gelungen. Der Kongress schlief weiter. Und die Ligen und Vereine für Völkerverständigung schliefen weiter und die großen, geistigen Menschen in allerhand Elfenbeintürmen schliefen weiter und alles schnarchte so laut, dass man die Würmer und Termiten nicht hörte, die den Weltbau der Kultur unterirdisch benagten, bis auf einmal ein nicht unbeträchtliches Kunststück krachend einstürzte. Woraufhin Alfred Kerr, err, er, den Fall analysierend von Römisch I bis Römisch XV feststellte, dass er das schon immer gesagt hätte – das Gegenteil ist wahr –, während sein Idol, Gerhart der Hauptmann, nach Genehmigung einer besonders süffigen Flasche Rotspons fand, dass sich garnichts verändert habe. Dass sein treuer Paladin Kerr, err, er. rr. r. noch vor der ersten frischfröhlichen Brandbelegung nach Paris echappierte, hat er nicht genügend beweint. Das ergrimmte den treuen Paladin und er, der geruhigt mit angesehen und angehört hatte, wie Gerhart der Hauptmann schon zwanzig Jahre lang die deutsche Kunst und Literatur auf das erbärmlichste verraten hatte, mit seinem Schleimgeseiche, empörte sich von Römisch I bis Römisch XV, weil er, err, Kerr der persönlich verratene, sich wähnte.

Es ging ihnen allen um keine große, geistige Sache, es ging ihnen um Ästhetizismus und höchstpersönliche Manieriertheit und dann konnten sie ganz anders – man sehe sich nur so einen Herbert Ihering in seiner Verlumptheit an –, und wer von ihnen den Staub des Dritten Reiches so prompt von den doppelsohligen Schuhen mit breitem Rand schüttelte, der hatte oben die großmütterlichen Papiere nicht in Ordnung. So war das und so ist das. Er brauchte garnicht der organisierte, mörderische Terror des Nazifaschismus zu kommen, damit diese Pächter der verschiedensten öffentlichen Kunstmeinungen, die samt und sonders keine waren, kapitulierten, es brauchte nur eines hohen Senats festlicher Empfang in den getäfelten und beledersesselten Räumen des Hamburger Rathauses zu winken, samt den dazugehörigen Delikatessen und Spirituosen und sie waren Opportunisten des Tages sonder Furcht und Gewissen. Was die leidige Moral dieser Geschichte von einem internationalen Kongress ist.

Hans Henny Jahnn ward zuletzt bei Karin Michaelis in Nordland gesichtet, was dann mit ihm und aus ihm geworden ist, vermag weder Leonhard Glanz noch seine Geschichte zu sagen.

Komm auf Hekuba, vermaledeiter Schauspieler. Komm endlich auf die Schnitger-Orgel, die wir in heillosem Zustand vor geraumer Seitenzahl verlassen haben.

Als Hans Henny Jahnn als ein Neugieriger die verwahrloste Orgel sah, geriet er außer Rand und Band. Er verstand ja etwas davon. Er hatte mit seiner Technik des Orgelbaus die gesamte bisherige Orgelbaukunst so grundlegend verändert, dass die paar bestehenden großen Werke sich zu einem Ring gegen ihn zusammengeschlossen, um ihn als Scharlatan anzuprangern. Weil sonst die Orgelbaumethoden und Werkmethoden so gründlich hätten verändert werden müssen, dass eine Kirchenorgel für einen Bruchteil dessen herzustellen wäre, was sie heute kostet. Hans Henny Jahnn hat Orgeln gebaut, die nicht viel größer sind als ein Konzertflügel und nicht teurer. In seinem eigenen Haus, der zurechtgebauten Bauernkate unter den riesigen Bäumen des Flottbeker Hirschparks, stand ein solches Instrument und der Baumeister pflegte darauf Bach zu spielen.

Weil das so war, gingen die Orgelfabrikanten mit allen Methoden des ein einbringliches Monopol verteidigenden Großkapitals gegen den ahnungslosen Dichter und Orgelbaumeister vor. Als ihnen das aber alles nichts half, denn Jahnns Erfindungen waren so einfach, klar und offenkundig, da kamen sie auf eine infernalische Idee. Sie hetzten die protestantische Kirche auf ihn, sie denunzierten seine Schriften als unzüchtig und gotteslästerlich. Diese Werke, die eine Zuchtrute in der Hand eines Gottes hätten sein können, wenn sich nur eine gefunden hätte, es fand sich aber keine und nicht einmal ein Theaterdirektor.) Die gleiche Niedertracht, den die vom Geldbeutel Besessenen von jeher wider die vom Geist der Freiheit Besessenen in Anwendung gebracht hatten, die ganz gleiche, primitive Niedertracht wendeten diese verfressenen Dunkelmänner gegen den Lichtbringer an, der in ihre Mitte geraten war. Hätte es damals

Ketzergerichte gegeben, sie hätten ihn verbrennen lassen. Hätte es damals schon Gestapo gegeben, sie hätten ihn denunziert. So aber steckten sie sich hinter gestrenge lutherische Kirchenherren mit rotgeränderten Augen hinter goldenen Brillen und eiferten wider Heidentum und Unmoral. Eine hundsföttische, aber bewährte Methode.

Eines Morgens saß Meister Jahnn in der Tenne seines Bauernhauses, die zum Studier- und Musikzimmer umgestaltet war, ein großer, lichter Raum, mit Büchergestellen und Notenborden ringsum, in der Mitte stand die Orgel und weiter hinten führte eine rote Wendeltreppe ins Laboratorium, da saß also Meister Jahnn und spielte ein Präludium von Bach. Und weil die Sonne an dem frühen Morgen schon so gewaltig in den Raum strahlte, zündete er noch zwei Kerzen an und stellte sie rechts und links auf die Orgel und musizierte weiter, zum Preise des Lichts und des Lebens und der Kinder und der Frauen und Johannes Sebastian Bachs, des gewaltigen Organisten, der uns allen Angst macht und mit dem er wie Bruder zum Bruder stand, das war ein Tönen und Dröhnen von Musik und Licht und auf einmal geht die Tür auf und herein kommt ein uniformierter Postbote und bringt einen eingeschriebenen Brief. Und in dem Brief steht, dass er, Hans Henny Jahnn, in den Kirchenbann getan sei und keine Kirche mehr betreten dürfe, nebst weiteren Paragraphen und Ausführungsbestimmungen. Als er den Brief gelesen hatte, knüllte er ihn zusammen und schob ihn in die Hosentasche, wo sollte der Wisch auch anders so schnell hin, denn die Musik musste weitergehen. Die große, rauschende, brausende Musik, dieweil die Sonne stieg.

(Die feinen Herren vom Orgelkartell, die nun nicht mehr um das einträgliche Monopol zu bangen brauchten, haben alle enganliegende schwarze Röcke an und als Spazierstock tragen sie große dreizinkige Gabeln.)

Komm auf Hekuba, vermaledeiter Berichterstatter. Komm auf die Schnitger-Orgel der St. Jacobi-Kirche in Hamburg und Hans Henny Jahnn.

Nun, es ist nichts so Besonderes darum. Damals als der Krieg, die Kriegsfolgen und das Patterjohtentum der Kirchenältesten das wunderbare Orgelwerk so gründlich ruiniert hatten, dass man fast sich veranlasst sehen möchte, dieses Zerstörungswerk aus sturer Dummheit ein systematisches zu nennen, damals war Jahnn noch nicht im Kirchenbann. Dennoch zog man zunächst sogenannte Fachleute des Orgelbaus heran, die hier etwas bastelten, dort klebten und das Werk immer mehr zu Grunde richteten. Jahnn, der darum wusste, wurde überall vorstellig, wo er meinte, Verantwortungsgefühle für ein Meisterwerk zu finden. Bei den Hauptpastoren und bei den Kirchenältesten und den Bankiers des Sprengels, bei den Senatoren und Staatsräten, aber alles war vergeblich. Dann versuchte er über die Tageszeitungen an die öffentliche Meinung heranzukommen. Der zuständige Redakteur der wichtigsten der in Frage kommenden Zeitungen, des *Hamburger Fremdenblatts*, hieß Meumann und so war er auch. Ein richtiger Meu-Mann. Und auch die Redakteure der anderen Tageszeitungen waren Meu-Männer. Die Schnitger-Orgel schien an den Meu-Männern aller Arten zu Grunde gehen zu sollen.

Bei den Meu-Männern und Meu-Frauen, wenn man sie besucht, riecht es schon auf der Treppe nach Kalbsbraten mit Burgundersauce, nebst frischen Kartoffeln und Gemüse, von grünen Erbsen mit Karotten und dabei wollen sie sich nicht stören lassen. Um keine Schnitger-Orgel der Welt.

Schließlich kam Jahnn zu dem Redakteur einer hamburgischen, kulturpolitischen Wochenschrift, ein den Hamburgern unangenehmer Geselle, dem es immer um eine geistige Sache ging, anstatt um deftige Rumpsteaks mit Kräuterbutter und der irgendwie auch ein Verrückter war, denn er wollte durchaus eine kulturpolitische Zeitschrift herausgeben, in Hamburg, der Millionenstadt, die nicht einen einzigen literarischen oder musikalischen oder künstlerischen Verlag hat. Dieser Redakteur und Herausgeber einer Wochenschrift, die an der Börse nicht gehandelt wurde, wurde, wie er stand und ging von Jahnn in die St. Jacobi-Kirche geschleift. Nach einer weiteren Woche hatte er sich den vermieftesten Hass der ehrenwerten Kirchenältesten zugezogen und nach weiteren etlichen Tagen musste ein hoher Senat eingreifen und dem zu ständigen Sorgen Anlass gebenden Hans Henny Jahnn die Restaurierung der Schnitger-Orgel übertragen.

Der zuständige Senator hieß Krause, was in Deutschland ein höchst durchschnittlicher Name ist, und es war ein trefflich passender Name für diesen braven Volksschullehrer und Funktionär der sozialdemokratischen Partei, der stets eine weiße Weste als Zeichen seiner plötzlichen Senatorwürde und sonstigen Unbescholtenheit trug. Ein streng demokratischer Mann, (so demokratisch, dass er, da ihm auch das Schulwesen unterstand, alle linken Organisationen und Regungen von Schülern und Lehrern mit starker Hand unterdrückte, denn Schule und Schüler sollen unpolitisch sein. Und der alle rechten Organisationen und Manifestationen mit biederem Lächeln gewähren ließ, denn Demokratie muss Demokratie sein) gerecht auch gegen Reaktion und unter der Maske des Patriotentums in die Schulen sich einschleichenden Faschismus. Achtung! Die Augen links! Wer weitergeht, wird erschossen! Achtung! Augen rechts! Wenn das so weitergeht, da werde ich ernstlich böse! Und weil der Senator mit der weißen Weste gar so gerecht war, ließ er damals jenen querköpfigen Wochenschrift-Redakteur ganz barsch stehen – jawohl barsch, ein mittlerer Volksschullehrer wird doch wissen, was barsch ist –, als er ihm im nagelneuen Foyer des umgebauten Opernhauses vorgeführt wurde, der Geselle, der ihm diesen peinlichen Hans Henny Jahnn aufgezwungen hatte. Und so kam es zu dem peinlichen Missverständnis, dass Frau Senator Krause, im seidensten ihrer schwarzen Kleider, mit dem goldenen Medaillon unterhalb der Halsrüsche, beleidigt war, weil sie, den Zusammenhang nicht kennend, meinte wieder einmal zurückgesetzt worden zu sein, als sie diesen Mann gar nicht vorgestellt bekommen hatte. So hatte der Senator schon wieder einen unangenehmen Abend in dieser Sache und Frau Senator sprach noch auf dem Heimweg kein Wort und man war miteinander und gegeneinander gekränkt, obwohl es in der Oper Tristan und Isolde gegeben hatte.

Inzwischen hatte Hans Henny Jahnn seinen Wohnsitz in der St. Jacobi-Kirche aufgeschlagen. Und hier war es, wo unser einfacher Mann Leonhard Glanz ihn eines Tages aufsuchte. Einfach als ein Neugieriger. Glanz hatte Jahnn einmal auf einer Abendgesellschaft kennen gelernt. Irgendeine Bindung, auch nur irgendwelches Verhältnis zwischen ihnen bestand nicht, sie hatten garkeine gemeinsame Plattform. Glanz hatte gehört, dass dieser Jahnn wie ein Leib gewordener Geist in dieser Kirche hauste und als er einmal nach der Börse an dem mächtigen Backsteindom vorbei kam, in dessen roten, braunen, gelben, grünen, violetten, blauen, orangefarbenen Klinkersteinen die Sonne tausendfältige Reflexe warf, hinauf in den Himmel, an den massigen, sechseckigen Turm mit seinen vier Ecktürmchen empor bis zu dem spitzen Turmdach, das ehemals aus jahrhundertelang patiniertem Kupfer war, den man im Kriege aber abgetragen hatte, um gemeinsam mit den Zinnrohren der Schnitger-Orgel Munition daraus zu machen, und man dieses Kupferdach durch grün angemaltes Kulissenmetall ersetzt hatte – es sah schamvoll aus, ein Schandfleck in Himmelshöhe – und wovon alles unser mäßiger Mann Leonhard Glanz so gar nichts gesehen hatte, obwohl oder eben weil er dort alle Tage vorüber kam, so ging er also eines Tages in die Kirche hinein. Guten Tag, ich will mir einmal ansehen, wie das ist, wenn man Orgel baut oder leimt. Interessant, sehr interessant. Wie eine Art Klavier? Ich hatte immer gedacht, Orgel wird gedreht. Als ich noch klein war, hatte ich eine Orgel zum Drehen. Ich hatte sie einmal von Onkel Bernhard bekommen. Sie konnte nur *Stille Nacht, Heilige Nacht* spielen. Onkel Bernhard hatte gemeint: »Warum soll ein jüdisches Kind nicht auch seine Weihnachtsfreude haben.« Aber wie gesagt, es war nur eine kleine Drehorgel. Dieses da ist freilich anders. Entschuldigen Sie, ist vielleicht gerade Herr Jahnn hier?

Ob er hier ist? Wo sollte er denn sonst sein. Ja, wo er gerade ist? Da müssen Sie suchen. Vielleicht da oben, über dem Gehäuse, gehen Sie mal da die Wendeltreppe hinauf. Vielleicht hängt er wo zwischen den Zügen. Vielleicht ist er im Balkenwerk, weil er eine Klinze im Holz gefunden hat. Dann kommen Sie ihm besser nicht zu nahe. Jedesmal, wenn er einen Riss im Holz entdeckt, tobt er und flucht. Wie man in einer Kirche garnicht fluchen dürfte. Flüche weiß der Mensch, ich sage Ihnen, sowas haben Sie noch nicht gehört. Suchen Sie ihn nur. Vielleicht liegt er auf dem Bauch, irgendwo zwischen dem Pedalen. Vielleicht sitzt er in dem neuen Bass-Pfeifenrohr. Vielleicht auch in einer der ganz kleinen Flöten. Wie, die sind viel zu klein? Na, bis sie da oben sind, werden sie schon etwas größer. Aber Sie haben schon recht, aber ein Mensch könnte da nicht hinein. Nicht einmal eine Katze. Aber das beweist nichts. Vielleicht sitzt Jahnn doch darin. Er ist überall hier. Wenn man garnicht denkt, dass er da sein kann, weil er eben im Leuchter saß, wer weiß, was er von dem Leuchter aus sehen wollte, dann ist er auf einmal da. Und flucht so gottsjämmerlich, weil vielleicht einer ein Butterbrot gegessen hat und eine Zinnpfeife anfasst, ohne die Hände vorher zu reinigen. Als ob ein Arbeiter alles mit Glacéhandschuhe anfassen könnte.

Er ist immer hier. Tag und Nacht. Er schläft irgendwo im Orgelwerk, auf Hobelspänen oder so auf dem bloßen Boden. Als ob ihm nachts jemand dabeigehen würde. Die Türen sind doch alle verschlossen. Manchmal geht er tagelang überhaupt nicht aus der Kirche heraus. Mahlzeiten? Dann isst er ein paar trockene Semmeln, die ihm ein Arbeiter aus der Bäckerei mitbringt. Isst seine trockenen Semmeln und erzählt uns eine Geschichte von Buxtehude. Kennen Sie Buxtehude? Ich meine nicht die Stadt, wo die Hunde mit dem Schwanz bellen. Nein, Buxtehude, das muss auch so ein närrischer Orgelmann gewesen sein. Ich glaube, diese Orgelleute, das sind alles verrückte Kerle. Wie kann einer Buxtehude heißen. Na und Jahnn? Hans Henny heißt er mit Vornamen. Hat man das schon mal gehört? Ist das ein Name für einen vernünftigen Menschen? Diese Orgelmänner, die müssen ja alle den Verstand verlieren. Ist denn sowas eine Musik? Das ist doch ein Gewitter. Das schmeißt doch einen Menschen um. Das holt doch aus einem was heraus, wo man garnicht weiß, dass es da war und woher und wohin.

Sie müssen mal in Leipzig den Günther Ramin in der Thomas-kirche spielen hören. Ich bin schon zwanzig Jahre Tischler. Immer in Orgelfabriken. Ich habe schon in allen großen Kirchen Holz gehobelt. Ich kenne alle Orgeln. Aber ich sage Ihnen, der Günther Ramin in Leipzig in der Thomaskirche. Der Jahnn ist ein Freund von dem Ramin. Der Jahnn sagt, die Orgel in der Thomaskirche, das sei die eigentliche Bachorgel. Wer Bach ist, wissen Sie doch? Lassen Sie das bloß den Jahnn nicht merken, dass Sie das nicht wissen. Der ist imstande und erschlägt Sie. Der ist doch ein gewaltsamer Mensch oder vielleicht ist es gar kein Mensch. Man weiß nichts Sicheres. Wir vom Orgelbau, wir wissen, dass man garnichts wissen kann. Manchmal sitzt der Jahnn so da und schaltet ein Register ein und spielt nur so ein paar Töne, wie es eben geht. Sie wissen doch, diese Orgel ist noch heillos durcheinander. Dann sitzt er da und blickt den Tönen nach. Blickt ihnen nach, bis in die letzten Bogen da oben und blickt und blickt. Und unsereins ist zu Mute, dass man heulen möchte. Ne, ne, wissen Sie, ich habe vier Jahre Krieg mitgemacht. Da wird man schon so und so. Die Seele ist einem doch ganz verrostet. So dick, durch den Rost geht gar nichts mehr durch. Aber wenn der da so sitzt und den Tönen nachschaut, das ist schrecklich, sage ich Ihnen. Was er dafür Augen hat. Garnicht wie ein Mensch. Ganz gelbe Augen, wie ein Löwe. Man könnte sich fürchten. Ich habe schon meiner Firma schreiben wollen um Ablösung. Sollen sie einen anderen Tischler schicken. Aber dann denke ich, ich kann doch den Jahnn nicht im Stich lassen. Ich verstehe ihn doch, er braucht ja nur zu sagen, so und so. Wenn man zwanzig Jahre dabei ist. Und dann kommt irgend so ein Ersatzmann. Der kann auch Holz hobeln. Jawohl. Kann er. Aber beim Orgelbau ist doch hobeln nicht einfach hobeln. Sehen Sie, da ist der Jahnn, da ganz oben, sehen Sie, da ganz oben sitzt er, auf dem Flügel von dem hölzernen Engel. Ne, keine Bange. Der stürzt nicht runter. Was er da macht? Was weiß ich. Wenn er runterkommt, nimmt der einen Bleistift und rechnet was aus und dann findet er, dass irgendwo, was weiß ich, in einem Pedal vielleicht eine Nute nicht fest sitzt und dann geht man hin und sieht nach und ich sage Ihnen, dann ist da wirklich eine Nute und sie sitzt nicht fest.

Leonhard Glanz weiß nicht, was eine Nute ist. Er mag auch nicht fragen. Vielleicht ist das ein Gespenst. Alles ist so gespenstisch. Das Licht und das Klopfen und der Orgelbaumeister da oben im Raum, der jetzt von dem Engel herunter kriecht und auf einen goldenen Schnörkel noch höher hinauf. Unheimlich ist das alles für den einfachen Mann Leonhard Glanz und er meint, er wolle lieber gehen, und er schenkt dem Mann und der Hobelbank zwei von seinen Sumatra-Zigarren, was ihm schon ein Opfer scheint, und ist froh, wieder aus der Kirche heraus zu sein. Es ist schon so. Wie ein Geist haust dieser Mensch in der alten, großen Kirche.

So werkte der von der erhabenen Musik und ihrem großen Instrument Besessene wochenlang rastlos in der Kirche, des Orgelwerkes Arzt und guter Geist. Ein großer Liebender, den noch in den Träumen das Ringen um die Geliebte nicht verließ. So ward die Orgel wiederhergestellt und Günther Ramin spielte darauf und die kirchenältesten Cylinderhüte saßen in geschnitzten Kirchenstühlen und der Hauptpastor hielt eine Weiherede, die Bankiers waren da und hohe Senatoren und auch die fadenscheinige Gemeinde dürfte da sein, obwohl die Gegend längst eine Armeleutegegend geworden war und die Proletarier bei dem festlichen Anlass keine besonders gute Staffage machten. Auf der Orgel brauste der Lutherchoral, dass Gott ein feste Burg sei, ein gute Wehr und Waffe und niemand, kein Pastor und kein doch schon damals immer sehr patriotischer Kirchenältester, kein Senator und kein Gemeiner ahnte, dass dieser Choral in wenigen Jahren eine verjudete Angelegenheit sein sollte. Weil dann nicht mehr Gott eine feste Burg, Wehr und Waffe sein würde, sondern die Dreieinigkeit eines Nachtwandlers mit Reitpeitsche, eines Rauschsüchtigen mit Henkerschwert und eines Klumpfüßigen mit Lautsprecher.

Inzwischen aber war es geschehen, dass man den genialen Menschen, Dichter und Orgelbaumeister Hans Henny Jahnn, der Schnitgers Meisterwerk wiederhergestellt hatte, zum Preise einer viel höheren Ordnung, als alle Bratenröcke und auch viele ohne Braten und ohne Rock gemeint hatten – es rettet uns kein höheres Wesen, kein Gott, kein Kaiser und Tribun –, aus der Kirche ausgeschlossen hatte, aus der Kirche, in der Schnitgers und seine Orgel spielte und aus allen anderen auch. Und die ihn damals ausschlossen, ahnten garnicht, dass es so sein musste, denn sie hatten die leibhaftige Teufelei hineingelassen und das Heidentum – nicht das große Heidentum, wo sich Jahnn mit Johann Wolfgang Goethe traf und mit William Shakespeare –, sondern das primitive, barbarische, erniedrigende, rückläufige Heidentum, das mit Mord und Menschenopfer beginnt und mit Kriegsbemalung und Kriegszug fortsetzt und mit der Zerstörung aller geistigen Werte endigen will.

Die in ihrem Glauben so streitbaren Kirchenherren meinten ja wirklich, dass es mit dem bisschen Teufelei nicht so schlimm sein würde und dass man da zwischendurch balancieren könne, ohne schon auf Erden in die Hölle zu geraten – das Weitere würde sich finden –, wenn man nur wacker mit »Heil« riefe und allenfalls ein bisschen »Juda verecke!« und wenn man dabei auch etwas weniger oder etwas mehr den Herrn Jesus Christus verriet, der ja selbst gesagt hatte, man müsse Cäsar geben, was Cäsars sei. Es war aber der große, stinkende Teufel, den sie in ihre Kirchen gelassen, mit Klauen und Hörnern. Und sie kamen schon auf Erden zum Teil in die Hölle, nämlich in die Konzentrationsläger und Kerker des Dritten Reiches, wo es viel schlimmer zugeht, als die Pfarrer und Pastoren sich die Hölle gedacht hatten. Die Dreieinigkeit des stinkenden, blinkenden, hinkenden Satans war los und das Christentum wurde in Staatsacht erklärt und zum Hauptfeind No. I.

Spät, sehr spät kamen die Kirchenältesten und die Pastoren zur Erkenntnis. Aber das ist das Wunderbare der lebendigen Geschichte, dass es kein zu spät gibt. Auch für den einfachen Mann Leonhard Glanz nicht, der immer noch bei eines Zuckerbäckers Fantasiegebilde hält, dem Leichnam Christi aus Marzipan, mit den Wundmalen aus Zuckerguss und der schokoladenen Dornenkrone. Spät ist es an diesem Vormittag und spät in der Zeit und noch musst du viel Zeitung lesen, Leonhard Glanz, einfacher Mann. Und wie willst du da vom Fleck kommen, wenn dich schon wieder die nächste Zeitungsseite mit einem Monument von dieser Zeiten abgrundtiefer Verblödung überrascht. Dennoch sind wir bei dem Zuckerbäckerbericht und da heißt es also weiter – Leonhard Glanz, du traust deinen Augen nicht? Heb die Zeitung auf –, heißt es also: »eine Gebetmauer, aus gefrorenen Oblaten.«

Die Klagemauer von Jerusalem. Aus gefrorenen Oblaten.

Jerusalem, die du tötest die Propheten. Aus gefrorenen Oblaten.

Die Jahrtausendgeschichte eines Volkes, das Festungsmauern gestützt und Tempelmauern errichtet hat, die Jahrtausendgeschichte eines Volkes, das sein Leid durch die Welt getragen und »das Buch« nicht zu vergessen, »das Buch«. Eingefroren in Oblaten. Die Geschichte der Zivilisation Europas, die eine Geschichte der Kriegführung ist, umrahmt von der Geschichte blutiger Judenpogrome, und immer standen alte Männer in Gebetsmänteln an der Mauer, um zu weinen und um zu beten, für die Seelen der Erschlagenen, der Verbrannten, der Märtyrer aller Märtyrertode, heute wie gestern, und das alles ist aus gefrorenen Oblaten. Samt der modernen britischen Politik von dem Mandatland Palästina, als einer Heimstätte eines jüdischen Volkes (auf Abzahlung), und da ist auch eine Balfour-Deklaration, an der eines stolzen britischen Königs stolze Regierung nicht nur dem jüdischen Volk, sondern sogar – man bedenke – dem Lord Rothschild wortbrüchig geworden, und da sind die Araber, gleichfalls betrogen in Hoffnungen und Versprechungen, und da ist … welch eine Mauer zu beten und zu klagen. Die Steine bröckeln und es rinnt der Sand. Und es steht die Klagemauer, die Gebetmauer, und sie ist aus gefrorenen Oblaten und die Familie Lederer – gewiss ja, die reichen Lederers – werden sie aufessen, zur Nachspeise am Sonntag, wenn sie ohnehin alle schon satt sind.

Dazu hat ein abseitiges Volk »das Buch« durch die Welt getragen. Und die Engländer haben das Buch in alle Sprachen der Welt übersetzen lassen und haben eine große Industrie daraus gemacht. Mit Bildern für alle Rassen. Mit Negerengeln und Chinesenengeln, indianischen Engeln und malayischen Engeln und Eskimoengeln. Und dann kamen erst die englischen Missionare mit der Bibel und dann kamen die englischen Kaufleute aus Manchester gleich hinterher und immer, wenn die Engländer Bibel sagen, meinen sie Manchesterstoffe. Und da ist ja dann auf diese Weise ein hübsches Imperium entstanden. – Es gibt auch eine »Privilegierte Württembergische Bibelanstalt« in Stuttgart. Sie wurde 1812 gegründet und hat zu ihrem Jubiläum ein Plakat drucken lassen. 1812–1937 – 125 Jahre. Zwei Hände halten die Bibel mit dem Kreuz und darunter ein Spruch: »Gott sei Dank, für seine unaussprechliche Gabe.« Unsere Zeitung dahier bildet das Plakat ab und berichtet dazu: »Der Aushang dieses Plakats wurde in Deutschland gemäß polizeilicher Verfügung vom 30. Januar 1937 verboten, an Mauern, Zäunen und anderen Stellen, wo das Plakat vom öffentlichen Verkehrsraum aus sichtbar ist.« Das passt schlecht zur Konditorweltanschauung. Aber der Dreh dazu wird sich schon finden. Und vielleicht ist auch das alles nur, damit Familie Lederer oder Familie Johnson am Sonntagnachmittag, wenn sie sich alle schon satt gegessen haben, noch die gefrorenen Oblaten naschen können, von der Gebetmauer von Jerusalem, wo die alten Männer klagen und fasten. Der Pöbel, der süße Pöbel, der goldene Pöbel. Das ist der Pöbel, der Pöbel, der Pöbel …

… die Wasser Babylons mehrten sich mit ihren Tränen. Ihre Harfen hingen im Wind …

O du stockblöder, herziger Konditorzuckerbäckermeister. Dass ich dir und deiner liebenswerten Kundschaft am Sonntagmittag in die Fresse schlagen dürfte, alle gefrorenen Oblaten der Welt gäbe ich dafür. Schreib das auf, zuckerklebriger Reporter, bring das deinem schmalzgebackenen Redakteur, es wird die verfressene Leserschaft rühren.

Nicht jeder Zuckerbäcker macht so vornehme gefrorene Oblaten. Manche machen ganz einfach die Oblaten. Die können allerdings geweiht werden, die simplen Oblaten. Und dann bedeuten sie den Leib Christi. Manche sagen auch, sie sind der Leib Christi. Und darum, ob sie sind oder bedeuten, sind ja schon Kriege geführt worden. Was für Kriege. Und keinem Geschichtsprofessor, der seine Schüler zwingt, die Jahreszahlen und Schlachtennamen so vermaledeiter Kriege auswendig zu lernen – Peter Lämmlein, wenn sich deine Leistungen nicht erheblich bessern, wirst du das Ziel der Klasse nicht erreichen –, ist die bodenlose Unmenschlichkeit solcher Kriegsbegründungen aufgefallen, aber er findet, es sei schrecklich ungebildet und auch unmoralisch, wenn ich der niederträchtigen Zuckerbäckermoral und ihrer Kundschaft in die Fresse schlagen will. Wegen der Klagemauer von Jerusalem.

Leonhard Glanz ist kein Zionist gewesen und will auch jetzt keiner sein. Da gibt es Juden genug in Deutschland, die haben sich, ebenso wenig wie er, um diese Dinge gekümmert. Aber jetzt unter dem Regime des Hakenkreuzes, haben sie ihr zionistisches Herz entdeckt. Entdeckt? Leonhard Glanz findet, das sei ein wenig gar zu einfach. Hätten Sie nicht auch ihr Naziherz entdeckt, wenn sie gedurft hätten? Wofür haben sie nicht schon ihr weites jüdisches Herz entdeckt gehabt? Herz ist Trumpf. Cœur ist à-tout. Bube, Dame, König, Ass. Nehmen Sie Heckerle. Der hat Glück gehabt mit seinem Stammbaum. Als Jud wär er heute Zionist.

Hitler, die Geißel in der Hand des lebendigen Gottes. – Klage, Mauer, Klage. – Sie musste über uns Juden kommen, damit wir wieder heim finden, zum Glauben der Väter und zur Weihe des gelobten Landes. Das scheint mir doch zu einfach. Ich bin ein bescheidener Mann. Ich hab mich um alles das nie gekümmert. Aber so scheint mir das zu einfach. Ist das ein Ausweg? Eine Zuflucht ist das. Vielleicht. Eine Rettungsinsel. Vielleicht. Aber ein Ausweg? So scheint mir das zu einfach.

Mit den Männern an der Gebetmauer habe ich nichts zu tun. Ich habe immer einmal im Jahr dem lieben Gott einen Anstandsbesuch in der Synagoge gemacht. Am Versöhnungstag. Mittags, zur Seelenfeier, zum Gedächtnis der Verstorbenen.

Warum? Meinetwegen aus Pietät. Nicht allein. Wegen des jüdischen Restes.

Vielleicht kommt es auf den jüdischen Rest an. Vielleicht, wenn ich mich um den Rest gekümmert hätte, wäre ich heute ein Zionist. Vielleicht würde ich dann jetzt nach Tel Aviv fahren und Grapefruits exportieren. Ob es La Plata-Mais ist oder Palästina-Grapefruits ist am Ende einerlei. Aber ich habe mich um den Rest nicht gekümmert. Nur die anderen haben sich um diesen meinen Rest gekümmert. Dass ich jetzt hier sitze. Meine selige Mutter sagte immer »Recht geschieht dir«, wenn mir etwas schiefgegangen war. Recht geschieht dir, hieß, deine Schuld. Deine eigene Schuld. Ob meine selige Mutter das jetzt auch sagen würde? Sie wusste viel von Goethe und garnichts von jüdischen Dingen. Nein, sie würde das nicht sagen.

Und doch, und doch, und doch: Recht geschieht mir. Ich weiß selbst nicht, warum. Aber ich werde das Gefühl nicht los.

Aber nicht wegen des jüdischen Restes. Und nicht wegen des vernachlässigten Glaubens der Väter, sagen wir besser: der Großväter. Und auch nicht, weil ich über die Zionisten mit leisem Lächeln zur Tagesordnung überging. Deswegen nicht. So einfach ist das nicht. Warum denn nur? Alles ist aus Unrecht geschehen. Aus ganz gemeinem Unrecht. Aus unmenschlichem Unrecht. Und doch, und doch, und doch: Recht ist mir geschehen. Nur weiß ich nicht, wie und warum. Das ist nicht so einfach. Ich habe mir das immer zu einfach gemacht. Ich habe zu einfach gelebt und das Leben darüber versäumt. Komisch. Sechs Anzüge und Sumatra-Zigarren und eine Limousine und teure Frauen, das war das Leben? Aber das war ja gar kein Leben. Ja, was denn? Wie mein Schwager, der »Krämer« das machte? Das war doch auch kein Leben. Vielleicht hat der jetzt sogar doch einen Eisladen mit Filialen in Jerusalem. Einfach. Sehr einfach. Aber doch kein Leben. Und hier sitzen und Zeitung lesen? Das, das allein kann doch auch nicht das Leben sein. In der Zeitung, jawohl, in dieser Zeitung steht, das ist das Leben. So ist das Leben. Und es ist ja nicht wahr. Das ist ein Riesenschwindel. Gut, dass die Zeitungen lügen, dass sie falsche Meldungen bringen, dass sie frisieren, wie eine Bankbilanz, das habe ich längst gewusst. Aber dass das alles Schwindel ist, von vorn bis hinten, das habe ich nicht gewusst. Wahrscheinlich ist auch das wieder anders. Vielleicht mache ich mir auch das zu einfach. Alles machen wir uns viel zu einfach. Alles bekommt einen Namen. Und dann soll es so sein, wie sein Name es macht. Lauter Markenartikel. Das ganze Leben als Markenartikel. Als ob nicht jedes Ding wenigstens zwei Seiten hätte. Eine Vorderseite und eine Rückseite. Wahrscheinlich ist auch das noch zu einfach. Die Dinge haben ja auch noch eine rechte und eine linke Seite. Sie haben ja auch noch ein oben und unten. Ein vorne und ein hinten. Ein lang und ein schmal. Wahrscheinlich haben sie noch viel mehr Seiten, wenn man sie mit System betrachten würde. Aber die Menschen wollen sich das einfach machen. Sie sagen zu mir: Emigrant. Und basta. Da bin ich ein Markenartikel. Emigrant ist Emigrant. Keine gute Marke, hier. Vielleicht bin ich jetzt wirklich nichts als ein Emigrant. Vielleicht haben die Leute doch recht, wenn sie sich alles einfach machen. Schließlich hatte ich selbst dabei bisher doch nicht schlecht gelebt, oder?

Das ist zum Beispiel hier, was ist das für eine riesige Annonce mit einem schwarzen Rand herum. Eine Todesanzeige. Ein Fabrikdirektor ist gestorben. Es war ein liebender Gatte und ein treusorgender Vater, Großvater und Onkel. Ich habe ihn garnicht gekannt. Aber es steht hier. Gut. Ich will das glauben, weil es die Familie mitteilt. Darunter steht das gleich noch einmal. Genauso groß. Diesmal war es ein langjähriger treuer Sozius und Freund, sagt sein Mitdirektor und Fabrikteilhaber. Darunter noch einmal das Gleiche. Er war ein vorbildlicher und väterlicher Chef, teilten die Angestellten mit. Dann das Gleiche noch einmal, aber etwas kleiner, so sagen es die technischen Beamten und Fabrikarbeiter. Und noch einmal, weil er ein verantwortungsbewusstes Mitglied des Aufsichtsrates in noch sechs anderen Gesellschaften war. Und noch einmal, weil er ein hilfreicher Freund humanitärer Organisationen gewesen. Sechsmal hintereinander ist dieser liebende, treusorgende, vorbildliche, väterliche, rastlose, allzeit hilfreiche Mann gestorben. Je reicher einer ist, umso toter ist er in der Zeitung. Drei Hände voll Erde auf des armen Mannes Sarg. Die wiegen nicht schwer. Der hat es leicht, am jüngsten Tag. Aber sechs große Annoncen für den reichen, toten Mann. Was die allein gekostet haben. Je reicher einer ist, umso toter ist er. Tot, ganz tot. Ganz und gar und mausetot. Und je toter er ist, umso größer muss der Stein sein, den sie auf sein Grab wälzen. Mit goldenen Buchstaben darauf – ewig und unvergesslich –, nur wiederkommen soll er nicht und da machen sie auf alle Fälle auch noch ein bronzenes Gitter herum. Und ist immer noch nicht tot genug? Ist das etwa einfach? Das ist nicht einfach. Das ist sogar sehr kompliziert.

Vielleicht hat der Mann Glück, dass er jetzt gestorben ist. Wer weiß, was nachkommt. Wäre ich vor gut drei Jahren gestorben, ich hätte auch mindestens sechs große Grabsteine in die Zeitung gesetzt bekommen. Von meiner Schwester, im Namen der Familie. Von Heckerle, dem Lumpen, für die Firma. Von den Angestellten und Speicherarbeitern. Vom Börsenvorstand und dem Verein der Getreidehändler. Im *Hamburger Fremdenblatt*, im *Hamburgischen Correspondenten* und in den *Hamburger Nachrichten*. Vielleicht in noch mehr Zeitungen.

»Hallo! Hallo! Hier ist die Redaktion der Abendpost vom frühen Morgen. Wir hören soeben vom Ableben Ihres verehrten Herrn Leonhard Glanz. Wie? Ja. Unsere Redaktion ist tief erschüttert. Gewiss, wir teilen ergebenst Ihren Schmerz. So plötzlich. Vor acht Tagen noch habe ich den so früh Abgerufenen in der Blüte seiner Jahre gesehen. Wie? Da war er schon schwer krank. O, dann sind es vier Wochen oder so. Die Zeit geht so schnell, heutzutage. Ja. Die Redaktion fragt ergebenst an, ob wir Ihre werte Anzeige, so wie im *Fremdenblatt* nicht auch in unserer Zeitung... Ja. Gewiss. Mit redaktionellem Hinweis. Gewiss. Mindestens zehn Zeilen. Danke sehr. Ja, mit dem nochmaligen Ausdruck meines tiefgefühlten Beileids ...«

Wenn ich nun heute sterben würde, kein Hahn möchte nach mir krähen. Je ärmer einer ist, umso weniger ist er tot, wenn's

mal aus ist. Auch der Tod ist ein großes Geschäft für Zahlungs-
fähige.

Aber nicht gelebt und nicht gestorben? So kann das doch
nicht sein. Lassen wir den Mumpitz vom Sterben. Ich denk
nicht dran. Ich bin kein Hypochonder. Ich lass mich nicht vier-
mal im Jahr auf Herz und Zucker und Blutdruck untersuchen.
Aber das Leben. Das Leben. Und dann nicht gelebt. Ich war
nur da. Und nun in Einsamkeit gestorben. Wieso? Wer spricht
vom Sterben? Ich will doch nicht dran denken. Im Gegenteil.
»Ein edler Mensch von ungewöhnlicher Seelengröße.« Geld
verloren, alles verloren. Ein Emigrant ohne Mittel ist nicht
mehr edel, hat keine Seelengröße und ungewöhnliche schon gar
nicht. Er ist ganz gewöhnlich. Ganz ordinär. Ein Emigrant.

Ein Emigrant ist kein Emigrant. Irrtum. Ein Emigrant, zwei
Emigranten, zehn Emigranten, alle Emigranten. Ein Emigrant
sucht Schutz und Asyl in fremdem Land. Bitte sehr. Asyl sollst
du haben. Wir nehmen dich auf. Nicht gerade am Herdfeuer.
Wir leben nicht mehr in altersgrauer Zeit. Wir leben auch nicht
mehr in der Zeit der guten Stube. Wir leben in der Zeit des Als-
Ob.

Wir leben in der Zeit des Sports. Wir haben unsere politischen Parteien. Lasst die Parteien, damit sie sich in allzu ernste
Regierungsgeschäfte nicht einmischen, ein wenig Fußball spielen. Die Emigration gibt einen guten Fußball. Den kann man
treten. Die eine Seite der politischen Parteien sagt: Hinaus mit
der Emigration. Im Namen der nationalen Erfordernisse. Die
andere Seite sagt: Schutz der Emigration. Im Namen der Demokratie. Und dann geht das Spiel los, der Fußball wird hin und
her getreten. Die Zeitungen ermuntern jeweils ihre Spieler. Das
ist billig und schmutzt nicht. Feste! Feste! Die Nation ist in
Gefahr! Die Demokratie ist in Gefahr! Ein Bravo unseren Stür-
mern. Sie haben die feindliche Verteidigung durchbrochen.
Feste, feste! Schade. Ins Aus getreten.

Über dem Spielfeld brütet bleigrau der Himmel der Kriege.
Nicht mehr der kommenden Kriege. Der bereits seienden.
Einer löst den anderen ab. Peripheriekriege in Permanenz. Da

zieht sich etwas Ungeheuerliches zusammen. Am Ende merken die Leute was und die öffentliche Meinung könnte sich beunruhigen. Los. Weiter. Spielen wir Fußball.

Gegen einen Emigranten, der eine Frau und zwei Kinder mit dem Verkauf von pergamentem Butterbrotpapier zu ernähren sucht, hat der Verein der am Butterbrotpapierhandel beteiligten Hausierer protestiert. Die Nation ist in Gefahr. Wie, Sie sind auch ein Emigrant? Sie ruinieren auch unser Volk mit dem übertriebenen Butterbrotpapierhandel? Na, warten Sie. Wir werden Ihnen schon zeigen.

Jetzt versucht unser Mann es mit dem Verkauf patentierter Milchtöpfe, bei denen die Milch nicht überkochen kann. Aber wenn die Milch nicht überkochen kann, dann kann sie auch nicht anbrennen. Angebrannte Milch muss aber durch neue, gute Milch ersetzt werden. Also hebt das Anbrennen von Milch den Konsum. Und der Mann mit den patentierten Milchtöpfen schädigt also die Volkswirtschaft. Das ist doch logisch. Na, sehen Sie. So sind die Emigranten.

Der Mann sieht also nun eine Zeitlang mit an, wie Frau und Kind langsam verhungern. Aber er ist ein Mensch. Das darf man ja nicht vergessen. Eines Tages meint er, nicht mehr mit ansehen zu können, wie Weib und Kind verhungern. Da geht er hin und stiehlt. Eine versilberte Tabakdose oder einen neuen Pelzmantel. Es ist ja auch ganz egal, was. Jedenfalls stiehlt er. Alle Emigranten sind Diebe. Dazu sind sie hergekommen. Die Nation ist in Gefahr, von den Emigranten ausgeplündert zu werden. Das Zeitungsgeschäft blüht. Die Überschriften sind balkendick. Leonhard Glanz stiehlt silberne Pelzmäntel en gros. Ein Emigrant ist ein Emigrant.

Was aber ist ein Idyll? Ein Idyll ist, wenn es idyllisch zugeht. Ich will von einem Idyll erzählen. Sie werden schon merken.

Da wäre zunächst die Landschaft. Es handelt sich um die Dreiländerecke. Da, wo Belgien, Holland und Deutschland aneinander grenzen. Zusammenstoßen. Nach Nordwesten zu ist grüne Rasenfläche. In einiger Entfernung sieht man eine Windmühle. Holland. Nach Südwesten zu ist eine grüne Rasenfläche.

In einiger Entfernung sieht man ein Azaleentreibhaus. Belgien. Nach Osten hinüber ist braune Moorfläche. In einiger Entfernung sieht man eine Abteilung S. A. Männer exerzieren.

In dieser friedlichen Landschaft erscheinen auf einmal im holländischen Teil ein paar Gendarme mit aufgepflanzten Bajonetten auf den Gewehren und zwischen ihnen ist ein Mann in Zivil.

Dieser Mann in ungebügeltem Zivil hat eine kleine Vorgeschichte. Er ist ein Flüchtling aus Deutschland, der geglaubt hatte, in Holland Asyl gefunden zu haben. Hierin irrte er.

Wahrscheinlich hat er mit patentierten Blechtöpfen gehandelt, oder mit Butterbrotpapieren. Oder die Polizei hat ihn anlässlich der Anwesenheit ausländischer Potentaten in Gewahrsam genommen, um was unser Mann keineswegs gebeten hatte. Aber er war jedenfalls eingesperrt gewesen und also ist er vorbestraft. Oder er hat sonst irgendetwas getan, was jeder Mensch aller Welt tun darf, mit Ausnahme von politischen Flüchtlingen aus Deutschland, die es nie und nirgends tun dürfen. Genug und schlecht, eine freundliche, holländische Behörde teilte unserem Mann mit, dass er fürderhin sich holländischen Käse nicht mehr in seinem Erzeugungslande durch die Ladenscheiben von außen betrachten dürfe, sondern dass er anderswohin gehen müsse. Ins Meer wollte unser Mann nicht gehen, da er sich nicht zutraute, bis nach England schwimmen zu können. Nach Deutschland wollte er noch viel weniger, da er sehr wohl wusste, weshalb er froh war, von dort weggekommen zu sein. So blieb ihm noch übrig, nach Belgien zu gehen. Das tat er auch.

Aber die belgische Behörde wollte unseren Mann auch nicht haben. Warum nicht? Weil sie nicht wollte. So schickte man ihn nach Holland zurück.

Als die holländischen Behörden dieses Umstandes gewärtig wurden, beschlossen sie, unseren Mann nun erst recht über die belgische Grenze zu stellen. Damit sie bei dieser Gelegenheit das Corpus Delicti aber mit einiger Aussicht auf Erfolg wirklich los würden, beschlossen sie das nächtlicherweise und ganz geheim zu tun. Als aber die belgischen Behörden dieses nunmehr geheimen Umstandes gewärtig geworden waren, beschlossen sie, unseren Mann ebenfalls erst recht und noch viel mehr nächtlicherweise und ganz geheim über die holländische Grenze wieder zurück zu stellen. Als man dieses reizende Spielchen mit einem lebendigen Menschen, mit einem denkenden Menschen, mit einem Menschen getrieben, der um das Asylrecht bat, um das Gastrecht, das den Negern im belgischen Kongo und den ärmsten Eingeborenen auf Java heilig ist, da blieb unser Mann schließlich über dem Grenzstrich stehen, mit einem Bein in Holland und mit dem anderen Bein in Belgien. Und das schon schien nun in aller Welt die einzige Möglichkeit für seinen Aufenthalt zu sein.

So stand da unser Mann. Ein lebendiges Denkmal des Humanismus im Jahre 1937.

Angesichts dieses immerhin ungewöhnlichen Standbildes kamen eine königliche Regierung von Holland ebenso wie eine königliche Regierung von Belgien zu dem Beschluss, dass hier etwas geschehen müsse. Und man hielt eine gemeinsame Konferenz ab und beschloss eine Vereinbarung, dass in Zukunft keine deutschen Flüchtlinge mehr im Geheimen über die Grenze geschmuggelt werden sollten. Als diese Kunde bis zu unserem Mann gedrungen war, zog er sein auf belgischem Erdreich stehendes Bein vollends nach Holland hinüber. Die Mijnheers hatten ihn wieder.

Wenn aber unser Mann glaubte, dass ihn das liebe Holland nun behalten werde, dass man ihn etwa mit Van Houtens Kakao füttern werde, so irrte er hierin. Und niemand soll sagen, dass eine holländische Behörde sich nicht auch unter schwierigen Umständen in solcher Sache zu helfen wisse. Die wusste sich zu helfen. Mit einer geradezu ingeniösen Idee.

Man ersuchte also nun unseren Mann sehr höflich, an der Dreiländer-Ecke einen kleinen Sprung von holländischem Gebiet nur eben auf deutsches Gebiet zu machen. Nur etwa zwei oder fünf Meter. Und von dort könne er in kurzer Wendung gleich wieder auf belgisches Gebiet hinüberwechseln. Dann sei er kein aus Holland ausgewiesener Flüchtling, der geheim über die Grenze gebracht worden sei, sondern gleichsam ein ganz neuer Flüchtling aus Deutschland. Und so bliebe das holländisch-belgische Abkommen einerseits gewahrt, andererseits sei man unseren Mann dabei und hoffentlich endgültig los. Man kann nicht sagen, dass auch unser Mann diese Lösung als glücklich empfand. Im Gegenteil. Ihm war sehr unbehaglich dabei. Aber angesichts der so überaus freundlichen Einladung, überbracht von etlichen Gendarmen mit Gewehren und aufgepflanzten Bajonetten, blieb ihm nichts anderes übrig, als Folge zu leisten.

Und nun kommen also die braven holländischen Gendarmen mit unserem Mann in die beschriebene Landschaft der Dreiländer-Ecke. Und das also ist ein Idyll, zu dem nur noch zu sagen wäre, dass dem Mann sein Vorhaben zwei Meter Umweg über Deutschland nach Belgien zu marschieren, nicht ganz glückte. Denn kaum war er auf dem heiligen Boden des Dritten Reiches, hoppla-hopp, erwischte ihn die SA. Nun, das war sein persönliches Pech. Die Mijnheers waren ihn los. Und gewisslich endgültig. Dafür wird die SA schon sorgen.

Ein Emigrant ist kein Emigrant. Ein Emigrant sind alle Emigranten und wer weiß, Leonhard Glanz, wann du im Mittelpunkt eines freundlichen Idylls stehen wirst. Das hängt nicht von dir ab. Sondern davon, wohin der Fußball getreten wird.

Humanismus aber ist ein schönes Thema, um Bücher darüber zu schreiben. Und um Bücher über die Bücher zu schreiben, die über den Humanismus bereits geschrieben worden sind. Das erste ist der theoretische, das zweite der praktische Humanismus. Und darüber hinaus gibt es keinen. Es gibt nur reiche Leute, die an so vollbesetzten Tischen sitzen, das rechts und links Brocken herunterfallen, und die nichts dagegen haben, wenn die Hungrigen diese Brocken aufsammeln. Es gibt auch die Oberlehrer.

Es gibt auch Damen der Gesellschaft, die mangels Beschäftigung, weil sie zu bequem sind um Tennis zu spielen und vielleicht zu gescheit um mit Kartenspielen die Zeit zu ermorden, oder vielleicht, um ihre Komplexe abzureagieren, das heißt: die blödsinnigen Gedanken, die ihnen kommen müssen, weil sie keine Beschäftigung haben – vom Beruf gar nicht zu reden –, gibt es also Damen der Gesellschaft, die sich sozial betätigen. Das heißt, dass sie sich das Recht anmaßen, anderen Menschen für ein paar Notgroschen, die sie ihnen zuteilen, das Herz gründlich schwer zu machen.

»Ja meine Liebe, wenn Sie auch auf Ihren Tellern nichts drauf haben, so könnten die Teller doch sauber sein und nicht so verstaubt, nicht wahr?«

»Gewiss, es ist nicht leicht, mit fünf Menschen in einer einzigen Stube sitzen zu müssen. Aber wenn Sie nur hier einen kleinen Firlefanz an die Wand hängen, nicht wahr, dann sieht das Ganze doch gleich viel wohnlicher aus.«

»Einen herzigen Buben haben Sie. Wie heißt du denn, mein Bübchen? Das ist aber ein schöner Name. Nur ein Rotznäschen hast du. Das darf man aber nicht. Hast du denn kein sauberes Taschentuch? Nein? Na warte, wenn ich wieder komme, bringe ich dir Taschentücher mit.« Gedanke in Klammer: Ich habe da zu Hause noch alte Taschentücher, wo das Waschen kaum noch lohnt. Klammer zu. »Und ein bisschen dreckig bist du auch, mein Bübchen. Komm, soll ich dich einmal gründlich waschen? Ja, meine werte Frau, an Seife darf man nicht sparen. Seife ist der Maßstab unserer Kultur. Ich für meinen Teil könnte morgens meine Grapefruit nicht essen, wenn ich nicht vorher gebadet hätte.« Die all so Apostrophierte weiß nicht, was Grapefruit ist.

Und das wäre nun alles, was dabei herausgekommen ist. Dieses und der Mann der Dreiländer-Ecke.

Im Vertrauen: was ist eigentlich Humanismus? Wann ist man human und wann ist man humanistisch? Und humanitär? In der Schule sind wir nicht so weit gekommen. Es gibt so viele Fremdwörter auf der Welt. Und im Grunde nur so wenig Emigranten, aber die haben mit Humanismus nichts zu tun. Womit haben Sie denn zu tun? Die einen haben mit sich zu tun und nur mit sich. Und das ist ihre Sache und geht uns garnichts an. Und die anderen haben mit viel mehr zu tun. Etwa mit der Gesamtemigration? Einer für alle, alle für einen. Das wäre am Ende noch keine so große Sache. Der Fußball, keine so große Sache. Nur im Dritten Reich schlafen einige Leute schlecht, wenn sie von der Emigration träumen. Manchmal haben sie auch Wachträume. Womit also haben die anderen zu tun, die uns angehen?

Denn einmal muss es sich entscheiden. Aber einmal muss es sich entscheiden. Und einmal muss es sich entscheiden.

Nichts davon in der Zeitung. Es nahm seinen Auftakt, wie zu einem großen Treffen. Aber der Trommler schlug ein Loch in die Trommel und es kommt nicht zur Schlacht. Oder ein Reiter geriet in den Sumpf, anstatt den Fuchs zu erjagen. Vielleicht fiel er auch nur vom Pferde. Geduld. Wir kommen schon zur vernünftigen Formulierung. Ein Mann kommt mit seiner Zeitung nicht mehr vorwärts. Das ist alles. Er geriet in den Zeitungsnebel.

Der frühere Wirt mit dem schmalzgebackenen Lächeln hat jetzt eines Generals ernste Miene aufgesetzt, der eine Schlacht befiehlt und gewinnt. Generale gewinnen immer die Schlachten. Auf der Seite, wo die Schlacht verloren geht, hat immer nur ein Generalstabschef befehligt. Etwa im Oberstenrang. Dieser Wirt, ein ganzer General, reglos, stumm, nur mit den Augen befehlend, lenkt das Decken der Tische mit feuchtweißen Tüchern. Es ist die Zeit des mittäglichen Speisens. Ein Schlachten wird es, keine Schlacht zu nennen. Dabei geht's zu. Mit klappernden Löffeln, Messern und Gabeln, irgendwo schlürft einer die Suppe, dass man im ganzen Lokal nur ihn noch hört, und einer wirft abgesaugte Knöchel von der Gänsebrust der Einfachheit halber unter den Tisch. Und die Kerne von den Essigzwetschgen? In den Tartarus mit ihnen. Es wird sowieso später aufgekehrt. Triumph, wackerer Wirt, Triumph. Schon wird das Beinfleisch mit Kren von der Karte gestrichen. Ausverkauft. Der Durchbruch ist gelungen. Nun wird die ganze Front aufgerollt. Schon ist das ganze Aufgebot an gefüllter Kalbsbrust mit Gurkensalat vernichtet. Nur das Paprikagulasch hält noch stand. Artillerie mit Knödeln und Kartoffeln. Roastbeef-Tanks. Die Tortenkavallerie. Lass schweifen die Fantasie in die Tiefe,

Länge und Breite. Der Wirt-General multipliziert im Kopf die Zahl der Gäste mit dem durchschnittlichen Menüpreis und ist des Sieges gewiss. Das in Breiten zerfließende Lächeln kehrt wieder. Nur an des Leonhard Glanz unbespeistem Dauersitz tut ihm das Herz ein wenig weh.

Der aber ist im lokalen Teil angelangt, wo ein Straßenbahnwagen gegen einen Kohlenwagen gefahren ist, die Union der Geschäftsreisenden das Jubiläum ihres dreißigjährigen Bestehens feiert, ein ehemaliger Parlamentarier als Dieb verhaftet worden ist, und dann heißt es da:

»Dieser Tage ...

Verdammter Reporter samt Lokalredakteur, was ist das für ein vermaledeites Deutsch. »Dieser Tage ...« Haut den Kerlen die Grammatik um den Kopf, um die höhere Syntax wär es schade.

»Dieser Tage (also) fand die Gendarmerie in einer Sandgrube einen Arbeitslosen, der bereits seit fünf Monaten sein Dasein im Walde fristete. Der Mann war halbnackt, hatte wüstes Bart-und Haupthaar und benahm sich sehr scheu. Der Mann erklärte, dass er durch seine lange Arbeitslosigkeit dazu getrieben würde, sein Dasein im Wald zu fristen. Er hat sich von Beeren und Früchten und gelegentlich erbeutetem Wild genährt. Er hatte gegen seine Einlieferung in das Bezirksgericht in Groß-Seelowitz nichts einzuwenden.«

Kleine Episode aus der Umgebung. Vom frischen, grünen Wald. Leonhard Glanz meint, irgendwie käme ihm diese Geschichte bekannt vor. Hatte er das schon einmal gelesen?

Aber gewiss doch. Nur mit ein paar kleinen Variationen. Dieser Mann hier war freiwillig in die primitive Wildnis gegangen, jener Robinson dann aber war unfreiwillig und nach einem Schiffbruch dahin geraten. Das heißt freiwillig war diese neue Robinson auch nicht gegangen, sondern höchst gezwungenermaßen, und wenn auch nicht nach einem Schiffbruch, so doch nach einem Wirtschaftszusammenbruch, der an Ähnlichkeit mit einer Schiffskatastrophe nicht zu wünschen übrig lässt. So also sieht der moderne Robinson aus.

Wie hieß dieser neue Robinson? Die Zeitung meldet es nicht. Ein Arbeitsloser. Ein Namenloser. Ein Besitzloser. Ein Wesenloser. Und noch einmal, ein Arbeitsloser. Aus dem gleichen Schubfach, aus dem jetzt Leonhard Glanz ist. Wie? O nein. So weit sind wir noch lange nicht! Noch lange nicht. Wie lang ist lange? Und dann? Wie geht das aus? Leonhard Glanz stiert auf das Zeitungsblatt, doch seine Augen sehen nicht mehr. Sie werden ledern. Sein Blick geht nach innen. Auf die Stirn tritt ihm kalter Schweiß.

Wie weit muss es mit einem Menschen kommen, bis dass er geht und bei den Bäumen im Wald und bei den Tieren das Erbarmen sucht, das er bei den Menschen nicht gefunden. Weit. Weit. Aber wenn er nur erst arbeitslos ist? Das ist ein spiraliger Weg, der da hinabführt. Langsam geht es um die erste Kurve, nach der zweiten Runde geht es rascher und dann im Überstürzen. Die einen drehen den Gashahn auf. Andere gehen in den Fluss. Das sind die schwächeren. Wieder andere werden zu Schnorrern und Bettlern. Auch das sind Schwache. Dann kommen schon die Stärkeren, die brechen aus der Bahn der vorgeschriebenen Sitten und Gebräuche, nachdem man ihnen das Menschenrecht gebrochen. Sie werden zu Dieben, Hehlern, Einbrechern, vielleicht zu Mördern. In dem Gewerbe verwischen sich die Grenzen, besonders für die Amateure, die es nicht als Beruf erlernten. Aber dieser da haut die ganze Kultur hin und die sogenannte Zivilisation. Alles, alles, alles. Von der Bibel bis zum Wasserklosett. Von Charlie Chaplin bis zur Koalitionspolitik. Vom Radio in der geheizten Limousine bis zum häckselverlängerten Brot der patriotischen Autarkie. Alles haut er hin.

Vorher macht er noch einen Rundgang durch die großen Straßen der City. Einen Abschiedsbesuch. In alle Ladenfenster schaut er noch einmal. Teller und Schüsseln aus randmodelliertem Porzellan. Blumenvasen aus rauchfarbenem Kristall. Herrenschuhe aus Sämischleder, geflochtene Damenschuhe. Besuchen Sie Schweden und die Sonne von Palermo ruft Sie, wegen des Reisescheckbuchs. Neueste Modellhüte. So groß und miniaturklein. Getrüffelte Gänseleberpastete, Aal in Aspik, französischer Cognac von 1809 und Ceylon-Tee in Bastkästchen. Reisen mit dem Flugzeug. Schottenkrawatten, die große Mode. Neues Wohnen, in gebogenen Hölzern, und man macht die Betten jetzt wieder ganz breit. Füllfederhalter, die vom Eiffelturm herunterfallen können, ohne zu zerbrechen. Auch darf ein Lastwagen darüberfahren. Außerdem kann man damit schreiben. Dazu handgeschöpftes Büttenpapier mit gerissenem Rand. Krokodillederne Kabinenkoffer mit Reißverschluss. Schokolade für das Theater, Konfekt für das Konzert, kandierte Veilchen für den Teetisch, der Homespun-Stoff für die Dame, für den Herrn, englische Seifen, französische Poudre, türkischer Fingernagellack, die Platinuhr, die unter Wasser geht, die Frau von Welt bevorzugt Smaragde, das Einheitspreis-Geschäft, Luxusersatz des kleinen Mannes, von der limitierten Salamiwurst, bis zur kristallenen Obstschale aus Pressglas. Aufgereihte Tränen aus Gablonz, um den Hals zu tragen. Beethovens Siebente, auf acht Grammophonplatten. Die elektrische Küche für das Wochenendhaus, Bademäntel mit Monogrammwappen. Experimentierkästen für Kinder. Puppen für Erwachsene. Bücher für Leute, die schon alles haben. Orchideen und Chrysanthemen für eben dieselben. Damenpelzmäntel für kühle Sommernächte. Leinensportkleider und Sportanzüge für die heiße Wintersonne. Kunsthandlungen mit Dantebüsten, für alle, die am Inferno der *Göttlichen Komödie* noch nicht genug haben. Schoßhündchen mit Körbchen, Hundehalsbändchen und Hundekuchen. Laden um Laden. Seite um Seite. Straße um Straße. Der ganze Rummelmarkt des Lebens. Alles für alle. Hundert Läden, tausend Läden. Ganz egal. Das Nötige und das Überflüssige. Ganz egal. Zweitausend Läden. Dreitausend Schaufenster. Und in keinen einzigen, in nicht einen einzigen kann er hineingehen, um auch das Geringste nur zu erstehen. Und aber die gleichen großartigen Straßen bei nächtlicher Weile? Wenn das aufgetakelte Hurenvolk Strich segelt? Kann er sich da eine kaufen für eine Nacht, und wäre es auch nur eine abbruchreife Fregatte? Nichts kann er kaufen. Gar nichts. Ganz und gar nichts. Eine von Millionen aus Tantalos' Geschlecht.

Da haut der Mann also die ganze zivilisierte Kultur mitsamt der kultivierten Zivilisation auf einmal hin. Er schreibt die Zensur unter dieses Teil seines Lebens und diese Zensur heißt kurz und bündig: Scheiße.

Und mit diesem Abschiedswort reißt er sich los von den hunderttausend Patenten, die angeblich unser Dasein ausmachen, und geht schnurstracks auf seine einsame Insel.

Da es aber keine einsame Insel gibt, denn gäbe es eine, wo du auf dem Bauch liegend auf die nächste Kokosnuss wartest, dass sie herunterfiele, um sie zu verzehren, so käme doch ein Panzerkreuzer und hisste eine Flagge, noch ehe du bei der zweiten Kokosnuss angelangt wärest, und bei der Flagge bliebe ein Gendarm zurück, zu deinem Schutz und zum Schutz der Flagge, und du müsstest Steuern zahlen für den Panzerkreuzer und den Gendarm, für die Flagge und die Nation, die durch sie repräsentiert wird und aus wäre es mit deinem Idyll auf der einsamsten aller Kokosinseln, und da der Mann das weiß und auch das mit meinte, als er zu alledem so trefflich Scheiße sagte, so geht er immer geradeaus, geradeaus bis in die Tiefe der böhmischen Wälder, wo schon Schiller seinen Räuber Moor landen ließ, mit seinen Gefährten, die auch alle Scheiße sagten, zu dem patentierten Leben. Und da gingen sie das Leben an, das ihnen nicht gefiel und meinten, ein Häuflein wider eine Klasse, die Gerechtigkeit der Welt herstellen zu können, im Namen der Moral, die siegen müsse. Scheiße. Wie können ein paar Rebellen siegen, wider den Apparat einer Klasse und rebellierten sie auch im Namen der Moral, der Gerechtigkeit. Scheiße. Sie hatten nichts gelernt von 1789 und 1792, diese Rebellen nicht und Friedrich von Schiller, der ihr Vater war. Nichts gelernt hat der Mann Robinson, der in den Wald geht, um allem zu entgehen. Wer weiß, wie das war, wenn er unter Bäumen schlief, eingewühlt in trockenes Laub, ein großer Gevatter der kleinen Ameisen, die aber einen Ordnungsstaat bilden, und eben solcher Ordnung war Robinson entsprungen. Kein Gevatter also, auch hier nicht. Nur dem einsam streichenden Fuchs verwandt. Wer weiß, wie das war, wenn er dem Sprechen sich entwöhnt und dem Hören von Menschenstimmen, noch aber nicht singen konnte mit den Vögeln und nicht rufen mit dem Hirsch. Einer, der die Alleinheit umarmen wollte, die große Allnatur. Die Alleinheit, die All-Einheit. Die Allein-heit. Eines zu sein mit allem. Und den nächtliche Dunkelheit schreckte, dass er Gespenster sah, die auf den Ästen wippten, schwebten in der Luft und grau auf Pfaden kauerten. Und dann schrie etwas, wie ein Kind. Und dann schrie etwas, wie ein Mörder, oder wie einer, der ermordet wird. Und ein Glimmern schlich vorbei. Ein faulendes Holz, das aus einer Astgabel fiel oder eines Tieres jagdlüsterne Augen. Greuliche Schatten warf das Mondlicht und träg und fahl einziehendes Morgenlicht brachte Rascheln und schleichende Kälte. Und eine Ringelnatter verzehrt einen Regenwurm.

Manchmal kamen Leute mit einem Auto den Waldsaum entlanggefahren. Hielten an. Packten Körbe aus und spielten Picknick im Walde, mit kaltem Huhn und weißem Brot und Rotwein. Und streiften dann ein Stückchen unter Bäumen. Und ein gefühlvolles Mädchen sagte »Waldweben«, wie im *Siegfried*. So ist das, wenn man den Wald hat, vom Auto aus, mit Picknickkörben und der Sonne, die allen gehört. Aber wer im Walde haust, als letzte Zuflucht, der hat ihn anders. Und auch die Sonne scheint ihm anders. Und nichts ist allgemein, in dieser Welt der Gegensätze, die sich rechtfertigt mit der Infamie, das sei immer so gewesen. Nicht einmal der Wald und die Sonne.

Welch ein trauriger Robinson. Nicht als Held kehrt er heim, um den herum Bücher geschrieben werden. Nichts bleibt ihm am Ende übrig, als von Gendarmen sich verhaften und in ein Gefängnis sich einliefern zu lassen. Das ist das Ende der Heldenfahrt.

Warum sperrt man ihn nur ein? Die Weltordnung, in der dieser Mann lebte, hat ihn um alles betrogen. Um das primitivste, grundlegendste Recht, arbeiten zu dürfen um mit seiner Arbeit Lohn sich nähren, kleiden, behausen zu können. Die O-Ordnung, die er nicht geschaffen und nicht gewollt, macht ihn zum Bettler, der um ein paar Speisemarken anstehen muss. Für den es mitten in einer Welt voller Webstühle ein größeres Problem ist, wie er Scham und Blöße decken wird, wenn ihm die Lumpenhose, die er trägt, in zerzunderten Fetzen von den Beinen fallen wird, als für den Zulukaffer im Herzen Afrikas, der einen neuen Lendenschurz sich schneiden wird, wenn er den nächsten Zebubullen fällt. Der des Abends nicht nach Hause gehen mag und des Morgens sich nicht aus dem Verschlag heraustraut, in dem er haust, weil er an einem Flegel von Hausverwalter vorbei muss und doch nicht sagen kann, wann er eine Mieterate zahlen wird. Und weil er alle dem davon lief, um ein freier Mann zu sein, niemanden zu Leide, da sperrt man ihn ein? Warum denn nur? Fragen wir nicht, warum man den Reichen und Überreichen zu dem, was sie sich aneigneten, noch Ehrenbürgerrechte und andere Titel hinzu verleiht. Fragen wir nur, warum man diesen Mann, dem man jegliches Menschenrecht genommen, auch das Recht des Tieres abspricht, im Freien zu hausen und sich seine Nahrung zu suchen. Geschieht das laut einem der 426 Paragraphen des Strafgesetzbuches von 1803, nach dem, wie es in der Leonhard Glanz Zeitung steht, hier im Lande heute, 1937, noch geurteilt und verurteilt wird? Hat sich die Voraussetzung, die einen Menschen das gesellschaftliche Übereinkommen halten oder brechen lässt während der letzten 134 Jahre so gar nicht verändert? Nach welchem Recht nimmt man diesem Entrechteten den letzten Besitz, seine persönliche Freiheit?

Wie lange dürfen Leute mit Auto und Frühstückskorb und buntlappigen Hampelmännern vor den unzerbrechlichen Kristallfenstern des 100 PS Wagens im Walde bleiben und wie lange ein aus dem Wirtschaft-Prozess – in dem es keine Geschworenen, keinen Verteidiger und keine Gnade gibt – Hinausgeworfener?

»Wenn der Gedrückte nirgends Recht kann finden, wenn unerträglich wird die Last, greift er hinauf getrosten Mutes in den Himmel und holt herunter seine ew'gen Rechte, die droben hangen unveräußerlich ...«

Schön hat er das gesagt, der jeweils zuständige Herr Charakterdarsteller. Dieser Schiller, dieser Schiller! Klassisch bleibt doch klassisch.

Greift er hinauf? Dieser in den Wald Entlaufene hat es nicht getan. Nicht einmal hinaufgeblickt hat er. Denn wer emporblickt, empor, der ist doch schon ein Empörer! Empor, empor, ihre Empörer. Dieser wollte nicht empor. Er wollte nur davon. Da sperrten sie ihn ein.

Und vielleicht war er's zufrieden, dass man ihn einsperrte. Dach überm Kopf bei Regen und Wind. Und Brot und Suppe zu seiner Zeit und eine Lurche, die Kaffee vorstellt. Und eine Pritsche, um nachts darauf zu schlafen und ein hölzerner Stuhl, um am Tag darauf zu sitzen. Und sechs Schritte von der Mauer bis zur Tür. Von der Tür bis zur Mauer. Hin und her. Hin und her. Und er klatscht nicht an der Mauer empor mit den Händen und mit den Füßen erst recht nicht. Er ist doch kein Wolf und außerdem ist das verboten.

Und nun ist die Ordnung wiederhergestellt. Hingestellt. Hergestellt. Die Ordnung war krank. Nun ist sie wiederhergestellt.

Leonhard Glanz findet, dass da etwas nicht stimmt. Gewiss, die Ordnung ist wiederhergestellt. Und doch ist da was nicht in Ordnung. Alles wiederhergestellt? Irgendwas steht verkehrt. Ward falsch gestellt. Die Ordnung? Der? amm? Oder was?

Ein niedriger Mann und er wollte empor,
Da hieß es, er sei ein Empörer,
Und weil er sich selbst einen Schwur getan
Da klagt man ihn an als Verschwörer.

Wenn aus Tiefen beengt
Einer höher sich drängt
Da wittern die oben gleich Revolution,
Und da wird schon geknallt und das hat er davon.

−:−

Ein niedriger Mann und er war nicht allein,
Denn er hatte noch zehntausend Brüder.

»Empörer!« »Verschwörer!« Da pfeifen sie drauf
Und pfeifen auch sonst solche Lieder.

Wenn aus Tiefen beengt
Es nach oben sich drängt,
Und das nennt dann mit Recht sich die Revolution!
Und es gibt einen Krach und das kommt dann davon.

Und es müsste noch ein dritter Vers kommen, um des Formalen willen und der Konsequenz. Aber er kommt nicht, denn mit dem Mann Robinson hat das gar nichts zu tun und mit dem Mann Leonhard Glanz auch immer noch nicht. Und das haben sie beide davon.

Adieu, Herr Robinson. Wer weiß, ob wir uns wiedersehen. Die Zeitung aber bleibt nicht stehen. Wir sind im Gerichtsteil. Und dem Landstreicher – das Schiff streicht durch die Wellen, der Mann streicht durch die Lande, Werthers Lotte streicht den Kindern das Brot, ein Anstreicher streicht Fassade an und was für eine, ein Streicher ist ein Stürmer, ein Streicher, ein Reicher, kein Reicher kommt in den Himmel. Danke, lege auch keinen Wert darauf. Und nur ein Kamel geht durch ein Nadelöhr – nach dem Landstreicher also kommt ein solenner Mord, denn das ist, was die Zeitung brauchen kann. Kein Kindermord und kein Gattenmord, leider. Herr Gerichtsreferent, was bringen Sie da für langweilige Sachen! Wieso, ist ein Mord garnix? Na, schon, aber das ist doch ein ganz gewöhnlicher Mord dritter Klasse. Ein alter Mann hat einen jüngeren Herrn erschlagen. Und warum? Darauf kommt es doch an. Was hilft der Mord, wenn er kein Motiv hat? Ich bitt' Sie, Herr Gerichtsreferent.

Es war einmal eine ordentliche Kutscherkneipe an einem Marktplatz. Aber sie war schon längst in ein Nachtcafé umgewandelt worden. Wo junge Handlungsgehilfen, Frisöre und Stenotypistinnen freundliche, vertrauliche Worte austauschen. Ohne Verbindlichkeit, Zwischenverkauf vorbehalten, und empfehlen wir uns, hochachtungsvoll. Zu mäßiger Klaviermusik wurde mehr oder minder graziös aber zumeist sehr schmiegsam getanzt. »Du, Otti, mit dem Kavalier im blauen Sakko musst mal tanzen, ich sag dir, das ist ein Mann, so!«»Sieht man's wohl?« »Aber nein, bei den blauen Hosen, aber spüren tut man's beim Tanzen.« Na, alsdann. Die Refrains wurden mitgesungen, die nicht den geringsten Sinn ergaben. Von einer bestimmten Abendstunde an wurde Bier in kleinen Gläsern aus Presskristall geschenkt, Kaffee in Nickelkännchen als Mokka serviert. Die Dinge kosteten dann das Doppelte wie am Nachmittag und das sollte dem Lokal eine gewisse Talmi-Eleganz geben. Es war auch ein viereckiger, mit weißem Leinen bedeckter Holztisch da, an dem keine Pärchen saßen, wie an den übrigen runden Marmortischen, sondern nur sehr junge Herren, die nur gelegentlich eine Dame von einem der Nebentische zum Tanz mit Monokel aufforderten, die aber im Übrigen sehr ernsthaft und halblaut über die Nation und die nationalen Erfordernisse, über Ortsgruppen, Verbände, Schaftstiefel und Kleinkaliberschießen sich unterhielten.

Was den einzelnen Mann, der häufig um die Mitternachtsstunde, an dem Tischchen direkt an der Tür in einem knirschenden Korbsessel sitzend, seinen Mokka einnahm, gerade in dieses Kaffeehaus führte, bleibt seiner äußeren Erscheinung nach unerklärlich. Vermutlich hatte er keinen besonderen Grund, er wohnte wohl in nächster Nähe und hatte keine Eile, nach Hause zu kommen. Denn er schien ein ältlicher Hagestolz zu sein, jedenfalls trug er keinen Ring an seinen immer etwas rot angelaufenen Händen. Was an sich nichts bewies; vielleicht war er Witwer, wenn er auch keinen Ring trug. Vielleicht hat er nie einen Reif besessen, vielleicht auch ihn versetzen oder verkaufen müssen, das war solcher Erscheinung schon zuzutrauen.

Immerhin war er den Herren an dem viereckigen Tisch nicht sympathisch. Ihrer Eleganz, oder vielmehr ihrem Bemühen, elegant zu erscheinen, war seine fadenscheinige Dürftigkeit störend, aber je weniger sie ihn sehen wollten, umso mehr beachteten sie ihn.

Er hingegen schien auf garnichts zu merken und nur die Streifen der Dosenmilch in seinem Kaffee durch den immer reichlich schief sitzenden Nickelkneifer zu beobachten. Niemals verriet auch nur die leiseste Regung auf seinem gelblichen, bartlosen Gesicht, dass in seiner Zerknittertheit an einen Fetzen alten Zeitungspapiers erinnerte, ob er überhaupt gedanklich sich mir irgendetwas beschäftigte.

Was brauchte man überhaupt zu ihm hinzusehen? Konnte man nicht eben so gut oder viel besser das rotblonde, junge Mädchen am Tisch gleich daneben betrachten? Aber sie saß neben einem Kavalier mit auffällig dreieckigem Kopf, dessen Grundlinie ein malmiges Kinn bildete, während der dünne Haarschopf als Spitze einen starken Ansatz zur Glatze hindurchschimmern ließ, und dieser Kavalier schien nicht gerade zu der Empfindung, aber sicherlich zur Gebärde zu neigen, die Eifersucht darzustellen hätte.

Übrigens schien an diesem Abend zwischen dem rotblonden Mädchen und ihrem kantigen Galan kein rechtes Einvernehmen zu bestehen. Jedenfalls war ihre Unterhaltung von stockender Einseitigkeit und der Beobachter – wenn einer da war – musste bemerken, dass dieses nicht an mangelndem Unterhaltungsstoff lag, sondern dass diese beiden sich vielleicht sehr viel zu sagen hatten, aber aus furchtsamer Scheu dem eigentlichen Thema auswichen, das sie anging. Der junge Mann in der Haltung eines Menschen, der sich am Abend sehr bedeutsam vorkommt, eben weil er es tagsüber kaum war, sondern die Stellung eines zweiten Buchhalters versah, betonte die Gesprächspausen, indem er mit der flachen linken Hand auf die glatte Marmorplatte des Kaffeehaustisches klopfte, und damit unterstrich er anscheinend die Gedanken, die noch nicht wortreif waren oder er auszusprechen sich nicht getraute. Das Mädchen mit dem rotblonden Haar schien dann noch blasser zu werden, aber daran war zum Teil auch ihre Bluse von giftgrünem, seidenartigem Stoff schuld, die einen bleichen Reflex auf das ebenmäßige Gesicht warf. Sie mochte ihren zurückhaltenden, gesetzten Manieren nach aus kleiner, ordentlicher Beamtenfamilie sein und war wohl Angestellte in einem Anwaltsbüro oder in einer Bankdirektion.

Alles, was dem stockenden Gespräch der beiden zu entnehmen war, und mehr konnte auch der etwas dürftige, einzelne Mann nicht gehört haben, war das Wort »Verlobung«, das von dem Mädchen zwar so leise gekommen war, dass es doch wohl niemand über den Tisch hinaus vernommen hatte, aber der Galan sprach es mit leise höhnender Verächtlichkeit und nach-äffendem Ton, sodass sogar einige Gäste für einen Augenblick aufhorchten, die sonst das Paar garnicht beachtet hatten.

Gegen ein Uhr nachts zahlte der Galan mit dem dreieckigen, auf der Grundlinie liegendem Kopf, half seiner Dame beim An-ziehen eines kurzen Überjäckchens aus dunklem Sammet und beide verließen das Lokal. Dabei kamen sie zufällig an dem Tisch des Einzelnen vorüber und nun geschah etwas, das immerhin merkwürdig war. Er zog vor der Dame den Hut tief bis zur Erde, wobei erst jetzt auffiel, dass er die ganze Zeit mit bedeck-tem Kopf gesessen hatte, und nickte ihr mit einer achtungbezei-genden Gebärde zu. Der Galan machte ein bösartiges Gesicht, unterließ es aber, irgendetwas zu tun oder zu sagen, sei es, dass ihm der Vorgang als nicht seiner Würde entsprechend schien, oder dass sich ihm der graue, wie mit feuchter Asche bestreute Kopf trotz seiner ungesträhnten Verwahrlosung doch Respekt abgenötigt hatte.

Noch während das Paar durch die Drehtür ging, zahlte der Alte mit dringender Hast seine Zeche und verließ gleichfalls das Lokal, nur wenige Sekunden später.

Dieses waren die gesamten Zusammenhänge, die ein inter-essierter Verfolger des Prozessverfahrens, in dem sämtliche hier genannten Personen, mit Ausnahme des unsympathischen Galans und des Alten, als Zeugen vernommen wurden, sich rekonstruieren konnte. Hierzu kämen noch einige Namens-nennungen und Personalbestimmungen, die aber weder interes-sant noch von Bedeutung sind.

Auch nicht für die Zeitung, deren Berichterstattung jetzt erst einzusetzen beginnt. Denn es handelt sich hier nicht um Leute jener großen Welt, wo die Namensnennung in solchem Fall die Auflage der Zeitung heben, die Nichtnennung sich zwar nur indirekt, aber sicherlich nicht weniger eindringlich auswirken würde. Schade um den Herrn Gerichtsreferenten. Hat er einmal wieder eine große Sache, wird sie durch alle diese Mängel wieder zu einer Affäre dritten Ranges.

Von den zwei als Zeugen Fehlenden, war der eine der Alte, der hier Angeklagter war. Des Mordes angeklagt. Der unsympathische Galan musste fehlen, denn eben er war in jener Nacht, eine halbe Stunde nachdem das Paar und der Alte durch die schlecht kreisende Drehtür das Lokal verlassen hatten, ermordet worden. Erschlagen mit einem Klinkerstein, in unmittelbarer Nähe eines Neubaus, von wo der Alte den harten Ziegel mitgenommen hatte.

Alles, was die Gerichtsverhandlung noch ergab, war, dass der später erschlagene junge Mann die rotblonde Dame nach ihrer Wohnung begleitet hatte. Es ist anzunehmen, dass die Angabe des Alten, er sei ihnen mit wenig Schritten Abstand gefolgt, auf Wahrheit beruhte. Das junge Mädchen wusste hierüber nichts zu sagen, da es während des ganzen Weges mit dem Begleiter sich heftig gezankt hatte; es weigerte sich allerdings, über den Grund und die Art des Streites Angaben zu machen. Von ihrer Wohnung aus muss der junge Mann dann nicht nach seiner Wohnung gegangen sein, sondern »stadtwärts«, denn der Neubau, wo dann die Tat stattfand, lag in dieser Richtung.

Über den Grund zur Tat verweigerte der Alte jede Auskunft. Hier war nichts aus ihm herauszubekommen, wenngleich er sonst alle Fragen bestimmt und wahrheitsgemäß beantwortete. Auch der Verteidiger, der ex officio trotz Ablehnung des Alten ernannt worden war, konnte von ihm nichts darüber erfahren und irgendwelche Angehörige hatte er angeblich nicht. Es hatten sich auch keine gemeldet. – Er will mit der bestimmten Absicht zu töten den Stein ergriffen haben, dem jungen Mann, ohne ihn vorher anzusprechen, mit der linken Hand von hinten den Hut heruntergeworfen und gleichzeitig mit der Rechten ihm den Stein so heftig auf den Schädel geschlagen haben, dass er sofort zusammenbrach. Er habe dann noch mehrere heftige

Schläge auf den Kopf getan. Der fürchterliche Zustand des Erschlagenen zeugte für die Wahrheit dieser Angabe.

Wäre der Stein es nicht gewesen, dann hätte sich, so meinte der Alte, ein anderer Gegenstand gefunden.

Gegen den Versuch des Verteidigers, auf Willensbeschränkung im Augenblick der Tat zu plädieren, legte er mit ruhiger Bestimmtheit Verwahrung ein. Er habe mit voller Überlegung und mit klarem Bewusstsein gehandelt.

Trotzdem erkannte das Gericht auf Totschlag. Nicht auf Mord.

Während der zweitägigen Gerichtsverhandlung trug er den gleichen, erdfarbenen, dürftigen Anzug mit kaum noch hervortretenden, grünlichen Streifen, den er an jenem Abend angehabt hatte.

Das ist alles.

Aber das Motiv? Herr Prozessberichterstatter. Das Motiv.

Wenn der alte Mann doch jegliche Auskunft darüber verweigerte.

Aber am ersten Verhandlungstage hatte sich eine auffällig elegante, stark parfümierte Dame mittlerer Jahre im Zuhörerraum befunden. Sie weinte häufig und trug sehr viel kostbaren Schmuck. Sie war wohl von auswärts. Es soll im Publikum behauptet worden sein, dass sie des Alten Tochter sei, aber niemand wusste, wer das Gerücht aufgebracht hatte. Man hat sie später nie wieder gesehen.

Und die Moral, Herr Gerichtsberichterstatter? Die Prozesse gehen halt zumeist ohne Moral aus. Verehrter Herr Glanz, Sie sollten das langsam wissen. Aber die Ordnung ist doch nun wiederhergestellt. Der Bösewicht ist tot. Sein Mörder aus unbekanntem, aber wahrscheinlich edlem Motiv ist hinter Kerkermauern, denn Gesetz ist Gesetz. Die Unbekannte aber – das Motiv …

Vielleicht finden wir das Motiv ganz hinten in unserer Zeitung auf der letzten Seite, »Körperpflege« Adressentafel, jawohl:

»erstklassige hygienische Körperpflege, täglich 11 bis 8. Telefon R.25-4-59.C. Wien I.«

oder

»Streng individuelle Körperpflege, täglich, auch sonntags, in Wien, bei junger Masseuse. Wien IV. Brucknerstraße 25. Tür 18. Lift. Beim Schwarzenbergplatz.«

Ach ja, Wie, Wien, nur du allein. … Und der Bruckner und der Schwarzenberg, herzig. Denn das ist so, dass im herzigen Wien zwar dieses Gewerbe eines ist, wie alle anderen auch. Freier Wettbewerb. Bitte sehr. Aber seine öffentliche Anzeige, auch in leise getarnter Form, ist nicht erlaubt und so erscheinen diese herzigen kleinen Anzeigen in jenen Auslandszeitungen, die sich wegen der Annoncen vom fröhlich, freien Liebesmarkt einer gewissen Beliebtheit erfreuen und die auf diesem Wege auch ihren Wiener Umsatz erhöhen können. So treibt halt ein Rad das andere in der wohlorganisierten Wirtschaftswelt und wenn die Weltwirtschaft manchmal nicht funktioniert, hier klappt es, reibungslos. In den ach so moralischen Zeitungen für den Familiengebrauch, die das Wort »Bordell« niemals abdrucken würden – ich bitte Sie, das gehört sich nicht –, aber Bordellanzeigen mit etwas Schlüpfrigkeit garniert, rechnen sie zu ihren festesten Einnahmen. Die bringen täglich mehr, als der ganze Ausgabenetat an Honoraren für externe Mitarbeiter ausmacht. Ja so herzig ist das:

»Junge Tänzerin erteilt Einzelstunden …«

»Fesche Artistin erteilt Sport …«

»Scharmante Dame erteilt Körpertraining …«

»Extravagant eingerichtete Zimmer bei junger Dame. Zu erfragen: Telefon …«

»Elegante junge Dame vermietet ungestörtes Zimmer mit allem Komfort. Telefon …«

und diesen kleinen Zusammenhang mit dem Mordprozess dritter Klasse, mit dem er gar nichts anzufangen wusste, hat der Gerichtssaal-Redakteur nicht herausgefunden. Das Motiv, werter Herr, das Motiv.

So faul ist die Welt, Leonhard Glanz, in der du lebst. So faul. Und von dieser Fäulnis penetrantem Gestank lebt die ganze Parfümindustrie. Und es stinkt doch immer wieder durch.

Kein Grund zum Traurigsein. »Hab Sonne im Herzen«, Leonhard Glanz. Etwas für das Herze:

»18-jähriges, rassiges Mädel wünscht Korrespondenz. Zuschriften unter »Frühlingserwachen« ...

»Fesches, blondes, 19-jähriges Baby möchte sich von Kavalier verwöhnen lassen ...«

Neunzehnjähriges Baby mit Kavalier. Man sollte die Reitpeitsche nehmen. Man sollte dem neunzehnjährigen Baby den Hintern versohlen. Aber wer weiß, wer weiß. Vielleicht hat sie gerade das gern. Diese Mistblüte auf dem stinkigsten Beet, repräsentiert in den kleinen Anzeigen der penetranten Schamlosigkeit, die diese opportunistische Zeitung für den Familiengebrauch nicht entbehren kann. Samt den zahllosen offenen Bordellanzeigen, den Salons für Körperpflege. Massage »Eva« und Massage »Pia« und »Mia« und »Monica« und »Vera« und wie all das Gesocks sich nennt, zu festen Preisen und zu allen Tages- und Nachtzeiten.

Leonhard Glanz gibt sich träumerischen Gedanken hin. Man kann doch nicht immer nur an das Unglück des Lebens denken und an den tragischen Ernst. Man muss doch auch einmal entspannen. Entspannen. Anspannen. Kutscher, anspannen. Chauffeur, ankurbeln. Die Straße riecht nach Benzin und Pferdeäpfeln. Die Bordelle riechen nach schlecht gereinigten Nachttöpfen und nach zehn Meter dicken Parfümschwaden. Rotes Licht? Längst aus der Mode. Wir sind im Zeichen des modernen Verkehrs. Verkehr. Verkehr. Verkehr ist wirklich gut. Warum soll Leonhard Glanz nicht ein wenig von Verkehr träumen und von Bordellen, wenn doch die solide, von der Börse, von der Industrie, von der ... (Ich sag's nicht, nein, ich sag's in diesem Zusammenhang nicht) hochsubventionierte Zeitung es so spaltenlang serviert. Was haben Sie überhaupt gegen die Bordelle? In Hamburg, zum Beispiel, woher unser momentan wieder so durchschnittliche Mann Leonhard Glanz stammt, waren Bordelle eine Zeitlang große Mode der bestbürgerlichen Gesellschaft. Nicht in jener Zeit, wo eine Majestät von Dänemark dort von einem tragikomischen Ende erreicht wurde. Sodass die Börse, der Kulturmaßstab der bürgerlichen Gesellschaft mit drei Fragen aufwartete. Erstens: Ob die Beisetzung vom Freuden- oder Trauerhaus aus erfolgen müsse. Zweitens: Ob es eines Herrschers und obersten Kriegsherrn angemessen wäre, keinen Puff vertragen zu können. Drittens: Ob sein Nachfolger verpflichtet sei, den unausgeführten gebliebenen letzten Willen des Hingeschiedenen zur Ausführung zu bringen. Damals war das noch eine Angelegenheit nur für Herren, als Besucher. Aber es kam die Zeit nach dem Krieg mit dem Kohlenmangel und Lichtmangel und der Verordnung, dass alle Vergnügungslokale zu früher Nachtstunde zu schließen hätten. Da aber eine gutbürgerliche Gesellschaft, wenn sie ausgeht, doch nicht zeitig nach Hause kommen mag, am wenigsten, wenn man sie durch Polizeiverfügung dazu zwingen will, so musste sie die Möglichkeit finden, ihre wertvollen Nachtstunden an anderen Orten zu verlottern.

Da waren die Spielklubs mit Acetylen-Beleuchtung, in deren grüngrellem Licht die Menschen so schön gespenstisch aussahen. Besonders die Frauen bekamen so interessante Leichengesichter. Die Schminke darauf sah wie Pestflecken aus. Aber man konnte nicht immer nur in diese Spielhöllen gehen, die polizeilich verboten waren, und tatsächlich gab es ab und zu Polizeirazzien mit peinlichen Personalfeststellungen. Da waren die Bordelle viel unterhaltsamer. Gute, elektrische Beleuchtung. Und gar keine Polizeirazzien. Denn Bordelle sind zwar Häuser der Freude, aber keine Vergnügungslokale im Sinne des Gesetzes. Außerdem gab es Musik und es konnte getanzt werden und gute Weine zu Nepp-Preisen gab es auch. Sekt. Sekt, in Deutschland auf Flaschen gezogen. Mit Saccharin gesüßt. Immerhin eisgekühlt und zur Not konnte man sich damit ja auch besaufen.

Die Bordellmädchen hatten zumeist aufgehört, Freudenmädchen im bekannten Sinn ihres Gewerbes zu sein. Sie hatten es nicht mehr nötig »nach oben zu gehen«, weil sie am Konsum beteiligt waren und im Salon so genug verdienen konnten. So konnten die Herren der Gesellschaft ihren sittenstrengen Damen mit gewissem Recht sagen, dass in den Bordellen garnicht das getrieben wurde, was sie meinten. Und dass man getrost hingehen könne, um sich noch eine Stunde oder zwei zu amüsieren. Die Damen gingen also mit den Kavalieren und sonstigen Ehegatten zu vorgerückter Abendstunde mit in die Bordellgassen. Teils, weil sie den Versicherungen der sachverständigen Männer glaubten, teils weil sie hofften, dass es dort doch gelegentlich kleine Schweinereien zu erleben geben würde. Sie befleißigten sich, die auf Zurückhaltung aufgedrahteten Huren als ihresgleichen zu behandeln. Und das gelang dann auch zumeist. Das waren die großen Zeiten der hamburgischen Bordelle, sozusagen ihre klassische Periode.

Leonhard Glanz verweilt in träumerischen Gedanken. Allerdings nun schon wieder der nachklassischen Zeit.

Das fesche, 19-jährige Baby hat es ihm angetan, dass sich von einem Kavalier verwöhnen lassen möchte. Früher, ja früher, nicht eben so lange her, wäre er vielleicht ein Kavalier gewesen. Aber jetzt? Was ist ein Leonhard Glanz, wenn er kein Geld mehr hat? Jedenfalls kein Kavalier in dieser Welt, wo Neunzehnjährige gern Baby spielen. Baby. Millimeterdick der Puder. Richtigen Babys klatscht man den Puder auf den rosafarbenen Hintern. Dieses Baby klatscht ihn sich ins Gesicht. Wo ist aber der Unterschied zwischen diesem Schaufensterwachsfigurengesicht und einem Kinderpopo? Also mag sie sich den Puder darauf klatschen. Und zinnoberrot malt sie sich die Lippen an. Bitte sehr, kussecht. Und himbeerrot die Fingernägel, wie die Möwenkrallen. Das Baby, dem man den Hintern versohlen sollte, mit einer Reitpeitsche. Aber wüsste man nur, ob es nicht eben gerade das so gern hat. Das Baby.

Leonhard Glanz krallt die Fingerspitzen in die Faust. Und dann kein Geld. Geld wird man auf die Dauer doch haben müssen. Verflucht, wenn man es nicht verdienen kann, und man kann es nicht. Wie kommt man, verflucht, zum Geld. Man kann es doch nicht vom Mond herunterholen? Man kann es doch nicht machen? Oder doch, verflucht noch mal.

Falschmünzerei. Lohnt sich nicht mehr. Die güldenen Dukaten sind futsch. So futsch, dass keiner die Fälschung glaubte.

Goldenes Geld liegt nur noch in einigen Kellergewölben gewisser Metropolen. Zu Barren mumifiziert. Angeblich. Wieso angeblich? Zweifeln Sie? Haben Sie es denn etwa gesehen? Im Film? Na ja, aber ob es echt ist? Wieso? Sie meinen? Das wäre doch die ungeheuerlichste Pleite der Welt! Wieso? Weil im Keller, wo es duster ist, Bleiklötze liegen, anstatt Goldklötze? Was ist der Unterschied, la différence, the difference? Duster bleibt duster. Und wegen des Films? Wahrscheinlich sehen Goldattrappen viel hundertprozentiger aus als echte Barren. Aber um Himmels willen, das wäre ja das Ende der Welt! Aber lieber Freund, Sie merken auch alles. Das Ende der kapitalistischen Welt, da halten wir nämlich sowieso. Mit oder ohne echte oder unechte Bauklötze in den bombensicheren Kellern.

Aber Mumpitz, werter Herr. Reden Sie doch keinen Stuss. Die Goldbasis, die ist doch, die ist doch, na ja, eben die Basis. Wissen Sie, was eine Basis ist? Na, eben das Gold ist eine, Na also. Gold müsste man machen können. Nicht falschprägen. Echtes.

Wenn ich Gold machen könnte, was tät ich dann wohl? Ich kaufte mir das neunzehnjährige Baby und klatschte ihm mit Puder oder mit der Peitsche auf den ausgewachsenen Kinderpopo? Das nebenbei. Ganz nebenbei. Halten Sie mich nicht für kleinlich. Ich hätte da Ideen. Pläne hätte ich. Vielleicht setzte ich mich mit Hjalmar Schacht in Verbindung. Er ist doch ein vernünftiger Mensch. Der einzige von dem Regime des Dritten Reiches, der jenseits der Grenzen noch Kredit hat. »Herr Doktor, was ist das dahier?« Ein Bauklotz? Ein Bauklötzlein? Ein solider Goldbarren. Wieviel wollen Sie davon? Einen? Zehn? Hundert? Tausend? Eine Million? Seien Sie nicht kleinlich. Stoppen Sie die lachhafte Bauerei von aufgedrehten Hallen mit vorgeklebten Säulenparaden. Bauen Sie stattdessen den größten Tresorkeller der Welt. Und legen Sie das da hinein. Klotz um Klotz. Gestaffelt und getürmt. Machen Sie die wie von Seekrankheit leergekotzte Mark zur ersten Währung der Welt. Mit dem da. Gestaffelt. Getürmt. Auf Halden geschüttet. In die Höhe, in die Breite, in die Tiefe. Lieb Vaterland und so. Fest steht und treu. Die Mark der Ehre. Die Goldmark. Die olle, ehrliche Goldmark. Keine eingefrorene, zweigefrorene, auf acht verschiedene Manieren, vielleicht sind es schon neun oder zehn, gesperrte, dressierte Mark, zu Kursen, die keiner glaubt. Das Pfund? Der Dollar? Der Franc? Dass ich nicht lache. Meine Herren. Halb Berlin, wenn Sie wollen ganz Berlin, ist untertunnelt. Nichts als Gold. Garantiert rostfrei. Sicher gegen Währungsverfall. Devisen? Meine Herren, wir pfeifen auf Devisen. Ihre wackligen Pfunde, Dollars, Francs und Kronen. Wenn ich schon höre Kronen. Wo die Throne wackeln. Schwedenkronen sagen Sie? Es war einmal ein König. Der schlug bei Narwa ein Loch in die Strategie seiner Zeit und in die Weltgeschichte, sodass halb Europa auf den Hintern fiel. Damals war er noch keine neunzehn Jahre alt, wie das Baby mit dem violett gepuderten Popo. Narwa, und Sieg, und flatternde Standarten und der König mit dem größten Säbel der Welt. So groß, dass er im Stehen, trotz seiner langen Beine, sich mit dem Ellenbogen auf den Degenkorb stützen konnte. Aber später, bei Poltawa, kam es anders und sein ganzes Kriegsgetöse quer durch halb Europa war für die Katz und die ganze Armee fuhr zur Hölle. Bis auf den König. Der ging in türkische Emigration. Und hatte keinen Pass und kein Bankkonto in vorgeschriebener Höhe. Freilich, arisch war er, obwohl er und die Türken davon noch garnichts wussten, und wenn man es gewusst hätte, so wäre das, unter Türken, doch vielleicht gar nicht vorteilhaft gewesen. Allein das ist über zweihundert Jahre her und also würde dieser Emigrant in dieser altersgrauen Zeit mit vorzüglichem Anstand und mit Würde behandelt. Aber Poltawa. Welch ein Debakel. Erst Narwa und dann – Poltawa. Nein, hören Sie mir auf mit schwedischen Kronen.

Aber die Goldmark. Die fest unterkellerte Goldmark.

Deckung, bis da hinauf. Hundertprozentig. Zweihundert. Fünfhundertprozentig. Wie Sie wollen. Meinetwegen mit astronomischen Zahlen, wie anno Inflation, wo Sie ja auch schon mitgemacht hatten, sehr verehrter Herr Doktor Hjalmar Schacht. Wie? Na, und jetzt umgekehrt. Kein gedrucktes Papier.

Sondern Gold. Gold. Feingold. Reingold. Rheingold. Reiheines Gold. Ich hatte einmal eine Schwester. Ach so. Wissen Sie schon. Die mit dem Wagnertick und der Pfauenfeder im Hintern. Merkwürdig. Auf was man alles kommt. Das neunzehnjährige Baby mit dem safrangelb gepuderten Kinderpopo und meine Schwester mit der Pfauenfeder im wackelnden Hintern. Aber Spaß beiseite. Fest steht und treu die Goldmark. Die Mark des Goldes. Einen Brocken, einen Montblanc, einen Popocatepetl – das Baby, Herr Doktor, das Baby mit dem kobaltblau gepuderten Catepetl –, einen Chimborasso, einen Mount Everst an purem Gold haben Sie in Ihren Kellern liegen, was sagen Sie nun?

Woher nehmen und nicht … Sprechen Sie nicht weiter, Herr Doktor. Lassen Sie das vermaledeite Wort. Dergleichen haben Sie nicht mehr nötig. Sondern Gold. Gold. Gold. Reiheines Gold. Urgrundton auf der Orgelbasspfeife.

Aber woher? Ja, sehen Sie. Das ist das Geheimnis. Hier der Barren Gold in der einen Hand. Und hier ein Zettelchen Papier. Mit ein paar chemischen Formeln. Welche Hand wollen Sie? Die mit dem Zettelchen? Schlauberger. Aber einen Moment.

Das Zettelchen da? Es stammt von Roger Bacon. Ursprünglich hatte es nicht diesem britischen Mönch gehört, sondern dem Araber Dschābir ibn Hayyān. Roger Bacon, der Baco, hatte es von diesem Araber bekommen, das Zettelchen mit dem Geheimnis der Welt.

Das sechste und siebente Buch Moses mit schwarzen Siegeln und allen Geheimnissen der Magie? Schwindel. Aufgelegter Schwindel. Da können Sie schon gleich die *Protokolle der Weisen von Zion* nehmen, womit auch keine Seide zu spinnen war. Geschweige Gold zu läutern. Aber die Formel des Dschābir ibn Hayyān, in der Hand des Baco.

Was für ein Doktor sind Sie eigentlich, Herr Doktor Hjalmar Schacht? Dieser da, der Baco war Doctor mirabilis.

*

Baco wusste vom Anfang und vom Ende, vom Aufgang und Niedergang und von Salz und Erde.

Baco glaubte nicht mehr, als er wusste, aber er wusste viel und also glaubte er viel. Nur was er glaubte, das weiß man nicht. Er war ein Mönch. Vielleicht war er ein Ketzer. Vielleicht hätte man ihn verbrennen sollen. Aber wie konnte man im irdischen Feuer einen verbrennen, der die Gesetze kannte der unterirdischen Flammen, die die Geysire heizen auf Island und den Vesuv bei Neapel, und er kannte sogar die Gesetze der Flammen, die die Öfen heizen, Schneiders in Creuzot und Krupps in Essen, die mit dem bisschen Vesuv wahrhaftig konkurrieren können, lebte er heute. Aber er ist tot, obwohl er hätte ewig leben können, weil er das Geheimnis hatte. Das ganze Geheimnis, dessen materieller Teil auf dem Zettel des Dschābir ibn Hayyān steht. Baco aber, Baco, Doctor mirabilis, er wusste auch um das Geistige.

Einer sucht die Vereinigung des nordisch-gotischen mit dem klassischen Hellenismus und er schreibt ein Drama darum und wird über achtzig Jahre alt dabei. Baco aber, der Doctor mirabilis, hat die große Synthese in der Wahrheit und Wahrhaftigkeit und Wirklichkeit gefunden und musste früh sterben, weil den Anderen, den Schülern und Adepten, dabei die Nerven versagten.

Er, der Doctor mirabilis, wusste vom Geheimnis des Gürtels der Diana. Er, der Mönch in brauner Kutte, mit dem geschorenen Haupt, mit dem Rosenkranz aus Sandelholz, der Hagere, mit dem Asketengesicht und der riesigen Stirn, der raste der Göttin nach, wenn sie dahinbrauste auf Jagd, und griff ihr in den Gürtel, den er der Keuschen herunterriss, der hatte ihr Geheimnis in seinen flammenumlohten Kolben und Phiolen, wo er sie band und löste, nach seinem Willen, im Strom des feurigflüssigen Silbers. Und Apoll, der, der den Marsyas geschunden hatte, ihm aber sich beugen musste, obwohl der Doctor mirabilis ein amusischer Mensch war, aber darum wusste, wie der Name des Gottes und seine Gewalt in der Formel des Goldes war. So, wie er den Mars band, den rasselnden in seinen

Waffen, im glühenden, schmelzenden Eisen. Saturn gar, den gleisnerischen, gefährlichen, in den Gesetzen des Bleis. Vollends gar dem Jupiter, König des Götterhimmels, den Blitzeschleuderer, der die Erde beben machte, wenn er der Locken Fülle schüttelte, aber von den Formeln des Zinns sich nicht lösen konnte. Weil stärkere Gewalten als die der Heidengötter in diesen Formeln waren, die Namen der Erzengel und der Öffnungen des menschlichen Hauptes, durch die Offenbarungen eingedrungen und der Menschheit wieder kundgetan worden sind.

Stümper sind diese Töpfer, die nicht einmal ordentliche Öfen bauen können. In ihrem lehmgebackenen Gemäuer kann man knotiges Distelholz aus Schottland verbrennen und allenfalls fette Kohle aus Wales, dass es klebrige Wärme gibt, in der vertrottelte Hammelfleischfresser im Winter sitzen mögen, wenn sie in Geschichtsbüchern nacherleben wollen, wozu es ihnen selbst nicht reicht. Aber Baco braucht andere Öfen und andere Gluten, in die er den Feuergeist pressen muss, der in die Luft sich verflüchtigt hat, denn in ihm ist die Seele, die gemeinsam mit Salz, mit Schwefel und Quecksilber die Substanz der ganzen Welt ausmacht. Wenn noch eines hinzukommt, das Fünfte. Das Ungenannte, das Namenlose. Die Gewalt, die alles löst und bindet. Aber die Gewalt, die in Händen der Adepten und halb nur kundigen Alchemisten zu schrecklichen Explosionen führt, dass Kellerwerk und die Phiolen zerschmetternd, Dächer hebend, von den Laboratorien, um sie meilenweit weg zu fetzen, wie sollte die weißglühende Gewalt nicht fertig werden, mit der Töpfer tönernen Öfen. Mühsam muss Baco selbst sich Ziegeln brennen, die zäher sind als Degenstahl aus Toledo und härter als Granit.

Welch eine Glut, die das Haar versengt, dem der sie anfachen muss. Welch eine Glut in den Öfen des Baco, die ein blendendes Licht ausstrahlt, so jach, wie das Licht der Sonne. Und es ist vielleicht das gleiche Licht, die gleiche Glut, die in der Sonne brennt. Denn die Feuer des Baco sind die Feuer des Dschābir ibn Hayyān. Der aber hatte die Formel von einem Samaritaner. Der wieder hatte sie aus dem Erbe der Familie und ein Spross zweigt hinauf bis zu Johannes dem Täufer. Und weiter in den Zeiten. Da war das Blatt der Formel bei Kleopatra, der großen Hure. Sie hatte es aus Palästina stehlen lassen, aus dem Hause der Nachfahren des unseligen Mannes Hiob. Der wiederum hatte es ererbt aus dem Geschlecht der Mirjam, die die Schwester gewesen, des gewaltigen Moses, der alle Gesetze gekannt hatte. Moses aber wusste um die Formeln aus den Priesterschulen Ägyptens, wo sie der entsetzliche Thot gelehrt hatte, der ein Gott war oder ist, aber in keinem Metall zu fassen ist und in keinem Mineral. Thot, der eben im Ungenannten ist, im Namenlosen. Und auch jene sind erbärmliche Stümper, die ihn Hermes Trismegistos nennen und von hermetischer Kunst reden, wo es um das Letzte geht, um das Geheimnis vom Leben überhaupt.

Denn darum geht es. Um das Geheimnis vom Leben. Da war einmal einer gewesen, der in das Heiligtum des Thot zu Sais eingebrochen war. Er zerschlug den Schrein, in dem der Papyrus aufbewahrt war, mit der Formel vom Geheimnis des Lebens. Was wollte er damit, vielleicht wollte er aus dem blauen Wüstensand gelbes Gold machen. Vielleicht wollte er mit dem Gold die Heere erkaufen und den Pharao vom Thron stürzen, um sich selbst hinaufzusetzen. Sehr weit dürften seine Aspirationen nicht gegangen sein, sie blieben in der Materie stecken, da er Materielles wollte, und so verlor er den Verstand, als er die Formel des Geistes erblickte, die hinaus geht über die Formel von Körper und Seele, was beides nur prima materia ist und allem gemein. Und als er die Formel des Geistes sah, sich ihm auftat das Bild von Unendlichkeit zu Unendlichkeit, von Ewigkeit des Anfangs zur Ewigkeit des Endes, als er sah das brennende Leben der ewigen Wandlung, da verlor er den Verstand darüber.

So sind sie alle. Die Schüler, die den Baco umwimmeln, die Adepten, die seine Öfen bewundern und die Phiolen anstarren. Wie ihnen die Augen herausquellen, wenn im infernalisch glühenden Kolben der grüne Drache flatternd aufleuchtet, wenn die Lilienbraut sich da zeigt, im königlichen Bad, als ein fahles

Gespenst, das dem Herzen weh tut, wenn der rote Löwe ur-plötzlich aufsteigt aus dem großen Elixier. Wie ihnen die Augen herausquellen in Angst und in der jämmerlichen Hoffnung, das Geheimnis zu erhaschen, wie man Blei in Gold verwandelt.

Wer bin ich, Roger Bacon, der Mönch, dass ich Adepte hin-führte an den Felsen der Erde, ihnen alle Schätze der Welt zu zeigen? Bin ich der Versucher? Satanas, der den Heiland führte an eben diesen Ort, ihm die irdische Herrlichkeit zu zeigen, alles Gold und alle Kronen und alle Juwelen der Welt? Wer sagt, dass ich nicht Gold machen kann aus Zinn, Perlen aus Kiesel, Diamanten aus Kohle von Wales? Ich kann das, ich, Roger Bacon, der Mönch.

Eher aber will ich zur unseligen Seele transmutieren, kein Gefäß sein des Wissens, sondern ein zerschlagenes Ferment, ehe ich ihnen das Geheimnis auslieferte, damit sie nichts täten, als Gold zu münzen für den König und Gold und Gold. Dass ein König Krieg damit führte und Krieg und Krieg. Zu unterjochen alle Reiche und alle Länder der Erde, um ihre Bewohner zu Sklaven zu machen. Denn ich, Baco, Doctor mirabilis, Herr im Magisterium, der ich kenne das große Geheimnis, die Mutter der Elemente, und Großmutter der Sterne, der ich besitze den Stein der Weisen und ihn halten kann, auf dieser meiner Hand, ohne zu verbrennen, ich will nicht Satanas sein und nicht versu-chen. Ich will nicht Körper umwandeln in andere Körper, die wertvoll scheinen und nichts sind als der prima materia andere Form. Ich will den Geist und seine Freiheit. Den Geist und die Freiheit. Geist und Freiheit. Freiheit. Geist. Aber ich sage euch: Die Zeit ist noch nicht reif. Herr erbarme dich. Christus er-barme dich. Christe eleison.

Fahrt hinab in die Verdammnis der Unwissenheit und der Gier, ihr Magier und Mantiker, ihr Mystiker und Dämonen-forscher. Ihr Adepten allesamt und Alchemisten. Ich, Baco und Herr Al Chemie, sage euch, die Zeit ist nicht reif. Kyrie eleison. Christe eleison.

Betet, betet, meine Brüder. Wie ich bete, nach allen Perlen von Sandelholz, meines gottseligen Rosenkranzes. Amen.

Baco hastet durch alle Räume seines verwinkelten Hauses. Und immer wieder die Wendeltreppe hinauf und herunter. In den Laboratorien stellt er die Feuer ab, die Öfen erkalten. In der Bibliothek zerrte er Bücher heraus, schlägt sie auf, ohne darin zu lesen. Stellt sie wieder zurück. Auf dem Fußboden findet er eine alte, ausgeschriebene Feder. Welche Unordnung. Wohin damit? Er stolpert zum Fenster, öffnet einen Flügel und wirft die alte Feder hinaus. Ordnung muss sein.

Man müsste ein Beispiel geben. Ein Beispiel den Schülern und Adepten, an dem sie nicht vorbeikönnen. Beispiel ist mehr als Wort und Rede. Ein Beispiel von der Gewalt des Willens, von der Macht des Geistes. Dass die Allmacht des Lebens gilt und nicht die Ohnmacht des Metalls und wäre es tausendmal das Gold, nach dem sie gieren.

Der Doctor mirabilis jagt alle Adepten zum Hause hinaus. Der Hausverwalter erhält Befehl, niemanden vorzulassen. Auch keine Fremden. Und wenn es der Dekan der Universität Salamanca wäre. Niemanden.

Baco schließt sich in die Werkstatt ein. Dem größten Raum des Hauses. Sternförmig, unter dem Dach. Da hebt ein Lärmen und Getöse an. Baco sägt und hobelt, hämmert und zimmert. Steckt der Hausmeister den Kopf durch einen Türspalt, um zu fragen, was er kochen solle, so fährt er angstvoll zurück, so schwirren die zackigen Holzspäne herum und ganze Klötze von harter Eiche. Baut der Doctor ein Werk oder wütet er nur im Material? Jedenfalls wütet er furchtbar gegen den Hausmeister, weil der es gewagt hat, einen Blick in die Werkstatt zu tun, er droht, ihn mit Vitriol zu überschütten, dass ihm die Augen ausbrennten. Tagelang geht es weiter und tief in die Nächte hinein, mit knirschendem, dröhnendem, ballerndem, schreiendem Holz. Und dann mit Eisen und Metall. Klopfen und Bohren und Nieten und Schweißen. Welch ein Werk wird da aufgetan? Es muss etwas Unheimliches werden. Viel unheimlicher noch als die Treibereien im Laboratorium.

Der Doctor baut eine entsetzliche Maschine. Ein hohes, wuchtiges, hölzernes Rahmenwerk und unten ein Kasten. Das

Rahmenwerk trägt oben in der Höhe ein riesiges Schwert und der Kasten unten sieht aus wie ein Sarg und ist nach des Doctors Körpermaß gezimmert. Da, wo der Hals wäre, wenn sich der Doctor hineinlegte, sind merkwürdige Tuben, Röhrchen und Rohre, die in Kolben münden. Und eine kleine Maschine dabei, die aussieht wie eine Art Windgebläse.

Eines Tages geht der Doctor auf den Viehmarkt und kommt mit einem schneeweißen Lämmlein nach Hause. Das zerrt er hinter sich her in die Werkstatt. Was dann geschah, weiß niemand. Drei Tage lang hat man das Lämmlein merkwürdig blöken gehört, es klang mehr wie menschliches Seufzen. Der Hausverwalter war die ganze Zeit im Kohlenkeller, um nichts zu hören, so schüttelte ihn die Angst. Am vierten Tag hat der Doctor im größten Ofen des Laboratoriums ein Feuer angezündet und das Lämmlein verbrannt. Der Hausmeister will bestimmt gesehen haben, der Kopf sei vom Rumpf getrennt gewesen und habe danebengelegen. Nun, ein Lamm ist nur ein Lamm. Eine Kreatur Gottes immerhin, jedoch eine viehische nur. Aber der alte Hausmeister möchte seine Seele nicht belasten mit dem Wissen um das, was da vorgegangen sein könnte. Ist der Doctor doch vom Teufel besessen? Trotz des Bildes des Gekreuzigten in seiner Schlafkammer? Der Zeremonienmeister des Erzbischofs hatte ihn einmal gefragt, ob er nicht in erzbischöfliche Dienste treten wolle. Der Hausmeister hatte abgelehnt. Denn weshalb hätte ein Erzbischof wohl einen ganz gewöhnlichen Hausmeister in Dienste nehmen wollen? Um etwas zu erfahren, von dem, was in dem Laboratorium des Doctors vorgeht. Ist es wahr? Kann er wirklich Gold machen? Wie macht der das? Nein. Da hatte der Alte abgelehnt. Aber wenn es jetzt so kommt, da wäre ihm lieber, er wäre damals doch gegangen.

Dann aber wird es ruhig in der Werkstatt. Der Doctor sitzt jetzt in der Bibliothek und schreibt. Auf einem harten, vierkantigen Holzbock sitzt er und schreibt und schreibt. Man sagt, er schriebe sehr deutlich und schnell. Jetzt schreibt er tagelang. Dann rollt er die Briefe und siegelt sie und schickt sie durch Boten an alle Schüler und Adepten, jedem einen Brief. Am

Nachmittag ist der dann zur Beichte gegangen und ganz still, heiter nach Hause gekommen. Am Abend hat er dem alten Hausmeister erzählt, dass am nächsten Morgen die Adepten und Schüler kommen würden. Die solle er hinaufführen in den Raum vor der Werkstatt. Da sollten alle warten, bis ein Glockensignal ertöne, und dann sollten Sie in die Werkstatt eintreten. Gewiss, der Doctor schien ruhig, gelassen und heiter, wie noch nie. Dennoch war dem Alten unheimlich.

Er konnte nicht schlafen in dieser Nacht. Reiter hatte er auf das Haus zukommen hören. Klappernde Reiter. Kamen die vom Friedhof her? Er wagt es nicht, einen Vorhang beiseite zu tun, um hinauszuschauen. Dann hätte er gesehen, dass es Reiter des Königs waren und Soldaten zu Fuß kamen hinterher, die umstellten alle das Haus.

Der Alte schlich auf dicken, wollenen Socken vor die Kammer des Doctors. Legte das Ohr an die Tür. Da hörte er drinnen den Doctor schlafen, mit festen, regelmäßigen Atemzügen. So schläft niemand, der mit dem Bösen paktiert.

Aber das Lamm mit dem abgehauenen Kopf. Das Lämmlein.

Agnus dei, qui tollis peccata mundi, dona nobis pacem.

Der Doctor schläft.

… nobis pacem.

Erst beim Morgengrauen fand der Alte Ruhe und Schlaf. Als er erwachte, war es Zeit, sich zu eilen, die Schüler und Adepten mussten gleich kommen.

Der Doctor war nicht mehr in seinem Zimmer. Da war schon alles bestellt und geordnet. Ob der oben war, unter dem Dach? In der Werkstatt, die sternenförmig war? Der Alte hätte nicht gewagt, einen der großen Türflügel auch nur um einen Spältchen zu öffnen, es wäre ihm nicht gelungen. Die Tür war von innen schwer verriegelt. Der Doctor war in dem Raum.

Schon kamen die Schüler und Adepten. Noch war es einiges vor der angegebenen Zeit. Sie schienen eifrig zu sein, rechtzeitig zu kommen. In Festgewändern waren sie. Nicht eben reich, aber doch mit Schärpen und Spitzen und Federn auf den Hüten.

Leise sprachen sie miteinander, von den Briefen des Doctors.

Und es erwies sich, dass jeder eine genaue Anweisung bekommen hatte, von ganz bestimmten Handgriffen, die er zu tun habe, wenn er den Raum beträte. Keinem war der Sinn des ihm angeordneten Tuns klar, noch wusste er von den Maschinen und Apparaten. Aber die Vorschrift war so genau präzisiert, dass ein jeglicher das Seine wusste, als kannte er das Gewerke.

Alle Vorschriften waren verschieden und sie tauschten ihre Meinungen dazu aus. Aber in allen Briefen war ein Gemeinsames. Stand, dass in der Mitte des Raumes, in einer Kristallvase und auf einem Tisch, der Stein der Weisen sein würde. Den aber dürfe keiner berühren. Darüber schwiegen sie alle.

Aber der König musste davon erfahren haben, schon am Abend vorher. Darum hatte er seine Reiter geschickt und das Fußvolk mit Hellebarden, dass nicht vielleicht einer entkäme, mit dem Stein der Weisen als Raub.

Lange warteten sie in dem Vorraum. Vielleicht war es auch nicht lange und es erschien ihnen nur so. Es war nicht eben sehr warm da, dennoch bekamen sie alle Schweißtropfen auf der Stirn und ihre Hände waren rot, wie von allzu großer Hitze, und schienen feucht und klebrig. Das wunderte den Alten.

Am liebsten hätte der Alte gebetet. Aber er wusste nicht was. Dies irae, dies illa … Aber das ist kein rechtes Gebet. Sein Herz paukte heftig. Dabei war er die Treppe vorhin nicht eben rasch hinaufgestiegen.

Die Flüstergespräche im Vorraum verstummten nach und nach. Jeder hatte jedem von dem ihm geordneten Auftrag erzählt. Keiner wusste, was außer ihm noch ein anderer wisse, vom Stein der Weisen. Dass der Doctor ihn besäße, hatten sie gehört, obwohl er niemals davon gesprochen hatte. Manche freilich hatten gezweifelt. Nicht nur, ob der Doctor ihn besäße, sondern ob es ihn überhaupt gäbe. Denn wenn es ihn gäbe, warum saß nicht irgendwo auf der Welt einer und macht Gold um Gold und hätte alle Macht des Reichtums in der Hand.

Nun hieß es im Brief, den man daheim sorgfältig verborgen hatte, der Stein der Weisen sei da und man würde ihn sehen. Nur sehen? Was weiß man, was geschehen würde? Wer bin ich, dass ich für mich einstehen könnte, ein armer Studierender und Suchender. Sind nicht schon manche zu Schurken geworden um einer Krone willen, zu Räubern und Mördern? Dieses aber ist mehr als eine Krone. Wer kann für sich einstehen? Wüsste man nur, was die anderen wissen.

Sie reden nichts mehr, aber sie umlauern einander. Sie suchen einer des anderen Augen zu erfassen und blicken scheel aneinander vorbei. Sie tasten einander mit Blicken ab. Bauscht sich da nicht das Gewand? Trägt er nicht vielleicht eine Waffe? Einen Dolch oder so? Wo der Doctor doch schon immer streng verboten hatte, mit Waffen in sein Haus zu kommen. Welch ein Tor ist man doch, welch ein Einfaltspinsel und Stümper des Lebens, dass man nicht wenigstens einen Dolch zu sich gesteckt hatte. Am Ende behält recht, wer am raschesten und sichersten zustößt. Der Mörder oder sein Opfer, wer ist der bessere? Gott mag das entscheiden. Aber der Mörder bleibt am Leben, und ist er ein großer Mörder von Erfolg, so hat er doch genügend Zeit, mit Gottes Stellvertretern zu verhandeln und mit guten Werken die Tat zu sühnen. Ist er ein ganz großer Mörder, einer von denen, die durch Blut auf Throne waten, so ernennt er sich selbst zum Mann Gottes und spricht sich von der Sünde frei. Macht gar eine Heldentat daraus, die dann in den Schulen die Magister lehren müssen.

Schwüle Stille lastet. Die Luft scheint stickig zu werden und klemmt den Atem ein. Hat hier jemand vielleicht ein feines Pulver ausgestrahlt, dass man den Tod einatmet? Wer steht am weitesten abseits? Es lässt sich nicht übersehen. Man steht zu dicht gedrängt. Luft. Luft. Man müsste die Treppe hinunter, draußen Luft schöpfen. Aber hier ist keine Sekunde zu verlieren. Und außerdem sind unten Soldaten. Wer hat Soldaten gerufen? Was ist hier im Spiel? Wird um die Welt gespielt und lauert der Mord?

Nur Ruhe. Nur Ruhe, es ist nichts als der Schweiß auf der Stirne, der setzt sich in Tropfen ab und trübt den Blick. Nichts weiter ist es. Ruhe. Nur Ruhe.

Und der Alte? Ob der weiß, was vor sich geht? Steht der nicht mitten vor der Doppeltür, wie der Erzengel mit dem

Flammenschwert? Ein etwas angestaubter, eingeschrumpfter Erzengel. Wer weiß, was der weiß.

Es sieht mich jemand von hinten an? Wer sieht mich von hinten an? Wer hat mich von hinten anzusehen? Man müsste sich umschauen. Aber man darf die Tür nicht aus den Augen lassen. Wieviel mag die Uhr sein? Warum hört man nichts von drinnen? Es ist Schweiß. Oder hat nicht doch hier jemand ein Giftpulver ausgestreut?

In den Wirbel der Gedanken, der sich wie eine Spirale um jeden legt, tönt plötzlich ein Glockenschlag. Alle fuhren zusammen. Es war wie Schrecken. Im gleichen Augenblick waren mit hartem schlagenden Ruck die Riegel von der Doppeltür zurückgesprungen. Die Tür stand weit auf. Alles drängte vor.

Der Alte trat als erster in die sternstrahlige Werkstatt. Trat zwei Schritte vor, schrie auf »Jesus und Maria« und sank auf die Knie. Schon waren die Nachdrängenden über ihn hinweg, der Kniende war rutschend gefallen, einige der hastigen Dränger hatten achtlos auf ihn getreten.

In der Mitte des Raumes auf etwas hohem Weißen war eine kristallene Schale und in ihr ein leuchtender Würfel. Kein strahlendes Leuchten, mehr ein irrlichterndes, das dennoch beim ersten Hinblicken schon den Augen weh tat. Sengend mehr als blendend. Und wär's ums Augenlicht – Alles drängte hinzu. Flatternde Hände strecken sich gierig aus. Ein Poltern war gegen das Weiße. Das schwankte. Die Schale von Kristall kippte und zerbrach. Der irrlichterisch brennende Würfel – war es der Stein der Weisen? – fiel in weitem Bogen über die Köpfe hinweg, einem Strahlenwinkel zu. Dort fiel er in eine Schale mit Rotem darin. Saugte das Rote auf und erlosch zu einem Häuflein amorphen Pulvers.

Die Schale mit dem Roten. Jetzt erst sah die Schar der wahnbetörten Schüler und Adepten, was in dem Sternwinkel war, sodass der Alte mit dem heiseren Schrei »Jesus und Maria« in die Knie gebrochen war.

Da war das hohe Rahmenwerk mit dem Kasten darunter, der wie ein Sarg war, nach des Doctors Maß. Und wirklich, der

Doctor lag darin. Welch schreckliches Gesicht. Von seinem Hals tropfte es sickernd. Blut. Und taute in die Schale, in der der Stein der Weisen erloschen war. Im Blut.

In dem Augenblick, in dem die Glocke ausgelöst, die Riegel beiseite, die Türflügel aufgesprungen waren und alles hastend eingetreten waren, in dem Augenblick hatte der Doctor eine mechanische Feder ausgelöst und hoch aus dem Rahmenwerk war das gewaltige Schwert herniedergesaust und hatte mit aalglatt stählerner Schneide das Haupt ihm vom Rumpf getrennt.

Jetzt, in diesem Augenblick hätte ein jeglicher nach des Briefes genauer Vorschrift sein Werk tun sollen und hätten sie das getan, so hätte der Mönch Roger Bacon, der Doctor mirabilis Baco, weitergelebt und vielleicht ewig gelebt, nach seinen Berechnungen und Formeln. Ein entsetzliches Wesen. Der Kopf hier und der Rumpf dort, verbunden durch Röhrenwerk und Stränge und Maschinen und dem Licht des Steins der Weisen, der das große Magisterium ist und das ewige Leben.

Aber niemand hatte sein Werk getan, weil die Gier über alle gekommen war. Und jetzt nur der Stein der Weisen, ein Aschenhäuflein, schmierig rot und der Baco war ein Leichnam.

Niemand weiß, welches Rätsel der Menschheit und des Lebens im Augenblick der Lösung hier ungelöst geblieben sind. Wissen oder Vermessenheit? Geist oder Irrsinn? Leuchtendes Elixier oder fahler Tod? Niemand weiß es und niemand hatte Zeit, davon zu sprechen.

Denn als alle noch standen in Schrecken und Furcht, waren die Offiziere des Königs eingetreten und ringsum standen die Hellebardiere. Alle Schüler und Adepten wurden verhaftet und abgeführt. Das war das Ende.

Nichts blieb vom Baco. Nicht einmal das Rahmenwerk mit dem Schwert. Später, viel später erst, hat ein Doctor Guillotin in Paris diese Präzisionsmaschine, um Menschen das Haupt vom Rumpf zu trennen, nach eigenen Ideen neu gebaut.

*

Nichts blieb von Baco? Doch das eine und das ist schon was. Die Idee, dass sich der Mensch nicht im mystisch-religiösen Ring vollendet. Nicht im Glauben allein an die Dogmen eines kristallierten Katholizismus, sondern dass ein Wissen sein muss, das allem und so auch dem Glauben, Basis ist. Mag das Wissen auch suchend und forschend falsche Wege gehen, in Sackgassen geraten, Irrlichtern nachjagen, darauf kommt es nicht an, weil er sich auf sich selbst besinnen muss, auf seine Aufgaben zu erkennen und die Erkenntnis dem Wohlergehen der Menschen dienstbar zu machen.

Nein, es war kein unglückseliger Zufall, an dem Baco zu Grunde ging, als er über das Gesetz der Natur hinaus greifen wollte. Er ging, zum Mindesten in der Konsequenz den falschen Weg. Die Zeit war noch nicht reif. Aber dieser schreckliche Tod hat der Menschheit mehr Heil gebracht als die Zehntausende, die eine in Irrsinn fanatisierte Inquisition auf ihren grauenvollen Scheiterhaufen verbrannte. Nicht Thot und nicht Artemis als geheimnisvolle Formeln sind des Baco Erbe. Sondern der Wille des Menschen, den Kampf zu führen mit der Materie, um sie zu beherrschen, mit der Kraft des Geistes sie dienstbar zu machen der Unsterblichkeit des Menschengeschlechtes. Vom dumpfen Glauben des vielfach und vielerorts noch nicht überwundenen Mittelalters zum Erkenntniswillen der Griechen. Von der sterbenden Gotik zur Renaissance.

Tot war der Stein der Weisen. Und später erst kam Theophrastus Bombast von Hohenheim, der in Ferrara die Lehre des Hippokrates studiert hatte und als Gelehrter den Namen Paracelsus führte, wieder auf das Wissen von den vier Grundelementen, die alles Leben bedeuten, wenn die fünfte Essenz hinzukommt, die quinta essentia. Doch eben diese Quintessenz ahnte er nur, kannte sie nicht. Und so konnte er keine Elemente wandeln in andere Wesensart. Und so konnte er aus Blei kein Gold machen. Und als er ein würdiger, älterer Herr geworden mit glatzigem Kopf und großer, breiter Nase und dickem Hals, da beschied er sich und stellte fest, dass das Leben auch so, wie es ist, ein »vollkommenes Leben« sei. Und das Elend und die

Armut? O, auch die Armut hat ihre Meriten. Das muss man nur erkennen. Auch den Elenden leuchtet als ihr Besonderes »der Stern der Armut«.

Haben wir das nicht neuerdings irgendwann schon gehört? Von dem Meister der Verse, die in den Salons zum Obstsalat so gern deklamiert werden: »Armut ist ein großer Glanz aus innen.« Ja, das kennen wir schon. Aber immerhin, nun hören wir es auch aus alter Zeit. Und nun werden wir es wohl endlich … Nein. Wir werden es nicht glauben. Nun erst recht nicht.

Oder wäre damit etwa den großen Königen geholfen gewesen, dass sie ihre teuren Liebhaberspäße damit hätten bezahlen können, oder gar ihre Kriege.

Glanz aus innen. Glanz. »Was glänzt dort von der Höh', was glänzt dort von der Höh', was glänzt dort von der ledern' Höh'.« Hört ihr bierdunstige Studenten rülpsen? »Sa, se, ledern' Höh'.« Aus denen werden später Staatsanwälte, Legations- und Konsistorialräte und andere Giftgaschemiker, Heil, von der ledern' Höh', sa, sa, ledern' Höh', von der es glänzt.

Wertlos. Völlig wertlos. Der Glanz aus innen. Und ein Kaiser, der da oben gewohnt hat, hoch oben auf dem Berg, wo die Kirchen stehen und das Schloss – von dem Kaffeehaus aus, mit dem über der Zeitung grübelnden Mann, kann man es zwar nicht sehen, aber das macht nichts, dennoch ist es da und über der Stadt – dieser Kaiser, der schon heraufschliddern sah, was bald nach ihm der dreißigjährige Krieg wurde, der meinte, alles das mit dem Gelde ordnen zu können, das er nicht genügend besaß. Und da hatte er gleich ein ganzes Gässchen voller Alchemisten und Adepten sitzen, dass es in Öfen und Phiolen nur so loderte und zum Himmel stank. Und fand doch keiner das Geheimnis, um aus Dreck Gold zu machen.

Das war in jener Zeit, wo unten, im engsten Gedränge der Stadt ein weiser Rabbiner etwas wusste von des Lebens wesentlichsten Dingen. Und wenn damals auch noch keine Arierparagraphen erfunden waren, so waren doch damals die Juden auch schon an allem schuld, was schief ausgelaufen war, und die damalige Weltwirtschafts- und Geisteslage war einigermaßen auf schiefe Ebene gekommen. Wenn nun auch der sinnierende Kaiser den Juden nicht durchaus die Schuld daran gab, so konnte er doch nur bei Nacht und Nebel den weisen Rabbiner zu sich kommen lassen. Wegen der Leute. Allerdings, das Geheimnis, aus Dreck Gold zu machen, konnte der Rabbiner, Meister des Wortes und des Geistes, dem Kaiser nicht verraten und der Kaiser war schwer enttäuscht und hielt sich wieder an seine Alchemisten.

Sonderbar, oder eben gar nicht so sonderbar, dass in so ein verwinkeltes Häuschen im stehengebliebenen Alchemistengässchen da oben, zwischen Schloss und Kirche und Hungerturm, sich vor einer Generation, also knapp vor dem neuen Einbruch der Barbarei in Europa, ein Dichter einlogiert hatte, der bestrebt war, die Zeit und die Menschen in ihrer Verfahrenheit zu deuten. Ein wirklicher Dichter und wirklicher Mensch. Aber da dieser Franz Kafka die Welt vom Idealistischen her zu deuten versuchte und mystischen Auslegungen lieber zuneigte als materialistischer Erkenntnis, so mochte sein Hang ihn sehr wohl zwischen dem Gemäuer der vergorenen Alchemisten wohnen lassen.

Der durchschnittliche Zeitungsleser Leonhard Glanz – Ein großer Glanz von innen und von außen auch schon patiniert – hatte das Alchemistengässchen gesehen (von dem Dichter Franz Kafka hatte er nie gehört), denn sowas sieht man sich ja an. Er hatte sich nicht viel dabei gedacht, aber jetzt fiel es ihm ein, beim Gedankendunst um das neunzehnjährige Baby mit dem orangefarbenen gepuderten Popo und den größeren Ideen, die er seither erspann. Wegen des Doktor Hjalmar Schacht und der Lösung der deutschen Finanzkrise und noch etwas mehr.

Doctor mirabilis. Doctor mirabilis.

Es ist nicht alles Gold, was glänzt. Aber es ist nicht alles Humbug, was sich mit Alchemie befasst. Das merkt man schon.

Vergesset nicht, vergesset niemals, Bürger dieser Stadt mit den vielen Kaffeehäusern, dass der Mann Komensky, der Comenius, einer war unter euch. In jener Zeit, die die furchtbarste war und schwärzeste, für eure Stadt und euer Land, gleich nach dem dreißigjährigen Krieg, dem Krieg eurer Tragödie. Vergesset nicht, vergesset nie, dass er Bannerträger war, des die Welt veredelten Humanismus. Träger des Gedankens der Aufklärung aller. Verbreiter des Wissens für alle. Dieser, euer Comenius, der Emigrant werden musste und in Holland begraben wurde. Vergesset es nicht. Dass er nicht ein Name sei, auf der Tafel der großen Männer, aber eine verpflichtende Lebendigkeit und eine erhabene Wirklichkeit. Die Sieger hüben hatten einen General Torstensson, oder drüben einen Kaiser Ferdinand II. oder III. – was ist schon der Unterschied zwischen einem Kaiser II. und Kaiser III.? Wo sind sie jetzt? In den pedantischen Gehirnen zahlengenährter Geschichtsprofessoren. Aber Comenius lebt noch und heute lebt er im Geiste des tschechischen Volkes. Und wenn es auch in diesen Zeiten so mancher brave Tscheche gar nicht weiß.

Könnte unser durchschnittlicher Mann nicht als Emigrant Leonhard Glanz etwa hier im Kaffeehaus sitzen, Zeitung lesen und spintisieren, wenn der große Humanist Comenius nicht gewesen wäre? He, werter Herr Leonhard Glanz. Was sagen Sie in diesem Zusammenhange zu dem Manne Komensky, dem letzten Bischof der Böhmischen Brüder, verstehen Sie, dem Menschheitslehrer Comenius. Sie haben noch nie von ihm gehört? Aber dass die »Welt ein Labyrinth« ist, das haben Sie doch wohl gemerkt. Jener Comenius hat schon ein Werk darüber geschrieben. Da können Sie sich schon drin finden. Dass Sie es wissen.

Dieser Comenius kam auch von den Alchemisten her. Merket ihr was? Aus plumpen Blei lauteres Gold zu machen, das hatte er nicht herausbekommen. Aber bleierne, dumpfe Seelen in edle, tönende Seelen wandeln, das hat er vermocht.

Vergesset es nie.

Merket ihr was? Alchemie hin und Alchemie her. Das ist doch was, von Imagination.

Da war ein tüftelnder Chemiker in Hamburg. Denk einmal an, durchschnittlicher Mann aus Hamburg, chemische Produkte werden nicht nur gehandelt, sie müssen vorher auch erzeugt werden. Einer muss sogar ganz im Anfang die Formel finden und das Rezept. Dergleichen Menschen, die über so etwas nachdenken, gab und gibt es auch in Hamburg. Obwohl die Mehrzahl der Bewohner dieser Stadt der Meinung sind, Waren sind dazu da, um gehandelt zu werden, und es interessiert weniger, wer sie produziert und wie, noch ob, wie und von wem sie verbraucht werden. Jener tüftelnde Chemiker hieß Brand und auch er dachte darüber nach, wie man aus Dreck Gold machen könne.

Dieser Mann Brand meinte, Gold sei doch ein edler Stoff und so müsse man zu seiner Herstellung Material von einem edlen Wesen nehmen. Und der Mann Brand war der Ansicht, der Mensch sei ein edles Wesen. Also müsse man Material vom Menschen nehmen, zum Beispiel Blut. Das Rezept war weder original noch neu. Alle Machthaber der Erde haben zu allen Zeiten gewusst, dass sich Menschenblut sehr wohl in Gold und Geld umwandeln ließe.

Der Mann Brand war aber kein Mächtiger und kein Herrscher. Und so stand ihm kein Menschenblut zur Verfügung, um daran reich zu werden. Auch dachte er mehr an ein direktes Verfahren. Und so versuchte er, aus menschlichem Urin etwas herauszudestillieren, was Gold sein würde. Nicht sehr appetitlich, diese Destillation? Nun, die Geschichte von Gold und Reichtum ist zumeist nicht appetitlich. Aber wie eh und je: Non olet. Was der Mann Brand schließlich herausdestillierte und produzierte, war freilich kein Gold, aber immerhin Phosphor. Und manche Leute haben späterhin mit Phosphor viel Geld verdient. Auch richtige Hamburger Händler. Da aber Phosphor, im raschen, natürlichen Prozess des an der Luft Verbrennens in der Dunkelheit leuchtet, so mochte der Mann Brand geglaubt haben, er hätte den Stein der Weisen entdeckt.

Aus Urin? Der eine will Gold daraus machen und entdeckt Phosphor. Säkerhets tändstickor, utan svavfel choh fosfor. Also doch Zündhölzer ohne Phosphor. Wozu braucht man dann noch Phosphor? Und Zündhölzer? Ivar Kreuger hat damit die größte Pleite dieser Zeit gemacht, nachdem er vorher halb

Europa damit finanziert hatte. Und das hatten die großen und geldgescheiten Finanzkapitäne gar nicht gemerkt, dass man aus dem dicksten Profit an seinen Zündhölzern schließlich doch nicht den ganzen Menschen finanzieren kann. Ohne Schwefel und Phosphor. Aus Urin? Der Mann, der schon so lange Entdeckungsreisen durch die Zeitung macht, muss mal hinaus.

Draußen und nach dem Verrichteten entdeckt er, dass Seife und Handtuch eine Krone kosten. Und da muss man erst nach der Bedienerin läuten. Also kann man die Krone sparen, wo man sowieso sparen muss, an allen Ecken und Enden. Übrigens die Leute, die gar nicht so sehr auf das Sparen angewiesen sind, diese Krone sparen sie doch. Lieber essen sie noch einen Kuchen für zwei Kronen und fünfzig Heller. Und diesen Kuchen nehmen die Kavaliere dann in die gleichen Finger, mit denen sie soeben ... und so weiter. Ihre Sache, das. Guten Appetit. Aber ich möchte es mir verbitten, dass mir einer, der die Krone eben sparte, etwa zur Begrüßung die ungewaschene Hand reichte. Hat sich was, mit den sanitären Einrichtungen. Warum ist da nicht ein Plakat: Das Ferkel, das hier hinausgeht, ohne sich die Hände gewaschen zu haben, hat eine Krone Strafe zu zahlen! Da hätten sie es auf einmal alle mit der Sanitas. Freilich, freilich, wo bliebe dabei das Geschäft. Und so bleibt's, wie's ist. Meine Herren, phosphoreszieren ihre Hände schon? Na, na. Warten Sie's ab. Wenn mal ein Tag lang und heiß ist, und Sie haben viel getrunken und also ...

Leonhard Glanz sitzt wieder, wie er saß. Er kommt immer noch von seinen Gedanken nicht los. Den neunzehnjährigen Babypopo sieht er jetzt rosafarben gepudert. Sehr raffiniert. An entscheidender Stelle bleibt er naturfarben. Teuer, teuer, so etwas. Und dann die Sache mit Schacht und so.

Da war ein Apotheker in Berlin und hieß Böttger. Wer weiß, was der hat finden wollen. Jedenfalls fand er die Porzellanglasur. Ein paar tausend Jahre nach den Chinesen – chin, chin, chinaman, bist ein armer Tropf –, aber immerhin, er erfand Porzellan für sein Teil selbständig. Die gelehrten Perückenträger von Berlin glaubten aber, er habe das Goldmacherrezept gefunden, und weil der kleine Apotheker das leugnete, hätten sie ihn gern ein wenig foltern lassen. Da lief das Apothekerlein davon und gerade dem Kurfürsten von Sachsen und König von Polen, dem starken August mit den vielen Kindern, in die Arme. Der starke August war zwar seinerseits gerade auf der Flucht vor dem zwölften Karl von Schweden, der mit dem großen Säbel, aber ein König läuft nicht so schnell, dass er einen kleinen Apotheker, der im Geruch steht, Gold machen zu können, nicht noch aufgreifen könnte. Auf diese Weise kam es zu der Dresdner Porzellanmanufaktur, mit den zwei Schwertern. Gucken Sie mal unter den Teller. Ist das nun fein oder ist es nicht fein, wenn man so unter den Teller guckt? Wenn man nach riskiertem Blick sagen kann: Limoges oder Wien oder Dresden oder Royal Crown, dann ist es fein. Wenn man sagen muss: Hutschenreuther oder so, dann ist es nicht mehr ganz so fein. Aber wenn man dann garnichts sagen kann, dann war es nicht fein, unter den Teller zu sehen. Leonhard Glanz brauchte nicht unter den Teller zu sehen, obwohl das hier jetzt weder als fein noch als unfein auffiele. Das Kaffeegeschirr dahier ist bestenfalls böhmisches Steingut.

Ein kleiner Apotheker plus Imagination. Das ergibt eine braune Scherbe, für die ein amerikanischer Multimillionär, ausgerüstet mit sachverständigen Experten, jenen Batzen Gold hergibt, den jener Böttger gern gemacht und der starke August gern gehabt hätte. Auf die Geduld kommt's an. Plus Imagination.

Fridericus rex freilich, der aufgeklärte Monarch – »Rin ins Gefecht, ihr Hunde, wollt ihr denn ewig leben?« – der hielt nichts von der Imagination in der Alchemie. Vom lieben Gott hielt er auch nichts, aber da man nie wissen kann, so ging er mit vorgerückten Jahren doch in die Potsdamer Kirche. Und da man nie wissen kann, gab er doch aus seiner Kasse, die ein wenig mager war, wenn man auch vom letzten Bauern noch den letzten Spargroschen mit Gendarmerie eingetrieben hatte, gab er also der Frau von Pfuel doch zehntausend Taler, zum Ausbau ihrer Alchemistenküche, bei der freilich gar nichts herauskam. Weil die Dame anstatt der Imagination den preußischen Adel hatte, und statt in der Schulküche Alchemie zu treiben, hätte sie lieber ordentliche Kartoffelsuppe kochen sollen, wobei sie mit zehntausend Talern ein paar hunderttausend Hungernde hätte satt machen können.

Lachen Sie nicht über den aufgeklärten König und seinen Rückfall in Alchemie. Im Jahre 1779 bewilligte das englische Parlament für ein ungenannt gebliebenes, älteres Fräulein die runde Summe von fünftausend Pfundsterling, wofür die ältere Dame den Stein der Weisen zu liefern versprochen hatte. Sie hat aber ihr Versprechen nicht gehalten.

Lachen Sie nicht über das englische Parlament. Im Jahre 1894 – fin de siècle – wurde in Paris die »Société hermétique et alchimique« gegründet, und da wären wir also wieder beim Hermes Trismegistos, der bei den Ägyptern der Thot war.

Lachen Sie nicht über diese Pariser Société. Haben wir da nicht allerhand erlebt inzwischen? Monsieur et Madame Curie. Das ist doch wohl noch etwas anderes als das biographische Buch, das die Tochter schrieb und das jeder, der mitreden will, gelesen haben muss. Meinen Sie? Sollte man nicht lieber den neuesten Roman von ... ich meine garnichts. Ich meine, dass ihr aufgedonnerter Bildungsdilettantismus mit aufgestreuten Rosinen zum Kotzen ist, worüber wir die Entdecker Curie und das Radium nicht vergessen wollen. Wer weiß, wer weiß, was jener unglückliche Baco da in der kristallenen Vase hatte, ehe die aufgedrehten Bildungsdilettanten mit aufgestreutem Pfeffer alles zerstörten. Wer weiß, was sich noch wandeln kann und galt doch noch gestern als unwandelbar. Wer weiß, wie sich die Begriffe noch ändern werden. Dachten wir nicht, dass aus einem Atom, würde es zertrümmert, ungeheure Energien frei würden? Und dann war es ein Dreck mit der ganzen Atomzertrümmerung.

Lassen wir also den durchschnittlichen Mann Leonhard Glanz gewähren. Er ist uns jetzt träumend ein paar Nasenlängen voraus. Nicht nur in Richtung auf den Besagten, jetzt heliotropfarbenen, sondern als ein Wandler des Minerals. Nichts weiß er von Regina und Panazee, nichts vom Rex und großen Elixier. Er hat nur einfach, wenigstens für den Augenblick, das Rezept, um Scheibenkleister in Gold zu wandeln. Voilà.

Wie steht es mit dem Scheibenkleister bei Ihnen, verehrter Herr Doktor? Man wird ihn schon im Rahmen des Vierjahresplans (Ra-ta-plans des Dritten Reiches) als vollgültig zu ersetzen wissen. Na. Dann ist ja alles in Butter. Verzeihung, ich habe Sie nicht beleidigen wollen. Dann ist also alles in Butterersatz, sprich: Kanonen. Etwas trivial, der Witz, wenn es einer sein soll? Ich bitte Sie, wir haben es hier mit dem angesagt tausendjährigen Reich zu tun, ohne der Mildtätigkeit Grenzen zu setzen. Wegen Winterhilfe.

Sie meinen, Herr Doktor Hjalmar Schacht, ich solle zu Ihnen nach Berlin kommen, das Rezept und die Goldproben gleich mitbringen. Leider in meiner besonderen Lage. Oh, Sie geben das große und das kleine Ehrenwort, dass meine persönliche Sicherheit … ein Ehrenwort würde genügen. Aber Sie wissen ja selbst, Sie leben in einem dynamischen Staat. Wollen Sie nicht lieber hierher …

Also meine Bedingungen? Nun, ich war ja immer als Deutscher ein nationaler Mann von sozialer Gesinnung. Also eigentlich ein National-Sozialerist. Man mag mir das absprechen oder nicht, ich kann es unter Beweis stellen.

Unter, über, vor und zwischen Beweis stellen. Mit, nach, nächst, nebst, in. Alles mit dem dritten Fall.

Ich bin ein dritter Fall. Allenfalls. Kein Erstklassiger. Ich merke bereits.

Ich, ein dritter Fall, bin nicht sehr anspruchsvoll. Meine Bedingungen? Anständige Brasilzigarren mit allem, was dazu gehört. Einschließlich Bügelfalte. Sie verstehen schon. Und gelegentliche neunzehnjährige Babys oder so, wenn mir der Sinn steht, auf ein nichtssagendes Gesicht und einen entsprechenden Mädchenpopo. Gepudert. Verludert. Zerrudert. Ich habe nie Zeit gehabt, für noble Ambitionen. Keine abnormen Passionen. Passionen. Passion. Wie? Was? Pasionaria? Ra-ta-plan. Die Pasionaria? Ich glaube, da trommelt jemand. Die Pasionaria.

Was wird da getrommelt? Revolution. Revolution! Ra-ta-plan und Revolution! No pasarán. Und wenn sie das ganze Land zusammenschießen. Fremde Landsknechte mit Schießautomaten im Gehirn. Mauren und Neger. Mord und Mörder und moderne Inquisition. Artillerie sind ihre Argumente und Bombenflugzeuge. Kanonen statt Geist. Philipp II. geht wieder um. In verschlechterter Ausgabe. Alba. Carranzas Scheiterhaufen. Organisierte Scheiterhaufen. Feuerwalze, straßenweise vorwärtsgekämmt. Aber – über Trümmerhaufen und Leichenhöfe – es lebe der Geist. Es lebe die Freiheit. Unsterblich. Unsterblich! Ra – ta – plan. Die Pasionaria. Die Pasionaria. Unsterblich.

»Tschapajew« hieß das Bataillon von 21 Nationen. Aus einundzwanzig Nationen aller Welt strömten die Blutzeugen der Freiheit zusammen. Sie sollen hier aufgezählt werden: Brasilien, Griechenland, Sowjet-Union, Belgien, Ukraine, Luxemburg, Italien, Norwegen, Frankreich, Jugoslawien, Dänemark, Schweden, Ungarn, Tschechoslowakei, Holland, Palästina, Schweiz, Österreich, Spanien, Polen und Deutschland. Ja, Deutschland. Die meisten kamen aus Deutschland. Mein wahres Deutschland, hoch in Ehren. Freiheitskämpfer aus 21 Nationen und die meisten waren aus Deutschland. Arbeiter und Bauern, Seeleute und Beamte, Angestellte, Gewerbetreibende und Intellektuelle. »Han hallado muchos de ellos es nuestros frentes la muerte de una maniera anónima para conseguir la libertad de Espana.« So sagte José Miaja, der General: »Haben viele von Ihnen an unseren Fronten den Heldentod des unbekannten Soldaten gefunden, um der Freiheit Spaniens willen.« »Für eure und für unsere Freiheit«, riefen die Kämpfer aus Polen. Wie es auf den Fahnen der polnischen Revolution von 1830 gestanden hatte! So waren sie alle. Alle. Vor Teruel. Bei Malaga. In den Bergen der Sierra Nevada. Um Pozoblanco und in der Hölle von Brunete. Welch ein Zug Heroismus und der Passion. Pasionaria! Pasionaria!

»Die Internationale erkämpft das Menschenrecht.«
»L'Internationale sera le genre humain.«
»El género humano es la Internacional.«
»L'Internazionale futura umanita.«
«The International unites the human race.«
»Og Internationale slår bro fra kyst til kyst.«
»En D'Internationale zal morgen heerschen op aard.«
»Internacionála je zítřka lidský rod.«
»Sa Internacionalom sloboda zemlji svoj.«
»Gdy związek nasz bratni. Ogarnie ludzki ród.«
21 Nationen. »Tschapajew.«

Du warst nicht dabei, durchschnittlicher Mann Leonhard Glanz. Nicht sehr anspruchsvoller Mann im dritten Fall. Mit dem Rezept, aus Scheibenkleister Gold zu machen.

Wieder einmal abgeirrt? Zu wenig, ziemlich guter Freund. Hier einen Bogen geschlagen, da eine Schleife. Und kommst immer auf deine Mäßigkeit zurück. Dass du doch einmal auf andere Bahn kämest, und ergäbe sich auch zunächst nichts, als dass du dabei auf den Hintern fielest, dass du alle Knochen spürtest. Ist noch alles eins, der Baco und die Babyhure und die Pasionaria. Alles eins? Dass Tschapajew und seine Partisanen dich auf die Spieße nähmen. Aber du bist nur abgeirrt. Während doch der imaginierte Dr. Hjalmar Schacht immer noch wartet, was du eigentlich willst, denn dass du ihm den Dreh, der den größten Finanzschieber zum ehrbaren Kaufmann machte, nicht um deine Brasilzigarren samt Bügelfalte und sanft paprizierte Kavaliererlebnisse überlassen wirst, davon ist er überzeugt.

Was weiter also?

Noch eine Kleinigkeit. Sie sind, Dr. Hjalmar Schacht, ja kein Parteinazi. Mit Ihnen kann man ja reden. Eine Kleinigkeit also. Sie merken schon. Die Judenfrage.

Na also. So, Sie verstehen, geht das nicht weiter. Ist Ihnen selbst peinlich? Sie schämen sich etliches? Wieviel ist etliches? Nicht gar sehr viel. Ihrer gestärkten, glanzgebügelten Weißwäsche ist dabei noch nicht knifflig geworden. Und weiße Westen, die man bekleckern könnte, sind aus der Mode. So können Sie, ein legaler Knacker jüdischer Geldschränke von der Maas bis an die Memel, als steifleinener, höchst korrekter und ritterlicher, alter Freund geruhigt im Salon der alten Gönnerin Vera Gutmann in Paris in Erscheinung treten. Treten Sie. Treten Sie. Diesseits der braunen Grenze den Juden in den Hintern. Jenseits der braunen Grenze leise, leise auf dem Salonteppich herum. Steifleinener Leisetreter. Steiftretender Leinenseiler. Seilsteifende Trittleine. Eiltretende Steißfeinde. Feistseiende Tretleiste. Sehen Sie sich? Sie brauchen gar keinen Spiegel. Eissteifener Eselsleiter. Wie schmeckt Ihrer Abstinenz die Pistaziencreme im jüdischen Salon Gutmann jetzt in Paris? Genau, wie damals in Berlin, als der Salon der gleichen jüdischen Dame Ihnen noch einleitende Trittleiter war?

Doktorchen, wie kamen sie noch in diesen kultivierten jüdischen Salon? Wollen wir mal, na wollen wir mal ein Kleines aus der Schule plaudern? Kleines Doktorlein und großer Magier der papierenen Finanzwelt.

Spielen wir mal anno 1922. Als es los ging mit der deutschen Börse als Rummelplatz der breiten Spekulation. Immer ran in die Börse. Damals gab es noch die deutschen Kleinstaaten. Zum Beispiel den Freistaat Anhalt. Hie gut Anhalt allewege. Alle wackeren Dessauer waren ebenso vaterländisch stolz auf ihre Anhalterschaft, wie sie anno '33 stolz waren, sie über Bord werfen zu können. Nicht wahr, Herr anhaltischer Staatspräsident Deist. (So kann man Deist sein und heißen und doch noch in die Literatur kommen. Was ist übrigens Deist? Das Gleiche wie Feit, fragen Sie mal den sogenannten Generaldirektor; ist das Gleiche wie Knorr, der dieses seiende Finanzpräsident wird's bestätigen. Das nur nebenbei und in Klammern. Damit nicht einer, nach so langer Zeit in das längst zugedeckte Hornissennest steche, dass wir nur zu Illustrationszwecken aus der Ferne fotografieren.) Und da waren die Salzdetfurther Kali-Aktien. Von denen ein ganzer Haufen, ein sogenanntes Paket, dem Freistaat Anhalt mit der damals noch eigenen anhaltischen Fahne gehörte. Was macht man eigentlich mit Kali? Man handelt die Aktien, das ist die Hauptsache unter den Großen.

Dann war da der jüdische Bankier Hugo J. Herzfeld, dem wir – er ist schon lange tot – nicht nachrechnen wollen, wieviel Geld er als bescheidener Finanzmann an der Berliner Börse schon verdient hatte, ehe seine große Zeit der deutschen Inflation kam.

Es war in den Tagen, als das Haus Stinnes im Namen der vaterländischen Belange das Deutsche Reich verramschte. Hugo Stinnes, der Mann mit dem schwitzigen Melonenhut und dem speckigen Regenmantel, war gerade dabei, die Elektro-Montan Trusts in die große Tasche zu schieben. Die Firma Gebrüder Stumm, die westdeutschen Eisenkönige, ramschten im Namen der vaterländischen Belange etwas feudalerer Art, die schweren Industrie-Papiere zusammen. Und Herr Otto Wolff, der zu Beginn des Jahrhunderts noch ein kleiner Alteisenhändler gewesen war und der im Krieg an patriotischen Heereslieferungen zu Millionenvermögen gekommen war – im Wege über seinen Sozius Ottmar Strauss, der im deutschen Reichsmarineamt saß – (alles stammbaumgesicherte Arier, damit nicht einer wie Wolff und Strauss etwa an jüdische Großväterväter denke) dieser Wolff aus dem ff hatte gerade das deutsche Riesenmontanwerk »Phönix« vom Giftbaum der Börse gepflückt. In jenen Tagen war das.

Da war also der jüdische Bankier Hugo J. Herzfeld, dessen sich diese treudeutschen Biedermänner vom schaffenden Kapital bedienten, um diese Riesen-Kapitalverschiebungen vorzunehmen. Goldene Berge an Kohle, Eisen, Stahl, Erz transaktionierten die schaffenden Kapitalisten sich zusammen. Während Hugo J. Herzfeld dafür, dass er die oftmals höllisch heißen Kastanien für sie aus dem Feuer holte, erheblich weniger reich wurde. Und darum ist er, der Jud, nur ein raffender Kapitalist.

Immerhin häuften sich bei Hugo J. Herzfeld so große papierene Millionenberge, dass er in allen möglichen Industrien zum Konzerngründer wurde. Als doch eigentlich ein schaffender

Kapitalist. Nein, eben ein Jud. Verstehen Sie doch. Also auf alle Fälle ein raffender.

Keine Angst, Herr Dr. Hjalmar Schacht. Nur ein bisschen Illustration. Keine Indiskretionen. Ihr Name kommt dabei nirgends vor. Nur keine Sorge, Sie standen damals, zu Ihrem Kummer, noch nicht in der allerersten Linie.

Immerhin bei Hugo J. Herzfeld ging mancherlei durch die Bücher, mit dem ein steifleinener, späterer Finanzstratege mehr oder weniger, weniger oder mehr, mehrere, am mehrsten – gibt es nicht? Siehe: Bismarck, Otto von, Kaiserproklamation »Allzeit Mehrer des Reichs zu sein«. Also es gibt – vertraut war. Da waren die Girozentralen der öffentlichen Kassen. Da war die unter null notierte Kriegsanleihe, das »Kriegsgewinn«papier der breiten Massen, dass jeder Soldat, der ärmste noch, in blutigster Front, hatte zeichnen müssen. Sonst hätte man ihm den ihm zustehenden Heimaturlaub verweigert. Da war der Bochumer Stahl-Verein. Da war die Darmstädter Bank. Die Diskonto-Gesellschaft. Die Nationalbank. Da war die Siemens-Rheinelbe-Schuckert Union. Da war die Argo-Dampfschifffahrt und der so königlich vornehme Norddeutsche Lloyd. Da waren die Mansfelder Kupferschiefer. Die A. E. G. Die Metallbank. Die Gewerkschaft Ludwig II. Und so weiter. Alles in Hugo J. Herzfelds Büchern.

Dann also die Sache mit Salzdethfurth und dem Staate Anhalt. Wobei ein Aktienpaket, das einen Riesengoldwert repräsentierte, für 112 und eine halbe Million Papiermark über höchst arische Herren von Leopoldshall an den nichtarischen Hugo J. Herzfeld übergingen.

Die 112 und eine halbe Million Papiermark waren bald danach einen Trambahngroschen wert.

Aber schon vorher war Hugo J. Herzfeld im Weißen Hirsch bei Dresden, dem Sanatorium der Oberen, die noch nicht ganz oben sind, an einem Herzschlag gestorben.

Er hinterließ eine Markmilliarde. Aus Papier. Sie repräsentierte damals dennoch etwa fünfzehn bis zwanzig Dollarmillionen.

Die wurden vom fähigsten Mitglied der hinterbliebenen Familie betreut. Von Frau Vera Gutmann.

Das ist die Vera Gutmann, die den Ehrgeiz hegte, einen vornehmen Salon in Berlin zu haben, wo schließlich nicht nur von moderner Malerei und Literatur gesprochen und junge Künstler gefördert wurden, sondern wo sich auch Leute trafen, die mitzureden und mitzuspielen hatten, in der großen Wirtschaft und in der großen Politik. Das war der Salon, in den eingeführt zu werden der aufwärts strebende Dr. Hjalmar Schacht für wichtig und der Karriere höchst nützlich hielt. Für die lauten Herren, etwa im Hotel Kaiserhof, die mit Reitpeitschen in der Hotelhalle herumliefen und in khakifarbenen, immer etwas verknautschten Regenmänteln, hatte er kein Interesse.

Vera Gutmann hat ihren Salon von Berlin nach Paris verlegt, als die Braune Nacht der Barbarei eintrat. Dr. Hjalmar Schacht lernte und begriff, dass er in diesem Salon mit dem Teufel und mit Intelligenzbestien beisammen gewesen war. Was ihn nicht hinderte, den gleichen Salon also in Paris aufzusuchen und die verteufelte Vera Gutmann dort »liebe Freundin« zu nennen. Trotzdem hat er im Wege über die Pariser Finanzgrößen, die den Salon der charmanten und gescheiten Frau besuchten, keine Anleihe für das Dritte Reich bekommen.

In dieser Sache ist der Kaffeehausträumer Leonhard Glanz einigermaßen sachverständig. Da könnte er sogar mit peinlichen Einzelheiten aufwarten. Etwa wie die Böhler-Werke von Hugo J. Herzfeld gekapert und der Fang an Herrn Stinnes ausgeliefert worden war, wo es nicht nur um ein deutsches Industriewerk ging, sondern um Hochöfen, Stahlgießereien, Eisenwalzwerke, Gießereien und Hammerwerke in Niederösterreich und der Steiermark und um Kohlengruben in der Tschechoslowakei. Und hier ging es nicht mehr um Aktienpakete und Profit als solchen, hier wurden erste Schritte in die Politik getan, die sich in der weiteren Entwicklung infernalisch genug ausgewachsen hat.

Nun, wer mit diesen Dingen einigermaßen Bescheid weiß, der kann auch mit Herrn Dr. Hjalmar Schacht ein paar ernste

Worte reden, so unter vier Augen, wenn er mit dem leibhaftigen Goldblock in der einen Hand und mit dem Rezept dazu, das Dschābir ibn Hayyān der Kleopatra, des Hiob und des Thor – unarisch sie alle, – in der anderen Hand, vor ihm steht. Hände weg, Herr Doktor.

So geht das also nicht weiter. Mich geht das ja weiter nichts an. Ich habe das meinige getan. Ich habe mein Geschäft geopfert, meinen Besitz und habe die Würde des braunen Regimes in seinen Gefängnissen kennen gelernt. Aber schließlich bin ich ein Jude. Das hätte ich ohnehin gewusst. Auch wenn man mir das mit weniger Gemeinheit vor Augen gehalten hätte. Jawohl, ich bin ein Jude. Immer gewesen. Jawohl, immer. Ein Deutscher war ich, national und sozial. Aber immer ein Jude. Auch wenn der geheime, feige und der offen brutale Antisemitismus schon in meinen frühen Tagen nicht gewesen wäre. Der heimliche Wurm fraß jedem Deutschen im Herzen, der sich für gut christlich hielt, wenn er auch von der Arisch-Kriecherei noch nichts wusste. Wenn auch mancher Schweinehund von Kerl es noch nicht, ohne auch nur mit der Wimper zu zucken, für opportun hielt, seine Mutter oder Großmutter im Grabe das Hurenprädikat anzuhängen, um seine unbeschnittene Herkunft zu erweisen. Wer seine Mutter schlägt, dem wächst einmal die Hand zum Grabe heraus. Und wenn ihr erbärmlichen Wichte bei der großen Reveille am jüngsten Tag antreten müsst vor eurem Herrn Heiland, ohne die rechte Hand, die euch aus dem Grab herausgewachsen war, die fort ist, ein Staub im Winde, klagend durch die Lüfte ihre hundsgemeine Tat, wenn dann der Heiland euch fragt: »Wo ist deine Hand?« und Maria, die Mutter, steht ihm zur Seite. Was wollt ihr feigen, erbärmlichen Schufte dann antworten? O Mutter, mater dolorosa.

Ich brauche mich dann nicht mit zu schämen. Ich bin ein Jude. Ivri Anochi.

Wer ein Jud ist, bestimmt das Rassenamt? Und wer eine Hure war, bestimmt der Lump von Sohn? Respekt, du letzter Hund, noch vor dem Hurengewerbe! Du letzter Dreck kommst weit dahinter. Und nun gehe hin, grindiger Knecht, knie vor Fricka, der in Wotans Walhall noch die Ehe heilig war, und lass dich von ihr, mit dem Fußabsatz, ins Arisch-Gesicht treten!

In meiner Kindheit gab es solche Lumpen noch nicht. Solche Schande und Niedrigkeit brauchte damals noch kein deutscher Mensch auf sich zu laden. Heuchlerische Verlumptheit gab es auf dem Gebiet genug, aber nicht solche verworfene Rohheit. Da waren die Hamburger Kaufherren. Saßen mit meinem Vater zusammmen im Gremium der Handelskammer und im Börsenrat und im Verein »eines ehrbaren Kaufmanns«, wo der Vereinsbeitrag nur eine Mark im Jahr war und dafür bekam man im großen Hamburger Adressenbuch ein Sternchen neben den Namen gesetzt. Aber konnte man so einfach in den Verein eines »ehrbaren Kaufmanns« hinein? Das konnte man nicht. Man musste eben ehrbar als Kaufmann sein, höchst ehrbar. Da waren also die ehrbaren Hamburger Kaufleute und scharwenzelten um meinen Vater herum. Aber ihre Söhne in der Schule, die riefen mir auf dem Heimweg nach: Jud Glanz und Itzig Glanz. Obwohl meinen Vorname Leonhard ist und dann liefen sie um die nächste Straßenecke oder in den nächsten Hauseingang.

Wo hatten die kaum der Rotznase entwachsenen Kinder das her? Aus sich heraus doch bestimmt nicht. Kinder, sagt man, sind roh. Ich hatte einen Schulkameraden, der las sich Raupen aus dem Gebüsch, nahm sie lebendig mit nach Hause und briet sie auf einer Kohlenschaufel über dem Herdfeuer. Lebendig. Dergleichen ist drin, in den Kindern. Meine Schwester, die mit der Straußenfeder im wackelnden Hintern und dem literarischen Salon, las Bücher über solche Dinge. Sie nannte das Psychoanalyse und wusste, wo das herkommt. Aber Kinder hatte sie keine. Das ist so, wie es ist, und Kinder sind roh. Aber jemand nachrufen: Jud und Itzi und Wai geschrien, das steckt nicht von Anfang an in Kindern drin. Das gehört nicht zu den menschlichen Urtrieben von der Kannibalenzeit her. O nein. Das haben sie von den werten Eltern gelernt. Von den Vätern, die sich von meinem Vater bei dem Bankhaus M. M. Warburg & Co. anmelden ließen, wenn sie Kredite brauchten. Von den Müttern, die in schwarzen Seidenblusen mit Perlenkette um den hohen Halskragen zu meiner Mutter kamen und für den Wohltätigkeitsverein »Caritas« sammelten, oder für den Verein zur Aufrichtung gefallener Mädchen oder für den Christlichen Verein Junger Männer. »Nicht wahr, verehrte Freundin, in unserem aufgeklärten Zeitalter. Juden oder Christen. Wir sind doch allzumal Menschen.« So sagten sie: Allzumal. Deutsche Frauen. Da brauche ich bestimmt nicht vergeblich an Ihr Herz zu appellieren. Für unseren nützlichen Verein … Und das Söhnchen rief anderntags um die Straßenecke: Itzig Glanz, Glanz Itzig!

Da hatten wir einen Lehrer in der Schule. Er war noch jung. Hatte wohl gerade sein Militärjahr abgedient und gab sich gern forsch und stramm. Wir hatten Turnunterricht bei ihm. Ich war bestimmt kein guter Turner. Auch nicht besonders schlecht. Nur das Turnen am Reck war mir zuwider. Das hatte er bald heraus und verstand es, mich immer in eine Riege einzuteilen, die am Reck üben musste. Ich habe wohl bei Klimmzügen und Bauchwelle keine besonders gute Figur gemacht. Aber immer, wenn ich daran war, stand er gleich daneben und rief höhnisch: »Seht ihr ihn baumeln, den Moses!« Und die Jungen grinsten. Einige von ihnen nur aus, wie sie meinten, schuldigem Respekt vor dem Lehrer!

Später hatten wir in mittlerer Klasse von diesem gleichen Unteroffizier von einem Lehrer sogenannten Deutschunterricht. Rechtschreibung und Grammatik. Und auch Literatur. Erste Einführung in Lessing, Schiller und Goethe.

Ich verstehe nicht viel von literarischen Dingen. Aber damals wusste ich doch mehr davon als meine Kameraden in der Klasse. Das war von meiner Mutter her. Wenn Mutter »Goethe« sagte, oder »Schiller«, »Lessing« oder »Shakespeare«, dann wurde ihre Stimme immer feierlich. Etwas pathetisch und mit viel Liebe dabei. Wenn sie sagte: »Der Kaiser«, oder »Bismarck«, hatte ihre Stimme auch etwas wie Pathos, aber ohne Liebe. Ich habe früh angefangen, Schiller zu lesen, weil Mutter ihn immer mit so viel liebender Achtung nannte. Sogar mein Vater, wenn er einmal sich besonders familiär gab und aufgeräumt war, erzählte gern vom Theater seiner Jugendzeit. Als Sonnenthal den

Wallenstein gespielt hatte und Franziska Ellmenreich die Gräfin Terzky und Siegwart Friedmann den Franz Moor. Es hat mir oftmals kein sonderliches Vergnügen gemacht, im Schiller zu lesen. Ich habe auch vieles oder das meiste nicht verstanden. Aber ich wusste doch mehr von deutscher Literatur und deutschen Dichtern, als irgendeiner in der Klasse. Der Lehrer mochte es gemerkt haben oder nicht, er nahm keine Notiz davon. Eines Tages las er Schillers Distichon »Das Höchste« vor. Sagte, wir sollten es nachsprechen und rief mich als ersten auf: Moses Glanz.

Er meinte, dass ich einen furchtbaren Wirrwarr hersagen würde. Und das war seine Ehrfurcht vor dem Genius Schillers, dass er ihn zu einem antisemitischen Gaudium nutzen wollte. Nun kam es aber so, dass ich, ohne zu stocken, aufsagen konnte:

»Suchst du das Höchste, das Größte? Die Pflanze kann es dich lehren. Was sie willenlos ist, sei du es wollend – das ist's!«

Für Mutter war dieser schöne Spruch vielleicht mit im Mittelpunkt dessen gewesen, was sie uns lehrte. Ich meine, so alles, was der Dichter damit hat sagen wollen. Jedenfalls hat die Mutter den Vers so oft zitiert, dass ich ihn auswendig kannte.

Der Lehrer bekam nur einen roten Kopf. In der Literaturstunde existierte ich weiterhin für ihn nicht mehr. Allerdings hat er mich nie wieder Moses gerufen.

Nein, eingeboren war der Antisemitismus den Deutschen nicht. So etwas kommt nicht mit dem Menschen auf die Welt. Eingeboren ist vielleicht dem törichten Menschen der Hang zur Bestialität. Das Biest hat der deutsche Mensch nicht überwunden. Nicht das Herdenvieh, das er zum Paradenwesen umorganisiert hat. Die Musik ist für das Publikum. Für die Marschtruppe gilt nur die große Pauke. Bums bedeutet: Linkes Bein. Hoch das Bein, das Vaterland soll leben. Und das, aller entliehenen zivilisatorischen Fessel ledige Biest, das sich bestätigt glaubt, wenn es Andere, Wehrlose niedertrampeln und zerstampfen kann. Und nur in einem unterscheidet sich dieses Biest von wildgewordenen Elefanten, vom tobenden Stier, vom reißenden Tiger, dass es einer Gier über die Mordlust hinaus noch ein erbärmliches Vergnügen abgewinnen will. Hier wird das Biest zur Kanaille, hier wälzt sich Banditentum in kotigem Sadismus und Lohengrin wird Pornograph.

Judenhetze und Judenschlacht. Das sind des deutschen Volkes Zirkusspiele, wenn es seinen Wohlstand und den Ertrag emsiger Arbeit in Krieg und neue Kriegsvorbereitung vertan hat. Wenn es zerhäckselten, mit Kartoffelpülpe gestreckten, mit Maismehl und Futtermittel verfälschten Klebteig essen muss, der sauer aufstößt und im Magen rumort. Dann gibt es Judenhetzen und Judenschlachten und eingeworfene Fensterscheiben, geplünderte und brennende Synagogen. Schlagartig beginnt so munteres Fest. Von der Maas bis an die Memel, von der Etsch bis an den Belt. Schlagartig und nachts um drei Uhr geht die Vorstellung los. Nachts um drei Uhr. Und ganz spontan. Gründlich und tapfer. Tapfer, das sind die nordischen Recken. Tapfer. Tapfer. Immer 150 in Wehr und Waffen, gegen einen, der nicht einmal einen Stecken trägt.

Wer ist Gott, dass ein Mensch seine Sache müsste führen? Vor Gott, so sagt man, sind alle Menschen gleich. Bin auch ich, der zerscherbte Mann, Leonhard Glanz, berechtigt und berufen, wie einer im Glanz von tausend Kerzen, im Gewand bestickt mit Gold und Edelstein, mit Krone und Krone und Krone und roten Schuhen und federwedelnden Fächern. Denn wie ist das, wenn jener schweigt. Ich aber schreie. Und wenn mich auch niemand hört und auch Gott nicht, von dem ich nicht recht weiß, ob ich an ihn glaube.

Denn wie und wo ist Gott, dass ich an ihn glauben könnte. Gott ist das Gesetz. Das Gesetz, wie man sagt, der Natur. In Zeit und Raum. In allem Geschehen. Schön. Was ist das Naturgesetz? Naturgesetz ist, dass der Apfel, der sich vom Baum löst, herunterfällt. Senkrecht. Dem Mittelpunkt der Erde zu. Mit immer steigender Geschwindigkeit, je länger er fällt, je mehr er der Erde sich nähert. Es gibt da eine Formel. Mit dem Quadrat der Geschwindigkeit. In der Schule habe ich es gelernt. Ich glaube, Newton hat es ausgerechnet. Und so geschieht alles, was geschieht, nach seinem Naturgesetz. Und die Summe der Naturgesetze, das ist Gott.

Einverstanden. Dabei brauche ich nichts zu glauben. Diese Sache ist doch in Ordnung. Das begreift doch jeder gesunde Verstand. Also was soll ich da lange glauben und was soll ich beten?

Aber man soll da nicht hineinreden. Wer beten will, mag beten. Früher habe ich auch gebetet. Aber es hat nicht geholfen. Wahrscheinlich, weil ich um Dinge gebetet habe, die nicht gehen. Zum Beispiel, dass wenn ich eine Note 5 für ein französisches Extemporale hatte, ich anderen Tages früh aufwachen möge und dann sei aus der Fünf eine Drei geworden. Ein genügend aus ungenügend. Gott hat das nie getan. Warum nicht? Vielleicht, weil das ein Taschenspielerkunststück gewesen wäre. Gottes nicht würdig. Aber könnte Gott nicht einen Ziegel, der von einem Dach fällt, herunter auf das Pflaster und nichts entsteht dabei als nur, dass der Ziegel zu Brocken zerbricht, könnte Gott diesen Ziegelstein nicht aufhalten in der Luft und ihm eine bestimmte Richtung geben, dass er jemand mit furchtbarer Wucht auf den Klotzschädel schlüge und er fiele um und wäre tot? Nein. Das kann Gott nicht. Denn täte er das, so müsste er das natürliche Fallgesetz aufheben, vom senkrechten Sturz und der quadratisch zunehmenden Geschwindigkeit, das Gesetz, dass Gott ist. Gott manifestiert sich im Naturgesetz und könnte das Naturgesetz durchbrochen und aufgehoben werden, so wäre bewiesen, dass das Gesetz, Gott, nicht allgültig ist. Das Wunder! Das Wunder wäre ein Beweis gegen Gott. Wenn Gott die Ordnung ist, dann ist das Wunder Anarchie und Chaos. Einverstanden. Das begreift man ja mit dem gesunden Verstand. Was soll ich denn da eigentlich beten?

Einer hat Leibschmerzen. Und der Arzt kann nichts feststellen und ihm nichts zur Linderung geben. Das heißt, meistens verschreibt er ihm doch was. Irgendeine harmlose, ganz inhaltslose Arznei. Die Hauptsache ist, dass der Kranke glaubt, es hülfe ihm. Dann hilft es auch. Denn seine Leibschmerzen sind nervöser Natur. Wir sind ja alle nervös. Kein Wunder in dieser Zeit. Ich weiß das von unserem Hausarzt, von früher her. Der war ein sehr vernünftiger Mensch.

Wenn nun einer Leibschmerzen hat und hat, aber keinen Arzt, oder der Arzt verschreibt ihm nichts, weil es doch an sich keinen Sinn hat und der Kranke ist vielleicht ein Krankenkassenpatient, wo sowieso gespart werden soll. Dann kann der Arme in seinen Schmerzen beten, und wenn er gläubig ist, hilft ihm das sogar. Gut. Auch das sehe ich ein. Aber nun frage ich: Wozu braucht man da Gotteshäuser? Kathedralen und Kirchen, Moscheen, Tempel, Synagogen und Betstuben? Mit allem, was dazugehört und mehr oder weniger viel Geld kostet. Nicht, dass man glaube, ich hätte etwas gegen die Kirchensteuer und so. Ich habe meine Kirchensteuer immer gezahlt. Vorschriftsmäßig und mit der Angabe, so und so viel Prozent für die israelitische Kultusgemeinde. Gewiss. Ich war immer für bürgerliche Ordnung. Aber ich frage, wozu die sogenannten Gotteshäuser.

Nicht wegen mir. Wie oft bin ich schon das ganze Jahr in die Synagoge gegangen? Zweimal oder drei. Fragen Sie nicht, warum. Ich würde sagen, aus Pietät. Aber das mit der Pietät allein – die meisten sagen ja, aus Pietät –, also das erbt sich nicht einfach durch die Generationen. Wenn es auch immer weniger geworden ist, mit dieser Form von Pietät. Mein Vater ging noch sechs- oder achtmal im Jahr in die Synagoge. Und mein Großvater, der einen weißen Bart hatte, wahrscheinlich noch viel öfters. Als Kinder sind wir manchmal am Freitagabend mit zu den Großeltern genommen worden. Zum Sabbat-Eingang.

Die alten Leute wohnten in einem sehr alten und etwas schiefem Hause. Kam man zum Sabbat-Beginn in die große Wohnstube, so waren die Holzdielen weiß gescheuert und mit feinem, weißen Sand überstreut. Der große Tisch war weiß gedeckt und zwei silberne Leuchter standen darauf mit einer brennenden Kerze in jedem. Die Großeltern hatten ihre schwarzen Festgewänder an. Und Großmutter hatte noch dazu eine goldene Kette um den Hals und Nacken und goldene Ohrgehänge. Beide lächelten, wenn man in die Stube trat, und es dünkt mich jetzt, als hätten sie an den Freitagabenden immer nur gelächelt und es dürfte nicht von den Sorgen des Alltags geredet werden, und vielleicht war es so, dass wegen des Sabbat alle Sorgen fort waren.

Davon ist nichts geblieben als die Erinnerung und etwas Pietät. Und die silbernen Leuchter und Großmutters goldene Kette und die Ohrgehänge, die nach dem Tode der Großeltern von einer etwas närrischen Tante aufbewahrt wurden. Wohl auch aus Pietät. Irgendetwas wie Weihe war um das dünne Kettchen und die leichten, aber schön geformten Ohrhänger und die silbernen Leuchter. Nun und jetzt muss das alles an irgendeine Behörde des Dritten Reiches abgeliefert werden. Im Zuge der konsequenten Ausplünderung der Juden in Deutschland. Mein Vater bekam einmal vom Hamburgischen Senat einen goldenen Portugaleser. Das ist eine geprägte Münze, größer und schwerer als ein alter Taler. Und aus Gold. Es war ein Ersatz für den Orden anderer Länder, weil es in der Republik Hamburg keine Orden gab. Der Portugaleser, verliehen für besondere Verdienste um den Hamburg Staat, hatte lange auf einer Sammetunterlage in einer Vitrine des Salons gelegen. Später, nach Vaters Tod, hat ihn auch die närrische Tante aufbewahrt. Ob der jetzt auch mit abgegeben werden muss? Gold ist Gold und Plünderung ist Plünderung. Und Raub ist Raub. Und Verlumptheit ist Verlumptheit. Mir ist es schon gleich. Meinetwegen kann es abgegeben werden. Und die ganz besonderen Verdienste um die alte Hansestadt dazu. Klaus Störtebeker war ein großer Seeräuber und die Hanseaten von heute sind Plünderer und Strauchdiebe. Das ist schon ein Verfall. So weit ist man nun. Und wenn auch die offiziellen und offiziösen Sprecher der ganzen Welt dazu schweigen, so ist es doch eine kapitale Gaunerei. Man kann das ruhig so aussprechen, denn man sagt nur nach, was eine sehr lange und laute Erklärung an aller offiziellster Stelle vorweggenommen hat, dass man sich nicht genieren würde, jede Gewalttätigkeit gegen die wehrlos ausgelieferten Juden zu begehen, die eine fintenreiche Fantasie finden würde. Und ein Männerparlament rülpste dazu, vor Lachen.

Ich bin nur noch zwei- oder dreimal im Jahr in die Synagoge gegangen. Einmal am Neujahrstag und einmal am Versöhnungstag. Und vielleicht noch einmal zu Ostern, wenn einer der jüdischen Ostertage auf einen Sonntag fiel. Aber ich hatte meinen festen Platz in der Synagoge, von Vater her, und die Platzmiete habe ich regelmäßig bezahlt. Das ist ja selbstverständlich.

Das heißt, ist es eigentlich selbstverständlich, dass Leute mit Geld einen schönen Sitzplatz haben, dicht beim lieben Gott vorn, und wer weniger Geld hat, sitzt weiter hinten. Und wer gar keines hat, muss ganz hinten stehen. Ist das eigentlich selbstverständlich? Was muss man eigentlich von Gott und über Gott glauben, wenn man das richtig findet, in einem Haus, das sich Gotteshaus nennt? Lieber Gott mit Eintrittskarte. Wie, Sie haben kein Billett? Nein, dann dürfen Sie an einem so hohen Feiertag nicht beten. Kommen Sie an einem gewöhnlichen Sabbat wieder! Ist das selbstverständlich? Was ist das für eine Welt, die einem vorrechnet, dass es so sein muss, wegen der Spesen und Gehälter, Zinsen und Versicherung und was alles die Finanzlasten eines Gotteshauses sind. Der liebe Gott gegen Entrée-Geld. Was ist das für eine komische Welt. Gewiss, der Synagogenvorstand hat recht. Aber etwas stimmt da doch nicht. Wenn ich nur wüsste, was da nicht stimmt.

Wie immer ich mit Gott stehe. Zum lieben Gott, der im Gotteshaus im Besonderen wohnt oder dort verehrt wird, habe ich keine rechte Stellung. Wenn ich nachdenke, so habe ich auch meine Erlebnisse mit Gott gehabt. Mein eigenes Gotterleben. Aber das ist meine privateste Angelegenheit. Ich denke auch nicht gern darüber nach.

Gott tost vielleicht gerade durch eine seiner fernen Welten. Sein flatterndes Haar fegt die Wolken, fegt die Sonnen, fegt die Sternennebel. Welch ein Riesenbetrieb. Kann man sich dabei um die Details kümmern? Um die Tragödie etlicher Menschenmillionen auf der kleinen Erde? Wieviel Einwohner hat Europa? Sagen wir vierhundert Millionen. Wieviel davon liegen im Dreck? Sagen wir, mindestens hundert Millionen. Was ist das schon, wenn man mit flammendem Haar die Sterne fegt. Und die unbeschreibliche Tragödie von sechsmalhunderttausend Juden im Dritten Reich? Was ist das schon, wenn man Premierminister eines Imperiums von der Themse bis Tasmania ist. Und dann erst, wenn man die hunderttausend Welten um ihre hunderttausend Achsen zu drehen hat. In sechsmalhunderttausend jüdischen Herzen zerbricht je eines Menschen Welt und Gott tost durch das All und lässt die Erde nach ihrer Façon selig werden.

Aber wenn Menschen hingehen und machen ihrer Gier ein Vergnügen daraus, Gotteshäuser zu plündern, zu demolieren, zu verdrecken und anzuzünden, muss dann nicht der Mensch Gottes Sache führen? Gott, so sagt man, habe den Menschen in seinem Bilde geschaffen. Sind das Wesen im Ebenbilde Gottes, die sich aufmachen mit Plündertaschen, um sie vollzustehlen, und mit Petroleumkannen und Benzintanks, um Synagogen in Brand zu stecken? Nachts um drei und nach wohl erwogenem Plan? Da waren die Bilderstürmer in der Zeit der christlichen Reformation. Es braucht dieses Beispiel nicht, um festzustellen, dass das Biest vom Mensch seelisch nicht eine Spur besser geworden ist. Aber das kann man ja garnicht vergleichen. Die Bilderstürmer hatten doch eine Idee. Sogar eine sittliche Idee, wenn dabei auch die Kunst zu Schaden kam. Sie wollten einfach keine Heiligenbilder und Statuen und nicht den zur Schau gestellten pompösen Kirchenreichtum. Sie meinten, man solle keine Bilder des Göttlichen machen. Und goldstrotzender Reichtum schien ihnen kein Argument des Guten und Frommen zu sein. Mit einem Wort: sie waren gegen das goldene Kalb. Aber diese Synagogenschänder und Plünderer? Nichts ist dahinter, als die losgelassene Kanaille. Wer muss da Gottes Sache um Gottes Häuser führen? Ich, ein Mensch in Gottes Ebenbild?

Bin ich wirklich ein Ebenbild Gottes? Wie sähe Gott dann eigentlich aus? Ungefähr so wie ich, des Morgens beim Rasieren, wenn ich mich im Spiegel sehe? Wie sehe ich da eigentlich aus? Ich weiß es garnicht. Ich sehe immer nur auf den Seifenschaum. Man müsste sich eigentlich einmal genau im Spiegel betrachten.

Da hängt übrigens ein Spiegel. Wie lange sitze ich schon hier und jetzt sehe ich erst, dass da drüben ein Spiegel hängt. Man kann sich sogar darin sehen, wenn man gerade sitzt. Man kann sich sogar eine ganze Menge Male darin sehen. Immer wieder, dahinter und dahinter. Da hängen also zwei Spiegel, einer gerade an der Wand hinter mir. Man kann das garnicht zählen, so oft sieht man sich. Hundert Mal oder so. Immerzu ich. Eine ganze Versammlung und immerzu ich. Eine komische Versammlung, alle wären einer Meinung. Eine Volksversammlung und alle sind meiner Meinung. Was käme dabei heraus, bei einer Volksversammlung, wo alle meiner Meinung sind? Was sollte ich da eigentlich vorschlagen und dann sagen alle begeistert: Ja. Aber wozu denn nur? Was sollte ich dann nur vorschlagen? Ich weiß es nicht. Ich wüsste es nicht. Ich bin ein Mensch, der seinen Mitmenschen garnichts zu sagen hat. Und dann im Ebenbild Gottes?

So sieht Gott aus? So mit dem widerspenstigen Haar, das mit Wasser und billiger Pomade glatt geklebt ist und im Scheitel liegt. Hat Gott so eine Stirn mit Wülsten und knittrigen Querfalten? Wieviel Falten sind das? Es ließe sich zählen, man müsste nur dichter an den Spiegel herangehen. Aber ich bin nicht neugierig. Ich glaube auch nicht, dass Gott solche Falten hat. Er hat gar keine. Oder vielleicht senkrechte Falten. Nicht so knittrige Linien. Und keine solche Nase. Habe ich immer so eine Nase? Zu breit und zu rötlich. Eine Schnupfennase, die die Augen beiseite drückt. Früher, im Geschäft, wenn ein Lehrling mich belogen hat, habe ich immer gesagt: »Sehen Sie mir in die Augen.« Ich hätte das nicht sagen sollen. Ich hätte mir vorher selbst in die Augen sehen sollen. Meine Augen sind daneben. Es gefällt mir nicht. Die Augenbrauen sind auch zu dünn. Und der Mund scheint mir zu klein. Ein kleiner Mund ist gut. Aber er sieht nur klein aus, weil das Kinn zu fett ist. Und dabei habe ich schlaffe Wangen. Ist das gesund? Ein fettes Kinn und schlaffe Wangen? Ich sollte zum Arzt gehen. Und habe kein Geld dafür. Sowas dürfte es doch gar nicht geben, dass man kein Geld hat, wenn man meint, dass man zum Arzt gehen muss. Wenn man so schlecht aussieht.

Ich will nicht mehr in den Spiegel sehen. Ich gefalle mir nicht. Du gefällst dir nicht. Er gefällt sich nicht. Es gefällt sich nicht.

Es ist nicht so einfach, sich gründlich im Spiegel anzusehen. Welche Trümmer. Scherben, schlecht geklebt. Nicht liebenswert. Wie peinlich. Und dann im Ebenbild Gottes? Wir gefallen uns nicht. Ihr gefallt euch nicht …

Wie machen die Maler das, wenn sie ein Selbstportrait malen? Da müssen sie sich doch auch im Spiegel sehen. Ich könnte das nicht. Es dauerte mir zu lang. Ich würde den Spiegel zerschlagen. Vielleicht würde ich auch nur hineinspucken. Früher habe ich einmal ein illustriertes Buch gesehen, es hieß *Die Selbstbildnisse des Rembrandt* oder so. Lauter Bilder von Rembrandt, wie er selbst sich gemalt hat. Erst der junge Rembrandt und so weiter. Zuletzt ist er ganz alt und zerfurcht und hat ein Tuch um die Stirn. Wie der sowas malen konnte? Wie der sein ganzes Leben lang immer wieder sich so im Spiegel anschauen konnte. Das Ebenbild Gottes. Und der war auch nicht schön. Und dann sogar schrecklich, dieser alte Rembrandt. Gott, der schrecklich aussieht und schaut sich im Spiegel und malt das ab. Gott, der über sich selbst zu Gericht sitzt. Welch ein Gottesgericht.

Wer also ist Gott und wer bin ich? Erkenne ich Gott, wenn ich mich selbst erkenne? Und muss ich mich erst im Spiegel sehen, um mich erkennen zu können? Musste ich hier landen, am wackligen Marmortisch, auf eingesessenem Plüschsofa, in Fleckigkeit und Speckigkeit, um Gott zu finden? Ist dieses altbackene, angesäuerte, staubverblasene Kaffeehaus mein Gotteshaus? Lief ich vor den Barbaren davon und fand Gott? Das ist noch nicht heraus. Und wäre es so, dann wäre noch lange nicht heraus, was für eine Art Gott das ist.

Die Philosophen, dünkt mich, haben es leicht. Die haben das komplett in den Büchern. Tausend Worte: Lieber Gott und so. Fix und fertig. Wenn es vielleicht doch nicht so leicht ist, die dicken Bücher zu lesen. Denn da genügt es nicht, eine Kritik in der Zeitung über das Buch zu lesen. Aber schließlich kommt man auch durch das dickste Buch durch. Ich lese lieber nicht so dicke Bücher. So um dreihundert Seiten herum. Aber wenn es den Philosophen um Gott geht. Nur, jetzt ist keine Zeit zum Philosophieren. Die Synagogen brennen. Die Thorarollen liegen besudelt im Dreck. Die gestickten Vorhänge sind zerfetzt. Jetzt heißt es sich entscheiden. Für oder wider Gott. Da kann man nicht neutral bleiben. Als anständiger Mensch nicht. Man könnte einer Nichteinmischungskommission beitreten. Aber wie, wenn die Sache mit Gott einem bis in die letzte Spelunke nachkommt? Welch ein Rummel. Hier wird ausgepowelt. Alte Ideen, neue Ideen, alles eins. Ramschausverkauf. Vom Gotteshaus zum Kaffeehaus. Wo ist der rundliche Wirt mit dem schmalzigen Lächeln? Auch er ein Ebenbild Gottes. Sie, mein Herr, am Tisch gegenüber, der Sie seit mehr als einer halben Stunde mir giftige Blicke herwerfen, wahrscheinlich weil ich die Zeitung lese, auf die Sie warten, ja, Sie, mein Herr, mit der leergelaufenen Kaffeetasse, sind Sie für oder gegen den Wirt? Sie müssen sich entscheiden. Denn der rundliche Wirt, mit dem schmalzgebackenen Lächeln ist unter den gegebenen Umständen der Stellvertreter Gottes. Geschaffen in seinem Ebenbild. Entscheiden Sie sich. Entscheiden Sie sich. Es geht um Ihr Seelenheil. Da kann man nicht ausweichen. Gott wird Sie zu finden wissen. Sie können ihm jetzt entlaufen. Sie können Gott den Kaffee schuldig bleiben. Immer noch besser, als ihn ins Meer zu schmeißen. Wen? Den Kaffee. Oder Gott. Aber entscheiden müssen Sie sich. Gott wird Sie zu finden wissen.

Vielleicht kommt der nachts zu Ihnen im Traum. Und weckt Sie aus den schönsten Illusionen. So, wie er zu dem Erzvater Jakob kam. Der auch auf der Flucht war, und fordert Sie zum Ringkampf heraus, wie er den Erzvater Jakob herausforderte. In der biblischen Geschichte habe ich das mal gelernt. Vielleicht auch fordert er Sie zum Boxkampf. Was wollen Sie machen? Die Boxhandschuhe hat er gleich mitgebracht. Der Erzengel legt sein Flammenschwert beiseite und etabliert sich als Ringrichter. Oben vom Dom auf dem gewaltigen Berg, jenseits des Wassers dröhnt die große Turmglocke: Gong! Es geht los. Mit harten Bandagen. Gott schlägt immer mit harten Bandagen. Nehmen Sie sich vor seinem linken Geraden in Acht. Schon haben Sie eines weg und werden groggy.

Bange machen gilt nicht. In der nächsten Runde wird das aufgeholt. Der Kampf geht weiter. Unten, das Publikum, ist geteilt. In der ersten Reihe sitzen lauter Kardinäle. In der zweiten Reihe sitzen lauter Generäle. Die sind natürlich gegen Sie. Auch die Herren von Industrie und Handel sind gegen Sie, nur halten sie sich zurück, hinter vornehmen Logenbrüstungen. Nur die Loge brüstet sich, wie die dicken Mädchen in den Bordellen, wenn sie merken, dass da einer ist, deren Typ sie sind. Aber sie sind gegen Sie, dass merken Sie schon in der zweiten Runde, wenn Sie einem wohlgezielten göttlichen Leberhaken nur noch mit knapper Not entgangen sind. Alle Soutanen, Federbüsche und Cylinderhüte applaudieren dem lieben Gott. Und dahinter, das Gewimmel von Milchmännern und Gemüsefrauen applaudiert natürlich mit. Alle, alle gegen Sie.

Aber bange machen gilt nicht. Schon in der nächsten Runde, eingegongt von der großen Glocke des tibetanischen Klosters am Fuße des Gauri Sankar, gelingt es Ihnen, einen auf den Punkt berechneten Kinnhaken zu landen. Der Gegner geht bis vier zu Boden. Und die ganze Galerie jubelt Ihnen zu. Im Sprechchor. Jaa-kobb-kobb-kobb. Jaa-kobb-kobb-kobb. Die Galerie macht ein großes Getöse, obwohl die ganzen gekeilten Massen da oben samt und sonders nicht so viel einbringen, wie eine einzige wohlgebrüstete Loge. Weshalb man auch in einer Loge beschließt, dass man die Horden da oben am nächsten Tag zwingen wird, laut Paragraph Soundso des Pressegesetzes sich selbst zu dementieren. Dir aber, wackerer Boxkämpfer Jakob hilft es über die Runden.

Die letzte, zwölfte, entscheidende Runde wird von Big Ben, der Parlamentsglocke von Westminster, eingegongt. Draußen auf dem Ozean von Orient zu Okzident, hin und zurück, flaggt die britische Flotte über Top. Für den Sieger. Wer immer Sieger sein wird. Die Regierung seiner Majestät wird ihn anerkennen, mit einer Blume im Knopfloch. Jakob, Jakob. Jaa-kobb. Vielleicht wirst du noch Sieger nach Punkten. Zum Knockout wird es nicht langen. Der Gegner ist zu schwer. Aber vielleicht reicht es zum Punktsieg.

Es reicht natürlich nicht. Denn was tut der Gegner? Das

Gleiche, was er schon damals tat, als er die ganze Nacht in der Wüste gerungen und den Gegner nicht unterkriegen konnte. Da tat er einen verbotenen Griff, renkte dem fairen Feind eine Hüfte aus, bevor er ihn auf beide Schultern legte, unter dem verbleichenden Sternenhimmel über ihm und dem moralischen Bewusstsein in ihm.

Genau so wird es dir ergehen, Bruder Jakob von heutzutage. Einen verbotenen Tiefschlag wird er dir versetzen. Und der Ringrichter wird sagen, er habe das nicht gesehen. Und die Soutanen, Federbüsche, Cylinderhüte und weichen Hüte mit Quetschfalten werden bestätigen, dass auch sie nichts gesehen. Und nur die Galerie der Millionen mit den baumwollenen Mützen wird protestieren, bis der Engel mit dem Flammenschwert, Flammenwerfer, Maschinengewehr, Infanteriesalve, sie auseinandertreiben wird. Mit Kanonen, Panzerplatten, Schlachtschiffen, Kampfflugzeugen, Jagdflugzeugen, fliegenden Festungen, Steilfeuergeschützen, Stratosphärenkanonen, Flachfeuergeschützen, Mörsern, Langrohrgeschützen, Schnellfeuerkanonen, Gewehren, Karabinern, Revolvern, Pistolen, Stielhandgranaten, Eierhandgranaten, Brisanzgranaten, Schrapnells, Torpedos, Brandbomben, Minen, Flatterminen, Bomben mit sofortiger Explosion, Bomben mit Zeitzündern, Bajonetten, Faschinenmessern, Degen, Säbeln, Kavallerielanzen, Gummiknüppeln, Totschlägern, Stacheldraht, spanischen Reitern, Fliegerpfeilen, Hochspannungsverhauen, Flammenwerfern, Panzerwagen, Raupentanks, Stahlhelmen, Chlorgas, Senfgas, Blaukreuzgranaten, Gelbkreuzgranaten, Gasmasken mit und ohne Rüssel, Tränengas, Pestbazillen, Cholerabazillen, Typhusbazillen für Menschen, für Pferde, für Rindvieh, für Schweine, Betonunterständen, Unterseebooten, Schwarzpulver, Dynamit, Schießbaumwolle, Stahlmantelgeschossen, Nickelstahlpatronen, Dum-Dum-Geschossen, Sprengpatronen, Lederzeug, Koppelriemen, Schanzzeug, Nagelstiefeln, Nagelstiefeln, Nagelstiefeln, samt der nationalen Ehre in Erbpacht, l'honneur, the honour, der Doktortitel honoris causa. Das ist der Engel mit dem Flammenschwert. Der spricht den Spruch. Und du wirst ausgezählt.

»Ich lasse dich nicht, du segnest mich denn.« Und darum darfst auch du dich Isra-el nennen. Streiter Gottes, denn mit Gott hast du gekämpft. Und du bekommst einen Judenstempel in den Pass.

Und das Seelenheil ist gerettet. Wenn du eine Seele hast. Schon wieder eine See-eele gerettetet, gerettetet. Und die anderen haben höchstens die Geldschränke und die Bombenflugzeuge, die Maschinengewehre und die Infanterie, mit Bums auf der großen Trommel und hoch das linke Bein. Das Vaterland soll leben. Und dem übrigen Zubehör.

Isra-el. Isra-el. Streiter Gottes. Kämpfer Gottes.

Und die Synagogen brennen. Und die Feuerwehr hat gerade falsche Verbindung. Und die S. A. marschiert. Die Fahne hoch. Die Plündertaschen fest geschlossen.

Und wo ist Gott? Mit den stärkeren Bataillonen. Und auch dann, wenn die Bataillonen der Schreckensherrschaft hingehen und zünden die ihm geweihten Häuser an.

Wie kann also der Mensch Gottes Sache führen wollen? Unter solchen Umständen. Nach dem Ausgang des Zweikampfes.

Er gegen mich oder ich gegen ihn? Also wer gegen wen? Oder ich gegen mich?

Die Sache mit Gott ist heillos verfahren. Isra-el hat fünftausend Jahre lang Gottes Buch durch die Welt getragen. Das Buch. The book. Livre. Libro. Kniga. Liber. Biblion.

Die Juden nennen es Thora. Die Lehre. Und das ist nun vorläufig das Resultat.

Die Sache ist heillos verfahren. Man muss glauben und beten. Gut. Oder man glaubt nicht und betet nicht. Dafür weiß ich keine Zensur. Aber Gott muss man auf alle Fälle aus der Diskussion lassen. Der rundliche, schmalzig lächelnde Wirt tut mir leid. Er ist eben doch nichts weiter als ein Cafetier. Nichts mehr von Gottähnlichkeit. Und hinter meinem Spiegel war nichts als Amalgam. Unsereins braucht nicht in den Spiegel zu sehen, außer beim Rasieren.

So geht es also nicht. Es geht überhaupt nicht. Nichts geht mehr. Rien ne va plus. Der ganze Einsatz ist vertan. Es wird falsch gespielt. Mit gezinkten Karten. Mit geblechten, gebleiten, gebläuten Karten. Ultramarineblau. Kobaltblau. Himmelblau. Aber der Himmel ist gar nicht blau. Er scheint nur so. In Wirklichkeit ist er leer.

Lass also die Synagogen brennen, armer Jakob. Da wird höchstens ein Präjudizfall geschaffen. Es geht so glatt. Für die gesamte, miterlebende Welt ist es höchstens Sache der illustrierten Zeitschriften. Früher ging es gegen die Ostjuden, mit den sichtbaren und unsichtbaren Schläfenlocken. Mit den sichtbaren und unsichtbaren Kaftanen. Das sagten wir, westlich Assimilierte: Was geht uns das an. Wir haben sie nicht gewollt. Wir haben mit ihnen nichts gemein.

Nichts gemein, sagten wir. Gemein, war das. Sehr gemein. Aber es war schlimmer als ein Verbrechen. Es war eine Dummheit. Es war der Präjudizfall.

Jetzt brennen die Synagogen. Und die Generalsuperintendenten und die Kardinäle sagen: Was geht es uns an? Sind es unseres Gotteshäuser, die da brennen? Sie sind es nicht.

Sie werden sich wundern, die Herrn Generalsuperintendenten und Kardinäle. Fragen Sie einmal den Kardinal Innitzer, ob er sich nicht schon etliches gewundert hat. Und die Kreuze auf den Kirchtürmen sagen, wir haben nichts gemein mit den Dekalog-Tafeln über den Synagogenportalen. Nichts gemein. So sagen sie. Und das ist ein hübscher Präjudizfall.

Aufgehoben das Postgeheimnis.

Aufgehoben das Bankgeheimnis.

Aufgehoben das Recht auf Arbeit.

Aufgehoben das Recht zu feiern.

Aufgehoben die Freizügigkeit.

Aufgehoben das Bettgeheimnis.

Aufgehoben die Glaubensfreiheit.

Aufgehoben die Liebesfreiheit.

Aufgehoben die Denkfreiheit.

Aufgehoben das Recht des Bürgers.

Aufgehoben das Recht des Menschen.

Aufgehoben das Recht Gottes.

Aufgehoben. Abgehoben. Hin und her verschoben. Lauter Präjudizfälle.

Lass brennen, was da brennen kann.

Es gab einmal. Es war einmal.

Wo wird man Kaddisch sagen, für den entgötterten Gott?

Recht ist, was der Kanaille frommt. Der Kanaille frommt ein schmerzliches Grinsen, das Gottes Ebenbild zum Ekel macht. Welch ein Weg, von Goethes Titanenhaupt bis zur grinsenden, bestialisierten Fresse des Synagogenanzünders. Das habt ihr verdammt rasch geschafft. Vom aktiven Täter bis zum passiven Zuschauer, Zuhälter. Alles eins.

Was sagen Sie nun, Herr Dr. Hjalmar Schacht? Wo ist Ihr Rückgrat geblieben? Ge – blieben? Geb – lieben? Gebl – ieben? Goebbel – sieben. Es braucht kein Rückgrat in dieser Zeit. Der steife Kragen hält den Leib zusammen.

Was also geben Sie mir für den Stein der Weisen? Was für mein Arkanum? Was für das Rezept, Gold zu machen aus Flugsand? Aus Lugsand. Aus Lug- und Trugsand!

Geben Sie mir die Juden heraus. Geben Sie den Juden das geklaute Menschenrecht zurück. Das Lebensrecht. Das Daseinsrecht. Pfeifen Sie die Kanaille von der Gasse. Die kleine Kanaille und die große Kanaille. Sie verstehen schon. Solange noch der steife Kragen hält. Das Goldmacherrezept gegen die deutschen Juden. Sie sehen, ich habe meine Ideen. Die kleine menschliche Idee von dem opalgepuderten, ausgewachsenen Babypopo und die große menschliche Idee, denn: Ivri Anochi.

Wie, mein Herr, Sie glauben nicht an die Echtheit meines Arkanums? Sie glauben nicht an Thot und Baco? Sie glauben nur an Flugsand, Lugsand, Lug- und Trugsand. Nicht an die Echtheit der Wandlung? Sie glauben nicht an mein echtes Gold? Und ich nicht an Ihr Ehrenwort. Da können wir nicht handelseinig werden. Als Kaufleute sind wir quitt. Und alles bleibt, wie es ist. Meine Idee war eine Seifenblase und ist zerplatzt. Und ich sitze, wo ich saß, und es stinkt um mich, weil ich einen brennenden Zigarettenstummel auf den Boden habe fallen lassen, der jetzt in einem Staubhaufen verglimmt.

In einem Staubhaufen, in einem Haufen trockenen Staubes.

Der Mann drüben, der immer nach meiner Zeitung schielt, muss husten. Das geschieht ihm recht.

Aber der Mann, der husten muss, ist gar kein Böser. Kein Neidling. Keiner, der auf Attentat sinnt, wegen einer zu lange vorenthaltenen Zeitung. Er ist ein Mensch in Not. Genau wie Leonhard Glanz. Ein Schweigsamer. Ein Wortkarger. Dem auf einmal, sonderbar, sehr sonderbar, nach Redseligkeit zu Mute ist. Seligkeit und Unsittlichkeit. Habseligkeit und Redseligkeit.

»Es ist alles wegen meiner Mutter, mein Herr. Der jüdische Gott, mein Herr, kann ein fürchterlicher Gott sein. Er geht zu weit in seinem Gerechtigkeitssinn. Aber es muss wohl so sein, wie es ist. Alles wegen meiner Mutter.

Sie werden das nicht so ohne Weiteres verstehen. Ich muss Ihnen da eine Geschichte erzählen. Es ist keine schöne Geschichte. Es ist eine bitterböse Geschichte. Es fängt an mit einem Strauß roter Nelken. Den legte ich auf Mutters Sarg.

Denn das war so. Nur wenige Tage vorher, da hatte mir Mutter aus einem Blumenstrauß eine rote Nelke gebrochen und sie mir ins Knopfloch gesteckt. »Das ist dir wohl die liebste Blume«, sagte sie, mit schmerzlichem Lächeln. Mutter und Sohn. Wir waren fern voneinander. Das Denken der Generation war zwischen uns. Mutter, in der Sphäre des Bürgertums lebend, Mutter, selbst oft an der Schwelle zu proletarischer Lebensführung von den Geschehnissen gezwungen und doch – dass nur die Kinder nichts merkten. Mutter, die hätte mich gern in Sicherheit bürgerlichen Daseins gewusst. Und stattdessen laufe ich als ein Problematiker herum. Das verstand Mutter nicht, aber sie begriff es doch. Als sie mir die rote Nelke ins Knopfloch steckte, das war ihr Verzeihen für alles. Und sie war eine alte Frau und über siebzig Jahre alt. Und da lag nun ein Strauß roter Nelken auf Mutters Sarg.

Vieles wiederholt sich im Leben. Aber manches ist einmalig. Einmal wird man geboren und einmal steht man an Mutters Sarg. – Die alte Frau hatte ihre Ruhe. Die unermüdlich Sorgende ihre Ruhe. Aber die Menschen, die lebendigen Menschen, die ließen der toten Frau die Ruhe nicht. Die führten ein niederträchtiges Gezänk noch um die Ruhe von Mutters Aschenurne.

Vater war schon über 20 Jahre tot. Er starb noch mitten in der alten, gutbürgerlichen Zeit. Er war ein Jude von germanischem Typ gewesen, mit rötlichblondem Haar und Bart und mit stählernen tiefblauen Augen. Er schwärmte romantisch für Wilhelm II. und preußische Disziplin und er wählte in den Reichstag sozialdemokratisch. August Bebel war der Mann seines hamburgischen Bezirks.

Wie? Sie sind auch aus Hamburg? Na, sehen Sie. Da werden Sie ja manches verstehen.

Als Vater das mit Bebel einmal in einem Gespräch erwähnte, war mir das peinlich, ich war noch ein Junge in der »höheren Schule« mit deutsch-heroischem Unterricht. Vater wäre mit mancherlei Entwicklungen und Geschehnis zurechtgekommen. Er hatte ein absolutes Gerechtigkeitsgefühl. Mit geradezu wilder Leidenschaft nahm er sich armer oder einfältiger Menschen an, wenn sie in irgendeiner Prozessangelegenheit ihr Recht nicht finden konnten. Der von morgens bis abends rastlos werkende Kaufmann fand dann noch Zeit, an Behörden und Anwälte Briefe mit heftig unterstrichenen Worten und Sätzen zu schreiben, ging in Vertretung höchst kämpferisch selbst zu Gericht und sah alle Staatsanwälte der Welt als seine und die natürlichen Feinde aller arbeitenden Menschen an. Obwohl er den Staat an sich bejahte. Er hatte da nicht viel gelernt, machte alles aus dem Gefühl heraus. Ohne Furcht bei allen Dingen, konnte er tausendfach eine Sache um ihrer selbst willen tun. Dieser Jude, der mein Vater war.

Vater ruhte seit über zwanzig Jahren unter einem rotbraunen Granitblock mit vergoldeter Inschrift in einem Doppelgrab des jüdischen Friedhofs zu Ohlsdorf. Nun sollte die Grabstelle ihre letzte Erfüllung finden.

Aber nun kam taktlose Widerwärtigkeit dazwischen. Es ist eine niederträchtige, schändliche Geschichte. Die sie erduldeten, schämen sich ihrer, ob jener fetten, silbenstecherischen, rechthaberischen Unheilstifter mit goldenen Uhrketten. Die ganzen goldenen Uhrketten sind einen Plunder wert, aber dass diese Gemeindevorsteher und Vorsitzende der Friedhofsverwaltung sie auf den Bäuchen trugen, das ist es. Ich schäme mich. Ich schäme mich. Aber ich muss es sagen. Es ist mehr als eine Illustration der Zeit, es ist ein un-verschämtes Spiegelbild.

Mutter war in ihren alten Tagen eine sehr weise Frau geworden. Ihres Wesens Herbheit ward längst von der Güte der Seele überstrahlt. Mutter hatte ein großes Herz, nie habe ich Mutter weinen sehen, aber manchmal hörte man ihr Herz weinen, wenn ihr Antlitz noch lächelte. Könnte man dergleichen glauben, es wäre vorstellbar, dass der große Buddha mit der Mutter, der kleinen Frau, über kristallene Wege aus Millionen Jahren ginge und beide lächelten, so. Als Mutter tot war, stellte der Arzt fest, das Herz sei völlig verbraucht gewesen. Ein tüchtiger Diagnostiker, ein gescheiter Arzt. O armes, verbrauchtes Herze.

Mutter lebte in den letzten Jahren zumeist mit den Familien der verheirateten Kinder. Dort und hier. Und oben in Ohlsdorf waren die wilden Rosen über dem Doppelgrab. Mutter hatte alles bedacht. Alles. Da fand sich ein Brief: »Wenn ich gestorben sein werde ...« Sie wollte verbrannt werden. Und die Urne sollte beigesetzt werden, neben dem Vater.

In dem nüchternen, kahlen Krematorium in Berlin spielte ein Mann auf der Orgel ein Adagio von Beethoven. »Beethoven ist mein Freund«, hatte die Mutter manchmal gesagt. Gute, jüdische Mutter, frag den Buddha, wie viele Frauen im heutigen Deutschland so sprechen können.

Aber Mutters Urne konnte nicht beigesetzt werden. Der tote Vater ruhte auf einem »Leichenfeld« er war als »Leiche« beerdigt worden. So delikat beliebte der Vorstand der jüdischen Gemeinde in Hamburg sich auszudrücken. »In Leichenreihen dürfen keine Urnen sein.« Warum? »Das ist so.« Warum? »Es steht so geschrieben.« Wo denn, wo? »Es steht eben, junger Mann. Es steht.« Aber es ist doch Mutters letzte Wille, wir sind doch die Kinder. »Ja, aber es darf nicht. Wegen des Brauchs. Es darf nicht. Weil es steht. Weil wir der Vorstand sind.« Und tragt goldene Uhrketten und seid so wohl betucht, und esst große, schwere Torten an allen jüdischen Feiertagen. Und da steht Mutters Aschenurne. Etikettiert und mit Nummer versehen, auf einem Bord.

Allein »es steht«. Aber ein paar Reihen weiter, wo die Grabstellen der ganz Reichen sind, mit Marmorgetürme und bronzenen Gittern, da geht es doch. Da liegen doch »Leichen und Urnen« nebeneinander, im gleichen Familiengrab. »Ja, da geht es eben, da ist kein Leichenfeld.« Die Silbenstecher, die Talmuddreher, die Anbeter des goldenen Kalbes. Die Tortenesser an hohen Feiertagen. Sollen wir einen Prozess miteinander führen, um die Beisetzung von Mutters Aschenurne? Es wäre nicht darum, der Umwelt dieses Schauspiel eurer Sittenwirrnis nicht zu bieten. Nur hat Mutter nie in ihrem Leben einen Prozess geführt. Niemals. Wie könnte man um die Ruhe ihrer Asche prozessieren.

Mutters Asche ward beigesetzt in einem abseitigen Grab. Allein und einsam.

Aber das Grab gibt keine Ruhe. Ich hatte es den feinen Herren gesagt. Ich bin kein Prophet und ich glaube nicht an das, was steht. Aber ich habe es prophezeit. Mutters Grab gibt keine Ruhe. Es raucht um Mutters Grab. Ich hatte es vorausgesagt.

Jetzt sind die Philister über sie alle gekommen. Sie konnten Mutters Urne nicht zur Ruhe kommen lassen, weil ein paar Buchstabenzersetzer mit pergamentenen Seelen eine miserable Auslegung herausgetiftelt hatten. Da bestanden sie auf ihrem wesenlosen Recht. Aber dann kamen die Philister über sie. Die haben mit gelbem Judenfleck sie angeprangert und sich die Stiefel noch dazu lecken lassen. Die haben sie in die Gefängnisse geworfen, malträtiert und gefoltert, die Haare ihnen ausgerissen und die Bärte, ins Gesicht ihnen gespien, sie jämmerlich durch die Gassen geschleift, zum Hohn entmenschten Straßenmobs. Und die Auslegung dessen, was »steht«, haben sie in tausend Fällen und aus nichts als pöbelhafter Gemeinheit verboten. Sie vergiften die Seelen jüdischer Kinder. Sie kotzen auf alles, was Juden heilig ist. Sie werfen die Grabsteine um auf ihren Friedhöfen. Sie rauben sie aus, plündern und zünden an. Stehlen und enteignen. Und die Juden müssen noch Dank dazu sagen und Ergebenheitsadressen senden. Hatte ich das nicht alles vorausgesagt? Bestünden sie doch auf ihrem Recht. Auf Menschenrecht. Nicht auf Silbenstecherei nur. Und es »steht« doch auch geschrieben vom Menschenrecht. Nun stimmt das nicht mehr. Was folgt daraus? Sie schienen die Stärkeren, gegenüber Mutters mahnender Aschenurne. Da setzten sie ein miserables Recht durch, um nichts als Rechthaberei. Nun aber sind die Stärkeren über ihnen. Was folgt daraus? Es raucht um Mutters einsames Grab. Sie aber denken nicht nach, was daraus folgt. Es ist keine Ruhe um das Grab, das Mutters Asche schlecht umfriedet. Und die Asche von einem Strauß roter Nelken ist mit dabei. Arme Gabe, aller beherrschten Klassen der Welt. Begriffen sie das nur, dass Ruhe werden kann um Mutters Grab. Dass es nicht rauchen muss, wer weiß wie lange. Wer weiß. Wo Rauch ist, da kann Feuer sein. Dann brennt die Welt.

Was nun? In mir, mein Herr, ist der Hass. Das hat seine besonderen Gründe, die nicht daher gehören. Kennen Sie die Antigone des Sophokles? Ich habe das Werk so geliebt. Aber man muss es abändern. »Nicht mit zu lieben – mit zu hassen bin ich da!«

Das ist meine Flucht in den Hass. Ein jeder Flüchtling hat so seine Art. In den Hass muss ich fliehen, weil ich doch nicht mit den Juden rechten kann, in diesen Tagen. Vergangenes muss da vergangen bleiben. Wort und Rat in den Wind geschlagen, wem frommte es, daran zu erinnern. Volk aus dem Getto aufgestiegen und allzu schnell bereit, ein Jahrtausend der Unterdrückung zu vergessen, aus dem Beherrschtwerden selbst in die Herrschaft aufzusteigen. Das war ein großer Irrtum. In der Sache. Der kleine Irrtum lag im Tempo. Der Versuch musste sich furchtbar rächen. Immer auf Seiten der Opportunisten sein, immer mit Gott bei den stärkeren Bataillonen, das musste eines Tages schiefgehen. Konservativ, liberal, imperialistisch, sozialistisch, demokratisch, national, alles während zwei Generationen. Das war ein Irrtum im Tempo. Allzu bequem machten es sich die wohlbetuchten, um der goldenen Uhrketten willen und der schweren Torten an allen Feiertagen. Das war der Irrtum im Tempo. Und nun sind sie alles los. Die Wohlbetuchtheit. Und die schweren Torten mit Natron. Und die goldenen Uhrenketten vor allen Dingen. Alles weg.

Aber der Irrtum in der Sache. Das war zum Beispiel im Jahre 1927 schon, ich weiß das genau wegen mancher Zusammenhänge, da war der Dozent für Geographie an der Universität von Hamburg. Professor Passarge. Der benutzte seinen Lehrstuhl dazu, um in unflätiger Manier Rassenhass gegen Juden und Neger zu posaunen. Als die »roten Studentengruppen« – nicht die jüdischen Studenten – im Kampf gegen diesen Strauchritter der Wissenschaft sich an zuständige jüdische Vereinigungen um Hilfe wandten, was taten die da? Die Centralvereinler und die Frontbündler und die Brüder in allen Logen und was sonst da war, an wohlbetuchten Tortenessern? Sie hielten den Zeitpunkt für nicht gegeben. Sie hielten den Umstand für nicht so wichtig, sie rückten ab, von den kämpfenden Studenten, so weit! Und damals gab es überall schon solche Passarges, an allen Universitäten in allen Fakultäten, an allen Akademien, Lehranstalten und Schulen, in allen Fächern und Doktrinen. Wie sagten die Logenbrüder zu den roten Studenten: »Wer hat euch geschaffen, euch darum zu kümmern!« Und überall kämpften rote Studenten allein, und von den liberalen Juden verlassen und verraten, damals schon den Kampf gegen Barbarei und Kannibalentum.

In den Hass muss ich fliehen, weil ich doch mit dem jammervollen Volk nicht rechten kann. Ist das Volk noch »Israel«? Streiter Gottes? Um was war es Streiter? Um ofenwarme Ruhe? Um Wohlbetuchtheit, um goldene Uhrketten und schwere Torten? War es so? So war es, aber nicht nur so. Schlimmes kam dazu.

Denn als Kain seinen Bruder Abel erschlug, wo waren sie da? Da war es noch nicht zur Entscheidung gestellt? Sehr wohl war es schon. Und immer waren sie auf Kains Seite. Auf der Seite der stärkeren Bataillone. Wie war das bei den furchtbaren Kämpfen des Februar 1934 in Wien? Als Kain von Österreich den Bruder Abel mit Kanonen zusammenschießen, mit Gewehrkolben erschlagen, den Todwunden noch von der Samariterbahre mit dem Hanfstrick aufknüpfen ließ? Auf Kains Seite waren sie da, ohne Mitleid, ohne Erbarmen und leider auch ohne Gesinnung. »Höre – Streiter Gottes!« Das soll zur Stirnbinde sein, zwischen ihren Augen. Mich dünkt, ich sehe das Kainszeichen!

Wieviel Würdelosigkeit war da, der ich, ja ich, mich schäme. Wieviel Würdelosigkeit, bis sie, zu ihrem Seelenheil, dazu gezwungen wurden, nicht die letzte Schamlosigkeit auch noch zu begehen. Denn ach, wie gerne hätten »Centralverein« und »Front-Bund« mobil gemacht und alle diese Gruppen und Vereinigungen, hinein in die braunen Hemden und Kommissstiefel, und hätten sich behakenkreuzt, von vorn und von hinten. Wenn sie nur gedurft hätten. Aber da kamen die hohen und verantwortlichen Braunhemdenmätze und haben das mit dem kernigen, treudeutschen und unmissverständlichen Wort »Scheiße« verhindert. Und da ging ihr Lamento in die Welt, als ob der fürchterliche Zusammenbruch von fünfhundert Jahren Kulturaufbau nichts anderes sei als nur die Frage der jüdischen Opportunisten. Was mit der Arbeiterschaft geworden, mit den Gewerkschaften, mit dem gesamten kämpfenden Proletariat, danach haben sie nie gefragt. Steht es so um Israel, die Streiter Gottes? So steht es nicht. Sie nennen sich Repräsentanten, aber sie repräsentieren nichts, als was sie selbst vorstellen, wohlbetuchte Westen mit goldenen Uhrketten darauf und dahinter die vom Tortenessen hart gewordenen Bäuche.

Diese mehlbeuteligen, wohlbetucht uhrkettigen, mit den vom offiziellen »Wohltun« versteinerten Herzen, die werden nichts mehr lernen. Aber trotzdem können wir nicht rechten in diesen Tagen um Vergangenes. Aber dass dieses Vergangene, das wir schelten müssen, nicht zukunftsträchtig werde, das muss uns Sorge und Mühe sein. Das müssen wir verhindern. Dazu müssen wir, Juden von heute, wieder Israeliten werden. Streiter, für oder wider Gott. Denn das kommt auf die Fronten an.

Dieses, mein Herr, ist die Geschichte von Mutters Grab. Das

ist die Geschichte von meiner Mutter in diesem Geschehen. Vielleicht wird eines Tages das Grab nicht mehr rauchen, vielleicht werden der Veilchen blühen des Vergebens, und weiße Hyazinthen der Güte und aber rote Nelken des Gedenkens. Rote, des Lebens, Nelken.

Aber denken Sie nur nicht, ich wollte damit sagen, die Juden hätten Schuld. Nostra maxima culpa. Mein Herr. Nostra culpa.

Sagte ich Ihnen nicht, mein wilhelminisch patriotischer Vater habe sozialdemokratisch gewählt? Das war lange vor dem Kriege. Als die deutsche Sozialdemokratie noch sozialistisch war. Aber wie und was, frage ich Sie, ist daraus geworden? Kannten Sie den Senator Krause in Hamburg? Na ja, näher kannte ich ihn auch nicht. Nur so. Was wäre da zu kennen gewesen? Ich hatte damals mancherlei am Hamburger Opernhaus zu tun. Ich bin nämlich von Beruf Zeichner. Ich habe da so Figurinen entworfen. Und trudelte man ab und zu mit dem Krause zusammen. Er spielte damals den Mäzen des Opernhauses. Mit den Geldern aus Staatseinnahmen, versteht sich. In der Beziehung hat sich zwischen damals und jetzt nichts geändert. Nur bescheidener ging es damals zu, das Mäzenatentum war nicht gar so aufgedonnert. Da war also der Senator Krause, sozusagen Kultusminister des hamburgischen Staates. Der kam von der deutschen Sozialdemokratie her. Gehörte sogar bis 1933 dazu, und was heute mit ihm ist, das weiß ich nicht. Er war einmal Redakteur an einer sozialdemokratischen Zeitung gewesen und durch den Umsturz von 1918 auf den Senatorensessel gekommen. Da klebte er, Prototyp des verspießten Bonzen. Wissen Sie, was von seinem Sozialismus übrig geblieben war? Sonntagnachmittag-Vorstellungen im Operntheater, zu ermäßigten Preisen und in zweiter Besetzung.

Frau Senator Krause saß in allen großen Opernvorstellungen in der ersten Reihe der Senatsloge, in glattem schwarzen Seidenkleid mit angestecktem Goldschmuck. Sichtlich bemüht, den einfachen, vornehmen Stil früherer Senatorendamen vom Kaufmannsadel zu treffen. Es gelang ihr nicht. Sie hatte die Dummheit, aber nicht die arrogante Impertinenz, die sich hinter der scheinbaren Bescheidenheit barg. Potsdam im Quadrat. Zugebunden bis oben hinauf. Der Tüllkragen um den Hals trug innen senkrechte Fischbeinstege. Sie spreizt sich in S – tolz. Unvorstellbar, dass sie sonst sich spreizten. Frau Senator Krause traf das nicht. Sie blieb immer eine einfache, ordentliche Arbeiterfrau im Sonntagnachmittag-Ausgehstaat. Der Herr Senator repräsentierte schon besser. Vom Recht des Freibillets machte er nur bei Galavorstellungen und besonderen Erstaufführungen Gebrauch. Dann kam er im Frack mit weißer Weste, deren Blütenreinheit man nicht ansah, was schon alles darauf gekleckert hatte.

Der Senator des hamburgischen Kultuswesens hatte sein Amt mit einem gewissen fortschrittlichen Kurs begonnen. Im Schulwesen entstanden da manche Neuerungen, Versuchs- und Aufbauschulen, in denen die vorgesetzten Behörden den Lehrern, und die Lehrer den Schülern, die aus dem Schillerdrama bekannte, und seit über hundert Jahren mit Pathos deklamierte Gedankenfreiheit ließen. Je mehr der pseudo-sozialistische Kurs in den beginnenden zwanziger Jahren sich dem altbürgerlichen Liberalismus annäherte, später dem Konservativen und dann der Reaktion, umso eifriger steuerte Senator Krause seinen Schulen diesen Kurs voran. Er glaubte das seinem gut sitzenden Frack schuldig zu sein. Lehrer, die sich allzu fortschrittlich exponiert hatten, wurden umgeschult. Nach einem freundlichen Vortrag von Senator Krause mit vorsichtigem Hinweis auf feste Anstellung und Pensionsberechtigung, bezogen sie das neue Katheder mit völlig gewandelter Weltanschauung. Von der etwa an Karl Marx geschulten Erkenntnis wechselten sie in unduldsame bourgeoise Reaktion, wie man von einer Straßenseite zur anderen hinüberwechselt. Gelernte Lehrer mit etlichen Fremdworten im Sprachschatz nannten den Verrat am heiligen Geist der Erkenntnis: Ataraxie, und taten, als stünden sie nun mit holdem Lächeln über den Dingen. Welch ein infames, schurkisches Lächeln, dass diese Gesinnungslumpen zur Schau trugen.

Diesen Sündern wider den heiligen Geist war das großartige

Material anvertraut, das formenden Händen nur übergeben werden kann. Die deutsche Jugend. Was haben sie getan? Die Jugend verraten, um vierzehn Silberlinge. Um bemalte Ostereier, um einen farbigen Bademantel im Modebad, um einen Korb Wein von der Schattenseite, um eine gebratene Martinsgans, um all den Firlefanz spießerischer Behaglichkeit, um den Händedruck eines Bankdirektors. Um baumwollene Opportunität haben sie die deutsche Jugend verraten.

Am Abend hielt dieser Senator Krause im Foyer der Oper Cercle ab. Die Herren Redakteure auflagenhoher Tageszeitungen umwedelten ihn. Die »niederdeutschen« Künstler, die weder auf hochdeutsch noch überhaupt ein Kunstwerk gestalten konnten und darum ihre Mediokrität hinter Schollengeruch und Hafenplatt versteckten, machten ihm den Hof. Wie das Geschleime dem Herrn Senator behagte. Die gleichen Hudler, die gleichen Ölbratlinge blubbern heute um braune Hemden herum. Na, was denn? Verrätst du meinen Krause, verrate ich deinen Krause.

Am Tage hatte der Senator in seiner Eigenschaft als Vorsitzender der Oberschulbehörde einen Erlass gegeben, der den Schülern aller Schulen die politische Betätigung verbot. Keine Schulvereinigungen politischer Art sollten sein. Wo vorhanden, waren sie aufzulösen. Auch außerhalb der Schule durften Schüler sich nicht politisch betätigen. Diesbezüglich – ich kann nichts für das quallige Wort, ich habe es nicht erfunden – seien die Schüler zu überwachen und zu kontrollieren. Über diesen Erlass ließe sich vielleicht diskutieren. Harmlose Menschen, die guten Willens sind, mochten ihn für ganz vernünftig halten. Politik hat nichts in der Schule verloren. Ja, wenn es so gemeint gewesen wäre.

Zunächst sorgte ein sozialdemokratischer Schulsenator Krause für Auflösung aller sozialdemokratischen und linksgerichteten Schülerorganisationen, Turnvereine, Sportklubs, Wanderbünde, Theatergruppen und was es da so gab. So demokratisch war er. Die Organisationen der Rechten, die getarnten und halb getarnten nationalsozialistischen Jugendverbände, mit dem Dolch am Gürtel, ließ er bestehen. Aus lauter Demokratie.

An einem Mittwoch, dem 28. Oktober 1931, bekam ein zufälliger Straßenpassant in Hamburg einen Zettel in die Hand gedrückt. Von einem Jungen mit einer Klassenmütze. Es war eine Einladung des nationalsozialistischen Schülerbundes, Gau Hamburg, zu einer öffentlichen Jugend-Kundgebung, wo ein Berliner »Pg« zu dem Thema »Die Entscheidung fällt« sprechen sollte. Dieser zufällige Straßenpassant, der die Schulverordnung des Herrn Senator kannte, ging mit diesem Einladungszettel in das Haus der Oberschulbehörde. Wie gesagt, es war ein Harmloser, der meinte, damit das Richtige zu tun. Im Warteraum der Oberschulbehörde erschien schließlich ein Staatsrat, sah sich misslaunig den Zettel an, erklärte, die Behörde sei bereits informiert und das Erforderliche wäre geschehen. Der jetzt misstrauisch gewordene Passant wollte gern wissen, was man bei der Behörde das »Erforderliche« nenne. Der Staatsrat verweigerte darauf die Auskunft, er wusste selbst nicht, was erforderlich war. Nämlich, dass man laut Erlass die Kundgebung hätte verbieten müssen, wie man es unweigerlich getan hätte, wenn es eine sozialistische oder demokratische Veranstaltung gewesen wäre. So aber tat man aus lauter Demokratie gar nichts. Nur ein paar Polizisten wurden vor das Haus geschickt, um die Verkehrsordnung aufrechtzuerhalten.

Die Versammlung am 30. Oktober 1931, auf halb neun Uhr abends angesetzt, begann gegen neun Uhr und zog sich bis gegen Mitternacht hin. Für Erwachsene und Kinder, vom siebten Lebensjahr an! Die Kinder, fast sämtlich uniformiert, nur, weil Uniform damals doch offiziell verboten war, in weißen, anstatt in braunen Hemden, mit Ledergürteln, Koppelriemen, Nagelstiefeln, als ob sie die Alpen ersteigen sollten. Und dieses Publikum bekam nun die demagogischen, verhetzenden, chauvinistischen Tiraden eines Maulhelden zu hören, der die damalige Reichsregierung mit Kraftworten beschimpfte, den Reichspräsidenten Hindenburg mit kotigstem Schimpf bewarf (1931), der die Franzosen eine Nation »vernegerter Sadisten« nannte und die Polen kurzerhand als »verlumpte Schweine« abtat. Und dieser hemmungslose Kinderverführer unterließ es nicht, mit höchstem Stimmaufwand den Kindern zuzurufen, sie sollten sich Lehrer nicht gefallen lassen, die sich zu der Republik der Vertragserfüllung und des Pazifismus bekannten.

Davon wusste der Senator Krause nicht? Doch, er und der sozialdemokratische Bürgermeister Ross, nebst dem demokratischen Bürgermeister Petersen, sie hatten das genaue Protokoll zugeschickt bekommen. Von jenem Straßenpassanten, der durchaus studieren wollte, was man in einem demokratischen Staat für »erforderlich« hält, wenn die Reaktion diesen Staat mit Dreck beschmeißt. Der Straßenpassant hat es erfahren. Das »Erforderliche« war: Nichts.

So war das, mein Herr. Es ist Ihnen wahrscheinlich nichts Neues. Aber soll ich Ihnen von Mord und Totschlag, von Folterungen, Brandstiftungen und all den Gemeinheiten erzählen, die heutzutage Tagesordnung sind? Dergleichen rührt ja kein Menschenherz mehr. Das regt niemanden auf und nicht einmal zum Denken an. Darum hab ich Ihnen einmal diese beiden Geschichten erzählt. Von Mutters Grab und vom Nichts.

Olle Kamellen. Nur, dass sie sich wiederholen. Immer wiederholen, gestern drüben und heute hier und morgen dort, immer wieder diese gleichen Geschichten fauliger Indolenz, verfressener Überheblichkeit, feigen Verrats, darum ist es, wie es ist, und kam, wie es kam. – Ich habe die Ehre.«

Der Junge mit der Klassenmütze, der damals die Zettel mitverteilte, ist inzwischen wohl schon Gerichtsreferendar geworden oder Volksschullehrer oder Krankenhausassistent, oder Sturmbannführer. Und dadurch kam es, wie es kam, und ist, wie es ist.

Und da sitzt er immer noch. Immer noch. Der mittelmäßige Mann Leonhard Glanz und ist, wie er ist. Und alles Getriebe um ihn her, die aufsteigenden Blasen und der schillernde Schaum, alles das gibt keinen Querschnitt, sondern immer nur einen Durchschnitt, weil es durchschnittlich ist in seiner Mediokrität. Und der mittelmäßige Mann denkt: Wenn ich doch einmal nur ein großes Erleben gehabt hätte, eine große, königliche Leidenschaft. Aber da ist nichts, was auch nur zu ein paar hundert Metern Filmstreifen gelangt hätte. Wenn man doch schon nicht Ebenbild Gottes ist, Ebenbild einer Filmgröße ist ja auch gut. Da sind erkleckliche Millionen Frauen, die sitzen heute Nachmittag in allen Teestuben, Kaffeehäusern, Tanzdielen, Musikbars, Konditoreien, Modesalons, Bridgeklubs der Welt herum und möchten alle viel lieber im Ebenbilde einer Filmdiva sein, etwa der Greta Garbo, oder im Marlene-Typ, oder sonstwie einer Eveline, oder Mia, Pia, Putti, Nutti, als gerade im Ebenbild Gottes. Und das ist, wie es ist. Und der mittelmäßige Mann ist, wie er ist.

Der gewissermaßene Mensch. Der sozusagende Mensch. Der gemeintümliche Mensch. Der wohleingerichtete Mensch. Der limitierte Mensch. Der vielfach illustrierte Mensch. Der Mensch aus zweiter Hand. Der herumgereichte Mensch. Der formgegossene Mensch. Der Freilaufmensch mit Rücktrittbremse. Der Mensch aus der Konservendose. Der Trottoir- und Rinnsteinmensch. Der wechselseitige Mensch auf Gegenseitigkeit. Der irdene Herdenmensch. Der parfümierte, einbalsamierte Mensch. Der gehobelte, gebügelte Mensch. Der korrekte Mensch in allen Lebenslagen. Der Bruttomensch. Der Nettomensch. Der Mensch, der es hinterher gleich gesagt hat. Der nächstfolgende Mensch. Der Mensch mit durchgezogenem Scheitel. Der bestellte Mensch. Der bestallte Mensch. Der Stallmensch. Der genormte Mensch. Der heutzutagige Mensch. Der letzten-Endes Mensch. Der objektive Mensch. Der obligate Mensch. Der irgendwie obskure Mensch. Der offizielle Mensch. Der überall dabeiseiende Mensch. Der überall Bescheid wissende Mensch. Der sogleichige Mensch. Der eins nach dem andern Mensch. Der Standardmensch mit Etikette. Der Gewohnheitsmensch. Der Mensch auf Freibillet. Der ausbalancierte Mensch. Der Lackschuhmensch. Der Überschuhmensch. Der Gummischuhmensch. Der abgewogene und wohlerzogene Mensch. Der als zwölfter auf das Dutzend gehende Mensch. Der ehrenwörtige Mensch. Der kolorierte Mensch. Der Mensch

auf Pauschale. Der zeitgenössische Mensch. Der zeitgenieß-
ende Mensch. Der zeitvertreibende Mensch. Der zeitvertrie-
bene Mensch. Der gestohlene Zeitmensch. Der allzeit väterliche
Mensch. Der durchgedrehte Mensch. Der aufgedrahtete
Mensch. Der gelinde Saiten aufziehende Mensch. Der Mensch
von ungefähr. Der vielleichtige Mensch. Der Mensch im Haupt-
verdienst. Der Mensch mit Nebenverdienst. Der angemessene
Mensch. Der nie anmaßende Mensch. Der fotogerechte Mensch.
Der joviale, lächelnde Mensch. Der gerade im Begriff seiende
Mensch. Der es sich zur Aufgabe machende Mensch. Der artig
polierte Mensch. Der Mensch durch die Hintertür. Der Mensch
durch das Portal, nur für Herrschaften. Der Mensch, der sein
Programm hat. Der programmatische Mensch. Der nie befan-
gene Mensch. Der von zehn bis zwölf Uhr hilfsbereite Mensch.
Der vortreffliche Mensch. Der nachträgliche Mensch. Der
Frackmensch. Der fracklose Mensch. Der fraglose Mensch. Der
fragwürdige Mensch. Der gib-mal-her Mensch. Der lass-mal-
sehen Mensch. Der gehupft wie gesprungene Mensch.

So kann das weitergehen. Keineswegs erschöpfend. Und das
ist, wie es ist. Und sitzt herum. Im Ebenbild der Filmgötter und
Filmgöttinnen. Und im Mittelpunkt ist immer der Bauchnabel.

So mickrig. So Leidenschaften knickerig. So ohne Flamme. So
ohne Größe. So zugeknöpft noch die letzte Blöße. Das Bleichge-
sicht. Das Weichgesicht. Das Wasserleich- und Teichgesicht.

So Kreatur. So nur Kreatur.

Die Spreu unterm Hintern angezündet. Da steht es auf und
setzt sich, einen Platz weiter.

Und bleibt sich so egal. So ganz egal. So positiv wie negativ.
Ob die Haare licht sind und die Visage dunkel, oder ob die
Haare dunkel sind und die Visage licht, wo ist der Unterschied.
Negativ oder positiv, wer könnte das erkennen. Links oder
rechts, vertauscht und egal. Das Original und sein Spiegelbild.
Ganz einerlei.

Gott als Klischee.

Beliebig oft abzuziehen.

Die Platte ist verstählt.

Der ganz egale Mann Leonhard Glanz entdeckt, die Zeitung umblätternd, unter »Bühnennachwuchs« so einen Klischeeabzug von Gottes Ebenbild. Was tut es? Es lächelt. Hat einen linksseitigen Scheitel und aus dem Namen ergibt sich, dass dieser Johannes, nachwachsender Bühnenmensch, ein Mann sei.

Ein wiederum bekanntes Gesicht. Wo habe ich den schon mal gesehen? Im Theater war ich hier doch noch nicht. Wo also habe ich den schon mal gesehen? Ach so. Damals, als ich den Warenhausschwager besuchte, ehe er pleiteging. Damals stand dieser lächelnde, links gekämmte Scheitel im Schaufenster und war aus Wachs. Das Pendant dazu stand im gleichen Konfektionsfenster. Gottes Ebenbild. Weiblich klischiert, und dieses Mal ist es ein Mädchenkopf als Reklamebild für einen neuen Moderoman. Dieser Moderoman heißt *Ich heirate* und so soll der Reklamemädchenkopf zum Ausdruck bringen: »Ich weiß zwar schwer Bescheid, aber ich tue so, als wüsste ich nicht, was sich in der ersten Nacht begibt, wenn ich geheiratet habe.« Und so ist es denn auch und der egale Mann Leonhard Glanz muss wieder an den neunzehnjährigen Babypopo denken, wie er genau zu diesem klischierten Gesicht passen würde, malvenfarben gepudert.

Weiter. Gleich hinter dem Buchinserat mit dem klischierten Sex-Appeal steht die ergötzliche Mitteilung:

»Die Museen errichten eine neue Abteilung:

Gleich neben den Folterkammern, welche im Mittelalter zum Erpressen von Geständnissen dienten, beginnen die Museen eine Abteilung zu gründen, in welcher für die künftige Generation Geräte aufbewahrt werden, mit welchen die Wäsche gemartert wurde. Unter anderem wird dort auch die Bürste und die Rumpel zu finden sein. Erst durch die Arbeit des ›Dreimänner-Waschpulvers‹, wird die Wäsche von der Folterung befreit und der Hausfrau dadurch viel Arbeit und Sorge erspart.«

Bitte sehr, wir stellten voran, dass es ergötzlich sein würde. Dennoch hat es Sie zunächst erschreckt? Sie dachten, da würde eine Parallele gezogen zu gewissen Dingen der Jetztzeit? Aber nicht doch. In der braven Familienzeitung. Ergötzlich. Bis auf das schlechte Deutsch. Aber dafür ist die Zeitungsredaktion im Inseratenteil nicht verantwortlich.

Der Reklame-Texter der »Dreimänner-Waschpulver«-Fabrik war doch auf diesen reizend und zeitgemäß getarnten Inseratentext sehr stolz gewesen. Wie soll man denn immer wieder etwas Neues finden, dass es die Leute lesen? Und aktuell soll es noch dazu sein. Hier ist dem Reklametexter wirklich eine Spitzenleistung gelungen. Der Chef wird ihm eine Zulage – nein, das noch nicht, aber er wird ihm anerkennend auf die Schulter klopfen. Lassen Sie, wenn Sie aus einem Konzentrationslager kommen, aus politischer Untersuchungshaft oder so, Ihre Wäsche mit »Dreimänner-Waschpulver« waschen. Vielleicht würde sie ungewaschen in die alte Abteilung des Museums passen. Aber das wäre Abteilung Mittelalter. Also nehmen Sie die Sache ergötzlich.

Freilich, dem ebenso positiven wie negativen Mann Leonhard Glanz ist es wie Schrecken in die Glieder gefahren. Die Hände werden ihm feucht und zittrig. Sein rechtes Knie wippt heftig und die Stiefelhacke tackt auf den rissigen Linoleumboden.

Auf einmal ist ihm die ganze Zeitung zuwider. Er will sie nicht mehr lesen. Er will mit der »Dreimänner-Seife« nichts mehr zu tun haben. Was sind das für drei Männer? Der eine ist ein Frisör mit neuer Barttracht und Schmalzlocke, der zweite ist ein Bierbrauer mit zerquetschter Stimme. Der Dritte ist zu klein geraten, was er nur zur Hälfte zugibt und daher auf einfußigem Kothurn läuft. Alles. Nur diese Seife nicht. Weg mit der Seife, Weg mit der Zeitung. Genug. Genug. Und bleibt auch vieles ungelesen. Ungelesen bleibt, was ein repräsentativer Autor unterm Strich »Über die Zucht junger Hunde« schreibt. Obwohl man in diesen Zeiten wissen sollte, wie es mit der Zucht und Rasse junger Hunde und anderer Hunde bestellt ist. Ungelesen bleibt die Betrachtung über die »Seelengröße einer Tramway.« Ungelesen bleiben die kleinen Nachrichten und Anekdoten, die ein eigens schlecht honorierter Anekdotenschreiber aus den Auslandszeitungen abschreibt und schlecht übersetzt, nachdem sie dort schon schlecht übersetzt und abgeschrieben worden sind. Ungelesen bleibt die Kritik eines namhaften Autors über eine schlechte Operette, obwohl der namhafte Autor feststellte, dass sie – die Operette – gut sei. Was zwar nicht seiner Meinung entspricht, sondern der Vorschrift, auf Grund des Abkommens zwischen Theaterdirektion und Zeitungsverlag. Denn der Kritiker hat ein Amt und keine Meinung. Siehe Inseratentarif, mit Rabatt. Ungelesen bleibt »Eine Sensation« in Fettdruck, bei der es sich um ein Schuhcremefabrikat handelt, was eigentlich eine Stiefelwichse ist. Und Stiefelwichse ist wichtig, was schon die Gemälde Anton von Werners in der Berliner Nationalgalerie beweisen. Ungelesen bleibt, dass Schottland mit 3:1 England schlug, in Glasgow und in Gegenwart von 150 000 Personen, womit Maria Stuart jetzt endlich gerächt wurde.

Nur nicht alles jetzt im Tagestempo. Nur nicht so eilig. So verweilet doch:

»Ihr eilet ja, als wenn ihr Flügel hättet,
so kann ich euch nicht folgen, wartet doch.«
                    Schiller/*Maria Stuart.*

Wir haben doch Flügel. Eindecker. Doppeldecker. Nonstop-Flugzeuge. Hoffentlich gibt es keine Havarie über Deutschland.

»Nicht Stimmenmehrheit ist des Rechtes Probe.«
                    Schiller/*Maria Stuart.*

Wie aber, wenn man 99,75 Prozent der Stimme hat?

»Gehorcht der Zeit und dem Gesetz der Stunde.«
                    Schiller/*Maria Stuart.*

In Ordnung. Also: Fahnen raus. Los, hinter der Blechmusik, die Reihen fest geschlossen. Rein in die Partei, solange sie aufnimmt. Hoch das linke Bein und den rechten Arm.

»Kein Bündnis ist mit dem Gezücht der Schlange.«
                    Schiller/*Maria Stuart.*

Wie? Warum betonen Sie das so? Meinen Sie etwa … Nee, nee. Machen Sie keine Sachen. Herr, ich werde Sie melden. Was? Sie zitieren nur? Aber Sie denken sich was dabei. Herr!

»Man kann den Menschen nicht verwehren,
Zu denken, was sie wollen.«
                    Schiller/*Maria Stuart*

Kann man nicht? Das werden wir ja sehen, was man kann. Wäre ja gelacht. Haben Sie eine Ahnung von unserer Gestapo. Bleiben Sie mir mit Ihrem Schiller und so. Asphaltliteratur. Intelligenzbestie. Ich bringe Sie in den *Stürmer* mitsamt Ihrem sauberen Herrn Schiller.
   »Verachtung ist der wahre Tod.«
                                        Schiller/*Maria Stuart.*
Na, also. Da haben Sie es. Herr, ich verachte Ihnen!
Verachtung ist der wahre Tod.
Das wird sich erweisen. Das wird sich erweisen. Mit der Zeit.
Die kommen wird. Kommen wird.
Verachtung! Verachtung! Verachtung! Die Völker werden sprechen:
Verachtung und Tod.

Kleiner Mann in Klischeeformat. Leonhard Glanz, der Mittelmäßige. Mit der Erinnerung an die gute, jüdische Mutter, die noch den deutschen Dichter Schiller liebte. Nichts für dich dabei und deiner eben, jetzigen Stunde?
   »In großes Unglück gelernt ein edles Herz
   Sich endlich finden, aber wehe tut's.
   Des Lebens kleine Zierden zu entbehren.«
                                        Schiller/*Maria Stuart*
Darüber ließe sich diskutieren. Mit den Millionen, die des Lebens kleine Zierden vorbehaltlos entbehren. Und großes Unglück klaglos tragen. Um ihrer Ideen willen, die ihnen heilige Ideale sind. Bewusst. Sehr bewusst. Sehr wissend. Mit sehr viel Gewissen.

Kleiner Mann in Klischeeformat der Mittelmäßigkeit. Nur so hineingeschlittert. Wann kommst du zu Bewusstsein, zu Bewusstheit? Lernst du, in großes Unglück dich zu finden? Und wehe tut's, des Lebens kleine Zierden zu entbehren? Ha, der zitronenfarben Gepuderte? Die Brasilzigarren? Die Bügelfalte? Die modern style Krawatte? Das Parfüm im Taschentuch? Das silberne Besteck zum Speisen? Die Maniküre? Der dreisternige

Cognac, eisgekühlt? Die seegrün gekachelte Badestube? Was noch?

Und wenn eine Welt darüber zu Grunde ginge: der Regenschirm bleibt peinlich elegant gerollt.

Wüssten wir nur, ob der kleine, durchschnittliche Mann im Ebenbild Gottes, Klischeeformat, aber am Ende doch ein edles Herz hat.

Trotz alledem und alledem und allem zum Trotz. Und doch und dennoch. Und doch und doch und doch.

Hau doch die Zeitung hin. Gib sie dem unlieben Nächsten. Bezahle sie zum Einstandswert, plus zehn Prozent Kellnergewinn und reiß sie in Fetzen. Wenn du auch den Devisenstand im Börsenteil noch nicht kontrolliert hast. Er ist sowieso nur nominell. Oder nähme dir ein vernünftiger Bankier Markguthaben ab, zum amtlich notierten Kurs? Reiß die Zeitung in Fetzen, samt dem ungelesenen Wirtschaftszweig, wo ausführlich nachzulesen wäre, dass die Großbanken und die Schwerindustrie sozusagen eine Macht sind und der kleine, durchschnittliche klischierte Mann ein Dreck, hinter Zollmauern und Stacheldraht. »Einengung der Meistbegünstigung mit Finnland.« »Jugoslawien beschränkt Lederabfall-Export. Indische Zollerhöhung auf Kunstseidengewebe.« »Spiritushandel klagt über unsichere Lage.« »Die schwankende Tendenz der Weltmärkte, die von den wechselnden Nachrichten über die Londoner Zuckerkonferenz und über die Revalorisierungspläne von Dollar und Pfund ausging...«: Denke daran, wenn du, klischierter Mittelmann, den Zuckerbrocken in deinen Kaffee tust. Und du, vor der Zeit verhutzelte Frau des Kohlenkumpels und Mutter seiner fünf hungrigen Kinder: denkt daran, denn wegen der schwankenden Tendenz der Weltmärkte und der Revalorisierungskunststücke wissen deine Kinder nicht, wie jenes gezuckerte Brot schmeckt, dass man Kuchen nennt und das für sie nur in den Schaufensterauslagen zu sehen ist. Denkt daran oder denkt nicht daran, ihr beschränkten Lederabfälle, unsicheren Spiritushändler. Hau hin die Zeitung. Der Theaterspielplan geht dich sowieso nichts an. Und es gibt heute:

»Kommen Sie am ersten.«
»Das Testament der Tante Karoline.«
»Feine Gesellschaft.«
»Der Illusionist.«
»Auf der grünen Wiese.«
»Der Liebling von Paris.«
»Das Dreimädlerhaus.«
»Die goldne Meisterin.«
»Die Hoflage.«
»Der Geisterzug.«
»Die spanische Fliege.«
»Victoria und ihr Husar.«
»Der Lausbua.«
»Märchen-Warenhaus.«
und
»Wiener Blut.«
Hau hin die Zeitung. Deine gute, jüdische Mutter hatte dich Schiller gelehrt. Hau hin, hau hin und den Herren Theaterdirektoren um die Ohren, die mit der faulsten Ausrede der Welt dem Publikum die Schuld geben, das solchen ausgekotzten Spielplan wolle.

Deine gute, brave jüdische Mutter hat dich Schiller gelehrt und Schiller hat gelehrt:

»Es ist nicht wahr, was man gewöhnlich behaupten hört, dass das Publikum die Kunst herabzieht. Der Künstler zieht das Publikum herab – und zu allen Zeiten, wo die Kunst verfiel, ist sie durch die Künstler verfallen. Das Publikum braucht nichts als Empfänglichkeit und diese besitzt es. Es tritt vor den Vorhang mit einem unbestimmten Verlangen, mit einem vielseitigen Vermögen. Zu dem Höchsten bringt es eine Fähigkeit mit, es erfreut sich an dem Verständigen und Rechten, und wenn es damit angefangen hat, sich mit dem Schlechten zu begnügen, so wird es zuverlässig damit aufhören, das Vortreffliche zu fordern, wenn man es ihm erst gegeben hat.«

Das hat jene Schiller gelehrt, der sein erstes Drama *In Tyrannos* geschrieben, »gegen die Tyrannei«, und der dafür von seinem Landesvater und Herzog vierzehn Tage Arrest und Schreibverbot erhielt. Von dem gleichen Herzog von Württemberg, der seine Landeskinder als Soldaten in alle Welt verkaufte, so gelegentlich einmal 11 000 Mann für 50 000 Gulden an das großmächtige Österreich verramschte, weil er gerade Geld brauchte und die französische, englische und spanische Regierung, wo er seine Offerte gemacht hatte, damals als bessere Käufer nicht am Markt waren. Das war 1760. Im fünften Jahre des glorreichen Siebenjährigen Krieges. Das war jener deutsche Herzog, der jährlich 65 000 Gulden zur Aufrechterhaltung seines Harems französischer und italienischer Frauenzimmer, ergänzt durch junge Landestöchter, die mit Gewalt, Erpressung und Bedrohung in das herzogliche Bordell geholt worden waren, von der holländisch-ostindischen Kompanie erhielt, wofür er je ein Infanterieregiment und eine Artilleriekompanie zum Dienst am afrikanischen Kap lieferte. Das war jener deutsche Herzog, der am Hohenasperg das erste Konzentrationslager für politische Gefangene errichten ließ, für Gefangene, die er ohne Gesetz, ohne Gericht und Spruch jahrelang in schändlicher Haft hielt, so den Schriftsteller Schubart, dessen »Verbrechen« aus nichts anderem bestanden hatte, als dass er die Favoritin des Fürsten, die später vom Kaiser in Wien, anlässlich einer anderen Lieferung von Soldaten, zur Reichsgräfin von Hohenheim ernannt worden war, als eine Dirne bezeichnet hatte, was diese verhurte Mätresse war, und dass er die berühmte Karls-Schule, zu deren Jugendzöglingen der junge Schiller gehört hatte, eine Sklavenplantage genannt hatte, was sie auch war. Schubart, der ein geistiger Vater des jungen Schiller war.

Das war jener Herzog, dem Fridericus rex den Sieg bei Leuthen verdankt. Der Herzog hatte damals den Österreichern wieder einmal eine Hilfsarmee verkauft. Um sie zusammenzubringen, wurde in ganz Württemberg der gewaltsamste Menschenraub organisiert. Nachts holte man die Bauernburschen aus den Betten, sonntags von der Kirche weg und reihte sie in die Regimenter. Das waren die Soldaten, die bei Leuthen als erste vor den Preußen davonliefen. Mit Fug und Recht. Und das war die Entscheidung der Schlacht und nicht Friedrichs, von allen Oberlehrern gepriesene »schräge Schlachtordnung«.

Das war der Herzog, der seinen Harem verkleinern und sich mit einer Leibmätresse begnügen musste, als er in die Jahre kam, die ihm nicht mehr erlaubten, und der dann an sein ausgepresstes, ausgeplündertes, verkauftes und verratenes Volk die Botschaft ergehen ließ: »Württembergs Glückseligkeit soll von nun an und für immer auf der Beobachtung der echtesten Pflichten des getreuen Landesvaters gegen seine Untertanen und auf den zärtlichsten Gehorsam der Diener und Untertanen gegen ihren Gesalbten beruhen.« Dies ist die Botschaft, von der er nichts gehalten hat.

Das ist also jener »Gesalbte«, bei dem der deutsche Dichter Schiller jene Erfahrungen gesammelt hatte, denen er mit den Worten Ausdruck gab:
»Sklaverei ist niedrig, aber eine sklavische Gesinnung in der Freiheit ist verächtlich; eine sklavische Beschäftigung hingegen ohne eine solche Gesinnung ist es nicht; vielmehr kann das Niedrige des Zustandes, mit Hoheit der Gesinnung verbunden, ins Erhabene übergehen.«

Dieses, moderne Sklaven, geht euch an. Dieses, ihr Männer und Frauen, an Fließband und Maschinen, an Spindeln, Stanzen und Hämmern, ihr Kumpels in den Schächten, ihr Trimmer auf Kohlenhalden, ihr Lastträger in allen Häfen, ihr Baumwollpflücker aller Tropen, ihr ausgedörrten Heizer von glühenden Kesseln, ihr verkropften Glasbläser, ihr verseuchten Quecksilberförderer, ihr zu Gespenstern Deformierten in den chemischen Werken, ihr Proletarier aller Länder: Dieses ist euer Schiller. Hier ist der deutsche Dichter Schiller ein moderner Weltgeist.

(Von dem Lumpen, der sich Herzog nannte und Gesalbter, braucht niemand auch nur den Namen zu kennen. – »Verachtung ist der wahre Tod.«) »Verachtung ist der wahre Tod.«

Das wird sich erweisen. Wie sich erwiesen hat, was alles von diesem verlumpten Herzog und von Friedrich Schiller, dem Dichter dieser Zeit, sich wiederholt und gültig ist.

In Tyrannos! In Tyrannos!

Und nun, hau doch endlich die niederträchtige Zeitung hin.

Die Spreu unterm Hintern angezündet. Und da stehst du auf und setzest dich einen Platz weiter. Allenfalls.

Das bleibt sich so egal. So ganz egal. So positiv, wie negativ, wie diapositiv.

Würdest da nicht gewesen sein?

N'aurais – tu pas été?

Das haben wir schon in der Quinta gehabt.

Du ewiger Quintaner.

Leonhard Glanz sitzt da. Ohne Zeitung, mit der Zeitung. Für die Welt ist das egal. Für Europa ist das egal. Für das Land, das ihm Asyl gibt, ist das egal. Für die Stadt, in der er haust, ist das egal. Für das Kaffeehaus, in dem er nistet, ist das egal.

Mit der Zeitung. Ohne die Zeitung. Leonhard Glanz sitzt da. Stunde um Stunde. Und jede Stunde hat sechzig Minuten. Jede Minute sechzig Sekunden. Nie eine weniger. Und daher auch nie eine mehr.

Er sitzt da, heute wie gestern und wie er morgen da sitzen wird. Die Tage rinnen in die Wochen. Das sorgsam für Wochen eingeteilte Geld muss längst dahin sein. Arbeitserlaubnis hat er nicht und Verdienst, nach allem, was man weiß, auch nicht. Wer weiß, wovon der lebt. Wer weiß, wovon der seinen Kaffee bezahlt. Niemand weiß es. Vielleicht weiß er es selbst nicht so genau.

Er sitzt da. Am schmutzigweißen Marmortisch. Wie Kaiser Friedrich, der alte Barbarossa. Sein Bart ist nicht von Flachse, er ist alltäglich rasiert. Denn er rasiert sich selbst. Die Rasierseife und die Rasierklingen sind aus dem Einheitspreisgeschäft. Dennoch ist sein Bart durch den Tisch gewachsen, auf dem sein Kinn sozusagen ausruht.

Die Raben fliegen nicht um den Berg, oder nur selten einmal einer. Dafür die Spatzen. Leonhard Glanz hält sich auch nicht verzaubert, aber wie verzaubert ist er. Hat es ihn.

Einer von manchen. Die im angestaubten Kaffeehaus sitzen.

Mit durch den Marmortisch gewachsenem Bart.

Mehltau.

Justin Steinfeld mit seinen Schwestern Grete
und Lotte (v.l.n.r.), um 1915.

Ansicht der Fröbelstraße 9 in Hamburg. Im 4. Stock des Hauses wohnte Justin Steinfeld.

Hamburg, den 24. Januar 1931   Einzelpreis **25 Rpf.**

DIE HAMBURGER
TRIBÜNE

20. Jahrgang der „Allgemeinen Künstler-Zeitung". Herausgeber Justin Steinfeld

Wochenschrift für alle Interessen unseres geistigen Lebens

Nr. 3

Die Hamburger Tribüne. Wochenschrift für alle Interessen unseres geistigen Lebens. Herausgeber Justin Steinfeld. 20. Jg., Nr. 3, 24. Januar 1931.

Das »Kollektiv Hamburger Schauspieler« nach der Premiere
der Revue »Unser Schaden am Bein« auf der Bühne der
Hamburger Volksoper am Millerntor am 8. Mai 1932.
In der Mitte, sitzend: Justin Steinfeld.

Die neue Weltbühne. Wochenschrift für Politik, Kunst, Wirtschaft. Prag, Zürich, 3. Jg., Nr. 5, 1. Februar 1934.

Neben Justin Steinfelds Artikel »Das echte Mazedonien« erschien in dieser Ausgabe ein Vorabdruck aus dem Bericht des sozialdemokratischen Reichstagsabgeordneten Gerhart Seger (1896–1967) über seine »Schutzhaft« im KZ Oranienburg.

Die Wahrheit. Prag, 13. Jg., Nr. 20, 19. Mai 1934.

Für die Prager Wochenzeitung arbeitete Justin Steinfeld von
1933 bis 1938. Diese Ausgabe enthielt drei Seiten der
»Ritualmord-Nummer« der antisemitischen Wochenzeitung
Der Stürmer. Dem stellte die Redaktion den Artikel »Ich liebe
und verehre die jüdische Rasse« der dänischen Schriftstellerin
Karin Michaelis voran. Neben Justin Steinfelds Kolumne
»Weltwochenschau« erschien in dieser Ausgabe auch sein
Beitrag »Palästina: von London gesehen«.

Justin Steinfeld in Baldock, England, um 1950.

Postkarte mit dem Wohnsitz von Käte
und Justin Steinfeld im englischen Baldock, 1961.

Wissen Sie schon? Haben Sie schon gehört? Woher wissen Sie?

Man hat es mir erzählt.

Baumrinde, vom Wetter abgespellt.

Einerseits. Anderseits. Diesseits, jenseits, halber, wegen. Wessentwegen? Meinetwegen.

Aschensalz, feucht geworden und taub.

Können Sie mir zwanzig Kronen borgen? Oder zehn? Bitte sehr, nein. Ich leihe mir nichts und ich verborge nichts.

Heute ist Dienstag. Warum ist heute Dienstag? Weil es heute hier keine neuen, englischen Zeitungen gibt.

Die Fensterplätze sind alle besetzt. Die Ecksitze auch.

Haben Sie schon die Verlängerung ihrer Aufenthaltsgenehmigung?

Es sollen schon wieder zwei Leute ausgewiesen worden sein. Ich gehe übrigens nie zum Komitee. Wie die einen behandeln.

Wer handelt? Es gibt nichts zu handeln. Versatzamtscheine? Nein, ich kaufe sowas nicht. Auch keine Platinringe.

Man muss alles per Avion schicken. Sie machen sonst alle Briefe auf. Einbildung? Wieso Einbildung? Was ist Zweibildung? Was hat das mit Bildung zu tun?

Das ist Nebensache. Hauptsache. Nebensache. Nebenhaus. Nebenmensch. Nebenweg. Und dabei ist heute schon wieder mal Feiertag. Wann arbeiten hier eigentlich die Leute?

Butter haben sie drüben schon lange nicht mehr. Jetzt auch keinen Kaffee. Wie lange glauben Sie noch? Höchstens sechs Monate, allerhöchstens neun.

Der Bart ist durch den Tisch gewachsen, worauf sein Kinn ausruht. Und der Pass ist abgelaufen. Haben Sie wenigstens einen Geburtsschein? Wenn ich Geld hätte, könnte ich längst einen mazagranischen Pass haben. Wo liegt das? Was liegt da? Was mir dran liegt. Wer lügt? Mir brauchen Sie nichts zu sagen. Der spricht kein wahres Wort.

Unangenehm. Unabsehbar. Unausführbar. Unaufmerksam. Unaufhörlich. Unausstehlich. Unaussprechlich. Unanständig. Unannehmbar. Unansehnlich.

Unbeantwortet. Unbeachtet. Unbekannt. Unbehaglich. Unbegrenzt. Unbedingt. Unbedacht. Unberufen. Unbeschadet. Unbemittelt. Unberührt. Unbescholten. Unbeschränkt. Unbesonnen. Unbesorgt. Unbequem.

Undenkbar. Undankbar. Unduldsam. Unentgeltlich. Unentbehrlich. Unersättlich. Unerreichbar. Unerhört. Unergründlich. Unentschieden. Unersetzlich. Unerträglich. Unerwartet. Unerzogen.

Eine Wolke zieht durch die Wand. Ein Nebel steigt durch das Fenster. Ein Dunst kommt über die Treppe. Oftmals ist die Luft ganz leer.

Ein Gerücht geht um. Erst als ein farblos ungewisses.

Nach etlicher Zeit leuchtet es purpurrot. Wieder nach einer Weile sitzt es als fahles Gespenst zwischen allen Stühlen.

Die zehn Mark monatlich auf Pass darf man aus Deutschland auch nicht mehr schicken. Die haben überhaupt keine Devisen mehr. Was habe ich Ihnen gesagt. Höchstens noch drei Monate. Oder sechs.

Jetzt haben wir März und es ist noch kalt, wie im Januar.

Jetzt haben wir Oktober und es ist noch der reine Sommer.

Was sagen Sie zu Spanien? Ich les' das schon garnicht mehr. Ist ja immer dasselbe.

Was sagen Sie zu Österreich? Ja, was soll man da sagen. Unglaublich ist das. Unglaublich.

*

Bemerkung in Klammer:

Es kann dem Leser nicht vorenthalten werden, dass der Autor an dieser Stelle in seiner teils munteren, teils mühseligen, manchmal auch qualvollen Niederschrift der kaum merklichen, nicht messbaren, also gleichsam nur imponderablen, dennoch nicht unwesentlichen Wandlung des dürftigen Zeitungslesers und mediokren Mannes Leonhard Glanz gewaltsam unterbrochen wurde und für Wochen an der weiteren Darstellung umso mehr behindert war, als die Ereignisse, die zu dieser Unterbrechung führten, ihm diese ganze sogenannte Materie entrückt, verschleiert und fast gleichgültig geworden, erscheinen ließ. Nicht um eine Unterbrechung jener Art handelt es sich, bei der ein Autor, gerade wenn er einem Punkt hinter einen Satz setzt, der ihm wie viele andere Sätze aus der gefügigen Feder zäh tröpfelnd hervorgeflossen, plötzlich und für ihn selbst überraschend bemerkt, dass alles gesagt ist, was zu sagen war, dass er sich von der Seele geschrieben – wenn er eine Seele hat, denn nicht alle Menschen und sicherlich nicht alle Schriftsteller haben eine Seele und darum spielen sich so mancherlei ideologische Kämpfe ab um das Vorhandensein dessen, was man Seele nennt –, was die Seele der Mitwelt, und wenn es wesentlich ist der Nachwelt, verschämt oder schamlos preiszugeben gewillt war, und erst nach geraumer Frist erweist es sich und nicht nur aus formalen, künstlerischen Rücksichten, dass eine Fortsetzung der Arbeit dennoch gegeben und notwendig ist, nein, hier trat eine brutale Unterbrechung von außen ein. Dieser brutale Einbruch betraf das Land, die Stadt, in der sich die merkwürdigen oder merkunwürdigen Dinge und Zwischendinge ereignen, die uns hier beschäftigen, und es wird im weiteren Verlauf noch ausführlicher darüber zu reden sein. Wenn nun der Autor zunächst gewillt war, nicht nur die Feder aus der Hand zu legen, sondern sie physisch und für sein Tun symbolisch zu zerschlagen, so hält er sich doch nicht für berechtigt zu so irreparabler Tat, eben weil der brutale Einbruch der Barbarei jener Stadt geschah, von der hier die Rede war, dass, wäre sie von allen menschlichen Wesen und Unwesen verlassen, ihre Steine reden würden, ihre zu hunderttausend Denkmälern der Kultur gefügten Steine reden würden. So glaubt der Autor, angesichts der aufrührenden Tatsache der redenden Steine, nicht abseits stehen zu sollen, als ein Stummer aus eigenem Willen, der sich scheut, Zeugnis abzulegen. Sondern dass er sein Zeugnis ablegen soll, bis zu Ende, obwohl er sehr wohl weiß – es weiß aus erschütterndem Erlebnis, – wie mächtig die Steine reden in dieser Stadt, welch ein gewaltiges Tönen und Tosen, seit man mit Mitteln barbarischer Gewalt dort die Regungen freien Menschentums, das freie Wort, das freie Denken, verboten hat.

Verrat, Verrat, Verrat, Verrat und immer wieder Verrat.

Höret die Steine.

Einer, der sich anmaßt, als ein Führer der Barbarei, der Brutalität den kantig gehobelten Horden, die doch nur blöken können, voran zu flattern, dieser aus harzigem Holz selbst Gehobelte, fährt durch die entleerten Straßen der Stadt und ist bleich. Der die Maske des Lächlers Tragende, der Grinser, ist kreidig geworden, weil er die Steine reden und tosen hört und in der Dumpfheit seines Hirns sie nicht verstehen kann.

Wenn es dem Autor nun nicht als reiner Zufall erscheinen will, dass diese Unterbrechung seiner Arbeit, die ihn dazu zwingt, den Sprung im Gefüge nach Möglichkeit zu verklittern gerade an dieser Stelle geschah: »Was sagen Sie zu Österreich? Ja, was soll man dazu sagen. Unglaublich ist das. Unglaublich.« So unterlässt er es zu definieren, was hier an die Stelle des Zufalls zu setzen wäre, und damit:

Klammer zu.

Was sagen Sie also zu Österreich?

Der Seyß-Inquart ist daran schuld. Er hat Verrat geübt. Verrat. Verrat. Verrat. Verrat.

Wie? Die Wiener nennen ihn Scheiß-Inquart? Das ist gut. Ha, ha. Scheiß-Inquart ist gut. Aber der allein kann es ja nicht gewesen sein. Wer ist da eigentlich daran schuld? Ich etwa? Wieso ich? Ich sitze hier im Kaffeehaus und lese das alles in der Zeitung. Was kann ich dabei machen?

Mein Bart ist durch den Tisch gewachsen, worauf das Kinn ausruht.

Der Bart wächst immer, hier durch die schmutziggraue Tischplatte aus fleckigem Marmorstein. Worauf das Kinn ausruht, auch wenn ich garnicht da bin.

Guten Tag, mein Herr. Ich komme zu Ihnen im Auftrag der Neptun-Lebensversicherungs-Gesellschaft. Wie? Ihr Leben ist schon versichert? Aber nicht hoch genug. Bestimmt nicht hoch genug. Denken Sie an Ihre Kinder. Was, Sie haben keine

Kinder? Aber Ihre Frau Gemahlin, denken Sie an Ihre werte Gattin. Wie, sie ist schon tot? Was Sie nicht sagen. Eine so blühende Frau und schon tot? Was Sie nicht sagen. Und wie steht's mit der Feuerversicherung? Alles schon in voller Höhe? Gewiss, gewiss. Man soll nicht überversichern. Und Einbruch? Und Diebstahl? Sie wissen doch, bei den Diebstahlversicherungen ist Diebstahl durch das Hauspersonal nicht mit inbegriffen. Da haben sie einen Ring mit einem x-karätigen Brillanten, wasserhell und ohne Kohlenflecken. Und auf einmal ist der weg. Auf wen fällt der Verdacht? Natürlich auf das Hausmädchen. Zwar haben Sie einen Neffen, der am Sonntag immer zu Ihnen zum Mittagessen kommt. Er hält sich einen durchgefallenen Filmstar als Mätresse und keiner weiß, wie er das bezahlt. Und nun ist der Brillantring weg, von Bord im Badezimmer herunter, wo Sie sich am Sonntag zwei Minuten vor dem Herrn Neffen vor Tisch die Hände gewaschen haben. Wer anders hat ihn also geklaut als das Dienstmädchen? Also: Diebstahlversicherung bei der Neptun, einschließlich Hauspersonal. Und vor allem: Glasversicherung. Sie haben doch große Ladenscheiben. Ich habe da eine Idee, man könnte von der Scheibenversicherung her die Wirtschaft ankurbeln und die Krise beheben.

Höchst einfach. Da engagiert man sich eine Anzahl handfester Jungen. Die müssen zu nächtlicher Stunde in den Hauptstraßen der Stadt Ladenscheiben einschmeißen. Die Polizei muss natürlich im Bilde sein und es stillschweigend und im nationalen Interesse dulden. Am nächsten Tage müssen die Scheiben neu eingesetzt werden. Die Glaser bekommen also zu tun. Und die Glasfabriken nebst den Nebenindustrien bekommen zu tun. Den Ladeninhabern entsteht kein Schaden, denn sie sind ja durch die Versicherung gedeckt. Und was die Versicherungsgesellschaften am Prämien auszahlen müssen, kommt durch die zahlreichen Neuversicherungen wieder herein, denn jetzt wird jeder die Notwendigkeit der Ladenscheibenversicherung einsehen. Sehen Sie, mein Herr, das wäre praktische Wirtschaftsankurbelung.

Der Bart wächst weiter durch den Tisch, auf dem das Kinn ausruht, auch wenn ich gar nicht da bin.

Mein Herr, ich komme für die opportunistische Zeitung für den Familiengebrauch. Wer unsere Zeitung ist, brauche ich Ihnen nicht zu sagen. Alle Welt liest sie. Ich selbst lese sie täglich. Ja, und über den Wert von Reklame brauche ich Ihnen ja kein Vortrag zu halten. Mein Herr, wie kommt es, dass wir so lange kein Inserat von Ihnen gehabt haben? Wie, unsere Zeitung hätte seit einiger Zeit ihre Richtung gewechselt? Mitnichten, mein Herr. Unsere Zeitung hat niemals eine Richtung gehabt. Sie war immer opportunistisch. Wie also könnte sie die Richtung wechseln, die sie gar nicht hatte.

Durch Zufall hätte ich da eine linke Ecke auf Seite zwei frei. Bekanntlich ist die linke Ecke auf Seite zwei die beste im ganzen Blatt. (Bekanntlich ist das Mittelfeld der letzten Seite das beste im ganzen Blatt. Bekanntlich ist ...)

Mein Herr, wir wissen wohl, wer wir sind, aber nicht, was wir werden können. Shakespeare hat das schon festgestellt. Heute geht es Ihnen noch gut. Sie sind sogar prima. Wäre ich sonst hier und versuchte, mit Ihnen Geschäfte für unsere Zeitung zu machen? Eines Tages ist es anders. Sie wissen schon, eine Zeitung weiß alles. Eines Morgens lesen Sie in unserer Zeitung etwas über Ihre werte Firma, wovon Sie gemeint haben, dass es außer Ihnen niemand weiß. Und nun liest es die ganze Welt. Und so. Sie wissen ja, eine Hand wäscht die andere. Und über den Wert der Reklame brauche ich Ihnen kein Vortrag zu halten, wo es sich um die linke Ecke der zweiten Seite handelt.

Der Bart wächst weiter durch die linke Ecke der zweiten Seite des Tisches, worauf das Kinn ausruht. Auch wenn niemand da ist.

Hier, mein Herr, zeige ich Ihnen unsere neuesten Patentlöscher. Den Li-La-Lösch. Nicht wie die alten, unpraktischen Löscher nur auf einer Seite benutzbar, sondern mit doppelseitiger Wiege. Und das Wichtigste ist, dass neue Löschpapier braucht nicht erst eingeschraubt zu werden, sondern mit einem einzigen Handgriff, sehen Sie, so, und nun können Sie löschen, wie man so schnell gar nicht schreiben kann. Wie, kein Bedarf? Mein Herr, die Kosten des Li-La-Lösch werden durch die Zeitersparnis, die Sie durch ihn haben werden, tausendfältig aufgewogen. Aber bitte sehr. Wie Sie wollen. Wie wäre es mit Schreibmaschinendurchschlagspapier? Extra dünn und besonders stark. Noch genügend vorhanden? Man kann nie genug davon haben. Wenn das Papiersyndikat den Preis erhöht, kostet das Papier nächste Woche hundert Prozent mehr. Nicht? Bitte sehr, wie Sie wollen. Tintenstifte, mein Herr? Kopierfähig, aber unverwechselbar. Bleistifte? Schreiben von links nach rechts, von oben nach unten. Zum Lösen von Kreuzworträtseln. Alles noch vorhanden? Radiergummi? Büroleim? Briefklammern? Sie können nichts gebrauchen? Mein Herr, es ist mir nicht an der Wiege gesungen worden. Glauben Sie mir. An so einem Schreibtisch, wie der, an dem Sie jetzt sitzen, habe ich auch lange genug gesessen. Genau so großartig, genau so unverschämt, genauso auf einer Hausiererseele herumtrampelt, wie Sie, mein Herr. Sie sehen, mein Herr, ich bleibe höflich. Ich sage nicht, wie mir zu Mute ist. Mir ist zu Mute, dass ich Ihnen in die glattrasierte Eau de Cologne abgeriebene Fresse schlagen möchte. So ist mir zu Mute. Und bei der Abnahme eines Dutzend, gebe ich die nicht rostenden schwedischen Rasierklingen noch billiger.

Der Bart wächst weiter durch die Tischplatte, auf der das Kinn ausruht. Und langsam, schamhaft, sickert eine gesalzene Träne leibhaftig in den symbolischen Bart. Niemand hat es gesehen, als nur der allwissende Oberkellner, der heute aus schwarzer Watte ist und lautlos die opportunistische Zeitung für den Familiengebrauch dem härenen Gast auf den Tisch legt, auf dem das Kinn ausruht, dem der Bart entwuchs, mitten durch. Mitten durch.

Ich bin Ihnen sehr verbunden. Ich bitte um Verzeihung. Mit gütiger Erlaubnis. Guten Morgen, guten Abend, gute Nacht. Sprechen Sie bitte nicht darüber. Was ist denn los? Das macht nichts. Seien Sie so freundlich. Tun Sie das besser nicht. Übereilen Sie das nicht. Wie ist das möglich? Ich verstehe das nicht. Das habe ich kommen sehen. Was habe ich ihnen gesagt? Wenn

Sie mir gefolgt hätten! Ich weiß das aus zuverlässiger Quelle. Fragen Sie ihn selbst. Er tut mir leid. Der tut mir nicht leid. Hören Sie auf. Fangen Sie schon an. Es ist der Mühe wert. Das lohnt sich überhaupt nicht. Wenn man Zeit hätte. Wenn man zu tun hätte. Man spricht davon. Das sagen doch alle. Von sowas redet man doch garnicht. Das nehme ich auf mich. Das können Sie nicht verantworten. Auf Ihr Risiko. Da gibt es nichts zu lachen. Das ist zum Heulen. Dazu die große Vorbereitung. Von A bis Z. Das tut mir leid. Kein Wort davon ist wahr.

Der Bart wächst immer weiter. Durch den marmelsteinernen Tisch. Welch ein Schlaf. Nicht einmal schnarchen hört man. Welch ein Schlaf. Das Leben ist ein Schlafzimmer. Das Leben ist ein Schlafwagen. Das Leben ist ein Schlafmittel. Für einen, der schläft. Welch ein Schlaf. Träume gehen hindurch. Wirklichkeiten, die dumpf sind, Abarten des Schlafes nur, Rastlosigkeiten, die auch nur Schlafwandel sind. Geschäftigkeit und unbezahlte Miete. Löcher im Schuh, die nur bei trockenem Wetter mittels Zeitungspapier schlecht verklebt werden können. Wozu nicht diese Zeitung alles gut ist, aber eben nur bei günstigem Wetter. Mittagessen. Abendessen im Automaten-Restaurant und im Stehen heruntergeschlungen. Gulasch mit Knödel, wenn es gutgeht, zumeist nur Brotschnitten mit Quark. Der Quark ist papriziert und sieht davon rosafarben aus. Oben drauf liegen zwei meerfarbene Kapern und zur Zierde ein Stückchen grüne Petersilienkräuter. Das sieht lecker aus, schmeckt aber schofel. Im Schlafwandel merkt man es nicht so. Im Sommer, an Sonntagen, liegt man auf einer Strominsel im Sonnenglast und lässt sich bräunen. Ein paar tausend Menschen liegen da und bieten dem prallen Licht ihre reizlosen Körper dar. Es riecht schweißig und nach fauligen Bananenschalen. Im Winter ist das Bettzeug immer so feuchtklamm, weil die Stube nicht geheizt ist. Einmal ist man im riesigen Menschengedränge und schreit, weil alle schreien. Das ist Fußballspiel. Am nächsten Tag fährt die siegreiche Mannschaft nach Irgendwo, zum Entscheidungsspiel um den Goldpokal. Der Goldpokal wird unecht sein und es ist ein monströses, überverziertes Ding, das man zu gar nichts gebrauchen kann. Das ist eben Sport und hunderttausend Menschen säumen der Mannschaft den Weg zum Bahnhof. Und wieder am nächsten Tag fährt der Außenminister nach Genf zu einer Völkerbundtagung. Man sagt, es sei eine entscheidende Sitzung und der Außenminister werde versuchen, noch einmal den Frieden zu retten. Aber kein Mensch säumt ihm den Weg zum Bahnhof. Der Weltfrieden ist den Menschen einstweilen noch kein Fußballtor wert. Noch nicht. So gehen traumhaft die Begebenheiten durch den Schlaf.

Sonne und Regen und Tag und Nacht – schlaf, du Rindvieh, schlaf – haben das Korn so reif gemacht – schlaf, du Rindvieh, schlaf – es häuft sich zu Ernten die Masse der Garben, schlaf, du Rindvieh, schlaf – es braucht da kein Mensch und kein Rindvieh zu darben – schlaf, Kindchen, schlaf – es schwillt zu Bergen an das Korn und alle Mühlen mahlen – schlaf, Schläfer, schlaf –, aber die Menschen? Die armen Menschen: Die können das Brot nicht bezahlen! – Schlaf in guter Ruh – und das Getreide, das Mehl und die Kuchen müssen ins Meer geworfen werden. Das wissen wir ja schon. Schlaf in guter Ruh.

Manchmal ist man irgendwo zum Kaffee oder Tee eingeladen. Die Irgendwos sind gute Leute und sie kommen sich selbst noch besser vor, wenn sie irgendwen eingeladen haben, damit er sich einmal richtig satt esse. Nachher gibt es Radio-Musik von hier, von da, von dort. Hier ist Kirchenmusik mit Kinderchor. Das ist nichts. Knack – und weiter. Da ist großes Orchester, im Programm steht: Symphoniekonzert. Wahrscheinlich ist das von Beethoven, von Brahms oder von Bruckner. Jedenfalls dauert es nur zwei Minuten. Knack – und weiter. Es pfeift etwas durch den Äther und dann kommt von dort Tanzmusik mit Jazzband. Das ist dauerhafter, latschig wie die Hörer und eingemeckert sich bis auf Weiteres durch den Raum. Man braucht garnicht zuzuhören und hat doch Mu-Mu-Musik. Konzert. Konzession. Kontrakt. Kontor. Konsum. Konsulat. Haben Sie überhaupt schon ein Visum?

Viele Schläfer zwinkern im Schlaf mit einem Auge. Dann meinen sie, man müsste auswandern. Wohin? Zum Beispiel nach USA. Ja, wenn man dort jemanden hätte, der einem ein Affidavit senden würde. Rochlitzers haben es gut. Sie haben von einem Millionärsonkel aus Chicago Affidavits bekommen und gleich Schiffskarten dabei. Nun warten sie nur noch auf das Visum.

Was halten Sie von Kanada? Da muss man Landwirt sein und tausend Dollar oder so mitbringen. Warum sollte ich nicht Landwirt sein. Ich habe immer die Blumen vor unseren Fenstern selbst begossen. Mir ist noch nie so ein Blumentopf eingegangen. Na, also. Es ist nur wegen der tausend Dollar. Ich hätte da den Bruder von meinem Schwager. Der wäre froh, wenn er auf die Weise das Geld draußen hätte. Aber was wollen Sie, die Nationalbank gibt doch keine Genehmigung.

Was halten Sie von Argentinien? Buenos Aires soll eine der elegantesten Städte der Welt sein. Meine Frau könnte da ein Putzgeschäft aufmachen. Oder meine Tochter könnte da eine Konditorei leiten, für Wiener Gebäck. Sie lernt das jetzt. Alle junge Mädchen lernen jetzt Wiener Gebäck machen. Aber wie kommt man nach Argentinien? Die Einreise ist ja gesperrt. Ich habe acht Stunden im Konsulat angestanden und dann hat man mir gesagt, es sei keine Aussicht.

Was halten Sie von Island? Da sind doch die langen Winternächte. Meine Frau und meine Tochter könnten dort Lampenschirme nähen. Ich meine, so künstlerische Lampenschirme. Ich habe neun Stunden beim dänischen Konsulat gewartet. Der Sekretär sagte mir, ich solle den Antrag schreiben und direkt nach Reykjavik senden. Aber es sei nicht viel Aussicht.

Was halten Sie von Australien? Von Neuseeland, von Indien? Ich habe drei Tage vor dem englischen Konsulat gestanden. Dann bin ich schließlich hineingekommen. Drinnen habe ich noch sieben Stunden gestanden und gewartet. Im Warteraum sind auch Stühle, aber die sind nur für britische Untertanen. Wenn man sich hinsetzt, kommt ein Beamter und fragt nach dem Pass, und wenn man keinen britischen Pass hat, muss man sofort wieder aufstehen. Es hat aber sowieso gar keinen Zweck, denn es gibt ja doch kein Visum.

Ich sage Ihnen, Sie sollten nach Bolivien gehen. Aber da ist doch ein schreckliches Klima? Was heißt schreckliches Klima, wenn es Visum dahin gibt? Und außerdem soll das Klima im bolivianischen Hochland sogar sehr gut sein. Nur die Luft etwas dünn. Daran wird man sich gewöhnen, wenn man erst ein Visum hat. Sprechen Sie mal mit meiner Schwägerin. Die hat im Theater ihre Loge direkt neben dem Geschäftsleiter der Cleveland-Automobil-Gesellschaft. Der hat erst vor zwei Monaten einen neuen Wagen an den Doktor Krambach verkauft. Der Doktor Krambach ist doch ein Schwager von dem Direktor Bartusch von der Nationalbank. Der kann es Ihnen doch richten, dass Sie Genehmigung bekommen, Ihr Geld nach Bolivien mitzunehmen. Wenigstens so viel, wie Sie brauchen. Na, sehen Sie.

Ich habe da endlich mein Kapitalisten-Zertifikat für Palästina bekommen. Was man so Kapitalisten-Zertifikat nennt. Tausend Pfund muss ich in Palästina haben. Und nun geht das seit Wochen, dass ich die Genehmigung nicht kriege. Die Nationalbank sagt mir, sowie ich das Visum vom englischen Konsulat vorzeige, gibt sie mir die Genehmigung für die Überweisung. Und das englische Konsulat sagt mir, sowie ich nachweise, dass das Geld überwiesen ist, krieg ich das Visum. Und nun laufe ich immerzu von der Bank zum Konsulat und vom Konsulat zur Bank. Beim Konsulat habe ich gesagt: »Bitte, rufen Sie doch einfach bei der Bank an.« Und bei der Bank habe ich gesagt: »Bitte, rufen Sie doch einmal beim britischen Konsul an.« Aber das geht nicht, weil es nicht den diplomatischen Gepflogenheiten entspricht. Und darum muss ich jetzt mit meiner Familie hier wochenlang herumsitzen und warten, ob zuerst die Nationalbank anfangen wird oder das englische Konsulat.

Was wollen Sie denn nur jetzt in Palästina? Ausgerechnet, wo sich die Juden mit den Arabern herumschießen. Wie kommt schießen dazu? Da sind also die Juden von Europa. Seit Jahrhunderten mit Romanen, Kelten, Germanen, Slaven, Magyaren und so weiter versippt. Na ja. Manchmal sind Juden trotz alledem noch Juden. Manchmal auch garnicht, wenn es nicht im

Pass steht. Und nun kommen also diese europäisierten Weißen und schlagen sich, namens des Judentums, mit den braunen Arabern herum. Wer aber sind die Araber in Palästina? Wahrscheinlich Nachfolger, Sprossen der alten Juden in Palästina. Denn als man die Juden wegführte, in Gefangenschaft nach Assyrien oder nach Babylonien, wen führte man da weg? Nach damaliger Sitte die oberste Schicht. Die herrschende Klasse. Und die breiten Massen ließ man sitzen. Ausgepowert, wie sie waren, ließ sich damit nichts anfangen. Und die Urenkel jener dagebliebenen Juden, das sind die heutigen Araber. Irgendwann und irgendwie sind sie Mohammedaner geworden. Wo wäre schon der Unterschied. Beschnitten ist beschnitten. Und nun schießen die Araber, die eigentlich Juden sind, auf die Juden, die eigentlich halb, Dreiviertel oder Neunzehnzwanzigstel Arier sind. Und nun reden Sie mir von Rasse und so. Und was wollen Sie da also in Palästina?

Was sagen Sie, ich habe da mein türkisches Visum bekommen. Und dann habe ich die Genehmigung von der Nationalbank bekommen. Und nun könnte ich nächste Woche Donnerstag von Fiume aus fahren. Das Durchreisevisum für Italien habe ich auch schon bekommen. Und jetzt gibt mir doch der ungarische Konsul das Durchreisevisum nicht. Erst hat er gesagt, da sei doch eine politische Spannung zwischen Budapest und hier und da könne er hiesigen Staatsbürgern kein Visum geben. Dann stand in der Zeitung, dass die Spannung mit Budapest behoben sei. Also bin ich wieder hin gegangen. Jetzt sagt er: Ja, sie sind ja gar kein hiesiger Staatsbürger, nach unseren Begriffen sind Sie Jude. Das ist doch was Anderes. Und jetzt gibt er mir das Visum nicht und alles ist umsonst gewesen und ich kann nicht heraus. Oder ich muss mir ein Nonstop-Flugzeug chartern, das über Ungarn hinweg fliegt. Das kostet ein Vermögen. Was sagen Sie dazu?

Vor dem chinesischen Konsulat stehen die Leute Schlange. Was wollen Sie? Sie wollen nach Shanghai. Wo doch China selbst im Kriege ist mit den japanischen Werwölfen. Aber Sie meinen, nach Shanghai werde der Krieg nicht kommen. In

Shanghai sitzt in einem Barackenlager eine Frau aus Deutschland. Die hatte man jahrelang durch deutsche Gefängnisse und Konzentrationslager geschleppt. Weil sie Nein sagte, zum Nationalsozialismus. Ihre Kinder hatte man durch irgendein Komitee schon längst nach England geschickt. Und sie wurde dann irgendwie nach Shanghai abgeschoben. Und nun sitzt sie da und sehnt sich nach irgendeinem Ort in Europa, der nicht gar so weit wäre von ihren Kindern. Und mitten in Europa stehen die Menschen Schlange vor dem chinesischen Konsulat und wollen nach Shanghai.

Vor dem Konsulat von Brasilien stehen die Leute Schlange. Vor den Konsulaten von Peru, von Ecuador, von Venezuela und von Mexiko stehen die Leute Schlange. Vor dem belgischen Konsulat stehen die Leute Schlange, die in den Kongo möchten. Vor dem holländischen Konsulat stehen die Leute Schlange, die nach Java möchten.

Draußen vor dem Tor stehen Leute und sagen: »Gehen Sie gar nicht erst hinauf. Es gibt doch kein Visum.« Alle, die es hören, wissen, dass das richtig sei. Und alle denken: Ich will doch mit dem Konsul persönlich reden. Vielleicht überzeuge ich ihn mit der Kraft meiner Rede. Vielleicht tut ihm mein kummergeprüftes Gesicht leid. Man muss alles versuchen. Schließlich geht es doch um meine Existenz und um meine Familie. Schließlich geht es doch um Menschenleben und nicht um Gablonzer Glasperlen.

Das ist eben der Irrtum. An Gablonzer Glasperlen lässt sich doch etwas verdienen und also sind sie Wertobjekte und der Konsul hätte die Pflicht über Gablonzer Glasperlen mit einem Interessenten, der sie exportieren will, zu reden. Aber Menschen? Sind die Handelsware? Es gibt doch überall überreichlich viel Menschen. Wo eine Stelle frei wird, melden sich zehn Bewerber. Also sind Menschen keine eigentlichen Wertobjekte und der Konsul ist dem Handel mit ihnen durchaus abhold.

Gehen Sie doch einfach in ein Reisebüro. Kaufen Sie sich doch einfach eine Fahrkarte nach Irgendwohin. Der Verkäufer im Reisebüro wird sie vor den Globus stellen und fragen, wohin

Sie fahren wollen. Und nun werden Sie den Globus langsam um seine Achse drehen und feststellen, dass es zu keinem Land der Erde ein Visum gibt. Und nun fragen Sie den Verkäufer im Reisebüro, ob er nichts Besseres anzubieten habe. Etwa auf dem Mondglobus oder dem Mars.

China, Ungarn, Griechenland, Armenien, Klein-Asien, Irland, Grönland, Dänemark, Holland, Neufundland, Lappland, Livland, Nova Scotia, Persien, Kirchenstaat, Nicaragua, Sizilien, Kanarische Inseln, Brasilien, Ecuador, Marokko, Neu Guinea, Antiochia, Brüssel, Krakau, Florenz, Vlissingen, Zypern, Genf, Athen, Montevideo, Malta, Alexandria, Wittstock an der Dosse, Trapezunt, Wolverhampton, die Themse, die Seine, die Marne, die Marne, die Marne. Wie meinen Sie? Von der Etsch bis an den Belt. Er bellt. Wer? Er!

Die Hauptsache ist, dass man ein Exposé habe. Wenn man schon nichts Vernünftiges kann und nichts anderes gelernt hat als nur, wie man irgendwelche Waren teurer verkauft, als wie man sie eingekauft hat, dann muss man wenigstens ein Exposé haben. Da behauptet einer, Handelschemiker zu sein, und seine Chemie besteht daraus, dass er mal für billiges Geld die Rezepte erworben hat, für die Herstellung von Fingernagellack, von Lippenstift, von Schminke und Teintpuder. Alles das wird schon in etlichen hundert Fabriken zusammengesudelt. Also braucht er ein Exposé. In dem Exposé steht und wird durch kühne Wiederholung der Behauptung nachgewiesen – da es nicht vorgewiesen werden kann –, dass diese Rezepte, auf neuen Entdeckungen, Erfindungen und Methoden beruhend, zu billigeren und besseren Erzeugnissen führen, als alles bisher auf dem Gebiet Daseiende. Des Weiteren wird nachgewiesen, dass es in Peru so und so viel Millionen Einwohner gibt, die als Markt für kosmetische Bedarfsartikel noch nicht erschlossen seien, und dass also, unter Berücksichtigung der Mentalität der Peruaner und besonders der Peruanerinnen der Mindestabsatz kosmetischer Erzeugnisse so und so groß sein müsse, was eine Rentabilität des zu investierenden Kapitals von so und so viel Prozent ergeben und darüber hinaus die Zivilisation der Republik Peru im Allgemeinen, ihren sanitären Stand im Besonderen heben und die Arbeitslosigkeit stark vermindert würde. Das von der Geldverzinsung steht in dem Exposé wegen der kapitalistischen Leute, die ihr Geld in diese Sache stecken sollen, das andere steht für den peruanischen Konsul, damit er dem Rezeptbesitzer ein Visum zur Einreise in sein Heimatland gebe. Er gibt es, er gibt es nicht. Man kann es an den Westenknöpfen abzählen. Man könnte auch Wetten darüber abschließen. Man könnte Totalisator und Wettbüro für diesen und zehntausend ähnliche Fälle einrichten und mit dem dafür nötigen Beamtenapparat die heimische Arbeitslosigkeit abbauen helfen.

Wenn Sie aber kein Exposé haben, wie wollen Sie dann nach Nicaragua kommen?

Denn wie lange hat Kolumbus gebraucht, um von Spanien nach Amerika zu fahren? Drei Monate oder so. Es steht genau im Konversationslexikon. Heute? Heute fahren Sie mit dem Salon-Luxus-Dampfer zwischen 42 und 73 Tausend tons etwa vier Tage. Das blaue Band des atlantischen Ozeans flattert flatterata von unserem Bug und Sie können sagen, dass Sie dabei gewesen sind und vom Deck heruntergespuckt haben. Garantiert ohne Eisberggefahr. Und nun versuchen Sie es einmal mit einer Vier-Tage-Reise von Europa nach Amerika. Drei Monate dauert es, bis die Nationalbank Ihr Gesuch um Bewilligung der für diese Reise nötigen Devisen beantwortet und ablehnt. Nun müssen Sie rekurrieren und intervenieren lassen und nach abermals drei Monaten bekommen Sie die Genehmigung. Inzwischen ist aber das Visum, das Ihnen der amerikanische Konsul erteilt hatte, abgelaufen. Nun müssen Sie um neues Visum oder um Verlängerung des alten bitten und bis Sie endlich auf Reise gehen können, ist Kolumbus mit seinen Karavellen längst schon wieder daheim.

Da war ein Mann, der hatte gehört, dass man von Prag nach London im Flugzeug innerhalb von fünf Stunden und etlichen Minuten fliegen könne. Er dachte, da kann man in Prag ein gehöriges Morgenfrühstück nehmen und zum Dinner sitzt man bei Scotts in London und isst Hummer. So ging der Mann zur

Flugreisegesellschaft und verlangte einfach eine Flugfahrkarte. Es war aber zufällig am 1. April 1938 und so dachten die Beamten, der Mann wolle sich einen Aprilscherz erlauben. Sonst hätten sie die nächste Sanitätswache angerufen und hätten den Mann zur Untersuchung in ein Irrenhaus abführen lassen. Denn wer mit nichts als den heimischen Banknoten ausgestattet, ohne Pass und Visum und Nationalbankerlaubnis eine solche Reisefahrkarte kaufen will, der muss entweder oder sein.

Der Pass. Das Visum. Die Visumsverlängerung. Die Einreiseerlaubnis. Die Geldausfuhrgenehmigung. Die Palästina-Bank. Die Nationalbank. Der Konsul. Der Gesandtschaftsattaché. Sind Sie Arier oder lernen Sie Englisch? Spanisch, natürlich. Meine Frau hat jetzt eine Frisörin, die auch die Frisörin der Frau des Sowieso-Konsuls ist. Sie will mir eine Beziehung herstellen. Sie müssten sich taufen lassen, mitsamt der Familie. Das ist jetzt die Safety-first Mission. Der Leiter ist Reverend Joe Briar. Ich habe ihn schon gekannt, als er noch Josef Weichselbaum hieß. Grüßen Sie ihn von mir, der macht Ihnen die Taufe innerhalb drei Tagen. Mit gültigem Taufschein. Ziemlich teuer, aber es steht dafür. Natürlich müssen Sie ein Unbedenklichkeitsattest vom Innenministerium, ein Unbescholtenheitszeugnis von der Polizei und eine Erklärung beibringen, dass Sie keine Steuerschulden haben. Wie man das macht? Man könnte zum Beispiel bei den betreffenden Ämtern die diesbezüglichen Anträge stellen. Jeweils in mehrfacher Ausfertigung, mit beigefügten, beglaubigten Abschriften des Geburtsscheins, der Impfscheine, des Schulabgangszeugnisses, der eventuellen Trauscheine und am besten der Sterbeurkunde, denn bis die Anträge genehmigt sind, werden Sie wahrscheinlich schon tot sein. Aber die Anträge werden nicht genehmigt, sondern aus prinzipiellen Gründen zunächst abgelehnt und das erfahren Sie schon nach etlichen Monaten. Jedenfalls hat das garkeinen Sinn so. Wenn Sie vom Innenministerium etwas wollen, müssen Sie einen Bekannten im Außenministerium haben, dem Sie zu seinem sechzigsten Geburtstag gratulieren können. Der wird die Sache dann richten. Wenn Sie im Polizeipräsidium etwas wollen, müssen Sie den Sekretär der Handelskammer kennen, weil ein Neffe des Herrn Polizeipräsidenten im gleichen Büro arbeitet. Wenn Sie vom Steueramt etwas wollen, müssen Sie den Weg über die Albatros Versicherungsgesellschaft gehen und trotzdem Ihre Steuern erst bezahlen. Das heißt, weil Sie ein kleiner oder mittlerer Mann sind. Wären Sie ein großer Mann, hätten Sie ja ihre eigenen Verbindungen und brauchten auch nicht Steuern in voller Höhe zu bezahlen. Jawohl, mein Herr, nur der krumme Weg führt zum Ziel. Je krummer, umso rascher. Es war der große Irrtum des Euklid, dass die Gerade die kürzeste Verbindung zwischen zwei Punkten sei. Das Gegenteil ist die praktische Wahrheit, was bewiesen zu haben und täglich neu beweisen zu können eine der größten Errungenschaften dieser Zeit ist.

So gehen traumhaft die Begebenheiten durch den Schlaf und die Schläfer zwinkern dabei manchmal mit einem Auge. Ohne zur Wirklichkeit zu erwachen.

Was sind Sie von Beruf, Fräulein Lederer? Modellschneiderin? Und niemand gibt Ihnen hier ein Modell zu schneidern und nicht einmal ein altes Kleid auf neue Mode umzuarbeiten, weil niemand in dieser Zeit Geld hat oder jedenfalls keines ausgeben will? Ja, da sind Sie halt arbeitslos. Wie, in Brüssel würde eine Firma Sie anstellen? Ach so, ja. Das geht nicht. Also da heiraten Sie halt einen Belgier. Dann sind Sie nicht mehr Fräulein Lederer, sondern Madame de Kerkhove und belgische Staatsangehörige und dann können Sie in Brüssel den Posten annehmen. Und nächstens lassen Sie sich scheiden. Das ist doch ganz einfach und so ist das Problem gelöst. Na ja, doch.

So lösen die Zwinkernden die Probleme der Zeit. Im Schlafe.

Und es ist eine infame Lüge, dass da irgendein Problem gelöst sei. Denn: Da drehen sie irgendeinen Film in Hollywood oder sonstwo und der Film heißt *Mutterliebe* und hunderttausend Köchinnen und noch viel mehr Stenotypistinnen werden weinen, über den Heroismus, dessen eine Mutter fähig ist, und die zugehörigen Männer der Hunderttausend werden Trost spenden, da ja der Film sowieso glücklich ausläuft. Und es ist ein infamer Schwindel, denn die Frau, die da nach Shanghai abgeschoben wurde, während ihre Kinder nach England in eine limonadengefärbte Hospitality abgeliefert wurden, sehnt sich zu Tode. In Shanghai nach den Kindern in Bedford. Hunderttausend Mütter in Shanghai und allüberall. Aber das geht die Köchinnen und Stenotypistinnen aller Arten gar nichts an. Gar nichts. Und nur eine Lady von einem Komitee sagt: »I am so sorry.« Sie ist aber keine Spur traurig und sie weiß auch garnicht, dass sie das soeben wortwörtlich behauptet hat. Und ich rufe Bernard Shaw als Zeugen auf, dass dem so ist. Aber er wird in diesem Fall keine Zeugenschaft ablegen. Denn diese Sache hat garnichts mit literarischen Erfolgen und Ehren zu tun.

Und die im Schlaf Zwinkernden schlafen immer noch ruhig weiter. Immerhin, sie träumen schlecht. Von Problemlösungen und es ist ein infamer Schwindel.

Und der infam mittelmäßige Mann sitzt in einem Kaffeehaus an einem gewiss nicht sauberen Tisch von Marmelstein und liest die leidlich informierte Zeitung – sie ist sogar sehr viel besser informiert, als sich aus ihrem, aus Gründen der ungeschriebenen Pressezensurbestimmungen, mit der Axt redigiertem Inhalt ergibt –, und er denkt, dass ihm vorgestern nicht eben wohl zu Mute war, dass ihm gestern nicht eben wohl zu Mute war, dass ihm heute nicht eben wohl zu Mute ist, dass ihm morgen nicht eben wohl zu Mute sein wird, und sein Bart ist durch den Tisch gewachsen.

Manchmal war er auf Wegen gewesen, die ihn hätten vorwärts führen können. Aber immer wieder wich er ab. Hinein in die Seitenstraßen. Wie das so ist, wenn man keinen Straßenplan hat. Da meint man, hoppla, da ist ja eine Nebenstraße, eine Passage, ein Durchhaus. Da schneide ich ein Stück ab, da komme ich rascher zum Ziel. Aber die Nebenstraße ist eine Sackgasse. Und die Passage führt in die Runde und landet gleich nebenan vom Eingang. Und das Durchhaus führt allenfalls ein Stockwerk höher, dieses aber nur im wörtlich, örtlichen Sinn und keineswegs in geistiger Hinsicht.

Er sitzt und schläft den Schlaf mit offenen Augen. Den Schlaf der im Schlafe Wandelnden, diesen tiefen, unerträglichen, aussichtslosen Schlaf. Am marmelsteinernen Tisch, der nebelwolkenfarbig ist, wie seine Halbwachträume und nur der Bart, der immer noch wohlrasierte Bart, ist durch den Tisch gewachsen.

Und auf einmal,
Mitten drin,
Hinein in den Schlaf

gibt es einen furchtbaren Krach und es wackelt der Kaffeehaustisch und es klappern die Kaffeetassen und die Wassergläser fallen herunter und es wackeln die Lettern in der Zeitung.

Einer hat mit der Faust auf den Tisch geschlagen, dass die ganze Bude wackelt.

So etwas. Was ist da los? Ober, zahlen! Man muss sofort ...

Was muss man ... Zum Donnerwetter noch mal ... Ober, zahlen.

Mit der Faust auf den Tisch.

Alle sind auf einmal aufgewacht.

Von dem Krach.

Es ist der 21. Mai 1938, ein Sonnabend und ein historischer Tag. Auf dem Dach des Verwaltungsgebäudes der Elektrizitätswerke, auf dem flachen Dach, des neuen, aus gekachelten, riesigen Würfelklötzen errichteten Hauses stehen zwei gelbgraue Männer mit einem Ding. Die Männer da oben sind augenscheinlich Soldaten und das Ding ist ein Flugabwehrgeschütz.

Und kein Wort davon stand bisher in der Zeitung und also scheint es eine verflucht ernsthafte Angelegenheit zu sein. Es sollen auch auf anderen Gebäuden solche Soldaten mit Geschützen stehen.

Also, da haben wir es nun.

Ich habe es ja immer schon gesagt.

Es sollen solche Soldaten die ganze Grenze entlang stehen. Mit Gewehren und Geschützen. Mit Tanks und Stacheldraht.

Es sollen die ganze Nacht hindurch Eisenbahnzüge mit Soldaten von überall an die Grenze gefahren sein.

Sehen Sie bloß einmal aus dem Fenster. Wenn Sie aus dem

Fenster sehen, so sehen Sie nur, was Sie alle Tage sehen. Es hat sich absolut gar nichts geändert. Alles geht, fährt und steht wie immer und an allen Tagen.

Man sieht nichts. Man hört nichts. Und doch ist es, als ob die Trompeten blasen. Es riecht nach Pulver – würde die Zeitung geschrieben haben, wenn sie überhaupt etwas dazu geschrieben hätte.

Wer hat das mit den Soldaten befohlen? Das muss doch einer befohlen haben. Der General? Der Oberbefehlshaber? Der Präsident? Ich bitte Sie, wenn der Präsident befohlen hat, dann sieht das doch aus, als ob … Warum steht denn nichts in der Zeitung? Also was soll man denn lesen? Verstehen Sie, warum die Leute alle so ruhig sind? Was soll man denn da lesen?

Lesen Sie die Märchen von den Tausendundeinen Nächten. Werter Herr Leonhard Glanz. Vielleicht finden Sie da das für diese historische Stunde Passende.

Sie wollen doch auf alle Fälle über so interessante Dinge wie diesen Krach, dass alle Tassen, Teller und Gläser wackeln, auch etwas Interessantes lesen. Es hilft nichts. Wegen allem, was nun noch nachkommt, müssen Sie diese langweiligen Dinge lesen, als da sind:

I.) »Bündniskonvention zwischen der Tschechoslowakischen Republik und dem Königreich der Serben, Kroaten und Slowenen, vom 14. August 1920.

Fest entschlossen, den mit so großen Opfern erlangten und durch den Völkerbundpakt vorgesehenen Frieden sowie die Ordnung aufrechtzuerhalten, die durch den in Trianon am 4. Juni 1920 zwischen den Alliierten und Assoziierten Mächten einerseits und Ungarn andererseits geschlossenen Vertrag errichtet wurde, haben sich der Präsident der Tschechoslowakischen Republik und S. M. der König der Serben, Kroaten und Slowenen über den Abschluss einer Defensivkonvention verständigt u. s. w. u. s. w.

Artikel I.

»Im Falle eines unprovozierten Angriffs von Seiten Ungarns gegen einen der hohen Vertragspartner, verpflichtet sich der andere Partner, dem angegriffenen Partner zur Verteidigung in der Art beizustehen, die in der Abmachung des Artikels 2 des vorliegenden Vertrages festgelegt ist.«

Folgen weitere fünf Artikel, deren Inhalt an dieser Stelle nicht mit Notwendigkeit wiedergegeben werden muss.

II.) »Konvention über ein Defensivbündnis zwischen der Tschechoslowakischen Republik und dem Königreich Rumänien vom 23. April 1921.

Fest entschlossen, den um dem Preis so schwere Opfer erlangten und durch den Völkerbundpakt vorgesehenen Frieden u. s. w. u. s. w.

Artikel I.

Im Falle eines unprovozierten Angriffs seitens Ungarn gegen eine der hohen Vertragsparteien, verpflichtet sich die zweite Partei, der angegriffenen Partei mittels der im 2. Artikel der vorliegenden Konvention vorgesehenen Maßnahmen zum Schutze beizustehen.« Artikel 2 spricht von der Militärkonvention. Folgen weiter die Artikel 3 bis 7. –

III.) »Bündnis- und Freundschaftsvertrag zwischen der Tschechoslowakei und Frankreich vom 25. Januar 1924.

Der Präsident der Tschechoslowakischen Republik und der Präsident der Französischen Republik,

fest auf dem Grundsatz der Achtung vor dem im Völkerbundpakt feierlich bekräftigten internationalen Verpflichtung stehend, gleicherweise entschlossen, den Frieden zu schützen, dessen Erhaltung für die politische Stabilität und die wirtschaftliche Aufrichtung Europas notwendig ist, entschlossen zu diesem Zweck, die Achtung vor der in den gemeinsam unterzeichneten Verträgen festgesetzten rechtlichen und politischen internationalen Ordnung zu sichern, in Erwägung, dass zur Erreichung dieses Zieles gegenseitige Sicherheitsgarantien gegen einen eventuellen Angriff und zwecks Verteidigung ihrer gemeinsamen Interessen unentbehrlich sind ... und so weiter, und so weiter.

Artikel I.

Die Regierungen der Tschechoslowakischen Republik und der

Französischen Republik verpflichten sich, sich in jenen auswär-
tigen Fragen zu verständigen, die geeignet wären, ihre Sicherheit zu gefährden und die durch die Friedensverträge, deren
Signatur jeder der beiden Staaten ist, geschaffene Ordnung zu
verletzen.-
Artikel 2.
Die hohen Vertragsparteien werden sich, im Falle der Bedro-
hung ihrer gemeinsamen Interessen, über die zu deren Schutz
geeigneten Vorkehrungen verständigen.
Artikel 3.
In völliger Einigkeit ... und so weiter und so weiter ... verpflichten sich die Hohen Vertragsparteien, sich über die Vor-
kehrungen zu verständigen, die im Falle einer Bedrohung der
Beobachtung dieser Grundsätze zu treffen sind.«
Folgen weitere fünf Artikel
IV.) Vertrag über das Vergleichs- und Schiedsverfahren zwi-
schen der Tschechoslowakei und Polen vom 21. April 1925.
»Der Präsident der tschechoslowakischen Republik und der
Präsident der Polnischen Republik,
erfüllt von dem Bestreben, die freundschaftlichen Beziehungen,
die beide Staaten verbinden, zu entfalten, geleitet von den
Grundsätzen ... und so weiter, und so weiter.
Artikel I.
Die Hohen Vertragsparteien verpflichten sich, dem Vergleichs-
oder Schiedsverfahren alle Unstimmigkeiten zu unterwerfen,
die etwa zwischen ihnen entstehen und nicht auf diplomati-
schem Wege in angemessener Zeit bereinigt werden könnten.
Dieser Vertrag bezieht sich nicht auf Unstimmigkeiten, für
deren Lösung ein besonderes Verfahren durch andere Verträge
zwischen den Vertragsparteien vorgeschrieben ist oder sein
wird. Trotzdem hindert die Vertragsparteien nichts, sich auch
bei derartigen Unstimmigkeiten des durch diesen Vertrag einge-
führten Vergleichsverfahrens zu bedienen.
Die Bestimmungen dieses Vertrages beziehen sich überdies
nicht auf Fragen, die das Territorialstatut der Vertragsparteien
betreffen.«

Und so weiter. Folgen ferner Artikel 2 bis 25 und damit beim Leser kein Irrtum entstehe, hinsichtlich des letztangeführten Absatzes, sei auf ein »Schlussprotokoll« zu diesem Vertrag hingewiesen, dass ein integrierendes Bestandteil bildet und wo es heißt: »Hinsichtlich des ersten Artikels, Absatz drei, sind die hohen Vertragsparteien darüber einig, dass Meinungsverschiedenheiten, die über die Zuverlässigkeit irgendeiner Änderung ihres Territorialstatus entstehen könnten, keine Unstimmigkeiten darstellen, die mit anderen Mitteln als durch ein zwischen ihnen frei vereinbartes Abkommen gelöst werden könnten, und dass es demnach nicht nötig ist, für die Bestellung irgendeines Organs Sorge zu tragen, das kompetent wäre, sich mit den genannten Meinungsverschiedenheiten zu befassen …«

V.) Vertrag zwischen Frankreich und der Tschechoslowakischen Republik, vom 16. Oktober 1925.

»Der Präsident der Französischen Republik und der Präsident der Tschechoslowakischen Republik,

gleichermaßen bestrebt, Europa durch aufrichtige Beobachtung der am heutigen Tage zwecks Sicherung des allgemeinen Friedens angenommenen Verpflichtungen vor dem Kriege zu bewahren … und so weiter, und so weiter.

Artikel I.

Falls die Tschechoslowakei oder Frankreich mit der Verletzung der am nämlichen Tage zwischen ihnen und Deutschland zwecks Erhaltung des allgemeinen Friedens abgeschlossenen Verträge ein Unrecht erleiden sollte, verpflichten sich Frankreich und die Tschechoslowakei wechselseitig, in Anwendung des Art. 16 den Völkerbundpaktes einander unverzüglich Hilfe und Beistand zu gewähren, falls diese Verletzung von einem unprovozierten Angriff begleitet wäre.

Für den Fall, dass der Völkerbundsrat, dem in den an ihn gerichteten Fragen gemäß den erwähnten Verpflichtungen die Entscheidung zufällt, die Annahme seines Berichtes seitens aller seiner Mitglieder – die Vertreter der streitenden Parteien nicht mitgerechnet – nicht erzielen könnte und dass Frankreich oder die Tschechoslowakei angegriffen werden würde, ohne dies provoziert zu haben, würde Frankreich der Tschechoslowakei und umgekehrt die Tschechoslowakei Frankreich unverzüglich in Anwendung des Art. 15, Abs. 7 des Völkerbundpaktes Hilfe und Beistand gewähren.«

Folgen Artikel 2 bis 4. Und dieser Vertrag ward »gegeben zu Locarno, am 16. Oktober 1925, unterzeichnet von Aristide Briand und Dr. Edvard Beneš und beglaubigt von Sir Eric Drummond.

VI.) Schiedsvertrag zwischen der Tschechoslowakei und Deutschland vom 16. Oktober 1925.

»Der Präsident der Tschechoslowakischen Republik und der Präsident des Deutschen Reiches,

gleicherweise entschlossen, den Frieden zwischen der Tschechoslowakei und Deutschland aufrechtzuerhalten, in Sicherung der friedlichen Erledigung von Streitigkeiten, die zwischen beiden Ländern entstehen könnten,

feststellend, dass die Achtung vor den vertraglich begründeten oder aus dem Völkerrecht hervorgehenden Rechten für internationale Gerichte verbindlich ist, einmütig anerkennen, dass die Rechte ohne dessen Zustimmung nicht abgeändert werden können … und so weiter und so weiter.

Teil I. Artikel I.

Alle Streitigkeiten zwischen der Tschechoslowakei und Deutschland, mögen sie welcher Art immer sein, bei denen die Parteien über einen Rechtsanspruch strittig sind und deren freundschaftliche Lösung auf dem gewöhnlichen diplomatischen Weg nicht herbeigeführt werden konnte, werden entweder einem Schiedsgericht oder dem ständigen Internationalen Gerichtshof, wie fernerhin bestimmt ist, zum Befund vorgelegt werden. Es versteht sich, dass in den oben angeführten Streitigkeiten besonders diejenigen Streitigkeiten mit eingegriffen sind, die im Art. 13 des Völkerbundpaktes erwähnt sind.« … und so weiter, und so weiter, bis Artikel 16.

Dann Teil II. Artikel 17.

»Alle Fragen, in denen die tschechoslowakische Regierung und die deutsche Regierung uneinig sein würden, ohne sie freundschaftlich auf dem üblichen diplomatischen Wege bereinigen zu können und deren Erledigung nicht durch einen Befund gemäß den Vorschriften des Artikels I dieses Vertrages herbeizuführen wäre und für die durch keine anderweitigen bereits in Kraft stehenden Abmachungen zwischen den Parteien irgendeine Art Erledigung vorgeschrieben würde, werden der ständigen Vergleichskommission vorgelegt, die damit betraut sein wird, den Parteien eine annehmbare Lösung vorzuschlagen und in jedem Falle Bericht zu erstatten.«

und so weiter, und so weiter, bis Artikel 22.

VII.) Organisationspakt der Kleinen Entente vom 15. Februar 1933.

»Der Präsident der Tschechoslowakischen Republik

S. M. der König von Rumänien

und

S. M. der König von Jugoslawien,

von dem Wunsche beseelt, den Frieden zu erhalten und zu organisieren, von dem festen Willen getragen, die wirtschaftlichen Beziehungen mit allen Staaten ohne Unterschied und mit den Staaten Mitteleuropas im Besonderen zu festigen,

bestrebt, unter allen Umständen den Frieden zu schützen, die Entwicklung in der Richtung einer endgültigen Festigung der Verhältnisse in Mitteleuropa zu sichern und die gemeinsamen Interessen ihrer drei Länder zu achten,

entschlossen, zu diesem Zweck den freundschaftlichen und Bündnisbeziehungen, die zwischen den drei Staaten der Kleinen Entente obwalten, eine organische und feste Basis zu geben, und

überzeugt von der Notwendigkeit, diese Stabilität einesteils durch völlige Vereinheitlichung ihrer allgemeinen Politik, anderenteils durch Schaffung eines leitenden Organs dieser gemeinsamen Politik so zu verwirklichen, dass die Gruppe der drei Staaten der Kleinen Entente eine höhere, internationale Einheit bilde, die anderen Staaten unter Bedingungen zugänglich ist, über die in jedem besonderen Falle ein Abkommen nötig wäre,«

habe ... und so weiter und so weiter.

Folgen die Artikel 1 bis 12, wo es im Artikel 10 heißt:

»Die gemeinsame Politik des ständigen Rates wird von dem Geiste der allgemeinen Grundsätze getragen sein, die in allen großen, internationalen Akten der Nachkriegspolitik enthalten sind, wie der Völkerbundspakt, der Pakt von Paris, der allgemeine Arbitrage-Akt, die allfälligen Abrüstungskonventionen und die Pakte von Locarno.«

VIII.) Abkommen über die Definition des Angriffs, vom 4. Juli 1933,

Der Präsident der Tschechoslowakischen Republik,

S. M. der König von Rumänien.

Der Präsident der Republik der Türkei,

Der Zentralvollzugsausschuss des Verbandes der Sozialistischen Sowjetrepubliken,

und

S. M. der König von Jugoslawien

von dem Wunsche getragen, den zwischen ihren Staaten bestehenden Frieden zu festigen,

in Anbetracht, dass der Briand-Kellogg-Pakt, dessen Signatare sie sind, jeden Angriff verbietet,

es im Interesse der allgemeinen Sicherheit für nötig haltend, dass in möglichst genauer Art der Angriff definiert werde, um jedem Vorwand zu seiner Rechtfertigung zuvorzukommen,

feststellend, dass alle Staaten ein gleiches Recht auf Unabhängigkeit, Sicherheit, Verteidigung ihrer Gebiete und freie Entfaltung ihrer Einrichtungen haben;

von dem Wunsche beseelt, im Interesse des allgemeinen Friedens alle Völker der Unverletzlichkeit der Gebiete ihrer Länder zu versichern;

es im Interesse des allgemeinen Friedens für nützlich erachtend, zwischen ihren Ländern genaue Regeln der Definition des Angriffs in Kraft zu setzen, von denen sie erwarten, dass sie zu allgemeinen werden ...« und so weiter und so weiter.

Aus den nachfolgenden vier Artikeln und einem Anhang sei hier zitiert:

Artikel II.

Infolgedessen wird in einem internationalen Konflikt, unter Vorbehalt der in Kraft stehenden Einvernehmen zwischen den in Konflikt befindlichen Parteien, jener Staat als Angreifer betrachtet, der als erster eine der nachfolgenden Handlungen begangen haben wird:

1. Kriegserklärung an einen anderen Staat.

2. Eindringen seiner bewaffneten Kräfte, auch ohne Kriegserklärung in das Gebiet eines anderen Staates.

...

5. Unterstützung bewaffneter Banden, die auf seinem Gebiet gebildet, in das Gebiet eines anderen Staates eindringen, oder Weigerung, trotz des Ersuchens des angefallenen Staates, auf seinem eigenen Gebiete alle in seiner Macht stehenden Maßnahmen zu treffen, um die genannten Banden jedweder Hilfe oder Förderung zu berauben.

Artikel III.

Keine Erwägung politischer, militärischer, wirtschaftlicher oder anderer Art kann einem in Artikel II vorgesehenen Angriff zur Entschuldigung oder Rechtfertigung dienen. (Beispiele siehe im Anhang.)

Aus dem Anhang zum Artikel III.:

»Die Hohen Vertragsparteien als Unterzeichner des Abkommens betreffend die Definition des Angriffs wünschen unter dem ausdrücklichen Vorbehalt, dass die unumschränkte Tragweite der im III. Artikel des genannten Abkommens festgesetzten Regel in nichts eingeschränkt werde, gewisse Merkmale anzuführen, die der Bestimmung des Angreifers dienen, und stellen fest, dass keine Angriffshandlung im Sinn des Artikels II des genannten Abkommens unter anderem durch keinen der folgenden Umstände gerechtfertigt werden kann:

A. Was die innere Lage eines Staates anbelangt, z. B. seine politische, wirtschaftliche oder soziale Struktur, Hinweise auf Mängel seine Verwaltung, Unruhen, hervorgehend aus Arbeitseinstellung, Revolutionen, Gegenrevolutionen oder Bürgerkriegen.«

IX.) Vertrag über gegenseitige Hilfeleistung zwischen der Tschechoslowakischen Republik und dem Verband der Sozialistischen Sowjetrepubliken vom 16. Mai 1935.

»Der Präsident der Tschechoslowakischen Republik
und
der Zentralvollzugsausschuss des Verbandes der Sozialistischen Sowjetrepubliken,
durchdrungen von dem Wunsche, den Frieden in Europa zu stärken und seine Wohltaten ihren Staaten dadurch zu gewährleisten, dass sie die genaue Durchführung des Völkerbundpaktes über die Gewähr der staatlichen Sicherheit, der territorialen Integrität und der politischen Unabhängigkeit der Staaten in vollendetem Maße garantieren« und so weiter und so weiter.

Es folgen die Artikel 1 bis 6 und ein dreiteiliges Unterzeichnungsprotokoll. Der Artikel 2 lautet:

»Falls unter den in Artikel 15, Absatz 7 des Völkerbundpaktes vorgesehenen Bedingungen die Tschechoslowakische Republik oder der Verband der Sozialistischen Sowjetrepubliken trotz ihrer friedliebenden Absichten Gegenstand eines unprovozierten Angriffs seitens irgendeines europäischen Staates würden, werden der Verband der Sozialistischen Sowjetrepubliken, ebenso wie die Tschechoslowakische Republik, einander unverzüglich gegenseitig Hilfe und Beistand gewähren.«

*

Diese paar letzten Seiten mit den Konventionen und Verträgen haben Ihnen nicht gefallen? Aber werter Herr Leonhard Glanz, verehrter Herr Zeitungsleser im miserablen Kaffeehaus, haben Sie denn gar keinen Sinn für Humor? Fehlt es Ihnen an der Einfalt des Herzens für die Treppenwitze der Weltgeschichte? Wo Sie doch selbst inzwischen selbst dabei gewesen sind! Ja, Sie haben diese Seiten nicht so genau gelesen? Da haben wir es. Uns war es auch kein Vergnügen, das so hierher zu schreiben. Aber wir sahen, dass wir um die Notwendigkeit nicht herumkamen. Aus Gründen des Humors. Freilich, wenn man von dem

Humor, der das sein soll, erst sprechen muss, um ihn zu erweisen, so kann das kein sehr guter Humor sein. Vielleicht ist er
ein sauertöpfischer Humor, vielleicht auch ein verdammt bitterer. Man kann darüber lachen bis zu Tränen und dann kann
man darüber im Zweifel sein, was denn da das Echtere sei, das
Lachen oder die Tränen. Und die Glocken läuten immer zu:
»Domov muj …« »Domov muj …« Immerzu. Und wenn Sie
nicht verstehen, was die Glocken läuten, warten Sie nur. Wer
weiß, wer weiß, was Sie Ihnen noch läuten und Sie werden verstehen. Es blasen die Trompeten »My house is my castle …«
Und so läuten die Glocken »Domov muj … domov muj …«

Und darum müssen Sie jetzt diese Seiten der Konventionen
und Verträge noch einmal lesen und sehr genau.

Denn von all diesen Konventionen und Verträgen ist keine
gekündigt worden. Und so bestehen sie eigentlich alle noch, bis
auf diesen Tag. Freilich, es ist auch keines von ihnen gehalten
worden, am Tage, als es darauf ankam, dass sie gehalten würden.
Keiner dieser Verträge ward gehalten.

Und das ist nun so in dieser Welt,
Und der kleine Mann schließt manchmal Verträge,
Und wo ein kleiner Mann den Vertrag nicht hält
Da kommt er unters Rad und auf die Säge,
Und der Pleitegeier sitzt auf seinem Dach,
Jach, schwach, ungemach, krach und weh und ach.

*

Und das ist, nun so in dieser Welt,
Und der große Mann schließt manchmal Verträge,
Und er denkt garnicht dran, dass er sie hält,
Das kommt auch dem Gewissen garnicht ins Gehege.
Und es geht nach der Schnur,
Wegen Maulkorb und Zensur,
Und wo kräht da ein Hahn wohl Verrat vom Dach?
Schuss und aus. Und nur keinen zwecklosen Krach.

Moral:
Das ist ganz ohne Moral. Indessen
So viel du kotzen musst, kannst du nicht essen.

*

Fest entschlossen ... Frieden ... Ordnung aufrechtzuerhalten ...
verpflichtet sich der andere Partner ... zur Verteidigung beizustehen ... gleicherweise entschlossen, den Frieden zu schützen ... gegenseitige Sicherheitsgarantie ... im Fall der Bedrohung ... geeignete Vorkehrungen ... erfüllt von dem Bestreben,
die freundschaftlichen Beziehungen ... Territorialstatut ... keine
Unstimmigkeiten ... gleichermaßen bestrebt ... Europa ... vor
dem Kriege zu bewahren ... verpflichten sich ... einander unverzüglich Hilfe und Beistand ... falls ... unprovozierter Angriff ... Hilfe und Beistand ... gleicherweise entschlossen sein ...
Sicherung der friedlichen Erledigung ... feststellend ... einmütig
anerkennen, dass ... Rechte ... nicht abgeändert werden können ... alle Streitigkeiten ... Schiedsgericht ... ständige Vergleichskommission ... beseelt ... von dem festen Willen getragen ... endgültige Festigung ... Mitteleuropa ... entschlossen ...
Bündnisbeziehung ... feste Basis ... höhere internationale Einheit ... von dem Wunsche getragen ... Frieden zu festigen ...
Jeder Angriff verboten ... gleiches Recht auf Sicherheit ... Verteidigung ihrer Gebiete ... Unverletzlichkeit der Gebiete ... Jener Staat als Angreifer betrachtet, der ... Eindringen seiner bewaffneten Kräfte ... Unterstützung bewaffneter Banden ...
durchdrungen von dem Wunsche ... Frieden in Europa ... Gewähr der staatlichen Sicherheit, der territorialen Integrität, der
politischen Unabhängigkeit ... garantieren ... einander unverzüglich gegenseitige Hilfe und Beistand ...
   Alles auf Pergament. Alles mit goldenen Federn unterschrieben. Alles mit Staatssiegeln versehen ... Und dann nichts davon
gehalten. Alle Verträge gebrochen. Alle. Alle Verträge verraten.
Alle!
   Indessen, soviel du kotzen musst, kannst du nicht essen.

Verrat. Verrat und verraten.

Möchten Sie ein Verräter sein? Aber bitte sehr. Man läuft einen Weg und schlägt eine falsche Richtung ein. Dann verläuft man sich. So wäre man ein Verläufer. Manchmal läuft man nicht, sondern geht nur. Und geht man falsch, dann ist es ein Vergehen. Manchmal gibt man auch nur den anderen einen Rat, wie er gehen könnte. Und rät man ihm die falsche Richtung, dann ist man ein Ver-Räter. Ist das so? Nein, so ist das nicht. Denn da ist ein Wortbruch dabei und die Treue ward gebrochen, und noch manches mehr. Die Treu hat sie gebrochen, das Ringlein sprang entzwei.

Wir sind aber noch bei dem Krach vom 21. Mai 1938, der die Schläfer erweckte, mit den durch den Tisch gewachsenen Bärten.

Eigentlich war es kein plötzlicher Krach, sondern nur ein Paukenschlag auf die Dominante. Der Wirbel hatte schon viel früher begonnen.

Vielleicht hatte der Paukenwirbel schon im Jahre 1526 begonnen, als sich die Länder »der böhmischen Krone«, als da waren Böhmen, Mähren und das böhmische Schlesien, einen Habsburger zum König wählten. Damals hatten die Tschechen keine Ahnung, was sie da taten, als sie sich mit den anderen Ländern unter dem Habsburger Zepter zu einem Zweckverband zu vereinigen meinten. Sie setzten aber nur einem König eine neue Krone auf, der schon etliche Kronen trug, darunter eine mit schiefem Kreuz. Der Zweckverband hieß: die Monarchie. Und der Kaiser und König meinte, der Zweck sei der Monarch. Und das meinte er einige Jahrhunderte lang.

Aber hätten die Tschechen von 1526 nicht jenen historischen Fehler begangen, so hätte es doch vielleicht den Paukenschlag vom 31. Mai 1938 gegeben, wegen der Geschichtsauslegung der dilettantischen Usurpatoren, die das Reich Karls des Großen wieder aufrichten wollen, mit der geistigen Grundlage des Cheruskers Hermann und mit etlichen Korrekturen, die etwa von dem Usurpator welcher Art diktiert worden waren.

Somit könnte man den Wirbel vielleicht mit dem 22. Oktober

1918 beginnen lassen, vormittags 10 Uhr und dreißig Minuten. Als der vorläufig letzte der gekrönten Habsburger, Karl, die Würdenträger, die nur noch den Firlefanz bunter Kleider samt Orden und Kotillonschnüren, aber keine Würden mehr trugen, zu einem Kronrat um sich berief. Da kam auch sein Außenminister, er hieß Burián, war aber nicht so begnadet, wie jener andere Burian von Heldentenorsgewalt, der im Lohengrinpanzer wie ein Nussknacker aussah und wie ein Orpheus sang. Jener Außenminister des zerschrotteten Habsburgerreiches, der mit dem Außen nur mittels Gewehren und Kanonen verkehren konnte, stellte damals fest, dass »zwischen der Tschechoslowakei und der Monarchie kein Kriegszustand besteht«. Immerhin, er nannte die »Tschechoslowakei« und anerkannte damit ihr Bestehen. Wenngleich ein Versuch, die tschechoslowakischen Legionen, die gegen Habsburg kämpften, nicht als Kriegführende und somit zu Rebellen zu erklären, vor den historischen Geschehnissen nicht Stand hielt.

Am 18. Oktober, vier Kriegstage vorher, hatte Tomáš Garrigue Masaryk im Namen des tschechoslowakischen Volkes die Unabhängigkeit der historischen Kronenländer und der Slowakei erklärt. Diese Erklärung war von Washington aus erfolgt. Damals lag Washington in den USA. Und es war kein Zufall, dass diese Proklamation von Washington aus erfolgt war. Man muss sich dessen genau bewusst sein. Denn es ist nicht festzustellen, wo Washington am 21. Mai 1938 lag und im September 1938 und dann am 15. März 1939.

Moralische Verpflichtungen, ihr Schläfer im Barte, sind das, was immer die anderen haben sollen, wenn ich sittliche Forderungen an sie stelle. Immer die anderen. Und ich sage es schon jetzt, es sind die Kru-Neger gewesen und die Eskimos von Nord-Grönland, die im entscheidenden Augenblick ihren moralischen Verpflichtungen nicht nachgekommen sind, obwohl weit über 21 höchst zivilisierte Staaten erwarteten, dass sie dieser sittlichen Forderung nachkommen würden.

Oder aber, der Wirbel begann und damit kämen wir wieder um zehn Kriegstage weiter, an jenem 28. Oktober 1918, als man mit der kaiserlich-königlich-apostolischen Mariensäule auf dem großen Marktplatz unserer Stadt Prag symbolisch den restlichen Habsburger Kotillon abräumte.

Auf dem Marktplatz steht jetzt ein Denkmal von Johannes Hus.

Die Hussiten haben es errichtet.

Hus und die Hussiten.

Hus und die Hussiten.

Höret die Pauken und die Trommeln.

Hus und die Hussiten.

Jan Hus, der für die Wahrheit zeugte und für die Freiheit und ward gerichtet und verbrannt vor fünfhundert Jahren und steht auf dem großen Marktplatz, dem Altstädter Ring, unserer Stadt Prag. Und die Jahrhunderte schauen auf ihn herab. Und die Jahrhundertuhr läutet. Der Tod zieht den Glockenstrang und es kräht der Hahn. Aber Jan Hus steht da. Und er wird stehen, wenn denen der letzte Hahn gekräht, die die Wahrheit verhüllt und die Freiheit in Ketten gelegt haben. Auf Scheiterhaufen verbrennt man jetzt Bücher. Aber die Mörder sind feige geworden. Sie morden jetzt in der Heimlichkeit von dumpfen Kellern bei elektrischem Licht. Und man kann Männer sehen in Gruppen und Kolonnen, schwarze Gesellen mit silbernen Litzchen und Kinkerlitzchen und wie sie dahinstolzieren, ist nicht einer unter ihnen, der nicht einen Mord begangen hätte. Die Mörder in dieser Zeit haben mancherlei Gesicht und da fahren welche vorüber. Ein fettig Feister und ein hager Tuender, der aber längst nicht mehr hager ist, sondern Fett ansetzt, vom Fressen. Fahren vorüber und sind Massenmörder in dieser Zeit. Jan Hus aber, der Steinerne, schaut auf sie herab und durch sie durch und durch. Dem fettig Feisten verschlägt es die quäkende Stimme und dem hager Tuenden sein Belfern. Aber sie wissen nicht, was sie verstummen macht, denn sie wissen nichts von Jan Hus, nichts von Freiheit und Wahrheit. Und so ist ihnen bei ihrem Sieg aus Mord und Verrat nicht wohl. Sie sind beide blass und schlechter Laune.

Jan Hus hat schon viele Triumphatoren überlebt, die blass

waren und schlechter Laune. Hus und die Hussiten. Sie werden auch diese mörderischen Gesellen überleben.

Hus und die Hussiten.

Bei den Gebeinen des Tycho Brahe, der da drüben ruht, in der Tein-Kirche. Und auch ein Kämpfer war für Recht und Freiheit und Wahrheit. Fraget den fettig Feisten und den hager Tuenden. Sie kennen ihn garnicht. Also war er ein rechter Freiheitskämpfer und rechter Wahrheitssucher.

Hus und die Hussiten.

Hus und die Hussiten.

Aber wir sind doch garnicht so weit. Wir sind bei dem Paukenkrach vom 21. Mai 1938 und der begann vielleicht am 20. Februar 1938.

An diesem Tage hatte sich in dem zum Reichstagsersatzgebäude ausstaffiertem Hause der Kroll-Oper in Berlin einmal wieder versammelt, was als »Männer des Deutschen Reichstages« angesprochen wird. Diese »Männer« sind wohl einstudiert. Wann sie still zu sein haben und wann es zu lärmen gilt. Wann man aufzustehen hat, ruckzuck, dass sich die Hosen straffen, und wann man sich wieder hinzusetzen hat, ruff-druff, und alle Hintern im gleichen Augenblick. Wann man Pfui zu rufen hat und wann Heil zu brüllen ist. »Heil – Heil – Siegheil« »Mensch, halt's Maul, das ist doch eine ironische Stelle.« Goebbels, der Joseph, mit dem semitischen Vornamen – »was hat man dir, du armes Kind getan« –, mimt Heiterkeit und alle freien Männer mimen Hei-Hei-Heiterkeit, mit Ausrufungszeichen für den offiziellen, wohl redigierten und zensurierten Bericht für die doitsche Presse, die Tresse, die Fresse, die Messe, die Masse, die Gasse, die Ra-Ra-Rasse, nordisch-dinarisch, mit josephistischem Einschlag.

Denn es schmettert der Trompeter von Jericho. »Es blasen die Trompeten« zwar nicht »Husaren heraus«, sondern Propaganda hinein, aber die modernen Trompeter von Jericho habens von den alten gelernt. Man braucht nicht Sturm zu laufen, wider hartgequaderte Mauern. Man bläst so lange Propagandatrompeten, bis sie von selber einstürzen.

Höret den Trompeter von Jericho des 20. Februar 1938, wie er schmettert, drei Schtuunden lank, und jetzt ist es 13 Uhr: »Es ist auf die Dauer für eine Weltmacht von Selbstbewusstsein unerträglich, ihre Volksgenossen preiszugeben, denen aus ihrer Sympathie oder ihrer Verbundenheit mit dem Gesamtvolk, seinem Schicksal und seiner Weltauffassung fortgesetzt schwerstes Leid zugefügt wird.«

So ein Schlafender mit durch den Tisch gewachsenem Barte handelt vielleicht mit Teppichen aller Echtheiten. Mit kurzgeschorenen, chinesischen Seidenteppichen und mit langmoosigen Smyrnateppichen, mit Perserteppichen, die immer neuer werden, je älter sie sind – so pflegt man zu sagen –, und mit afghanischen Teppichen, mit den achteckigen Ornamenten. (Ganz leicht zu merken: Achteck – Afghan.) Und so ein Händler mit ziemlich echten Teppichen, der es gewisslich nicht leicht hat, pflegt um dreizehn Uhr zum Essen zu gehen, wenn die Geschäfte schlecht sind, und zum Speisen, wenn er einen großen Teppich verkauft hat, und dann in das Kaffeehaus, um nach dem Barte zu sehen und nach der Zeitung, die er nie zu Ende lesen kann, nie und niemals. Und nun schmettert der Trompeter von Jericho des 20. Februar 1938 und gleich bläst er ein alarmierendes Fortissimo:

»Allein zwei der an unseren Grenzen liegenden Staaten umschließen eine Masse von über zehn Millionen Deutscher.«

Der einsame, dennoch familiäre Leser der opportunistischen Zeitung für den Familiengebrauch, gegenwärtig Teppichhändler mit angewachsenem Barte und trotz allem ein braver, unpolitischer Mensch, momentan im Banne des Lautsprechers, nimmt alle Kraft zusammen, um in Eile zu folgen, was die Trompete geblasen hat, und er resümiert, dass da nur Österreich mit etwa sechs Millionen Einwohnern und die Randgebiete der Tschechoslowakei mit etwa drei und einer Drittelmillion deutscher Minderheit gemeint sein könne. Macht zusammen 9,3 Millionen. Auf Trompetisch heißt das über zehn. Dem Mann im Bart ist nicht wohl, bei dem Trompetensignal. Und er kann nicht rechtzeitig zum Speisen gehen.

Auch andere Leute können an diesem Tag nicht ihre großen und kleinen Mahlzeiten genau einhalten. Zum Beispiel die Herren der Regierung Seiner Majestät in London. Um 15 Uhr findet eine Kabinettsitzung in London statt, um 19:30 Uhr eine zweite. Die dauert eine und eine Viertelstunde.

In diesem Kabinett sitzt als Außenminister Mr. Anthony Eden. Er gilt als Steuermann, der bei politischer Brise gern hart am Wind fährt. Er gilt auch als bestangezogener Engländer, einem Brauch folgend, der aber noch nicht zur Tradition geworden.

Da wohnte einmal ein Mann in London, North. In einem Haus an den Highbury Greens. Wo man auf dem Rasen Tennis spielen kann und Kugeln schieben. Das Haus aus rötlichen Klinkern sah aus wie fünfzigtausend andere Londoner Häuser auch, aber der Mann, der es bewohnte, galt als bestangezogener Gentleman Englands und trug stets eine Orchidee im Knopfloch und ein Monokel im linken Auge.

Es war einmal eine Prinzessin Victoria, der Queen Victoria von England älteste Tochter. Also eine sehr victorianische Prinzessin. Sie heiratete einen damals noch armen Verwandten, den Kronprinz Friedrich von Preußen, der später ein kranker deutscher Kaiser Friedrich III. war. Beim Hochzeitsmahl hatte der preußische Hofmarschall alles Tafelsilber auftragen lassen, das der preußische Hof nur besaß. Victoria, Prinzessin von England, eine sehr künstlerische und hierin nicht mehr englische Persönlichkeit, war eine kluge Frau von politischen Ambitionen und diplomatischer Geschicklichkeit. (Was ihr die unnatürliche, aber zwangsläufige Feindschaft ihres ältesten Sohnes, Wilhelm II., der sich selbst überlebend habende, eingetragen hatte.) Victoria von England und Preußen machte mit freundlichem Lächeln eine anerkennende Bemerkung über den silbernen Tafelprunk und meinte, das wäre beinahe so schön und so reichlich, wie man es in Patrizierhäusern von Birmingham zu sehen bekomme.

Aus diesem Birmingham stammte Joseph Chamberlain, der bestangezogene Gentleman mit Monokel und Orchidee, der dem britischen Reich zu einem gewaltigen Besitz in Afrika verholfen hat.

Ein bisschen Krieg war dabei nötig. Aber die Diamanten-Felder von Kimberley waren schon einen kleinen Krieg wert. Man hat auch nicht davon gehört, dass ein Diamantenhändler von London, Regent Street oder Bond Street, damals am Colenso River, am Paardeberg oder vor Ladysmith höchstpersönlich mitgefochten hätte oder gar im afrikanischen Steppensand gefallen wäre.

Aber man hat davon gehört, dass zwei freie Bauernrepubliken in Südafrika dabei ihre Selbständigkeit verloren.

Man hat auch davon gehört, dass ein sehr germanischer Kaiser – wie hieß er doch noch? – er war im Nebenberuf Reporter beim *Daily Telegraph* in London – wie hieß er doch gleich? – er war »sein eigener Kanzler«, ferner »Admiral des Atlantik«, der beste Rennsegler, Kavallerieattackenreiter bei Friedensmanövern und so weiter, in seiner Zeit. Er war Kunstexperte der Berliner Museen und hat die grobe Wachsfiguren-Flora-Fälschung von Bode-da Vinci ein für allemal als »echt« erklärt, er war Idee-Entwerfer patriotischer Kunstblätter, Dichter und Musiker, er inaugurierte ein pseudo-soziales Versicherungswesen und nannte die Sozialisten »vaterlandlose Gesellen«, auf die jeder Soldat schießen müsse und wenn es sein »eigener Vater« oder »seine eigene Mutter« wäre, mit deren »Hilfe« er aber bei anderer Gelegenheit ein »neues Reich« errichten wolle. Wie hieß er doch noch, dieser deutsche Kaiser, der »nur Amerikaner gebrauchen« konnte? (Die Amerikaner nicht ihn.) Nun, man hat davon gehört, dass dieser sehr germanische Kaiser jene südafrikanischen Bauernrepubliken seiner protektorischen Freundschaft versichert hatte, insbesondere den patriarchischen Präsidenten Paul Kruger, dem er sogar eine Glückwunschdepesche zu einem Erfolg über englische Kampftruppen gesandt hatte. Allerdings hinderte ihn das nicht, für die englischen Generäle einen Feldzugplan zur Besiegung dieser Republiken auszuarbeiten. Die englischen Generäle lehnten diese Fleißarbeit zwar als dilettantisch ab, der treue Kaiser ließ aber dem greisen Freund und südafrikanischen Präsidenten Kruger sagen, dass er nicht zu Hause sei, als der ihn, in einer Stunde großer Not, besuchen wollte. Wie schmeckt das? Nach Verrat? Aber wir reden doch nun seit mancher Seite von nichts anderem.

Das geschah also, als Joe Chamberlain mit Monokel und Orchidee für England ein afrikanisches Reich erwarb. Nun aber – am 20. Februar 1938 – präsidiert ein anderer Chamberlain dem britischen Kabinett. Er trägt weder Orchidee noch Monokel, sondern einen Regenschirm, aber es gilt nicht als Zeichen von gutem Geschmack, von diesem Regenschirm zu sprechen.

Der bestangezogene Außenminister Anthony Eden meint an diesem 20. Februar, auf die Jericho-Trompete von Berlin mit einer britischen Fanfare antworten zu sollen.

Sein Ministerpräsident hingegen, der als Kanzler gern sein eigener Außenminister sein möchte, meint das Geschmetter von Berlin nur als rhetorische Leistung werten zu brauchen. Und so kommt die Kabinettsitzung von 19:30 Uhr um 20:45 Uhr zu einem merkwürdigen Ende. Anthony Eden verlässt das Foreign Office. Der fortschrittlich-konservative Minister tritt aus der britischen Regierung aus. Der Mann des gehemmten Fortschritts oder des verzögerten Rückschritts – das bliebe noch zu analysieren – macht nicht mehr mit.

Die Krachmacher und politischen Raubritter denken: Jetzt geht es los.

Der Mann im Bart und derzeitige Teppichschieber denkt, dass auch dieses vorübergehen werde, inzwischen aber müsse er sich um seine Geschäfte kümmern. Das war fehlgedacht. Falsch gedacht. Ein Falschdenker. Ein Falscher. Ein Falscher.

»Habe die Ehre. Sie kennen mich nicht? Mein Name ist Glanz. Leonhard Glanz. Ich hatte das Vergnügen, Ihnen einen Teppich zu verkaufen. Einen Perserteppich. Vier zu dreikommafünfzig. Ich gestatte mir die ergebene Anfrage, ob ich die seit einer Zeit fällige Rate ...«

»Ich bitte sehr, Herr Glanz, glauben Sie, dass ich jetzt keine anderen Sorgen habe als Ihren Perserteppich? Nebenbei hat er

Motten, der saubere Teppich. Davor hatten sie mir seinerzeit nichts gesagt.«

»Seinerzeit, als ich den Teppich lieferte, hat er bestimmt keine Motten gehabt. Die können nur nachträglich …«

»Der Haushalt meine Frau ist der sauberste der ganzen Stadt, verehrter Herr, da können Sie vom Fußboden essen, bitte sehr. Aber Ihr Teppich hat die Motten, und ich weiß jetzt sowieso nicht, wo mir der Kopf steht, haben Sie eine Ahnung.«

Der nicht gerade reiche, aber leidlich wohlhabende Herr, der vor einiger Zeit sich einen Perserteppich meinte einfach kaufen zu können, zahlbar in vier Raten, denn warum sollte man etwas gleich bezahlen, wenn man das auch später kann, weiß wirklich nicht, wo ihm der Kopf steht.

Denn da ist der frühere Turnlehrer Konrad Henlein. Ein durchschnittlicher Mann, mit der mediokren Halbbildung eines fleißigen Lexikonlesers. Ein vielseitiger Dilettant und daher berufen, in dieser Zeit eine Führerrolle zu spielen. Eine mittlere Führerrolle, denn er hat gewisse, teils ererbte, teils erworbene Kulturanhängsel, die ihn nicht zum Diktator erster Klasse geeignet erscheinen lassen. Die ererbten Kulturanhängsel hat er von der Mutter her, die aus der reindeutschen Familie Dvořažek ist. Deutsch, wie der Turnlehrer gern sein möchte, verleugnet er die Mutter, dennoch ist er ein Halbtscheche, der biedere Herr Konrad Henlein. Er weiß aber, womit man in dieser Zeit große Karriere macht. Er weiß, dass man nicht flunkern darf, weil nur die großen, die ganz großen, groben Lügen Glauben finden und Erfolg bringen. Er weiß, dass man Erklärungen abgeben und Ehrenworte verpfänden darf und sie nicht zu halten braucht, wenn man Wortbruch und Treubruch nur im Namen der Ehre verübt. Und also spielt an eben diesem 20. Februar dieser Herr Turnlehrer die Rolle eines Admirals der deutschen Wirtschaft in der Tschechoslowakei und da hat er die Wirtschaftskapitäne und die Steuerleute nach Teplitz kommandiert, Teplitz, das seit vielen hundert Jahren in Böhmen liegt und jetzt liegt es auf einmal in Sudetendeutschland. Teplitz, das nach seinen heißen Quellen heißt, »teplo«, das ist ein tschechisches Wort und bedeutet »heiß«. Und da kochen nun die Herren von der großen, von der mittleren und auch manche von der kleineren böhmischen Wirtschaft nach dem Rezept des admiralen Dilettanten.

Haben Sie das gehört? Was hat er gesagt? Er hat gesagt, die Wirtschaft der Tschechoslowakei ist ein Schlachtfeld. Und darum fordere er kämpferische Haltung. Er sagt, es wäre nicht erfüllt worden, was »wir« von der sudetendeutschen Wirtschaft »verlangen müssen«.

Was heißt »wir«? Warum sagt er immer »wir«? Wieso Schlachtfeld? Ich habe zum Beispiel eine Porzellanfabrik. Ich mache Tafelgeschirre mit blauem Zwiebelmuster. Sie kennen doch meine Service mit blauem Zwiebelmuster! Ich verkaufe sehr viel davon. In der ganzen Welt. Was meinen Sie, was ich alles nach Amerika verkaufe. Ich habe doch ein gutgehendes Geschäft. Wieso ist das ein Schlachtfeld?

Der Mann gefällt mir nicht sehr. Ich habe seiner sogenannten Partei überhaupt viel zu viel Geld gegeben. Gut. Ich habe achthundert Arbeiter in meinen Fabriken. Nun ja, ich habe doch noch die Majolika-Fabrik. Und alles, was recht ist. Es hat seit zwei Jahren keinen Lohnkrach bei mir gegeben und keinen Streik. Alles, was recht ist, das hatte die Turnlehrerpartei glänzend gemacht. Das war schon das Geld wert, dass ich da hineingesteckt habe. Aber was will er jetzt? Wieso Schlachtfeld? Das Gegenteil ist nötig.

Der Mann gefällt mir nicht sehr, mit seinen grünen Augen. Hat er eigentlich grüne Augen oder kommt das von seiner Brille? Ich bitte Sie, Herr Direktor, wenn Sie dem Mann die Hosen ausziehen, da hätten Sie den schönsten Kasernengeruch. Ich bitte Sie, Herr Direktor, ziehen wir nicht an der gleichen Strippe? Wenn Ihnen die Orders aus Buenos Aires ausbleiben, auf Ihre Rubingläser und Kristallschalen, nachher können Sie zusperren. Und der mit den grünen Augen sagt, dass Deutschland unsere Produkte bei der Einfuhr besonders berücksichtigen werde? Die Leute in Deutschland können doch kaum meine Majoliken kaufen, geschweige Ihr Kristall. Ich bitte Sie, wovon sollten die das bezahlen? Zusperren können wir.

Wovon redet er eigentlich? Man hat uns hier zu einer Wirtschaftskonferenz geladen. Und nun sagt er, »die Wirtschaft der Volksgruppen ist ein Arsenal wichtigster Waffen für den Nationalitätenkampf«. Bin ich eine Volksgruppe? Ist meine Fabrik ein Arsenal? Will ich Nationalitätenkampf führen? Ich bitt Sie, was wird denn hier gespielt? Ich will meine Ruh haben. Ich bin für achthundert Arbeiter verantwortlich, dass mein Geschäft geht. Ich bitt Sie, Herr Troplowitz, was wird hier gespielt?

Sie wissen nicht, was hier gespielt wird? Sie wollen Ihre Taschentücher und Ihre Zephirhemden nach den U Es A verkaufen. Wie? Sie arbeiten sowieso nur mit halber Belegschaft? Ja, wenn Ihnen die Orders von U Es A wegbleiben, da können Sie zusperren. Oder meinen Sie, dass Sie mit anständiger Ware gegen Vistra und Wollstra konkurrieren können?

Was sagt er mit den grünen Augen? Heute sei der »Tag des Überganges von der Agitation zur unmittelbaren Vorbereitungsarbeit zu Aktionen.« Ich bitt Sie, Herr Troplowitz, Sie wissen, dass ich ein genauso deutscher Mann bin wie Sie. Aber, um Gottes willen, was wird hier gespielt? Das riecht doch nach Provokation. Ich will mich nicht provozieren lassen und ich mach nicht mit, dass man andere provoziert.

Was sagt der Grünäugige? Nur die politische Oberleitung ist fähig, zu beurteilen, dass die Wirtschaft bis zum Verzicht auf jeden Warenaustausch und zum Verzicht auf jede Dienstleistung am nationalen Gegner zu gehen hat. Was heißt das? Sabotage? Soll ich in meiner eigenen Fabrik Sabotage treiben? Soll ich mich per Gewalt zu Grunde richten? »Gemeinsam siegen oder gemeinsam untergehen«, sagt der Grünäugige. Sehr klug! Was hat er zu verlieren, wenn er untergeht? Dann wird er nach drüben fahren und sich von den Berlinern ernähren lassen. Aber ich? Ich gehe pleite und achthundert Arbeiter werden brotlos. Was sagen Sie dazu, Herr Troplowitz? Sie sind doch auch ein kerndeutscher Mann. Was wird hier gespielt? Das soll eine Wirtschaftskonferenz sein?

Wovon redet der Grünäugige? Vom Kapital? Was versteht er davon? Er hat doch nie eins besessen. »Leidenschaftlichen

Kampf« sagt er dem Kapital an, das »Tag und Nacht an den Profit denkt«. Was weiß er und was geht es ihn an, woran ich denke? Wo sind wir? Im Spanien der Inquisition? In Hitler-Deutschland? Ich bitt Sie, Herr Troplowitz, missverstehen Sie mich nicht. Sie wissen, ich bin ein kerndeutscher Mann. Aha. Jetzt merk ich. Die einzige Möglichkeit, dem Verdacht zu entgehen, ist die aktive Unterstützung seiner Partei, sagt der Grünäugige. Ich bitt Sie. Ich will nicht von Erpressung reden. Gott bewahre. Aber finden Sie nicht, dass da eine Art kleiner Pression ist? »Die Unternehmerkameraden werden wir nicht vergessen«, sagt er. Nanu. Klopft er uns schon wohlwollend auf die Schulter? Was heißt »wir? Weiß denn kein Mensch, was hier eigentlich gespielt wird? Ich habe keine Ahnung.«

Du hast ja keine Ahnung.

Kommt der Grünäugige nun endlich auf sein Wirtschaftsprogramm? Er sagt, dass man »einen leidenschaftlichen Kampf führen werde, gegen jenes Dutzend Bankgewaltiger, die nur unter dem Gesichtspunkt des höchsten Profites die Kapitalströme beherrschen, dass man eine Wirtschaftsordnung, die die Menschen an seelenlose Hebel und Maschinen kette, vernichten müsse«. Der redet ja wie ein Bolschewik. Der hat sich wohl in der Adresse geirrt. Ist das hier eine Versammlung von Arbeitslosen? Ich dachte, hier ist eine Sitzung der Wirtschaftsführer des Landes. Was sagt er, er fordert eine Entmechanisierung der Landwirtschaft. Sollen wir etwa zurück zum Handwebestuhl? Soll ich meine Teile und Töpfe wieder mit eigener Hand drehen? Und die Töpferscheibe mit dem Fuß treten? Sollen die Bauern ihre eigenen Frauen am Schluss wieder vor den Pflug spannen? Was wird hier bloß gespielt? Wenn der Direktor Preis von der Živno-Bank erfährt, was hier von den Bankgewaltigen gesagt wurde, sperrt man uns übermorgen die Bankkredite. Dabei ist der Preiss doch ein Vollarier und hat garnichts gegen den Henlein. Ich habe keine Ahnung, was hier los ist.

Du hast ja keine Ahnung.

Da vorne in den ersten Reihen sitzen etliche Bankgewaltige

und vielfache Verwaltungsräte, die bei Tag und Nacht nur an den Profit denken. Da sitzen die Großindustriellen, die beim Teufel wären, gäbe es nicht seelenlose Hebel und Maschinen, sitzen die Großgrundbesitzer, die ohne Motorenpflug und Dreschmaschinen arme Bauern werden müssten. Und die applaudieren dem Grünäugigen? Was soll man da machen. Da muss man eben auch applaudieren. Bitte sehr, Herr Troplowitz, so deutsch, wie die da vorn, sind wir auch, Sie und ich. Da muss man eben auch applaudieren. Bitte sehr. Aber was wird da nur gespielt? Ich habe keine Ahnung.

Du hast ja keine Ahnung.

Was will der Grünäugige eigentlich? Er sagt, er will »Verinnerlichung« der Verhältnisse von Arbeit und Lohn. Er sagt, wer dagegen ist, gegen den würde er »marschieren«, »an der Spitze der Männer der Bergwerke, der glühenden Hochöfen und der Großbetriebe«. Ach so. Für Verinnerlichung der Löhne. Na also. Ich hatte wirklich gefürchtet, er käme mit Erhöhung der Löhne, Verinnerlichung ist gut. Ich bitte Sie, Herr Troplowitz, werter Herr deutscher Unternehmerkamerad, was ist das eigentlich, Verinnerlichung? Ich habe keine Ahnung.

Du hast ja keine Ahnung.

Komisch, dass auch dieses kleine Teplitzer Intermezzo gerade am 20. Februar stattfand. Oder ist es etwa nicht komisch? Nein. Es ist gar nicht komisch. Es ist ein teuflisch und abgefeimt, schurkisch ausgeklügeltes Falschspiel.

Und alle haben sie keine Ahnung. Die kleinen Wirtschaftsführer, und die mittleren und größeren Kapitäne und die Bankgewaltigen, die da beisammen saßen und meinten, des Teufels Falschspiel mitspielen zu können und waren am Schluss die furchtbar Hineingefallenen. Sie haben ja keine Ahnung. Und der Herr Konrad Henlein hat ja keine Ahnung.

Und gewisse Gentlemen der City von London und gewisse Lords der Gegend von Westminster, die da meinen den Herrn Konrad Henlein und so ein bisschen sudetendeutschen Faschismus protegieren zu sollen, sie haben ja keine Ahnung.

Konspiration. Hochverrat. Landesverrat. Staatsverbrechen.

Und haben keine Ahnung. Und denken sich nicht mehr dabei, wie Lausbuben, die mit dem Feuer spielen.

Du hast ja keine Ahnung.

»Kommen Sie einmal nächste Woche wieder, heute weiß ich wirklich nicht, wo mir der Kopf steht«, meint der nicht gerade reiche, aber leidlich wohlhabende Herr, der den Perserteppich kaufte, auf den er, von vier Raten, noch drei schuldig ist.

Was bleibt dem Mann im Barte, Leonhard Glanz, anderes übrig, als mit entsagungsvollem Lächeln zu gehen und auf der Treppe zu überlegen, dass es heute gar keinen Sinn habe, weiterzumachen und sich um Inkasso zu bemühen. Noch viel weniger, einen Käufer zu gewinnen, und wär es nur für einen billigen Gebetteppich oder eine Teppichbrücke aus Samarkand.

Muss man in dieser Zeit mit alten Teppichen handeln, die noch lange halten? Man sollte mit neuen Staatsverträgen handeln, die gar nicht halten. Das Geschäft wäre einträglicher, dämmert es dem Manne im Barte, als er wieder ordnungsgemäß bei seiner Zeitung sitzt.

»Kommen Sie nächste Woche wieder«, hatte der Zahlungssäumige gesagt, der immer meinte, ein gutgehendes Geschäft zu haben, und nun hat er auf einmal den Kopf voller Sorgen. Als ob es nächste Woche besser wäre.

Wie kann es denn nächste Woche besser sein, wenn schon knapp vor ihrem halben Ablauf, nämlich bereits am 23. Februar 1938 in London Mr. Chamberlain, der Premierminister, erklärte: »Es gibt keine kollektive Sicherheit mehr. Ich bete zu Gott, nicht über Krieg entscheiden zu müssen.«

Der wohlrasierte Mann im Barte, Leonhard Glanz, liest das und meint, man solle den lieben Gott aus der Debatte lassen. Vielleicht, wenn man es mit der kollektiven Sicherheit etwas williger und ernsthafter betrieben hätte, brauchte man jetzt den lieben Gott nicht zu bemühen. Mr. Chamberlain weiß sehr wohl, dass die Formulierung von der »kollektiven Sicherheit« aus einer östlichen Hauptstadt stammt und von Menschen, die er nicht liebt. Und er weiß auch sehr wohl, dass, wenn es keine kollektive Sicherheit gibt, es nur an ihm läge, sie herzustellen, nicht durch Gebet, sondern durch Aktivität. Wenn sich nur die Animosität gegen die Leute in der großen Stadt im Osten überwinden ließe.

Gleich dahinter liest Leonhard Glanz am gleichen 23. Februar in der Zeitung, dass Winston Churchill gesagt hat: »Österreich ist geknechtet. Wir wissen nicht, wann die Tschechoslowakei Gegenstand eines ähnlichen Angriffs sein wird.«

Freilich vermisst Leonhard Glanz, dass Winston Churchill etwas von der kollektiven Sicherheit sagt, wo es doch sein Vorredner in etwas abwegiger Form getan hat. Da aber doch Churchill zu seiner Majestät getreuen Opposition dieser Zeit gehört, so hätte er doch die abwegige Erklärung seines ehrenwerten Herrn Vorredners zurechtrücken sollen, denkt Leonhard Glanz in seinen wohlrasierten Bart bis in die marmorne Tischplatte hinein und er kommt sich dabei ganz staatsmännisch vor. Denn er erinnert sich, dass dieser Herr Winston Churchill vor gar nicht langer Zeit ein Buch geschrieben hat, von seinen Zeitgenossen in der Politik. Ein Buch, in dem er allen, von denen darin die Rede ist, gerecht zu werden versucht. Churchill, der wägende Mann der Gerechtigkeit. Frei von Liebe und Hass. Ein Unbestechlicher. Gerechtigkeit über allem. Auch gegenüber den faschistischen Diktatoren, die er als Feinde ansieht. Gerechtigkeit über allem. Nur freilich, wo es um die Männer in einer gewissen östlichen Hauptstadt geht, da verlässt ihn der Gerechtigkeitssinn. Da haut er, von ungerechtem Zorn übermannt, mit der Faust auf den Tisch, dass die Tinte nur so spritzt und zu geifernden Schimpfworten gerinnt. Und weil das dem durchschnittlichen Mann Leonhard Glanz gerade einfällt, denn er hat das Buch vor einiger Zeit gelesen – beim Zahnarzt im Wartezimmer, denn ein Emigrant zu ermäßigter Gebühr, der kann sehr lange warten –, so wird ihm klar, warum auch der nahezu gerechte Mann von seiner Majestät getreuer Opposition die kollektive Sicherheit einstweilen noch dem lieben Gott überlassen muss. Und wieder kommt sich Leonhard Glanz ganz staatsmännisch vor.

Hat er da nicht recht? Ist er dann nicht ein so korrekt oberflächlicher Dilettant, dass es gerade für einen ausgezeichneten Staatsmann reichen würde? Der, wenn alles schief ausläuft, die Verantwortung, von der er stolz erzählte, dass er sie trüge, nachher auf den lieben Gott abwälzen kann. Oder, wenn der liebe Gott nicht in die Diskussion zu ziehen geht, auf die dolchstößerischen Juden. Stattdessen muss Leonhard Glanz über Teppich-Ratenzahlungen, die andere Leute schuldig bleiben, sich den Kopf zerbrechen. Und wenn die Raten nicht eingehen, kann man keinem jüdischen Gott und keinem göttlichen Juden die Schuld geben. Dabei soll man am ersten März schon wieder Miete zahlen. Und heute ist schon der 26. Februar, wo der Februar sowieso nur 28 Tage hat, und da steht in der Zeitung, dass in Österreich etwas los ist, was einem nicht gefallen kann. Freilich hat der österreichische Kanzler Schuschnigg eine Rede gehalten »für ein deutsches, aber freies Österreich«. Und die französische Regierung hat offiziell erklärt: »Österreich ist ein Wesenselement des Gleichgewichts.« Aber Leonhard Glanz fühlt sich nicht wohl dabei. Er weiß nicht recht, was man in Paris gegebenenfalls unter »Wesenselement« verstehen wird. Leonhard Glanz glaubt nicht, dass diese Erklärung so unzweideutig und beruhigend sich auswirken wird, dass ein rückständiger Zahler an eine Teppichrate dächte. Dabei war es ein wirklich guter Teppich. Mit einer eingewebten Ampel am Kopfende des Teppichs, dass immer nach Osten zu liegen soll. Aber haben derartige Käufer so viel Kultur, dass sie wüssten, wie man einen Teppich legt? Leonhard Glanz, mittelmäßiger Mann, sei ehrlich. Vor einem halben Jahr hast du das auch noch nicht gewusst. Freilich, damals steckte dein Dilettantismus noch in seinen ersten Anfängen und du hieltest dich keineswegs für einen Staatsmann. Freilich kann man auch jetzt mit dir keinen Staat machen.

Aber kann man mit Staatsmännern Staat machen? Leonhard Glanz denkt, die Sache mit Österreich sei faul. Die anderen Männer im Barte, an die Tische ringsum im freundlich, muffigen Kaffeehaus angewachsen, meinen, England werde sich das nicht gefallen lassen. Sie denken das, weil ein paar Millionen

Menschen in Zentraleuropa so denken, aus der Hoffnung heraus, dass es so sei. Der britische Ministerpräsident sagt dazu an diesem zweiten Märztag 1938: »Wir könnten uns, selbst wenn wir es wollten, nicht an dem Gang der Ereignisse für desinteressiert erklären.«

Leonhard Glanz sinnt nach. Will Chamberlain oder will er nicht. Selbst wenn er wollte. Und davon, ob er will oder nicht will, wenn er wollte, hängt so mancherlei ab, zum Beispiel, ob die überfällige Teppichrate bezahlt werden wird und Leonhard Glanz weiter sein Leben fristen kann, oder nicht.

Vergessen wir nicht, es ist auf diesen Seiten vom Verrat die Rede. Verrat! Verrat! Verrat! Das klingt wie blecherner Trompetenton.

In Wien aber heißt die Vokabel des Tages Seyß-Inquart. Das klingt sehr spitzig. Der Mann mit dem spitzig klingenden Namen ist auf einmal Innenminister. Ganz deutsch ist er, wie es der Name offenbart. Er ist der Vertrauensmann des Berliner Nationalsozialismus und seiner obersten und allerobersten Spitzen. Und darum erklärt er sich am 5. März für österreichische Legalität. Der treue Biedermann.

Leonhard Glanz hat wieder den pelzig-üblen Geschmack im Munde. Der Seyß-Inquart schmeckt ihm nicht. Er möchte sich gern einen Cognac bestellen, aber ihn dünkt es, dass magere Zeiten kommen werden. Da lässt er das mit dem Cognac. Der üble Geschmack aber bleibt. Es ist der üble Geschmack, den ein paar Millionen Menschen in Zentraleuropa heute im Munde haben. Leonhard Glanz denkt: »Was geht mich das eigentlich an? Habe ich nicht der hiesigen Behörde die feierliche Erklärung geben müssen, dass ich mich von jeder politischen Betätigung fernhalten werde? Gut. Das will ich. Was geht mich das also an? Und im Übrigen ist das eine Sache in Wien. Die geht uns in Prag gar nichts an. Ich sage, die Tschechoslowakei ist nicht Österreich. Und wenn ich das sage, befinde ich mich in Übereinstimmung mit der Mehrheit aller braven Bürger dieses Landes. Ich handle mit Teppichen.«

Aber als Teppichhändler scheint es, dass Leonhard Glanz,

obwohl er es möchte, sich an dem Gang der Ereignisse nicht desinteressiert erklären kann.

Ein Teppichhändler auf Abzahlung hat es nicht so leicht wie ein britischer Premierminister, der an diesem 10. März auf alle Anfragen, die moralisch verantwortungsbewusste und darum so ganz unzeitgemäße Männer an ihn stellen, keine Antwort gibt. Ein Teppichhändler auf Abzahlung muss seiner Wirtsfrau eine Antwort geben, wenn sie am 10. März die Miete reklamiert, die schon am Monatsersten hätte gezahlt werden müssen.

»An derlei faule Ausreden sind wir schon gewöhnt. Die haben heuer keinen Sukzess mehr. Sie sollten lieber Ihre Miete zahlen, Herr Inschenjöhr Glanz, anstatt in die Kaffeehäuser umeinander zu sitzen.«

»Verehrter Herr, Sie hatten mir in Aussicht gestellt in einer Woche. Könnten Sie mir nicht heute wenigstens eine kleine Anzahlung ...«

»Herr. Wo ich nicht weiß, wo mir der Kopf steht. Meinen Sie, ich habe nichts Wichtigeres zu tun? Wissen Sie nicht, dass der Hitler in Österreich einmarschiert ist? Herr, wir schreiben heute den 12. März 1938. Das ist ein historisches Datum. Ich weiß wirklich nicht, wo mir der Kopf steht. In meiner Majolikafabrik bei Teplitz hängen die Flaggen heraus. Und in meiner Verkaufsstelle in Prag schimpfen die Leute in heller Empörung. Wissen Sie, was das heißt? Da haben Sie mir gerade noch gefehlt.«

Später, einige Tage später, erklärt der Doktor Seyß-Inquart, die deutschen Truppen seien, auf seine ausdrückliche Bitte hin, einmarschiert.

Es blasen die Trompeten: Legalität.

Du hast ja keine Ahnung, wie legal wir sind. So ganz legal. So ganz legal.

Loyalität Legalität. Egalität. Wie gehen eigentlich Ihre Geschäfte? Ich bitte Sie. Da ist so ein Teppich. Eine ganze Familie hat eine Generation lang daran geknüpft. Die Kinder, die Frauen, die Großmütter. Das Wetter hat gewechselt und die Jahreszeiten. Die kleinen Sorgen und die großen Sorgen. Die

Regierungen haben gewechselt und sozusagen die Religionen. Aber der Teppich. Der hat bestanden. Und schließlich ist er fertig geworden. Ein Zarenoffizier aus Chiwa hat ihn dann gekauft, für etliche Silberrubel und eine angedrohte Tracht Knutenprügel. Ein Kamel hat ihn durch die Weite getragen. Rings blühten die Luzernefelder in blauer Unendlichkeit. So kam der Teppich nach Buchara, da hat ihn der Zarenoffizier an einen Juden verkauft, für genau so viel Goldrubel, wie er Silberlinge bezahlt hatte. Ein paar Hiebe mit der Reitpeitsche bekam der Jude als Gratiszugabe, denn der Offizier war ein Sportsmann. Der Teppich ging weiter nach Batumi und über das kaspische Meer nach Baku. Dort lag er im Privatkontor eines Ölmagnaten und es roch nicht mehr nach Kuhmist und nicht nach blühender Luzerne, sondern nach Petroleum. Dann wechselte die Zeit wieder. Dem Zarenoffizier wurden die Litzen, die Orden und die Tressen abgeschnitten. Der Ölmagnat ging verloren, nur seine Tochter entkam in den europäischen Westen und trat dort im Varieté auf, als ehemalige russische Großfürstin. Den Teppich hatte sie mitgenommen. Der kam nach Berlin und wechselte in der Inflationszeit 71-mal den Besitzer. Zuletzt war er für viertausendzweihundertfünfzig Milliarden Mark verkauft worden und als es zur Zahlung kam, war das genau eines Dollars Gegenwert. Schließlich landete der Teppich im Prag. Trotz des Ausfuhrverbotes. Denn ein zackiger SA-Mann, der in etliche Schulden geraten war, hat sich an dem Grenztransport gesund gemacht. So ist das mit dem Teppich, in dem, ich weiß nicht wie viele, zehntausende Arbeitsstunden stecken. Und nun zahlt ein leidlich wohlhabender Salonbürger mit einer Majolika- und einer Porzellanfabrik die längst fällige zweite Rate nicht, wo er schon bei der dritten sein müsste. Hat dieser Teppich das verdient? Und nun fragen Sie mich, wie meine Geschäfte gehen.

Leonhard Glanz handelt auch nicht mehr mit Teppichen. Kein Mensch kauft jetzt Teppiche. Leonhard Glanz handelt jetzt mit Auswanderer-Ausrüstungen für Palästina. Je ein weißes Hemd und drei graue Hemden. Manchestersamtene kurze Hosen und weißleinene lange Hosen. Einheitsschnitt. Für Männer und Frauen, ganz egal. Legal. Loyal. Petroleumkocher mit Ersatzbrenner. Je zwei Kamelhaardecken und eine Zeltbahn. Sandalen mit Gummisohlen. Elektrische Taschenlampen mit Ersatzbatterien. Passvisen, als nötigstes Bestandteil der Auswanderung liefert er leider nicht. Von den Teppichen kassiert er nur die überfälligen Raten noch ein.

Bekommt er sie aber? Wie kann ein Fabrikant in der Tschechoslowakei mit einer Fabrik auf deutschem Sprachgebiet und einer Fabrik auf tschechischen Sprachgebiet in dieser Zeit an Teppichraten denken, wenn er nicht weiß, wo ihm der Kopf steht? Der Kopf steht auf dem Rumpf. Oben darauf. Aber wo ist oben und wo ist unten, und wenn die ganze Welt auf den Kopf gestellt ist?

Man könnte, bitte sehr, sagen, die Geschichte mit Österreich geht uns hier in Böhmen gar nichts an. Die deutsche Regierung hat durch ihren Gesandten der tschechoslowakischen Regierung in aller Form die Versicherung gegeben, dass sie keine feindseligen Absichten gegen die Tschechoslowakei hege. Man kann das glauben. Man braucht das auch nicht zu glauben. Hermann Göring, der Feldmarschall und im Augenblick offizielle Vertreter des in Österreich siegreichen automobilenden Führers, hat einem halben Dutzend Gesandten der größten Staaten der Welt sein »Ehrenwort als preußischer Offizier« gegeben, immer wieder das »Ehrenwort als preußischer Offizier«, dass man keine feindlichen Absichten gegen die Tschechoslowakei hege, heute nicht, morgen nicht und in Zukunft nicht. Es klimpern die Orden auf der breiten Heldenbrust des Überfetteten und man kann seinem quetschig, quäkend vorgebrachten »Ehrenwort als preußischer Offizier« glauben. Man braucht es auch nicht zu glauben. Und wenn es ein Fabrikant mit zwei Fabriken nicht glaubt, so ist ihm nicht wohl. Wenn er auch in aller Öffentlichkeit, wenigstens im deutschen Sprachgebiet, ein treudeutscher Mann ist. Aber am 14. März, sagt der französische Außenminister zum britischen Botschafter in Paris: »Sagen Sie Ihrer Regierung, ein Angriff auf die Tschechoslowakei ist auch ein Angriff auf Frankreich.« Mr. Phipps hat das seiner

Regierung in London ausgerichtet. Die französische Regierung scheint das sehr ernst zu meinen, denn am nächsten Tage sichert sie für den Fall eines Angriffs auf die Tschechoslowakei diese Hilfe zu. »Hilfe, effektiv, unverzüglich, restlos.«

» ... entschlossen, zu diesem Zweck, die Achtung vor der in den gemeinsam unterzeichneten Verträgen festgesetzten rechtlichen und politischen internationalen Ordnung zu sichern, in Erwägung, dass zur Erreichung dieses Zieles gegenseitige Sicherheitsgarantien gegen einen eventuellen Angriff und zwecks Verteidigung ihrer gemeinsamen Interessen unentbehrlich sind ...«

Dann wäre also alles in Ordnung, müsste der Fabrikant denken, und er weiß doch nicht, wo ihm der Kopf steht. Denn so ein Fabrikant muss vielerlei bedenken, genau wie ein Teppichhändler. Ein Fabrikant muss an alle die Dinge denken, von denen ein Teppichhändler meint, dass ein Staatsmann an sie denkt und somit sich selbst für eine staatsmännische Begabung hält. Es ist aber keine staatsmännische, sondern eine ganz durchschnittsbürgerliche Erwägung, wenn der zwiefache Fabrikant daran denkt, was denn die Engländer dazu sagen. Nun, der Premierminister sagt am 24. März vor dem Unterhaus: »Über alles andere hinaus mag es einmal notwendig sein, unsere Waffen dazu zu benutzen, den Opfern eines Angriffs Hilfe zu leisten ... so ein Fall könnte zum Beispiel die Tschechoslowakei sein.«

Also sprach Chamberlain. Freilich Lord Halifax, der Außenminister, sagt am 29. März: »Die Regierung und ich weigern uns, endgültige finstere Absichten Deutschlands für bewiesen zu halten.« Vierzehn Tage nach Deutschlands Einmarsch in Österreich.

Dem zwiefachen Fabrikanten ist nicht wohl.

Wieder einen Tag danach sagt Herr Mussolini: »Der Angriff ist die beste Verteidigung.« Kein ganz originaler Ausspruch, denn ein preußischer General Moltke hat das rund siebzig Jahre früher schon für die deutsche Kriegsmentalität festgelegt. Aber Herr Mussolini sagt, dass der spanische Bürgerkrieg, mitsamt der frivol abgeleugneten Intervention der dynamischen Staaten »ein klassischer, europäischer Krieg« sei. So etwas hätte der persönlich höchst ehrenhafte General Moltke nie gesagt.

Dem zwiefachen Fabrikanten ist nicht wohl.

Und nach abermals zwei Wochen, am 18. April wird in Rom, im Palazzo Chigi, ein englisch-italienischer Akkord abgeschlossen.

Dem zwiefachen Fabrikanten ist nicht wohl. Er denkt an mancherlei, aber gar nicht daran, eine überfällige Teppichrate zu bezahlen. Wie kann dem verhinderten Ratenempfänger Leonhard Glanz da wohl sein?

Der zwiefache Fabrikant ist gewiss ein treudeutscher Mann. Aber im tschechischen Gebiet, wo er eine Fabrik hat, liebt man allzu betontes Deutschtum in dieser Zeit nicht. Was soll er da nun machen, wenn doch die Hauptfabrik auf deutschem Sprachgebiet ist, wo man von den Tschechen nur mit Schimpfworten spricht? Wie kann man denn sein Deutschtum besser bezeugen, als wenn man auf die Tschechen schimpft. Welch ein Dilemma für einen Fabrikanten, der doch seinen Geschäften verantwortlich ist.

Sorgenvoll geht unser Fabrikant an einem Spätnachmittag in der Gegend seiner Fabrik bei Teplitz spazieren. Es dämmert und er will auf die Uhr sehen. Da merkt er, dass er die Uhr vergessen hat. So nervös wird man, stellt er fest, und er fragt den nächsten Passanten nach der Zeit. »Fünf Minuten vor zwölf« antwortete er und schlägt die Hacken dabei zusammen. »Will der mich frotzeln?«, denkt der Herr Fabrikant und schaut den Mann an. Es ist ein Arbeiter aus der eigenen Fabrik. Nein, der will nicht frotzeln. Der meint das höchst ernsthaft und politisch. Seit Wochen antwortet man hier auf die Frage nach der Uhrzeit mit dieser gefährlichen Phrase.

Was sollen die kleinen Leute machen? Den Handwerkern und Krämern droht man mit Boykott. Den Arbeitern mit Ausschluss aus den Vereinen und mit anderen Terrormaßnahmen, die ihnen die Existenz unmöglich machen. Fünf Minuten vor zwölf. Ist also alles in Ordnung. Wenn man nicht die Fabrik drüben im Tschechischen auch hätte. Man ist eben nicht einfach ein kleiner Mann.

Es heißt, man dürfe kein Geld auf Konto bei einer tschechischen Bank halten. In Ordnung. Ein treudeutscher Mann wird das nicht tun. Wie aber ist das, wenn man Kredit braucht und ihn nur bei einer tschechischen Großbank bekommt? Wie soll man ohne Kredit Exportgeschäfte machen? Es ist fünf Minuten vor zwölf. Vielleicht schlägt es morgen schon zwölf. Vielleicht schlägt es morgen dreizehn, wie ein treudeutscher Mann zu sagen hat. Aber wie wird es gehen, wenn es dreizehn schlägt?

Früher hat unser Fabrikant Trost im Glauben gesucht und zumeist in irgendeiner Form gefunden, wenn er nicht aus und ein wusste. Wie es sich für einen deutschen, christlichen Mann gebührt, der ein ordnungsgemäßes Mitglied der christlichsozialen Partei war. Jetzt ist die Partei zum Henlein übergelaufen. Hat sich »gleichgeschaltet«, wie es jetzt heißt. Genau wie der Deutsche Landbund, die Partei der deutschen, agrarischen Herren, der doch noch vor kurzem mit dem Henlein prozessierte und ihm Bruch des Ehrenworts vorwarf. Ehrenwort hin, Ehrenwort her, jetzt wird eben gleichgeschaltet. Wenn nur die Fabrik im Tschechischen nicht wär.

Wie kann da ein deutscher, christlicher Fabrikant Trost im Glauben finden? Da wär zum Beispiel der Prälat Hilgenreiner. Ein hoher Herr in der Kirche und ein Professor der Theologie an der Deutschen Universität in Prag. All die Jahre war der Prälat Hilgenreiner der Führer der Christlichsozialen gewesen. Jetzt hat er die Gleichschaltung vollzogen. Wie erklärt er das? Ganz einfach, dass er in all dieser Zeit, wie er sagt: »den Mord an seinem eigenen Kind bewusst vorbereitet« habe! Bitte sehr, keine Verdächtigungen. Das hat der würdige Gottesmann selbst so gesagt, also darf es auch ein treudeutscher Fabrikant sagen. Fünf Minuten vor zwölf. Wenn unsere Führer wollen, ist auch ein Kindesmord eine Ehrensache.

Oder da wär noch ein Gottesmann, der Helmer, Abt des Prämonstratenserstiftes Tepl. Den kennt unser Fabrikant sehr genau.

Er hat ihm doch ein großes Porzellanservice geliefert, für die großen Klostergastereien, wenn vornehme Jagdgäste von »drüben« und aus der deutschen Gesandtschaft in Prag da sind. War das Service eigentlich bezahlt worden? Gott sei Dank, nein. In solchem Fall macht sich ein unbezahltes Service besser bezahlt. Wie alt ist er eigentlich, der Dr. Helmer? Unsinn. Er ist nicht hundert Jahre alt. Aber würdig und weiß ist er. Hat er nicht schon früher noch der Habsburg-Regierung geraten, dass man auf die nationalen Tschechen einfach mit Kanonen schießen solle? Der Gottesmann. Sein reiches Kloster Tepl mitsamt dem dazugehörigen Marienbad war immer die Stiftung des tschechischen Adligen Hroznata gewesen. So viel Gedächtnis für die Ahnen braucht nun wieder ein Mann Gottes nicht zu haben. Und jetzt empfiehlt er wieder Kanonen gegen Tschechen. Der Mann Gottes. Wie soll da ein simpler Fabrikant im Glauben Ruhe finden, wenn es bei den hohen Gottesstreitern so zugeht?

Illoyal bis zum Kindesmord im Namen des Herrn, Habsburg, den Henleins, Hitlers und eventuell weiterer Ha, ha, ha ...

Gleich und gleich schaltet sich gern. Aber was soll ein nach allen Seiten engagierte Fabrikant machen? Die eigenen Arbeiter haben es gut. Alles stramme Mitglieder der Henleinpartei und haben alle das Mitgliedsbuch der Sozialistischen Arbeiterpartei gleichfalls tadellos in Ordnung. Für den Fall, dass es noch länger fünf Minuten vor zwölf bleibt und gar nicht dreizehn schlägt. Man kann nie wissen. Der Arbeiter kann nie wissen, aber auch der Fabrikherr kann nie wissen und kann nicht einfach zwei verschiedene Parteibücher gleichzeitig in Ordnung halten.

Was kann ein mittlerer Fabrikant tun? Er ist kein großer, also ist er nur ein kleiner. Was machen die Großen? Die Liebig, Mühlig, Riedel, Schicht, Weimann? Sie spielen mit dem großdeutschen Gedanken. Damit haben auch die Petscheks gespielt Aber die Petscheks sind jüdische Kohlenbarone, die haben nichts zu gewinnen, wenn es dreizehn schlägt. Man muss ein Auge darauf haben, was die Petscheks tun.

Wir sind Deutsche, soweit wir unsere Werke auf sudetendeutschem Sprachgebiet haben. Aber seit wann sind wir eigentlich Deutsche? In der alten Habsburgmonarchie waren wir gute Wiener und hatten daher in Böhmen zu sagen. Es ist wahr, nach dem Krieg wollten wir nicht mit den Tschechen gehen. Lieber wären wir bei Österreich geblieben. Aber ins Reich wollten wir jedenfalls nicht. Nicht mit den Berliner Piefkes zusammen. Nimmermehr mit den Piefkes. Den Piefkes. Piefkes! Piefkes! Seit wann sind wir eigentlich Deutsche? Erst seit die Nazis an die Regierung kamen? Deutsch sein heißt Nazi sein, wenn man ein sudetendeutscher Fabrikant ist. Der Kardinal Innitzer in Wien ist ja auch ein Sudetendeutscher und ist er nicht jetzt ein Nazi? Grüßt er nicht mit »Heil Hitler!«? Zuerst und vor allem? Also findet man doch endlich einen Trost im Glauben.

Wenn nicht die Fabrik im Tschechischen wär. Wenn nicht … Wenn nicht … Wenn nicht …

»Nach acht Tagen«, denkt Leonhard Glanz, »hat er mich bestellt gehabt und jetzt sind das acht Wochen. Ich weiß vor Sorgen nicht ein noch aus. Und er denkt gar nicht daran, die zweite Rate zu bezahlen. Ich werde einen Advokaten nehmen, mag er dann beleidigt sein. Ich werde ohnehin keine Geschäfte mehr mit ihm machen.« Unruhig rutscht Leonhard Glanz auf dem Plüschsofa herum und liest ein Loch in die Zeitung, ohne dass er es merkt.

So sickern die Minuten in die Stunden. Wenn … wenn nicht … wenn … wenn nicht … wenn … wenn nicht … tickt die Armbanduhr. Wenn … Frankreich … wenn nicht England … Wenn … Polen … wenn nicht … Ungarn … wenn Mussolini … wenn nicht Hitler … wenn Stalin …

Wenn Henlein … wenn nicht Henlein … Wenn … wenn nicht … Tickt die Uhr die fünftel Sekunden in die Zeit.

Fünf Minuten vor zwölf. Am 1. Mai, so geht die Flüsterpropaganda, wird es dreizehn schlagen. Die Flüsterpropaganda ist das Bazillengift, das wohldosiert friedlichen Kleinbürgern täglich in die Suppe getan wird, so lange, bis eines Tages die faschistische Pest ausbricht. Da wird geflüstert, die Sowjet-Union kaufe mit geschmuggelten Rubeln die Fabriken auf. Da wird geflüstert, wo und wie die Konzentrationslager sein werden, wenn es erst dreizehn geschlagen haben wird. Da wird geflüstert, mit wieviel Bombengeschwadern Hermann kommen wird, der von Orden und Tressen flitternde Göring mit dem Ehrenwort als preußischer Offizier, um in so und so viel Minuten Prag in Asche zu legen. Da wird geflüstert, wie viele geheime Telefonanlagen es nach »drüben« gäbe. Da wird geflüstert, was die Referenten im Finanzministerium gesagt hätten und wieviel reiche Tschechen schon geflüchtet seien. Da wird geflüstert von Christenblut in jüdischen Osterkuchen und wird geflüstert von den von den Tschechen gefangenen, erschlagenen, ermordeten deutschen Brüdern.

Der grünäugige Turnlehrer hat jetzt seine Turnriege nach Karlsbad bestellt. Unser zwiefacher Fabrikant, dem so gar nicht wohl ist, muss lange schwarze Schaftstiefel anziehen und lederne Riemen um den Bauch ziehen und über die Schultern. Er sieht sich im Spiegel und es dünkt ihm, als röche es nach Kasernenmief. Dabei hat er sich erst vor zwei Tagen maniküren lassen.

Der Grünäugige verkündet sein Karlsbader Programm. Dem zwiefachen Fabrikanten ist garnicht wohl dabei. Wenn das ernst gemeint ist, dann kann jeder anständige Fabrikant lieber gleich schließen, denn sonst kommt die Pleite. Nein, ihm ist garnicht wohl. Er riecht nach Kasernenmief und ihn dünkt, der Miefgeruch käme aus eigener Hose. Dabei muss er immerfort »Heil« rufen. Warum? Weil die anderen auch immerfort »Heil« rufen.

Er brüllt nicht so, aber redet der Grünäugige nicht schon genau so, wie der mit dem rechtsgekämmten Scheitel und der in die Stirne geklebten Locke? »Unerträglich« findet er unsere Lage und erklärt, dass er einen solchen »Zustand nicht länger dulden« wird. Wie lange ist es her, da war der Zustand gar nicht unerträglich. Hand aufs Herz, wer hat denn den Zustand gemacht? Dass ich hier wie ein Feuerwehrmann in Maskenaufzug herumsitzen muss, anstatt mich um neue Porzellandekors zu kümmern. Heil!

Er fordert Revision des tschechischen »Geschichtsmythos«,

der auf einem Irrtum beruhe. Ist Masaryk ein Irrtum? Was meint er? Hus und die Hussiten? War das nur Mythos? Die Schlacht am Weißen Berg und die Hinrichtung der böhmischen Standesherren auf dem Ringplatz, im Herzen von Prag, war das ein Mythos? Waren die Habsburger Henker ein Mythos? Was redet der für einen Stuss! Heil!

Die Außenpolitik muss revidiert und dem Reich angegliedert werden. Ebenso die Innenpolitik. Ebenso die Wirtschaft. Wir müssen hinein in den deutschen Vierjahresplan zur Stärkung der deutschen Kriegspotenz, sagt er. Wieso Kriegspotenz? Wollen wir Krieg? Er sagt doch sonst, dass wir Frieden wollen. Ich will Majolika verkaufen und Porzellan. Was redet der Grünäugige für Stuss. Heil!

Er fordert Freiheit für das Bekenntnis zur deutschen Weltanschauung. Haben wir nicht Freiheit? Wir können sagen und schreiben und in den Zeitungen drucken, was wir wollen. Was können die drüben? Was meint er mit Freiheit? Was meint er mit Weltanschauung? Ich dachte, es sei ein Parteidekor. Sagt man nicht so? Dekor? Oder Doktrin? Ich glaube Doktrin. Partei ist nicht Porzellan. Welch ein Stuss. Heil! Heil!

Er fordert Wiedergutmachung der uns seit 1918 zugefügten Schäden. Das ist gut. Heil! Ich habe damals einen Teil meines Geldes in deutscher Mark angelegt gehabt. Man sagte, das sei gut. Man sagte, es sei Pflicht eines Deutschen von nationaler Gesinnung. Aber es war faul. Die Tschechische Krone blieb stabil. Und die Deutsche Mark ging zum Teufel. Ein Vermögen hat mich das gekostet. Wiedergutmachung ist gut. Heil! Aber das meint der Grünäugige anscheinen garnicht. Er meint Reparationen der Schäden, die die Tschechen uns zugefügt haben. Da hätte ich nichts anzumelden. Nicht dass ich wüsste. Aber ich muss nachdenken. Es wird mir einfallen. Heil! Heil!

Der Grünäugige macht ja die Menschen verrückt mit seinem Stuss. Da ist der Liebig. Präsident der Handelskammer von Reichenberg. Habe die Ehre, Herr Präsident. Ich möchte im Vermögen haben, was der an Zinsen hat. Sein Vater, ich hab ihn noch persönlich gekannt, den alten Liebig, hat die Reichsdeutschen nicht schmecken können. In der alten Monarchie war der alte Liebig heftigster Gegner einer Zollunion mit dem Reich. Und nun seh' sich einer den Sohn an. Am liebsten möcht er sich mit Hakenkreuzen besticken lassen, von vorn und von hinten. Möcht er? Oder tut er nur so? Heil! Heil!

Sorgenvoll wandert unser zwiefacher Fabrikant dem Bahnhof zu. Früher war man daher nach Karlsbad zur Kur gefahren. Wegen Gallensteinen, Nierensteinen oder auch weil man einfach steinreich war. Früher hat man um diese Zeit Karlsbad für die Kurgäste gerichtet. Jetzt? Wer denkt denn daran, nach Karlsbad zur Kur zu gehen? Unser Fabrikant hatte Marienbad vorgezogen. Er neigte zur Dickleiblichkeit. Aber wer fährt heuer nach Marienbad? Nur wenn man muss. In Feuerwehrmaskierung.

»Ein Reich, ein Führer – ein Kurgast«, sagen die Einheimischen, aber nur, wenn sie sehr unter sich sind. Wie? Es hat doch keiner was gehört? Heil! Heil und Siegheil!

Heil. Unser zwiefacher Fabrikant, all in seinen sorgenvollen Gedanken und in der schweren Parteimontur zum Bahnhof trottend, hebt zum deutschen Gruß den rechten Arm. Er vergisst dabei, ihn wieder herunterzunehmen, und so trabstolpert er dahin, ein Mittelding zwischen einem Wegweiser und einer Vogelscheuche. Einige Leute auf der Gasse lachen. Andere glauben, das sei die neueste Art der Dokumentierung von treudeutscher Art und Gesinnung. Er beschließt, daheim eine alte Zeitung nachzusehen. Eine schon ein paar Jahre alte Zeitung, in der das Programm des Herrn Konrad Henlein steht, so wie er es damals für die Partei der Sudetendeutschen formuliert hat. Er findet die Zeitung auch im Schreibtisch, denn ein böhmischer Fabrikant ist ein ordnungsliebender Mann und da liest er:

»Ich bin kein Anhänger der alldeutschen Idee, der Vereinigung aller Deutschen in einem Staate. Was die tschechoslowakische Regierung anbetrifft, so bin ich überzeugt, dass man die heutige, schwierige Situation nicht durch irgendeine Änderung der Grenzen mildern kann.« Und er erklärt, dass seine Bewegung keine versteckte nationalsozialistische Partei sei und für

»uns Sudetendeutsche besteht keine jüdische Frage oder Rassenfrage«.

Das war sein Programm am 8. Oktober 1934 gewesen. Jetzt hat er das alles freilich ganz anders gesagt. Hätte man das geahnt! Aber wieso soll ein sudetendeutscher Führer sein Wort halten? Ein gewöhnlicher, sudetendeutscher Fabrikant hält sein Wort doch auch nicht. Oder hätte er die mehrfach versprochene Rate auf den Teppich inzwischen bezahlt? Er hat es nicht.

Und nun sitzt er da, starrt auf das alte Zeitungsblatt und starrt und starrt und der Bart ist nicht von Flachse und er wächst ihm in bekannter, symbolischer Art durch die Tischplatte aus furniertem treudeutschen Eichenholz. Treudeutsch furniert. Heil!

Während zur gleichen Zeit Leonhard Glanz in der noch druckfarbenfeuchten Zeitung das Karlsbader Programm studiert und an die nicht erhaltene Teppichrate denkt und sein Bart ist in bekannter, symbolischer Art durch die Tischplatte aus verjudetem Marmor gewachsen.

Karlsbader Programm. Das hat gerade gefehlt. Aus Karlsbad kam früher eine Tante ab und zu auf Besuch. Oder war es eine Tante, die regelmäßig nach Karlsbad zur Kur fuhr. Es ist sehr lange her. Die Tante brachte immer Federkästen mit, oder Markenkästen oder ähnliche Dinge. Der Deckel war aus Karlsbader Sprudelsteinen. Bunt eingelegt, wie feine Mosaikarbeit. Aber immer sehr matt in den Farben. Manchmal saßen auch rote Perlen mit darauf, ähnlich wie Korallen, aber sie waren aus Siegellack und man konnte sie abbrechen. Manchmal brachte sie auch Karlsbader Oblaten mit. Die sehen ähnlich wie Mazze aus, nur schmecken sie sehr viel besser, denkt Leonhard Glanz. Auch der zwiefache Fabrikant denkt an Karlsbader Sprudelsteine und Oblaten. Der Vergleich mit den Mazzoth-Osterkuchen kommt ihm natürlich nicht.

Und in so freundliche Kindheitserinnerung mischt sich auf einmal ein gefährlicher Programmbegriff.

Leonhard Glanz zahlt und geht heim, schlafen. Der zwiefache Fabrikant schließt das alte Zeitungsblatt in ein Schreibtischschubfach und seufzt. Dann zieht er einen kleinen, schwarzen Revolver aus der eigens sämischledernen gefütterten Hosentasche, schließt ihn in ein anderes Schreibtischschubfach und seufzt. Dann geht er schlafen.

»Sonderbar siehest du in der neuen Uniform aus«, empfängt ihn die zwiefache Fabrikantengattin im Schlafzimmer, »beinahe wie ein deutscher Mann.« Der Zwiefache möchte ihr sein deutsches Mannestum durch ein grobes, deutsches Schimpfwort beweisen, bekommt aber Bedenken, und das Wort, schon angesetzt, wandelt sich und wird zu einem missverständlichen »scheinbar«.

Die Frage der Teppichrate bleibt hängend. Der Zwiefache denkt garnicht daran. Hingegen bereitet sie Leonhard Glanz noch vor dem Einschlafen arge Pein, sodass er das Wort kraftvoll zu Ende spricht, das sich dem Zwiefachen im Munde verdrehte: »Scheiße.«

Die Nacht bringt ein unruhevolles, wenig erquickendes Schlafen. Nur die Taschenuhren ticken wie immer in die Zeit: Wenn ... wenn nicht ... wenn ... wenn nicht ... wenn ... wenn nicht ...

Bei erstem Morgengrauen wacht der zwiefache Fabrikant vollends auf. Er ist böswillig, denn er glaubt, die ganze Nacht überhaupt nicht geschlafen zu haben. Neben ihm, die Frau, schnarcht. Er gibt ihr einen Stoß mit dem Ellenbogen. Sie dreht sich im Schlaf zur Seite und hört auf zu schnarchen. Das Schnarchen war ihm widerlich, aber das ist es nicht allein. Die ganze Frau ist ihm so widerlich.

Mit sowas lebt man nun all die Jahre. Lebt er mit ihr? Lebt man neben einander? Man lebt nicht mit einander, nicht neben einander und auch nicht einmal gegen einander. Man teilt nur die Wohnräume und das Geld. Das Geld, das hat er verdient. All das Denken ist ihm nicht neu. Er hat schon tausendmal in schlaflosen Morgenstunden darüber nachgedacht.

Warum hat er dem nicht längst ein Ende gemacht? Wegen der Leute nicht. Er hätte längst ein Ende machen sollen. Acht Tage nach der Hochzeit hätte er Schluss machen müssen. Mit der

Widerlichen daneben, mit der er garnichts zu tun hat. Mit der er nie etwas zu tun gehabt hat. Wer ist sie denn, was ist sie denn eigentlich? Sie ist ein Sächliches, hat er sich immer gesagt. Ein Sächliches. Das ist eine Feststellung. Damit hat er sie einregistriert. Ihr den Platz gegeben in der Kartothek. Aber damit ist die Sache doch nicht erledigt. Sie ist ein Sächliches. Aber er, der Herr Fabrikant, wo bleibt er dabei?

Er denkt an die vielen Bordellbesuche, die ihm einzig übrig blieben, weil sie ein Sächliches war. Dann waren nach dem Krieg die Bordelle einfach aufgehoben worden. Man musste in die Kaffeehäuser gehen, wo die Mädchen herumsaßen. Peinlich, wenn man so bekannt war, aber das war nur eine Übergangszeit. Dann hatte man eigene Adressen genug und brauchte nicht einmal die sogenannten Massagesalons, die genau das Gleiche waren, wie früher die Bordelle. Nur etwas teurer, aber das spielte ja keine Rolle. Übrigens haben die Nazis in Deutschland die Bordelle wieder eingerichtet, die von der Weimarer Republik verboten gewesen waren. Jedes Ding hat eben auch seine gute Seite. Kommen die Nazis hier ins Land, wie der Grünäugige durchblicken lässt, dann kann ja das alte, muntere Bordellleben wieder angehen. Jedes Ding hat auch seine guten Seiten. Und seine Gedanken verweilen bei einigen fernliegenden, höchst schweinischen Bordellszenen. Ab und zu hat er ja auch etwas gehabt, mit einer kleinen Stenotypistin oder einem Fabrikmädchen. Aber die Gänse hatten ja nie den Mund halten können. Gleich kam das Gerede und dann hätte er erklären müssen. Erklären, dass er mit einer Sächlichen verheiratet sei. Mit einer, die eine ewige Jungfer geblieben. Welch ein Gelächter hätte das gegeben. Hat man nicht in den ersten Jahren ihrer Ehe zwinkernde Anspielungen gemacht, weil da keine Kinder kamen. Was hätte es gegeben, hätten die Leute vom wirklichen Sachverhalt gewusst. Dass er mit einer Jungfer das Ehebett teilt.

Die Jungfer. Einstmals die Hagere, Sächliche. Jetzt ist sie längst verfettet und schnarcht schon wieder. Das Biest. Ist sie nicht eigentlich verrückt?

Auch darüber denkt er zum tausendsten Male nach. Natürlich ist sie verrückt. Da war erst die Sache mit den Zeichnungen. Immer saß sie da und zeichnete. So viel Papier gab es garnicht, wie die verkritzelte. Lauter verrücktes Zeug. Linien, nichts als Linien. Linien in irgendwelchen Anordnungen, aber ohne Sinn. Meistens blieb in der Mitte ein freier Fleck. Da hinein kritzelte sie etwas wie ein Auge. Das einzige, was man erkennen konnte. Weiß der Kuckuck, was der Blödsinn vorstellte. Manchmal hatte sie kurze Sätze unter die Zeichnereien geschrieben. »Lobet den Herren« oder »O Haupt voll Blut und Wunden« oder »Alle deine Sünden habe ich gelöscht« und dergleichen religiöses Zeug mehr. Wahrscheinlich hatte sie damals einen religiösen Spleen. Sie lief immerfort in die Kirche. Und in Bibelstunden und zum Pfarrer ins Haus. Erst hatte er gemeint, sie habe was mit dem Pfarrer und das mit der Jungfernschaft sei ein sackgrober Betrug. Im Grunde hatte er das mehr gehofft als gefürchtet. Dann würde er es ihr schon zeigen. Irgendwie wollte er sie damals noch. Es war aber ein Irrtum, nichts war da, zwischen ihr und dem Pfarrer, als ihre religiöse Verrücktheit. Die ewige Beterei und alles das. Einen Monat lang hatte er sie durch einen Privatdetektiv beobachten lassen. Was das für ein Geld gekostet hatte. Und nichts war dahinter. Auch mit den Betschwestern nichts, mit denen sie sich immerfort traf. Das hätte ja sein können. Dergleichen gibt es ja. Nicht nur in den Bordellen, wo man Geld dafür ausgibt und die Mädchen machen dann ein Theater vor. Es gibt das wirklich. Einige sagen, es wär eine Sache der Veranlagung. Andere sagen, es wäre eine Mode. Für Männer ist es bekanntlich verboten. Soll aber eine große Rolle spielen in der großen Sache der politischen Bewegung. Die Männer um den Grünäugigen herum sollen zum Teil so sein. Auch drüben im Reich. Da sogar ganz besonders, sagt man. Aber das ist eine sehr verschleierte Sache. Schließlich geht das ja niemanden etwas an. Jedenfalls bei der ewigen Jungfer war nichts dergleichen. Nur der religiöse Spleen. Eines Tages fing sie an, ihre verrückten Zeichnungen in der Wohnung aufzuhängen. Da wurde es ihm zu bunt. Sie sagte: »Das hilft gegen den Teufel.« Er wurde wütend. »Dann hänge das Zeug ins Klosett«, schrie er. Da wurde sie kreideweiß, lief hinaus, schloss sich in die Wäschekammer ein und weinte und betete da den ganzen Tag.

Der Blödsinn mit den Zeichnungen hörte auf. Stattdessen kam diese furchtbare Faulheit über sie. Erst legte sie sich tagsüber ein paar Stunden ins Bett. Dann blieb sie gleich tagelang liegen. Es wurde ihm wieder zu bunt und er ließ einfach den Hausarzt kommen. Dem erzählte sie etwas, das immer Wolken um sie seien. Schwere, dichte Wolken. Und dabei grinste sie. Durch einen Spalt der angelegten Tür vom Badezimmer her hat er das Grinsen deutlich gesehen. »Verrückt«, hatte er gedacht, »total verrückt.« Aber er hatte nicht das geringste Mitleid mit ihr, sie war ihm nur widerlich. Auch dem Pfarrer erzählte sie das mit der Wolke und sie erzählte dem auch, dass es nur ihr Körper sei, der immer im Bett läge, ihre Seele ginge in die Wolken ein und stiege mit den Wolken auf. »So hoch, so hoch.« Er hatte auch das vom Badezimmer aus gehört und dabei gedacht: Jetzt grinst sie wieder. Verrückt, total verrückt. Und stinkt vor Faulheit.

Wären nicht die tüchtigen Dienstmädchen gewesen, so wäre der Haushalt völlig verkommen, bei der Faulheit und ewigen Beterei. Wofür hat er nun eigentlich gearbeitet? Bei dieser Frage landete er jedes Mal, durch diese Gedanken. Dafür, dass die widerliche Sächlichkeit sich mästet? Dafür, dass ein halbes Dutzend madiger Kokotten sich immer neue Perversitäten ausdenken mussten? Dafür nicht. Dafür bestimmt nicht. Wofür also? Natürlich für die Fabriken. Dafür, dass in der einen Majolika gebrannt werde und in der anderen Porzellan. Majolika und Porzellan. Porzellan und Majolika. Porzika und Majollan. Majollan und Porzika. Aber achthundert Menschen in den zwei Fabriken. Und die ernährte er alle. Achthundert Menschen, für die er denken musste. Achthundert Menschen, die rackern und schuften mussten. Damit die feiste Sächlichkeit da liegen und schnarchen kann und in die Kirchensäckel spenden und den Pfarrern seidene Krawatten schenken und in Wolken schweben und dabei so widerlich grinsen kann.

Allerdings hatte sich da seit einiger Zeit etwas verändert. Sie hatte es nicht mehr mit dem Beten. Sie lief nicht mehr in die Kirchen, nicht mehr zu den Pfarrern und den Betschwestern. Stattdessen lief sie jetzt in die politischen Versammlungen. Zum Lachen. Eine verrückte Person, diese feuchtmehlige Klebrigkeit und Politik. Die vielen Bilder von der Kreuzigung, die sie früher wahllos zusammengekauft hatte, einfache schwarze Drucke und knallbunte Reproduktionen alter Meister und frömmlerischen Limonadenkitsch, alle diese Leidens- und Sterbebilder mit dem vielen Blut waren zusammengepackt in einem alten Koffer am Boden. Jetzt sammelte sie Bilder vom Grünäugigen und vor allem von »Ihm«, dem Führer. Der früher »Er« gewesen war, lag jetzt im Bodenwinkel und verstaubte. Der jetzt »Er« war, lag in allen Farben, in verschiedenen Größen, aber immer ernst und mit starren Augen in der obersten Kommodenschublade.

War das etwas Neues oder hatte nur eine Verrücktheit die andere abgelöst? Früher, wenn sie im Bett herumfaulenzte, hatte sie oftmals so einen Stapel von Kreuzigungsbildern vor sich liegen und betrachtete sie unablässig. Sicherlich machte sie das jetzt mit den Bildern des kleinen und großen Führers. Früher hatte er sich ab und zu einmal gegenüber der Köchin oder dem Stubenmädchen Luft gemacht. »Verrückt. Total verrückt.« Die hatten dann mitleidig gelächelt. Das konnte er sich jetzt nicht mehr erlauben. Da ging so ein Dienstbolzen am Ende hin zu einem Gauleiter oder so und zeigte an, dass er die respektvolle Verehrung der Führerbilder als spleenig bezeichnet habe. Der Gauleiter. Der kann mir gewogen bleiben. Im Mondschein kann er mir begegnen. Heute. Aber weiß man, was morgen sein wird? Das weiß man eben nicht. Und es ist fünf Minuten vor zwölf.

Zum Kotzen ist das. Die Majolikafabrik im Sudetendeutschen. Und die Porzellanfabrik im Tschechischen. Die deutsche Gesinnung und der tschechische Kredit. Zum Kotzen ist das. Im tschechischen Privatkontor hängt ein Bild vom alten Masaryk. Nun ja, vom alten Masaryk. Bitte sehr. Streng loyal. Je nachdem. Ja, der alte Masaryk. Das war halt ein Mann. Oder aber und je nachdem. Was wollen Sie. Er ist doch längst tot. Es ist mehr so ein Akt der Pietät. Wegen unserer Reinmachefrau.

Und in das sudetendeutsche Privatkontor hatten die Büroangestellten ein Henleinbild gehängt. Ja. Aber zum Kotzen ist das.

Misslaunig steht der zwiefache Fabrikant auf. Stolpert auf
haarigen, kurzen Beinen, im zerknautschten Nachthemd in die
Badestube. Knurrend und prustend vollzieht er seine Morgen-
wäsche. »Beinahe wie ein deutscher Mann«, kopiert er papa-
geiend die Sächliche von gestern Abend »siehst du aus.« – Er
wiehert. »So siehst du aus. – Siehest, hat das Biest gesagt. Siehest. Verrückt. Total verrückt!«

Da er wieder einmal viel zu früh im Speisezimmer ist, das
kommt seit einiger Zeit immer häufiger vor, ist das Frühstück
noch nicht angerichtet. Unruhig läuft er hin und her. Auf dem
turkestanischen Gebetteppich, von dem ihm die erste Rate nur
bezahlt ist und die zweite und dritte offen blieb. Hin und her.
Dem Teppich macht das nichts aus. Generationen haben an ihm
geknüpft. Generationen mögen auf ihm herumtrampeln. Aber
seine größtteilige Unbezahltheit macht einem gewissen Mann
Leonhard Glanz sehr viel aus, der auch gerade herumstolpert,
nicht auf einem Gebetteppich, den er sich bestimmt nicht leisten könnte, sondern auf dem steingewürfelten Straßenpflaster.
Auf seinem Wege in das Kaffeehaus. Wo schon die Zeitung auf
ihn wartet. Die Morgenzeitung, ewig und unveränderlich.

Redakteure kommen und Redakteure gehen. Volksmeinungen kommen und Volksmeinungen gehen. Was sich so Volks-
meinung nennt, bei der opportunistischen Zeitung für den
Familiengebrauch. Die Zeitung kommt vom Leser her. Und
also müssen Redakteure kommen und gehen. Es gibt auch Redakteure, die bleiben. Lesermeinungen werden wechseln, die
Linie, die Ansicht, die Richtung, das Gesicht der Zeitung mag
wechseln. Es gibt Redakteure, die bleiben immer. Mag sonst
alles kommen und gehen. Jetzt gehen mehr Inserate als kommen.
Schlechte Zeit für die Zeitung. Dennoch, sie ist da. Ewig und
sozusagen, gewissermaßen und in Anbetracht der Umstände,
die man neuerlich Belange nennt, unveränderlich. Und ewig.
Nicht ganz so ewig, wie die Berge. Aber haltbarer als Verträge
oder Konstitutionen auf ewige Zeiten, in dieser Zeit.

Ein edles Volk muss den Passionsweg in die Knechtschaft gehen, in Ausplünderung und Verelendung, muss sich unter Mörderfäuste und Banditenkrallen begeben, verraten von seinen Freunden. Verkauft und verraten, weil diese meinen, nach solcher Aufopferung in Ruhe ihren Kohl bauen, ihre Kohlen abbauen zu können. Seine Zeitungen aber registrieren das, Tag für Tag. Alle Stationen dieses Passionsweges, der Brutalität und des Verrats, der Heimtücke und des Verrats, der Erpressung und des Verrats, der gebrochenen Verträge und des Verrats, der gebrochenen Ehrenworte und des Verrats, der gebrochenen Herzen um des Verrats. Die Zeitungen registrieren das und tun dabei, als wäre das alles gar nicht so arg. Nicht so arg, dass man nicht ihnen, den Zeitungen, den ewig Zeitlosen, den Winter-Frühling-Sommer-Herbstzeitlosen, ruhig weiterhin Inserate geben könnte.

Wie sagt der Herr Beran, führender Mann der Agrarpartei in einem agrarischen Land, der nicht nur ein reicher, sehr reicher Großgrundbesitzer ist, sondern auch einer, der immer dabei ist, wo große Geschäfte in der Industrie und bei der hohen Finanz geschoben werden, wie sagt der vielfache Verwaltungsrat geldverdienender Aktiengesellschaften und Agrarkapitän Stoupel, den sie den »mährischen Landgrafen« nennen, wie sagt der in vielen Börsensätteln gerechte agrarische Minister Feierabend, wie sagen alle diese Herren, die mit der Finanzoligarchie beisammen sitzen und meinen, große Köpfe zu sein, weil sie große Geldsäcke haben, so sagen sie:

»Wenn Hitler nach Prag kommt, dann steht es schlimm um die tschechische Nation, aber wenn wir Hitler schlagen und die Bolschewiken in Berlin einziehen, dann steht es schlimm um uns.«

Denn auf diesen Seiten ist immer wieder vom Verrat die Rede und der Verrat hat vielerlei Gesicht. Trägt er hier die Maske des Geschäfts? Nein. Umgekehrt. Um des Geschäftes willen, um des blanken persönlichen Profites willen, wurde hier Verrat. Für sehr arme Menschen ist es nicht immer leicht, ehrlich zu bleiben. Freilich erwischt sie das aufmerksame Auge des Gesetzes bei jeder noch so bescheidenen Lumperei. Für sehr reiche Menschen ist es aber auch nicht so leicht, ehrlich zu bleiben. Freilich sieht das Auge des Gesetzes das nicht. Denn das ist die Natur des Gesetzes in allen Ländern, wo es viele sehr Arme und wenig sehr Reiche gibt. Mit dem Klima hängt es nicht zusammen.

Verrat kommt also vom Geschäft her. Und vom Geschäft her kommt das Inserat. Und vom Inserat her kommen die Zeitungen. Viele Leser glauben allerdings, die Zeitung käme von dem Nachrichtenteil her. Nun, diese Leser irren. Unser durchschnittlicher Zeitungsleser Leonhard Glanz weiß freilich Bescheid. Der glaubt nicht, dass die Zeitung von den Nachrichten her kommt. Aber immerhin glaubt er an die Nachrichten. So wie alle Leser der opportunistischen Zeitungen für den Familiengebrauch hier und in aller Welt an die Nachrichten glauben.

Am 25. April steht in der Zeitung, was der Grünäugige in Karlsbad als sein Programm verkündet hat. Faul. Am 26. April steht in der Zeitung, das Programm sei unannehmbar. Also nicht so ganz faul. Am 27. April steht in der Zeitung, dass in Karlsbad der »Osterfrieden« in der Tschechoslowakei gebrochen worden sei. Dona nobis pacem. Der Frieden, der zu Ostern geschlossen und verkündet worden war, beruhte auf Polizeiverordnungen, Versammlungsverboten und Zensurmaßnahmen. Nun ward dem Frieden also ein Ende gemacht. Am 28. April steht in der Zeitung, dass die Regierung den 1. Mai für Demonstrationen freigegeben habe.

Für den 1. Mai 1890 hatte ein kleiner Hamburger Handwerker die Arbeiterschaft Deutschlands auf die Straße gerufen. Dass sie mit großen Märschen das Recht der Arbeiter verkünde. Das Recht auf Arbeit. Das Recht, dass der getanen Arbeit der Lohn der Arbeit zu Teil werde. Der kleine Hamburger Arbeiter hieß August Bebel und er war ein großer Führer der deutschen Sozialdemokratie.

August Bebel war nicht für Kanonen. Er meinte, er sagte, er forderte, statt Kanonen zu gießen, solle man dem Volk Butter aufs Brot geben. Das war der Sinn seines Sozialismus. Butter, statt Kanonen »Herr Kriegsminister, wie wird Ihnen?«, fragt er diesen im Vorbeigehen, als er als Abgeordneter im Deutschen Reichstag zur Rednertribüne ging, um zum Wehretat Stellung zu nehmen. Dem Herrn Kriegsminister wurde nicht wohl, wie im Magen.

August Bebel hatte also für den 1. Mai 1890 die Arbeiter auf die Straßen gerufen und sie kamen. Sie kamen und sie kamen jedes Mal am 1. Mai aller kommenden Jahre, in Deutschland und in aller Welt.

Als fein galt das damals und viele Jahre lang nicht. Leonhard Glanz entsann sich aus seiner Kindheit, dass feine Leute höchst verächtlich von diesem August Bebel gesprochen hatten. Es war garnicht fein, an einem 1. Mai-Umzug teilzunehmen. Einen Arbeiter, der das tat, wurde der Tageslohn vom Wochenlohn abgezogen und vielleicht fand der auch am 2. Mai seinen Arbeitsplatz besetzt. Ein Vierteljahrhundert hindurch blieb das so. Dann kam der Weltkrieg und die Weltarbeiterschaft trug mit zehn Millionen Toter bei. Dafür ward nach dem Krieg der 1. Mai zum staatlichen und daher bezahlten Feiertag erklärt. Das war alles, was die Arbeiter davon hatten. (Nicht überall, es gibt da Ausnahmen – Ausnahmen gibt es ...) Im Deutschland der Weimarer Republik zum Beispiel, war das so. Aber die gesamte politische Rechte schimpfte laut auf diese Einrichtung. Je »nationaler« sie zu sein behaupteten, umso lauter schimpften sie. Deutschland könne sich nicht leisten, mitten im Jahr einen Tag zu faulenzen, sagten sie und ihre Zeitungen druckten es so ab und auch die opportunistischen Zeitungen für den Familiengebrauch druckten das so ab, denn es war die Meinung der großen Inserenten. Bis dann die Nazis kamen und die nationalen Herren meinten, nun würde diesem Unfug ein Ende gemacht. Das Gegenteil geschah. Die Nazis machten einen unechten Staatsfeiertag daraus. Freilich als »Tag der Arbeit« blieb nur das Etikett, in Wirklichkeit wurde ein Tag des parteipolitischen Klamauk daraus. Ein Tag der Nazipropaganda, mit Marschstiefeln und Lederkoppeln, mit Reih und Glied und Miefgeruch. Und die großen Inserenten meinten, Hitler habe sie beschissen.

Am 1. Mai 1934 haben sie das zum ersten Mal gemeint. Später haben sie das noch sehr oft gemeint und noch später meinen sie überhaupt nichts anderes mehr. Aber sie meinen das nur, tief drinnen im nationalen Herzen, wo es am schweigsamsten ist.

Rund ein halbes Jahrhundert ist vergangen, seit die Arbeiterschaft zum ersten Mal am 1. Mai auf die Straße ging als zu einer revolutionären Demonstration. Von revolutionärer Demonstration ist nicht mehr die Rede. Von August Bebel ist nicht mehr die Rede.

Jetzt liest Leonhard Glanz am 30. April in der Zeitung, dass der tschechoslowakische Nationalrat an alle Parteien einen Aufruf erlässt, auf eigene Kundgebungen am 1. Mai für dieses Mal zu verzichten und unter der Parole »Verteidigung der Freiheit und Integrität des Staates« gemeinsam zu manifestieren.

Faul? Aber wieso denn? Scheint mir garnicht so faul. Ist das übrigens faul im Sinne von verrottet oder faul im Sinne von träge? Der Faulbaum. Das Faulbett. Das Faulfieber. Das Faultier. Wird auch Ai genannt und ist als solches für Kreuzworträtselfabrikanten unentbehrlich.

Morgen wird Leonhard Glanz das Kreuzworträtsel in der Zeitung lösen. Morgen, am 1. Mai, wird er Zeit haben. Hat er nicht immer Zeit? Nein, er läuft an Arbeitstagen herum und tut geschäftig. Geschäfte hat er nicht, aber er ist beschäftigt in Geschäftigkeit. Morgen könnte er auch hingehen und versuchen eine Teppichrate zu bekommen. Er könnte sagen: Werter Herr, wozu sollen wir einen Prozess führen. Sie werden ihn sowieso verlieren und haben nur noch die Kosten. Zahlen Sie mir einen angemessenen Betrag a Conto und ich veranlasse meinen Anwalt, die Sache ruhen zu lassen. So könnte er sagen, aber der andere würde nur schimpfend darauf hinweisen, dass Feiertag sei, an dem er seine Ruhe haben will. An anderen Tagen will er in der Arbeit nicht gestört werden. Kann er nicht zahlen? Nach den Auskünften kann er. Aber er will nicht. Schön. Wird Leonhard Glanz also Kreuzworträtsel lösen.

Er könnte auch auf den Wenzelsplatz gehen. In früheren Jahren hatte er dort am 1. Mai die Festzüge vorübermarschieren sehen, in der traditionellen Reihenfolge. Erst die sogenannten nationalen Verbände unter Führung der Legionäre aus dem Weltkrieg. Das ging halb militärisch vor sich und gefiel den Zuschauern nicht sehr. Dann kam der riesige Zug der Sozialdemokraten. Stundenlang. Voran immer eine Musikkapelle mit einem flotten Marsch, dahinter die breite Kette gewerkschaftlicher Verbände, die dem Rhythmus der Marschmusik sich nicht einfügten. Sie marschierten nicht. Sie trotteten nur so und erfüllten damit ihre Pflicht. Imponierend war das nicht, auch nicht bewegend. Nur erstaunlich viel. Immer wieder eine Musikkapelle. Immer wieder ein langer Zug im trottenden Spazierschritt. So ging das, Stunde um Stunde, und es ging schon an die Mittagszeit heran, bis dann der Zug der Kommunisten kam. Erst ein Wald roter Fahnen. Ein wandelnder Wald von roten Fahnen. Dann kam die Musikkapelle, die spielte aber nicht. Weil der ganze Zug seine Marschlieder sang. Oder seine Parolen mit gewaltigen Sprechchören rief. Das war Jahr für Jahr ein erregendes Schauspiel gewesen. Ob man wollte oder nicht, man wurde da in eine Art von Begeisterung mit hineingerissen. In einen Taumel der Begeisterung, ob man wollte oder nicht. Auch die Kommunisten selbst gerieten in diesen Begeisterungstaumel und sie hielten das dann für einen großen, politischen Erfolg. Der es aber gar nicht war, sondern es war doch nur das Mitgerissenwerden, ob man wollte oder nicht. Wollte Leonhard Glanz oder wollte er nicht? Gewiss wollte er nicht. Er war doch kein Kommunist. So etwas von ihm zu denken. Oder wollte er nicht vielleicht doch? Hatte nicht sein Vater in ganz geruhigter, friedlich sicherer Zeit, mit seinem guten Geschäft und beträchtlichem Bankkonto einmal gesagt: »Als Jude müsste man eigentlich Bebel in den Reichstag wählen.« Das ist so lange her und Leonhard Glanz war damals noch ein Knabe und jetzt auf einmal fällt ihm das ein. Und immer wieder ein wandelnder Wald roter Fahnen. Will er oder will er nicht?

Will er oder will er nicht? Er will nicht. In diesem Jahre bleibt es beim Kreuzworträtsel, als dem einzigen Problem, dass er am 1. Mai löst. Während auf dem Wenzelsplatz eine ungeheure

Menschenmenge zusammenläuft. Fünfzigtausend, hunderttausend, über hundertzwanzigtausend haben sich da versammelt, aus der Stadt, die knapp 900 000 Einwohner hat. Sie haben die leichte Munterkeit nicht mitgebracht, die sonst ihren Zusammenkünften so bunte Frohheit gibt. Sie sind ernst. Sie stehen da, um den Willen zu zeigen, zur »Verteidigung der Freiheit und Integrität des Staates« bereit zu sein. Bereit zu allem. Sie sind sich dessen sehr bewusst. Aber Leonhard Glanz ist nicht dabei. Wie leicht kann bei solchen Menschenansammlungen irgendetwas passieren. Dann braucht nur die Polizei zu kommen und ein paar Feststellungen zu machen. Dann ist man als Emigrant erledigt. Schuldig oder nicht schuldig. Danach fragt bei einem Emigranten niemand. Emigranten sind immer schuld. Zu sowas geht Leonhard Glanz nicht hin. Das kann sich ein Emigrant nicht leisten. Er sitzt am wohlbekannten, quarkgrauen Marmortisch und lässt nach gelöstem Kreuzworträtsel den immer noch peinlich glattrasierten Bart durch die steinerne Platte wachsen. Hätte er nicht doch wegen der Teppichrate gehen sollen?

Er hätte den zwiefachen Fabrikanten garnicht angetroffen. Der ist irgendwohin kommandiert worden. Der muss in voller Parteiausrüstung in einer Kleinstadt Spalier stehen. Stundenlang, bis endlich ein Auto vorbeitobt, inmitten einer Eskorte von sechzig Motorradfahrern. Welch ein Spektakel. Was die für Krach machen. Der Grünäugige sitzt im Fond des Wagens. Er grüßt mit herablassendem Lächeln. Troplowitz, haben Sie das gesehen, wie der grüßt? Der Fatzke? Der Turnlehrer, der hier König spielt. Schlecht spielt er, schlecht. Dazu hat man mich hierher bestellt? Dazu muss man stundenlang rumstehen? Was sagen Sie, Troplowitz? Sie sagen garnichts? Ich bitt Sie, Troplowitz, ganz unter uns.

Warum hat der Troplowitz geschwiegen? Habe ich zu viel gesagt? Was habe ich denn gesagt? Garnichts habe ich gesagt. Was kann man hier in Mährisch-Schönberg schon sagen? Auch ein Ort ist das.

Auch ein Ort ist das. Dieses Mährisch-Schönberg. Das auf

seinem Marktplatz ein Masaryk-Denkmal stehen hat. Und dieses Denkmal von T. G. M. wird an diesem 1. Mai von Lausejungen demoliert. Und mit roten Hakenkreuzen bemalt. Von Lausejungen. Von Lausejungen. Eines der Hakenkreuze hat der zwiefache Fabrikant darauf geschmiert. Dafür hat er Zeugen. Nun mag der Troplowitz hingehen und was erzählen

Im wunderschönen Monat Mai. Und es steht in der Zeitung Tag für Tag. Dass Herr Hitler auf der Passhöhe des Brenner einen Spaziergang hinüber gemacht hat, auf italienisches Gebiet. Die Unzerbrechlichkeit der Achse. Von der Etsch bis an den Belt und so. In Rom haben die italienischen Soldaten zum ersten Mal seit Bestehen der Welt im preußischen Stechschritt paradiert. Hoch das Bein, das Vaterland soll leben, eviva la patria! Im Golf von Neapel wird alles zusammengeholt, was bei der italienischen Kriegsmarine sich noch Schiff nennen lässt. Zweihundert Kriegsfahrzeuge und neunzig Unterseebote führen Wasserpantomime auf. In Sinaia tagt in den gleichen Tagen die traditionelle Konferenz der Außenminister der kleinen Entente. Kein Mensch außerhalb von Sinaia hält das für wichtig. Die drei Außenminister wissen noch nicht, dass es gar keine kleine Entente mehr gibt, Leonhard Glanz weiß das lange schon. Übrigens hat dieses Sinaia garnichts mit dem Berge Sinai zu tun, wo einmal einem Volk das Moralgesetz gegeben wurde, damit es diese zehn Worte über die Welt trüge. Wer kümmert sich noch um die zehn Worte? Da wäre Gott. Lassen wir ihn aus der Debatte. Es ist ein gefährliches Thema, von ihm zu sprechen. Wer ihn wortwörtlich im Herzen trägt, muss unweigerlich hinter Gefängnismauern landen, auch wenn er ein Priester ist oder ein Pfarrer. Denn: Ich bin der Staat, dein Herr … lassen wir Gott also aus der Debatte. Was ist mit dem Feiertag? Den heiligen wir. Jawohl, genau laut Polizeivorschrift. Sowas nennt man heutzutage: Weekend. Dann wären Vater und Mutter, die man ehren soll. Total veralteter Begriff. Heutzutage, wo das Recht der Jugend gilt. Giovinezza, mit Trompetenblasen. Vater und Mutter? Geht in Ordnung, solange sie auf der Parteilinie stehen. Wenn sie meckern, meldet man sie einfach. Wär ja gelacht, für nen Schar-Führer bei der HJ und angehenden SA-Mann. Lügen sollst du nicht? Nanu. Wie sagt der Feldmarschall mit der fettgeschwemmten Ordensbrust? »Anscheißen.« Angeschissen werden die Gutgläubigen, wenn sie schon so dumm sind, es zu glauben. Mit Ehrenwort als preußischer Offizier haben wir die schön angeschissen. Du sollst nicht stehlen? Etwas einen Juden aus der Firma rausschmeißen, bei der man selbst gelernt, gearbeitet und anständig verdient hat? He, Heckerle, hast du nicht dem Juden Leonhard Glanz sein Geschäft gestohlen, seine Existenz, sein Leben? Du mittlerer Dieb, du. Oder ihr kleinen Diebe, die ihr jüdischen Geschäften die Ladenscheiben einschlagt und im Namen der zu vorgeschriebener Zeit spontan ausbrechenden Volkserregung herausklaut, was sich findet. Schöne Ganoven seid ihr, im Namen des spontan ausgebrochenen Volkszornes auf Parteibefehl und unter Polizeischutz. Und ihr Diebe, die ihr Winterhilfspende und Parteikasse beklaut und Millionenvermögen ins Ausland verschiebt? He, Smaragden-Emmy, frag mal den Dicken, wie das eigentlich ist mit der Todesstrafe, die auf Devisenschiebung steht. Weiter. Du sollst nicht morden. Etwa nicht im Namen der Partei? Da werden doch gerade die hundsgemeinsten, brutalsten Mörder zu Nationalhelden gemacht. Die Mörder von Potempa, die einen Menschen stundenlang zu Tode knüppeln und seine alte Mutter zwingen, zuzuschauen. Und jetzt sind sie Nationalhelden im Nazireich. Da sind die Dollfuß-Mörder. Und da ist der Herr Hitler, der telegraphiert, dass er diesen feigen, gemeinen Mord verurteile. Und dann nach knapp einem Jahr ernennt er die Mörderbande zu Nationalhelden in Österreich. Im so gemütlichen Österreich. Du sollst nicht ehebrechen? Jedenfalls dich nicht dabei erwischen lassen. Sonst kannst du, selbst wenn du der großmäuligste Propagandaminister der ganzen Welt bist, ein paar Ohrfeigen erwischen, in diese größte Fresse der Welt. Du sollst nicht falsch schwören, nicht falsch Zeugnis wider deinen Nächsten erheben? Den Eid möchte ich sehen, den ich nicht schwöre. Die Hauptsache ist, dass ich nachweisen kann, dass es dem deutschen Volk genützt hat. Denn Recht ist, was dem deutschen Volk nützt. Und den Nachweis wird mein Rechtsanwalt schon erbringen, so wahr ich Blockwart bin und silberne Schnüre auf dem braunen Hemd trage. Du sollst nicht begehren der Habe der anderen? Ha, ha. Halten wir uns nicht mit Kleinigkeiten auf. Was heißt begehren? Wir fordern. Das nennt man heutzutage Lebensraum.

Der gewaltige Mann von Sinai hebt die Steintafeln mit den zehn Worten von seinen Knien. Er steht auf von seinem Sitz. Michelangelo kann es nicht hindern. Steht auf, riesengroß. Und schmettert die steinernen Tafeln in die Welt.

Werden die steinernen Tafel zum Himmel aufsteigen? Sie werden nicht. Sie werden krachend niederfahren, Hunderttausende werden zerschmettert darunter liegen. Erschlagene. So viel Erschlagene. Und der gewaltige Mann von Sinai wird die Tafeln wieder aufnehmen und wird sich wieder niedersetzen, die steinernen Tafeln auf den Knien.

Michelangelo wird weinen.

Aber Sinaia in Rumänien, mit dem Lustschloss der Thronherrschaften von Bukarest, hat mit dem Sinai gar nichts zu tun. Vielleicht möchten die drei Männer von der kleinen Entente, die es gar nicht mehr gibt, den zehn Worten wieder zur Weltgeltung verhelfen. Sie wissen nur nicht, wie das anzufangen sei. Und so steht auch nichts weiter darüber in der Zeitung.

Am 12. Mai steht in der Zeitung, dass Herr Konrad Henlein nach London gefahren sei. Herr Konrad Henlein, den der zwiefache Fabrikant ganz insgeheim und nur noch bei sich selbst den Grünäugigen nennt. Seine Frau hingegen, dass verrückte, faule Biest nennt ihn Konradin, den Hohenstaufen. Manchmal nennt sie ihn den Herold, der da voranschreitet, ihm, der da kommen wird. Das verrückte Biest. Den ganzen Tag schwafelt sie jetzt von politischen Dingen. Nicht mit ihm, glücklicherweise. Aber mit dem Dienstmädchen. Und dann steckt sie jetzt immer unten in der Kellerwohnung, bei der Frau des Hausmeisters, wo die hintere Stube voll hängt mit Henleinbildern. Sie redet viel in Bibelzitaten und immer in biblischen Formen, aber sie meint den grünäugigen Herold und ihn, der da kommen wird. Und wenn sie nicht schwafelt, liegt sie in ihrer Aufgequollenheit im Bett, die Bilder der beiden Führer um sich ausgebreitet, und grinst. Dieses widerliche Grinsen. So ein verrücktes Biest.

In welch eine vergiftete Atmosphäre ist der Gebetteppich aus Turkestan geraten. Geworden, inmitten süßduftender, blauer Luzernefelder. Noch der Petroleumgeruch vom Baku war ein wenigstens ehrlicher Gestank. Aber das hier! Pfui Teufel!

Der Grünäugige war also nach London gefahren. Um gegen die Regierung der Tschechoslowakei zu konspirieren. Natürlich wandte er sich nicht an britische Regierungskreise. Aber die britische Regierung erfuhr doch davon. Herr Konradin Henlein hatte mehr ausgeschwätzt, als er hätte sagen dürfen. Nämlich, dass die Naziregierung einen Putsch gegen die Tschechoslowakei vorbereite und zu diesem Zwecke militärische Vorbereitungen treffe.

Die englische Regierung informiert die französische Regierung. Und die englische und französische Regierung tun einen gemeinsamen Schritt und informieren die Prager Regierung über deutsche Truppenzusammenziehung in Sachsen und Schlesien, längs den tschechoslowakischen Grenzen. Das steht nicht in der Zeitung.

Am 14. Mai steht in der Zeitung, dass eine Schmugglerbande dabei erwischt wurde, als sie große Pakete mit tschechisch gedruckten Flugblättern, die zu Hoch- und Landesverrat aufforderten, von Deutschland in die Tschechoslowakei brachten.

Am 18. Mai steht in der Zeitung, dass deutsche und von den Deutschen ausgehaltene – die Zeitung sagt: inspirierte – Organisationen in nicht deutschen, europäischen Ländern eine plötzliche, bemerkenswerte Tätigkeit entfalten. In Dänemark stellen die Deutschen Südjütlands programmatische Forderungen an die Kopenhagener Regierung. In der Schweiz tobt sich eine plötzliche nationalsozialistische Propaganda in den deutschen Kantonen aus. In Belgien fordert der flämische Nazifreund Borgenon die flandrische Autonomie. Von Riga aus ernennt sich der Nazigenosse Herbert Steiner zum »Führer der Deutschen im Baltikum« mit Angliederung von Lettland, Estland und Litauen. Im Elsass – obwohl der oberste Naziführer gerade ehrenwörtlich und für ewige Zeiten Elsass-Lothringen als französischen Besitz anerkannt hatte – wird laute Autonomistenreklame gemacht und bei einer Haussuchung findet die französische Polizei 25 000 Plakate: »Die Bretonen sind keine Franzosen! Die Bretagne den Bretonen!«

Was gehen die Nazis Bretagne und Bretonen an? Einen Dreck. Sie treiben hier infame Einmischung in innerpolitische Verhältnisse fremder Nationen. Sie tun genau das, was Herr Hitler »unerträglich« für das deutsche Volk nennt, wenn er vorgibt an nationalem Verfolgungswahn zu leiden. Die Nazis meinen das alles auch einstweilen nicht ernsthaft. Einstweilen nicht. Sie wissen, dass es für diese Dinge vorläufig zum Mindesten noch viel zu früh ist. Sie schmeißen nur mit Dreck, damit die Anderen damit zu tun haben sollen, sich die Augen zu reiben und darüber seine militärischen Aufmärsche an den tschechischen Grenzen nicht sehen.

Am 20. Mai früh morgens fährt der zwiefache Fabrikant mit seinem Handkoffer nach Teplitz. In dem Koffer ist seine schwarze Montur als Henleinparteimann. Auf der Herrentoilette des Teplitzer Bahnhofs kleidet er sich um. Deutsche »Nationale« Politik hat immer etwas mit Klosetts zu tun. Wenn nicht anders, so um die Klosettwände mit Hakenkreuzen und judenfeindlichen Parolen zu bemalen. Aufmontiert und mit vollem Lederzeug marschiert der Zwiefache dann in seine Majolikafabrik. Er muss sich einmal wieder kümmern. Aufträge gehen zwar nur selten ein. Dennoch arbeitet die Fabrik mit voller Belegschaft. Es galt nicht als ratsam, in dieser Zeit Leute zu entlassen, man kann nicht wissen, welche politischen Verbindungen sie gerade haben. Eine Menge Lohngelder wurden so glatt hinausgeschmissen. Volle Belegschaft. Und dabei wurde das wenige, was anzufertigen war, nicht einmal rechtzeitig fertig. Faulenzerei, so geht das nicht weiter. Politik hin, Politik her, irgendwo muss die Grenze sein. Der Zwiefache, in voller Montur nahm sich vor, einmal mit der Hand auf den Tisch zu schlagen. Als er in seine Fabrik kommt, findet er die gesamten Leute, Arbeiter und Büropersonal damit beschäftigt, aus etlichen großen Holzkisten heraus Kerzen untereinander zu verteilen. »Was ist da los, was sind das für Kerzen?« »Die Firma Schicht in Aussig hat sie geschickt«, sagt der Fabrikleiter, als wäre das eine selbstverständliche Sache. »Kerzen? Wozu?« »Zum Verteilen an alle.« »Wozu? Wozu? Wozu?«, fragt der Zwiefache. Er ist gereizt und läuft rot an. »Na, so«, meint der Fabrikleiter, packt den Chef mit festem Griff unter dem Arm und geht mit ihm über den Hof in das Privatkontor. Die Kerzenverteilung geht munter weiter. Nur unterbrochen durch eine Prügelei zwischen zwei Frauen. Die waren darüber in Streit geraten, dass jede das Recht forderte, ihre Tochter müsse morgen »Reihendurchbrecherin« sein. »Ich habe mich zuerst gemeldet.« »Aber Ihre hat doch schwarze Haare und meine ist doch blond.« Nämlich morgen, beim Einzug, wenn alles im Spalier stehen wird, würde von hinten ein kleines Mädchen voll spontaner Begeisterung die dichten Reihen »durchbrechen« und dem einziehenden Führer einen Blumenstrauß überreichen. Das sollte am Nachmittag noch geübt werden. So munter ist das Fabrikleben heute.

Nach einer halben Stunde ist der zwiefache Chef wieder auf dem Hof. Ganz allein. Der Hof ist leer. Er ist nicht mehr rot angelaufen, im Gegenteil, er ist blass. Das kommt von dem weichen Gefühl im Magen her. Er geht auf und ab, mit den Händen auf dem Rücken. In der Montur sieht er jetzt wie ein abgedankter Subalternoffizier aus. Auf und ab. Die Büroangestellten beobachten ihn mit Vorsicht von den Kanzleifenstern aus. »Jetzt, wo er Farbe bekennen muss, geht ihm der Arsch auf Grundeis«, sagt der junge Expedient leise zu dem rundlichen Buchhalter. »Haben Sie mal zwei gutgehende Fabriken und dann sehen Sie auf einmal, dass sie entweder die eine oder die andere werden aufgeben müssen. Weil sich das sogenannte Rad der sogenannten Geschichte dreht. Natürlich unaufhaltsam dreht, sozusagen, meine ich«, flüstert der Rundliche. »Für mich gäbe es angesichts der nationalen Lage keine Bedenken«, meint der Expedient und die stolze Sprache verliert alles gewollt Heldenhafte, da es ja nur zischelnd geflüstert wird. »Sie haben ja auch nich nie zwei Fabriken besessen«, sagt der Buchhalter. Der Expedient antwortet nicht mehr »Vielleicht leite ich morgen eine«, denkt er, »wenn der da drüben sich noch lange besinnt.«

Der Zwiefache besinnt sich noch lange, unentwegt auf und ab gehend. Wieder einmal fünf Minuten vor zwölf. Diesmal scheint es ernsthaft. Kommt es zum Äußersten, dann wird er die Majolikafabrik in Teplitz schließen lassen müssen. Die Porzellanfabrik und der Sitz in Prag sind wichtiger. Aber hat er sich nicht zu weit herausgestellt? Wenn die tschechische Bank davon erfährt? Das Steuer herumwerfen? Auf Tschechischnational kann er sich nicht drehen. Kein Mensch würde ihm das glauben. Noch dazu bei der verrückten Frau mit dem Nazispleen. Man sollte auf die Majolikafabrik pfeifen, auf die Porzellanfabrik auch. Wozu das alles? Für was? Für wen? Aber drängen wird er sich nicht lassen. Nun gerade nicht. Beide Fabriken wird er behalten. Es sind ja seine Fabriken. Was heißt hier fünf Minuten vor zwölf, mal wieder. Weil die Fabrik Schicht Illuminationskerzen verschickt? Die Herren Schicht sollen sich auch schon mal geirrt haben. Jedenfalls wird er mal bis morgen da bleiben. Da wird man ja sehen. Nur nicht übereilen. Morgen ist auch ein Tag. Er hat sowieso eine Freundin in Teplitz. Bei der wird er schlafen. Der Gedanken an eine reizvolle Nacht gibt ihm sein Gleichgewicht wieder. Morgen wird sich das Weitere finden.

Die reizvolle Freundin – den ganzen Tag hat er sich ihre verschiedenen Reize in Gedanken ausgemalt – wohnt ziemlich weit draußen. Als er sich gegen Abend hinbegibt, kommt er an einem Blumengeschäft vorbei. Er will ein paar Blumen mitnehmen. Aber der Laden ist gedrängt voll. Was ist denn los, dass alle Leute Blumen kaufen wollen? Das dauert ihm zu lange. Wofür wollen die alle auf einmal Blumen kaufen? Er setzt seinen Weg fort, ohne Blumen. Überhaupt eine verrückte Idee, der da Blumen mitbringen zu wollen. Schließlich ist sie keine Dame und die Nacht wird genug Geld kosten.

Die Nacht kostet viel Geld. Aber es wird nicht so reizvoll, wie er es sich vorgestellt hatte. Lärm schwerer, langsam fahrender Wagen setzt in einiger Entfernung vor Mitternacht ein. »Sie kommen, sie kommen wirklich«, sagt die Reizvolle und kaut Pralinen dabei. Immerfort dieses Rattern schwerer Fahrzeuge aus nicht weiter Ferne. »Ob das Kanonen sind?«, denkt der Zwiefache. Wenn das wirklich Kanonen sind, wenn die Deutschen da wirklich einrücken, wie soll man da morgen nach Hause kommen können. Vielleicht ist der ganze Verkehr gesperrt. Er hätte doch nicht bleiben sollen. Wie man es macht, macht man es jetzt verkehrt.

Es waren wirklich Kanonen gewesen, was da die Nacht hindurch gefahren hatte. Kleine und große Geschütze, Tanks, Maschinengewehre und Flugabwehrkanonen. Aber keine Nazigeschütze waren das, sondern tschechische Kanonen. Tschechische Kanonen. Tschechische Kanonen.

Am Sonnabend, dem 21. Mai, frühmorgens, war die böhmische Grenze gegen alle Nazifronten in Kriegsbereitschaft.

Tschechische Kanonen. Tschechische Kanonen.

War es fünf vor zwölf? So mochte es zwölf schlagen. Die Kanonen würden losgehen.

Es schlug nicht zwölf. Die Nazis marschierten nicht. Putschen hatten sie wollen. Einbruch. Allenfalls Überfall. Kampf? Nein. Das wollten sie noch nicht.

Die vielen Blumen schmückten die Stuben nazifreundlicher Bewohner in den Sudetengebieten und welkten hin, ohne ihren eigentlichen Zwecken zugeführt worden zu sein. Die Illuminationskerzen verschwanden in den untersten Kommodenschubladen. Aufgeplusterte Figuren von gestern wandelten heute mit eingezogenen Schultern. Die Uhren waren nicht mehr fünf Minuten vor zwölf, sondern zeigten normale, mitteleuropäische Zeit.

Tschechischen Kanonen. Tschechische Kanonen.

Als der Zwiefache an diesem Morgen in seine Majolikafabrik ging, kam er sich ungemein gescheit und überlegen vor. Das hatte er einmal wieder gedreht. In der Fabrik ist er heute ganz

Chef. »Sorgen Sie dafür, dass in Zukunft etwas mehr gearbeitet wird«, sagt er zum Fabrikdirektor, »die Schlamperei muss ein Ende haben.«

In Prag, in der ganzen Tschechoslowakei, wusste an diesem Morgen des 21. Mai 1938 jedermann, dass es doch zwölf geschlagen hatte. Oder dreizehn. Aber ganz anders als gewisse Leute das immer verstanden hatten. Wochenlang hatte sich da um Böhmen herum das Wetter zusammengezogen. Jetzt war der Blitz hindurchgefahren. Die dämmerig Schlafenden in den Kaffeehäusern, mit den Bärten, die durch die Marmorplatten wuchsen, fuhren auf. Denn

auf einmal,

mitten drin,

hinein in den Schlaf,

hatte es einen furchtbaren Krach gegeben und es wackelte der Kaffeehaustisch und es klapperten die Kaffeetassen und die Wassergläser fielen herunter. Und es wackelten die Lettern in der Zeitung, obwohl an diesem Morgen noch garnichts von den Dingen in der Zeitung stand, die auf einmal los waren.

Tschechische Kanonen, tschechische Kanonen an allen Grenzen. Und im schützenden Schatten dieser Kanonen, tat an diesem Tage das ganze tschechoslowakische Volk seine Werktagsarbeit und seinen Alltagsdienst, so wie an jedem anderen Tage auch. Jedermann wusste, was da los war. Und jedermann tat unverändert seine einfache Pflicht. Man muss ein Volk bei seiner Arbeit sehen, um zu lernen, wie es ist. Man muss das böhmische Volk an diesen Tagen des 21. Mai bei seiner Arbeit erlebt haben, um sagen zu können: So ist ein edles Volk.

Man muss aber auch an diesem 21. Mai 1938 den »Rrreichsender Berrlin und alle angeschlossenen Sender« gehört haben. Seid gerecht. Audiatur et altera pars. Im Namen der Demokratie. Man muss demokratisch sein, wenn man demokratisch ist, bis zum letzten. Auch gegen den Todfeind. Und gelte es auch das Leben. Und es gilt und du wirst es auch verlieren, aus lauter Demokratie. Man muss also an diesem Tage die Nazi-Radiostationen gehört haben, um zu wissen, welch eine Summe von Verlogenheit, Verleumdung und bübischer Schimpferei möglich ist. Da gab es was zu lernen. Was da an hundsgemeinen Flüchen und Schimpfworten gegen die Tschechoslowakei und ihren Präsidenten losgelassen wurde, das hört man sonst nur in Verbrecherkneipen oder auf Saufabenden deutscher Studenten.

Der Reichssender Berlin und alle angeschlossenen Sender schimpfwüteten noch den ganzen Sonntag so weiter. Der zwiefache Fabrikant hatte Gelegenheit, das mit anzuhören. Seine Frau hatte während des ganzen Tags die Quatschkiste angestellt. Sie saugte den Unflat wie Rauschgift ein. Ihm aber gefiel es ausnehmend. Es entsprach seiner gehobenen Stimmung. Er stapfte auf dem turkestanischen Teppich herum, ohne auch nur an die unbezahlten Raten und den ihm peinlichen Mann Leonhard Glanz zu denken.

Viele Menschen in vielen Ländern hören in diesen Maien-Wochenendtagen die zentraleuropäischen Sendestationen, mit unterschiedlichen Gefühlen. In Frankreich zum Beispiel ... »Der Präsident der französischen Republik und der Präsident der tschechoslowakischen Republik, gleichermaßen bestrebt ... falls die Tschechoslowakei oder Frankreich durch Verletzung der ... zwischen ihnen und Deutschland zwecks Erhaltung des allgemeinen Friedens abgeschlossenen Verträge ... verpflichten sich ... einander unverzüglich Hilfe und Beistand zu gewähren, falls diese Verletzung von einem unprovozierten Angriff begleitet wäre ...«

Wo liegt noch dieser pergamentene, mit goldenen Federn unterschriebene Vertrag? Im Archiv der französischen Regierung. Im Archiv der tschechoslowakischen Regierung. Und auch im Archiv des Völkerbundes. Man kann also nicht gegebenenfalls sagen, dass man nicht zu Hause sei. Oder dass man den Vertrag verlegt habe und gerade nicht finden könne.

Das eben ist es. Dass man um diesen und andere Verträge nicht herum kann. Jedenfalls ist es an diesem Tage die Meinung aller ehrenhaft denkenden Franzosen zum Beispiel, dass der Vertrag dazu da sei, gegebenenfalls gehalten zu werden. Obwohl es auch die Meinung aller opportunistischen Franzosen ist, dass man doch nun nicht einfach in den Krieg gehen könne, wegen einiger Sudetendeutscher oder so. Wer sind denn diese Sudetendeutschen und was ist das eigentlich? Wo liegt nur dieses Böhmen? Fragt man in London. Bei Shakespeare soll es am Meer liegen. An welchem Meer kann das sein, wenn England da keine Flottenstation hat? Und das ist es eben, dass man weiß, sehr wohl weiß, was Krieg ist. Dass man aber nicht weiß, oder nicht wissen will, dass es den Nazis garnicht um die Sudetendeutschen oder so geht, sondern um den Frieden der Welt, den sie zu stören, zu erschlagen, zu ermorden ein für allemal gewillt sind. Sie paradieren durch die Straßen und singen: »Heute gehört uns Deutschland und morgen die ganze Welt.«

Während ihr Rundfunksender unentwegt schnauzend weiter grölt und schimpft.

Kommt es zum Schießen? Es kommt nicht dazu. Weil die Nazis garnicht schießen wollen. Sie wollen stehlen, plündern, rauben. Sie wollen vor allem erpressen. Sich schlagen wollen sie nicht.

Aber die Gläser wackelten nun einmal auf allen Kaffeehaustischen. Nicht nur bei den aus Dämmerschlaf gescheuchten Bartwächtern in Prag. Auch auf den Marmorplatten der Terrassencafés in Paris wackelten die Aperitifgläser. In den Berliner Kneipen wackelten die riesigen, bauchigen Weißbierkelche. Sogar in Londoner Teestuben wackelten die Porzellantassen. Und darüber dachte man nach, in Paris, in London, in Berlin, wie man das wackelnde Geschirr wieder zu gewohntem, trinkfestem Stehen bringen könne.

Schimpfen, Krach schlagen, drohen, erpressen. Erpressen. Erpressen. Das ist das Berliner Rezept. Etwas anderes weiß man dort nicht.

Das sind die Berliner Erpresser.
Sie stören des Gentlemans Ruh.
Sie fressen das Brot mit dem Messer,
Sie wissen alles viel besser
Und saufen und rülpsen dazu.

Das sind die Berliner Erpresser
Sie stören dem Weltall die Ruh.
Sie tragen im Stiefel ein Messer,
Sie klauen je mehr, umso besser,
Und brennen und morden dazu.

Der Obererpresser säuft allerdings nicht. Im Gegenteil, er trinkt nur Sodawasser. Aber rülpsen tut er laut genug, über den Rrreichssender und alle angeschlossenen Sender. Morden tut er auch. Ganz sachlich. Höchstpersönlich, mit dem Revolver in der Hand. Mal ein junges Waisenmädchen, im Namen der Vaterschaft, die er an ihr zu vertreten vorgab. Mal seinen Freund, der ihn groß gemacht. Mal ... Die Reihe würde ja viel, viel zu lang.

Da sind aber die Gentlemen in London. Die Kavaliere in Paris. Die können sich garnicht vorstellen, dass es so etwas gibt. Und wenn es das gibt, dann muss man so tun, als ob es das garnicht gäbe. Wenn einer amtlich Exzellenz tituliert wird, dann muss er doch ein Ehrenmann sein. Ich tue als ob. Du tust als ob. Er tut als ob.

Nirgends geht es sonderbarer zu als in der Welt. Und da gibt es irgendwo in der Welt einen vornehmen, exklusiven Klub. Satzung dieses Klubs ist, dass seine Mitglieder miteinander würdig, anständig, menschlich verkehren. Freilich ist da ein Mitglied des Klubs, dass diese Satzungen anerkannt und unterschrieben, durchaus aber nicht die Gepflogenheit hat, sich danach zu richten. Die Mitglieder des Klubs sind teils sehr mächtige, teils weniger mächtige Herren. Trotzdem verkehren sie miteinander kameradschaftlich und eben wie Gentlemen miteinander verkehren. Bis auf den einen, von dem es heißt, dass er täglich Boxunterricht nähme. Sport ist Sport. Einige der Herren gehen fischen, andere spielen Tennis, reiten, segeln oder Hockey spielen. Das wäre jedermanns Sache. Von dem Boxenden erzählt man allerdings, er übe den Sport nicht um des Sportes willen, sondern um bei Gelegenheit den einen oder anderen auf einsamem Weg Knock-out zu schlagen und dann ihm die Taschen auszuleeren. Das ist aber nur ein Gerücht. Er hat es noch nie getan. Also ist er ein Mitglied des vornehmen Klubs wie alle anderen und so verkehrt man mit ihm.

Eines Tages, als man beisammen sitzt, haut der Boxsportler mittendrin mit der Faust auf den Tisch, dass alle erschreckt hinsehen, und er behauptet, der kleine Herr da neben ihm im Klubsessel habe ihm seine goldene Uhr geklaut. Das ist ein ungewöhnlicher Ton im vornehmen Klub. Auch weiß jeder, dass die goldene Uhr dem kleinen, netten Herrn immer gehört habe, während der peinliche Polterer nie eine besaß. Nur ist es unter Kavalieren nicht üblich, dergleichen zu sagen. Was tun also die Herren des Klubs? Ja, was sollen sie tun? Das einzige, was man in einem vornehmen Klub tun kann, wo es nie Skandal geben kann. Sie tun alle, als ob sie gar nichts gehört hätten.

Nach den Regeln des Klubs hätte die Sache damit erledigt sein müssen. Der Krachmacher hält sich aber nicht an die Regeln. Er wiederholt seine erfundene, verlogene, freche Behauptung immer wieder. Immer lauter. Immer dabei mit der Faust auf den Tisch. Er läuft rot an und am Ende glaubt er beinahe selbst an den unverschämten Schwindel seiner Behauptung.

Die anderen tun noch immer, als hätten sie nichts gehört. Der eine oder andere denkt, das ginge zu weit. Aber er sagt nichts, weil das gegen die Regeln wäre. Außerdem sieht er die auf den Tisch ballernde Faust an, die ebenso rot ist wie das in Wut angelaufene Gesicht. Peinlich ist das.

Da niemand etwas sagt, meint der Krachschläger jetzt wirklich im Recht zu sein. Nicht dass er glaubte, die goldene Uhr gehöre ihm. Aber er meint, die anderen glaubten das jetzt. Und so steht er auf, geht auf den kleinen, netten Herrn im Klubsessel und will ihm die goldene Uhr mit Gewalt wegnehmen.

Das geht nun natürlich zu weit. Das wäre gegen alle Klubregeln. Das wäre ein Skandal, wenn es bekannt würde, so geht das nicht. Einige der sehr bedeutenden Klubmitglieder kommen jetzt hinzu und bieten ihre Dienste als Vermittler an. Der Wuttobende randaliert weiter. Daraufhin meinen die Vermittelnden, das beste wäre, der kleine, nette Herr gäbe dem Krachmacher die Uhr. Weil er doch ein Gentleman sei und ein netter Kerl dazu. Und am besten sei, er gäbe ihm auch noch seine Brieftasche mit Inhalt. Damit wieder Ruhe würde. Und der kleine, nette Herr muss das schließlich tun.

Dann setzt man sich wieder hin. Der Krachschläger zündet sich eine große, aber schlechte Zigarre an. Er raucht sie, ohne den rot- und goldbedruckten Papierring vorher von der Zigarre abzustreifen.

Alle tun so, als ob alles in Ordnung sei und nichts wäre geschehen.

Das ist nun kein Märchen aus irgendwelchem wilden Westen oder geheimnisvollen Osten. Das ist eine wahre Geschichte aus Europa.

Damit diese kleine Geschichte eine besondere Überschrift habe, soll sie »Lokalisierung eines Streites« heißen. So nennt man das in der Sprache der Klubmitglieder.

Der Krachschläger weiß das. Er weiß, dass, wenn er gleich mit mehreren auf einmal anfinge, der Streit nicht lokalisiert bleiben könne. Und dann könne so ein Krach vielleicht schlecht für ihn ausgehen. Und so fängt er immer mit einem der kleineren, netten Herren zur Zeit an. Und dann wiederholt sich der Vorgang, wieder wird der Streit lokalisiert und weiterhin tut man, als ob dann alles in Ordnung sei.

Wir tun als ob. Ihr tut als ob. Sie tun als ob.

Das wäre alles. Mehr ist über den Klub nicht zu sagen.

Es wurde lokalisiert. Einmal war es der Fall Österreich. Ein zweites Mal war es der Fall Tschechoslowakei. Mehr wäre eigentlich nicht zu sagen.

Eben hielten wir noch bei dem dröhnenden Paukenschlag des 21. Mai. Und jetzt sind wir schon bei München. Eigentlich ist schon alles gesagt.

Denn was gab es in diesen Monaten, was nicht schon gesagt wäre?

Etwa, dass die Petschkes gleich nach dem 21. Mai die Majoritätspapiere ihrer wichtigen Unternehmen in Böhmen an ein tschechisches Konsortium verkauften. Der zwiefache Fabrikant hatte sich gedacht, man müsse ein Auge darauf haben, was die Haute-financiers und schweren Industriellen Petschek tun. Denn die Petscheks haben ein feines Gefühl. So fein, dass einer von ihnen immer Handschuhe trägt, er kann alle Dinge nur mit Handschuhen anfassen, ein so feines Gefühl hat er – und Furcht vor Bazillen und Mikroben dazu. Die Petscheks haben also an Tschechen verkauft. Diese Juden. Gewiss, in der Partei des Grünäugigen nahm man zwar Geld von den Petscheks. Auf Umwegen natürlich, im beiderseitigen Interesse. Denn der krumme Weg ist ja der geradeste, das wissen wir schon. Aber sonst sind die Petscheks volksfremde, rassenfremde Elemente. Deutsch sprechende. Die Juden sprechen immer Deutsch. Auch in Polen, auch in Lettland und Litauen. Auch in Russland. Immer sind die Juden das deutschsprechende Element. Auch die Petscheks also. Und verkaufen an die Tschechen. So ein Verrat. Warum haben sie nicht durch den »Sonderkommissar für die Arisierung sudetendeutscher Betriebe« verkauft, der auf einmal da ist. Nazipresse und Henleinpresse wüten. Verräterstat. Im Börsenteil, der eigentlich in dieser Presse garnicht enthalten sein dürfte. Aber ist. Und wie. Die Petscheks sind Verrärätäter und sie sprechen auch gar nicht mehr Deutsch, denn auf einmal sind sie samt und sonders per Flugzeug nach England.

Der Zwiefache, der es über die Börse erfährt, weiß, das ist ein Signal. Aber darf er es auf sich beziehen? Kann er von dem Signal Gebrauch machen? Selbst wenn er wollte? Will er, was er will? Verrateratat? Was immer er täte. Was immer er täterätäte. Sie schrien Verrateratat. Die verrückte Sächliche, das faule Stinktier, das stinkige Faultier. Die schrie zuerst und am lautesten. Sie schreit überhaupt in neuester Zeit. Zumeist, wenn sie am Radio eine Versammlungsübertragung hört, aus dem Berliner Sportpalast oder dem Münchener Bierkeller. Wenn die Nazis da drüben Heil brüllen, dann schreit sie mit. Zum Kugeln ist das, platzen könnte man, vor Lachen. So ein verrücktes Biest. Was soll der Zwiefache mit den sich praktisch ergänzenden und ideologisch diametral entgegengesetzten Fabriken nur machen? Am 31. Mai dachte er, es würde noch alles gut. Ein paar Wochen später sieht er, dass die Berliner Erpresser weiter toben. (Die opportunistische Presse für den Familiengebrauch erzählt dem bescheidenen zurückgestellten, aber gewisslich nicht vergessenen, durchschnittlichen Mann Leonhard Glanz, dass der Rrreichssender Berrlin in einem einzigen Monat 376 voreilig erfundene, erstunkene Hetzmeldungen gegen die Tschechoslowakei hinausgekräht habe.) Es wird also doch wohl nicht alles wieder gut. Als treudeutscher Mann muss man das begrüßen. Aber wenn man doch auch ein Zwiefacher ist?

Auf einmal schicken die Engländer den Lord Runciman nach Prag. Die opportunistische Zeitung für den Familiengebrauch sagt, nun wird sich alles, alles we-e-e-enden. Und alles wird wieder gut. Gott sei Dank. Denkt Leonhard Glanz. Gott sei Dank, denkt der Zwiefache, Gott sei Dank, denken die Kaffeetassen auf den zentraleuropäischen, runden Marmortischen, Gott sei Dank, denken die Aperitifgläser in den Pariser Terrassencafés. Gott sei Dank, denken die Porzellantassen in allen Londoner Teestuben. Hol es der Teufel, denken die Gefolgsleute des Grünäugigen. (Der Grünäugige selbst nicht. Der weiß, wie und wo der Teufel hier die Hand im Spiel hat.) Hol es der Teufel, denkt das verrückte Biest. Sie bekommt dabei einen argen Schreck, denn vom Teufel reden heißt: ihm den kleinen Finger reichen. Dann nimmt er die ganze Hand und schon ist man von ihm besessen. Der Schreck rinnt ihr über die Haut, von Kopf den Hals hinab, über die Fettbrüste und den schwammigen Bauch. Und weiter und es wird ihr so komisch und sie legt sich lieber ins Bett. Der Teufel, der Teufel, der Teufel. Schrecklich, vom Teufel besessen zu sein. Dabei ist es so schön. So schön, dass man ein Gesicht bekommt, dass eine grinsende Maske ist, wenn man im Bett liegt. Wo sind die Bilder? Schnell die Bilder von ihm. Ach, die Bilder. Die Bilder. Der Teufel. Schön ist das.

Am dritten August (»August sein auf dem Thron, wenn kein Horaz ihm singt.«) kommt Lord Walter Runciman nach Prag. Er bringt die Lady mit. Er bringt Jagdgewehre und Angelruten mit. Er bringt einen Beamtenstab mit und zwei Sekretärinnen, die allen Besuchern und Telefonanrufern »I am sorry« zu sagen haben. Der Lord Runciman lässt sagen, er habe hier kein Amt und einstweilen auch keine Meinung. Er komme in keiner eigentlichen Mission, sondern nur als uneigentlicher Berater.

Der Lord, mitsamt den zwei I-am-sorry-Sekretärinnen, dem Beamtenstab, den Angelruten und Jagdgewehren und der Lady, wohnen mitten in der City, in verkehrsreicher Gegend. Weil dort das seiner Lordschaft nebst Gefolge angemessene, teuerste Hotel von Prag ist.

Dieses Hotel Alcron ist ein wirklich modernes, elegantes Hotel. Nur so laut. Der Straßenlärm stört den Lord. Sowohl beim Arbeiten als auch beim Pfeifenrauchen. So geht das also nicht. Was macht man da? Der Lord könnte in einem anderen, sehr schönen Hotel in ruhiger Gegend wohnen. Aber dieses Hotel wäre nicht so teuer. Und schließlich kann man doch nicht einem Lord zumuten, dass er einfach umziehen soll. Ein Lord kann freilich ein paar Millionen Menschen zumuten, dass sie höchst umständlich umziehen sollen. Aber das ist etwas anderes. Was macht man also mit dem Hotel Alcron, wenn der Verkehrslärm dort so groß ist, dass seine Lordschaft gestört wird? Nichts mit dem Hotel. Sondern man bemüht die Verkehrspolizei. Die macht eine neue Straßenordnung. Der Verkehr in etlichen Citystraßen wird umgelegt und umgeleitet, denn es ist die City von Prag und nicht etwa von London.

So ist das, wenn ein englischer Lord kommt, der, von wem auch immer – bestimmt nicht von der Prager Regierung –, herzlich eingeladen worden war, der kein Amt hat und vorläufig noch gar keine Meinung. Höchstens den stillen Entschluss, sich eine ganz bestimmte Meinung demnächst bilden zu wollen. Der Grünäugige lächelt, wenn er daran denkt. Das verrückte Biest hingegen lächelt hierzu garnicht. Die hat ja keine Ahnung, was hier gespielt werden wird. Sie ist böse. Sie nennt den ehrenwerten Lord nur »diesen Runzelmann«.

Runzelmann, der Lord, hat Arbeitstage und Wochenendtage. Das Wochenende zieht sich manchmal etwas hin, wenn er mit Jagdgewehren und Angelruten auf den Gütern böhmischer

Adelsherren zu Besuch ist. Zwar ist der Adel in der Tschecho-slowakei vor dem Gesetz abgeschafft. Aber Adel ist einmal Adel. Besonders, wenn es böhmischer Adel deutscher Blüte ist. Adel bleibt Adel. Pickt einmal so einem mit einer Nadel in den Hintern, ihr werdet sehen, es kommt blaues Blut heraus. Diese deutschen Adelsherren sind also die Gastgeber des ehrenwerten Lord ohne Amt und Meinung zu regelmäßigen Weekend-Partys. Da es sich rumspricht, schwillt den Henleinbrüdern die deutsche Heldenbrust. Sie fühlen sich als die Herren der Situation. Freilich, das mit den deutschen Adligen in Böhmen hätte der ehrenwerte und so völlig unvoreingenommene Lord nicht tun sollen. Denn dumme Menschen, die von Politik nichts verstehen, etwa die einfachen Menschen von der Straße, die böhmischen Arbeiter aus Kohlenschächten, Eisenwalzwerken, Glasfabriken, an Büropulten, Schreibmaschinen und Werktischen denken, dieser Ri-Ra-Runzelmann habe da so etwas wie eine Voreingenommenheit, eine Meinung für die deutschen Adligen und nach ihrem Klüngel hin.

In den opportunistischen Zeitungen für den Familiengebrauch stehen alle Tage die Hofberichte über den so hervorragend privaten Lord Runciman. Auch was er alles arbeitet. Memoranden laufen ein und laufen aus. Verhandlungen werden nicht gepflegt, umso mehr aber gepflogen. Der private Lord empfiehlt der Prager Regierung, mit den Henleinleuten zu einer Verständigung zu kommen. Der private Lord lässt durchblicken, dass der britischen und der französischen Regierung an solcher Verständigung alles gelegen sei. Die Prager Regierung macht einen Verständigungsvorschlag. Lord Runciman sagt: Yes. Die Henleins sagen: Nein. Der deutsche Sender kotzt Wut. Da macht die Prager Regierung einen zweiten Verständigungsvorschlag. Lord Runciman sagt: Yes. Die Henleins sagen: Nein. Der deutsche Sender wutkotzt Gift. Da macht die Prager Regierung einen dritten Verständigungsvorschlag. Lord Runciman sagt: Yes. Die Henleins sagen: Nein. Der deutsche Sender giftwutkotzt Galle. Da macht die Prager Regierung einen vierten Verständigungsvorschlag, der den Henleins alles konzediert, was sie am Vortage gefordert hatten. Die britische und die französische Regierung sprechen ihre Anerkennung aus, für das selbstlose Eingehen auf die Notwendigkeiten Europas. Lord Runciman sagt zufrieden: Yes. Und die Henleins sagen: Nein. Der deutsche Sender gallengiftwutkotzt Jauche.

Denn der Kavalier mit den schwarzen Fingernägeln im Klub der vornehmen Leute wollte nicht nur die goldene Uhr und die Brieftasche haben, sondern auch ein paar Blanco-Unterschriften im Scheckbuch.

Nun frage ich Sie – ich, der Anonymus dieser tieftraurigen Chronik –, frage ich Sie: Würden Sie einem Kavalier mit dreckigen Fingernägeln, von dem Sie wissen, dass er sein Ehrenwort bei jeder Gelegenheit gibt und bricht, auch schon einen ganz rentablen Einbruch hinter sich hat, würden Sie dem ein paar Blankoschecks mit ihrer honorigen Unterschrift aushändigen? Sie würden es nicht tun.

Auch Leonhard Glanz würde, wenn er ein wohlbeziffertes Bankkonto hätte – er besitzt nur eines, auf dem der nicht abhebbare Minimalbetrag steht –, einen solchen Scheck nicht hergeben. Auch der zwiefache Fabrikant, der ein immerhin mobiles Bankkonto hat, obwohl zu befürchten ist, dass es nicht all zu groß ist, denn warum zahlt er denn immer noch nicht die zweite Teppichrate, würde einen solchen Scheck nicht hergeben.

Faul, denkt Leonhard Glanz bei der sonderbaren Vorstellung, dass er in seinem bescheidenen Rahmen eine derartige Entscheidung treffen sollte. »Faul«, denkt der Zwiefache, bei ähnlicher Erwägung, die ihm den Angstschweiß auf die Stirn treibt. »Süß«, denkt die quallig Sächliche und räkelt sich trotz der Sommerwärme dieser Frühherbsttage in ihrem Bett herum, von Führerbildern ist sie umgeben und windet sich, bis ihr das Grinsen kommt.

Im angestaubten Kaffeehaus ist ein Wirbel. Gewiss nur ein Gedankenwirbel. Bei den Vielhundertjährigen im Schachzimmer blieb es undiskutiert, dass eine weiße, spanische Eröffnung von Schwarz gegen alle Regeln der Theorie beantwortet wurde.

An den marmelsteinernen Tischen der dämmernden Zeitungs-leser rauschten die Vollbärte, lösten sich von den durchwachsenen Tischen und hinterließen abgrundtiefe Löcher, durch die man in das Grauen blicken konnte. Plötzlich sagte eine jugendlich klingende Stimme: Chamberlain.

»Chamberlain«, wiederholte der Chorus rauschender Bärte.

Die jugendlich klingende Stimme blechte weiter: »Hitler hat doch keine Wahl. Er hat sich doch viel zu weit exponiert. Setzt er seine Forderungen jetzt nicht durch, dann muss er Krieg führen oder abtreten.«

»Abtreten«, dachte der Chorus rauschender Bärte.

»Was aber käme nach, wenn Hitler jetzt abtreten würde?«, blechte fragend die jugendlich klingende Stimme, »das bolschewistische Chaos.«

Dem Chorus der rauschenden Bärte schien das bedenklich. Er schwieg.

»Und das kann Chamberlain nicht wollen«, war der jugendlich Klingende wieder da, »und wenn er wegen der öffentlichen Meinung in England es heute nicht laut erklären kann, so wird er im Stillen und hinten herum Hitler zu allem verhelfen, was er will.«

»Provokateur«, dachte der Chorus der rauschenden Bärte und sah sich nach dem Oberkellner um, damit er den Lästigen hinauswerfe. Der mit der jugendlich klingenden Stimme war aber schon fort. Wahrscheinlich war er durch eines der abgrundtiefen Löcher entschwunden, durch die man in das Grauen blicken konnte.

Leonhard Glanz stolperte nach Hause. Er hatte sich eine der um den Abend erscheinenden Morgenzeitungen kaufen wollen. Aber er hatte kein Geld dafür. Für den Kaffee und zwei Semmeln gab ihm der Zahlkellner immer noch wieder Kredit. Aber bares Geld konnte er ihm doch nicht dazu abpumpen. Kein Geld, keine Zeitung. Keine Zeitung, kein Geld. Überhaupt kein Geld. Keinen Heller. Blank, wie ein Eckstein, an den sich die Hunde stellen, um ihn anzupinkeln. Er stolpert die Treppe hinan, die zu einem Park führet und den Heimweg kürzt. Keine

Zeitung. Kein Geld. Kein Geld. Kein Geld. An diesem Tage hatte Leonhard Glanz nichts gegessen, als die zwei Semmeln, am Abend, zum schwarzen Kaffee. So schlecht waren die sogenannten Geschäfte. Der morgige Tag? Stand im Leeren. Kein Geld. Kein Geld. Kein Geld. Bei jeder Treppenstufe. Überhaupt kein Geld. Aber Hunger. Richtig. Gehungert hatte Leonhard Glanz sonst noch nie im Leben. Jetzt war es so weit. Er vertrug das schlecht. Er merkte, dem würde er nicht gewachsen sein. Er empfand das als eine brutale Ungerechtigkeit, gegen ihn persönlich gerichtet. Er stellte fest, dass er ein Mensch mit Talent und Begabung sei. Und so etwas muss hungern? Eine Infamie des Schicksals, gegen das jedes Mittel recht sein müsse. Leonhard Glanz geriet in heldische Stimmung.

Dicht vor ihm ging den gleichen Weg durch den einsamen Park ein Mann, der ein Herr zu sein schien. Jedenfalls sah er gut angezogen aus, wie sich im Schein der Laterne erkennen ließ. Aus einem Seitenweg trat ein Mädchen und redete den Herrn an. Der Herr schenkte ihr Geld. Es muss ein netter Betrag gewesen sein, denn das Mädchen bedankte sich mit lautem lachenden Wortschwall. Gleich darauf sprach das Mädchen auch Leonhard Glanz an. Ob er nicht mit ihr ins Dunkle, hinter die Büsche gehen wolle. Er konnte ihr nichts schenken. Der Herr ging immer noch vor ihm. Auch noch, als es hundert Schritte weiter noch einsamer, dunkler geworden zu sein schien.

»Wenn ich dem jetzt eine herunterhaue«, dachte Leonhard Glanz, »unter das Kinn, dass er hinkippt. Ich habe schon einmal in einem Park jemanden verhauen. Es waren nur Ohrfeigen. Kein Knock-Out. Ich habe keine Übung darin. Aber ich würde es schon treffen. Sicherlich hat er viel Geld bei sich und ich wäre aus dem Druck. Erst mal. Das wäre nur gerecht, bei meinem Talent, bei meiner Begabung.«

Der Herr ahnte nichts. Es ging ihn auch nichts an. Krause Gedanken im Hirn des Leonhard Glanz, von denen kein Weg der Courage bis zum Versuch zur Tat führte. Leonhard Glanz kam nach Hause und dachte intensiv an den Zwiefachen. Mit einer Anzahlung wenigstens auf die Teppichrate müsste der morgen Ernst machen. Dem würde er morgen die Meinung sagen. Verflucht noch mal.

Er traf ihn aber, verflucht noch mal, im Büro nicht an. Auch nicht in der Wohnung, verflucht noch mal. Stattdessen empfing ihn die Frau Fabrikantin. Er kannte sie nicht als ein sächliches Faultier, es sah nur, dass sie am Nachmittag in einem schlampigen Morgenrock mit schmutzigen Spitzen war. Er trug ihr mit zögernder Höflichkeit, garnicht seine Hungermeinung sagend, die Sache vor und blickte dabei auf den Teppich herab, um den es ging und auf dem ihre beiden Sessel standen. Sie hatte etwas ganz anderes von diesem Besuch erwartet. Daher verstand sie ihn zuerst garnicht. Als ihr endlich klar wurde, um was es ging, fragte sie, ihn mit wässerigen Augen überrascht ansehend, »Wie war doch ihr Name?« »Leonhard Glanz.« »Das sind Sie etwa«, sie sah ihn mit feuchtqualligen Augen an, die zu gallertieren schienen, und rang nach Atem, »etwa sind Sie Jude?« »Ja, ich bin allerdings Jude.« »O, wie schrecklich, in meinem Hause.« »In Ihrem Hause liegt ja auch mein Teppich, auf dem Sie jetzt sitzen, ohne ihn bezahlt zu haben.« Den letzten Teil des Satzes hörte sie nicht mehr, sie wabbelte zum Zimmer hinaus. Leonhard Glanz sah, dass der verschlampte Morgenrock sehr kurz war, und darunter sah er die nackten Unterbeine in roten Pantoffeln. Die Beine schienen dreckig zu sein.

Eine Weile saß er allein. »Was nun«, dachte er, »am besten wäre, ich rollte den Teppich zusammen und nähme ihn mit.« Und er dachte im Ernst über diese Maßnahme nach und über den juristischen Umstand. Zu dieser gefährlichen Weiterung kam es aber nicht, da ein Dienstmädchen erschien und ihm im Namen der gnädigen Frau eine Zwanzigkronen-Note überreichte. Erst wollte er sie nicht annehmen. Das war schon eine ziemliche Unverschämtheit. Dann dachte er an seine momentane Lage, an das Knurren im Magen und nahm die Note doch. Er stellte sogar ordnungsgemäß eine Quittung aus. »A konto restlicher 2400 Kč zwanzig Kč erhalten. Leonhard Glanz.«

Die Sächliche hatte vor, ihrem Manne einen Krach zu machen, dass er ihr einen Juden ins Haus gejagt habe. Dann aber überlegte sie, dass er im Grunde recht habe, wenn er den Juden nicht bezahlte. Einem Juden noch Geld dazu geben, das wäre noch schöner. Und sie beschloss sogar, zu verschweigen, dass sie ohne genügende Überlegung die zwanzig Kč weggegeben hatte, für die sie ein farbiges Bild von »ihm« in feldgrauer Uniform hatte kaufen wollen.

Der Zwiefache sah seine Hoffnungen vom 21. Mai hinschwinden. »Es wird sich nicht halten.« Ri-Ra-Runzelmann, der Lord, sollte ihm eigentlich gefallen, soweit er – der Zwiefache – ein treudeutscher, wackerer Gefolgsmann des grünäugigen Führers ist, aber er gefällt ihm nicht, insofern er eben der Zwiefache ist, mit einer Fabrik im Tschechischen und eine Fabrik im Sudetendeutschen. Der Runzelmann, der Unzelmann der Weekly-Photo-Schmunzelmann, sollte wohl ein Überparteilicher sein. Das ist er nicht und ein Unparteiischer ist er auch nicht. Der Zwiefache denkt, er müsse die sudetendeutsche Majolikafabrik verkaufen. Aber wie, ohne ein Vermögen dabei zu verlieren. Den Juden knöpft der »Sonderkommissar für die Arisierung sudetendeutscher Betriebe« ihre Geschäfte, Werkstätten, Fabriken für einen Bruchteil ihres Wertes ab. Natürlich würde man auch ihn über den Löffel barbieren, wenn er verkaufen wollte. Der Sonderbeauftragte des Grünäugigen für Wirtschaftsdinge heißt Janowsky. Was kann man schon von einem kerndeutschen Teutonen erwarten, wenn er Janowsky heißt. Nein, bescheißen lassen wird er sich nicht. Lieber die Fabrik schließen. Fertig. Aus. Er wird sich sowieso nicht halten. Ein paar hundert Arbeiter werden dabei brotlos. Das wäre freilich eine deutschnationale Tat. Drüben im nazisächsischen Reichenau hat man im letzten Jahr Glasbläsereien eingerichtet, um die uralte Gablonzer Glasfabrikation in Grund und Boden zu konkurrieren. »Schmutzglasbläser« heißen die Reichenauer bei ehrlichen Handwerkern. Warum? fragt der Zwiefache, wozu? Und lächelt schmerzlich in sich hinein. Er weiß Bescheid. Auch das ist ein Politikum. Damit die Not im sudetendeutschen Lande steige. Bis an den Hals. Bis an die Nase. Bis zu Verzweiflungsausbrüchen. Krawall und Hungerrevolte. Wann wird der Retter kommen in diesem Lande? Ist schon in Bereitschaft. Mit dem Scheitel rechtsgekämmt. Alles ist heutzutage ein Politikum. Schmerzlich lächelt der Zwiefache in sich hinein. Auf einmal fällt ihm ein, unten in der Schreibtischschublade liegt ein schwarzverchromter Revolver. Es fällt ihm nur so ein. Ganz ohne sein Gemüt ernsthaft zu bewegen. Er erschrickt nicht einmal bei dem Gedanken. Er wird sich nicht halten. Es ist schon vollkommen einerlei. Ganz egal. Wurscht. Vollkommen wurscht. Warum hätte er denn auch erschrecken sollen? Der schwarzverchromter Revolver liegt im Übrigen unter der mehrfach gefalteten Hakenkreuzfahne, die für alle Fälle in Bereitschaft ist. Es ist schon alles wurscht. Zwei Fabriken. Ein so gutgehendes Geschäft und nun so ein Zustand. Hoffnungslos wirft er den Stummel seiner längst ausgegangenen Zigarre fort. Die feuchte Widerlichkeit fällt mitten auf den unbezahlten Teppich aus Samarkand.

Die o-po-po-portunistische Zeitung für den Familiengebrauch ist einstweilen immer noch, was sie ist. Reklame, Reklame, Pique-Ass und Karo-Dame. Vorn: Pi-pa-po. Das ist die Politik. Und überm Strich und unterm Strich. In Eger plündert man jüdische Geschäfte. Überall geben die gestiefelten Anhänger des Grünäugigen die »Heim ins Reich«-Parole aus. Heim? Wieso heim? Niemals hat man in geschichtlicher Zeit dazugehört. Zu den Piefkes! Schmarrn! Aber der Führer hat befohlen. In Karlsbad schmeißt man den jüdischen Läden die Schaufenster ein. Da plündert's sich schneller. Ein Hakenkreuz als Quittung wird an die Wand geschmiert und mitten in den ausgeleerten Laden hineingekackt. Was die Nazi-SA kann, das kann die Henlein-F.S. genauso gut. Die Regierung in Prag verhängt das Standrecht über die Radaubezirke. Die lokalen Radauführer kneifen aus. Der Rrreichssender sagt: Flüchtlinge vor tschechischer Brutalität. Heim ins Reich? Die vernünftigen Elemente wollen gar nicht zu den Piefkes. Sie schreien Verräterstat und schimpfen offen auf den Grünäugigen. Wird es sich doch halten? Was sagt der Ri-Ra-Runzelmann? Er sagt nichts. Er ist nicht da. Er angelt bei einem feudaldeutschen Grandseigneur. Seine Telefondamen sagen: I am sorry. I am sorry. Bitte sehr, was wollen Sie? Der Lord feiert gerade das Fest seiner Silbernen Hochzeit. Mit Fackelbeleuchtung. Ganz Europa wird als Fackel brennen. I am sorry. Oder wird es sich doch noch halten? I am sorry. Beinahe hält es sich noch. Aber die alte, ehrliche Londoner *Times*, die opportunistische Zeitung für die IA-Feinen, dolchstößert von hinten und meint, Sudetendeutschland müsse nun einmal heim ins Reich.

Kleine Anfrage an das große Parlament in London, Westminster: Wo ist das Holz für den Galgen, an den gehängt werden wird, laut Spruch eines Staatsgerichtshofes aller Kulturnationen der Welt, der schuldig ist für den Artikel der alten ehrlichen *Times* samt dem, was er im Gefolge haben wird, bis zum schaudervollen Fackelbrand von Europa. Und was sagt Lord Runciman an diesem Tage?

Die Sache wills. Lösen wir alle Bande frommer Scheu. Räumen wir den Platz dem bösen Triebe. Lassen wir alle Laster des Skribenten walten und blicken wir durch das Scherenfernrohr der Zeit. Es ist nicht so schwer, wir sind Wissende geworden, inzwischen. Sozusagen.

An diesem Tage des *Times*-Artikels sagte der Lord garnichts.

Nur die Telefon-Damen gaben der opportunistischen Zeitung für den Familiengebrauch die tiefgründige Antwort: I am sorry.

Aber am 22. Mai 1939, das ist ein Montag, und zwei Tage vorher war der Lord von einer dreimonatigen Erholungs-Seereise zurückgekommen. Und da sagt der Lord und Besitzer einer geldeinbringlichen Reederei zu dem Interviewer des Londoner *Evening Standard*: »Was immer geschehen mag, ich werde niemals meine Bindung an mein Familiengeschäft aufgeben.«

So weit ist das seine Sache, was immer geschehen mag. (Es ist etwas geschehen, seither.)

Und weiter berichtet der Interviewer des opportunistischen *Evening Standard* für den Familiengebrauch:

Als Hitler im Prag einmarschierte, war Lord Runciman am anderen Ende der Welt. Ich fragte ihn, wie ihn das Ereignis betroffen habe.

»Nie in meinem Leben war ich so überrascht«, antwortete er. »Schmerzt es Sie«, fragte ich ihn, »zu sehen, dass die Politik der Entspannung während Ihrer Abwesenheit aufgegeben wurde?«

»Aufgegeben?«, fragte er, »keineswegs. Noch glaubt jeder an Entspannung, denn alles ist besser als ein Krieg.«

O weiser Lord. O weiser Lord. O dreifach weiser Lord, vom anderen Ende der Welt zurückgekehrt.

Wie schmeckt das doch gleich? Haben wir doch einen so schlechten Geschmack im Gaumen. Was haben wir da gefressen? Schlammigen Lehm, gelöschten Kalk, amorphen Graphit, taube Erde und toten Sand?

Wie weit, wie weit seid ihr nun? Kriegt ihr noch nicht das Kotzen? Es war einmal eine Garnitur von SA-Männern. Die hatten eine Anzahl jüdischer Mädchen verhaftet. Aus keinem anderen Grunde als dem, dass sie jüdische Mädchen waren. Die Mädchen mussten in einer Reihe stehen, mit weit offenem Mund. Und vor jedes Mädchen stellte sich ein deutscher SA Mann und spie ihr in den Mund. Und zwang sie, dass Ausgespiene hinunter zu schlucken. Wie weit seid ihr nun? Noch nicht beim Kotzen? Nun, das geschah in Wien. Auf der Straße. Am helllichten Tage und das goldige Volk vom goldigen Wien stand dabei und johlte Beifall. Verzeihung. Nun kommt ihnen doch das Kotzen.

Aber wir sprechen wovon? Vom sehr ehrenwerten Lord Runciman. Und wir haben leider der Geschichte vorgegriffen und ausgeplaudert, dass Hitler später in Prag einmarschieren würde. Was hat das mit dem unbezahlten Teppich zu tun, mit dem Zwiefachen und seiner Gattin, der Sächlichen, und mit dem mittelmäßigen Mann Leonhard Glanz. Vieles, vieles. Und wir haben leider die ganze Pointe vorweggenommen.

Während wir chronologisch in diesem so ganz und gar unchronologischen Buch bei dem 18. September 1938 halten, der ein Sonntag ist. Und obwohl das ein Sonntag im Himmel und Weekend in England ist, sind die Herren Daladier und Bonnet von der Pariser Regierung in London und beschließen dort gemeinsam mit der britischen Regierung, dass die Tschechoslowakei seine Sudetengebiete an Deutschland abtreten solle. Sie haben es gar nicht so schwer mit diesem Beschluss, denn sie haben keinen Vertreter der Tschechoslowakei hinzugezogen, und über anderer Leute Besitz etwas zu beschließen ist eben nicht gar so schwer. Drei Tage aber gebrauchen die Londoner und Pariser Regierungen noch, bis sie das Schamgefühl so weit überwunden haben, um ihren Beschluss in Prag offiziell zu verkünden und zur Annahme zu empfehlen. Drei Tage verschämten Zögerns. Ein Gentleman ist ein Gentleman und ein Kavalier ist ein Kavalier.

Die Erpresser von Berlin freilich sind schamlos und wollen es e-he-ewig blaaiibeen.

Der Boxer in dem vornehmen Herrenklub verlangt die goldene Uhr seines ehrenwerten, friedlichen Nachbarn.

Mr. Chamberlain mit dem historischen Regenschirm fliegt nach Godesberg, um Herrn Hitler zu sagen, dass er die goldene Uhr bekommen würde.

Der Boxer in dem vornehmen Herrenklub verlangt nun aber auch die Brieftasche nebst Inhalt seines ehrenwerten, friedlichen Nachbarn.

Mr. Chamberlain mit dem historischen Regenschirm fliegt ein zweites Mal nach Godesberg, um Herrn Hitler zu sagen, dass er die Brieftasche nebst Inhalt bekommen würde.

Ein Dutzend Jahre oder so hindurch haben die höheren politischen Leitartikler aller opportunistischen Zeitungen für den Familiengebrauch in aller Welt zehntausendmal geschrieben, dass die Tschechoslowakei das Bollwerk der Demokratie im Herzen Europas sei. Unter Journalisten ist jeder einzelne ein Esel, aber die Gesamtheit ist manchmal Volkes Stimme. Und jetzt? Verrat. Verrat. Verrat. Und diesem Feldzug des Verrats hat die alte, ehrenwerte Londoner *Times* ein Fähnlein voran getragen. Verrat. Verrat. Verrat. Es wird sich schrecklich rächen. Es wird sich fürchterlich rächen.

So viele mit goldenen Federn unterschriebene Verträge. Auf dem Hradschin von Prag, dem uralten Palast böhmischer Könige, sitzt ein Mann im früh weiß gewordenen Haar am Telefon. Er ruft die Partner der mit Goldfedern unterzeichneten Verträge an. Einen nach dem anderen. Keiner meldet sich. Sie sitzen alle auf dem Klosett und haben Durchfall.

Präsident Beneš blickt auf zu dem Bilde des Präsidenten-Befreiers, des großen, alten Mannes, und er weiß, dass das Lebenswerk von T G M zerstört werden wird. Zerstört vom Verrat. Der Präsident Beneš der tschechoslowakischen Republik ist in dieser Stunde der einsamste Mensch auf der ganzen Welt. Schwarz liegt diese ganze Welt in frostklirrender Öde.

Draußen, rings um den mächtigen Hradschinhof, reichen sich in den Kirchen und Palastbauten Jahrhunderte und Jahrtausende die Hände. Die Geschichte atmet aus den Steinen, die reden werden, wenn die Menschen schweigen.

Der gewaltige, graugranitene Obelisk des tschechischen Volkes, inmitten des Hofes, beginnt zu bluten. Nein. Es ist kein Blut. Es ist das Scheinwerferlicht eines einfahrenden Automobils. Es ist der Wagen des britischen Gesandten. Gleich darauf ein zweites Automobil. Es ist der Wagen des französischen Gesandten. Sie überreichen um zwei Uhr nachts den gemeinsamen Beschluss der beiden Regierungen. Der Beschluss trägt etwas wie ultimative Form. Ein Ultimatum der Freunde. Als die beiden Diplomaten vor ihm stehen, ist Präsident Beneš unverändert der einsamste Mensch auf der ganzen Welt. Die beiden Diplomaten schämen sich, vor so majestätischer Einsamkeit.

Und der Erpressersender von Berrrlin schnaubt wutkotzend Gift und Galle.

In dem ultimativen Memorandum, dass die befreundeten Diplomaten von England und Frankreich dem Präsidenten der Tschechoslowakischen Republik überreichen, wird empfohlen, in ultimativer Form, die sudetendeutsche Randgebiete Böhmens an das Deutsche Reich abzutreten. Es wird dazu bemerkt, dass die Regierungen von England und Frankreich die Unverletzlichkeit des übrig bleibenden Landes garantieren werden. Leonhard Glanz, der das in der Zeitung liest, an eben diesem folgenden, irgendwelchen Vormittag, glaubt nicht, dass England und Frankreich dieses Versprechen halten werden. Er ist skeptisch, sehr skeptisch. Der Zwiefache hat ihm inzwischen auch versprochen, eine größere Teppichrate bezahlen zu wollen, und hat sein Versprechen nicht gehalten. Ein Versprechen ist eben oft ein Ver-sprechen. Und wer etwas versprochen hat, der hat sich dann eben versprochen.

Die wackelnden Teetassen in London, die wackelnden Aperitifgläser im Paris fragen: Wer oder was sind diese sudetendeutschen Randgebiete, dass wir um ihretwegen Krieg führen sollten? Sie übten diese Art, falsch zu fragen, von Hitlers provokatorischer Judenhetze vom 1. April 1933 her, vom Militäreinmarsch in das laut Vertrag entmilitarisierte Rheinland her. Von der Annexion Österreichs her. Von der Intervention in Spanien her. Sie fragten falsch und die wissenden Journalisten von der holzpapierenen Journaille hüllten sich in Schweigen. Denn ach, denn ach, wie ist's möglich dann: Wer hat die längste Leitung? Die Zeitung, die Zeitung! Der Himmel voller Geigen hüllt sich in tiefes Schweigen. Darum wisst, was das ist, hei das ist ein Journalist, von pressgeschnürter Taille, Journaille, Journaille – Journaille en canaille.

Die Herren Journalisten wissen an diesem Tag garnichts mehr davon, dass sie das Wort von der Tschechoslowakei als dem Bollwerk der Demokratie im Herzen Europas gestanzt hatten. Gewöhnt daran, die papiergezeugten eigenen Kinder von heute Morgen schon in Tinte zu ersäufen, hatten sie garnicht gemerkt, dass sie ein Schlagwort geschaffen hatten, dass sie nicht à l'opportun erschlagen konnten, sondern dass sie selbst erschlug. Sie sprachen nicht mehr vom Bollwerk, sondern von Randgebieten, und versuchten bei den hanebüchenen Lesern der opportunistischen Zeitung für den Familiengebrauch den Eindruck eines Kuchens hervorzurufen, der einen etwas überbackenen Rand hat. Vom Kuchen kann man ein überbackenes Randstück abschneiden. Die Wespen können daran nagen oder sonstiges, wurmiges Geziefer. Auf Kuchen lässt sich manches reimen, zum Beispiel: Eunuchen, oder fluchen. Aber auf das Bollwerk findet sich schwer ein Reim, dem ist nicht so leicht beizukommen. Lange hatte Termitengeziefer am Pfahlbau des Bollwerks genagt. Das löste auch noch nicht einen Pfahl, keinen Block, kein Gefüge. Aber die hohen Herrn Baumeister der westlichen Demokratie kamen mit dem freundschaftlich hundsgemeinen Memorandum, empfehlend, das Bollwerk zwar nicht einzureißen, sondern nur zu durchlöchern. Was aber geschieht, wenn man einen Damm durchlöchert? Jeder Deichhauptmann kann es sagen. Die Flut bricht durch.

Hier fällt die Entscheidung. Hier fällt die Entscheidung. Hier, Herr Chamberlain, Herr Daladier, Herr Bonnet, Lord Halifax, hier und in dieser Stunde fällt die Entscheidung. Fällt die Tschechoslowakei, so gibt es kein Bollwerk mehr, das Europa vor furchtbarer Überflutung schützt. Das beratende Memorandum in ultimativer Form, zur Durchlöcherung des Dammes, enthält schlechten, fatalen Rat. Enthält mörderischen Rat und auch der Selbstmörder ist schließlich doch ein Mörder.

Was für Gesichte haben die Staatsmänner Europas, deren Gesichter auf tausend illustrierten Blättern den flüchtigen Betrachter anlächeln? Haben Sie Gesichte oder überschätzt die Frage ihre Fantasie? Was wäre gewesen, wenn? Die Frage ist müßig. Sehen die sich verantwortlich nennenden – wer von Ihnen hat etwas verantwortet, als es eine Katastrophe zu verantworten gab – das schreckliche Gesicht des entfesselten Kriegs? Was wäre gewesen, wenn? Der Frage ward Antwort, unter sehr viel, unter entscheidend viel ungünstigeren Umständen.

Der Zwiefache löst die Frage der Stunde auf seine Weise. Als er in der Zeitung liest, dass die tschechoslowakische Republik beschlossen habe, den freundschaftlichen, ultimativen, infernalischen, nächtlichen Rat anzunehmen, beschließt er, sich von seinen beiden Fabriken zu trennen. Es wird sich nicht halten. Porzellan hin, Majolika her. Er wird verkaufen. Und sich auf sein Geld setzen. Auf sein Geld setzen, irgendwo, wo er die stinkfaule Sächlichkeit nicht mehr zu Gesicht bekommt. Noch ist es Zeit, denkt er. Aber höchste Zeit und er begibt sich zu seiner Bank. Höchste Zeit. Die elektrische Bahn kommt unterwegs ins Stocken. Was ist denn schon wieder los? Er nimmt ein Taxi. Das macht einen Umweg. Was ist denn bloß los? Verflucht noch mal.

Als er vor der Bank aus dem Auto steigt, stolpert Leonhard Glanz gerade vorbei. Er ist auf dem Weg zum allewigen Kaffeehaus. Die Herren grüßen einander mit bitterbösen Gesichtern.

Der Bankdirektor meint, dem Zwiefachen zu so extremen Maßnahmen, wie er sie vorhat, nicht raten zu können. Allenfalls mag man die Teplitzer Majolika drangeben. Aber warum das Prager Porzellan? Was wird denn sein? Die sudetendeutschen Gebiete seien ja immer nicht nur Unruheherde, sondern auch wirtschaftliche Zuschussgebiete gewesen. Meistens Notstandsgebiete. Durch die Trennung von ihnen wird die Republik zum Mindesten in der Wirtschaft nur gestärkt werden. Ist der Direktor ahnungslos und glaubt, was er sagt, oder sagt er das nur um auf höhere Weisung hin zu vermeiden, was Panik verursachen könnte. Der Zwiefache weiß nun garnicht mehr, was er tun soll. Auf dem Wege in sein Büro bleibt er fast vor jedem Ladenfenster stehen und schaut hinein, ohne irgendetwas zu sehen. Auch vor dem Fenster einer Teppichhandlung bleibt er sinnend stehend. Im Hintergrund hängt ein turkestanischer Gebetteppich. Er denkt, einen ähnlichen Teppich habe er schon einmal irgendwo gesehen. Er denkt: Verkaufen, wie und was, oder nicht verkaufen? Er denkt und sieht nicht, wie Menschenmassen an ihm vorbeiströmen, alle in bestimmter Richtung.

Zum Parlament. Zum Parlament. Mögen Krämer rechnen. Verkaufen oder nicht verkaufen. What price glory? La bourse ou la guerre.

Das tschechische Volk strömt zum Parlament. Niemand hat es gerufen. Es kommt aus allen Richtungen. Aus der Hauptstadt. Aus der nahen, aus der ferneren Provinz. Zu Wagen, auf allen möglichen und unmöglichen Gefährten und zu Fuß, zu Fuß, zu Fuß. Immer mehr und immer noch mehr. Männer und Frauen. Immer mehr. Städtisch Wohlgekleidete und Ausgefranste, Bauern und Landarbeiterschaft, Männer im Werkanzug aus den Fabriken heraus, alle Berufe, alle Weltanschauungen, alle Parteien, alle, alle. Und immer mehr. Da steht ein Mann auf der Parlamentsrampe, ein Riese im blauen Werkkittel. Er trägt einen Schmiedehammer. Hat er, in drängender Hast, vergessen ihn beiseite zu stellen, oder will er einer Hydra das Haupt zerschmettern?

Das Volk der Tschechen. Will das Volk der Tschechen an diesem Tage die Ehre der Republik und die Ehre Europas und die Ehre der Welt noch einmal retten?

Das will es. Retten die Ehre der Welt. Hus und die Hussiten und das ganze tschechische Volk. Das Bollwerk Europas gegen die Gewalt der Barbarei. Aufgegeben von allen, die sich seine Freunde nannten, gibt dieses Volk sich selbst nicht auf. Es steht für seine Sache, die an diesem Tage die Sache der anständigen, der menschlichen Welt ist. Ward diese Sache aufgegeben, sogar von der eigenen Regierung? Dann hinweg mit dieser Regierung. Weg mit der Regierung, die mit den Verrätern der Freiheit packeln will. Kein Kompromiss. Ich weiß, was ich will und du weißt, was du willst, und wir alle wissen, was wir wollen. Stehen für unsere Sache. Kämpfen für unsere Sache und wenn es sein muss, fallen für unsere Sache. Weg mit den Kompromisslern. Hier wird nicht gepackelt und wird nicht mehr gefackelt. Weg mit dieser Regierung. Und die Herren Minister und Sekretäre werden von diesem Machtspruch hinweggefegt. Herr Hodža, der Ministerpräsident, putzt sich den Kneifer, um zu überlegen, wie man durch das Fenster zu dem Volke spricht. Und wie er den geputzten Kneifer wieder aufsetzen will, da ist er gar nicht mehr Minister. Der Mann im blauen Werkkittel mit dem Schmiedehammer ist souverän und hat das Ministerium hinweggefegt. Ein anderer ist schon da, ein neuer Ministerpräsident. Der ist General und schaut nur mit einem Auge auf diese Welt. Das andere hat er drangegeben, als Feldsoldat, als gekämpft wurde für die Befreiung der tschechoslowakischen Nationen.

»Dieser General Syrový ist unser Mann«, denkt der Mann im blauen Werkkittel. Bedächtig legt er den schweren Schmiedehammer auf die Schulter und macht sich auf den Heimweg. Fünf Stunden hat er zu wandern, bis in seine Dorfschmiede.

Das war am Morgen und am Freitagabend des 23. September 1938 um 22:15 Uhr mitteleuropäischer Zeit, verfügt Edvard Beneš, der Präsident der Tschechoslowakischen Republik, die allgemeine Mobilmachung. Das Volk will in den Krieg gehen, für seine Sache, die die Sache der Welt ist.

Um elf Uhr nachts erlischt die gesamte Straßenbeleuchtung der Hauptstadt. Prag ist in Finsternis. Prag liegt in Finsternis. Die Nacht ist über Europa hereingebrochen. Es wird eine lange Nacht sein. Eine totfinstere, lange Nacht. Auf dem Altstädter Ring ragt gewaltig das Sternbild des Johannes Hus.

Prag, die Stadt, die Plätze, die Straßen, die Brücken, die Häuser, die Gänge, die Winkel, die Höfe, alles liegt in schwarzer Nacht. Sogar die Bahnhöfe sind finster, zu denen in dieser Nacht Tausende, Zehntausende eilen, manchmal im Schwarzen mühsam tastend. Zehntausende Männer und alle eilen zu ihren Regimentern, ihren Formationen. Alle denken: Krieg. Alle denken: Jetzt geht es ums Ganze. Alle wollen fechten, für die Tschechoslowakische Republik. Für die Bastion der Demokratie im Herzen Europas. Zehntausende, von Werk und Familie genommen. Von dem, was des Lebens Inhalt war, und jetzt ist da ein neuer Inhalt und keiner schaut zurück. Hunderttausende und Hunderttausende wollen fechten.

In der Tschechoslowakischen Republik.

Vielleicht denken Sie auch: Wir haben Verträge. Mit Goldfedern unterschrieben von vielen Staatsmännern Europas. Sei dem, wie dem sei. Und sie denken: Notfalls werden wir allein fechten.

So denken die Männer. Aber die wackelnden Teetassen in London, die wackelnden Aperitifgläser in Paris, die wackelnden Slibowitzgläser in Belgrad, die parfümierten Likörgläschen in Bukarest denken dergleichen nicht. Die Wodkabecher in Moskau sagen, Frankreich müsse vorangehen.

Die opportunistische Zeitung für den Familiengebrauch erscheint ohne Leitartikel, weil kein Redakteur in dieser Stunde für seine bescheidene Meinung verantwortlich sein will.

Der Grünäugige und der ganze Henleinkometenschweif ist über die Grenze, heim ins Reich. Und Lord Runciman nebst Lady und Gefolge, samt Jagdflinten und Angelruten ist auf einmal auch nicht mehr da. I am sorry. I am sorry.

Mr. Chamberlain mit dem historischen Regenschirm fliegt ein zweites Mal nach Godesberg, um Herrn Hitler zu sagen, dass er die goldene Uhr und auch die Brieftasche erhalten würde.

Wacholderschnapsgläser in Warschau. In Warschau denkt die Regierung, dass wenn da eine goldene Uhr und eine Brieftasche an einen großen Krachschläger weggegeben werden sollen, dann wird man wenigstens ein paar Groschen aus der Westentasche schnappen können. Der Gedanke war hundsgemein, die Gemeinheit wird aber durch die kapitale Dummheit dieses Gedankens weit übertroffen. Vielleicht hätte eine anständige Haltung in Warschau den Herren von Belgrad und Bukarest den Rücken gestärkt, vielleicht sogar im weiteren Verfolg den Herren in Paris. Und die Situation hätte sich retten lassen. Aber die staatsmännische Dummheit setzte sich durch und darüber werden Staaten zu Grunde gehen müssen. Was wäre gewesen, wenn …? Müßige Frage.

Der Krachschläger im Kavaliersklub, mit der roten Faust auf den Tisch ballernd, will zur goldenen Uhr und zur gefüllten Brieftasche nun auch das Scheckbuch, blanko unterschrieben.

Das wird Mr. Chamberlain zu viel und er erklärt vor dem Parlament, wenn dergleichen in der Welt möglich sei, könne kein anständiger Mensch das zulassen.

Und am nächsten Tag fliegt Mr. Chamberlain mit dem historischen Regenschirm nach München. Da ist auch Monsieur Daladier und Signor Mussolini, der Da, De, Di, Do, Duce Und man sagt Herrn Hitler, dass er die goldene Uhr und die Brieftasche und das Heft mit den blanko unterschriebenen Schecks erhalten würde.

Denn wenn dergleichen in der Welt möglich ist, dann muss ein anständiger Mensch es zulassen. Und man fliegt nach Hause und bringt einen Pakt mit, von Herrn Hitler gestern unterschrieben und heute schon wieder vergessen, und Mr. Chamberlain nennt das Papier: Frieden für eine Generation.

Das ist München. Die alte Stadt, mit dem dunklen Bier und den noch dunkleren Bierkellern, mit dem Kunstzigeunertum und dem breitesten Banausentum aller Städte Europas, München ist zu einem neuen Begriff geworden. ›München‹.« Die Staatsmänner Westeuropas und ihre opportunistischen Trabanten versuchten der Welt einzureden, »München« sei ein Symbol des Friedens. Eines vielleicht mit schweren Opfern erkauften Friedens, aber immerhin Frieden, peace, la paix, pace, für eine Generation. Über die schweren Opfer vermag man sich zu trösten, die Friedensbringer meinen sie nicht zahlen zu brauchen, sondern die ganze Last der Tschechoslowakischen Republik aufbürden zu können. Und das ist der schreckliche Irrtum, dass München nicht ein Symbol des Friedens war, sondern Fanfare zu fürchterlichem Krieg. Und das ist die schamlose Sünde der Staatsmänner und ihrer opportunistischen Trabanten, dass sie sich der Schamlosigkeit dieser Lüge voll bewusst waren. Wir sind keine Sündenrichter. Wir haben zu keinem Scherbengericht aufzurufen. Wir anerkennen keine Sünden im Urteil des Menschen über den Menschen. (Mit sich selbst mag der Mensch zu Gericht sitzen, wie er will.) Aber es gibt die Sünde wider den Heiligen Geist… Und diese Sünde wird hier begangen. Zwei Staatsmänner von München haben die infernalische Lüge offen zu ihrer hervorragenden Tugend ernannt. Mit ihnen haben wir nichts zu tun. Die beiden anderen geben vor, Ehrenmänner zu sein. Wie schlafen sie nun? Nachts in breiten, weiten Betten? Schlafen sie gut? Speisen sie gut? Trinken sie gut? Millionen sind um des bösen Irrtums willen in tiefen Schlaf gegangen und wachen nie mehr auf. Und viele Millionen sind von quälender Sorge um des Schlafes erquickende Ruhe gebracht. Um dieses bösen Irrtums willen. Sie darben in Not und Elend. Sie hungern und dursten. Um des bösen Irrtums willen, der Staatsmänner, die sich verantwortlich nannten und ihrer opportunistischen Trabanten, die in abgelegenen Austernstuben und Cognac-Kneipen sich der Verantwortung entziehen. Kein Richter und kein Gericht. Kein Rad und kein Galgen. Aber die ganze Menschheit, vom Aufgang der Sonne bis zu ihrem Niedergang ruft ihnen zu: Schuldig. Vom Himmel zur Hölle dröhnt das Echo, endlos und immer wieder: Schuldig. Schuldig! Das Urteil

ward gesprochen. Der Stab ist gebrochen. Schuldig. Schuldig.
Und immer wieder: Schuldig!

O du, der Menschheit Haupt. O Haupt voll Blut und
Wunden,
Und keine Buße und keine Reu.
Verstockte Sinne und steinerne Herzen,
Millionen und hundertmal Millionen Tränen, zu Meeren
vergossen, dampfen auf ins Leere und nichts bleibt übrig als
tauber, salziger Stein.
Und die Sonne ist nur ein glühender Stein.
Die Menschenernte verdirbt auf den Feldern und zum
Erntedankfest setzt man einen Leichenstein.
Der Tod sprengt Minen auf, aus der Tiefe der Ozeane. Der
Tod wirft Bomben ab, aus Ätherhöhen. Hinter blühenden
Hecken getarnt, ist der Tod in Stellung gegangen und
schmettert Brisanzgranaten im Flachfeuer. Hölzerne Bretter
fallen herab, Kreuz um Kreuz zu vollgezählten, zahllosen
Reihen. Der Himmel ist von Stein.
Humanitas crucifixus est.
Und Gott, sich wandelnd im Ausdruck, im Begriff, in der
Erkenntnis, im Glauben und im Ableugnen der Menschen,
Gott ist von Stein.
Das ist um jenes »München«. Ding ohne Seele. Verfluchtes
Brot und ist nur toter Stein.

Dass ich's mein,
Dass ich wein!
Bin ach, ein verlorener Stein.
Lebendsein,
Totenbein,
Alles, alles, Stein um Stein.

Toter Stein. Verfluchtes Brot. Ding ohne Seele. Mensch ohne
Seele. Mensch ohne Antlitz. Mensch mit der Gasmaske. Ganz
ohne Gesicht.

Die Männer mit den Gasmasken, die Soldaten des tschechoslowakischen Volkes stehen längs der Berghänge der natürlichen Festung Böhmen. Längs der natürlichen Grenzen des Landes. Ein Kind kann in seinem Schulatlas diese natürlichen, tausendjährigen Grenzen erkennen, die das letzte Bollwerk der europäischen Demokratie im Herzen des alternden Erdteils schirmen. Die alternden Herren von München haben keinen Schulatlas. Sie starren auf die große Karte des deutschen Generalstabes, wo mit roten, blauen, grünen, dicken Farbstiftstrichen die neuen Grenzen hineinliniert sind. Sie sagen »agreed« und »entendu« und ihre Gesichter sind von Stein.

So hat Kain wiederum den Bruder Abel erschlagen. Das Mördermal auf der Stirn. Schuldig. Schuldig. Schuldig.

Die Soldaten der Tschechoslowakischen Republik, die Männer mit den Gasmasken stehen immer noch an den Grenzen, die sie verteidigen wollen. Daheim sind die Frauen und die Kinder und die Alten und die zum Waffendienst nicht Tauglichen und sie denken: Der Feind wird kommen, mit Tausenden von Flugzeugen. Brandbomben und Gasbomben wird es regnen über uns. »Und sie schreien nach Gasmasken. Gasmasken! Gasmasken! Zu Tausenden stehen sie in langen Schlangen vor den Magazinen, wo an die Zivilbevölkerung die Gasmasken verausgabt werden. Aber nur, wer viel Geld mitbringt, kann eine sichere Gasmaske erhalten. Und wer kein Geld hat, erhält nur einen Schein. Der Schein ist aus Papier und man kann ihn nicht vor das Gesicht binden. Die Leute mit dem Geld finden, dass das ganz in Ordnung sei. Die opportunistische Zeitung für den Familiengebrauch meint auch, dass es so sein müsse. Sie empfiehlt denen, die nicht genug Geld haben, in Zeiten der Gefahr ein essiggetränktes Tuch vor den Mund zu binden. Unser Zwiefacher hat seine Gasmaske und auch die sächliche Fabrikantin hat ihre. Leonhard Glanz hat keine. Weil der Zwiefache ihm weiterhin nicht gezahlt hat und anderweitiges Geld konnte er in dieser Zeit auch nicht verdienen. Leonhard Glanz denkt, dass er vielleicht wird entsetzlich verrecken müssen, nur weil er kein Geld und darum keine Gasmaske hat. Und er denkt, dass doch da irgendetwas nicht stimme. Und er denkt neue Gedanken, die er früher noch garnicht bedacht hatte und die ihm noch vor einem Jahre höchst lästerlich erschienen wären. Er denkt an den Zwiefachen, der ihm um sein Geld betrügt, und er denkt, wenn einer von ihnen beiden verrecken müsste, dann sollte es der Zwiefache sein. Und er denkt ...

Die Männer der Tschechoslowakischen Republik liegen in den Bergen und Tälern, längs der Grenzen der natürlichen Festung der Demokratie im Herzen Europas. Auch ihre Gesichter sind von Stein. Aber aus so ganz anderem Stein als die der Herren von München, die versteinert sind. Marmorn sind ihre Gesichter, beseelt von einem großen Gedanken. Ihre Kräfte, ihre Nerven, ihre Blicke sind gespannt. So harren sie aus, Stunde um Stunde, und sie wissen, wenn sie nicht kämpfen werden, für die Sache der Freiheit, so wird die größte Sache europäischer Menschheit verloren sein. Drüben die drohende Kolossalität. Hier die tönende Idee. Die Augen der Männer der Tschechoslowakischen Republik blicken in die Generationen.

Da kommt ein Befehl. Erst verstehen sie nicht und sie denken: Kann das sein? Ein Befehl ist ein Befehl. Da umflort sich der Blick in Millionen Augen. Ein Zorn flammt auf und verlischt sogleich. Da ist ein Befehl und er heißt: »Zurück.« Sie blickten in die Zukunft der Generationen und jetzt heißt es: Zurück. Zurück! Zurück!

Zurück in Eilmärschen. Die Festung wird aufgehoben. Es fällt kein Schuss für die Bastion der Freiheit im Herzen Europas. Am Verhandlungstisch von München ward der Damm eingerissen. Die Flut der Barbarei kommt. Der blutige Mörder, die grause Pest, der klirrende Tod, der stinkende Teufel sind voran, auf armierten Panzerwagen. Man sieht sie nicht im braun-dreckigen Gischt der einbrechenden Flut. Aber sie sind schon mit da. Über ein kurzes wird man sie sehen, in all ihrer Schrecklichkeit.

Die deutschen Soldaten marschieren in die böhmischen Gebiete ein, die in München dem Deutschen Reich zugesprochen wurden. In München wurden Zonen und Termine festgesetzt.

Internationale Kommissionen sollten regeln helfen. Die deutschen Soldaten marschieren ein. Marschieren. Marschieren. Sie kümmern sich nicht um Termine und Zonen. Sie fragen keine internationalen Kommissionen. Sie marschieren mitten durch den Vertrag von München hindurch, auf dem wortwörtlich die Tinte noch nicht eingetrocknet ist. Sie halten sich nicht einmal an die roten, grünen, blauen Striche der deutschen Generalstabskarte, die dem »München« zu Grunde gelegt worden war. Sie marschieren dahin, wo es gewaltsamer Willkür passt und soweit es ihnen passt. Die Herren in Paris und London sagen, damit sei der Pakt von München einseitig zerrissen worden. Daher zerreißen sie ihn nun von der andern Seite her, denn sie hätten sich zwar verpflichtet, die Integrität, die Unverletzbarkeit der restlichen Tschechoslowakei zu garantieren, jetzt aber könnten sie das unter den veränderten Umständen nicht mehr.

So hat Kain wiederum den Bruder Abel erschlagen. Das Mördermal auf der Stirn. Schuldig! Schuldig! Schuldig!

Die Strauchräuber sind auch schon da. Ungarn reißt einen Fetzen aus dem blutenden Leibe der überfallenen Republik und Polen einen anderen.

Schuldig! Schuldig! Die niedrige Sünde hat sich an den Warschauer Herren böse gerächt. Aber das polnische Volk, meine Herren Rydz-Śmigły und Beck, getreten von seinen eigenen Herren, das war an diesem Raub nicht schuldig. Und muss die entsetzlichen Folgen tragen. Die natürlichen, entsetzlichen Folgen aller politischen Verbrechen, die aufgebaut sind auf erschlagenen Freiheiten. Bomben über Poznan, Bomben über Warschau, Bomben über Krakau. Tausende, Hunderttausende Toter. Mord. Mord und Totschlag. Tote Männer, tote Frauen, tote Kinder. Wie schmecken Ihnen die Mahlzeiten, meine Herren Davongelaufenen? Schlafen Sie gut?

An diesem Tage des Verrats steht Leonhard Glanz auf der Straße und sieht, wie Frauen und alte Männer vorübergehen und weinen. Da schämt er sich. Weil er nicht mitweinen kann. Er schämt sich, weil er begreift, dass hier eine große Idee verraten ward und zu Grunde geht, und er denkt dabei hauptsächlich an sein Geld, das er nicht hat, und an kleine Raten, die er zu bezahlen hat und nicht weiß wie, weil große Raten, die ihm zu zahlen sind, nicht eingehen.

An diesem Tage des Verrats! Schreckliches ist in seiner Folge über die Völker Europas gekommen. Furchtbare Tage, die in ihrer Grauenhaftigkeit diesen Tag des Verrats tief überschatten. Dies irae, dies illa, solvet saeclum in favilla! Aber nie war ein Tag so schändlichen Verrats, wie dieser.

An diesem Tage des Verrats müssen die Männer der tschechoslowakischen Heere in Eilmärschen zurück. Keine Schlacht war geschlagen, kein Schuss gefallen. Europas Demokratien hatten um das vorgehobene Bollwerk nicht gekämpft. Vor den zurückflutenden Heeren strömen und jagen Menschenmillionen aus den Gebieten, die vom deutschen Militär besetzt werden. Sie meinen die Idee der Freiheit zu retten und retten mit ihrem nackten Leben nichts als ihr Bettlertum.

An diesem Tage des Verrats fühlt sich das tschechoslowakische Volk verraten, auch von seiner Generalsregierung, die es meinte als eine Regierung des Kampfes eingesetzt zu haben.

In eine Dorfschmiede kehrt ein Mann zurück. Er zieht die graugrüne Uniform aus und einen blauen Werkkittel an. Nimmt einen schweren Schmiedehammer und als er am Amboss ein Eisen schlagen will, da fällt ihm der Hammer aus der Hand.

Menschenmillionen fluten zurück, lagern gestrandet auf Bahnhofsplätzen und Exerzierweiden. Ein Mann aber versucht, gegen den ungeheuerlichen Strom zu schwimmen. Der zwiefache Fabrikant will von Prag nach Teplitz.

Als deutscher Mann müsste er an diesem Tage eigentlich seine Prager Porzellanfabrik aufgeben und sich auf das Teplitzer Majolikawerk zurückziehen. Ein deutscher Fabrikant im deutschen Lande. Aber als Kaufmann möchte er sehr viel lieber die Teplitzer Majolika aufgeben und das Prager Porzellan halten. An diesem Tage des Verrats sieht er klar. Er hätte gleich dem Rat seines Bankdirektors folgen sollen. Aber die Verantwortung. Die Verantwortung. Was tut so ein wackerer Mann, wenn er eine Verantwortung, die die seine ist, nicht tragen will? Er lastet sie jemandem anderes auf. So hatte der Zwiefache die Verantwortung dem sächlichen Faultier aufgehalst. Ha, ha, auf ihren dicken Hals, der vom Kinn aus so unförmig in die Schultern herunterquillt.

Er weiß, dass sie blau sagt, wenn er rot sagt. Dass sie nein sagt, wenn er ja sagt. Er weiß, dass er bei ihr Majolika sagen muss, wenn er Porzellan meint. So sagt er, dass er als deutscher Mann die Prager Fabrik verkaufen wolle, um nach Teplitz im größeren Deutschland zu übersiedeln. Sie denkt an die Schlagsahne, die sie auf der Schokolade am Morgen und auf dem Kaffee am Nachmittag nicht entbehren kann und dass es in dem von den Deutschen besetzten Teplitz keine Schlagsahne mehr geben dürfte. Das ist freilich ein frevelhafter Gedanke und so verbirgt sie ihn sogar vor dem eigenen Bewusstsein und sie sagt: »Als deutscher Mann hast du in diesem Lande die Pflicht, auf deinem Posten hier auszuharren. Als deutscher Mann und Frontkämpfer. Ich jedenfalls rücke nicht feige aus, in die Teplitzer Sicherheit. Ich bleibe hier. Bis auf den Tag.«

»Wie du willst«, sagt er, »aber mache mit später keine Vorwürfe.« Damit macht er auf dem Samarkander Gebetteppich eine stramme Kehrtwendung. Seit Jahr und Tag hatte er mit der Sächlichen nicht so viel geredet. Übrigens hatte sie das da eigentlich verflucht gescheit gesagt. Er machte ihre Rede zu seiner eigenen und trägt es mit fast den gleichen Worten im Parteihaus vor. Dort wittert man den Dreh, aber man muss ihm recht geben.

Und so versucht er gegen den Strom der beginnenden neuen Völkerwanderung zu schwimmen und von Prag nach Teplitz zu gelangen. Mit der Eisenbahn geht es nicht. Niemand kann ihm sagen, wann und wie ein Zug gehen wird. Die Autos sind zumeist noch für Militärzwecke beschlagnahmt. Schließlich kann er doch zum Fantasiepreis einen Wagen mit Fahrer mieten. Was das kostet, wo man so schon so viel Geld verlieren wird. Aber er kommt auch mit dem Wagen nicht durch. Auf allen Straßen kommt es entgegen, von rückmarschierenden Militärkolonnen und den Zügen flüchtender Zivilisten. »Verdammtes Judenpack«, schimpft der Zwiefache, aber er sieht sehr wohl, dass der Strom dieser Menschen auf der Flucht von Volk aller Art sich ergießt und garnicht nur von Juden. Immer wieder versucht der Fahrer einen Umweg, einen Bogen. Immer wieder stößt man auf verstopfte Straßen. Menschen zu Fuß und Menschen auf Gefährten. Manchmal Autos. Zumeist Pferdewagen. Auch Ochsengespanne sind dabei. Alle Wagen aufgeladen, so hoch es geht. Hausrat in der Wahllosigkeit der Flucht. Der Zwiefache fühlt nicht das Elend, das hier auf Völkerwanderung geht. Er merkt nur, dass er nicht durchkommen wird. Dass er die Zeit verpasst hat, wo er doch Zeit genug gehabt hatte. Wo er gewusst hatte, dass es sich nicht halten wird. Und er flucht nur und flucht nur und flucht immer aufs Neue.

Der Zwiefache kommt nicht durch. Sein ganzes Leben lang ist er immer mit dem Strom geschwommen. Wieso will er jetzt gegen den Strom? Treibt nicht die ganze Strömung verkehrt? Wenn ein Opportunist von Art und Übung gegen den Strom schwimmen muss, dann treibt eben der Strom verkehrt. Darum hat der opportunistische, zwiefache Fabrikant Recht zu fluchen, wie ein Berrrliner Radioansager. Aber er kommt dennoch nicht durch. Die Juden sind schuld. Die Soldaten sind schuld. Die Wagen sind schuld. Wegen solcher Judenwagen, vollgepackt mit plunderigen Habseligkeiten, letzte, erbärmliche Notwendigkeiten der Ausgeplünderten, wo bestimmt keine unbezahlten, turkestanischen Teppiche dabei sind, wegen solcher Armseligkeiten kommt ein zwiefacher Fabrikant nicht durch, wo doch eine gute Hälfte seines Vermögens auf dem Spiele steht? Wieviel Geld hat man in den Grünäugigen gesteckt! Die Assekuranz war umsonst. Nicht einmal einen rechtzeitigen Tipp hat man bekommen. Verdammter Jud. Und er kommt nicht durch.

Zu lange hat sich der Zwiefache besonnen gehabt. Jetzt ist keine Zeit des Denkens, sondern des Handelns. Ein junger, forscher Expedient in Teplitz handelt, er braucht kernige Männerworte nicht mehr zischelnd zu flüstern. Für den treibt der Strom diesmal richtig. Schon ist er Direktor der Majolikafabrik im Parteiwege, über den kleinen Nachweis, dass da Geld drin sei, von Prager tschechischen Banken. In so einem deutschen Unternehmen. »Sie, Herr, haben von der Schweinerei auch gewusst«, herrscht er den rundlichen Buchhalter an, »solche Mitarbeiter kann ich nicht gebrauchen.« Der rundliche Buchhalter merkt, dass er sozusagen entlassen ist, weil sich das sogenannte Rad der sogenannten Geschichte sozusagen gedreht hat. Und er ist 54 Jahre alt und hat kein Parteibuch.

Einstweilen verliert der Zwiefache die Majolika. Er geht in voller Uniform in das Prager Parteihaus. Er schlägt Krach. Sowas sei noch nicht da gewesen. Wegen des Kredits von der Böhmischen Union-Bank? Als ob man den Judenbanken das Geld nicht abnehmen sollte. Judenkredit nehmen, den man doch nie abdecken werde, ob das nicht auch eine nationale Tat sei? Die Tressenträger, die Litzen-Kinkerlitzen, die Fressenreißer im Parteihaus betrachten ihn zwinkernd. Er merkt die Atmosphäre des Misstrauens. Er lässt sich Gutscheine für die Teplitzer Majolika in die Hand stecken. Was soll er machen? Prozessieren kann er ja nicht, als deutscher Mann. Müssen eben die böhmischen Bankjuden ihr Geld verlieren. Allesamt. Auch der Teppichjud.

So ein Schwindel. Wer hat Schuld? Das faulige, stinkige, sächliche Biest zu Hause. Hat die ihm nicht einen Rat gegeben gehabt? Zu spät. So ein Biest. In voller Uniform stapft er auf dem unbezahlten Teppich herum. Er brüllt wie ein Feldwebel auf dem Kasernenhof. »Weil du zu faul warst, den Arsch aus dem Bett zu heben, sitzen wir jetzt da.« Sie hört nur mit halbem Ohr. Sie ist von der Größe der Zeit beseelt. Aber sie hört, dass er sie beleidigen will. Sie findet, dass er der Größe der Zeit nicht würdig ist. Sie will etwas Hundsgemeines sagen, was ihn tödlich treffen soll, doch fällt ihr so rasch nichts ein. Da räuspert sie sich mit grunzendem Gurgeln im Kehlkopf, wie ein besoffener Kerl, und speit ihm etwas Grünliches mitten auf den Uniformrock. Er will auf sie zu. Er will nach ihr treten, in den Bauch der Gefräßigkeit, aber verwickelt sich dabei in den Gebetteppich, macht sich frei, haut mit dem Fuß den Teppich in die Ecke und

verlässt mit Türgekrach das Zimmer. Sie geht an den Radioapparat und schaltet eine deutsche Station ein. Krawall und
Siegheil-Gebrüll kommt heraus. Die Reportage vom Einzug
deutscher Truppen in eine Sudetenstadt. Sie sinkt in einen weichen Stoffsessel und starrt mit glasigen Augen auf das bunte
Hitlerbild an der Wand, über dem Radioapparat. Der Teppich
liegt, das untere nach oben, zusammengeknüllt in der Ecke, eine
graubunte Masse. Siegheil. Siegheil! Pfeifen, Johlen, Militärmu-
sik und Siegheil.

Dammbruch. Erdrutsch. Völkerwanderung. Es wird sich
nicht halten. Leonhard Glanz hat zu tun. Aber es wird sich
nicht halten. Er hat Hochkonjunktur, aber es wird sich nicht
halten. Er handelt Schweizer Franken. Auf Konto in Zürich
oder Basel. Der amtliche Kurs ist 660, aber die Börse ist geschlossen. Er handelt zu 1000. Zu 1200, zu 1400, zu 1600. Er
handelt englische Pfundnoten. Der amtliche Kurs ist 130. Er
handelt 400, zu 500, zu 600. Bar auf den Tisch, auf den speckigen Marmortisch, im angestaubten Kaffeehaus, der jetzt sein
Büro ist. Leonhard Glanz trägt einen neuen Anzug, er trinkt
einen Cognac zum Kaffee, manchmal zwei. Er zahlt in bar. Er
hat sogar die alten Schulden bezahlt. Und doch weiß er, es wird
sich nicht halten. Er handelt holländische Gulden und amerikanische Dollars. Argentinische Pesos und portugiesische Milreis.
Valuta New York. Valuta Rio de Janeiro. Valuta Valparaiso.
Valuta Cape Town. Valuta Melbourne. Valuta Tel Aviv. Valuta
Timbuktu. Wo liegt Timbuktu? In der Sahara? Was wollen
Sie in Timbuktu? Ich wollte, ich wäre in Timbuktu. Er wollte,
er wäre in Timbuktu. Was gilt da? Der Theresientaler? Oder
Kauri-Muscheln? Wie notieren Kauri-Muscheln? 740 lose, 745
auf Schnüren. Ich bitte Sie, das ist doch der Kurs von gestern.
Unter 782 gibt es doch keine Kauri-Muscheln. Ich wollte, ich
wäre in Timbuktu. Dammbruch. Erdrutsch. Völkerwanderung.
Nebenan, im Raum der mumifizierten Schachspieler, sitzen tra-
ditionslose Menschen und spielen lärmend und gestikulierend
Bridge. Was für Zeiten. Die mumifizierten Schachspieler mur-
meln dumpfe Proteste. Was wird noch geschehen in dieser Zeit,

wenn das geschehen kann. Sogar Frauen spielen Karten, sie gebärden sich noch viel lauter als die barbarischen Männer. Im Raum der mumifizierten Schachspieler. Dammbruch. Erdrutsch. Völkerwanderung. Hunderttausende in den Baracken der Auffanglager. Zehntausende im Kaffeehaus, der ewigen Nomadenheimat. Wovon leben die? Von Wassersuppen, gekocht in den Feldkesseln der in Verzweiflung heimgekehrten Armee. Wovon leben Sie? In dieser Woche von meiner goldenen Uhr. In nächster Woche werden wir vom Brillantring meiner Frau leben. Es wird sich nicht halten.

Es wird sich nicht halten. Der Mann von der Straße in Prag weiß es so gut, wie die Herren seiner Regierung, die aufhören mussten zu regieren, weil sie nur noch vollstrecken können, was man von Berlin aus kommandiert. Es wird sich nicht halten. Die Herren in London und Paris wissen das genauso gut. Die Gentlemen in dem feinen Klub wissen es sehr wohl. Sie haben dem mit den roten Fäusten den Blankoscheck überreicht und den wird er, mit Fantasiezahlen ausgefüllt, zur Zahlung präsentieren. Es wird sich nicht halten, das wird den Nationen Europas klar, als der Rausch von München verflogen war und der Katzenjammer des Verrats sauer aufstieg. Die Freiheit verraten, um den Frieden zu retten. Jubelt, ihr Völker, bei Whisky und Absinth. Werfet einander Papierschlangen und Konfetti begeisterungsvoll in das breitverzogene Angesicht. Welch ein Friedensfest. Vive la paix, Peace for a generation. Es wird sich nicht halten.

»Keine Buße, keine Reu
Knirscht das Sündenherz entzwei.«

Es wird sich nicht halten. Der Damm zur letzten Bastion der Demokratie im Herzen Europas ward durchlöchert. Nun soll die ganze Feste fallen. Und Verrat soll vollenden, was Verrat eingeleitet. Ging es den Berliner Herren nur um die sudetendeutschen Randgebiete? Das mag Mr. Chamberlain in London glauben, oder Mr. Daladier in Paris. Von den Männern auf der

Straße in England oder Frankreich, in Deutschland oder in der Tschechoslowakischen Republik glaubt das keiner.

Da es aber auch Mr. Chamberlain nicht glaubt und nicht Mr. Daladier und keiner aus ihrem Kreise, obwohl sie alle einmal wieder so tun als ob, so besäuft man sich halt in diesen Tagen der Friedensfestivitäten, denn der Rausch soll sein, wo keine Begeisterung ist, und der Wahn, wo es am Glauben fehlt. Aber alles, was recht ist, im Dritten Reich ist Rausch und Wahn von anderer Art und man marschiert und singt:

> »Denn heut gehört uns Deutschland
> Und morgen die ganze Welt ...«

Und man singt:

> »Gen Ostland wollen wir reiten ...,

und man weiß nicht so genau, wie das mit dem Ostland ist. Darauf kommt es aber nicht an. Denn es ist eine vierhundertjährige Tradition, ein tausendjähriger Mythos der Deutschen, dass sie meinen, immer »die Welt« vor irgendetwas retten zu müssen, was aus dem Osten kommt. Die Welt, sagen sie, wäre längst untergegangen, wenn das scharfe Schwert des deutschen Mannes sie nicht immer wieder gerettet hätte. Lange waren es die Hunnen, die angeblich die Welt bedrohten, lange waren es die Türken. Immer wieder hat man auf »Kreuzzüge« aller möglichen Arten gehen müssen, um der Welt das deutsche Heldentum und die deutsche Kultur zu erweisen, etwa von der Art des schwäbischen Ritters, der einen Türken zu Pferde mittendurch spaltet. Schädel, Hals und Rumpf und tief noch in des Pferdes Rücken, mit einem einzigen Schwertstreich. Und aus solcher Heldentat deutscher, ritterlicher Kreuzfahrer machen neuzeitliche, deutsche Dichter Lyrik mit eingestreutem Humor. »Zur Rechten sieht man, wie zur Linken, einen halben Türken heruntersinken.« Spaßig, wie? Genau der Stoff, um ein humoriges Gedicht daraus zu machen, und es bei Schulfeiern von zehnjährigen Knaben deklamieren zu lassen.

Im Spätherbst 1938 gibt es aber keine Hunnen, Sarazenen und Türken, um die Welt vor ihnen zu retten. Auch mit der gelben Gefahr, der gegenüber die »Völker Europas ihre heiligsten Güter« laut Wilhelm, dem sich selbst überlebt Habenden, wahren sollen, hat man teils Kompromisse, teils Pakte geschlossen. Vor welchem Feind aus dem Osten muss nun jetzt das blanke, scharfe, schneidige Schwert der deutschen Recken die Welt retten? Vor den Slaven natürlich. Das ist doch einfach. Vor Slaven und Bolschewiken, das ist so ungefähr ein und dasselbe. Das ward den deutschen Mannen so lange auf den Kopf gebumst, bis er durch die hürnere Rinde ins Gehirn gedrungen ist. Da sitzt es.

Die Sache mit den Slaven, welche Bolschewiken, und den Bolschewiken welche Slaven sind, hat freilich einen Widerhaken bekommen. Der Widerhaken heißt Moskau. Der Widerhaken heißt Sowjet-Union. Der Widerhaken ist: Die Rote Armee. Soll man oder soll man nicht? Der hier zu holende Lorbeerkranz hat Dornen angesetzt.

Hat der nazideutsche Held denn nicht schon längst die Bolschewiken besiegt, niedergeschlagen, vernichtet, als er die Kommunisten im eigenen Lande in die Zuchthäuser, in die Konzentrationslager warf? Triumph, Triumph, mit Schwertgeklirr und Wogenprall. Da war ein wackerer und ehrlicher biederer Hamburger Transportarbeiter. Ernst Thälmann. Die deutschen Kommunisten nannten ihn »Teddy«. Wo ist er jetzt? In welchem Kerker modert er hin? Alljährlich nahm die proletarische Arbeiterschaft in aller Welt die letzten Kupferstücke aus der Tasche, kaufte eine Postkarte und schickte sie Teddy in die Zuchthauszelle, zum Geburtstag. Hundert Karten kamen. Und tausend Karten kamen. Eine Million. Und wie viele Karten waren dabei, die aus der Sowjet-Union kamen? Als man nachzählte, war keine dabei. Lieber, braver und allzu biederer Teddy, mach dir nichts draus. Deshalb bleibst du doch ein Bolschewik.

Bemerkung in Klammern: Es kann dem Leser nicht verschwiegen werden, dass wiederum an dieser Stelle ein Hindernis bei der Niederschrift eintrat, dass nicht nur eine Verzögerung um etliche Monate im Gefolge hatte, sondern wohl auch mit einem Stilbruch sich abzufinden geben wird. Vielleicht lässt sich nicht nur die ursprüngliche Konzeption nicht fortführen, sondern es wird gar keine Konzeption mehr da sein können. Denn es wird sich zeigen, dass dem traurigen Manne Leonhard Glanz nicht zu helfen sein wird. Die Hoffnungen, die wir an ihn knüpften, an seine Wandlung, bedingt und verursacht durch sein Schicksal, werden sich nicht erfüllen. Der durchschnittliche Mann Leonhard Glanz ist nicht gescheiter als die Millionenmassen seiner Mitmenschen. Er lernt aus Erfahrung nicht hinzu und vergisst nichts von dem, was sich als falsch, als nicht sinnig, als unsinnig erwiesen und doch immer wieder versucht und angewandt wird. Er will nicht, kann auch wohl nicht über seinen eigenen Schatten springen. Er ist nicht wendiger und auch nicht gescheiter als die hochmögenden Männer und Staatsmänner, die eine schreckliche Katastrophe über die Welt kommen ließen, eine Katastrophe, die eigentlich dem Autor den splitternden Füllfederhalter mit der unter seinen neuerlichen Umständen schwer beschaffbaren Tinte aus der Hand schlagen sollte, wäre er – der Autor – nicht ein Narr oder ein Pflichtbesessener, der das Begonnene durchaus zu Ende führen will. Nun, ehe diese Zwischenbemerkung nötig wurde, saß dieser Autor auf einer Insel zwischen England und Irland. Inzwischen trieb man ihn über viel Weltmeere und jetzt haust er irgendwo im Herzen Australiens, wo die Savanne aufhört und die Wüste beginnt. Mehr als Zeit und Raum ist in dieser Klammer eingekeilt, die hiermit geschlossen sein mag. –

Noch – wir knüpfen also im Spätherbst 1938 wieder an – deklamieren biergeschwängerte Nazioberlehrer ihrer Hitler-Jugend die Reimerei, dass man gen Ostland reiten solle und die wackelnden, goldgeränderten Kneifer im schwitzig-roten Gesicht rutschen pathosgetrieben dabei von den knolligen Nasen. Aber jeder wohlorganisierte Nazi weiß schon, dass die Sache mit den Slaven im Osten, die Bolschewiken sind, und den Bolschewiken, welche die Slaven im Osten sind, im Augenblick nach des Führers Wort nicht zur Diskussion steht. Hier schmettert der Führer eine so bombastische Lüge in die Welt, dass die Welt sie glauben zu müssen vermeint, während, dass ein so tönend vorgetragenes Schmetterengteng keine Lüge sein könne.

Der durchschnittliche Mann Leonhard Glanz denkt in all seinen persönlichen Bedrängnissen nicht sonderlich darüber nach, in was für ein Ostland die Deutschen reiten wollen. Ihm sitzt einmal wieder, wie schon so oft und dann immer häufiger, das Hemd näher als die Hose. Er macht vielerlei Geschäfte. Hunderterlei. Er verdient vielerlei Geld. Manchmal verliert er auch. Das spielt keine Rolle. Das Plus überwiegt meist beträchtlich. Er ist ein vielverkonsumierender Gast im angestaubten Kaffeehaus. Auf der Marmorplatte des Tisches vor ihm liegt immer eine weiße Serviette, das Zeichen dafür, dass hier nicht nur eine Tasse Kaffee stundenlang abgesessen, sondern das gespeist wird. Der schmalzige Wirt, mit dem erfrorenen Lächeln macht eine schwache Verbeugung. »Herr Inschenjöhr, glauben Sie, dass es sich halten wird?«

Leonhard Glanz blickt in das erfrorene Lächeln und daran vorbei ins Leere. Ich halte, du hieltest, er wird sich halten. »Es wird sich nicht halten«, meint er, ohne Ton in der Stimme.

»Das habe ich auch schon gedacht«, sagte der rundlich Schmalzbackene. »Ich habe auch schon gedacht, ich werde das Geschäft auf den Herrn Gustav überschreiben lassen (Herr Gustav ist der Ober- und Zahlkellner), wo ist schon der Unterschied. Ich werde dann als Geschäftsführer fungieren. Der Herr Gustav ist doch hundertprozentig arisch. Was weiß man. Man muss das auf alle Fälle. Ich habe einen Neffen, der ist Rechtskonsulent. Der macht mir den Vertrag. Sie haben recht, es wird sich nicht halten.«

Wir würden uns halten. Ihr hättet gehalten. Sie wären nicht gehalten worden. Sein. Können.

Aus der weißen Serviette strahlen eingewebte Sterne. Beinahe wie Damast. Man merkt garnicht, dass der wohlrasierte Bart von Leonhard Glanz dennoch weiter durch den Tisch wächst. In der opportunistischen Zeitung für den Familiengebrauch liest Leonhard Glanz im Mittelteil die letzten Devisenkurse. Er multipliziert sie mit drei, mit vier, mit fünf, mit sechs und rundet dabei nach oben ab. – Es wird sich nicht halten. – Würden sie nicht, haltend gehabt, gewesen sein können? Draußen auf der Straße geht der Verkehr. Er autohupt. Er straßenbahnklingelt. Menschen trotten oder hasten. Als ob es hielte und sich weiterhin halten würde. Alle Wagen fahren links. Man sagt, es werde an eine neue Verkehrsregelung gedacht und in etlichen Monaten würden die Wagen rechts fahren.

Da ist für Leonhard Glanz immer noch die Sache mit dem unbezahlten Teppich. Der Zwiefache hatte natürlich inzwischen nichts beglichen. Nicht einen roten Groschen, dachte Leonhard Glanz und erinnerte sich der peinlichen Szene, als er vom Dienstmädchen die Zwanzigkronen-Note angenommen, die ihm die wabbelige Fabrikantengattin im verschlampten Morgenrock, aus dem die ungewaschenen Beine hervorstaken, geschickt hatte. Heute weiß er, er hätte das Läppergeld nicht nehmen dürfen. Aber heute hat er satt zu essen, zu fressen, zu trinken, zu saufen. Damals war er hungrig. Magenknurrig. Gedankenknurrig. Hirn, vom Bauch her beeinflusst. Unterleib und so. Das ist das Entscheidende. Jetzt nimmt er sich tadellose Frauen aus Luxusbars nachts mit nach Hause. Allesamt elegant in Schale, nur etwas schwer, wenn man sie nackt hat. Er zieht den rankeren Typ vor. Verrückte Zeit. Es wird sich nicht halten. Es hat keinen Sinn, den Zwiefachen zu verklagen. Es kommt auch schon nicht mehr darauf an. Aber es bleibt eine Gemeinheit, dass der den schönen Teppich so einfach erschwindelt hat.

Die Zwanzigkronen-Note von der Schlampigen mit den schleppernden roten Pantoffeln hätte er nicht nehmen sollen.

Leonhard Glanz konnte nicht wissen, dass der Zwiefache die Teppichangelegenheit auf seine Weise inzwischen erledigt hatte. Seit er damals, als die Sächlich-Quallige nach ihm gespien und er sie hat prügeln wollen, über ihn gestolpert war, meinte er, das Dinge läge ihm immerfort im Wege. Vielleicht war es ihm auch als ständiger Mahner an ein hässliches Schuldenkonto unbequem. Jedenfalls gedachte er sich von ihm zu trennen. Da er nun in diesen Tagen im Parteihause zu tun hatte, um seinen etwas lädierten Ruf als treudeutscher Mann dort wiederherzustellen, ohne dabei die noch unumgänglichen notwendigen Verbindungen mit den jüdischen Banken abbrechen zu müssen, so kam er in Angelegenheit dieser Ausrichtung einmal auch in die Wohnung eines vielbelitzten Funktionärs, und als er in einer Stube eine größere, freie Fußbodenecke sah, bat er um die Erlaubnis, diese kalte Stelle, wie er sich ausdrückte, ein wenig aufwärmen zu dürfen. Sei es, dass der Funktionär den Sinn dieser poetischen Wendung nicht erfasste, oder auch sie ganz genau verstand, jedenfalls sagte er weder Nein noch Ja, sondern äußerte sich nur durch eine Art von Grunzen, was dem Zwiefachen so weit genügte, um am nächsten Tage den Samarkander Gebetteppich, ohne Angabe des Absenders, dem Vielbelitzten in die Wohnung zu senden. Da lag er nun auf der kalten Stelle als auf einer weiteren Station seines Passionsweges. Übrigens konnte der Zwiefache seine Sache mit der Partei richten, ohne dass der Betrieb seiner restlichen Prager Porzellanfabrik dadurch beeinträchtigt wurde. Das stimmte ihn für die Zukunft hoffnungsvoller. »Es wird sich doch halten«, sagte er sich in geheimsten Gedanken. (Ha, wenn die Belitzten im Parteihause diese Gedanken kannten.) Gewiss war diese Lösung der Frage des unbezahlten Teppichs nicht anständig. Aber von Anstand, Treue und Glauben ist ja ohnedies hier nicht mehr die Rede.

Die Sächlich-Quallige hatte garnicht bemerkt, dass der Teppich weiter eskamotiert worden war. Sie hatte über ihre Leibspeisen hinaus kein Interesse mehr für Dinge, die in ihrer Wohnung geschahen. Sie schlampte im Bett herum, räkelte in Liegesesseln, drehte Radio an, Reichssender Breslau, Hamburg, Berlin mit den angeschlossenen Sendern, und trank Schokolade mit Schlagobers zu Fanfarenmärschen, Führer- und Gauleiterreden. In Versammlungen ging sie nicht mehr, selten nur noch zu der Hausmeisterin in das treudeutsche Hinterzimmer, wo jetzt unter dem Plüschsofa zusammengerollt, eingepackt und verschnürt eine riesige Hakenkreuzfahne lag, bestimmt, an einem gewissen Tage vom Balkon des obersten, sechsten Stocks bis hinunter zum Mezzanin ausgehängt zu werden. Die feuchtquallig Klebrige wusste von diesem bestimmten Tag, der da kommen würde, wenn er sich auch immer wieder hinausschieben ließ. Sie sprach viel davon, mit jungen Leuten, die Zeit genug hatten, am Tage stundenlang neben ihrer Bettfaulenzerei herumzusitzen. Sie trugen weiße Strümpfe zu Knickerbocker-Hosen, als Erkennungszeichen ihrer Naziverschworenheit und taten so, als machten sie der Feuchtmehligen den Hof, redeten von ihren Brunhildreizen, von ihrem Germanialeib. Ab und zu ließ sie etwas von diesem schwammigen Leib unter der Bettdecke hervorsehen. Sie badete sogar deswegen jetzt häufiger. Den Weißbestrumpften ging es aber nur um das reichhaltig servierte Frühstück mit Schnäpsen aus dem Schrank des Zwiefachen, um Zigaretten und vor allem um das höchst spendabel hergegebene Taschengeld. Zu diesem Zweck hatte sie stets etliche Zehn- und Zwanzigkronen-Noten zwischen den schlappen Wölbungen ihres Busens liegen und es löste bei ihr jedes Mal ein gurgelndes Lachen aus, wenn einer von den Rotzjungen beim Abschiednehmen da hineingriff. »Für den bestimmten Tag.«

Der bestimmte Tag, mehrfach schon fest terminisiert, hatte immer wieder abgesetzt und neu vornotiert werden müssen. Was wird werden? Es wird sich nicht halten. Wird es sich halten? Je nach Veranlagung, Hoffnung, Denkfaulheit wurde aus dem Kaffeesatz oder, was auf das Gleiche herauskam, aus den Reden demokratischer Staatsmänner geweissagt. Niemand wusste. Nur einige Herren in Berlin, die wussten ganz genau. Sie wussten, dass das Bollwerk der Demokratie im Herzen Europas in »München« so durchlöchert worden war, dass man es bei Gelegenheit würde überschwemmen können. Nur diese Gelegenheit musste man haben. Stellt sie sich nicht ein, so musste sie geschaffen werden. Die Weißbestrumpften und ihre Helfershelfer, die Nazidrahtzieher, hatten Auftrag, zu provozieren und politische Zwischenfälle zu schaffen. Aber die Tschechen waren viel zu gescheit, zu anständig und auch allem Radau viel zu sehr abhold, um sich provozieren zu lassen. So sann man in Berlin auf einen frechen Schwindel, um ihn in Szene zu setzen. Da den Braunhirnen in Berlin nichts Neues einfiel, inaugurierte man Bruderzwist. Slowaken gegen Tschechen. Man hatte das in Berlin schon seit geraumer Zeit vorbereitet. Hie Tschecho – Slowakei ! Hie Tschechen! Hie Slowaken! Wo ist der Unterschied? Fragen Sie die Staatsmänner in allen Metropolen der Welt, sie werden es nicht sagen können. Aber die Fischer im Trüben, die Unkrautsäer, die Werfer des verfluchten Steines der Zwietracht, die wissen Bescheid. Die Braunhirne in Berlin, die wissen Bescheid.

Jahrhundertelang hatte die schlau ersonnene Politik der Habsburger mit der willkürlichen Spaltung in die Monarchiegebiete diesseits und jenseits des Leitha-Flusses die Tschechen von den Slowaken getrennt gehalten. Jahrhundertelang kümmerten die Tschechen unter dem Wiener deutsch-österreichischen, die Slowaken unter dem Budapester ungarischen Regime dahin. Jahrhundertelang strebten die beiden Brudervölker gleicher Art und fast, bis auf Dialektabstufungen, gleicher Sprache, zu einander hin. Wie war das mit den Tschechen, den Slowaken, mit der neuen Tschecho-Slowakei?

Da hätten wir – es ist in diesem tragikomischen Buch der erste nicht – wieder einen Mann Gottes.

Ein Streiter Gottes. Er streitet um Gott, für oder wider Gott, nach der jeweiligen Maßgabe seines moralischen Bewusstseins. Er hatte, wie viele Männer Gottes, erkannt, dass Gott ein Dualismus sei. So meint er, sich des Guten von Gott oftmals bedienen zu müssen, um das Böse von Gott zu bekämpfen. Aber ob er hier immer der richtigen Erkenntnis ist, das eben ist die Frage. Denn obwohl er, Mann der allein seligmachenden Kirche, weiß, dass nur der Heilige Vater in Rom unfehlbar sei, so hält er sich selbst nicht gerade für einen leichtfertigen Irrenden. Sicherlich geht es ihm um das Gute von Gott und im Gegensatz zu anderen Gottesmännern, mit denen wir uns beschäftigen mussten, fühlt er sich verantwortlich.

Ein Pfarrer, Mann in den besten Jahren, das heißt ein Fünfziger, in großer, straffer Erscheinung, mehr noch in lebhaftem Temperament, das sich in einer Großartigkeit der Sprache erweist und daher sich nach Alter nicht schätzen lässt – er könnte auch ein Dreißiger sein –, dieser Pfarrer steht, des Landesverrats angeklagt, vor Gericht. Es ist aber nicht gut, wenn ein Mann Gottes in die Hände der Menschen kommt. Vor neunzehnhundert und etlichen Jahren hat die Welt erfahren, wie es ausgehen kann, wenn ein Mann Gottes vor irdisches Gericht gestellt wird, und seitdem hat sich nicht viel geändert.

Freilich, gerade ein paar Tage vorher, am hohen Fronleichnamstage, war der ehrwürdige, sehr alte Kaiser des Landes, in dem dieses geschah, in der Fronleichnamsprozession mitten durch seine Hauptstadt geschritten. Barhäuptig, den Helm mit dem großen Federbusch im Arm, wo doch eine heiße Junisonne auf die schattenlosen Straßen herunterbrannte. Der barhäuptige, alte Kaiser ging direkt hinter den hohen Würdenträgern der Kirche, die im Schatten des bunten, seidenen Baldachins, das mit und über ihnen getragen wurde. So mochte man glauben, in diesem Lande habe ein Mann Gottes seine Geltung. Vielleicht war das auch so. Vielleicht auch nicht. Jedenfalls nicht, wenn ein Mann Gottes vor dem irdischen Gericht der Menschen steht, des Verrats angeklagt.

Der Pfarrer Hlinka ist angeklagt der Aufreizung gegen die Staatsgewalt des Königreichs Ungarn, weil er, der Mann Gottes, anstatt seine Predigten auf Gottes Wort zu beschränken, in Böhmen und Mähren als Politikaster, ein Politikant von Ort zu Ort gefahren sei und das Volk aufgefordert habe, sich als Tschechen mit den Slowaken, als Slowaken mit den Tschechen zu vereinigen. Der Mann Gottes und Pfarrer der Ecclesia militans antwortete dem Ankläger, dass er ein Politiker sei, und sagte weiter: »Ich brauche eine Vereinigung der Slowaken mit den Tschechen nicht erst anzustreben, weil Tschechen und Slowaken von Natur aus eines sind.« So kam er, ob solcher stolzen, aber staatsgefährlichen Rede, für drei Jahre in Gefängnishaft. Das geschah im Jahre 1910. In der Stadt Bratislava, die damals noch habsburgische-deutsch Preßburg hieß und eben jetzt heißt sie im Nazi-Deutsch auch wieder so. So ward es Pfarrer Hlinka, dem Streiter Gottes, ein Streiter für seines Volkes politischen Traum, der Pfarrer Hlinka war ein slowakischer Nationalheiliger geworden.

Denn im Lande der unter ungarischer Gewalt lebenden Slowaken gibt es mehr Kirchen als Schulen, und dann wird man rascher ein Heiliger als ein politischer Führer. So kommt es darauf an, dass der Führerheilige weiß, was er will. Der Pfarrer Hlinka wusste das und die Entwicklung hat ihm recht gegeben, als aus dem Fegefeuer des Ersten Weltkrieges der Masaryk-Staat entstand, die befreite Tschechoslowakei.

Pfarrer Hlinka! Pfarrer Hlinka! »… weil Tschechen und Slowaken von Natur aus eines sind.«

Damals, als der Pfarrer Hlinka vor Gericht stand und verurteilt wurde, gab es in der von Ungarn beherrschten Slowakei 120 Volksschulen. Jetzt, im tschechoslowakischen Staat, nach einer Generation, hat die Slowakei 3277 Volksschulen. Damals gab es keine einzige Bürgerschule, jetzt 200. Gab es keine Mittelschulen, jetzt 50, gab es keine Handelsschulen, jetzt 20, gab es keine Gewerbeschule, jetzt 32, keine Hochschulen, jetzt zwei. Die Statistik könnte sehr weit fortgeführt werden. Damals gab es keine Slowaken in höheren Staatsämtern. Heute sind sie in hohen und höchsten Ämtern der Tschecho-Slowakei.

Pfarrer Hlinka! Pfarrer Hlinka! Wie ist das doch?

Pfarrer Hlinka, der streitbare Mann Gottes, ist inzwischen ein hoher Prälat der Kirche geworden. Aber immer noch ist er ein streitbarer Mann. Noch geht er aufrecht, gerade. Eine große Erscheinung. Ein Uralter, der weiß, dass der böse Wurm schon in ihm nagt. Das aber lässt er nicht merken. Das dichte, volle Haar liegt schneeweiß auf seinem Haupt. P. A. Hlinka ist ein großer Patriarch, mit dem Flackerbrand, nicht mehr dem Feuer der Jugend. Ein unveränderter Kämpfer, aber ein politischer Streiter um des Streites willen. Er hat kein Ziel. Das Ziel liegt im Nebel, das ist ihm eben recht, er will es garnicht klar erkennen. Einige, die sich seine Freunde nennen, töppern plump hinein, wie der Stier in den Porzellanladen. P. A. Hlinka ist nicht für modernen Tand, aber Porzellan hat er gern. Warum reden diese Lumpen von slowakischer Autonomie? Er, der Prälat Hlinka, hat das nicht gesagt.

Der Patriarch Hlinka auf seinem Sitz Ružomberok fährt

nicht im Automobil. Muss er einmal über Land, so tut es die Kutsche mit zwei ordentlichen Pferden davor. Von technischen Errungenschaften hält er nichts. Er hat kein Telefon in der Abgelegenheit seines Ortes, denn für ihn gibt es keine Abgelegenheit, wo er wohnt, ist eine Lebenszentrale. So meint er. Er geht überhaupt an keinen Telefonapparat. Wem er was zu sagen hat, dem sagt er's, in Liebe oder im Zorn, gerade ins Gesicht. Wer ihm was zu sagen hat, mag zu ihm kommen. Keine Telefongespräche, bei denen man den anderen Teil hört und nicht sieht. Nicht an flatternder Gesichtsmuskel, am Flackerblick des Auges erkennen kann, wenn der andere lügt.

Ein großer Patriarch, dieser Mann Gottes und der streitbaren Kirche, dieser Uralte und Volkes-Heilige, der nicht mehr wissen will, von wannen der Weg kam, und nicht weiß, wohin die Straße führt. Weiß aber doch, dass manche, die sich seine Freunde nennen und die sogar in seinem Namen sprechen, keine Ehrlichen sind. Monsignore Hlinka, was ist ein Mann, wenn er nicht ehrlich ist? Der Pfarrer Hlinka hätte gesagt, er sei ein Unehrlicher. In den Brand der Hölle hätte er ihn getan, mit eigener Hand, und hätte ihn wieder ehrlich geglüht. Wie ist das jetzt, weiser, alter Mann? Was sind das für Leute, die nach Ružomberok getost kommen, und sie kariolen dann gerades Weges in braune Häuser und Henleinistenquartiere, sie telefonieren Befehle in die Welt, in preußischem Militärjargon, obwohl sie weder Preußen noch Militärs sind. Sie bringen rasselnde Schreibmaschinen in Bewegung, dass die Bestimmungen und Anordnungen nur so im Lande herumflattern. Alles das sieht gegenüber dem tschechoslowakischen Staat verdammt illoyal aus. Das riecht nach Illegalität. Das stinkt bereits zum Himmel. Und der greise, hohe Herr wittert den Unrat garnicht? »… weil Tschechen und Slowaken von Natur aus eins sind.« Denke an deine Gefängnisjahre, wie die Stunden verfaulten, hinter verwanzten, verlausten Mauern, hinter an Gitterpest verstorbenen Fenstern. Woran denkst du, Mann Gottes, im Kreise der Separatisten und Autonomisten, von Provokateuren, von mit Silberlingen bar bezahlten Verrätern. Mann Gottes und

Volkes Heiliger im Kreise der Frevler. Uralter im schneeweißen Haar, über dem keine Aureole mehr leuchtet, nur Nebel noch dunstet und Irrlichterlei.

Stünde er auf, der streitbare, alte Herr, und stieße mit dem Haupt durch den Nebeldunst, schlüge er mit der Hand auf den Tisch, dass das ganze Verrätergeschmeiß zusammenführe, spräche er im Namen Gottes oder der Hölle – er kann sich beides leisten – ein klares Donnerwort, der Spuk hätte ein Ende. Die Berliner Braunhirne würden sich nach einem anderen Bubenstreich umsehen müssen. Aber er tut es nicht. Er tut es nicht. Er tut es nicht. Er lässt sich aus seinem reichhaltigen Weinkeller eine bauchige Flasche schweren Weines heraufkommen und dankt dem lieben Gott für die köstliche Gabe.

Weiß er nicht mehr, was er will, oder will er nicht mehr, was er wollen zu müssen vermeint? Er lässt die anderen gewähren. Denen er misstraut und doch so tut, als vertraue er ihnen. »Wir erwarten jetzt Hilfe von den Deutschen«, sagt der P. A. Hlinka und ahnt nicht, dass die Deutschen nicht daran denken, seinem Volke mit irgendetwas zu irgendetwas zu helfen. Dass die Nazis im Gegenteil nur daran denken, mit Hilfe des von ihnen gezüchteten Bruderzwistes zwischen Tschechen und Slowaken den ganzen Masaryk-Staat zu zerschlagen. Der alte Mann auf Ružomberok duldet es, dass die Verräter in seiner eigenen Zeitung die Wahrheit umlügen, Nachrichten fälschen und den englischen Ehrenmann und Professor Seton-Watson zum Kronzeugen ihre Verlogenheit ausrufen, indem sie die Worte dieses Gentleman verbrecherisch entstellen, verfälschen, den Sinn in sein Gegenteil verdrehen. Er duldet Nazipropaganda. Er duldet Nazipropaganda. Er duldet, dass alle Errungenschaften der Slowaken im Masaryk-Staat abgeleugnet und hinweggelogen werden. Er duldet den Verrat, trinkt seinen Wein und preist den lieben Gott.

Dem lieben Gott gefällt aber das Treiben dieses seines Mannes nicht. Eines Abends nimmt Gott den Dank für den edlen Wein nicht mehr entgegen und entsendet einen Boten. »Pater Hlinka, wo bist du?«

Der streitbare Herr vernimmt die Stimme. Sie scheint ihm ernst, aber seiner Prälatenwürde nicht gemäß. Nun will er sich erheben und den unwürdig Fragenden hinausweisen. Das gelingt ihm nicht. Er kann vom Ledersessel nicht hochkommen. Ihm ist auf einmal sehr schwer, ihn dünkt, die Schwere käme nicht vom Wein her, der den Kopf umspannt, sondern vom Herzen, und ihm wird sehr bang. Er möchte sich verstecken, aber wo? Hinter dem Weinglas. Doch das grüne Römerglas bietet keinen Schutz, im Gegenteil, es fällt um, eine Lache Wein fließt über den braunen Eichentisch. Da weiß der streitbare Herr, dass kein Ausweichen ist, und er meldet sich mit Anstand und Festigkeit: Hier bin ich.

»Pater Hlinka, was hast du getan?«, fragt die Stimme und ist sehr laut tönend, so als käme sie von überall her, aus den holzgetäfelten Wänden und zugleich von innen heraus, da wo ihm, dem würdevollen Prälaten, das Herz sitzt. Den streitbaren Herrn dünkt diese Frage auch ein wenig zu bibeltextlich. Etwas zeitgemäßer, diplomatischer könnte die Frage sein. Sogar etwas konkreter sollte sie sein. Wäre sie präziser formuliert, so könnte man reden, die Rede erklären, der Erklärung erläutern. Was aber kann man noch sagen, bei solcher dringlichen Art?

»Ich habe allezeit gehandelt als Diener Gottes und des Volkes«, sagte der Prälat und glaubt nun, dem Verhör gewachsen zu sein. In solcher Diskussion muss man sich anpassen.

»Das ist für uns das Gleiche«, spricht die Stimme, »du weißt es sehr genau. Was, Pfarrer Hlinka, hast du getan, jetzt in dieser Zeit und in eben diesen Tagen?«

»Jetzt wird er konkreter«, denkt der Prälat und fühlt sich nun ganz als Monsignore. Er will von Bratislava und Prag sprechen, von Berlin und London. Er will das politische Spiel aufzeigen, das Spiel von der Balance der Kräfte. Das gelingt ihm nicht. Er stammelt und kommt nicht zurecht. Schließlich stößt er etwas hervor: »Sie haben den Pittsburger Vertrag nicht gehalten.«

Kaum hat er das hervorgebracht, so weiß er auch, dass er das Törichteste gesagt hat, das er sagen konnte. Er weiß, dass das Abkommen von Pittsburg, geschlossen während des Ersten

Weltkrieges, zwischen Masaryk und einigen slowakischen Vertretern, dem Geiste nach, wenn nicht dem Buchstaben nach, erfüllt worden war und dass dieser Vertrag – dem Buchstaben nach – durch die spätere Verfassung des tschechoslowakischen Staates aufgehoben worden war. Monsignore weiß das, aber es ist zu spät.

»Würdest du das auch sagen, wenn wir hier Tomáš Garrigue Masaryk als Zeugen aufrufen würden?«, fragt die Stimme.

Monsignore weiß keine Antwort. Mit der Hand, die noch das Römerglas umschlossen hält, schlägt er hilflos auf den Tisch. Mit mattem Ton zerspringt das Glas. Des Prälaten müde Hand wischt die Scherben vom Tisch. Er weiß nichts mehr. Ist er am Ende?

»Deines Volkes einfältig-unendliches Vertrauen ward dir zum Pfand, dass du es verwaltest zu gutem Gewinn. Was hast du damit getan, in diesen Tagen?«

»Die Hälfte aller Slowaken waren Analphabeten in meinen jungen Tagen. Heute können fast alle lesen und schreiben. »

»Ist das deine Tat? Ist das nicht gerade der Tschechen Verdienst? Sollen wir nicht Masaryk zum Zeugen rufen, Pfarrer Hlinka?«

Wieder schweigt der Gefragte. Er will das Gespräch abbrechen. Wer hat ein Recht, mit dem hohen Herrn der Ecclesia triumphans so zu sprechen? Der Uralte in seiner Greisenpracht weiß, dass er als Knabe da ist und sein Examen nicht bestehen wird. Zum ersten Mal im Leben wird er nicht bestehen, jetzt, wo es darauf ankommt.

»Über allem«, lässt sich die Stimme vernehmen, »über allem ist die Gnade. Du weißt es. Und wir wissen, dass du kein Bösewicht bist. Aber sagen, Pfarrer Hlinka, sagen musst du selbst es.«

Wieder ist ein Schweigen, schwer und ernst. Das Glas, die Scherben, der vergossene Wein. Man müsste mit Masaryk sprechen. Vielleicht wird noch alles wieder gut. Masaryk. Wo ist er jetzt? Er möchte ihm dort nicht gegenübertreten müssen. Die Pause des Schweigens lastet immer schwerer. Monsignore weiß, dass er etwas sagen muss.

»Ich habe viel gelitten«, ächzt er endlich hervor.

»Hat Johannes Hus weniger gelitten, der unser Diener war?«
Johannes Hus. Wie trifft ihn dieser Name. Johannes Hus,
dessen er nicht mehr gedacht, wer weiß wie lange. Bestimmt
nicht mehr, seit er in die Politik geraten, wo er doch sein Bestes
getan hat. Und nun auf einmal dieser Name, der auf ihn ein-
bricht, wie ein großes Wecken, wie das Tönen einer Glocke, es
ist das Dröhnen der gewaltigen Glocke vom Veitsdom des Prager Hradschin. Johannes Hus, der ein Ketzer war. Oder nicht?
Sie haben ihn doch verbrannt. Und nun muss der Prälat verbrennen. Ehe die Lache des Weins da auf dem Tisch und dem
Estrich ausgetrocknet sein wird, muss er verbrennen. Vom
Herzen her, er spürt es. Johannes Hus, der Ketzer. War der ein
Ketzer? Mit wem aber hat er verhandelt, er, der Prälat Monsignore P. A. Hlinka. Hat er nicht mit den Neuheiden verhandelt,
um der Politik willen, die nur noch Politik war? Hat er nicht
mit dem Antichrist verhandelt und sein Volk darüber vergessen? Wie dröhnt doch vom Veitsdom die große Glocke!

»Jedes und jeder zu seiner Zeit«, formuliert er bedächtig, er
will Zeit gewinnen, in Diplomatie sich retten, »ich habe zu meiner Zeit das meinige getan. Eine jüngere Generation ist jetzt
dran.«

Er hat gerade das gesagt, was er nie gelten lassen wollte, allein
der Bote greift es auf.

»Eben darum geht es ja, Pfarrer Hlinka. Deine Zeit ist um.
Jetzt heißt es abtreten. Hast du nichts mehr zu sagen?«

Monsignore weiß, was er sagen sollte, aber er sagt es nicht.
Zugegeben, dass er – was gelten hier Gründe – am Ende seiner
Bahn an seinem Volke Verrat geübt? Er sagt es nicht. Himmel
oder Hölle, er sagt es nicht. Hat er verraten? Seinem Stolz bleibt
er treu. Um Himmel oder Hölle seinem Erdenstolze treu.

»Hast du nichts mehr zu sagen?«

Die große Glocke schlägt einen gewaltigen Schlag. In ihrem
Tönen ist heißes Feuer ringsum in der Welt. In einer verratenen
Welt. Der Uralte hält des Armstuhls Lehnen mit beiden Hän-
den umklammert. Er stemmt sich hoch. Um Himmel oder

Hölle. Und sei es um die Hölle. Aber aufrecht will er stehen. Aufrecht. Treulos gegen die Welt, aber sich selbst getreu.

»Der Herr hat es gegeben, der Herr hat es genommen. Der Name ...« Monsignore, groß, würdig, von weißem Haar gekrönt steht da, ganz als Prälat, aber in dieser Sekunde geschieht etwas Furchtbares, sodass er den begonnenen Satz nicht vollenden kann. Der Bote schlägt ihm über den Mund. Monsignore sinkt zurück, kauert im Lehnsessel, eine Greisenhand geht noch einmal zu, auf und wieder zu. Dann ist es sehr still. Ein alter Mann ist tot.

Die sich in dieser Zeit seine Freunde nannten, schicken einen großen Kranz und eine Delegation zur Beerdigung. Sie selbst können nicht kommen. Sie haben zu viel zu tun.

Tschechoslowakei. Damm der Demokratie im Herzen Europas gegen die, die Welt erstürmende Barbarei, in »München« durchlöchert, sie möchten ihn vollends zerschlagen. Sie reden von Staatsrecht, von Staatssouveränität, von Autonomie, von Lebensraum, von tausend alten und neuen, abgeleierten, klischierten, längst zu Ramsch gewordenen und neu aufpolierten Begriffen und sie meinen immer nur wieder die eigene Eitelkeit und den persönlichen Vorteil. Sie sehen sich in Gedanken schon als Präsident, Kanzler, Minister, Statthalter einer »befreiten« Slowakei. Staatsloge im Theater. Hundertpferdiges Auto mit ganz niedriger Nummer. Staatswohnung. Wochenendpark. Eigenes Eisenbahnabteil. Galadiners. Diener in Escarpins mit weißen Handschuhen. Geld, viel Geld, das den reichen Juden abzunehmen wäre. Gut, dass der Alte tot ist. Er war noch zu brauchen, obwohl er die Dinge nicht mehr verstand, gerade weil er sie nicht mehr verstand, konnte man ihn benützen. Aber sonst? Wer weiß, was für Knüppel der einem zwischen die Beine geworfen hätte.

Die Holzwürmer sind am Werk. Sie nagen das Pfahlwerk des Dammes an. Manchmal hört man ihr klopfendes Geräusch. »Die Totenuhr«, sagt der in vermeintlicher Sicherheit Hausende und schaudert. Die Holzwürmer sind anonym und bleiben es. Obwohl sie später gern große Namen in der Reihe der großen

Verräter geführt hätten, sind sie unbekannte, kleine Lumpen geblieben.

> Sie sind ein gewürmtes Gesindel!
> Sie stören Europa die Ruh.
> Sie klauen vom Dache die Schindel,
> Sie morden das Kind in der Windel,
> Verraten den Bruder dazu,

und warum sollten sie denn nicht verraten, kleine Lumpen, die sie sind, wenn doch die großen Herren ihre Verträge brechen und heute verraten, was sie gestern beschworen haben. Man nahm sie für das, was sie waren, für Holzwürmer am Nagewerk. Aber man maß ihrer verwüstenden, zerstörenden Geheimarbeit nicht die Bedeutung bei, die sie hatte, wo doch die Berliner Nazis die gebohrten Wurmlöcher mit Dynamit füllten.

Die opportunistische Zeitung für den Familiengebrauch musste von diesen Dingen widerwillig Notiz nehmen. Widerwillig, da diese Vorgänge zwar im Sinne des Nachrichtenteils interessant waren, und so hätte man sie groß aufmachen können, sie aber dazu angetan waren, Beunruhigung unter das Publikum zu bringen. Was tut aber Publikum in Zeiten von Beunruhigung? Es hält sich von Einkäufen zurück, es behält das Geld im Strumpf oder auf Bankkonto – eines so töricht wie das andere, denn eines Tages wird es um sein Erspartes oder Stibitztes betrogen werden – und die Läden stehen von Kundschaft leer. Sofort bleiben die Geschäftsinserate aus, nicht einmal Aus- oder Abverkäufe werden in der Zeitung annonciert. Alles wird ganz ohne Zeitungsinserat zu Ramsch und das kann sich keine, auch noch so opportunistische Zeitung für den Familiengebrauch leisten. So kommt es, dass auch die verewigten Zeitungsleser im angestaubten Kaffeehaus, mit den durch den Marmortisch gewachsenen Bärten, die ihnen schon bis an die vom langen Sitzen kantig versteinerten Knie reichen, nicht recht wissen, was in der Slowakei eigentlich los ist. Leonhard Glanz, immer noch unsicher auf dem Gebiet innerpolitischer Dinge in der neuen Wahlheimat, weiß es schon ganz und gar nicht. Ganz und gar. Wieso gar? Warum nicht gar? Was heißt das, gar? Kommt das von Garküche her? Oder von Gardine? Bestimmt nicht von Garibaldi. Reden Sie hier nicht von Garibaldi. Wenn Mussolini oder die italienische Gesandtschaft davon erführe.

Während nun die opportunistische Zeitung für den Familiengebrauch in den Spalten ihres politischen Teils, im politischen Teil ihrer Spalterei, im politischen Spalt ihrer Teilung, einmal wieder die Nachrichten des Als-Ob gibt, ist in ihre Redaktion der furchtbare Ernst der Situation eingetreten. Diese Redaktion war nicht gewohnt etwas ernst zu nehmen, keinen Krieg in China, im Gran Chaco, in Abessinien, in Spanien, keinen politischen Terror in der Ferne oder nebenan, weil es eben in der Ferne war, oder nebenan, jedenfalls nicht im eigenen Hause, in dieser zynisch versauerten, von läppischer, humorloser Witzelei verschleimten, innerhalb der eigenen Wände intrigierenden, von außenstehenden Mächten gelenkten Redaktion, war etwas Schreckliches geschehen.

Der Chefredakteur der opportunistischen Zeitung für den Familiengebrauch hatte eine private Konsequenz gezogen, die der im Augenblick von dieser Zeitung innegehaltenen, innerpolitischen Linie des Als-Ob diametral entgegengesetzt war. Dieser Chefredakteur – der zu dem Posten gekommen war, wie man in einer von Zynismus versäuerten, von Läpperei verschleimten, intrigierenden Redaktion eines Tages dahin kommt – war ein charmanter, liebenswürdiger Mann in den besten Jahren, ein Fünfziger, der trotz des grauen Haares jugendlich wirkte. Seine Manieren waren manchmal nicht die besten und es bleibe dahingestellt, ob sein augenscheinliches Zigeunertum echt war oder verantwortungslos gut gespielt. Von schlanker, elastischer Figur wirkte er wie ein Sportsmann, obwohl er gar kein Sport trieb. Ein Freund der Frauen, von denen immer eine, manchmal zwei oder drei in seinem Redaktionsbüro herumräkelten, seine Schokolade essend oder ihre Fingernägel lackierend, war er eigentlich glücklich verheiratet, obwohl es in dieser Ehe einmal einen Sprung gegeben hatte, der aber weniger wegen der Leute, mehr von den

Beteiligten um ihrer selbst willen geklebt worden war. In anscheinend sicherer, sozialen Position tat er die kleinen Sorgen des Tages mit freundlicher Geste ab und ließ die ernsten Sorgen gar nicht erst an sich heran. Denen trat er, ganz in Zynismus gepanzert, scheinbar unangreifbar gegenüber. Als der Naziterror eine Emigrantenflut in seine Stadt warf, kamen etliche Wellenausläufer auch in seine Redaktion geschwemmt. »Mein Herr, ich verstehe ihre Situation«, sagte er dem Entwurzelten, der hier, in diesem Zimmer nicht Wurzeln schlagen würde, denn der charmante Chefredakteur vergaß es regelmäßig, solchen Leuten einen Stuhlsitz anzubieten, »aber ich sage Ihnen, euch Emigranten bleibt hier nichts anderes übrig, als mit Schuhbandeln zu handeln, oder in die Moldau zu springen.« Erzgepanzert in seinem Zynismus von den Zehen bis über die Haare. Voilà. Irgendein gut ausgetuschtes Mädchen bot dem entsetzt aus dem Zimmer Taumelnden eine Nascherei aus einem Konfektkästchen an. Wenn er an spätem Abend nach Redaktionsschluss, einer langjährigen Gewohnheit folgend, in das angestaubte Kaffeehaus kam, heiter lächelnd am großen Stammtisch Platz nahm, gerade unter einem imitierten Rokokospiegel, wirkte er, dem Kreise witzelnder, geistreichelnder Freunde präsidierend, wie ein Liebling des Glücks. Und so bekam er bei den Verewigten im Barte, die täglich seine Zeitung gründlich studierten, ein schlechtes Zeugnis, die Note des Neids. Das war, wie sich denn später ergab, ein falsches Zeugnis.

Am Nachmittag eines dieser verratgeblähten Tage war Redaktionssitzung. »Wird es sich halten?« »Wird es sich nicht halten?«, war das Diskussionsthema. »Es wird sich schon halten«, war die selbstverständliche Ansicht der Redakteure der opportunistischen Zeitung für den Familiengebrauch. »Es wird sich nicht halten«, war die Meinung des Chefredakteurs. »Aber was soll dann aus uns werden?«, fragte einer und eröffnete damit seine politischen Hauptbeweggründe. Der Chefredakteur lächelte, ein wenig bitter, sarkastisch, leise, zynisch. »Ihr geht dann halt in die Emigration, Schuhbandeln handeln.«

Am Abend eines dieser verratgeblähten Tage kam der Umbruchsredakteur von der Setzerei her, immer zwei Treppenstufen auf einmal nehmend, in die Redaktion hinaufgejagt. Irgendetwas schien nicht zu stimmen, wo er selbst keine Verantwortung übernehmen wollte. »Tommy, Tommy«, rief er sehr laut schon über den Korridor, er rief den Chefredakteur beim Vornamen. Dergleichen gehörte zu den pseudojovialen Gewohnheiten dieser in ihrer Selbstgefälligkeit so lamentablen Redaktion. »Tommy, Tommy!«

Tommy rief nicht Ja, steckte auch nicht den Kopf zur Türspalte heraus, um zu fragen, ob der Rufer verrückt geworden sei. Der etwas außer Atem Gelaufene kam vor der Tür der Chefredaktion an. Alles verlief ungewohnt. »Tommy!« Ob er ein Mädel drinnen hat?

Zeitung ist Zeitung und die Zeit vergeht. Der Umbrüchler macht die Tür auf. Na, Gott sei Dank. Da sitzt er. Am Schreibtisch, in der rot und blau gestreiften, allzu zigeunerischen Arbeitsjacke. »Tommy.«

Der antwortet nicht. Sitzt am Schreibtisch, in seinen Sessel zurückgelehnt, ein wenig ernster im Ausdruck als üblich.

»Tommy, komm doch mal runter, der Leitartikel geht mir heute gar nicht aus.«

Der antwortet nicht. Springt auch nicht auf, weil doch die Zeitung schließlich die Zeitung wäre. Bleibt ruhig sitzen und bleibt ernst.

Der antwortet nie wieder. Der steht nie mehr auf. Er ist still und tot.

Die dachten, er macht Spaß. Aber es war ihm ernst. Der Arzt stellte eine Vergiftung fest. Auf dem Schreibtisch, im Wasserglas, fand sich noch ein Rest der schweren Giftlösung.

Armer Tommy, was hast du da getan.

Eine ernste Sache. Eine bitterernste Sache. Dergleichen geschieht alle Tage irgendwo. In der Redaktion des Zynismus hat man dergleichen tausendmal zur Notiz genommen. Mit abwegigem Grinsen. Diesmal geschah es nicht irgendwo, sondern gleich dahier im eigenen Land, in der eigenen Stadt, im eigenen Haus. Den Zynikern verging der Zynismus. Es schmeckte nach Zyankali.

Zunächst stand nichts davon in der Zeitung. Dennoch wurde überall in der Stadt davon gesprochen. Ein düsterer, schrecklicher Schatten, vorhergeworfen von einem Ereignis, an das man im Ernst nicht einmal denken wollte. Welch ein Schatten. Es ließ sich nicht wegleugnen, nicht negligieren. Finster war er da.

Im angestaubten Kaffeehaus sprach man leise, flüsternd, dennoch mit Lebhaftigkeit davon. Auch an den Tischen der Zeitungsleser im Barte. Sogar an den Tischen der schachspielenden Mumien. Der Stammtisch unter dem imitierten Rokokospiegel war leer. Alles blinzelte hinüber und niemand wagte, hinzuschauen. Am Tisch war es nicht leer. Ein schwarzes Gespenst saß daran und trug eine rot und blau gestreifte Jacke. Es war schrecklich.

»Was sagen Sie nur dazu?«, fragte der schmalzgebackene Wirt mit dem traurigsten, zerronnensten Lächeln, das er je herumgetragen.

Leonhard Glanz sagte nichts. Ihm war sehr unbehaglich, wegen des dunklen Gespenstes da drüben am leeren Tisch.

Finsterer Schatten von Dingen, die düster heraufziehen.

Am nächsten Tage steht es in der opportunistischen Zeitung. Auf der bedeutsamen vierten Seite des Hauptblattes. Eine große Familien-Traueranzeige. Darunter, ebenso groß, die Traueranzeige der Redaktion. Dann, auch noch groß, die Traueranzeige des Verlags. Und weiter, schon kleiner werdend, die Anzeige des technischen Personals, einiger Schriftsteller- und Journalistenverbände. Fünf, sechs, sieben, acht, neun, zehn. Wieviel Anzeigen! Wie oft ist man tot, wenn man ein Mensch mit Beziehungen war. Tot. Tot. Mausetot. Am Stammtisch sitzt einer und studiert diese Anzeigen. Er hält die offene Zeitung vor sich hingestreckt. Das Blatt ist transparent. Die Buchstaben mit den Trauerrändern sind schwarzflimmrig in der Luft. Durch sie hindurch sieht man das Gespenst sitzen. Schrecklich.

Warum wechselt Leonhard Glanz nicht einfach das Kaffeehaus? Was zwingt ihn, in dem angestaubten Raum, an dem sich so käsig anfühlenden Marmortisch zu sitzen? Die Zeitung? Die kann man auch anderswo lesen. In lichteren Räumen, wo kein

Gespenst herumsitzt. Heimat des heimatlos Gewordenen? Alle Kaffeehäuser sind Nomadenheimat. Warum sitzt Leonhard Glanz überhaupt noch in dieser Stadt, in diesem Land, das sich nicht halten wird? Jeden Tag kann etwas passieren. Die Leute sind alle so nervös. Auf den Straßen laufen Weißgestrumpfte herum und benehmen sich schlecht. Die Sache mit den Slowaken ist auch nicht schön. Was wollen die eigentlich? Ihre eigene Währung haben oder was wollen sie? Ein Franc, eine Krone eine Mark, ein Slowak? Warum fährt Leonhard Glanz nicht einfach fort? Zum Beispiel über die Schweiz und Frankreich nach England. Oder gleich mit dem Flugzeug nach Croydon, das Geld spielt ja keine Rolle. Visum hätte er auch. Der alte George Donaldson in London hat ihm das gleich geordnet. Auf den ersten Brief hin. Der gute Hamburger Name ist doch etwas wert. Warum fährt er also nicht? Es sind doch schon so viele weggefahren.

Er weiß sehr genau, warum er noch nicht weggefahren ist, obwohl er es sich selbst nicht eingesteht. Morgen ist der 15. März und den will er dahier noch erleben. Er hatte die Geschichte fast schon vergessen gehabt. Da bekam er eines Tages durch seinen Rechtsanwalt Mitteilung, dass am 15. März Gerichtstermin sei, gegen den Zwiefachen, wegen der nicht gezahlten Teppichraten. Das will er noch erleben. Ob der überhaupt kommen wird? Wahrscheinlich nicht. Dann würde es ein Versäumnisurteil geben. Und dann soll eingetrieben werden. Gleich. Sofort. Mit allen Möglichkeiten. Pfändung. Gerichtsvollziehung. Dem soll kein Teppich geschenkt sein. Dem nicht. Und dem schlampigen Frauenzimmer nicht, mit den roten, latschigen Pantoffeln, die ihm läppische zwanzig Kronen zugeworfen. Wie man einem Hund einen alten Knochen zuwirft. Ihm. Leonhard Glanz. Das soll nicht geschenkt sein. Kein Teppich und überhaupt nichts. Und morgen ist der 15. März und Gerichtstermin. Und dann, gleich danach, wird er fahren. Vielleicht schon übermorgen. Zum alten Donaldson, der treuen Seele, nach London. Flugkarten waren jetzt stets für eine oder zwei Wochen vorzubestellen, aber mit Aufgeld war unter der Hand immer eine zu haben. Mit

George Donaldson würde er bei Simpson am Strand in London Roastbeef essen, eine mächtige Scheibe, abgesäbelt von einem ungeheuren Ochsenstück.

Wenn er nur nicht zu lange gezögert hat. Wozu hatte er das nötig? Alles wegen des säumigen, zwiefachen Fabrikanten und seiner verlatschten Frau Gemahlin? Wegen der Teppichraten? Er pfeift drauf. In dieser Situation hat er ein Recht darauf zu pfeifen. Von der Straße her schrillt andauernd Lärm herauf. Schrecklich nervös sind die Menschen. Es heißt, sagt man, die Slowakei habe bereits ihre Selbständigkeit erklärt. Sie habe, sagt man, bereits ihre eigene neue Regierung aufgestellt. Natürlich im Einvernehmen mit den Berlinern, die überhaupt dahinterstecken. Was wird das geben? Bestimmt neue Judenhetzen, neue Judenpogrome, neue Judenemigration. Man hätte längst nach London sollen. Es heißt, sagt man, der ganze Staat sei am Auseinanderfallen. Was wird das geben? Man müsste jemanden fragen, der Bescheid weiß. Drüben am Stammtisch. Das Kaffeehaus ist voll von aufgeregten Menschen, aber der Stammtisch ist leer. Nur unter dem imitierten Rokokospiegel scheint aufrecht eine blau und rot gestreifte Jacke zu sein. Auch sie scheint ganz leer. Die leeren Ärmel stützen sich auf die schmierkäsige Marmorplatte.

Unten, auf der Straße, wird es immer menschenvoller, der Lärm schwillt an. Die rot-weißen, elektrischen Bahnen, Motor- und Anhängerwagen sind gestopft voll und kommen nur langsam vorwärts. Aus großen Lautsprechertrichtern, an die Masten der elektrischen Straßenlampen montiert, tönt es in die Menge. Immer das Gleiche. Präsident Hácha ist nach Berlin gefahren. Alles kommt in Ordnung! Bewahrt die Ruhe! Geht alle nach Hause. – Wer sagt das? Die Polizei? Die Regierung? Der General? Wer ist was und wo? Wer weiß was? Geht alle nach Hause.

Viele gehen nach Hause. Ist man noch zu Hause? Wem gehört morgen das Haus, das heute uns, euch, dir, mir, ihm gehört? Viele bleiben auf der Straße. Viele kommen hinzu. Der Lärm nimmt nicht ab. Ein zäher, verbissener Lärm. Ein ingrimmiger Lärm, mehr spürbar als hörbar. Nur die Lautsprecher tönen ständig darüber hinweg. »Alles kommt in Ordnung.« Wer macht denn hier Unordnung? Wie? Wir nicht. Wir können unsere Sachen in Ordnung halten. Die Weißstrümpfigen, die machen den Krawall. Wie lange soll man sich das bieten lassen? Die Weißstrümpfigen provozieren auf allen Gassen. Sie gebrauchen laute Schimpfreden gegen die Republik. Sie geifern gegen den Präsidenten. Sie randalieren gegen die Tschechen. Sie rennen herum und rempeln Passanten an. »Bewahrt die Ruhe!« Ein paar Arbeiter verlieren die Ruhe, wollen etliche lausbübige Provokateure verprügeln. Die fahren auseinander, mischen sich schnell unter die Menge, rollen die weißen Überstrümpfe herunter. Sie wissen, Mut ist nur dann eine Tugend, wenn man in der Übermacht ist. »Geht alle nach Hause!« Das ganze Aufgebot der Provokateure, mit allen Reserven, ist auf den Straßen, sogar die Schmarotzer um das Bett der schlampigen, zwiefachen Fabrikantengattin sind heute im Straßendienst. Sie ist ganz allein, liegt auf der Ottomane, hört den Nazirundfunk und lutscht Lakritzen dazu. Der schmeckt ihr bittersüß, sie meint, das sei der rechte Geschmack für diese bedeutende, großartige Zeit. Der Mund, bis zur Nasenwurzel hinauf, bis tief in die Mundwinkel hinab, ist ihr schwärzlich verklebt. Ihre Augen sind verglast. Sieht sie Nebel oder sieht sie Führerbilder ringsum? Der Tag ist nahe. Der Tag ist da. Die Portiersfrau hat das in einem Horoskop gelesen. Aber sie, die verschlampte Zwiefache, braucht kein Horoskop. Sie spürt, dass der Tag da sei. Vom Bauch her spürt sie das. Der Nazirundfunk kreischt die Geschichtslüge von der zusammenbrechenden Tschechoslowakei, wo der Terror herrsche, alle Ordnung gelöst sei, der Bürgerkrieg auszubrechen drohe. Sie sieht bunte Farben, wenn von Bürgerkrieg die Rede ist. Die Farben kommen ihr auch vom Bauch her. Dann kreischt sie, im grässlichen Duett mit dem Rundfunk. »Der Tag! Der Tag!« Süß und bitter ist das alles, wie Lakritzen.

Geht alle nach Hause! Auch Leonhard Glanz meint, es sei gut, zeitig nach Hause zu gehen. Die Straße lärmt unruhvoll herauf. Wie weit ist der Weg von der unruhigen Gasse bis zur Unruhe auf der Gasse, wo ein Mann in der Situation von Leonhard Glanz nicht dabei sein soll. Er zahlt. Er geht. An der Windfangtür des angestaubten Kaffeehauses bleibt er stehen. Dreht sich um und blickt sich um, hilflos fast sieht er die graumelierten Marmortische an, etliche dämmernde Zeitungsleser im Barte, in der Ferne des Nebenzimmers die ach, mit Gemach schachspielenden Mumien, die Kellner, in klebrigen Smokings und Fracks, die abgewetzten Plüschmöbel, die verweinten Rokokospiegel, auch das Gespenst, das im Nebel zu verdämmern scheint, als fände es den Weg zur Ruhe, und da steht auch der schmalzige Wirt, rundlich immer noch, wenngleich er lächelnd dahinschmilzt, und da ist auch der Herr Gustav, der unabänderliche, unveränderliche Oberkellner, und er räumt von dem eben verlassenen Platz des durchschnittlichen Gaste Leonhard Glanz die nie zu Ende gelesene Zeitung ab. Abserviert. Abgeräumt.

Leonhard Glanz geht nach Hause. »Bewahrt die Ruhe!«, ruft der Lautsprecher zum 418. Male. Leonhard Glanz bewahrt sie. Um ihn ist unruhevolle Spannung. Verhaltener Lärm und lärmende Verhaltenhcit. Er geht wie auf Gummi. Auch die Knie sind ihm elastisch. Dass er in solche Geschichte hineingeraten, wo er's doch garnicht nötig hatte. Wer hätte das wissen können? Noch heute Mittag konnte man das nicht ahnen. Jedenfalls nicht für so bald.

Es geht sich langsam, wenn man auf weichem, nachgebendem Gummi geht. Dennoch kommt er nach Hause. Wie er die Wohnungstür aufsperrt, hört er das Telefon anklingeln. Spät. Spät. Er eilt ins Zimmer. Was will das späte Telefon?

»Hallo! Herr Ingenieur Glanz selbst? Hallo, Glanz, hören Sie. Ich rufe sie hier vom Hilfskomitee aus an. Hören Sie genau zu. Wir haben heute Abend eine Anzahl Einreisevisen aus London erhalten. Wochenlang nicht und nun auf einmal eine ganze Anzahl telegraphisch. Das Homeoffice in London hat sich da plötzlich eingeschaltet. Verstehen Sie! Für alle politischen Flüchtlinge aus Deutschland. Wir haben einige Sonderflugzeuge gechartert. Alle unsere Leute fliegen morgen Vormittag direkt nach England. Hören Sie? Fliegen morgen Vormittag. Nicht übermorgen. Verstehen Sie! Ich teile Ihnen das zu Ihrer Information mit. Adieu, Glanz.«

Hallo! Hallo! Der hat schon angehängt. Noch mal anrufen. Besetzt. Was soll man denn machen? Wegen dieser läppischen Klage, wegen dieses Lumpen von einem Kerl, der den Teppich nicht bezahlt. Da sitzt man nun. Immer noch besetzt. Auf einmal sitzt man da drinnen. Ist denn die ganze Welt auf einmal verrückt geworden? Was soll man nun auf einmal machen, mitten in der Nacht? Immer noch besetzt. Das hat keinen Zweck. Morgen früh werde ich eine Flugkarte nach Croydon kaufen. Ganz egal, was sie kostet. Morgen hat er gesagt, nicht übermorgen. Das ist doch total unmöglich. Ich muss doch meine Sachen packen. Ich habe doch schließlich eine ganze Menge Sachen. Ich kann doch nicht nackt in London ankommen. Ich werde alles einfach einem Spediteur übergeben. Aber wann? Ich kann doch nicht jetzt, mitten in der Nacht, zum Spediteur gehen. Ich lass mich doch nicht verrückt machen. Auf einmal! Ich werde mir eine Flugkarte für übermorgen besorgen. Ich lasse mich nicht verrückt machen.

Bin ich auch nicht entzückt	– bei der Nacht,
Mich macht ihr nicht verrückt	– bei der Nacht,
Wenn mich das Schicksal bückt	– bei der Nacht,
Mich macht ihr nicht verrückt	– bei der Nacht,
Geknickt und hart bedrückt	– bei der Nacht,
Mich macht ihr nicht verrückt	– bei der Nacht,
Und ist mir's nicht geglückt	– bei der Nacht,
Mich macht ihr nicht verrückt	– bei der Nacht,

Als Ochs zum Opfer schon geschmückt,
Mich macht ihr nicht verrückt, verrückt.
Die Falle die wird überbrückt,
Mich macht ihr nicht verrückt,

Bei der Nacht,
Kaum gedacht,
End gemacht,
Hi, hi das wär gelacht.

Darüber schläft er, ungepackten Koffers ein. Auf dem Rücken
liegend, schnarcht er sogar etwas und lässt sich nicht verrückt
machen. Präsident Hácha ist nach Berlin gefahren, bei der
Nacht. Bewahrt die Ruhe, mich macht ihr nicht verrückt. Geht
alle nach Hause.

Sie sind alle nach Hause gegangen. Gegen Mitternacht sind
die Straßen fast menschenleer, wie in allen Nächten dieser Stadt,
die ein tagsüber fleißig tätiges Volk herbergt. Als es von den
Turmuhren Mitternacht schlägt, verlässt der allerletzte Gast das
angestaubte Kaffeehaus. Der Portier, der ihm unten im Haus-
flur das große Tor aufmachen muss, ist schläfrig und mürrisch,
blickt aber höchst überrascht auf, als der Nachzügler ihm eine
Hundertkronen-Note als Sperrgeld in die Hand drückt. Ist das
ein Irrtum? Ist er betrunken? Als er ihn ansprechen will, sieht er
mit Entsetzen, dass er eine rot und blau gestreifte Jacke trägt,
keinen Hut und keinen Mantel, wo doch Schnee in der Luft
liegt. Der Portier kennt den Mann. Die hohe Geldnote hält er
noch auf der flachen Hand. Wird sie verschwinden? Wird sie
Feuer fangen aus der Luft und rauchlos in Nichts zergehen? Sie
bleibt. Es ist unbegreiflich. So viel Geld. Aber was für Geld!

Der in der rot und blau gestreiften Jacke geht die breite
Hauptstraße hinauf, bis zur nächsten Ecke. Dort biegt er ab, in
das Gewirre hinein, der Gassen und Gässchen, der Durchhäu-
ser und Winkel der Altstadt. Über den stillen Gassen dunkelt
ein grauverhangener Himmel. Zugedeckt von einem schweren
Tuch – wir wollen nicht sagen, an was für ein Tuch uns das erinnert –, atmet die Stadt schwer. Bei aller Stille kann sie keine
Ruhe finden. Friedlos! Friedlos! Wieder einmal, ach wie friedlos.

Der in der rot und blau gestreiften Jacke scheint größer geworden, in den engen, niedrigen Gassen. Schwer, behäbig, ein

wenig schwankend, stapft er vorwärts, wenn auch mit lautlosen Schritten. Da und dort fährt kreischend eine Katze auf und stiebt davon. Am jüdischen Rathaus vorbei, wo die alte Uhr mit den hebräischen Ziffern matt schimmert und der Zeiger unbeinflussbar von rechts nach links sich langsam weiterschiebt, kommt er an die uralte Synagoge und tritt ein, obwohl das Tor geschlossen ist. Drinnen rüttelt er an der riesigen großen Fahne, die fünf Männer tragen müssen. Ein Kaiser hatte einmal den Prager Juden diese Fahne geschenkt, weil sie ihm die Stadt Prag erfolgreich gegen die Schweden verteidigt hatten. Dann steigt er zu den Dachkammern hinauf, öffnet hoch oben die Holzläden eines wohlverriegelten Fensters der Außenmauer und steigt an der eingemauerten, eisernen Feuerleiter wieder herab und auf die Straße. Wieder winkelt er sich schwer und schwankend stapfend durch etliche Gassen und kommt auf den Platz, wo das Klementinum mit der Universitätsbibliothek seinen Eingang hat und wo auf einem stillen Brunnen die Nymphe steht, in der Mauernische des alten Clam Gallas-Palais. Und da ist auch der neue Rathausanbau und vor dem Portal auf der einen Seite der ganz Gerüstete mit Helm und geschlossenem Visier und auf der anderen Seite der hohe Rabbi Löw. Aber die Stelle des Gerüsteten ist leer und er steht, wie ein trauriger Schatten, mitten auf dem nachtdunklen Platz, da, wo eben der in der gestreiften Jacke gewesen war, und es ist der Golem, der wieder lebendig geworden. Da steigt der große Rabbi Löw von dem Piedestal und sie begeben sich hinüber zu dem mächtigen Platz des Altstädter Ring, der Golem schreitet schwankend voran. So gelangen sie auf den weiten Platz und Johannes Hus hat dort das Monument verlassen und schreitet ihnen entgegen, da aber der große Priester und der hohe Rabbi einander lautlos grüßen, ist der Golem schon weit fort geeilt. Er hat zu tun, hat eilig zu tun, er weiß Pflicht und Weg und ist an vielen Stellen zugleich. Er ist hoch oben, am Wenzelsplatz, wo das böhmische National-Museum ist, dessen fördernder Gesellschaft einmal Goethe angehört hatte, und wo der Heilige Wenzel Wache hält, hoch zu Ross, und er ruft dem Erzenen, dass er den hohen Standplatz verlässt und hinausgaloppiert, auf lautlos heiligem Teppich, zu den anderen, auf den weiten Platz. Und der eilige Rufer ist vor dem Portal des Kreuzherrendomes und ruft Karl, der ein König von Böhmen war und Deutscher Kaiser und des hohen Rabbi gelehriger Schüler. Und er ruft von der Welt ältester Brücke in die Wasser der Moldau herab, dass sie brandend aufschäumen und aufsteigt Nepomuk, der schützende Heilige böhmischer Nation, den der Unverstand der Opportunisten seiner Zeit in hysterisch, tobsüchtiger Loyalität an eben dieser Stelle hinabgestürzt hatte. Alle eilen sie zum weiten Platz, Žižka, der tschechische Feldherr kommt auf schwerem Bauernpferd und sieht mit seinem, in furchtbarer Schlacht erschlagenem Auge auf die Nachwelt, denn mit dem anderen Auge hatte er in anderer Zeit genug geschaut. Drüben, am Turm des alten Rathauses schlägt das Glockenwerk der Wunderuhr, immerfort, und immerfort wandeln die Apostel und kräht der Hahn und Gevatter Tod zieht das baumelnde Armesünderglöckchen, dass es schellt und schellt, zu Leben und Sterben. Und es kommen in endlosen Wagenzügen, mit Sensen und Morgensternen die Hussiten, und es kommen in langen Reihen die böhmischen Brüder von Tabor, und auf jedem steinernen Kreuz im Straßenpflaster steht, wer einstmals hier erschlagen worden war, nach dem Kriegsunheil am Weißen Berg, und aus der Mauer des alten Rathauses bricht es heraus, tropfende, blutende, böhmische rote Herzen am Denkmal des Unbekannten Soldaten und mischt sich mit den Tautropfen aus all den Tränen, auf den dort niedergelegten einsamen Sträußchen weißer, zarter, erster Schneeglöckchen. Tausende sind jetzt da, auf weitem Platz und viele Tausende und es staut sich bis hinein in die steinernen Lauben der alten Häuser. Und einer steht inmitten, alle überragend um Hauptes Länge, Johannes Hus ist es, der Bekenner und Humanist, und auf dem Haupt trägt er Masaryks Hut. Da aber alle auf ihn blicken, aus großen, furchtbar tiefen schwarzen Augen, da steht er, ein Hilfloser fast, und weiß nichts zu sagen, denn was soll der Treue sagen zu all den Getreuen, in dieser Nacht, wo die ganze Welt erfüllt ist von Verrat und nichts als Verrat. Nur die Stimme des

Golem hört man, er rät, man solle mit dem brennenden Dokument von »München« diese alte, ewigheilige, ewig verfluchte Stadt anzünden von allen vier Ecken, dass der morgige Tag nichts finde als Asche und rauchende Trümmer.

Der Golem weiß ja nicht, dass diese Stadt, und zündete man sie an vier mal vier Ecken zugleich an, garnicht verbrennen kann, und würde sie zu wehender Asche und rauchenden Trümmern, Asche und Trümmer wären lebendig und jeder Ruinenrest und jeder Stein würde sprechen und nichts ginge verloren.

Es war einmal ein böhmischer Künstler, der malte die Burg von Prag mit dem Veitsdom, wie sie die Stadt auf felsiger Höhe vom Norden her überragen, und er malte das alles in den Strahlen der aufgehenden Sonne. Da kamen Leute und sagten, dass doch die Sonne im Osten aufgehe und nicht im Norden und das Bild sei falsch und schlecht. Als ob nicht die Sonne über den Hradschin von Prag aufgehen wird, wann sie es will und wie sie es will. Aber der Golem kann das nicht wissen.

So hörte niemand in der Versammlung der vielen Tausenden auf der Welt des Altstädter Ring auf des Golem Rat.

Wusste aber auch niemand einen anderen, besseren Rat. War ein großes Stummsein über dem Platz und nur das Schellengeläute von Gevatter Tods baumelndem Glöckchen war zu vernehmen: Verrat! Verrat! Verrat! Verrat! Dann kam ein Wind auf und wurde zum Sturm, und im Pfeifen des Sturms verlor sich das schellende Läuten und die Tausenden zogen wieder fort, ein jeder an seinen Ort. Der Wächter oben auf einem der Türme der Teynkirche hatte das alles gesehen, wie brausenden Nebel und jetzt sah er die Nebelgestalten abziehen, in endlos endloser Reihe. Und es heißt, dass sie in endlos endloser Reihe seitdem allnächtlich über die ganze Welt ziehen, weil die ganze Welt sie doch verraten hat. Und es war nach Jahr und Tag, da saß ein Mann inmitten des fernsten Australien, am Rande der Savanne, wo die Wüste beginnt, von der nichts ihn trennte, als der holzgepfählte Zaun von Stacheldraht – Symbol für alle Kämpfer für die Freiheit und die Rechte der Menschen –, und es erhob sich ein Sandsturm und die schrecklichen Sandschwaden umzogen ihn, Stunde um Stunde, und in der endlos endlosen Reihe der längs des Stacheldrahtes treibenden Sandwolken sah er all die Tausende von jener Nacht, friedlos, friedlos, ach, so friedlos, weil die ganze Welt friedlos geworden, wegen des schändlichen Verrats von jener Nacht.

Verraten! Verrate! Verrat der ganzen Welt.
O Mensch, ist das dein Treiben?
Wer tauscht den Frieden sich um Geld?
Wer ließ es täuschend bleiben?
Aus falschem Geld und fauler Tat
Treuelose Welt, wird nur Verrat,
Das hinterrücks ermordet sind
Viel Tausende, Mann, Weib und Kind.

Das wirst du müssen sehen,
Die Augen übergehen,
und es wird keine Ausflucht sein,
kein Amen und kein Fluch.

Verrat um Verrat und Tränen, Blut und Tod, vom Aufgang der Sonne bis zu ihrem Untergang.

Ruhlose Nacht über ruhloser Stadt. Ruhlose Geister und ruhlose Menschen. Ruhloser Schlaf und ruhloses Träumen und ruhloses Wachen. Wie lang ist die Nacht, gedehnt in Sorgen gezerrt in Ängste, zerzaust in Zweifeln, aber auch aufgepeitscht in böse Hoffnungen. Wie lang ist die Nacht. Wie kurz ist die Nacht, die keine Nacht ist wie andere Nächte.

Da ist unser durchschnittlicher Mann, dem nicht zu helfen war in all dieser Zeit, weil er sie nur aus der Zeitung gelesen hat, sodass er aus dumpfem Schlaf im Halbwachen siedelt, wo er nicht weiß, ob da Gerichtstermin ist, wegen des unbezahlten Teppichs, oder wegen des englischen Passvisums und sofortiger Flugkarte nach Croydon. Da ist der Zwiefache, der sich noch einen großen, französischen, dreigesternten Cognac vor dem

Schlafengehen genehmigte, zu eigener Ehrung, da er nun zuletzt doch noch richtig liegt, mit der Porzellanfabrik nach allen Seiten gedeckt, komme, was kommen mag. Da ist die schleimig Verschlampte, mit den ausgetretenen, roten Latschpantoffeln vor dem Bett, sich aalend in bauchblähender Erwartung. So ist das alles, jeder Einzelne, ein halbes Gespenst, Millionen Halbgespenster, und nur die ganzen Gespenster können vor sich selbst bestehen.

Da sind die eifrigen Schreibmaschinen in den Büros diverser Komitees, klackernd die ganze Nacht, ohne heißzulaufen, denn sie haben kein Herz im Leibe. Ausweise, Anweisungen, Unterweisungen, Überweisungen, Legitimationen, Hilfsdokumente. Viele Wochen lang hat das Homeoffice in London nicht reagiert. Keine Eile. Keine Gefahr. Wir haben doch die Unverletzbarkeit der Tschechoslowakei garantiert. Siehe »München«. Und nun auf einmal die lange Reihe telegraphischer Visen für refugees from Nazi oppression. Wer hat da auf den Knopf gedrückt? Was wissen die in London, was wir hier garnicht wissen? Wieviel ist eigentlich die Uhr? Spät in der Nacht. Spät – late. Spät – late. Spät – late. Spätate, spätete, es klackern die Schreibmaschinen. Und immer ein Stempel in die linke Ecke. Peng. Ab nach Croydon. Habe die Ehre. Adieu. Farewell.

Kommt ein Vogel geflogen, denn wenn ich ein Vöglein wär, morgen früh, wenn Gott will, um 10 Uhr. Sonderflugzeuge allerhand.

In Ziskov, wo die Elendsviertel sind, kann eine Arbeiterfamilie die ganze Nacht nicht schlafen, weil am Boden oben ein Dachgiebelfenster nicht geschlossen war und nun immerfort in den Angeln kreischt und weint. Wie eine arme Seele, die ganze Nacht. Einmal hin, kreischt es, einmal her, weint es, die ganze Nacht. Und auch diese Nacht der armen Seelen geht zu Ende, löst sich auf in grauen Morgen mit nassem Schnee und böigem Wind.

Da es aber Morgen ist, versungen, verklungen, vertan, verweht und verdorben, vorbei und hin, vorbei, vorbei, da war kein Gerichtstermin um noch so unbezahlten Teppich und war keine Flugzeugkarte im Reisebüro und die Dokumente und Legitimationen samt Unterschriften und Stempel waren Makulatur und man warf sie schnellstens in den Ofen, um sie zu verbrennen. Versungen, verklungen, vertan, verweht und verdorben. Zu spät und ganz vorbei. Vorbei. Und es ist kalter Wind und nasser Märzenschnee.

Und es graut der Morgen. Da sprechen die tschechischen Rundfunksender über alle ihre Stationen. Da ist kein Frühkonzert, da ist keine Morgenandacht, da ist keine Vorfrühstücksgymnastik. Das ist eine Ansage, dass sich Gott erbarm oder die ganze Hölle, die los ist. Schon in den Nachtstunden hieß es, die Deutschen seien, vom deutschen Schlesien her, in die böhmische Grenzstadt Mährisch-Ostrau einmarschiert. Wusste keiner, woher die Nachricht stammte, ob sie ein Gerücht sei aus unwahrem Rauch oder ein Widerhall bitterernsten Geschehens. Jetzt aber sagt es der tschechische Rundfunk auf allen offiziellen Sendern in den grauenden Morgen hinein. Die Deutschen marschieren mit militärischen Formationen aller Waffengattungen und höchster Kriegsstärke von allen Seiten in die Tschechoslowakei ein. Und es kommen traurige Nachsätze von Ordnung und Ruhe, die jeder bewahren sollte.

Motorisierte Kolonnen überschwemmen die Tschechoslowakei. In endlos, endlosen Reihen. Der von »München« durchlöcherte, durchstoßene Deich kann der Flut keinen Widerstand leisten. Dem armen Mann, den man als Präsident der Tschechoslowakei nach Berlin berufen hatte, wurde dort nur die Tatsache des bereits effektiv seienden Einmarsches eröffnet. Sein Einwand, dass die Mächte von »München« die Unverletzbarkeit des Restbestandes Böhmens garantieren zu wollen vorgegeben hatten, begegnete eisigen Gesichtern. Da wurde nicht veredelt, da wurde nur ein Tatbestand Rest mitgeteilt. »Münchens« westmächtlicher Teil nahm von der Neuordnung der Dinge im Herzen Europas, die den Kontinent umänderte, Kenntnis und ließ die Zeitungen darüber auf der ersten Nachrichtenseite berichten. Der zweite Verrat der Tschechoslowakei seitens der Westmächte ward nicht einmal mit fauler Ausrede umschleiert. Man gab ihn einfach zu. Das Laster ging bei helllichtem Tage auf der Straße der Nationen spazieren und spreizte sich in seiner Schande. Ein Hurenstrich, das war die Straße der Nationen an diesem Tage. Das Londoner Home Office stellte fest, dass sein Telegramm zur Rettung der an Freiheit und Leben bedrohten Flüchtlinge wieder einmal zu spät gekommen sei. »I am sorry«, sagte der verantwortliche Sekretär und dachte dabei an die Kosten des zwecklos versandten Telegramms.

Motorisierte Kolonnen ziehen ein, in endlos endlosen Reihen.

Ver-rat. Das Wort stirbt hin, es hat keinen Inhalt mehr und keinen Klang. Was heißt hier noch: Verrat? Was bedeutet Verrat unter Strichhuren? Um eines Zuhälters Lackstiefel würde man sich in die Haare fahren, sich gegenseitig die Visage zerkratzen. Aber um Verrat? Auf Hurenstrichen und Börsenestraden wird der Artikel nicht gehandelt.

Dennoch, da steht im Buche des Vergessens und muss hier an das Licht des Tages gezogen werden:

Englisch-französischer Vorschlag, der tschechoslowakischen Regierung am 19. September 1938 überreicht (vor »München«) Absatz 5. »Wir anerkennen, dass, wenn die Tschechoslowakische Regierung einverstanden ist, sich mit den vorgeschlagenen Maßnahmen zu beschäftigen, einschließend materielle Veränderungen in der Beschaffenheit des Staates, sie berechtigt ist, Zusicherungen für ihre zukünftige Sicherheit zu fordern.«

Absatz 6. »Daher ist Seiner Majestät Regierung in dem Vereinigten Königreich bereit, als Beitrag für den Frieden Europas, einer internationalen Garantie der neuen Grenzen des tschechoslowakischen Staates gegen unprovozierten Angriff beizutreten. Eine der wesentlichen Bedingungen einer solchen Garantie ist die Sicherung der Unabhängigkeit der Tschechoslowakei durch die Schaffung einer allgemeinen Garantie gegen unprovozierten Angriff ...«

Vertrag von München, 29. September 1938. Absatz 1 der Beilage.

»Die Regierung Seiner Majestät in dem Vereinigten Königreich und die Französische Regierung sind in den obigen Vertrag eingetreten, auf der Basis, dass sie zu dem Angebot stehen, das in Absatz 6 des anglo-französischen Vorschlags vom 19. September enthalten ist, bezüglich einer internationalen Garantie der neuen Grenzen des tschechoslowakischen Staates gegen unprovozierten Angriff.«

Schlag zu das Buch des Vergessens. Schlag es zu, dass es knallt. Vergessen. Vergessen. Aber nicht vergeben. Der Beitrag für den Frieden Europas ward nicht geleistet. Am 15. März 1939 ward der Frieden Europas ermordet. Geleistet ward der entscheidende Beitrag für den Krieg. Der Krieg! Hier marschiert er schon, mit endlos endlosen motorisierten Kolonnen, von allen Seiten in Böhmen ein und auf die Hauptstadt Prag zu.

Bewahrt die Ruhe! Der Rundfunk und der Nachtwächter bei Tage. Bewahrt die Ruhe! Bewahrt das Feuer und das Licht. Bewahrt euch vor Gespenstern und Spuk. Geht euren üblichen Beschäftigungen nach. So heute, wie alle Tage.

Leonhard Glanz hat keinen Radioapparat. Nicht, dass er sich nicht in dieser Zeit einen hätte anschaffen können. Aber was sollte ein Mann, mit dem durch den Kaffeehaustisch wachsenden Bart, der tausendundeinen Tag lang Zeitung liest, mit einem Radioapparat? So wusste er, als er frühmorgens seine Wohnung verließ, wegen der Flugkarte nach Croydon auf alle Fälle, wegen des Teppichtermins oder nicht, das war ihm immer noch nicht klar, so wusste er also nicht, was sich in der Nacht an Realem begeben und was sich weiter vollzog. War er aber nervös aus bedenklichen Bedenken seiner nächstnötigen Dinge, so wurde dieser kritische Zustand peinlich vorwärtsgetrieben durch den Anblick der Straße, die aussah wie alle Tage und doch nicht wie alle Tage. Ein paar Frauen und Mädchen mehr als sonst waren auf der Gasse. Hatten Brot geholt oder Milch, Eier und Mehl. Was ging das Leonhard Glanz an? Nichts ging es ihn an und so stellte er es auch gar nicht fest, nur dass ihn die Straße noch nervöser mache, als er so schon war, das stellte er fest und wusste nicht warum. Ein paar hundert Meter weiter, den vorortlichen Bezirk verlassend, kam er an eine Brücke, die über die

Moldau hinweg die Verbindung mit der inneren Stadt herstellte, und da traf es ihn, wie schwerer Knüppelschlag mitten auf den Kopf. Denn der Brückenkopf war von Soldaten besetzt. Soldaten sind Soldaten, meint Leonhard Glanz, aber als er an ihnen vorbeiging, sah er, dass Soldaten nicht einfach Soldaten seien. Dieses waren deutsche Soldaten. Leonhard Glanz hatte es deutlich erkannt. Erst fielen ihm die Uniformen auf, er glaubte aber noch nicht, was er zu sehen vermeinte. Dann aber erkannte er die sichtbar auf den Stahlhelm gemalte, schwarz-weiß-rote Kokarde.

Knüppelschlag mitten auf den Schädel. Der durchschnittliche Mann Leonhard Glanz sah die Welt im Nebel und mitten in diesem Nebel war er ganz allein. Er sah und dachte nur sich selbst, allein in dünnem Nebel und ringsum, feuerbrennend durch den Dunst, Eisenmänner mit schwarz-weiß-roten Kokarden.

Endlos endlose Reihen motorisierter Kolonnen der Eisenmänner. Bewahrt die Ruhe. Geht euren gewohnten Arbeiten nach. Wie soll man den gewohnten Beschäftigungen nachgehen in dieser Stadt, wenn von allen Seiten die motorisierten Kolonnen einziehen? Welch ein Getöse. In den Lüften Flugzeuge in riesigen Schwärmen, niedrig in gewaltigen Staffeln, dass der brausende Motorenlärm alle Fensterscheiben mitklirren lässt. Auf allen Straßen Tanks und Geschütze. Kanonen aller Kaliber, Maschinengewehre. Wie das rattert und schwirrt, klirrt, dröhnt. Alle Eisenmänner, Gewehre, Karabiner. Endlos. Motore. Waffen. Geschütze. Eisenmänner, die keine Gesichter haben. Straßenweit, straßenweit. Eisenmänner mit holzgeklotzten Masken, da wo Menschen das Antlitz haben. Manchmal geben sie Laute von sich. Kommando und Befehlsempfang. Hall in der Luft. Die Masken bleiben regungslos. Da, wo die Masken Augenlöcher haben, starrt Schwarzes, Seelenloses, geradeaus. Einerlei, ob es auf Häuser trifft, auf Plätze, auf Kirchen, auf Paläste, auf Mauerwerk, auf gotische Streben, auf barockes Geranke, auf Steinaltes, auf Betonneues. Die Eisenmänner starren geradeaus, aus motorisch ratternder Reglosigkeit. Manchmal ist Gelächter.

Auch das tönt ohne Seele. Nur des Lachens Gelärm, ohne Inhalt. Endlos endlose Kolonnen. Stunde um Stunde. Waffenmänner. Eisenmänner. In den Lüften ist feuchte Kälte, schneeiges Wehen, Todeshauch von Zerkrochenheit.

Viele Menschen sind in ihren Häusern. Sie sitzen in ihren Stuben, die auf einmal leer sind vom Leben. Die Fenster sind verhängt, von Schleiern der kalten Zerkrochenheit. Diesseits und jenseits dieser Nebelschleier erstirbt des grauen Tages Licht. Nur das Lärmgetöse dringt da hindurch, der motorisierten Kolonnen, endlos, und der klirrenden Eisenmänner.

Viele Menschen sind auf den Gassen, den Straßen, den Plätzen. Sie säumen den Weg der trossenden Kolonnen. Ihre Gesichter sind nach innen gerichtet, ihre Blicke sind leer. Die Neugierde ist erstorben. Sie schauen nicht, was sie sehen. Sie sehen nicht, was sie denken. Da ist nicht Angst, nicht Furcht und nicht einmal Hass oder Abscheu. Leere ist da, Trostlosigkeit des Verratenseins, frierende Trauer. Glassplitterner Schmerz von Millionen ungeweinten Tränen.

Manchmal kommt für Sekunden ein Halt in die Kolonnen. Dann schweigt das motorische Waffengetöse. Für Sekunden. Dann ist reglose Stille. Nur ein Hund bellt in einer Nebengasse. In die Stille kriecht feucht die Kälte des nässenden Schnees.

Wie totenfern ist das Gestern. Wie gespensternah ist das Jetzt. Wie erstorben eines Volkes Traum von einer Freiheit, die Sehnsucht war der Jahrhunderte und Wirklichkeit einer Generation. Tot und erstorben.

Niemals! Niemals! Freiheit ist über Verrat. Leben ist über Verrat. Ihr werdet sehen! Es werden Menschen sein, die werden sehen.

Tag des Elends. Tag des Grauens. Aber der Tag des Gerichts kommt später. Und wenn die Toten dem Gedächtnis auferstehen, wie könnte die ewige Freiheit sterben. Götzen stürzen von Altären und Piedestalen, entgötterte Götter wälzen sich im Staub, im Kot, im nassen Straßendreck, in den feucht herabwehender Schnee sich mischt. Die Freiheit aber ist ewig und ihr Tag wird wieder kommen. Freiheit ist Leben, und Gewalt und

Verrat sind Söldner des Todes, trotz aller Wehr und Waffen und motorisierten Kriegsmaschinen. Der Verräter aber, der sich selbst und seine Nation, der die Freiheit verriet, wie jetzt schrecklich offenbar wird, steht da, seines Patriarchates bar, seiner Prälatenwürde entkleidet, in des Büßers Gewand, ein Schemen nur, zu spät, tief sich hineindrückend in einen finsteren Winkel der steinernen Laubengänge, und einen hanfenen Strick trägt er um den Hals.

Drüben, am Denkmal des Unbekannten Soldaten, sind die Frauen von Prag in langer, langer Reihe, ziehen still vorüber und legen, Herz um Herz, einen Blütenstrauß nieder, weiser, zarter, erster Schneeglöckchen, und es sammelt sich zu weitem Blütenfeld, Hügel um Hügel der Treue. An diesem schrecklichen Tage. Armes Herze, vergiss das nicht. Vergiss das nie, armes Herze.

Aber die Realität geht weiter, mit Rott und Trott und immer noch einziehenden, endlos endlosen motorisierten Kolonnen der Waffen- und Eisenmänner. Die Universitäten werden Arsenale, die Schulen werden Kasernen, die Plätze werden Garagen für alle die Panzerwagen und Kriegsmaschinerien.

Weggebrochen der ganze Damm. Die letzten splitternden Reste werden weggeschwemmt, zerstiebend, zerblasen im Wellenschaum. Es hat sich nicht gehalten. Ruhe, ruhe, armes Gespenst in blau und rot gestreifter Jacke. Im Bezirk deines Seins und Dagewesenseins bist du gerechtfertigt. Deine opportunistische Zeitung für den Familiengebrauch ist auch an diesem Tage eben das, opportunistisch, bis in die bleiernen Satzreihen. Gestern Abend hatte man noch einen Leitartikel vorbereitet von der Treue zum böhmischen Staate. Aber die Entwicklung überholte ihn. Noch rechtzeitig hatte man die entscheidenden Informationen erhalten und so konnte die opportunistische Zeitung mit dem Bild von »ihm«, dem neuen »Führer«, auf dem Titelblatt erscheinen und mit »Heil Hitler« in allen Spalten. Nicht so ganz für jeglichen Familiengebrauch. Aber was soll man machen. Die Anderen werden sich gewöhnen müssen. Ruhe, ruhe, armes Gespenst.

Das angestaubte Kaffeehaus ist den ganzen Vormittag über leer, leer sind die marmelsteinernen Tische. Die Zeitungen liegen da, säuberlich in die riedstockenen Halter gespannt, sie riechen noch am Spätvormittag, wie frische Zeitungen riechen, nach Petroleum und Druckerschwärze. Erst am Nachmittag wird die neue Zeit hereinbrechen. Graue Eisenmänner in Haufen und Gruppen. Viel Lärm bringen sie mit und jetzt, wo sie Mützen tragen, wo vorher die Stahlhelme saßen, haben sie so etwas wie Gesichter. Die Masken sind nicht mehr holzgeklotzt, sie gehen jetzt ins Breite. Gummi, den man von oben drückt. Sie verkonsumieren riesige Mengen von Gebäck und Kuchen, von Kaffee und Schokolade mit viel Schlagsahne. Nicht Schlagobers. Es muss oben und unten viel Sahne sein und mittendurch. Immer noch eine Extra-Portion. Die Zeitungen schauen sie nicht an. Man kann nicht essen und trinken und dabei lesen. Wozu braucht man überhaupt Geschichten zu lesen, wenn man sie sozusagen macht. – Was die hier noch für Kuchen und Schlagsahne haben. Meine Fresse. Höchste Zeit, dass wir hergekommen sind. Meine Fresse.

Als der durchschnittliche Mann Leonhard Glanz, Irrwisch im Nebel, morgens in das Büro der Flugzeuggesellschaft gekommen war, wissend, dass nun alles zu spät sei, dennoch jeglichen Versuch gemacht haben wollend, fand er die Beamtenplätze von schlanken, großen ss-Männern in schwarzen Uniformen besetzt. In der Tür kehrte er um, ohne den Raum betreten zu haben. Auf einmal wusste er, der durchschnittliche Mann Leonhard Glanz, dass er – woran er in all diesen Zeiten nie mit Bewusstsein gedacht hätte – ein Jude sei. Mit denen da? Nur fort. Weg und hinweg. Weg, weg! Er jagt durch die Straßen, eilig torkelnd in Menschengewirr. Immer auf einer Seite. Auf die andere Straßenseite kann niemand hinüber, die endlos endlosen Kolonnen lassen niemanden hindurch. Der Nebel ist von ihm. Er sieht alles in furchtbarer Klarheit. Die feuchte Kälte, vom nassen, wehenden Schnee her, kriecht ihn an und es kriecht ihn an wie Angst, die alle Folgerichtigkeit der Gedanken lähmt und nur die Füße in eiligem Gestolper vorwärtstreibt, immer die lange Straßenseite hinunter und wieder hinauf. Er möchte auf die andere Seite. Warum nur? Er will. Ein Mädchen steht am Rand des Bürgersteigs und möchte auch hinüber. Sie lacht einen sehr jungen Tankfahrer an. »Kann ein deutsches Mädel da nicht mal durch?« Der Tankfahrer antwortet nicht, scheint aber das Lachen zu erwidern. Jedenfalls verschiebt sich das Holzgeklobe seiner Maske. Er lässt einen breiten Raum zwischen seinem polternden Wagen und dem ihm Voranfahrenden entstehen. Das Mädchen läuft hinüber. Leonhard Glanz sieht die Lücke und das laufende Mädchen und rennt hinterher. »Totschießen – das Schwein«, hört er den Tankfahrer ihm nachrufen. Vor Schreck läuft er durch die nächste Tür irgendwo hinein. Ein großer Laden, in dem niemand ist. Damenmodewaren ringsum. Hinter einem Ständer, an dem bunte Pullover hängen, kommt das erstaunte Gesicht einer Verkäuferin hervor. Was will er eigentlich hier? Er will doch garnichts kaufen. Verrückt. Er kauft einen Kragenknopf. Er merkt, dass er wieder zu klarerem Denken kommt. Kragenknopf war eine glückliche Idee. Man kann ihn immer mal gebrauchen. Kann man? Wird man können? Es gab schon einmal Zeiten, wo er ohne Kragenknopf herumlaufen musste.

Und immer noch und weiter die endlos endlosen, motorisierten Kolonnen. Die Straßen, die Plätze sind Lärm und Getriebe. Nicht des Verkehrs, sondern der verkehrslähmenden, randalierenden, brutalen Gewalt. Motorenknattern, Poltern schwerer Gefährte, Geklirr von Eisen, Blech und Stahl. Und schon stampfen marschierende Trupps, die als Wache irgendwohin aufziehen oder einfach als Instrumente der Gewalt, des Terrors, durch die Straßen demonstrieren. Der unaufhörliche, infernalische Lärm der ständig niedrige Kreise ziehenden Schwärme von Kriegsflugzeugen prallt herunter. Das tobt und wütet gegen die Nerven und das soll es, damit ihr's wisst.

In allen größeren Hotels sind schon militärische Stabsquartiere. Ordonnanzen auf Motorrädern tosen ratternd dazwischen hin und her. Im Gewirr der Gassen wissen sie nicht immer den Weg. Stoppen hart und fragen den erstbesten Passanten danach. Der gibt keine Antwort, denn kein Tscheche versteht heute Deutsch. Schon aber ist ein Mädchen da, in Dirndl-Aufzug, in dem sie gestern, gewohnt sich nach neuester, eleganter Mode zu tragen, nicht auf die Straße gegangen wäre. Die strahlt vor Glück, dem deutschen Soldaten ratend helfen zu können. Sie überhaspelt sich mit ihrer Erklärung, bekommt große Augen dabei und das Blut schießt ihr zu Kopf. Vorgebeugt starrt sie den Uniformierten an. Welch ein Mann, dieser deutsche Held. So nimm mich doch, du deutscher Held, und tue mir, was ich so gern von dir mir tun ließe, und mache mich doch zu einer deutschen Mutter. Der holzklotzig Maskierte merkt das garnicht, er lässt sich nur den Weg weisen und braust motorknatternd davon. Sie starrt ihm nach, Gier in den Augen, Trieb im Blut. Passanten, die es bemerkten, schauen mit abgründiger Verachtung darüber hinweg.

Auch dem zwiefachen Fabrikanten war nicht wohl, wenngleich er sich nach allen Seiten gesichert zu haben vermeinte. Da Radio eine Angelegenheit der qualligen Verschlamptheit im Nebenzimmer war, die natürlich noch schnarchend schlief, wurde ihm die erste Kunde von den sehr vitalen Ereignissen und Veränderungen durch das Morgenblatt der opportunistischen Zeitung für den Familiengebrauch und ihre Hitleretei, als er sie beim Morgenfrühstück aufschlug. Ohne dass da klare Tatsachenberichte waren, erwies sich doch, dass, Donnerwetter, Entscheidendes los sei. Er kürzte den Imbiss ab, trank nur eine Tasse Kaffees anstatt deren zwei, wie sonst an allen Tagen des Jahres, und rannte los in sein Büro. Auf der Straße fiel ihm ein, dass er die Aktentasche vergessen hatte. Einerlei. Würde heute auch so gehen müssen. Da vorn lief Troplowitz. Er versuchte ihn einzuholen, Troplowitz hatte immer den besten Riecher gehabt. Aber es gelang ihm nicht, Troplowitz jagte stadtwärts, genau wie er. Im Büro war nur die Hälfte des Personals. Er sah das garnicht. Hastete in sein Privatkontor. Knallend schlug er die Tür hinter sich zu, fiel in den Schreibtischsessel. Mit gewohnheitsgemäß erstem Blick sah er auf die Kalendernotizen: 15. März. Termin Amtsgericht, wegen Teppich. Da brach er in ein lautes Gelächter aus. Ihm war nicht lustig zu Mut, aber er steigerte das Gelächter bis zum höhnischen Gebrüll. »Der Jud, ha, ha, ha, verrückt geworden ... ha, ho, hi, ... so ein jüdischer Lump ... ho, ha, ha ... mich verklagen ... ho, ha, hi, hi, hiks, qurks ...« Da aber auch ein hysterisches Gelächter einmal zu Ende geht, wusste er plötzlich nicht, was nun. Er rief die Bank an, dort gab man ihm unverbindliche, nichtssagende Antworten. Kein Wunder. War ja verjudet die Bank. Er rief Troplowitz an, der antwortete vielleicht noch einsilbiger und nichtssagender. Er rief noch ein paar Geschäftsfreunde an. Immer das Gleiche. Nun ja. Was lässt sich am Telefon sagen, wenn man auf einmal nicht wissen kann, wer mit hört. An Geschäft ist nicht zu denken. Man muss eben Opfer bringen. Am besten sollte man heute das Büro schließen. Wovon reden die überhaupt, da draußen?

Im leeren Büro geht er mit kurzen Schritten hin und her. Das Telefon schrillt. Er hebt es nicht ab. Niemand kann es einem deutschen Mann übel nehmen, wenn er heute für Geschäfte nicht zu haben ist. Was macht man nur? Am besten, er ginge nach Hause und legt sich auf das Kanapee schlafen. Wenn nur das quallige Biest nicht wäre. Jetzt wird sie tun, als hätte sie ganz allein recht behalten. Er spürt, wie Ärger, Zorn und Wut auf das mehlbreiig Verfettete ihn überkommt. Das wäre noch besser. Nun wird er gerade nach Hause gehen. Nun gerade. Und schlafen.

Er stapft nach Hause. Die endlos endlosen Kolonnen rattern in entgegengesetzter Richtung an ihm vorbei. Manchmal ist da ein höherer Offizier, mit hochgeschlagenem roten Mantelkragen. Dann hebt der Zwiefache, sich an den Rand des Bürgersteigs stellend, den rechten Arm: »Heil Hitler.«

So kommt er nach Hause. Klingelt. Niemand öffnet. Wahrscheinlich ist das Mädchen einkaufen gegangen. Und die Quallige wird noch im Bett liegen. Was geht ihn das an. Einerlei. Er wird sie herausbrüllen. An so einem Tag zu schlafen.

Er sperrt die Entreetür auf. Hängt drinnen Hut und Mantel auf. Es ist sehr still im Vorraum. Im Wohnzimmer ist niemand.

In seinem Schlafzimmer ist natürlich niemand. Soll er sich Hausschuhe anziehen? Er hat nasskalte Füße. Nein. Erst das faulige Biest aus dem Bett holen. Er geht hastig hinüber zu ihrem Zimmer. Reißt einen Flügel der Doppeltür auf. Da ist sie, mitten im Zimmer auf einem Polstersessel. Den Frisierspiegel aus der Ecke hat sie vor sich aufgestellt und ringsum hängen und liegen zahllose Hitlerbilder. Und da sitzt sie, und … er haut die Tür wieder zu, mit solcher Gewalt, dass im Nebenzimmer der Kristallleuchter scheppernd klirrt. Er stülpt den Hut draußen verkehrt auf den Kopf. Reißt den Pelzmantel vom Haken und stürzt, den Mantel noch auf dem Arm, aus der Wohnung. Wieder kracht eine Tür zu, dieses Mal die Entreetür, und scheppern die Kristallketten am Lüster.

Er stolpert jagend die Treppe hinunter. Erst im Erdgeschoss hält er an, zieht den Mantel über, versucht fauchend zu Atem zu kommen und so rennt er aus dem Haus bis zur Straßenecke, da bleibt er an einem Laternenpfahl stehen, ihn schwindelt, er meint, sich erbrechen zu müssen. Dann läuft er weiter.

Wo er den Nachmittag und den Abend verbracht, blieb unbekannt und ist schließlich auch gleichgültig. Man will gesehen haben, dass er mit deutschen Subalternoffizieren und Soldaten in Kneipen und Bars beisammensaß, sie mit Cognac, Slibowitz und anderen scharfen Getränken traktierte, Brüderschaft trank und dergleichen mehr. Am späten Abend kam er, heftig klingelnd, in einem als »Massage-Salon« getarnten Bordell an, wo er gut bekannt war und daher mit munterem Hallo empfangen wurde. Es ging sehr lebhaft und hoch her, es wurde viel Sekt und französischer Rotwein getrunken, den die Mädchen zusammengossen, das nannten sie »Türkenblut«. Nach Mitternacht war alles schwer betrunken, die Mädchen, alle dunkelhaarige, böhmische Typen soffen mit ihm auf das Wohl des Führers, manchmal schrie auch eine los: »Nieder mit Hitler« und »in die Hölle mit dem Schwein«, niemand achtete darauf. Immer wieder ward von den Mädchen auf das Wohl der »fetten, faulen Schlampe« getrunken, dann wieherte der Kreis und der Zwiefache johlte mit. Dann kam die Besitzerin dieses Hurenbetriebes nach Hause, strahlend, so einbringliche Gasterei vorzufinden. »Erzähl ihr, Dickerchen, erzähl ihr die Geschichte von der fetten, faulen Schlampe.« Dem Zwiefachen fiel das Reden schwer, der viele Alkohol machte ihn lallen. Nur langsam kam die Erzählung vorwärts. Wie er mittags zu ungewohnter Stunde nach Hause gekommen. Und wie er die Tür zum Schlafzimmer des qualligen Biests aufgerissen. Und wie sie da saß im Polstersessel, mit all den Hitlerbildern ringsum.

»Ganz nackt saß sie da, die faule Schlampe«, kreischte eines der Mädchen los und führte die Geschichte zu rascherem Fortgang »ganz nackt und den Frisierspiegel hatte sie vor sich aufgestellt und da saß sie, und besorgte es sich selbst«. Das Gelächter ging in allgemeines Wiehern über. »Mit einer roten Mohrrübe hat sie es sich selbst besorgt«, schrie ein anderes Mädchen in das kreischende Gelärm hinein. Der Zwiefache saß da und grinste. Es war ein schreckliches Grinsen, wie das eines bösen Toten. Er war sehr blass.

Dem Autochauffeur, der ihn in früher Morgenstunde nach Hause fuhr, fiel nur auf, dass dieser Mann im Pelzmantel betrunken war, sonst nichts. Auch dem Portier, der ihm mit »Heil Hitler« die Haustür aufsperrte, war weiter nichts aufgefallen. Der Zwiefache stieg die zwei Treppen zur Wohnung etwas langsam, aber sehr ruhig hinauf, sperrte die Wohnungstür auf und schloss sie wieder ab. Er hing den Hut und den Pelzmantel auf. Es ist wieder sehr still im Vorraum. Genau wie mittags. Im Wohnzimmer ist niemand. Auch in dem sogenannten Herrenzimmer ist niemand. Er knipst das elektrische Licht aus, setzt sich im Dunkeln an seinen Schreibtisch. Nach einer Weile findet er den Knopf der Schreibtischlampe und macht wieder Licht. Da der Portier meinte, ihm um vier Uhr aufgeschlossen zu haben, so mochte er dort noch etwa eine Stunde gesessen haben.

Das war nun das Resultat. Das war das Resultat. Er hatte gemeint, mit all dem Alkohol sich, wie so oft schon, in ein Vergessen saufen zu können. Aber dieses Mal war ihm das nicht gelungen. Das Leben hatte ihn zu böse angeschlagen. Durch all den Alkoholdunst sah er sich und die Welt ganz klar, viel klarer als sonst. Sein ganzes Leben haspelte an ihm vorüber. Auch an seine Mutter dachte er dabei und weinte leise. An seine beiden Fabriken dachte er, deren eine er schon verloren hatte – und so war aus dem Zwiefachen eigentlich ein ganz Einfacher geworden. An das blaue Zwiebelmuster dachte er, und wieviel Service mit dem Dekor er in alter guter Zeit davon exportiert hatte. An die Sorgen in Krisenzeiten und wie er da immer wieder zurechtgesteuert hatte. Wofür denn nur? Wofür das alles? Wofür, wofür? Wenn diese Nacht und dieser Morgen das ganze Resultat waren. Das war nun das Resultat. Entsetzlich. Er hörte sich deutlich seufzen. »Entsetzlich.«

Vom Wohnzimmer nebenan her sah er durch die Dunkelheit der schwarzen Stunde vor der Morgendämmerung einen leeren Fleck auf dem Parkettfußboden gelblich leuchten. Das war die Stelle, wo ein Teppich aus Turkestan eine Weile gelegen hatte und nun nicht mehr lag, obwohl er nicht einmal bezahlt worden war. Noch eine unbeglichene Rechnung aus einer Sache, in der er sich nicht anständig benommen hatte, nicht eines zwiefachen Fabrikanten würdig, von mindestens mittlerem Range. Unanständig schien ihm, wie er sich da betragen. Der Jud' hatte ja ganz recht, als er ihn verklagen ließ. Hatte da eigentlich ein Gerichtstermin stattgefunden oder war der unter der Gewalt der Umstände ausgefallen? Nun, auch das war jetzt vollkommen einerlei. Der Teppich. Wo war der jetzt? Auch hineingeraten in das Räderwerk der großen politischen Mühle, in das er selbst geraten war, obwohl er gerade das nie gewollt hätte. Als anständiger Kaufmann hatte er angefragt: Was kostet mich eure Politik? Und er hatte bezahlt, ohne zu feilschen. Aber die Satansbrut da hatte sein Geld genommen und dann ihn hinterher, dass er zermahlen wurde zwischen den harten Mühlsteinen des Parteidekors, nein, Doktrin heißt es, ja wohl. Zermahlen war er, ganz zermahlen, das war das Resultat. Entsetzlich.

Und wäre er nicht zermahlen worden, von den Betrügern da, dem Grünäugigen samt seiner Sippschaft, den Troplowitzen und ähnlichen Gesellen, was wäre dann? Dann wäre das Leben mit der fetten Schlampe, mit der einstmals hageren Sächlichkeit, mit dem Biest, das verrückt war, sodass es stank vor Faulheit. Die Seele steigt ihr auf in einer Wolke, verehrter Herr Seelsorger. In der Wolke steigt ihr die Seele auf, verehrter Herr Pfarrer. Sie hätten sie sehen sollen, wie ich sie gesehen habe. Das Schwein, das ekelhafte. Mit allem Alkohol der Welt bringt man es nicht mehr weg. Das Gefühl, dass man kotzen muss, wenn man nur daran denkt. Kotzen muss man. Das ist das ganze Resultat. Entsetzlich.

Ein Betrüger glaubt man zu sein und ist selbst ein Betrogener. Welch ein Resultat. Entsetzlich. Das ist die Pleite. Lauter Passivsalden. Wie soll man da antreten, für den Fall, dass es doch einen Konkursverwalter einmal im Jenseits gibt. Was heißt das? Was für Gedanken denkt er da? Soweit ist es noch lange nicht. Noch ist er kerngesund. Wieviel Alkohol hat er nicht in sich hineingesoffen seit gestern Mittag und sitzt da, an seinem Schreibtisch, von furniertem deutschen Eichenholz. Ein Pferd hätte das umgeworfen. Er aber sitzt da, ganz klar und vernünftig, und macht Bilanz. Nur geht sie schlecht aus. Pleite heißt das Resultat. Pleite. Es ist entsetzlich.

Was lässt sich noch tun? Der gelbe Fleck von blankem Parkett leuchtet immer noch. Diese faule Sache sollte man bereinigen. Man könnte gleich einen Scheck ausschreiben und diesem jüdischen Kerl zuschicken. Wie heißt er noch gleich, dieser Israel? Und wieviel macht das noch? Irgendwo wird doch die Rechnung sein. Er zieht das Schreibtischfach auf. Kramt zwischen gebündelten und losen alten Briefen, vollen und leeren Visitkartenkästchen, alten Kalendern, schiebt alles her und hin. Findet das Gesuchte nicht. Ein drittes Fach, ein viertes. Die Rechnung ist nicht da. Statt ihrer fördert er einen kleinen, schwarzen Revolver hervor.

Was soll das Ding? Man könnte es in die Tasche stecken. Ja, wenn er die schwarze Uniform anhätte, mit der sämischledern gefütterten Hosentasche. Aber er hat die verfluchte Uniform nicht an. Er würde sich doch nur die Hosentasche damit ruinieren. Also bleibt das Ding da liegen, auf der eichenholz-furnierten Schreibtischplatte. Ein hässlicher, schwarzer Fleck. Was wollte er doch tun? Jedenfalls das Ding da nicht sehen. Er knipste nun auch die Schreibtischlampe aus und sitzt völlig im Dunkeln. Ihn fröstelt ein wenig. Er kennt dieses unbehagliche Gefühl, das sich mit dem Morgengrauen einstellt. Draußen zwitschern auch schon die Spatzen. Die haben es gut. Ein Spatz müsste man sein.

Ob das Ding überhaupt geladen ist? Es ist nicht eigentlich geladen. Aber sechs Patronen stecken im Rahmen. Den braucht man nur eine Kleinigkeit hinaufzuschieben. Klicks. Jetzt ist das Ding geladen. Aber es kann garnicht losgehen. Denn da ist noch die geschlossene Sicherung. Der kleine Hebel mit dem gerauhten Knopf. Merkwürdig, wie leicht das geht, auch in der Dunkelheit. Vieles ist merkwürdig im Leben. Jetzt ist das Ding entsichert. Jetzt könnte das Ding allerdings losgehen.

Wohin? Ein Loch in die Fensterscheibe? Ein Loch in die Wand? Welch Unsinn. Hier ist ein geladener und entsicherter Revolver und da ist die Welt. Das Ding da gegen die ganze Welt und der es hält, ist Weltenrichter. Gegen wen also? Gegen die einstmals hagere und jetzt fettschwammig Sächliche. Das stinkige Faultier, das Schwein das. Die ist an allem schuld. Die ist die Hauptschuldige. Wahrscheinlich schnarcht sie jetzt. Dann hat sie ausgeschnarcht und ausgeschweint. Dass die Bilanz ins Reine komme, die ist die Hauptschuldige. Aber ist sie das? Ist sie die Alleinschuldige? Und wenn sie das nicht ist, ist sie die Hauptschuldige? Ja oder nein? Hier ist ein mörderischer Revolver und da ist die ganze Welt. Und der die Waffe hält ist Weltenrichter, ein betrogener Betrüger. Ein Kaufmann mit gefälschter Bilanz. Das ist das Resultat und die ganze Welt ruft ein ungeheures, entsetzlich dröhnendes: Schuldig!

Von dem Schuss war das Dienstmädchen aufgewacht. Ein derbes, gesundes, tschechisches Bauernmädel, dem aber irgendwie unheimlich war. Wovon war sie denn nur wach geworden? Es war sehr laut.

Sie weckte die »Gnädige«, was ihr nur mit viel Mühe gelang. Die »Gnädige« sagte, sie sei wohl verrückt geworden. Zog aber doch ihre roten Pantoffeln und den schlampigen Morgenrock über. Als man im Herrenzimmer Licht anknipste, sah man das Schreckliche. Der Schuss, direkt an der Schläfe angesetzt, hatte die ganze obere Schädelpartie zerschmettert. Wie das aussah! Die »Gnädige« lief in ihr Schlafzimmer zurück, warf sich auf das Bett und schrie ohne Unterbrechung, bis sehr viel später ein herbeigerufener Polizeiarzt sie zur Ruhe brachte.

Als die Zeitung am nächsten Tage die mehrfachen Todesanzeigen brachte, tot, tot und mausetot, war es schon nicht mehr die opportunistische Zeitung für den Familiengebrauch, sondern ein gleichgeschaltetes Parteiorgan. Auch sie, die opportunistische Zeitung war mausetot, mitsamt der Tradition für den Familiengebrauch, mitten durch die Brust geschossen. So wissen wir nicht einmal, ob Leonhard Glanz auf diese Weise Kenntnis erhielt, dass seine eventuellen weiteren Teppichraten in noch weitere, praktisch wohl unerreichbare Fernen gerückt waren, selbst dann, wenn er sie noch einzutreiben versuchen wollte. Eben das aber wollte er garnicht, den Betrag hatte er gänzlich abgeschrieben, sogar in Gedanken. Er hatte jetzt anderes zu tun. Er wollte fort. Nur fort. Nur aus dem Bereich der Nazis fort. Das beschäftigte seine Welt des Denkens und Tuns so sehr, dass er nicht einmal dazu kam, sich selbst Vorwürfe zu machen, weil er es mit sich so weit hatte kommen lassen. In seine Wohnung wagte er sich nicht mehr, seit er die Nazi-Militärposten auf der Brücke gesehen. Wo erst Nazi-Militär ist, da ist Gestapo nicht mehr fern. Schon sah man einzelne höhere SA-Chargen in Autos herumjagen. In den nagelneuen, knopf- und faltenreichen eisenrostfarbenen Fantasieuniformen, mit der breiten Hakenkreuzbinde am Arm, grellbunt das Ganze, von einer Farbdisharmonie, die auf die Augen schlug. Denen wollte er nicht in die Hände fallen. Die erste Nacht schlief er in einem Hotel. Dann meinte er, auch das nicht mehr riskieren zu können. Ein guter Bekannter hatte ihm gesagt: »Was wollen Sie, hinter Ihnen stehen hier doch eine Million Menschen.« Eine Million Menschen in dieser Stadt, aber keiner, der ihm ein Nachtasyl gewährte, in seinem Kreise des opportunistischen Kleinbürgertums. »Aber gewiss doch. Liebend gerne. Nur wissen Sie, da ist gerade meine Schwiegermutter auf Besuch gekommen und wir haben leider das Fremdenzimmer nicht frei. »Wieviel Schwiegermütter, Onkels, Tanten, Brüder, Schwestern, Nichten doch jetzt gerade überall auf Besuch gekommen waren. Eine Million guter Freunde und kein Nachtquartier. So schlief er jede Nacht bei einer anderen Hure aus irgendeinem Nachtcafé. Das war teuer. Die Mädchen rochen den Hintergrund. »Putzichen, gelt, versteh mich. Von mir aus gern. Aber weißt, ich möcht nix zu tun kriegen mit denen da, wegen der Rassenschand und so.« Das war teuer. Immerhin fand sich da schließlich immer noch die hurenbörsenmäßig notierte Zivilcourage.

Wir wissen nicht, ob der durchschnittliche Mann Leonhard Glanz seine Bedeutung in dieser Sache überschätzt hatte. Zumeist, das wissen wir, gehört gerade einer mehr zum ganz gewöhnlichen und daher auch gar keine Behörde sonderlich kümmernden Durchschnitt, als der in subjektiver Betrachtung Versunkene gerade annimmt. Einerlei, ob er die Subjektivität zu seinem Vorteil oder Nachteil befragen muss. Immer gehört einer mehr in die große Gruppe der Durchschnittsmenschen, als der Subjektivist annimmt.

Da die opportunistische Zeitung für den Familiengebrauch tot war und mausetot, das angestaubte Kaffeehaus mit den fettgrauen Marmortischen ihm keine Heimat mehr sein konnte, er im Gegenteil sich des Morgens, des Mittags, des Nachmittags, des Abends jeweilig in einem anderen Kaffeehaus oder Bierbeisel herumtrieb, von einer Peripherie der Stadt zur anderen, da seine Beziehungen und Verbindungen gerissen waren und er die Sprache der großen Gespenster in dieser Stadt nicht verstand, nicht einmal die der Bauten und der Steine, so müssen auch wir den ziemlich braven, durchschnittlichen Mann jetzt verlassen. Wir wissen, er ist wendig, mehr als ein schäbiger Anzug, der doch nur allenfalls zwei Seiten hat. Wir trauen ihm mit Recht zu, dass er auch in dieser Situation sich zu helfen wissen wird. Viele Leute, zumeist in weit schwierigeren Umständen, sind in diesen Tagen über die neutralen Grenzen nach Ungarn oder

Polen echappiert. Leonhard Glanz in seiner wendigen Geschicklichkeit weiß bald, wo diese Löcher in den Grenzen sind. Er flitscht da mit durch, sogar auf relativ fahrplanmäßig verlaufende Weise, zwar ohne Fahrkarte, aber doch mit sicherem Auto und sicherem Führer. Ein wenig illegal. Sogar mit zehn Minuten Angst und überschätzter Gefahr verbunden. Sozusagen eine blaue Reise erster Klasse mit etwas brauner Romantik.

Fahre wohl! Möchten wir ihm nachrufen. Lass fahren dahin. Lass fahren. Der Abschied von der Person dieses durchschnittlichen Mannes fällt uns nicht schwer. Als Person lernten wir ihn kennen und so verlassen wir ihn. Seine Konturen haben sich, seit wir ihn zuerst kennen lernten, ein paar Mal geändert. Eine Persönlichkeit ist aus seiner werten Person nicht geworden. Schade. Mühe genug ward an ihn vertan. Zu mancherlei Hoffnungen einer besseren Entwicklung gab er in mancherlei Situationen Anlass. Sie haben getrogen. Leider, müssen wir sagen, ohne allzu traurig zu sein. Manchmal sahen wir ihn auf die Straße gedrängt, die hätte vorwärtsführen müssen, aber immer wieder ist er uns durch eine Passage oder in ein verwinkeltes Durchhaus in eine Gasse entwischt, die im Kreise herum an den Anfang führte. Leider, sagen wir, und sind nicht einmal traurig. Im Grunde war dieser durchschnittliche Mann ein Mensch, der sein eigenes Leben nicht eigentlich lebte, sondern es leben ließ. Da bringen wir allenfalls ein wenig Mitleid auf – das er aber garnicht will –, nicht aber die Furcht, die seine Erscheinung in Tragisches hätte heben können. Leb wohl, ziemlich braver, durchschnittlicher Mann, wer weiß an welcher demnächstigen Straßenecke wir dich wiedersehen. Fahre hin, fahre hin und lebe.

Wir aber, die wir nun ohne Schmerz und ohne Groll Abschied nehmen, von dem allgemeinen, durchschnittlichen Manne und aber von der einmal einzigen Stadt, in der er seine Weile verlebte, ohne das Wunderbare zu begreifen, dieser Stadt, der etwas von unserer Liebe gehört und ein Raum in unserem Herzen, auch dann, wenn uns, o Gnade, das Geschenk des Lebens ward, einen Menschen an unserer Seite, oder irgendwo auf der weiten Erde, lieben zu dürfen und lieben zu können, aus vollem Herzen, mit ganzer Seele, über alles in der Welt, wir hören, wie jener Paukenschlag des 21. März 1938 nicht mehr verstummt. Wir hören schon, wie er zu schwerem rasselnden Grollen wird, hinweg über blechschmetternde Herausforderungen, hinweg über falsche Seufzer und falsche Tiraden verratener Verräter. Wir hören schon die Posaunen und die Pauken des Weltgerichts, das auf uns alle niederschmettert

dies irae, dies illa,
solvet saeclum in favilla

und uns bleibt nicht Zeit, die Hände zu falten. Denn wir wollen nicht gelebt werden, wir wollen leben.
Wir wollen unser Leben leben und dabei sein.

Ende des ersten Teils.

Editorische Notiz

Der Autor schrieb seinen Text auf einer englischen Schreibmaschine ohne Umlaute und deutsche Sonderzeichen. Zur besseren Lesbarkeit wurden diese eingefügt, Schreibweisen behutsam vereinheitlicht und Namen von Personen und Orten sowie offensichtliche Tippfehler korrigiert. Zitate wurden in der vom Autor abgewandelten Form beibehalten.

Der Verlag dankt Miriam Solano für die Bearbeitung des Scans zu einem satzfertigen Manuskript.

Anmerkungen

13 Munkacz, Munkács, deutsch: Munkatsch, Zentrum ungarisch-chassidischer Juden, heute Stadt in der Ukraine.

13 Akiba ben Josef, auch Rabbi Akiba (ca. 50 bis ca. 135), bedeutender Rabbiner der mischnaischen Zeit.

13 Mit Meir ben Asarjo meinte Justin Steinfeld den legendenumwobenen Rabbiner Eleasar ben Asarja, der wegen seiner Gelehrsamkeit Meir (= der Erleuchtete) genannt wurde.

13 Rambam, Akronym für den Philosophen und Rechtsgelehrten Mose ben Maimon (Maimonides), genannt RaMBaM (1135–1204).

13 Juda ben Bezalel, Rabbiner, Talmudist und Pädagoge (um 1525–1609), auch der »Hohe Rabbi Löw« genannt, Rabbiner in Mähren, später in Prag, der Legende nach Erschaffer des Golem.

14 Golem: formlose Masse, seit dem 12. Jahrhundert ein stummer, minderwertiger Mensch, erstmals von Berthold Auerbach schriftlich fixiert, später vor allem durch Gustav Meyrinks *Der Golem* (1915) ein Klassiker der phantastischen Literatur. Der Filmregisseur Paul Wegener (1874–1948) schuf 1920 den Film *Der Golem, wie er in die Welt kam.*

14 Egon Erwin Kisch (1885–1948): In Prag geborener tschechoslowakischer Journalist, der 1925 in seinem Buch *Der rasende Reporter* seine Reportage »Dem Golem auf der Spur« veröffentlichte.

21 Heinrich Brüning (1885–1970), deutscher Reichskanzler.

21 Jakob Goldschmidt (1882–1955), deutsch-jüdischer Bankier, von 1922–1931 alleinhaftender Gesellschafter der Darmstädter und Nationalbank (Danat-Bank). Nach Zahlungsunfähigkeit der Bank Verlust des Vorstandsvorsitzes, nach 1933 Emigration in die Schweiz, von dort in die USA.

21 Franz von Papen (1879–1969), nach Brünings Sturz deutscher Reichskanzler, verantwortlich für den »Preußenschlag« vom Juli 1932, nach Demission Schleichers Vizekanzler unter Adolf Hitler.

21 Kurt von Schleicher (1882–1934), deutscher Reichskanzler, Sturz und Ersetzung durch Adolf Hitler am 30.1.1933. Ermordung während des »Röhm-Putsches«.

24 Albert Ballin (1857–1918) Generaldirektor der Hamburg-Amerikanischen Packetfahrt-Actien-Gesellschaft (HAPAG), wirtschaftlicher Berater Kaiser

Wilhelms II., nach dem Zusammenbruch des Kaiserreichs Freitod am Tag der Ausrufung der Republik.

24 Georges Clémenceau (1841–1929), französischer Ministerpräsident, warnte vor der Gefahr durch Deutschland und zog sich nach der Niederlage bei der Präsidentschaftswahl im Januar 1920 aus der Politik zurück.

24 Raymond Poincaré (1860–1934), französischer Ministerpräsident, von 1913–1920 Staatspräsident.

26 Robert Miles Sloman junior (1812–1900) leitete die familieneigene Reederei mit Sitz in Hamburg, die älteste Reederei Deutschlands.

27 Richard Carl Krogmann (1859–1932), Hamburger Reeder, der den Salpeterhandel mit Südamerika aufbaute.

27 Carl Vincent Krogmann (1889–1978), Reeder, Bankier, Sohn des Reeders Richard Carl Krogmann. Seit Mai 1933 Mitglied der NSDAP, noch im gleichen Monat Ernennung zum Bürgermeister der Stadt Hamburg. Seine 1976 veröffentlichten Erinnerungen *Es ging um Deutschlands Zukunft 1932–1939* unterstrichen seine Ablehnung von Demokratie und Parlamentarismus.

28 Schwejk, die literarische Figur aus dem satirischen Schelmenroman *Der brave Soldat Schwejk* des in Prag geborenen Schriftstellers Jaroslav Hašek (1883–1923).

28 Hinter den Pseudonymen B. Traven oder Ret Marut verbarg sich der Metallfacharbeiter Otto Feige (1882–1969).

29 Das im Zentrum Hamburgs an der Ecke von Neuer Wall und Stadthausbrücke gelegene »Stadthaus« war seit 1933 Zentrale der Hamburger Gestapo. Erst seit 2020 erinnert in dem Gebäudekomplex ein wegen seiner räumlichen Begrenztheit umstrittener »Geschichtsort« an die einst dort ausgeübte Verfolgung, Unterdrückung und Terror.

30 Friedrich III. (1843–1912), von 1906 bis 1912 König von Dänemark. Als er im Mai 1912 wegen eines Herzinfarkts in der Nähe eines Edelbordells am Hamburger Gänsemarkt starb, vermuteten damalige Zeitungen die Vertuschung eines Skandals.

35 Rotherbaum ist ein Stadtteil im Bezirk Eimsbüttel in Hamburg, in dem auch Justin Steinfeld zuhause war.

35 Hans Friedrich Blunck (1888–1961), Jurist und Schriftsteller in Hamburg, unterschrieb im Oktober 1933 mit 87 weiteren Schriftstellern das »Gelöbnis treuester Gefolgschaft« gegenüber Adolf Hitler, von 1933–1935 Präsident der Reichsschrifttumskammer.

35 Anspielung auf Johann Wolfgang von Goethes 1773 erschienenes Schauspiel *Götz von Berlichingen* und das dortige Götz-Zitat: »Er kann mich im Arsche lecken.«

41 *Peter Schlemihls wundersame Geschichte*, eine 1813 verfasste Erzählung von Adelbert von Chamisso (1781–1838), handelt von einem Mann, der seinen Schatten verkauft.

42 Siddhartha Gautama bzw. Siddhattha Gotama (563–483 v. Chr.), Begründer des Buddhismus.

43 Chulalongkorn (1853–1910) war von 1968 und bis zu seinem Tod König von Siam, dem heutigen Thailand.

46 Willi Bredel (1901–1964), aus Hamburg stammender Journalist und Schriftsteller, Redakteur der kommunistischen *Hamburger Volkszeitung*, 1933 im KZ Fuhlsbüttel inhaftiert. Eine Erfahrung, die ihren literarischen Niederschlag in seinem Roman *Die Prüfung* (1934) fand.

46 Nansen-Pass, nach internationaler Vereinbarung seit 1922 Reisepass für ursprünglich russische staatenlose Flüchtlinge, entworfen vom norwegischen Polarforscher und Diplomaten Fridtjof Nansen (1861–1930).

47 Völkerbund (englisch: League of Nations, französisch: Société des Nations), 1920 gegründete internationale Organisation zur Wahrung des Friedens nach dem Ersten Weltkrieg. Der Beitritt Deutschlands erfolgte 1926, die Zugehörigkeit endete 1933.

50 »Der kleine Moritz« ist eine Anspielung auf eine Äußerung des österreichischen Journalisten und Vortragskünstlers Anton Kuh (1890–1941). Der vollständige Satz lautet: »Wie sich der kleine Moritz die Weltgeschichte vorstellt - genau so ist sie.« Für Kurt Tucholsky war Kuh ein »Sprechsteller«; er zitierte ihn in seinem unter dem Pseudonym Kaspar Hauser in der *Weltbühne* 1931 veröffentlichten Artikel »Memoiren aus der Kaiserzeit«.

50 Kraft durch Freude (KdF) war eine Unterorganisation der Deutschen Arbeitsfront, wegen ihres umfangreichen kulturellen und touristischen Freizeitprogramms (»KdF-Kreuzfahrten«) die wohl massenwirksamste und populärste Organisation der Nationalsozialisten.

52 Mit »den Dokter und den Hermann und Adolf« sind der promovierte Joseph Goebbels (1897–1945), Hermann Göring (1893–1946) und Adolf Hitler (1889–1945) gemeint.

53 Rodrigo Díaz de Vivar (ca. 1043–1099), auch als El Cid (= der Herr) bezeichnet, spanischer Ritter, Nationalheld der Reconquista, als literarische Figur Held des ältesten spanischen Nationalepos.

54 Irun, spanische Stadt in der Autonomen Region Baskenland, unmittelbar an der spanischen-französischen Grenze gelegen, im Spanischen Bürgerkrieg schwer zerstört.

56 Guernica (heute: Gernika), Kleinstadt im Baskenland an der Nordküste Spaniens, wurde am 26.4.1937 durch den Luftangriff der deutschen Legion Condor zerstört. Noch im gleichen Jahr schuf Pablo Picasso mit seinem Gemälde *Guernica* ein monumentales Anti-Kriegsbild.

56 Juan March (1880–1962), spanischer Unternehmer und Bankier, maßgeblich an der Finanzierung des Putsches rechtsgerichteter Nationalisten gegen die demokratisch gewählte Regierung der Zweiten Spanischen Republik beteiligt.

57 »Die Zwiebel ist der Juden Speise.« Zeile aus dem Gedicht »Naturge-

schichtliches Alphabet« von Wilhelm Busch (1832–1908), veröffentlicht 1860 in den *Fliegenden Blättern*.

58 Basil Zaharoff (1849–1936), griechischer Unternehmer, galt zu Lebzeiten als bedeutender Waffenhändler Europas und wurde von einem britischen Journalisten als »Hausierer des Todes« charakterisiert.

58 Maximkanonen sind selbstladende Maschinengewehre, benannt nach ihrem Erfinder Hiram Maxim.

59 Walter Rathenau (1867–1922), deutscher Industrieller, Schriftsteller und Politiker, 1915 Vorstandsvorsitzender der AEG, seit Januar 1922 Reichsaußenminister, wenige Monate später von Mitgliedern der nationalistisch-antisemitischen Terrorvereinigung Organisation Consul ermordet.

60 Der »beste Holzhauer von Doorn« war Kaiser Wilhelm II. (1859–1941), der nach seiner Abdankung im November 1918 und bis zu seinem Tod im niederländischen Schloss Doorn lebte. Zu seinen liebsten sportlichen Betätigungen zählte angeblich das Holzhacken und -sägen.

60 Rifkrieg, auch: Zweiter Marokkanischer Krieg zwischen 1921 und 1926 zwischen den Rifkabylen und Spanien.

60 Alfons XIII. (1886–1941), von 1886/1902–1931 König von Spanien.

61 Alejandro Lerroux García (1864–1949), spanischer Politiker, Mitbegründer der Radikal Republikanischen Partei, zeitweilig Premier-, Kriegs- und Außenminister Spaniens.

61 José María Gil-Robles (1898–1980), spanischer Rechtsanwalt und Politiker, Mitbegründer des Spanischen Bündnisses Autonomer Rechter (CEDA), unterstützte 1933 das Kabinett des Premierministers Lerroux.

62 Hinter dem »Franken Karl« verbirgt sich fränkische König Karl der Große (742–814), der als Kaiser von 800 bis 814 den größten Machtbereich seit Untergang des Weströmisches Reiches schuf.

62 Widukind, Führer der Sachsen gegen Karl den Großen.

64 Guadalajara, Hauptstadt der gleichnamigen spanischen Provinz, nördlich von Madrid. Während des Spanischen Bürgerkriegs, im März 1937, Sieg der republikanischen Armee gegen die von italienischen Verbänden unterstützten Putschisten unter Franco in der Schlacht von Guadalajara.

65 Hedschas bezeichnet Landschaften im westlichen Saudi-Arabien, in der auch die heiligen Stätten Mekka und Medina liegen.

65 »Und der Sklave sprach: Ich heiße / Mohamet, ich bin aus Yemmen, / Und mein Stamm sind jene Asra, / Welche sterben, wenn sie lieben.« Diese Zeilen stammen aus dem Gedicht »Der Asra« aus dem 1851 erschienenen Gedichtband *Romanzero* von Heinrich Heine.

65 Abessinien (das heutige Äthiopien) war Schauplatz des Abessinienkriegs, des militärischen Überfalls Italiens auf das ostafrikanische Kaiserreich. Einverleibung Äthiopiens und Eritreas zu Italienisch-Ostafrika. Das faschistische Italien fand Unterstützung nur von Deutschland (Achse Berlin-Rom), Sanktionen des Völkerbundes blieben unwirksam.

65 William Wilberforce (1759–1833), britischer Politiker, ein Gegner der Sklaverei und des Sklavenhandels.

72 Kimberley, Hauptstadt der südafrikanischen Provinz Nord-Kap, bekannt für die dort Mitte des 19. Jahrhunderts gefundenen und abgebauten Diamanten.

72 Cecil Rhodes (1853–1902), britischer Unternehmer und Politiker, Haupteigentümer der De Beers Mining Company, die Diamanten schürfte. 1890 Premierminister der Kapkolonie.

72 Der »Jameson Raid«, benannt nach dem britischen Kolonialpolitiker Leander Starr Jameson (1853–1917), dem Verwalter von Rhodesien, war der Einfall einer irregulären Truppe 1895 unter Jamesons Führung in die Burenrepublik Transvaal, um das Gebiet dem britischen Territorium anzugliedern.

76 William Pitt der Jüngere (1759–1806), britischer Premierminister 1783–1801 sowie 1804–1806, hielt 1792 im Parlament eine engagierte Rede für die Abschaffung des Sklavenhandels.

76 Charles James Fox (1749–1806), britischer Staatsmann, unterstützte William Wilberforce in seinem Kampf gegen die Sklaverei.

81 Nervus rerum (Lateinisch = Nerv der Dinge), Geld als Zielpunkt allen Strebens, als wichtigste Grundlage.

83 Charles Dunbar Burgess King (1875–1961), von 1920–1930 Präsident Liberias, wegen des Fernando-Po-Skandals 1930 zum Rücktritt gezwungen.

86 Allen N. Yancy (1881–1941), Vizepräsident von Liberia, Schlüsselfigur des Fernando-Po-Skandals der späten zwanziger Jahre des 20. Jahrhunderts.

87 Fernando-Po war der Name der Insel Bioko vor der Küste Kameruns, die nach ihrem portugiesischen Entdecker Fernão (Fernando) do Po benannt wurde. Die liberianische Regierung hatte sich massiver Menschenrechtsverletzungen schuldig gemacht, indem sie durch ein brutales System Menschen zur Arbeit auf den Kakaoplantagen der Insel versklavte.

89 Henry Morton Stanley (1841–1904) war ein britisch-amerikanischer Journalist und Afrika-Forscher, der 1871 den für verschollen erklärten, in Ostafrika erkrankten Afrika-Forscher David Livingstone (1813–1873) in Ujiji am Tanganjika-See ausfindig machte.

89 Hermann von Wissmann (1853–1905), deutscher Afrika-Forscher und Kolonialbeamter.

92 Ein Herostrat bezeichnet jemanden, der aus Ruhmsucht oder Ehrgeiz Straftaten begeht.

92 Der von Herostrat angezündete Artemis-Tempel von Ephesos galt als eines der Sieben Weltwunder der Antike. Artemis war Göttin der Jagd, des Waldes und Hüterin der Frauen und Kinder. In der römischen Mythologie entsprach ihr die Gestalt der Diana.

92 Friedrich »Fritz« Haarmann« (1879–1925), ein Serienmörder aus Hannover.

92 Mario Roatta Mancini (1887–1968), General des faschistischen Italiens, befehligt die »Corpo Truppe Volontarie«, die im Spanischen Bürgerkrieg auf Seiten der Nationalsozialisten unter Franco kämpfte.

95 Lovis Corinth (1858–1925), deutscher Maler, Zeichner und Grafiker, einer der bedeutendsten Vertreter des deutschen Impressionismus.

95 Wilhelm Furtwängler (1886–1954), Dirigent und Komponist, nach 1933 Direktor der Berliner Staatsoper und Dirigent der Berliner Philharmoniker, von 1933 bis 1934 Vizepräsident der Reichsmusikkammer, aufgeführt auf der von Joseph Goebbels und Adolf Hitler zusammengestellten »Gottbegnadeten-Liste«.

95 Arthur Nikisch (1855–1922), ungarischer Dirigent, 1895 Berufung zum Chefdirigenten der Berliner Philharmoniker.

95 Dusolina Giannini (1902–1986), italienisch-amerikanische Sopranistin, die ihr Bühnendebüt 1925 als Aida in der Hamburger Staatsoper gab.

96 Ernestine Schumann-Heink (1861–1936), österreichisch-amerikanische Opernsängerin, die von 1883–1897 in der Hamburger Oper auftrat.

99 Heinrich VI. (1165–1197), von 1190–1197 deutscher König, ab 1191 Kaiser des Heiligen Römischen Reiches.

103 Helmut »Helle« Hirsch (1916–1937), als amerikanischer Staatsbürger geboren, emigrierte 1935 nach Prag. Durch Kontakte zu der von Otto Strasser gegründeten »Schwarzen Front« war Hirsch bereit, ein Bombenattentat ohne Gefährdung von Menschenleben auf das Reichsparteitagsgelände in Nürnberg durchzuführen. Von der Stuttgarter Gestapo verhaftet, wurde er vom Volksgerichtshof in Berlin wegen vermeintlichen Hochverrats zum Tode verurteilt. Eine Intervention des amerikanischen Botschafters William Dodd zugunsten Helmut Hirschs bei Adolf Hitler blieb erfolglos. Im Juni 1937 wurde Helmut Hirsch im Alter von 21 Jahren in Berlin-Plötzensee durch das Fallbeil hingerichtet.

104 Vomitorium (lat. vomere = ausspeien, erbrechen), in der Medizin ein Mittel, das Erbrechen auslöst. Der Legende nach soll es in den Villen reicher Römer Brechräume gegeben haben, wofür allerdings jeder archäologische Nachweis fehlt. In der Architektur wird mit Vomitorium der Gang in einem antiken Amphitheater oder Circus bezeichnet, durch den die Zuschauer zu den Sitzreihen gelangten.

115 Etkar Joseph André (1894–1936), Hafenarbeiter, Politiker, Widerstandskämpfer. Seit 1922 in Hamburg lebend, maßgeblich am Aufbau des Roten Frontkämpferbundes (RFB) beteiligt, zog 1927 als Abgeordneter der KPD in die Hamburgische Bürgerschaft. Im März 1933 verhaftet, in der mehr als dreijährigen Untersuchungshaft gefoltert, wurde er im Juli 1936 zum Tode verurteilt und im November 1936 im Untersuchungsgefängnis Holstenglacis enthauptet. In der in Prag erscheinenden Deutschen Volkszeitung veröffentlichte Justin Steinfeld im April 1936 seinen Artikel »Meine erste und letzte Begegnung mit Etkar André«.

118 Dr. Hjalmar Schacht (1877–1970), deutscher Finanzpolitiker, von 1923 bis 1930 Reichsbankpräsident, plädierte bei Hindenburg für die Ernennung Hitlers zum Reichskanzler, von 1933 bis 1939 erneut Reichsbankpräsident, von 1935 bis 1937 Reichswirtschaftsminister und Generalbevollmächtigter für die Kriegswirtschaft, wurde nach Hitler-Attentat im Juli 1944 verhaftet.

121 Fiorello »Henry« La Guardia (1882–1947), von 1934 bis 1945 Bürgermeister von New York.

125 Gregor Strasser (1892–1934), seit 1921 Mitglied der NSDAP, von 1924 bis 1932 Mitglied des Reichstags, von 1926 bis 1930 Reichspropagandaleiter der NSDAP. Ermordung während des »Röhm-Putsches«.

125 Otto Strasser (1897–1974), seit 1925 in der NSDAP. Nach Konflikt mit Hitler Mitbegründer der Schwarzen Front. 1933 Emigration aus Deutschland.

126 George Lansbury (1859–1940), britischer Politiker, Pazifist und Abgeordneter des britischen Parlaments. Von 1931 bis 1935 Vorsitzender der Labour Party, besuchte 1937 Adolf Hitler in der Hoffnung, den drohenden Zweiten Weltkrieg abwenden zu können.

126 August Bebel (1840–1913), Drechsler, sozialistischer Politiker, Publizist, Mitbegründer der Sozialdemokratischen Partei Deutschlands, Mitglied im Reichstag, vertrat von 1883–1893 sowie von 1898 bis zu seinem Tod den Wahlkreis Hamburg I. In dem 1906 eingeweihten Hamburger Gewerkschaftshaus am Besenbinderhof sah Bebel »eine geistige Waffenschmiede« des Proletariats.

127 Joachim von Ribbentrop (1893–1946), außenpolitischer Berater Adolf Hitlers, 1936 bis 1938 Botschafter in London, unterzeichnete gemeinsam mit dem sowjetischen Außenminister Molotow den deutsch-sowjetischen Nichtangriffspakt. In Nürnberg zum Tode verurteilt und hingerichtet.

136 Max Slevogt (1868–1932), deutscher Maler, Grafiker und Illustrator.

137 »Honi soit, qui mal y pense« (Beschämt sei, wer schlecht darüber denkt. / »Ein Schuft sei, wer Böse dabei denkt«), Motto des englischen Hosenbandordens.

141 Giacomo Meyerbeer, geb. als Jakob Meyer Beer (1791–1864), deutscher Pianist, Komponist und Dirigent.

142 Voltaire (1694–1778), eigentlich François-Marie Arouet, französischer Philosoph und Schriftsteller.

143 Max Liebermann (1847–1935), deutscher Maler und Grafiker, Gründer der Berliner Secession, von 1920 bis 1932 Präsident der Preußischen Akademie der Künste. Von den Nationalsozialisten als »entartet« diffamiert. Angesichts der am 30. Januar 1933 vorbeiziehenden Nationalsozialisten soll er den gern zitierten Satz gesprochen haben: »Ick kann janich so viel fressen, wie ick kotzen möchte.«

143 Frank Wedekind (1864–1918), deutscher Schriftsteller, Dramatiker und Schauspieler. Die Dramen *Erdgeist* und *Die Büchse der Pandora* erschienen 1895 resp. 1904.

144 Joachim Ringelnatz (1883–1934), geboren als Hans Bötticher, deutscher Schriftsteller, Kabarettist und Maler, absolvierte vor dem Ersten Weltkrieg eine Lehre in Hamburg, arbeitete zeitweilig auf dem »Hamburger Dom«, einem Volksfest auf dem Heiligengeistfeld. Der Elbchaussee in Altona setzte er mit seinem 1912 veröffentlichten Gedicht »Die Ameisen« ein literarisches Denkmal.

144 »Königin Luise Bund«, benannt nach der Königin Luise von Preußen, 1923 gegründete nationalkonservative Frauenorganisation mit nationalistischer, antisemitischer, monarchischer Orientierung. Galt bis 1928 als inoffizielle Frauenorganisation der Frontkämpferbundes Stahlhelm.

146 Josephine Baker (1906–1975), Tänzerin, Sängerin, Schauspielerin, trat in den zwanziger Jahren im Varieté Alkazar auf Hamburgs Reeperbahn auf.

149 Horst Wessel (1907–1930), Führer eines SA-Sturms in Berlin. Nach seinem Tod wurde er durch Goebbels zum politischen Märtyrer der nationalsozialistischen Bewegung stilisiert, das Horst-Wessel-Lied (»Die Fahne hoch …«) zur Parteihymne.

149 Julius Streicher (1885–1946), NSDAP-Gauleiter Franken, Gründer des Hetzblatts *Der Stürmer*. Maßgeblich am Zustandekommen der Nürnberger Gesetze beteiligt. Vom Internationalen Militär-Gerichtshof in Nürnberg zum Tode verurteilt und hingerichtet.

151 Hausvogteiplatz, Platz im Berliner Bezirk Mitte, einstiges Modezentrum. Die dortigen Konfektionsbetriebe und ihre jüdischen Besitzer waren nach 1933 massiver Verfolgung ausgesetzt.

152 Hermann Schöndorff (1868–1936), Kaufmann, Warenhausmanager, Vorstandsmitglied, später Generaldirektor der Rudolph Karstadt AG, im April 1933 Emigration in die Schweiz.

154 Eskarpins, ein leichter Schuh, besonders der zu Seidenhosen und Strümpfen getragene Schnallenschuh der Herren im 18. Jahrhundert.

160 George L. Steer (1909–1944), britischer Journalist, kritischer Berichterstatter zur Rolle Italiens im Abessinienkrieg und zu deutschen Kriegsverbrechen im Spanischen Bürgerkrieg.

161 Yperit, Bezeichnung für Senfgas, als chemischer Kampfstoff eingesetzt.

161 Graf Gian Galeazzo Ciano (1903–1944), italienischer Diplomat, Politiker, Schwiegersohn Mussolinis, 1936–1943 Außenminister des faschistischen Italiens.

161 Rodolfo Graziani (1882–1955), italienischer General, verantwortlich für Kriegsverbrechen des faschistischen Italien im Abessinienkrieg, wegen des Einsatzes von Giftgas als Kriegsverbrecher eingestuft, aber nie belangt. 1937 Vize-König von Italienisch-Ostafrika.

162 Harrar, Stadt im Osten Äthiopiens. Nach der Eroberung Harrars wurde Rodolfo Graziani von Mussolini zum Marschall von Italien ernannt.

162 Smyrna, das heutige türkische Izmir, im Mai 1919 Ort eines von griechischen Truppen ausgeübten Massakers, im September 1922 nach der grie-

chischen Niederlage im griechisch-türkischen Krieg erneut Schauplatz eines Massakers, diesmal an griechischen und armenischen Zivilisten.

162 Quai d'Orsay, Bezeichnung für das französische Außenministerium, das seinen Sitz an der gleichnamigen Uferstraße der Seine hat.

167 Lao-Tse, chinesischer Philosoph, der im 6. Jh. v. Chr. gelebt haben soll.

167 *Tao-te-king*, Textsammlung, die als Gründungsschrift des Daoismus gilt.

167 Chiang-Kai-shek (1887–1975), nationalchinesischer Politiker und General. 1949 Flucht nach Taiwan, seit 1950 Staatspräsident.

170 Peter Paul Rubens (1577–1640), Maler flämischer Herkunft.

172 Arp Schnitger (1648–1719), berühmter Orgelbauer, der zwischen 1689–1693 die größte Barockorgel in Hamburgs Hauptkirche St. Jacobi erbaute.

172 Hans Henny Jahnn (1894–1959), Orgelbauer und Schriftsteller, erhielt für sein 1919 erschienenes Drama *Pastor Ephraim Magnus* 1920 den Kleist-preis. Weitere Dramen: *Die Krönung Richards III.* (1921) und *Medea* (1926). Jahnn lebte während der NS-Zeit auf der dänischen Insel Born-holm. Nach Kriegsende kehrte er nach Hamburg zurück, wurde Präsident der dortigen Freien Akademie der Künste. Sowohl Steinfeld wie Liep-mann würdigten Jahnn schon vor 1933 in regionalen wie überregionalen Zeitungen.

174 Blubo, Kurzwort für »Blut-und-Boden-Dichtung«, eine abwertende Be-zeichnung für die Literatur des nationalsozialistischen Deutschland.

176 Mit den »Festen der Künstlerschaft« waren die legendären Hamburger Künstlerfeste gemeint, die alljährlich im Curio-Haus stattfanden. Zu den mehrtägigen Veranstaltungen gehörten Darbietungen aus Musik, Tanz, Film, Dichtung und Kabarett.

176 Vom 12.-20.6.1930 fand der IV. Internationale Theaterkongress des Welt-theater-Bundes in Hamburg statt. Heinz Liepmann veröffentlichte seinen Artikel »Theater-Kongreß« in Carl von Ossietzkys *Weltbühne* am 24. Juni 1930.

177 Leopold Jessner (1878–1945), Regisseur, Theaterleiter, 1905–1915 Mitglied des Thalia-Theaters Hamburg, ab 1908 Oberregisseur, künstlerischer Lei-ter der Hamburger Volksschauspiele, von 1928 -1930 Generalintendant der Schauspielbühnen des Staatstheaters Berlin, Vorstandsmitglied des Central-Vereins deutscher Staatsbürger jüdischen Glaubens, 1934 Emigra-tion nach England, 1935 nach Palästina,1937 in die USA.

178 Das »Kollektiv Hamburger Schauspieler« war eine Gruppe politisch enga-gierter Schauspieler und Autoren, zu der der Regisseur Hanuš Burger, der Schauspieler Gerhard Hinze und Justin Steinfeld gehörten. Weitere Mit-glieder waren Axel von Ambesser, Edmund von der Meden und Mira Rosovsky.

180 Hermann Röbbeling (1875–1949), Direktor des Thalia-Theaters Ham-burg, seit 1928 auch des Deutschen Schauspielhauses, von 1932 bis 1938 Direktor des Wiener Burgtheaters.

180 Julius Bab (1880–1955), Dramatiker, Theaterkritiker, Mitbegründer des Kulturbunds Deutscher Juden, 1939 Emigration nach Frankreich, 1940/41 in die USA.

180 Tristan Bernard (1866–1947), französischer Schriftsteller und Dramatiker.

180 Alfred Lichtwark (1852–1914), Kunsthistoriker, Museumsleiter, Kunstpädagoge, von 1886 bis zu seinem Tod Direktor der Hamburger Kunsthalle.

182 August Kirch (1879–1959), sozialdemokratischer Politiker, von 1909–1914 Leiter der Volksschauspiele Hamburg, von 1918 bis 1933 Senator von Altona, enge Freundschaften zu dem Theaterleiter Leopold Jessner und zu Altonas Oberbürgermeister Max Brauer.

182 Emmy Göring, geb. Sonnemann (1893–1973), Schauspielerin, seit 1935 war die gebürtige Hamburgerin Ehefrau von Hermann Göring.

182 Albert Bassermann (1867–1952), Schauspieler, 1933 Emigration über Prag nach Österreich und in die Schweiz, 1939 in die USA.

183 Heinz Liepmann (1905–1966), Journalist, Schriftsteller, Literaturagent.

184 Firmin Gémier (1869–1933), französischer Schauspieler und (Theater-) Regisseur.

184 Leopold Sachse (1880–1961) Schauspieler, Regisseur, 1922–1931 Intendant des Hamburger Stadttheaters, 1935 Emigration über Frankreich in die USA.

186 Gustaf Gründgens (1899–1963), Schauspieler, Regisseur, 1936 zum Preußischen Staatsrat berufen, Entlastungszeuge für Emmy Göring und Veit Harlan, ab 1955 Generalintendant des Deutschen Schauspielhauses in Hamburg. In der Figur des Hendrik Höfgen, eines opportunistischen Künstlers, in Klaus Manns Roman *Mephisto* (1936) literarisch verewigt.

187 Alfred Kerr (1867–1948), Journalist, Schriftsteller, von 1919–1933 Theaterkritiker des *Berliner Tageblatts* und der *Frankfurter Zeitung*. Emigration über Prag und die Schweiz nach England, von 1941–1947 Präsident des Deutschen P. E. N.-Club im Exil in London.

187 Gerhart Hauptmann (1862–1946), Dramatiker, Schriftsteller, 1912 Auszeichnung mit dem Literaturnobelpreis, laut Sonderliste der »Unersetzlichen Künstler« einer der sechs wichtigsten Schriftsteller der »Gottbegnadeten-Liste« Adolf Hitlers.

187 Herbert Ihering (1888–1977), Feuilletonredakteur des *Berliner Börsen-Couriers*, nach 1945 Chefdramaturg am Deutschen Theater in Ost-Berlin, 1956 bis 1962 Sekretär der Sektion Darstellende Kunst der Akademie der Künste.

188 Karin Michaelis (1872–1950), dänische Journalistin und Schriftstellerin. Ihr Anwesen auf der dänischen Insel Thurø war Zufluchtsort deutscher Emigranten, so für Bertolt Brecht und für Hans Henny Jahnn.

188 »Komm auf Hekuba«. Zitat aus William Shakespeares *Hamlet. Prinz von Dänemark* (1603/4).

188 Im Hirschpark in Hamburg-Blankenese, im dortigen Kavaliershaus des ehemaligen Landhauses des Hamburger Kaufmanns J. C. Godeffroy, lebte Hans Henny Jahnn seit Oktober 1931. Die Stadt Altona hatte ihm das Haus überlassen und die Einrichtung eines Orgellaboratoriums gestattet. Von 1950 bis 1959 lebte er erneut in diesem Haus; an dem heutigen Restaurant erinnert eine Tafel mit Relief an den Schriftsteller und Orgelbauer.

190 Max Alexander Meumann war Feuilleton-Redakteur des *Hamburger Fremdenblatts*.

190 Hinter dem »Redakteur einer hamburgischen, kulturpolitischen Wochenschrift« verbirgt sich Justin Steinfeld selbst, der Herausgeber der *Tribüne*.

191 Emil Krause (1870–1943), Journalist, Redakteur des sozialdemokratischen *Hamburger Echos*, ab 1919 Schulsenator, Vorsitzender des Aufsichtsrats des Hamburger Stadttheaters, Rücktritt vom Amt des Senators im März 1933.

193 Dietrich Buxtehude (1637–1707), dänisch-deutscher Organist und Komponist, zählt zu den bedeutendsten Musikerpersönlichkeiten des Barock.

194 Günther Ramin (1898–1956), deutscher Organist und Komponist, Organist an der Leipziger Thomaskirche.

197 Balfour-Deklaration vom 2.11.1917, Zusage der britischen Regierung durch Außenminister Arthur J. Baldwin an Lionel W. Rothschild, einen Förderer des Zionismus, für die »Schaffung einer nationalen Heimstätte in Palästina für das jüdische Volk«.

209 Tartarus, das Schattenreich der griechischen Mythologie.

213 Anspielung auf Friedrich Schillers Drama *Die Räuber* (1781/2) und dessen Karl von Moor, der als Hauptmann eine Räuberbande in den böhmischen Wäldern anführt.

224 »Hab Sonne im Herzen«, Gedicht von Cäsar Flaischlen (1864–1920), eines der bekanntesten Soldatenlieder im Ersten Weltkrieg.

228 Narwa und Poltawa, Orte großer Schlachten im Großen Nordischen Krieg von 1700–21. Nach der Niederlage der Schweden bei Poltawa floh Karl XII., König von Schweden, zu den Türken. Nach seinem Tod 1718 endete die schwedische Großmachtstellung in Europa.

229 Roger Bacon (um 1220–1292), englischer Franziskaner und Philosoph. »Doctor mirabilis« (Lateinisch: bewundernswerter/wunderbarer Lehrer) genannt. Seine Studien galten der Physik und der Alchemie, zählt zu den bedeutendsten experimentellen Forschern des Mittelalters.

229 Dschābir ibn Hayyān, ein in Arabisch schreibender Autor aus der zweiten Hälfte des 8. Jahrhunderts, Verfasser wissenschaftlicher, alchemistischer Schriften.

229 *Protokolle der Weisen von Zion*, antisemitische Hetzschrift über angebliche Pläne zur Errichtung einer »jüdischen Weltherrschaft«, erstmals 1903 im zaristischen Russland gedruckt.

230 Apoll, in der griechischen Mythologie der Gott des Lichts, der Künste und der Musik, wurde von Marsyas, einem Satyr, zum Wettkampf aufge-

fordert. Nachdem dieser unterlegen war, bestrafte Apoll ihn und zog ihm bei lebendigem Leib die Haut ab. Eine Allegorie, in der die Hybris und Selbstüberschätzung bestraft wird.

232 Hermes Trismegistos, Göttergestalt, in der der griechische Gott Hermes und der ägyptische Gott Thot verschmelzen. Als »Begründer« der Alchemie soll Hermes Trismegistos die Herstellungsformel des Steins der Weisen in eine Smaragdtafel eingraviert haben.

240 Joseph-Ignace Guillotin (1738–1814), französischer Arzt und Politiker. Stellte 1789 einen Antrag auf Einführung eines mechanischen Enthauptungsgeräts (Fallschwert), das schließlich nach ihm benannt wurde.

241 Theophrastus Bombast von Hohenheim (vermutl. 1493/94–1541), genannt Paracelsus, Schweizer Arzt, Naturphilosoph, Alchemist, Laientheologe und Sozialethiker.

242 Das Goldene Gässchen oder Alchimistengässchen liegt am nördlichen Prager Burgwall. Dort soll der Alchemist Rudolfs II. gewohnt und versucht haben, Gold herzustellen. Im Haus Nr. 22 wohnte 1916/1917 der Schriftsteller Franz Kafka (1883–1924).

243 Johann Amos Comenius (1592–1670), tschechisch: Jan Amos Komenský, tschechischer evangelischer Philosoph, Theologe und Pädagoge.

244 Lennart Torstensson (1603–1651), schwedischer Feldherr, errang wichtige Siege im Dreißigjährigen Krieg sowie im Krieg Schwedens gegen Dänemark.

244 Ferdinand III. (1608–1657), von 1637 bis zu seinem Tode römisch-deutscher Kaiser.

245 Henni(n)g Brand (um 1630- nach 1692), ein in Hamburg lebender deutscher Alchemist. Durch seine Experimente entdeckte er 1669 Phosphor, das von ihm als »kaltes Feuer« bezeichnet wurde.

245 Ivar Kreuger (1880–1932), schwedischer Großindustrieller, Gründer der Schwedischen Zündhölzer AG.

246 Johann Friedrich Böttger (1682–1719), deutscher Alchemist und Chemiker, stand im Ruf, Gold herstellen zu können. (Mit-)Erfinder des europäischen Hartporzellans.

247 Friedrich August I. (1670–1733), genannt August der Starke, Kurfürst von Sachsen, seit 1697 in Personalunion König von Polen.

247 »Fridericus rex«; lateinische Bezeichnung für König Friedrich II. (1712–1786), Friedrich der Große (volkstümlich als »Alter Fritz« bezeichnet), ab 1772 König von Preußen.

248 Marie Curie (1867–1934), Physikerin und Chemikerin, Nobelpreisträgerin für Physik und Chemie, entdeckte gemeinsam mit ihrem Mann Pierre Curie (1859–1906) das chemische Element Radium.

249 Dolores Ibárruri Gómez (1895–1989), La Pasionaria genannt, spanische Politikerin, Abgeordnete der Kommunistischen Partei im spanischen Parlament, bekannt wegen ihres Rufes »No pasarán!« (»Sie werden nicht

durchkommen!«) zur Verteidigung von Madrid im Spanischen Bürgerkrieg.

250 Philipp II. (1527–1598), König von Spanien und Portugal, fanatischer
Katholik, Verfechter religiöser Repression und der Inquisition.

250 Wassili Iwanowitsch Tschapajew (1887–1919), Kommandeur der Roten
Armee während des Russischen Bürgerkriegs, Namenspatron eines Bataill-
lons der Internationalen Brigaden im Spanischen Bürgerkrieg.

250 José Miaja (1878–1958), spanischer General, während des Bürgerkriegs
Oberbefehlshaber republikanischen Truppen in Madrid.

253 Hugo J. Herzfeld (1869–1922), Bankier, Effektenhändler, gilt als Erfinder
des Aktienpakethandels in Deutschland, bildete den großen Kalikonzern
Salzdetfurth – Westeregeln – Aschersleben – Leopoldshall. Als Alleiner-
bin führte Vera Gutmann-Herzfeld das Bankhaus selbstständig weiter.
Nach 1933 wurde sie aus ihren Unternehmensbeteiligungen verdrängt.

253 Hugo Stinnes (1870–1924), Industrieller, baute den Stinnes-Konzern Anfang der zwanziger Jahre zu einem der größten Firmen-Konglomerate
Deutschlands auf.

253 Otto Wolff (1881–1940), deutscher Großindustrieller, enge Verbindung zu
Heinrich Brüning, befreundet mit Kurt von Schleicher.

254 Otto von Bismarck (1815–1898), preußischer Ministerpräsident, 1871–
1890 deutscher Reichskanzler.

256 Ivri Anochi (»Ein Hebräer bin ich« oder »Ich bin ein Jude«), Selbst-
beschreibung des Propheten Jonah.

256 Fricka, Gestalt aus Richard Wagners Opernzyklus *Der Ring der Nibelun-
gen*.

257 M. M. Warburg & Co., 1798 in Hamburg gegründete Privatbank, 1933 die
größte Privatbank Deutschlands. Die Warburgs gehörten zu den bedeutendsten Familien des deutsch-jüdischen Bürgertums.

258 Adolf von Sonnenthal (1834–1909), österreichischer Schauspieler.

259 Franziska Ellmenreich (1847–1931), Schauspielerin, von 1887–1892 am
Hamburger Stadttheater engagiert, 1901 Mitbegründerin des Deutschen
Schauspielhauses in Hamburg, dort bis 1912 tätig.

259 Siegwart Friedmann (1842–1916), österreichischer Schauspieler, von 1876
bis 1879 in Hamburg engagiert.

263 Goldener Portugaleser, Goldmünze nach portugiesischem Vorbild, Eh-
renmedaille der Hansestadt Hamburg.

269 Gauri Sankar, Berg im Himalaya an der Grenze zwischen China und
Nepal.

279 Siegfried Passarge (1866–1958), Geograph, Professor, Leiter des Geogra-
phischen Seminars des Hamburger Kolonialinstituts. Seine rassistischen
und antisemitischen Äußerungen waren in der Weimarer Zeit Grund für
wiederholte Anfragen an den Hamburger Senat.

282 Ataraxie, Unerschütterlichkeit, Gelassenheit, Seelenruhe.

285 Rudolf Ross (1872–1951), sozialdemokratischer Politiker, im Wechsel mit Carl Petersen Erster und Zweiter Bürgermeister von Hamburg, Amtsenthebung 1933.

285 Carl Petersen (1868–1933), Politiker, Mitglied der linksliberalen Deutschen Demokratischen Partei (DDP), Bürgermeister von Hamburg, 1933 Rücktritt aus diesem Amt.

290 Anton von Werner (1843–1915), deutscher Maler, Gesellschaftschronist und Porträtist der wilhelminischen Ära.

291 Asphaltliteratur, politisches Schlagwort, Begriff der nationalsozialistischen Propaganda, der die »intellektualistische, jüdisch-demokratische« Weimarer Republik diffamierte. Laut Lexikoneintrag von 1935 Bezeichnung für »Werke wurzelloser Großstadtliteraten, vor 1933 Mode- und Zerfallserscheinung zum Teil artfremder Herkunft«.

293 »In Tyrannos« (»Wider die Tyrannen«). Dieses Motto, dem Titel des Schauspiels *Die Räuber* (1782) von Friedrich Schiller beigefügt, richtete sich gegen den despotischen Herzog Karl Eugen von Württemberg (1728–1793).

294 Hohenasperg, Festung in Baden-Württemberg, fungierte seit Anfang des 18. Jahrhunderts als Gefängnis.

294 Christian Friedrich Daniel Schubart (1739–1791), deutscher Dichter, Organist, Journalist, Kritiker absolutistischer Herrschaft, Verfasser sozialkritischer Schriften, von 1777–1787 politischer Gefangener in der Festung Hohenasperg.

299 Justin Steinfelds Bemerkung in Klammern, die »brutale Unterbrechung von außen«, bezieht sich auf den Einmarsch deutscher Truppen in Prag am 15.3.1939 im Zusammenhang mit der »Zerschlagung der Rest-Tschechei«, der Besetzung des Restgebiets der Tschechoslowakischen Republik.

300 Arthur Seyß-Inquart (1892–1946), seit 1938 Bundeskanzler, nach dem »Anschluss« Österreichs Reichsstatthalter der Ostmark, ab 1940 Reichskommissar für die besetzten Niederlande, im Nürnberger Prozess gegen die Hauptkriegsverbrecher zum Tode verurteilt und hingerichtet.

306 Affidavit (Lateinisch: affidare = versichern), Bürgschaftserklärung aus dem Aufnahmeland für einen Einwanderer, schriftliche Versicherung, dass dieser der Allgemeinheit, dem Staat, nicht zur Last fallen wird.

307 Kapitalisten-Zertifikat, Einwanderungszertifikat für Palästina, erforderlich, seit Großbritannien das Mandat für Palästina übertragen wurde. In der fünfstufigen Kategorienliste stand das Kapitalistenzertifikat an erster Stelle und erlaubte die Einreise bei einem Eigenkapital von 1000 Pfund, davon mindestens die Hälfte in bar.

308 Fiume, Hafenstadt an der nördlichen Adria, heute das kroatische Rijeka, im März 1924 von Italien annektiert.

308 Shanghai, chinesische Hafenstadt, nach dem »Anschluss« Österreichs und den Pogromen vom November 1938 Zufluchtsort österreichischer und deutscher Juden, weil eine Einreise ohne Visum möglich war.

lin. Das ehemalige Opernhaus diente in der Zeit des Nationalsozialismus als Sitzungsort des Parlaments für den durch Brand beschädigten Plenarsaal des Reichstags. Am 20.2.1938 hielt Adolf Hitler dort eine außenpolitische Rede, in der er den Völkerbund heftig attackierte und den Anspruch der Auslandsdeutschen auf Schutz durch das Reich betonte. Zudem betonte er die blinde Treue und den blinden Gehorsam der Wehrmacht gegenüber dem nationalsozialistischen Staat.

332 Robert Anthony Eden (1897–1977), britischer Politiker, zwischen 1935 und 1955 wiederholt britischer Außenminister.

332 Joseph Chamberlain (1836–1914), britischer Staatsmann, Vater des späteren britischen Premierministers Neville Chamberlain.

335 Konrad Ernst Eduard Henlein (1898–1945), sudetendeutscher nationalsozialistischer Politiker, 1925 hauptamtlicher Turnlehrer des größten Vereins im Deutschen Turnverband in der Tschechoslowakei. 1933 Gründung der Sudetendeutschen Heimatfront, seit September 1938 Reichskommissar für die sudetendeutsche Gebiete, seit Mai 1939 Gauleiter und Reichsstatthalter des Sudetenlandes, beging in US-Gefangenschaft Selbstmord.

341 Winston Leonard Spencer Churchill (1874–1965), britischer Staatsmann, von 1940 bis 1945 sowie von 1951 bis 1955 Premierminister, Autor politischer und historischer Werke, 1953 mit dem Nobelpreis für Literatur ausgezeichnet.

347 Edward Frederick Lindley Wood (1881–1959), britischer Politiker, auch als Lord Irwin, von 1934 bis 1944 als Viscount Halifax bekannt, seit 1922 verschiedene Ministerämter, von 1938–1940 britischer Außenminister, entschiedener Verfechter der Appeasement-Politik gegenüber Nazi-Deutschland.

347 Helmuth Karl Bernhard von Moltke (1800–1891), preußischer Generalfeldmarschall.

348 Palazzo Chigi, Gebäude im Zentrum Roms, das von 1922 bis 1961 als Sitz des italienischen Außenministeriums diente.

349 Karl Hilgenreiner (1867–1948), katholischer Moraltheologe und Politiker, Professor für Kirchenrecht an der Karls-Universität in Prag, seit 1927 Vorsitzender der Deutschen Christlichsozialen Volkspartei der Tschechoslowakei, 1938 in der Sudetendeutschen Partei Henleins aufgegangen.

349 Gilbert Helmer (1864–1944), von 1900 bis 1944 Abt des Stifts Tepl in Westböhmen. Prämonstratenser sind Angehörige eines römisch-katholischen Ordens, in dem sich Klöster zusammengeschlossen haben.

350 Hroznata von Ovenec (um 1160–1217), Gaugraf von Tepl in Westböhmen, Stifter der Stifts Tepl, als Märtyrer anerkannt und selig gesprochen.

350 Die Brüder Ignaz (1857–1934), Isidor (1854–1919) und Julius Petschek (1856–1932) waren tschechische Bankiers, Großindustrielle und Braunkohlemagnate. Ihre Firmen in Deutschland konnte der deutsche Unternehmer Friedrich Flick 1938 zu günstigen Konditionen erwerben.

353 Die Schlacht am Weißen Berg am 8.11.1620 war die erste große militärische Auseinandersetzung im Dreißigjährigen Krieg von 1618 bis 1648, die die Rekatholisierung Böhmens und die Entmachtung der böhmischen Stände zur Folge hatte.

355 Mazze (hebräisch: ungesäuertes Brot) dünner Brotfladen, von religiösen und traditionsverbundenen Juden während des Pessach-Fests gegessen, Erinnerung an den biblisch überlieferten Auszug der Israeliten aus Ägypten.

368 T. G. M., Abkürzung für Tomáš Garrigue Masaryk. Vgl. Anm. zu S. 328.

368 Sinaia, Kleinstadt in Rumänien, Treffpunkt des Ständigen Rats der Kleinen Entente im Mai 1938.

369 Mit den »Mördern von Potempa« verwies Justin Steinfeld auf eine am 10.8.1932 im oberschlesischen Potempa begangene Mordtat von SA-Leuten. Die NSDAP und Hitler hatten sich mit den zum Tode verurteilten Mördern solidarisiert, wenige Wochen nach der Machtübertragung vom Januar 1933 wurden sie amnestiert und freigelassen.

370 Der »gewaltige Mann vom Sinai« war der Prophet Mose(s), der das Volk der Israeliten aus der ägyptischen Sklaverei nach Kanaan führte. Nach biblischer Überlieferung erhielt er auf dem Berg Sinai von Gott die auf zwei Steintafeln geschriebenen Zehn Gebote.

376 »Audiatur et altera pars« (lateinisch: »Gehört werde auch der andere Teil.« oder »Man höre auch die andere Seite.«), Grundsatz des römischen Rechts, Anspruch auf rechtliches Gehör aller am Prozess Beteiligten.

383 Walter Runciman (1870–1949), britischer Politiker, von August bis September 1938 von der britischen Regierung Chamberlain in die Tschechoslowakei geschickt, um in der Sudetenkrise zu vermitteln.

393 Édouard Daladier (1884–1970), französischer Politiker, mehrfach Premierminister, Befürworter einer Appeasement-Politik gegenüber dem nationalsozialistischen Deutschland, Mitunterzeichner des »Münchner Abkommens«.

393 Georges-Étienne Bonnet (1889–1973), von 1938 bis 1939 französischer Außenminister, Befürworter des »Münchner Abkommens«.

399 Jan Bohumír Syrový (1888–1970), tschechoslowakischer General, von September 1938 bis April 1939 Verteidigungsminister, von September bis Dezember 1938 Ministerpräsident, wegen der Entscheidung des Präsidenten Emil Hácha gezwungen, der deutschen Besetzung des restlichen tschechischen Territoriums durch die Wehrmacht zuzustimmen und zu befehlen, keinerlei Widerstand zu leisten.

406 Edward Rydz-Śmigły (1886–1941), polnischer Politiker, seit 1936 Marschall von Polen.

406 Józef Beck (1894–1944), polnischer Politiker, Diplomat, 1932 bis 1939 polnischer Außenminister.

413 »Zur Rechten sieht man, wie zur Linken, einen halben Türken herunter

sinken.« Zitat aus der Ballade »Schwäbische Kunde« (1814) des Dichters Johann Ludwig Uhland.

414   Ernst Thälmann (1886–1944),Transportarbeiter, Politiker, von 1925 bis 1933 Vorsitzender der Kommunistischen Partei Deutschlands (KPD), von 1924 bis 1933 Reichstagsabgeordneter, 1925 und 1932 Kandidat der KPD bei den Reichspräsidentenwahlen, von 1925 bis zum Verbot 1929 Führer des Roten Frontkämpferbundes (RFB). 1933 verhaftet und im August 1944 im Konzentrationslager Buchenwald erschossen.

Im Prager Exil erinnerte Justin Steinfeld an den Verhafteten, im Mai 1934 erschien in der *Neuen Weltbühne* sein Artikel »Thälmann und der Blutsonntag«, nur wenig später, im Juni 1934 sein Appell »Rettet Ernst Thälmann!« in der Zeitung *Aufruf. Streitschrift für Menschenrechte.*

414   Steinfelds »Bemerkung in Klammern« bezieht sich auf seine Verschleppung als »enemy alien« von England nach Australien. Dort war er im Wüstenlager Hay interniert.

421   Andrej Hlinka (1864–1938), slowakischer römisch-katholischer Priester, seit 1924 päpstlicher Kammerherr, 1927 apostolischer Protonotar, Leitfigur der slowakischen Autonomiebewegung in der Ersten Tschechoslowakischen Republik, seit 1918 Vorsitzender der »Slowakischen Volkspartei«, die seit 1925 Hlinkas Slowakische Volkspartei hieß.

424   Robert William Seton-Watson (1879–1951), britischer Historiker, der sich für die Selbstbestimmungsrechte der Völker Österreich-Ungarns einsetzte.

430   Mit der »opportunistischen Zeitung« meinte Justin Steinfeld die deutschsprachige Tageszeitung *Prager Tagblatt* und deren Chefredakteur Rudolf Thomas, der im Oktober 1938 Selbstmord beging. Zu berühmten Mitarbeitern der Zeitung zählten Max Brod, Egon Erwin Kisch, Alfred Polgar, Roda Roda und Friedrich Torberg. Auch Gabriele Tergit veröffentlichte hier ihre Artikel.

»… euch Emigranten bleibt hier nichts anders übrig, als mit Schuhbandeln zu handeln, oder in die Moldau zu springen.« Fast wortgleiches Zitat, das Justin Steinfeld auch in seinem Brief an Hans Henny Jahnn vom 8.1.1946 anführte.

435   Emil Hácha (1872–1945), tschechischer Jurist, Politiker und gewählter Präsident der Tschechoslowakei von 1938 bis 1939.

440   Wenzel von Böhmen (um 908–929), böhmischer Fürst, Nationalheiliger der Tschechen, nach dem der Wenzelsplatz in Prag benannt ist, an dessen oberen Ende das St.-Wenzels-Denkmal, eine 1913 enthüllte Reiterstatue, steht.

441   Johannes (von) Nepomuk (tschechisch: Jan Nepomucký) (um 1350-1393), böhmischer Priester und Märtyrer, Landespatron von Böhmen.

441   Jan Žižka von Trocnov (um 1360- 1424), böhmischer Ritter, Heerführer der Hussiten.

442 »... da saß ein Mann inmitten des fernsten Australiens«. Erneuter Verweis auf Steinfelds Zwangsaufenthalt im Internierungslager »am Rande der Savanne, wo die Wüste beginnt, von der nichts ihn trennte, als der holzgepfählte Zaun von Stacheldraht«.

444 Nach der militärischen Besetzung des Sudetenlandes durch die deutsche Wehrmacht verstärkten Emigrantenkomitees, wie die Thomas-Mann-Gesellschaft, die Demokratische Flüchtlingsfürsorge und nicht zuletzt das British Committee for Refugees from Czechoslovakia ihre Bemühungen um Visa für »refugees from Nazi-oppression«.

446 Vertrag von München. Steinfeld meinte das »Münchner Abkommen« vom 29.9.1938, das von Adolf Hitler, dem britischen Premierminister Neville Chamberlain, dem französischen Ministerpräsidenten Édouard Daladier und dem italienischen Diktator Benito Mussolini abgeschlossen wurde. Es bestimmte, dass die Tschechoslowakei das Sudetenland an das Deutsche Reich abtreten musste. Großbritannien und Frankreich hatten der tschechoslowakischen Regierung unter Ministerpräsident Syrový vorab klargemacht, dass sie im Falle einer Ablehnung der deutschen Forderungen keinen Beistand zu erwarten hätte. Das Abkommen stellt den größten außenpolitischen Erfolg des nationalsozialistischen Deutschlands dar, der die diplomatische Isolierung, Besetzung und Zerschlagung der Tschechoslowakischen Republik zur Folge hatte. Die militärische Besetzung durch deutsche Truppen am 15.3.1939 war Auftakt weitreichenderer nationalsozialistischer Macht- und Eroberungspolitik.

Wilfried Weinke
Von der »Majestät der Sprache«

Die Nachricht von seinem Tod umfasste nur vier Zeilen: »The death occurred in Baldock, England, at the age of 88 Justin Steinfeld, who had been connected with the theatre in Hamburg and later edited a periodical in Prague.« Diese kurze Meldung des Journalisten Paul Marcus (1901–1972) erschien in der Spalte »Old Acquaintances« der *AJR Information*, dem Nachrichtenblatt der Association of Jewish Refugees in England. Mit einmonatiger Verspätung und leider fehlerhaft.

Präziser fassten Eva Tiedemann und Wilhelm Sternfeld in ihrer Bio-Bibliographie *Deutsche Exil-Literatur 1933–1945* Steinfelds Lebensdaten und Emigration zusammen: »Geb. 27.2.1886 in Kiel; gest. 15.5.1970 in Baldock (Engl.); vor 1933 Redakteur der *Tribüne* (Hamburg) WEG: 1933 Prag, 1938 England.«

Paul Marcus' Todesmeldung scheint der einzige gedruckte Hinweis auf Steinfelds Tod gewesen zu sein. In Kiel, seiner Geburtsstadt, wird sich niemand an ihn erinnert haben, waren seine Eltern doch schon 1892 mit ihrem sechsjährigen Sohn nach Hamburg gezogen. In der Hansestadt lebte und arbeitete Steinfeld bis 1933, als er wegen seiner jüdischen Herkunft und seines politischen Engagements gezwungen war zu fliehen. Auch dort führte die Vertreibung durch die Nationalsozialisten dazu, dass der vor 1933 umtriebige Journalist, Herausgeber einer Wochenzeitung und Mitbegründer eines Schauspieler-kollektivs völlig in Vergessenheit geriet.

Ein Tatbestand, der sich erst 14 Jahre nach Steinfelds Tod ändern sollte. Sein Neffe Martin Bäuml (1921–1991) hatte Kontakt zu dem 1983 in Kiel gegründeten Neuen Malik Verlag aufgenommen und dem Mitbegründer Giuseppe de Siati (1946–2013) einen von Steinfeld in der englischen Emigration geschriebenen Roman zur Veröffentlichung angeboten. Als der Verlag, der seinen Namen der Zustimmung von Wieland Herzfelde (1896–1988) verdankte, seine ersten Buchtitel ankündigte, wurde dies auch in England aufmerksam registriert. Unter der Überschrift »Malik Brought to Life again« berichtete die *AJR Information* im Juli 1985 über die Verlagsgründung und die Neuerscheinungen. Eines der Bücher sei für die jüdische Leserschaft »of special interest«: »*Ein Mann liest Zeitung* by Justin Steinfeld from Hamburg, who lived and died in his English exile. De Siati traced the manuscript of a novel which Steinfeld had left, about the life and fate of a typical Jewish businessman who could not believe that his world would come to an end under the Nazis – alas, one of too many.« Eine zutreffende, doch sehr kurze Beschreibung eines Romans, dessen Original-Typoskript 568 Seiten umfasste und selbst in gedruckter Form 344 Seiten zählte.

Dass Steinfeld jemals Journalist, gar Schriftsteller, werden sollte, war keineswegs vorgegeben. Großvater Salomon war nach Aussagen seines Enkels »ein kleiner Schneidermeister in Hamburg und noch Mitglied der Bürgerwehr«. Steinfelds Vater arbeitete als Kaufmann, ein Beruf, den auch der Sohn ergreifen sollte. In einer ausführlichen eidesstattlichen Versicherung erinnerte sich der 81-Jährige detailliert an den familiären Hintergrund: »In Hamburg trat mein Vater, Martin Steinfeld, bei der Firma M. Kimmelstiel & Co. (Neuerwall 39) ein. Der Inhaber der Firma war Max Kimmelstiel. Meine Mutter war eine geborene Kimmelstiel, eine Schwester von Max ... Die privaten Beziehungen der Familien Steinfeld und Kimmelstiel waren ungemein freundlich und freundschaftlich und verblieben so. Angelegenheiten des praktischen Lebens wurden gemeinsam besprochen und entsprechend ausgeführt ... Diese Besprechungen waren oftmals von entscheidender Bedeutung, innerhalb der Familie sprach man vom ›Familienrat‹ ... Als ich die Schule absolviert hatte, teilte mir der Kimmelstiel / Steinfeldliche Familienrat mit, dass man beschlossen habe, mich ›Kaufmann‹

werden zu lassen. Ich wurde vor die Wahl gestellt, Kaufmann ›en gros‹ oder ›en detail‹ zu werden. Für beides meinte der Familienrat mir mit Rat und jedweder Hilfe zur Seite stehen zu können. Ich hatte mich der Hoffnung hingegeben, Schriftsteller zu werden, und wagte eine leise Andeutung der Art, aber der Familienrat, der sonst für kulturelle Dinge verständnisvoll und aufgeschlossen war, deutete mir in aller Freundlichkeit an, dass dergleichen der Familientradition nicht entspräche, und ich musste mich für Kaufmann ›en gros‹ entscheiden.«

Nach einer kaufmännischen Lehre arbeitete er mehrere Jahre als Handlungsgehilfe. Zu dieser Zeit besuchte Justin Steinfeld, da Hamburg noch keine Universitätsstadt war, Vorlesungen der Oberschulbehörde im alten Johanneum, später im damaligen Vorlesungsgebäude, dem Hauptgebäude der heutigen Universität. Von einer mehrmonatigen Anstellung in einer Großhandlung im schottischen Edinburgh, die, wie Steinfeld selbst schrieb, auch der Vervollkommnung seiner englischen Sprachkenntnisse diente, kehrte er im April 1910 zurück. Da sein Vater fünf Monate zuvor gestorben war, tagte der Familienrat erneut, um sich über die berufliche Zukunft Justin Steinfelds auszutauschen: »Ich erklärte mit Entschlossenheit, dass ich jetzt Schriftsteller werden wolle, auch dass die Kaufmannszeit eine gute Schulung für mich gewesen sei, aber dass ich nunmehr meine Möglichkeiten anders einsetzen wolle und müsse ... Onkel Max (M. Kimmelstiel & Co.) sagte mir, dass unter solchen Umständen eines völligen Neubeginns, mit Übergangszeiten, Universitätsstudien etc., gewisse finanzielle Sicherheiten für mich nötig seien ... Onkel Max, eine weise Persönlichkeit, meinte, dass von ihm nicht erzählt werden dürfe, er habe einen Neffen, dem es als Schriftsteller nicht gutginge. (Der Begriff vom hungernden Dichter und Schriftsteller wurzelte damals noch tief.) Er sei es aus dem Angedenken an meinen Vater schuldig, mir zu helfen. Er würde mir eine monatliche Rente im Rahmen einer bürgerlichen Existenz zahlen, alles Andere läge jetzt an mir.«

Doch bevor Steinfeld überhaupt daran denken konnte, schriftstellerisch tätig zu sein, nahm er ab 1914 als Soldat des

Infanterie-Regiments Hamburg (2. Hanseatisches) Nr. 76 am Ersten Weltkrieg teil. Als einer der wenigen Überlebenden dieses Regiments kehrte er 1918 aus Flandern nach Hamburg zurück.

In seiner frühen Kindheit hatte er gemeinsam mit den Eltern am Münzplatz in der Nähe des Hauptbahnhofs gewohnt. Um 1900 zog die Familie in die Fröbelstraße 9, in ein Haus, das sich in Familienbesitz befand. Hier wohnte Steinfeld bis zu Beginn des Ersten Weltkrieges. Nach Kriegsende kehrte er in das Wohngebiet am Grindel zurück, das damals das Zentrum jüdischen Lebens in Hamburg bildete. Laut Kultussteuerkartei der Deutsch-Israelitischen Gemeinde in Hamburg war er seit 1920 Mitglied der Gemeinde. Über sein Judentum schrieb er rückblickend: »Meine Großeltern väterlicherseits und mütterlicherseits waren Juden. So waren meine Eltern, und also auch ich. (Die Nazis haben übrigens solchen Nachweis nicht verlangt. Sie haben, in ihrer Weise, mich als Juden anerkannt!) Die Gräber meiner Eltern und Großeltern sind auf dem jüdischen Friedhof in Ohlsdorf. Ich wurde mit 13 Jahren in der Synagoge Beneckestraße konfirmiert, als Bar Mizwa, das ist: Sohn der Pflicht.« Trotz wechselnder Adressen blieb der Stadtteil Harvestehude/ Rotherbaum sein Zuhause.

Dank Alimentierung durch die Familie in Form der Hinterbliebenenrente überstand Steinfeld die Wirren der Nachkriegszeit und der Inflation. Seit Mitte der zwanziger Jahre arbeitete er für die in Hamburg erscheinende *Allgemeine Künstler-Zeitung* (AKZ), einer, wie es im Untertitel hieß, *Halbmonatszeitschrift für alle Interessen unseres geistigen Lebens*. Steinfeld war verantwortlich für den Wirtschaftsteil. 1926 konnte er die Zeitung erwerben und wurde ihr Herausgeber. Schon ein Jahr später fungierte die AKZ auch als Mitteilungsblatt des Nordwestgaus des Schutzverbandes Deutscher Schriftsteller (SDS), dessen Mitglied er war. Seit 1. Oktober 1927 erschien die *Allgemeine Künstler-Zeitung* unter dem Titel *Die Tribüne*. Die Redaktion befand sich zuerst in der Straße Große Bleichen, sodann am Neuen Wall, schließlich an Hamburgs Gänsemarkt. Steinfeld teilte sich das dortige mehrräumige Büro mit dem später im Łódźer Getto ermordeten Journalisten und Schriftsteller Adolf Goetz (1876–1944). Die Zielgruppe seiner Zeitung war vom Herausgeber klar umrissen: »Sie wendet sich an alle, die sich mühen für den geistigen Fortschritt, geistige Freiheit, gegen Cliquenwesen, Vorurteil und Langeweile.« Einer der Mitarbeiter der *Tribüne*, der Autor Dirks Paulun (1903–1976), charakterisierte die Zeitung präziser: »Seine *Tribüne* entwickelte sich von einem Artistenorgan zu einer kulturpolitischen Zeitung, die neben aktueller Theater-, Literatur- und Kunstkritik weltwirtschaftliche Aufsätze, zunehmend auch politische Glossen und Leitartikel enthielt, die scharf antinationalsozialistisch waren. … Zeitweilig war die Hamburger *Tribüne* eine Art offizielles Organ der Paneuropa-Union.« Neben deren Gründer, dem Schriftsteller Richard Nikolaus Coudenhove-Kalergi (1894–1972), schrieben für die *Tribüne* u. a. Carl Brinitzer (1894–1972), Heinz Liepmann (1905–1966) sowie der spätere Chefredakteur der ZEIT Richard Tüngel (1893–1970). In der *Tribüne*, wie auch später im Exil, veröffentlichte Justin Steinfeld Artikel auch unter seinen Pseudonymen Jürgen Anders, Jochen Kranich, Kati Lina und Jonathan Stift.

Nur bedingt schmeichelhaft charakterisierte sein Neffe Martin Bäuml den publizistisch tätigen Steinfeld: »Onkel Justin war eher rötlich als rothaarig und wie seine Schwestern mit einer beträchtlichen Judennase ausgestattet, die immer etwas tropfte, außerdem stark kurzsichtig, alles in allem aber doch ein stattlicher Mann. Da er also rothaarig und jüdisch war, außerdem ein richtiger Intelligenzler, der als sogenannter freier Schriftsteller … in Hamburg … auch eine eigene Monatszeitschrift *Die Tribüne* herausgab, bei einigen anderen mitschrieb, war er zum Kommunisten geradezu prädestiniert.«

Tatsächlich engagierte sich Steinfeld neben seiner Tätigkeit im SDS auch in der KPD nahestehenden oder mit ihr verbundenen Organisationen. So referierte er in der Marxistischen Arbeiterschule (MASCH). Als zur Hamburger Bürgerschaftswahl im September 1931 die MASCH, die Assoziation bildender Künstler, die Internationale Arbeiter-Hilfe und der Bund proletarisch-revolutionärer Schriftsteller zu einer Kundgebung unter dem Motto »Der Kampf gegen die Knebelung der Geistesfreiheit« aufriefen, sprach neben den Schriftstellern Hans Henny Jahnn (1894–1959) und Heinz Liepmann auch, wie es auf einem Flugblatt stand, der »Redakteur Steinfeld«.

Anlässlich des Internationalen Theaterkongresses, der vom 12.–20. Juni 1930 in Hamburg stattfand, sorgten die Freunde Hans Henny Jahnn, Heinz Liepmann und Justin Steinfeld für einen Zwischenfall oder, wie es im sozialdemokratischen *Hamburger Echo* hieß, für ein »kritisches Zwischenspiel«. In einer gemeinsamen Resolution beklagten sie eine »einseitige Stellung zu den Problemen des Theaters«. An anderer Stelle veröffentlichte Steinfeld, der sich nicht nur in der *Tribüne*, sondern auch in verschiedenen Programmzeitungen Hamburger Bühnen als Theaterkritiker zu Wort gemeldet hatte, seine Begründung der Resolution: »Politisches Theater ... ist eben sozialpolitisches Theater. Es kann heute kein lebendiger Mensch eine Gesinnung dokumentieren, die, bewußt oder unbewußt, gewollt oder unvermittelt, eine unpolitische wäre ... Wir wollen kein parteipolitisches, sondern ein menschheitspolitisches Theater! ... Das ist von der modernen Kritik zu fordern, und von denen, denen die Kritik dienen und helfen soll, daß sie nicht einer Partei, Gruppe oder Clique angehöre, aber: daß sie eine Gesinnung habe!«

Steinfeld beließ es nicht bei solchen Appellen, er wurde 1931 Mitbegründer des Kollektivs Hamburger Schauspieler. Der gebürtige Prager Hanuš Burger (1909–1990), damals Regisseur und Dramaturg am Hamburger Thalia Theater, der ebenfalls zu den Gründungsvätern des Kollektivs gehörte, erinnerte sich an die Zusammenarbeit mit Justin Steinfeld, an das Café Hornung, einer Pinte, die von Prostituierten und ihren Zuhältern, den »Beschützern«, bevölkert wurde: »Das Stück, das die Grundlage unserer Arbeit bilden sollte, hatte ich entdeckt ... Ein Mann namens Jan Mangels Prigge hatte es geschrieben, und es hieß *Unser Schaden am Bein*. Es hatte mit dem heutigen Deutschland, dem Deutschland von 1931, zu tun. Aber es war mehr das Skelett eines Stücks … Justin Steinfeld, unser Hausschriftsteller, würde das, was im Stück fehlte, schon ergänzen … Und um elf Uhr, im Hinterzimmer bei Hornungs, kam die wichtigste Arbeit des Tages, die Proben unserer Truppe. Zuerst wurde eine Szene gestellt, mit eigenen, improvisierten Worten. Dann ging Justin Steinfeld, unser Schriftsteller, ein kleiner Intellektueller mit rotem, gekräuseltem Haar und gelber Hornbrille, ins Vorderzimmer, und dort am gleichen Tisch mit den Beschützern, faßte er in gute Worte, was wir soeben improvisiert hatten.« Zur Premiere des Stückes am 8. Mai 1932 in der Hamburger Volksoper am Millerntor gab es eine damals nicht ungewöhnliche Begleitinszenierung: »Vor dem Theater – Polizei. Mindestens eine Hundertschaft stand vor den Eingängen, an den Mündungen der Nebenstraßen und quer auf dem Fahrdamm. Die nun schon üblichen Agitations-Lastautos der Nazis rumpelten vorbei. Sie waren oben offen, und zwanzig, dreißig Braunhemden standen darauf, mit Megaphonen und Fähnchen, und skandierten heiser ›Wer hat uns verraten – Sozialdemokraten‹ und das übliche ›Juda verrecke!‹«

Trotz Erfolgs beim Publikum, positiver Resonanz in der Hamburger Tagespresse, einer weiteren, aus der Feder Justin Steinfelds stammenden politischen Revue mit dem Titel *Dem Nagel auf den Kopf* endete die Geschichte des Kollektivs Hamburger Schauspieler mit dem Machtantritt der Nationalsozialisten.

Noch vor ihrer von Willkür, Terror, Verfolgung und Mord bestimmten Herrschaft hatte sich Justin Steinfeld nochmals an exponierter Stelle politisch engagiert: im Zusammenhang mit dem Altonaer Blutsonntag vom 17. Juli 1932, als es in dem zu Preußen gehörenden Altona im Verlaufe eines Propagandamarsches von SA- und SS-Einheiten zu Schießereien kam, in deren Folge zahlreiche Menschen getötet wurden. Diese Vorgänge dienten dem Reichskanzler Franz von Papen als Vorwand für den sogenannten Preußenschlag vom 20. Juli 1932, mit der die amtierende Regierung Preußens unter dem Sozialdemokraten

Otto Braun abgesetzt und die föderalistische Verfassung der Weimarer Republik entscheidend geschwächt wurde.

Ein in Hamburg gegründeter, überparteilicher Untersuchungsausschuss sollte klären, wer Schuld an den Vorfällen gehabt hatte; in ersten Reaktionen waren »kommunistische Dachschützen« verantwortlich gemacht worden. Der Untersuchungsausschuss und das öffentliche Verfahren wurden von Justin Steinfeld geleitet. Auch die noch 1932 von der Roten Hilfe Deutschlands herausgegebene Broschüre *Die Wahrheit über den Blutsonntag in Altona. Tatsachenschilderung von Augenzeugen und Verwundeten* wurde maßgeblich von ihm verfasst. Nach den Zeugenbefragungen und der Prüfung der Ereignisse stand für den Ausschuss fest, dass die Zahl der Opfer durch die Toleranz der Behörden und der Polizei gegenüber den Kampfformationen der NSDAP verursacht worden war. Der Publizist Erich Lüth (1902–1989), nach 1945 Direktor der Staatlichen Pressestelle Hamburgs, erinnerte sich im Januar 1959 an den mit ihm befreundeten Justin Steinfeld und ihre Zusammenarbeit in dem Untersuchungsausschuss: »Wir veranstalteten im Hotel Kaiserhof in Altona eine große Versammlung, die, wenn ich nicht irre, eine der letzten leidenschaftlichen Demonstrationen gegen die heranrückende NS-Diktatur im gesamthamburgischen Bereich war ... Unsere damaligen nonkonformistischen Feststellungen führten zu diametral entgegengesetzten Ergebnissen, als sie von der NSDAP, der SA und dem Kabinett von Papen dargestellt wurden. Wer damals an dem antifaschistischen Untersuchungsausschuß im Hotel Kaiserhof in Altona teilnahm, war auf das schwerste gefährdet und wurde nach der wenig später erfolgenden Machtergreifung Hitlers von SA-Rollkommandos gesucht, um mißhandelt und in Schutzhaft genommen zu werden.« Zum Schicksal seines Freundes schrieb Lüth: »Schon kurz vorher hatte ich Justin Steinfeld aus den Augen verloren, da er als militanter leidenschaftlicher Nazi-Gegner und als Jude doppelt gefährdet war. Ich hörte dann nach Abklingen der ersten Verhaftungswelle, dass Justin Steinfeld von der Staatspolizei aufgespürt worden und in die Hände eines

Marine-SA-Sturms geraten sei, der irregulär für die Gauleitung der NSDAP Zutreiber- und Handlangerdienste leistete.«

Noch vor seiner Verhaftung widerfuhr Justin Steinfeld eine weitere Demütigung. Am 31. März 1933, am Vorabend des sogenannten Judenboykotts, wurde Steinfeld unter Androhung von Gewalt aus dem Altonaer Stadttheater verwiesen. Ein SA-Mann hatte ihn zum Verlassen des Hauses gezwungen; unter Protest und mit den Worten »Es ist eine Kulturschande!« soll er das Haus verlassen haben. Als sich Steinfelds Freund, der Schriftsteller Heinz Liepmann, mit ihm solidarisierte, reagierte das nationalsozialistische *Hamburger Tageblatt* mit einem wüsten antisemitischen Artikel gegen beide Schriftsteller. Unter der Überschrift »Es ist eine Kulturschande!« stand dort: »Justin Steinfeld, dessen semitische Erscheinung den Hamburger Premieren bisher eine besondere Note gab, hatte sich bei der Intendanz des Altonaer Stadttheaters zwei Pressekarten für die Erstaufführung von *Struensee* bestellt. Nun kennt man in eingeweihten Kreisen Herrn Steinfeld als Herausgeber der *Tribüne*. Das ist eine Zeitschrift, die bis vor kurzem in kommunistisch-pazifistischen Tendenzen machte. Das schadete nichts, denn sie erschien unter Ausschluß der Öffentlichkeit... Außerdem weiß man, daß Steinfeld als Organisator eines Schauspieler-Kollektivs fungierte, das er mit seinem marxistischen Blödsinn auf die Hamburger Theaterbesucher losließ. Also Gründe genug, um ein nationales Publikum von seiner rotlockigen Anwesenheit zu bewahren.«

Als Justin Steinfeld im Juli 1953 beim Hamburger Amt für Wiedergutmachung einen Antrag auf sogenannte Wiedergutmachung stellte, unterstrich er in dem Formular alle vorgegebenen Gründe für die nationalsozialistischen Verfolgungs- und Unterdrückungsmaßnahmen: Politische Verfolgung – Weltanschauung – Religion – Rasse. Handschriftlich ergänzte und berichtete er von seiner Verfolgung, seiner Inhaftierung im berüchtigten Stadthaus, dem Sitz der Hamburger Gestapo, sowie im »Kola-Fu«, dem Konzentrationslager und Gefängnis Fuhlsbüttel, das durch den 1934 erschienenen Roman *Die Prüfung* von Willi Bredel traurige Berühmtheit erlangt hatte: »Als politischer Schriftsteller, der weltanschaulich und überzeugungsmäßig den National-Sozialisten diametral entgegengesetzt war, war ich in Hamburger ›Nazi‹-Kreisen bekannt. ... Erste Verhaftung im Mai 1933 auf der Straße (Grindelallee) unter dem Verdacht, ein Bomben-Attentat zu planen. Die Bombe stellte sich als ein Paar Schuhe heraus, die ich zum Besohlen zum Schuster getragen hatte. Freilassung am gleichen Tage. – Zwei polizeiliche Haussuchungen im Juni 1933 waren ergebnislos. – Zweite Verhaftung im Juli 1933 in meiner Wohnung, Hallerstraße. Bei dieser Gelegenheit: Plünderung und Vernichtung meiner Bibliothek. Haftaufenthalt in: Hamburg / Stadthaus, Hamburger Untersuchungsgefängnis und im Gefängnis Fuhlsbüttel. Gründe für die Verhaftung sind mir niemals genannt worden. Mehrfache Vernehmungen im ›Stadthaus‹ unter Umständen und Methoden, die heute allgemein bekannt sind, und mich belehrten, daß im Verkehr mit damaligen Gerichtsbehörden Recht und Gerechtigkeit keine Gültigkeit hatten.«

Steinfeld wurde im August 1933 aus der »Schutzhaft« entlassen. Die Freilassung erfolgte, wie er vermutete, allein zu dem Zweck, um ihn zu observieren und seine politischen Verbindungen zu erkunden. Von erneuter Verhaftung bedroht, floh er zu Fuß ohne Pass und Ausweispapiere über das Riesengebirge, über das unmittelbar an der tschechoslowakischen Grenze gelegene Hirschberg, Spindelmühle, Trautenau nach Prag. In einem Brief an Hans Henny Jahnn vom 8. Januar 1946 fasste Steinfeld seine Flucht und sein Exil in wenigen Sätzen zusammen: »So kam ich unter Umständen, die einer Wildwesterzählung nichts nachgibt, in die C.S.R. Da waren schon eine ganze Anzahl Emigranten, auch Schriftsteller und viele Journalisten, so war ich einer davon. Rudi Thomas, Chefredakteur des *Prager Tagblatts*, der sich später, nach der Katastrophe von München, am Schreibtisch seiner Redaktion vergiftet hat, sagte mir mit all dem Sarkasmus, mit dem er sein fühlendes Herz gepanzert hatte: ›Sie haben hier zwei Möglichkeiten. In die Moldau zu springen oder mit Schuhbandeln zu handeln.‹ Er hatte eigentlich recht, ich war dann einer der ganz wenigen, die sich durchsetzen konnten. Nach zwei Wochen Prag saß ich auf dem Redaktionsstuhl einer Prager, in deutscher Sprache erscheinenden Wochenschrift *Die Wahrheit*, wo ich dann bis über München hinaus die Außenpolitik und – meine alte Leidenschaft – Theaterkritik gemacht habe … Meinen Posten in Prag hatte ich dem Chefredakteur und Besitzer der *Wahrheit* Dr. Georg Mannheimer zu danken, den ich später himmelhoch gebeten habe, mit mir nach Polen zu flüchten. Er lehnte ab. Die Nazis haben ihn dann auch ermordet. In Prag konnte ich mir einen guten und schönen Kreis schaffen. Ich habe dort viel mehr Anerkennung, Freundschaft und Güte gefunden, als jemals in meiner Vaterstadt Hamburg. Meine Frau kam mit dem Jungen sehr bald nach. Wir haben dort ein paar gute Jahre verbracht.«

Die gebürtige Pragerin Lenka Reinerová (1916–2008) arbeitete damals in der Redaktion der *Arbeiter-Illustrierten-Zeitung* (AIZ) und bestätigte die Selbstaussage des Flüchtlings aus Hamburg. »Justin Steinfeld war ein wenig besser dran als viele seiner Schicksalsgenossen, denn er arbeitete für mehrere Zeitschriften. Aber wenn dieser rothaarige, fast immer erregte und Erregung hervorrufende Mann noch in Begleitung seiner gleichfalls rothaarigen, lustigen und temperamentvollen Frau auftauchte, war geraume Zeit an Arbeit gar nicht zu denken.«

Steinfeld schrieb nicht nur für die *AIZ*, sondern auch für deren Nachfolgerin, die *Volks-Illustrierte*. Seine Artikel erschienen auch in den *Europäischen Heften*, der *Neuen Weltbühne*, in *Der Gegen-Angriff*, kontinuierlich aber vor allem in der Wochenzeitung *Die Wahrheit*. Der aus Wien stammende Chefredakteur Georg Mannheimer (1887–1942) setzte sie, so der Journalist und Schriftsteller Jürgen Serke, für »einen konsequenten publizistischen Kampf gegen den Faschismus« ein. Steinfelds Artikel erschienen in den Kolumnen »Das Theater hat das Wort«, »Theater mit und ohne Spielplan«, »Weltwochenschau« oder »Weltpolitische Schau«. Dezidiert äußerte er sich zur politischen Situation im nationalsozialistischen Deutschland, speziell zur Verfolgung der politischen Gegner und der

Juden. Als Erich Mühsam am 10. Juli 1934 im KZ Oranienburg ermordet worden, seine Witwe Kreszentia nach Prag geflohen war und die Öffentlichkeit über das Martyrium ihres Mannes informierte, veröffentlichte Steinfeld am 28. Juli 1934 in der *Wahrheit* seinen Artikel »Erich Mühsam ermordet. Wer ist der Nächste?« Sein Text endete mit einem dringenden Appell: »Was ist das hier, geschriebenes Wort, gedruckte Zeile? Daß sie zum Schrei werde, zum Schrei der Menschheit gegen die Bestialität. Zum Schrei des Lebens, das der Götter höchstes ist, gegen den Tod als Mörder. Mensch, der Du das hier liest, das ist nicht zu Deiner Unterhaltung geschrieben. Das ist geschrieben, um Dir die Ruhe des Tages zu stören und den Schlaf der Nacht! Hilf uns, zu rütteln am Gewissen der Welt. Hilf uns schreien: Rettet Carl von Ossietzky!« Wie recht Steinfeld mit seinem Aufruf haben sollte: Als sein Artikel erschien, befand sich der ebenfalls aus Hamburg stammende Carl von Ossietzky (1889–1938) im KZ Esterwegen; 1938 starb er an den Folgen seiner in der KZ-Haft erlittenen Misshandlungen.

Steinfelds Emigration nach Prag und seine dortigen Aktivitäten wurden von Deutschland aus genauestens beobachtet. Ein drei Seiten umfassendes Schreiben der Preußischen Geheimen Staatspolizei vom 15. Dezember 1934 an den Reichsminister des Innern in Berlin listete auf, in welchen Zeitungen Steinfeld publizierte. Um die Behauptung, er würde »in herabwürdigender Weise Kritik üben«, zu belegen, schilderte der Bericht Steinfelds Schreibstil: »Steinfeld versteht es ausgezeichnet, aus Geschehnissen, die vor Jahren Aufsehen und Abscheu in der Weltöffentlichkeit erregten, gehässige Parallelen zu den heutigen Geschehnissen in Deutschland zu ziehen. Er zaubert mit besonderem Geschick Analogien hervor, die bei einem unbefangenen Leser den Eindruck hervorrufen müssen, in Deutschland sei der Abschaum der Menschheit an der Macht und missbrauche diese Macht zur Zerstörung alles dessen, was, nach der Meinung Justin Steinfelds, das Leben erst lebenswert macht.« Die Deutsche Gesandtschaft in Prag bestätigte die Darstellung der Geheimen Staatspolizei; in einer Stellungnahme an das Auswärtige Amt in Berlin hob sie hervor: »Der Schriftsteller Justin Steinfeld wirkt in Prag als kulturpolitischer Mitarbeiter der Emigranten- und Hetzzeitschrift *Die Wahrheit*. Er ist einer der ›Prominenten‹ der jüdischen Emigrantenhetze in Prag gegen Deutschland, namentlich auf kulturpolitischem Gebiet.« Dieser Observationsbericht bezog sich gewiss auch auf Steinfelds Engagement im »Bert-Brecht-Club«, zu dessen Mitgliedern u. a. Wieland Herzfelde, John Heartfield (1891–1968), Anna Maria Jokl (1911–2001), Lenka Reinerová, Albin Stübs (1900–1977) und Franz Carl Weiskopf (1900–1955) zählten.

Nur vier Monate später, am 8. Juni 1935, wurde Justin Steinfeld ausgebürgert. Auf der am 11. Juni 1935 im *Deutschen Reichsanzeiger und Preußischen Staatsanzeiger* veröffentlichten Ausbürgerungsliste standen auch die Namen von Bertolt Brecht, Nachum Goldmann, Rudolf Hilferding, Kurt Hiller, Max Hodann, Heinz Liepmann, Erika Mann, Walter Mehring, Kreszentia Mühsam, Erich Ollenhauer, Paul Westheim und Friedrich Wolf. Nur einen Tag später machte das nationalsozialistische *Hamburger Tageblatt* auf der Titelseite mit der Schlagzeile auf: »Aus Deutschland ausgebürgert. Jüdische Literaten und Emigrantenhetzer ausgebürgert«. Der stellvertretende Chefredakteur Max Baumann, im Dezember 1948 von einem Entnazifizierungsausschuss als »entlastet« eingestuft, kommentierte die Ausbürgerungen und diffamierte Steinfeld und Liepmann als kulturbolschewistische Literaten, »die seinerzeit in Hamburg ihr Unwesen trieben«. Zum Schluss seines von antisemitischen Klischees strotzenden Kommentars schrieb er: »Menschen wie die jetzt Ausgebürgerten haben sich unendlich weit von allem entfernt, was heute deutsch heißt. Sie gehören seit langem nicht mehr zu uns, wenn sie überhaupt einmal deutsch waren. Die Ausbürgerungsmaßnahme zieht nur den Schlußstrich unter einer in Wirklichkeit abgeschlossenen Entwicklung, die durch einen natürlichen Prozeß alles Faulige aus dem Organismus des Volkes ausscheidet.«

Neben Politik und Theater galt Steinfelds Interesse der Literatur, die er mit Neugierde wahrnahm und engagiert rezensierte. Seine Sammelbesprechung so unterschiedlicher Bücher wie *Hitlers Luftflotte startbereit*, Michail Scholochows *Der stille Don*, Petr Jilemnickýs Roman *Brachland* und Schalom Aschs *Kinder in der Fremde* erschien am 20. August 1935 unter der Überschrift »Sechzig-Zeilen-Journalisten und literarische Situation«. Er leitete sie mit dem ihm eigenen Sarkasmus ein: »Journalisten – sie nennen sich so –, die noch vor drei Monaten keine Ahnung hatten, ob Djibouti etwas zum Essen sei, schreiben jetzt, von keines Sachgedanken Blässe angekränkelt, Artikel nach Maß über Abessinien, den Negus, den Tanasee und Blauen Nil samt Sklavenhandel und Maria-Theresia-Taler, je nach Bedarf, episch, lyrisch, didaktisch. Immer in höchstens sechzig bis achtzig Zeilen wird das ganze Problem gelöst, das morgen vielleicht Baltikum heißt, nachdem Gran Chaco schon von gestern ist. Das lesende Publikum hat sich daran gewöhnt, die umfangreichen Fragen in Pillenform vorgesetzt zu bekommen. Das überfliegt man, und dann kann man mitreden und weiß Bescheid. Wozu soll man noch Bücher lesen? Bücher liest man zur Unterhaltung. Also Unterhaltungsromane. An Regentagen, wenn kein Bridge zustande kommt. So ist die literarische Situation. Von der hier also gar nicht die Rede sein soll. Nur von aktuellen Büchern.«

Dass sich Steinfeld nicht als Sechzig-Zeilen-Journalist verstand, unterstrich er durch seine Themenwahl. In der gleichen Ausgabe der *Wahrheit* veröffentlichte er unter seinem Pseudonym Jonathan Stift den Artikel »Berliner Judenpogrome«, dessen Grundlage Zitate aus verschiedenen deutschen Zeitungen bildeten. Pointiert stellte er fest: »Der Antisemitismus ist dem Fascismus des Dritten Reiches immanent. Auch das müßte eine Binsenwahrheit sein. Man braucht nicht hundert Gründe zu diskutieren und zu widerlegen. Es geht um diesen Grund. Der deutsche Fascismus kann da nicht anders handeln, als er es tut. Ablenkungsmanöver ist die Pogromhetze goebbelsscher Art nur nebenbei, in der Hauptsache ist sie ein Lenkungsmanöver. Der Totalität der arischen Deutschen soll ihre bevorrechtigte Art bewiesen werden.« Unter Verwendung eines Zitats des ehemaligen Reichswirtschaftsministers Kurt Schmitt (1886–1950), der schon 1933 gesagt hatte, dass man die Judenfrage eines Tages kompromisslos zu erledigen hätte, urteilte Steinfeld: »Das bedarf wohl keines Kommentars. Es ist ganz gleichgültig, wie Herr Schmitt diesen Ausspruch damals getan und was er damit gemeint hat. Wichtig ist, wie es die deutsche Presse heute wiederholt und was sie meint mit der Formulierung: ›Wir können nicht umhin, die Judenfrage eines Tages kompromißlos zu erledigen.‹«

Als Tomáš G. Masaryk am 14. September 1937 starb, erschien die *Wahrheit* im Gegensatz zur sonstigen Titelblattgestaltung allein mit einem schwarz-umrandeten Foto des verstorbenen tschechischen Staatspräsidenten. Steinfeld kommentierte: »Eine Epoche geht zu Ende. Mit Masaryk, einem ihrer hervorragendsten Vertreter, geht das Zeitalter der humanistischen Staatsmannkunst zu Ende. Der Lebende, obwohl nicht mehr in der Politik Aktive, war nicht nur seinem Lande, war auch der übrigen Welt so sehr ein Begriff, daß sie sich an ihn klammerte, die Kultur als höchstes Objekt der Politik könne nicht der barbarischen Nichts-Als-Gewalt gewichen sein, solange ein Masaryk am Leben sei. Haben die schwarzen Fahnen der Tschechoslowakei sich auch über diesen Glauben gesenkt?«

Seit dem 1. April 1938 erschien die *Wahrheit* mit verändertem Titelblatt, es zeigte von nun an eine auf einem Podest stehende Figur, die in ihrer linken Hand ein Megaphon hält. Dies Motiv war das bis 1933 gültige Signet der von Justin Steinfeld in Hamburg herausgegebenen *Tribüne*.

Selbstverständlich hatte Steinfeld die europäische Appeasement-Politik und die sogenannte Sudetenkrise aufmerksam verfolgt. Am 15. September 1938, noch vor dem Münchner Abkommen und der Besetzung Prags durch deutsche Truppen, erschien die letzte Ausgabe der *Wahrheit*. In einer Botschaft »An unsere Leser!« hieß es: »Die Männer und Frauen, die seit siebzehn Jahren die Gefolgschaft dieser Zeitschrift bilden, sind seit eh und je treue Anhänger der Masarykschen Ideen, der Humanität, der Demokratie und der freien Tschechoslowakischen Republik gewesen... Und wir zweifeln keinen Augenblick daran, daß sie im Ernstfall für die Republik Masaryks und Beneš' mit jener Entschiedenheit einstehen werden, mit der Menschen kämpfen, die ihre heiligsten Güter bedroht sehen: Freiheit, Gleichheit, Menschlichkeit. Wir grüßen unsere Leser und versprechen ihnen, zusammen mit ihnen in dem Kampf für die demokratische Republik bis zum Letzten auszuharren. Wir wissen, daß die Wahrheit Masaryks siegen wird.«

Als am 15. März 1939 deutsche Truppen in Prag einmarschierten und die Stadt besetzten, musste Justin Steinfeld untertauchen. Im Frühjahr 1939 gelang ihm, vermutlich dank der Hilfe des British Committee for Refugees from Czechoslovakia, die Flucht. Gegenüber Hans Henny Jahnn schilderte er, wie er sich vor dem Zugriff der Gestapo rettete: »Kam also München. Die Regierungen der sogenannten Weltmächte wussten natürlich, wie das weiterlaufen würde. Wir in Prag wussten es auch. Die Engländer hatten damals Listen der Emigranten angefordert, soweit diese im Falle der Annexion seitens der Nazis gefährdet seien. Auf dieser Liste stand ich sehr hoch oben. Ich sollte schon im November 38 mit Flugzeug nach England. Ich lehnte damals, nach Beratung mit meiner Frau, ab. Ich bedeutete etwas für die Prager Emigranten... Und so waren wir, als die Nazis kamen, noch in Prag. Dann natürlich musste jeder sehen, wie er sein Leben rettete. Ich kam mit meiner Frau und dem Jungen nach Polen durch. Wieder zu Fuß und ohne alles. Oder nicht eigentlich zu Fuß, denn die eigentliche Grenze mussten wir schwimmend passieren. An einem frühen Apriltag. Das war kein Spaß. Dann von Polen, wo es schon mulmig wurde, per Schiff nach England.«

Das Exil in England war zwar lebensrettend, doch nicht frei von Sorgen und Nöten. Nur für kurze Zeit vermochte Steinfeld sich als »Gentleman in Paradise« fühlen; er lebte damals zuerst in Reigate / Surrey, südlich von London. Am 21. Juni 1939 heiratete Justin Steinfeld seine langjährige Lebensgefährtin, die ebenfalls aus Hamburg stammende Schauspielerin Käte Melanie Behrens (1903–1965). Noch bis in das Frühjahr 1934 war sie

»in den großen Manege-Schaustücken« des Circus Busch, Berlin, aufgetreten; die Circus-Direktion hatte ihr bescheinigt, »eine sehr gute Darstellerin« zu sein, die »auf Druck der nationalsozialistischen Kulturkammer wegen ihrer nichtarischen Abstammung ausscheiden« musste. Auf ihrer Kultussteuerkarte der Deutsch-Israelitischen Gemeinde in Hamburg war als Grund des Ausscheidens »Verzug nach Prag« vermerkt worden. Dort hatten Käte Behrens und Justin Steinfeld wegen fehlender Ausweispapiere nicht heiraten können, aber zusammen gelebt. Nur wenige Monate nach ihrer Eheschließung wurde ihr Vater Gustav Behrens (1870–1941), einst Redakteur des *Hamburger Anzeigers*, vom Landgericht wegen sogenannter Rassenschande zu drei Jahren Zuchthaus verurteilt. Seine Haft wurde laut Kartei der Gefängnisverwaltung Hamburg-Fuhlsbüttel ab 15. November 1941 »Zwecks Evakuierung unterbrochen«. Hinter diesem Euphemismus verbarg sich seine Deportation nach Riga am 6. Dezember 1941.

Am 18. März 1940 schrieb Justin Steinfeld an den Journalisten Manfred Georg (1893–1965), den er aus dem Prager Exil kannte und der seit 1939 Herausgeber der in New York erscheinenden deutsch-jüdischen Zeitung *Aufbau* war. Steinfeld hatte sich über einen Artikel zur englischen Politik gegenüber Flüchtlingen geärgert, für ihn war der Inhalt »von letzter Dürftigkeit«, die Zeitung charakterisierte er als »eine Annoncenplantage mit Wald- und Wiesentext«. An die harsche Kritik schloss sich eine Beschreibung seiner damaligen Lebenssituation an, die von der Unmöglichkeit einer Emigration in die USA geprägt war: »Denn heute und morgen wird nichts aus meiner Weiterfahrt … Wir sind nichts als Registriernummern. Das Amerik. General Konsulat geruht nicht einmal, auf irgendeinen Brief zu antworten. So erbärmlich, wie von diesem Konsulat bin ich noch nirgends in der Welt behandelt worden. Es ist wirklich schamlos. Von meinem privaten Leben kann ich nicht viel erzählen, weil ich hier überhaupt nur ein privates Leben habe. Keine Arbeit finden ist ja arg, aber Arbeit nicht einmal suchen dürfen, das hat der Teufel in einer genialen Stunde ausgeheckt. Wenn ich des

Morgens mich rasiert und meine Nägel geschnitten habe, ist mein Tagewerk beendet.«

Steinfelds Wunsch, in die USA zu emigrieren, zerschlug sich. Im Frühjahr 1940 hatten britische Behörden aus Furcht vor der Einschleusung feindlicher Spione Maßnahmen für die Internierung feindlicher Ausländer angeordnet. Nach der Einteilung der Exilierten in unterschiedliche Kategorien begann nach dem Überfall auf die Niederlande und Belgien die Internierung der »enemy aliens«. Ausgerechnet der von Steinfeld so heftig gescholtene New Yorker *Aufbau* berichtete über die Kategorisierung der deutschen und österreichischen Emigranten und von den im Mai Verhafteten, unter denen sich der frühere kommunistische Reichstagsabgeordnete Wilhelm Koenen, der Schriftsteller Jan Petersen, der aus Hamburg stammende Schauspieler Gerhard Hinze (1904–1972) sowie Justin Steinfeld befanden. Während Hinze, vor 1933 Mitglied im Kollektiv Hamburger Schauspieler, in ein Internierungscamp in Kanada kam, wurde Justin Steinfeld gemeinsam mit mehr als 2500 weiteren unfreiwilligen Passagieren am 10. Juli 1940 in Liverpool auf den Truppentransporter HMT *Dunera* gebracht. Nach 57-tägiger Fahrt, während der die Verhafteten skandalöse sanitäre Bedingungen und schikanöse Behandlung ertragen mussten, erreichte die *Dunera* Australien. Bestimmungsort des »Internee Nr. E 40 725«, als der Justin Steinfeld nunmehr gelistet war, war das Wüstenlager Hay. In einem nach seiner Rückkehr nach England verfassten Artikel, der am 26. Dezember 1941 im New Yorker *Aufbau* erschien, schilderte er seine Erfahrungen als Internierter: »Es gibt in Australien ein geflügeltes Wort ›Hell and Hay are the hottest places in the world‹. Hier war das Lager, nämlich dicht bei der kleinen Stadt Hay in New South Wales, aber außerhalb des Ortes, wo die Steppe in Wüste übergeht. Kein Baum, kein Strauch und keine Grasnarbe, nur gelbbrauner Sand. In den Sommermonaten Dezember, Januar, Februar war die Hitze für Europäer kaum erträglich. Aber Lagerzensur und offizielle Zensur in Sydney sorgten dafür, daß die Briefe, die geschrieben wurden (zwei Briefe wöchentlich, auf Kriegsgefangenenpapier)

Worte wie ›Wüste‹, ›Sandsturm‹ oder ›Fieberepidemie‹ nicht enthielten … Die Gelegenheit, mehr als 2000 Internierte zu Kennern und Freunden Australiens zu machen, ward von den Australiern versäumt. Die Glücklichen, die nach England zurückkehren konnten, haben von Land und Leuten fast nichts gesehen. In der Erinnerung haftet an schönen Bildern ein Schwarm grauer Papageien über dem Wüstenlager, ein verirrter schwarzer Schmetterling, eine Fata Morgana über heißem Sand, die eine herrlich grüne Landschaft vortäuschte.«

Kurz nach seiner Rückkehr aus Australien im Sommer 1941 wandte sich der mittellose Steinfeld verzweifelt an die mit ihm befreundeten, aus Prag bekannten Publizisten Bernhard Menne (1901–1968) und Wilhelm Sternfeld (1888–1973): »Dear Friends, ich nehme an, daß ihr von unserer Rückkehr nach einem Jahr Kulturschande – nicht der unsrigen – gehört habt … Ich bin persönlich in völlig desolatem Zustand. Praktisch kein heiles Stück auf dem Leibe, mit Ausnahme eines australischen Sommerpaletots von übelster Konfektion und einem Hut aus imitiertem Filz. Sonst nur Fetzen. Kein heiles Hemd, kein Unterzeug, kein heiles Taschentuch, nichts, nichts! Auf der Fahrt nach Australien bin ich fast restlos ausgeplündert worden. Was ich in Reigate zurückließ, ist, wie meine Frau mir sagte, nach ihrer Internierung verschwunden gewesen! Ich muß buchstäblich alles, alles anschaffen, was ein Mensch zur Bekleidung braucht … Bei der Überfahrt auf der *Dunera* ist außer meinen Kofferinhalten auch mein tschechischer Interimspass und meine sämtlichen sonstigen Papiere, engl. Registrationbook etc. ›verloren‹ gegangen. Ich besitze keinen einzigen Ausweis.«

Dieser Brief trug als Absender die Adresse 13 White Horse Street, Baldock/Hertforshire; in dem dortigen, vom Czech Refugee Trust Fund getragenen Wohnheim lebten Käte und Justin Steinfeld bis zu ihrem Tod. Dem Journalisten Albin Stübs, der wie Steinfeld in Prag für diverse Exilzeitschriften geschrieben hatte, wie er nach England geflohen und mit ihm in Australien interniert war, waren die Lebensverhältnisse des Ehepaars Steinfeld sehr vertraut, er wusste, »daß die Basis ihres

Lebens immer sehr schmal gewesen ist«. Seit 1942 wurde Justin Steinfeld vom Czech Refugee Trust Fund unterstützt, wobei, so Albin Stübs, »die Rate der Unterstützung in England ausdrücklich auf der Basis der Erwerbslosenunterstützung gehalten wurde«. Diese Unterstützungszahlungen endeten, als Justin Steinfeld, einen Tag nach seinem 70. Geburtstag, nach dem Bundesentschädigungsgesetz eine monatliche Rente von 429 DM zugestanden wurde.

Zu einer Rückkehr nach Deutschland vermochte sich Steinfeld nicht entschließen. Schon in seinem Brief an Hans Henny Jahnn vom 8. Januar 1946 schrieb er: »Sie meinen, auch für den Juden Steinfeld wird eine Möglichkeit in Deutschland sein. Mag sie denn noch so bescheiden sein, es würde mir genügen. Aber ich glaube es nicht. Ich höre so viel Gegenteiliges. Ein Beispiel: Gestern sprach ich sehr ausführlich mit einem Soldaten, der als kleiner Offizier auf einer englischen Ortskommandantur von Köln sitzt und zur Zeit hier auf Urlaub ist. Er sprach viel von der Schäbigkeit der Deutschen, von denen sich keiner, keiner sagte er, dazu bekennt, Nationalsozialist gewesen zu sein. Er sagt, dass er doch ausführliche Akten habe und in jedem Fall genau wisse, mit wem er es zu tun habe. Er meint sogar, die Leute wüssten, dass er genau den Grad ihrer schäbigen Lüge kennt, und dennoch sind sie so erbärmlich. Nun, das aber eben wäre, wo zu arbeiten wäre. Das schreckt mich nicht. Mich schreckt, wenn er mir erzählt, dass sich Kinder und junge Menschen gar nicht vorstellen können, dass ein Jude überhaupt ein normaler Mensch sei. Kinder finden das unglaubwürdig, so sagte er mir. Juden können keine normalen Menschen sein. Irgendwo muss ein teuflischer Klumpfuß sein, ein Teufelshorn unter den Haaren versteckt, oder sonst ein Teufelsmal. Er sagt, das habe gar nichts mit dem Wesen der Kinder zu tun, nichts mit gut oder böse. Das sei einfach in den Kindern drin. Und so ähnlich höre ich es alle Tage.«

Steinfelds Bedenken waren grundsätzlicher Art: »Bange machen habe ich mich nie lassen. Ich fürchte mich nicht. Aber ich glaube fast, dass hier ein für mich hoffnungsloses Beginnen wäre. Ich gehöre nicht zu den Juden, die in all diesen Jahren immer das jüdische Problem in den Mittelpunkt stellten ... Nein, ich habe in all diesen Jahren immer wieder den armen, entsetzlich geprüften Juden klar zu machen versucht, dass es vielleicht kein größeres Leid in dieser Zeit gibt als das ihre, aber doch viele Dinge, die unendlich viel wichtiger und entscheidender sind. Und eben darum kann ich für den Juden Steinfeld keine heilsame Möglichkeit in Deutschland sehen.«

Anlässlich seines 70. Geburtstages veröffentlichte sein Freund Wilhelm Sternfeld im New Yorker *Aufbau* einen kleinen Geburtstagsgruß auf den Jubilar: »Im Städtchen Baldock unweit von Cambridge vollendet am 27. Februar Justin Steinfeld, einer der mutigsten und unentwegtesten Gegner des Nationalsozialismus unter den parteipolitisch nicht gebundenen Journalisten der Vorhitlerzeit, sein 70. Lebensjahr.« In gebotener Kürze referierte Sternfeld die Biographie Steinfelds, um besonders seine Arbeit für die Prager *Wahrheit* zu würdigen: »Fast 5 Jahre hindurch hat Steinfeld als Chefredakteur dieses Blattes den Kampf gegen Hitler und seine sudetendeutschen Trabanten fortgesetzt, bis das Abkommen von München jede weitere Tätigkeit in diesem Sinne unmöglich machte. Es gelang Steinfeld in letzter Minute, über die polnische Grenze zu entkommen und von dort nach England zu gelangen.« Sternfeld schloss seinen Geburtstagsgruß mit den Worten: »Journalistisch ist Steinfeld in den letzten Jahren nicht mehr hervorgetreten, doch nimmt er regen Anteil am geistigen Leben der Londoner Emigrantenkolonie und zumal der kleinen Gruppe des deutschen PEN-Zentrums.«

Zu Steinfelds Gratulanten gehörte auch Manfred Georg vom New Yorker *Aufbau*. Hatte er auf andere Zuschriften mit einem Zirkularbrief geantwortet, so richtete Steinfeld an Georg einen ausführlichen, persönlichen Brief. Hatte er den *Aufbau* 1940 noch heftig kritisiert, schrieb er nun, dass ihm die Zeitung in den zurückliegenden Jahren »ein getreuer und unentbehrlicher Helfer gewesen und geblieben« sei. Zwei Absätze galten der eigenen Situation: »Was mich angeht, so lebe ich ein bescheidenes, zurückgezogenes Leben. Seit ich vor Jahr und Tag einen schweren Nervenkollaps hatte – der Arzt meinte: Was können Sie nach ihrem Leben anderes erwarten –, habe ich mich nicht eigentlich ganz erholt. Und über die seelische Enttäuschung nach dem Kriege komme ich nicht hinweg. Es ist sehr einsam um mich geworden. Kommt hinzu, daß alle diese Jahre eine Zeit des wirtschaftlichen Hinfrettens gewesen waren und sind. Zu viele Demütigungen sind mir da zu Teil geworden, zu viele. Aber lassen wir das, es gehört nicht hierher. Der hiesige PEN wollte und will noch, mir einen Ehrenabend machen, obwohl ich habe durchblicken lassen, daß ich darauf keinen Wert lege, nicht mehr lege. Was könnte ich Schriftstellern sagen, die nie eine schöpferische Idee haben und immer nur ›über‹ wen oder was in verwahrlostem Stile schreiben.«

Trotz all dieser Widrigkeiten seines langen Lebens muss Justin Steinfeld die Kraft, die Energie und eine dem Alltag abgetrotzte Muße gefunden haben, um ein Buch zu schreiben, das er wohl in seinem 70. Lebensjahr erstmals der Öffentlichkeit vorstellte. Die Schriftstellerin Gabriele Tergit (1894–1982), die über die Tschechoslowakei und Palästina nach England emigriert war, berichtete in der *AJR Information* vom September 1956 unter der Überschrift »WRITERS IN OUR MIDST« von einer sie sehr berührenden Lesung: »In our little circle of emigré writers, from time to time, members read from their works ... The other day one of our members* became seventy, a loveable person, a rebel who did not publish much even before 1933. It turned out that he was writing a novel of which 1500 pages were finished, but only as a beginning. He knew of course that a novel of that length would never get published, anyhow not in his lifetime, but he writes on. He does not care. His friend, that excellent actor Gerard Hinze, read part of the novel to us. It was what one used to call ›ein Erlebnis‹. We witnessed an eruption, the great event of a creative mind splashing with a broad brush the smell, the taste, the colour, the perfume of human life on to paper, regardless of conventions and pleasantries. Nothing was empty, nothing trivial. It was that very rare thing ›Art‹, produced by an unpublished, unknown author of seventy. We were reminded that success is no yardstick, that at least in a community like ours, where all creative people work with a very great handicap, success should be written with a very small ›s‹ and not admired as usual.« Hinter dem Sternchen verbarg sich, wie die Redaktion anmerkte, Justin Steinfeld. Auch in ihrem viele Jahre später, postum veröffentlichten Buch *Etwas Seltenes überhaupt* erinnerte sie trotz divergierender politischer Ansichten die Lesung aus Steinfelds Buch, an der sie mit ihrem Mann Heinz teilgenommen hatte: »Wir waren mit dem PEN-Club einer Einladung in die Heinemannsche Druckerei auf dem Lande gefolgt und saßen auf primitiven Bänken unter üppigen Bäumen, Heinz und ich nebeneinander und Steinfeld uns gegenüber. Wir tranken Tee und erlebten eine schöne Stunde. Justin Steinfeld war ein sehr guter Schriftsteller und Kunstkenner. In der Emigration hat er einen zweitausend Seiten langen Roman geschrieben, was daraus vorgelesen wurde, war hervorragend. Ich weiß nicht, ob er sich je um einen Verleger bemüht hat.«

Justin Steinfeld starb am 15. Mai 1970 in Baldock. Erst 14 Jahre nach seinem Tod gelangte das Buch an einen Verlag. Steinfelds Neffe Martin Bäuml bot dem Kieler Neuen Malik Verlag zwei Schnellhefter mit insgesamt 568 Seiten an. Die beiden, mittlerweile arg ramponierten dunkelroten Hefter bargen Steinfelds auf dünnem Durchschlagpapier verfassten Roman, dem er selbst den Titel *Ursachen und Wirrungen* gegeben hatte. Die letzte Seite schloss mit der Zeile »Ende des ersten Teils«.

Der Kieler Verlag veröffentlichte den leicht gekürzten Roman unter dem Titel *Ein Mann liest Zeitung*. Durchaus begründet gewählt, ließ Steinfeld doch den Protagonisten seines Romans, den aus Hamburg geflohenen Getreidehändler Leonhard Glanz, im Prager Kaffeehaus sitzen und Zeitungen lesen. Glanz ist Jude, seine Firma wurde nach der »Machtergreifung« der Nationalsozialisten »arisiert«. Der arische Prokurist, der Leonhard Glanz wegen angeblicher Devisenvergehen angezeigt hatte, wird der neue Firmeninhaber. Leonhard Glanz wird inhaftiert, doch gelingt ihm die Flucht in die Tschechoslowakei. Dort, im Prager Kaffeehaus, das Wilhelm Sternfeld zutreffend als »Wartesaal der Emigration« bezeichnete, sitzt der dem Arbeitsverbot unterliegende, zur Untätigkeit gezwungene Emigrant Leonhard Glanz, liest Zeitung, denkt über sein erzwungenes Exil und dessen Bedingungen nach und versucht zugleich, die politische Entwicklung bis zur gewaltsamen Besetzung Prags zu verstehen.

Doch die Entwicklung des einfachen, durchschnittlichen Mannes Leonhard Glanz, an die der Autor seine Leser teilnehmen lässt, bildet nur die Rahmenhandlung des Romans. Steinfeld dient sie, um die gesellschaftlich-politische Entwicklung des 20. Jahrhunderts Revue passieren zu lassen; er streift den Spanischen Bürgerkrieg, die Bombardierung Guernicas, ein Massaker in Addis Abeba, die Ereignisse der Jahre 1938 und 1939, die europäische Appeasement-Politik, die Rede Hitlers in der Kroll-Oper vom 20. Februar 1938 und die dort formulierten Expansionsgelüste. Seitenlang zitiert er Vertragswerke und Freundschaftsverträge, die die Sicherheit der Tschechoslowakei garantieren sollten – und sich als Schall und Rauch erwiesen. Tagespolitische Meldungen aus Nazi-Deutschland, wie die von der Hinrichtung des amerikanischen Staatsbürgers Helmut Hirsch, vermochte Steinfeld zu nutzen, um die Geschichte des Schlachtermeisters Hermann Hutt zu erzählen, der sich nebenberuflich als vielbeschäftigter Scharfrichter verdingte. Glanz' Erinnerungen an seine Heimatstadt Hamburg ermöglichen Steinfeld Exkurse in das kulturelle Leben der Hansestadt in den zwanziger und dreißiger Jahren. Breiten Raum nimmt die Auseinandersetzung um die Restaurierung der Arp-Schnitger-Orgel durch den Orgelbaumeister und Schriftsteller Hans Henny Jahnn ein. In diese Darstellung flocht Steinfeld auch die Beschreibung der eigenen Person ein: »Schließlich kam Jahnn zu dem Redakteur einer hamburgischen, kulturpolitischen Wochenschrift. Ein den Hamburgern unangenehmer Geselle, dem es immer um eine geistige Sache ging, anstatt um deftige Rumpsteaks mit Kräuterbutter, und der irgendwie auch ein Verrückter war, denn er wollte eine kulturpolitische Zeitschrift herausgeben, in Hamburg, der Millionenstadt, die nicht einen einzigen literarischen oder musikalischen oder künstlerischen Verlag hat.« Auch der Protest von Hans Henny Jahnn, Heinz Liepmann und Justin Steinfeld während des Internationalen Theaterkongresses in Hamburg 1930 fand in seinem Roman einen Widerhall. Selbst das Kollektiv Hamburger Schauspieler erhielt eine empathische Würdigung.

Zweimal unterbrechen Einschübe den Fortgang der Erzählung in diesem, wie der Autor es selbst charakterisierte, »ganz und gar unchronologischen Buch«. Eine »brutale Unterbrechung von außen«, der Einmarsch deutscher Truppen in Prag, führte zu einer ersten, wochenlangen Verhinderung des Schreibens. Die zweite Behinderung in der Niederschrift »dieser tieftraurigen Chronik« erläuterte der Autor in einer Bemerkung in Klammern: »Inzwischen trieb man ihn über viele Weltmeere und jetzt haust er irgendwo im Herzen Australiens, wo die Savanne aufhört und die Wüste beginnt. Mehr als Zeit und Raum ist in diese Klammer eingekeilt, die hiermit geschlossen sein mag.«

Als Steinfelds Roman 1984 erstmals gedruckt erschien, reagierte die Presse einhellig positiv. Den Auftakt machte eine Rezension des Publizisten und ehemaligen Cheflektors des Suhrkamp-Verlags Walter Boehlich (1921–2006) im *Spiegel*. Für Boehlich war das Buch ein »Zeugnis, das einer ablegen wollte von schrecklichen Zeiten. … Sicherlich ist das Buch in erster Linie eine Kritik an den Deutschen, die das Dritte Reich gewollt und möglich gemacht haben, mit ihrem Rassenwahn, ihrem Sendungsbewußtsein, ihrer Unmenschlichkeit, mit ihrer jahrhundertealten fixen Idee, die Welt vor dem retten zu müssen, was aus dem Osten kommt … Daneben ist es aber auch ein Buch der Kritik an den deutschen Juden, von denen zu viele auf Kains Seite gestanden haben, zu schnell bereit waren, ein Jahrtausend der Unterdrückung zu vergessen …« Am Schluss seiner differenzierten Rezension schrieb Boehlich: »Lesen müßten das Buch vor allem diejenigen, die sich vorstellen, es könne so etwas wie Versöhnung mit den Juden geben. Lesen müßten es gleichfalls diejenigen, die sich immer mit der Gewalt arrangiert haben und sich nicht vorstellen können, daß auch sie einmal ein Asyl brauchen könnten. Sie werden es nicht lesen. Dann also wenigstens die, die Erinnerung wollen.«

Das *Hamburger Abendblatt* betitelte die dortige Rezension mit der Überschrift »Nach Hamburg kehrte er nie mehr zurück. Der wiederentdeckte Justin Steinfeld«. Dort hieß es: »Möge keiner auf den Gedanken kommen, dieses Buch nur literarisch bewerten zu wollen, nach Stilbrüchen zu suchen mit der Arroganz des Über-den-Dingen-Stehenden. Dies ist der Aufschrei eines Menschen, der hoffnungslos resigniert hat vor der Unmenschlichkeit der Macht und der Feigheit seiner Zeit, der seine Resignation notdürftig hinter Spott, ja Zynismus versteckt.« Die Berliner *taz* wählte für ihre Besprechung des Buches den Titel »Alptraum im Kaffeehaus«. Stephan Reinhardt empfand Steinfelds Roman »zu uneinheitlich, sprachlich zu unausgeglichen und mit Brüchen behaftet, die wiederum auf die Exilsituation zurückzuführen sind«. Reinhardts Rezension »Fluchtstation Prag« erschien in der *Süddeutschen Zeitung*. Trotz seiner Kritik lobt Reinhardt die Neuerscheinung: »Der Exilroman *Ein Mann liest Zeitung* ist ein Fund. Er macht aus der Sicht eines ›durchschnittlichen‹ Emigranten in Prag Ereignisse am Vorabend des Zweiten Weltkrieges lebendig ...« Heribert Seifert besprach Steinfelds Roman in der *Neuen Zürcher Zeitung*, die seinem Text die Überschrift »Ich glaube an die Macht der Lüge« gab. Für Seifert war der Roman »eine literarische Entdeckung, in der Weltgeschehen und individuelles Schicksal« verknüpft werden. Ausgiebig widmete er sich der Erzählstruktur des Buches: »Die aggressive Schärfe einer mitleidlosen Aufklärung gibt der auktoriale Erzähler. Er begegnet den hilflosen Orientierungsversuchen seiner traurigen Hauptfigur mit lakonischen Kommentaren, mit erhellenden Montagen aus Dokumenten, mit kritischem Wortwitz und satirischer Verfremdung... In fiktiven Dialogen zwischen Erzähler und Hauptfigur wird die Destruktion falschen Bewußtseins betrieben. So entsteht inhaltlich und formal eine faszinierende Vielstimmigkeit, die sich zu erzählerischer Totalität zusammenfügt

und den Roman zu einem Leseabenteuer macht.« Hannes
Schwenger begegnete in seiner vom RIAS Berlin ausgestrahlten
Buchkritik dem Klappentext des Buches mit Skepsis. Der Verlag stellte Steinfelds Buch dort auf die gleiche Ebene wie Heinrich Manns *Ein Zeitalter wird besichtigt* und Peter Weiss' *Ästhe-
tik des Widerstands*. Um sehr schnell zu konstatieren: »... die
Lektüre hält erstaunlicherweise, was der Verlag so vollmundig
verspricht. Das Buch ist eine Entdeckung, die das Heer von
Exilforschern beschämen könnte, die in der Geschichte des
deutschen literarischen Exils nur noch Textvarianten und biographische Details entdecken.« Für Schwenger stand fest: »*Ein
Mann liest Zeitung* ist eines der Hauptwerke des deutschen
Exils, nach vierzig Jahren spät entdeckt, nicht zu spät, um seinen Platz in der Literaturgeschichte des Exils einzunehmen.«
Zu einem ähnlichen Urteil kam Hans J. Schütz, zuerst in seiner
Rezension im *Börsenblatt für den deutschen Buchhandel* und in
seinem ebenfalls 1988 erschienenen Buch *Ein deutscher Dichter
bin ich einst gewesen. Vergessene und verkannte Autoren des
20. Jahrhunderts*. Für Schütz erwies sich Steinfeld »als ein unge-
wöhnlicher Erzähler, der politischen Scharfblick in der Zeitana-
lyse mit vitaler Gestaltungskraft, bitterer Ironie und scharfem
Witz verband.« Schütz' Beurteilung des Romans von Justin
Steinfeld fiel eindeutig aus: »Sein Buch gehört zu den besten
Romanen des Exils. Den Vergleich mit den Büchern von
Feuchtwanger, Weiskopf, Winder oder Sommer braucht es
nicht zu scheuen, und sein Autor hat einen festen Platz in der
Literaturgeschichte verdient.«

In den 1959 vom P. E. N.-Zentrum deutschsprachiger Autoren im Ausland, Sitz London, und von dessen Sekretärin Gabriele Tergit eingeleiteten Sammlung von *Autobiographien und
Bibliographien* findet sich auch eine von Justin Steinfeld verfasste Lebensbeschreibung, in der es hieß: »Im Besonderen für
den Schriftsteller, auch für den Tagesschriftsteller, fordert Justin
Steinfeld von sich und später als Redakteur und Herausgeber
von den Mitarbeitern Achtung und Respekt vor der ›Majestät
der Sprache‹, der einzigen, die er meinte als Schriftsteller aner-

kennen zu können, und weiter für den Tagesschriftsteller die Pflicht, des Tages einmalige Geschehnisse so darzustellen, daß sie allgemeingültig seien, hier und in aller Welt, heute und für alle Zeit.«

Die Leser dieses erstmals ungekürzt vorliegenden Romans mögen beurteilen, ob Justin Steinfeld dieser Selbstverpflichtung folgen konnte.

Hamburg, April 2020

Danksagung

Mein erster Dank gilt meiner langjährigen Freundin Dorette Flach-Bäuml, Hamburg, die mir das Typoskript des Romans *Ursachen und Wirrungen* von Justin Steinfeld mitsamt einiger Fotografien überließ. Prof. Dr. Michael Diers, Berlin, danke ich für das Foto vom »Kollektiv Hamburger Schauspieler«. Anthony Grenville, London, sowie Rolf Schierhorn und Wolfgang Wiedey aus Hamburg danke ich für ihre aufmerksame Lektüre von Nachwort und Glossar; Uwe Franzen vom Atelier hand-werk 2.0 in Reppenstedt für die Lieferung bester Druckvorlagen zur Illustration des Buches. Meiner Frau Ursula gebührt Dank für ihre stete Unterstützung.

Bildnachweis

Das Foto vom »Kollektiv Hamburger Schauspieler« ist im Besitz von Michael Diers, Berlin. Alle anderen Abbildungen entstammen der Sammlung des Herausgebers Wilfried Weinke. Abdruck mit freundlicher Genehmigung.

Ulrich Becher
Murmeljagd
Roman
Mit einem Essay von Eva Menasse
712 Seiten. Gebunden.
ISBN 978-3-89561-454-5

Der Wiener Journalist Albert Trebla flieht im Frühjahr 1938 mit seiner
Frau aus dem von deutschen Truppen besetzten Österreich ins
Engadin. Aber für den Verfolgten gibt es in der vermeintlich freien
Schweizer Bergwelt keine Zuflucht. Trebla fühlt sich durch eine Serie
rätselhafter Todesfälle bedroht und immer mehr in die Enge getrieben.
Mit *Murmeljagd* wird einer der großen Romane der deutschen
Literatur wieder zugänglich: eine Tour de Force über Vertreibung und
Exil, über Wahn und Bedrohung, über das Leben im Ausnahme-
zustand. Ulrich Bechers Lust an Sprachexperimenten, seine Vorliebe
für ausgefallene Charaktere und sein politisches Engagement
kulminieren in einem psychologischen Entwicklungsroman, der
gleichzeitig Politthriller ist – immer vor dem Hintergrund der
Auseinandersetzung mit dem Faschismus.

»So gutgelaunt wurde selten eine Weltverzweiflung
beschrieben. Ulrich Becher wirbelt die Sprache um
und um, als hätte er sie erfunden.«
Volker Weidermann, *Frankfurter Allgemeine Sonntagszeitung*

»Ein zu Unrecht vergessenes Meisterwerk
der deutschsprachigen Literatur.«
Denis Scheck, *Druckfrisch*

»Eminenter Sprachwitz, bodenlose Selbstironie
und tintenschwarzer Humor.
Ein wundersam herrliches Buch.«
Ernst Osterkamp, *Frankfurter Allgemeine Zeitung*

Schöffling & Co.

Gabriele Tergit
Etwas Seltenes überhaupt
Erinnerungen
Herausgegeben und mit einem Nachwort von Nicole Henneberg
524 Seiten. Gebunden. Mit zahlreichen Fotografien und Faksimiles.

ISBN 978-3-89561-492-7

Zweifelsfrei gehört Gabriele Tergit zu den bemerkenswertesten und
mutigsten Frauen des 20. Jahrhunderts. Als erste weibliche Gerichts-
reporterin der Weimarer Republik machte sie anhand scheinbar
unbedeutender Fälle auf die großen sozialen, politischen und moralischen Probleme ihrer Epoche aufmerksam. Unermüdlich thematisierte
sie die Gewalt und den zunehmenden Einfluss der Nationalsozialisten.
Diese setzten Gabriele Tergit ganz oben auf die Liste politischer
Gegner, was sie schließlich zur Flucht aus Deutschland zwang.
In ihren Erinnerungen blickt Gabriele Tergit zurück auf diese
Ereignisse, aber auch auf ihre frühen, turbulenten Jahre als Journalistin
und auf ihre Deutschlandreisen, die sie nach dem Krieg auf der Suche
nach Antworten unternahm, ohne je aus dem Exil zurückzukehren.

»Eine glasklare Sicht auf die Dinge, ein sprühender Geist,
ein Mutterwitz vor dem Herrn.«
Joachim Scholl, *Deutschlandfunk Kultur*

»In Gabriele Tergits Erinnerungen lebt das Berlin der 1920er Jahre
wieder auf, mit allen Kuriositäten und Absurditäten, gesellschaft-
lichen Auseinandersetzungen und großen menschlichen Tragödien.«
Harald Loch, *Neues Deutschland*

»Tergits Erinnerungen in ihrer witzigen wie zerrissenen Sprache
lesen sich wie ein unruhiges Zeit-Mosaik.«
Till Greite, *Frankfurter Allgemeine Zeitung*

Schöffling & Co.